U0116016

福建師範大學文學院百年學術論叢　第一輯

中國現代散文史
（1917-1949）

俞元桂　主編
俞元桂、姚春樹、王耀輝、汪文頂　合著

總序

閩水泱泱，閩學悠永。百年老校福建師範大學之文學院，發祥於前清帝師陳寶琛創辦的福建優級師範學堂國文科，後又匯聚福建協和大學、華南女子文理學院等校的學術資源，可謂源遠流長，底蘊博厚。葉聖陶、郭紹虞、董作賓、章靳以、胡山源、嚴叔夏、黃壽祺、俞元桂等往賢，曾相繼執教我院，為學科創立與發展作出突出貢獻，留下彌足珍貴的學術傳統，潤澤和激勵一代又一代學人茁壯成長。時至今日，我院備具中國語言文學、戲劇與影視學兩個一級學科博士學位授權點及博士後科研流動站，中國現當代文學國家重點學科，中國語言文學國家文科基礎學科人才培養和科學研究基地，擁有上百名專任教師，三十多位教授和博士生指導教師，兩千餘名本科生和碩士博士研究生，實已發展為大陸文史研究與教育的重鎮。

閩臺隔海相望，地緣相近，血緣相親，文緣相承，近年兩岸關係和平發展進程中緣情淳深，學術文化交流益顯大有作為。正是順應這一時代潮流，我院和臺灣高校交往密切，同仁間互動頻繁，時常合作舉辦專題研討及訪學活動，茲今我院不但新招臺籍博士研究生四十多人，尚與相關大學聯合培養文化產業管理專業本科生。學術者，天下之公器也。適惟我院學術成果豐厚，就中歷久彌新者頗多，因與臺北萬卷樓圖書股份有限公司總經理梁錦興先生協力策畫，隆重推出《福建師範大學文學院百年學術論叢》（第一輯），以饗讀者，以見兩岸人文交流之暉光。

茲編所收十種專著，撰者年輩不一，領域有別，然其術業皆有專攻，悉屬學術史上富有開拓性的研究成果。如一代易學宗師黃壽祺先生及其高足張善文教授的《周易譯注》，集今注、語譯和論析於一體，考辨精審，義理弘深，公認為當今易學研究之經典名著。俞元桂先生主編的《中國現代散文史》，被譽為現代散文史的奠基之作，北京大學王瑤先生曾稱「此書體大思精，論述謹嚴，足見用力之勤，其有助於文化積累，蓋可斷言」。穆克宏先生的《六朝文學研究》，專注於《昭明文選》及《文心雕龍》之索隱抉微，頗得乾嘉樸學之精髓。陳一琴、孫紹振二位先生合撰的《聚訟詩話詞話》，圍繞主題，或爬梳剔抉而評騭舊學，或推陳出新以會通今古，堪稱珠聯璧合，相得益彰。《月迷津渡》一書，孫先生從個案入手，以微觀分析古典詩詞，在文本闡釋上獨具匠心，無論審美、審醜與審智，悉左右逢源，自成機杼。姚春樹先生的《中國近現代雜文史》，系統梳理當時雜文的歷史淵源、發展脈絡和演變規律，深入闡發雜文藝術的特性與功能，給予後來者良多啟迪。齊裕焜先生的《中國古代小說演變史》，突破原有小說史論的體例，揭示不同類型小說自身的發展規律及其與社會生活的種種關聯，給人耳目一新之感。陳慶元先生的《福建文學發展史》，從中國文學史的大背景出發，拓展和發掘出八閩文學乃至閩臺文學源流的豐厚蘊藏。南帆先生的《後革命的轉移》，以話語分析透視文學的演變，熔作家、作品辨析與文學史論為一爐，極顯當代文學理論之穿透力。馬重奇先生的《漢語音韻與方言史論集》，則彙集作者在漢語音韻學、閩南方言及閩臺方言比較研究中的代表論說，以見兩岸語緣之深廣。

可以說，此番在臺北重刊學術精品十種，既是我院文史研究實績的初次展示，又是兩岸學人同心戮力的學術創舉。各書作者對原著細謹修訂，責任編輯對書稿精心核校，均體現敬文崇學的專業理念，以及為促進兩岸學術文化交流的誠篤精神！對此我感佩於心，謹向作者、編輯和萬卷樓圖書公司致以崇高敬意和誠摯謝忱！並企盼讀者同仁對我院學術成果予以客觀檢視和批評指正。我深信，兩岸的中華文化傳人，以其同種同文的民族自尊心、自信心和傳承文化的責任心，必將進一步交流互動，昭發德音，化成人文，為促進中華文化復興繁榮而共同努力！

汪文頂

謹撰於福州倉山

二〇一四年十二月二十七日

目次

第四章　芙蓉翠蓋石榴紅

第三編　在民族民主革命戰爭中拓展

田序

我們從來就是一個散文發達的國家，雖然散文這一名稱過去是沒有的，「五四」新文學革命以後才建立起來。在光輝燦爛的古代文學中，那些異采特放的記、敘、說、題、跋、書、札等，不僅數量上居其他類文章之前，且歷代有許多篇章為讀者傳誦不忘，甚而，像史籍名著《史記》、《左傳》等，以其文采獨勝，也從來列為文學史的傑作。

「五四」文學革命以後中國現代文學中，散文仍然是最繁榮昌盛的一種樣式。散文的名稱也建立起來了。中國現代散文與古代的散文當然有繼承的關係，但並不是完全一脈相承，而是有很大的不同的。在古代，文是載道的，載聖賢之道，是屬建設範疇的。經過反帝反封建的五四運動，現代散文因新思想的深入人心和個性的解放大為繁榮滋長了。郁達夫認為：「現代的散文之最大特徵，是每一個作家的每一篇散文裡所表現的個性，比從前的任何散文都來得強。古人說，小說都帶些自敍傳的色彩的，因為從小說的作風裡人物裡可以見到作者自己的寫照；但現代的散文，卻更是帶有自敍傳的色彩了，我們只消把現代作家的散文集一翻，則這作家的世系，性格，嗜好，思想，信仰，以及生活習慣等等，無不活潑地顯現在我們的眼前。這一種自敍傳的色彩是什麼呢，就是文學裡所最可寶貴的個性的表現。」[1]

文學上個性的表現並不是偶然的，它是「五四」文化革命衝破封建桎梏、輸入民主和科學思想的產物；新思潮沖決了舊的封建的所有

---

1 郁達夫：〈導言〉，《散文二集》，《中國新文學大系》（上海市：良友圖書印刷公司，1935 年）。

的一切，人作為社會的人，不屬於君，不屬於父，恢復為獨立的人，可說這是人的個性的解放，也是人性的復歸。它反映在文學、特別是散文中了，這就是所以在新文學的散文中，個性的表現比任何時候的散文都強的原因。所以有人說，散文「在個人文學之尖端」，「是近代文學的一個潮頭」。[2]

散文沒有一定格式，沒有一定的框框，是各類文體中最自由的一種，寫起來可以隨心所欲，任筆所至，不受任何限制，大概這就是現代文學中所以散文最為發達，其成就也最為可觀的原因。而且在三十年中還出現了兩種新的形式——雜文和報告文學。

雜文，雖然魯迅說古已有之，但那是就其「雜」而言，我們今天所說的雜文已經不是指其雜而是主要的就其思想內容的犀利，作為文學中的匕首而言的。像瞿秋白在《魯迅雜感選集》〈序言〉中說，「魯迅的雜感其實是一種『社會論文』——戰鬥的『阜利通』(Feuilleton)。誰要是想一想這將近二十年的情形，他就可以懂得這種文體發生的原因。急遽的劇烈的社會鬥爭，使作家不能夠從容地把他的思想和情感熔鑄到創作裡去，表現在具體的形象和典型裡；同時，殘酷的強暴的壓力，又不容許作家的言論採取通常的形式。作家的幽默才能，就幫助他用藝術的形式來表現他的政治立場，他的深刻的對於社會的觀察，他的熱烈的對於民眾鬥爭的同情。」[3]在瞿秋白編《魯迅雜感選集》和寫序言時，雜文這個名稱還未建立起來，所以沿用了「雜感」這個名稱，但這一文學形式的特徵，已很清楚地刻畫出來了，已說明了它與過去雜感的不同，時代賦予了它新的內容。茅盾的話是和瞿秋白的看法一致的，他說，「這一新的形式（雜感），是他所發明，所創

2 周作人：〈導言〉，《散文一集》，《中國新文學大系》（上海市：良友圖書印刷公司，1935年）。

3 瞿秋白：〈序言〉，《魯迅雜感選集》（上海市：青光書局，1933年）。

造，而且由他發展到最高階段」。[4]魯迅的後期所採用的文學形式，可說基本上是雜文。現在，雜文已為大家所公認了，魯迅的成就，雜文在其小說之上。其所起的社會作用，雜文也在小說之上。在現代文學史上雜文也已獨立成為一種文學樣式了。是著者考慮到這套叢書中定有雜文的專史，所以本書中這方面就論述得少些。

和雜文相似，報告文學也是中國現代文學中出現的一種新形式，它的形式也是多樣化的，如今大家已公認從五四時期我們已有報告文學。近來有人擬再向上追求，認為至少可以追到近代文學。遊記、速寫、人物特寫等形式，在近代文學甚至更早的文學中是可以找到的，但都缺少一種現代文學的時代特徵，即「五四」文學的新的思想內容，它們只能屬於舊的文學，這在「五四」文學革命過程中已劃分得非常清楚了。報告文學，一般公認的是它必須具備兩個特徵，一是新聞性；二是文學性。若另外還有什麼特徵的話，就是它的進步性了。我國的報告文學從產生到現在是一直保持這特點的。報告文學產生於五四時代，成長於三十年代，繁榮於抗日戰爭和解放戰爭時期，它比雜文擁有更多的讀者。可是由於同樣的原因，在本書中著者僅作了簡略的論述。

本書主要的作者俞元桂教授，是一位治學謹嚴的老教授，素養甚深，對散文有特殊的愛好。為了撰寫本書，他與同事三人默默工作了幾年，翻閱了大量能找到的「五四」以來的報刊，做了「五四」以來散文篇目索引，編成《中國現代散文總書目》。他們還閱讀了大量關於現代散文的理論文章，他們以為，「這些文章反映了中國現代散文發展的歷史足跡，觸及了散文創作的藝術規律，也在一定程度上再現了中國現代散文同中外優秀散文傳統的繼承和創新關係；是珍貴的文學史料，也是一筆值得重視的理論財富。」[5]著者遺憾的是過去對這

4 茅盾：〈研究和學習魯迅〉，《文學》第7卷第6號（1936年）。
5 俞元桂主編：〈前言〉，《中國現代散文理論》（南寧市：廣西人民出版社，1984年）。

部分寶貴的資料重視不夠，以致在《中國新文學大系》的《建設理論集》和《文學論爭集》中小說、詩歌、戲劇的史料都收入了，唯獨沒有現代散文的。他們因而於一九八四年選輯出版了近四十萬字的《中國現代散文理論》。這就是說，他們在撰寫這本散文史的過程中已先有了兩種副產品。我覺得這兩種副產品不僅豐富了我們中國現代文學史的資料，也可以證明他們撰寫這本散文史採取的方法是紮紮實實從完全掌握材料下手的，絲毫沒有採取省力、取巧的手法。這五十來萬字的史與論，是事事有據、處處有源的。我覺得僅就這一點來說，就極為值得珍貴的了。這種治學的態度是值得取法的。這樣說並不是說這是唯一正確的中國現代散文史了，一切都是定論的。不是，一點也沒有那樣的意思，我只是說這是認認真真的經過切實的研究作品、分析事實而寫成的一部好書，不是憑空胡言，也沒有危言聳聽，我們不是提倡「百花齊放，百家爭鳴」嗎？這是可作為一家言的。我認為「百家爭鳴」是百家可以並存的，固然，真理只有一個，但論點、看法事實上是有多層次、多方面、多觀點的。百家之言，不能保證全是對的，同樣的，也不能說除無產階級一家外全是資產階級，也即全是錯誤的。因為無產階級內部對於具體的文學作品或問題，也絕不會評價、看法完全相同，就是說也得「百家爭鳴」。

作為一家言，出版是完全有其意義的；作為一家言，這方面的研究者、喜愛者，精心地讀一讀也是有益的。

歲在丁卯　田仲濟序於泉城

緒言

散文是我國古典文學的正宗，有著燦爛輝煌的歷史。「五四」新文學運動興起之後，現代散文佳制連篇，名家輩出，獲得不少好評。魯迅就說過：「到五四運動的時候，才又來了一個展開，散文小品的成功，幾乎在小說戲曲和詩歌之上。」[1]這評論足使散文界揚眉吐氣，記錄著它曾經有過的光榮歷史。令人遺憾的是這佳話多年以後似乎並無繼響，中國現代散文給人的印象似乎在走著衰退的路！到了抗戰時期，烽火連天，作家流離四方，書刊出版困難，報告文學雖一花獨秀，其它散文文體則因缺少研究，使人有凋落的錯覺。三十多年來印行的中國現代文學史，對散文只提供有限的篇幅，讓它叨陪末座。可以說，對中國現代散文和散文史的研究與它的歷史成就很不相稱。我們不計淺陋，在前人研究的基礎上，對之作一番史的宏觀考察，試圖按史的實際，描述出中國現代散文發展的大勢。史實證明，許多現代文學的大作家，多是第一流的散文家，不研究現代散文，中國現代文學的研究是不全面的；中國現代散文並沒有趨向衰落，而是走著開創、興盛、拓展的令人鼓舞的歷程，它作為中國現代文學的一個重要方面軍，有著自己的持續不替的輝煌的成績。

在本書的開頭，我們只打算簡略地說明我們對散文文體、中國現代散文史分期的看法，並談一下本書編寫的體例。

眾所周知，散文的概念有大、中、小的區別。它的最大範圍是指

1 魯迅：〈小品文的危機〉，《南腔北調集》（上海市：同文書店，1934 年）。

與韻文相對峙的一切散行文字；其次是與詩歌、小說、戲劇相對而言的，它包括廣義的文學散文文體，或稱雜文學散文；最小的概念是狹義的純文學散文。從中國現代散文的理論和創作實踐來看，這三種理解都有，我們採用大多數人選取的第二種概念，既考慮其體式的特殊性，又充分認識它社會功能的多樣性，以及它的思想傾向、審美特點、藝術風格的多元化優勢。

孫犁說，散文，「並非文章的一體，而是許多文體的總稱」。[2]魯迅說：「其實『雜文』也不是現在的新貨色，是『古已有之』的，凡有文章，倘若分類，都有類可歸，如果編年，那就只按作成的年月，不管文體，各種都夾在一處，於是成了『雜』。」[3]散，表示並非一體；雜，表示各類夾雜。散文、雜文，就廣義來說，都是多種文體的集合體，是個「名號多品」、血緣親近的龐大家族。在許多前輩散文家看來，散文學、雜文學，是不足與純文學等量齊觀的。比如，朱自清就以為，散文，「它不能算作純藝術品，與詩、小說、戲劇，有高下之別」。[4]不過也有不同的意見，如魯迅針對有的人以為雜文既非詩歌小說，又非戲劇，所以不能入文藝之林的意見，確認「雜文這東西，我卻恐怕要侵入高尚的文學樓臺去的」。[5]這兩種在不同時期裡提出的似乎對立的見解，指出了兩個根本事實：一、散文不是純文學；二、散文或雜文要侵入高尚的文學領域，也就是說，其中的許多文章可以是文學作品，足與純文學並駕齊驅。

散文並非文章的一體，正因為這樣，它才具有其它文體所不能替代的優勢。它體裁多樣，能迅速地感應現實，能進行靈活戰鬥；它題

2 孫犁：〈歐陽修的散文〉，《秀露集》（天津市：百花文藝出版社，1981 年）。

3 魯迅：〈序言〉，《且介亭雜文》（上海市：三閒書屋，1937 年）。

4 朱自清：〈論現代中國的小品散文〉，《文學週報》第 345 期（1928 年）。

5 魯迅：〈徐懋庸作《打雜集》序〉，魯迅：《且介亭雜文二集》（上海市：三閒書屋，1937 年）。

材不拘，既可以反映重大鬥爭，又能夠抒寫身邊瑣事，具有多視角表現社會生活的功能；它能準確、直接地表達作家的主觀情意；它實用性強；等等。這些特性是詩歌、小說、戲劇所難於比擬的。秦牧說：「散文這個領域是海闊天空的，不屬於其他文學體裁，而又具有文學味道的一切篇幅短小的文章都屬於散文的範圍。」[6]隨感錄、短評、雜感、文藝性政論、隨筆、讀書雜記、知識小品、歷史小品、科學小品、日記、書簡、雜記、傳記、遊記、旅行記、風土記、訪問記、速寫、通訊、報告文學、抒情散文、詩散文、散文詩等等，都是散文這一文學體裁群體的成員。其品種繁多，正表明其豐富多彩。散文的題材涉及政治題材、社會題材、自然題材、人生題材、內心題材、知識性題材等廣泛領域，與人們的政治生活、社會生活、感情生活、人事往來、學習生活等有著極密切的直接聯繫，它具有很強的實用性。

瞿秋白在中國現代散文的開創期寫了兩本散文集：《餓鄉紀程》和《赤都心史》。對《餓鄉紀程》，瞿秋白說：「具體而論，是記『自中國至俄國』之路程，抽象而論，是記著『自非餓鄉至餓鄉』之心程。」對《赤都心史》，瞿秋白說：「東方稚兒記此赤都中……的史詩，也就是他心弦上的樂譜的紀錄。」「心史」，它是路程與心程的結合，這個富有啟發性的詞語，確切地表述了作家與時代的關係，作家心境與社會環境的關係。中國現代散文既是中國現代社會變革的「詩史」，也可以說是中國現代散文作家的「心史」，它不但感應和描述中國現代社會變革的道路，也表現散文作家在探求中華民族的解放道路上所經歷的興奮、苦悶、彷徨、憤怒、慰安的心靈歷程。丁玲說：「其實，歷史本身就是一部宏偉的巨著，反映歷史需要小說、戲劇、史詩這樣的長篇大作，也需要短小精悍、情深意切的散文。」[7]中國現代散文以詩史、心史的方式和散中見整的方式來反映中國現代社會變革的歷

6 秦牧：〈散文領域——海闊天空〉，《筆談散文》（天津市：百花文藝出版社，1962 年）。
7 丁玲：《漫談散文》，《光明日報》1984 年 5 月 24 日。

史，不但如此，它還抒寫真摯的人情，剖白深藏的內心，表現幽默的理趣，描繪山川的秀色，給人以愉快和休息，給人以美的享受。

散文，它有如下的共同特徵：其一是「真」，它是最足以發揮個性、表現自己的文體。中國現代散文開創期的先行者冰心說：「『能表現自己』的文學，是創造的，個性的，自然的，是未經人道的，是充滿了特別的感情和趣味的，是心靈裡的笑語和淚珠。這其中有作者他自己的遺傳和環境，自己的地位和經驗，自己對於事物的感情和態度，絲毫不可挪移，不容假借的，總而言之，這其中只是一個字『真』。所以能表現自己的文學，就是『真』的文學。」[8]散文是最足以表現「真」的文學，散文中的任何一種體式，都立足於作者自己，忠實於自己的思想感情，忠實於自己的性格氣質，忠實於自己的審美感受，忠實於自己的人生觀與世界觀。雜文需要真知灼見，報告文學需要真人真事，記敘抒情散文需要情真意切，不管是什麼散文文體，都要融進作者真實的愛憎哀樂。魯迅的深沉思辨，郭沫若的澎湃激情，冰心的慈愛胸懷，周作人的隱逸傾向，郁達夫的詩人氣質，朱自清的學者風度，……在他們的散文中無不自然流露。有了作家思想感情的「真」，還必須有生活的「真」，描述議論對象的「真」。散文家孫犁以「真情」與「真象」的完美結合作為他散文所追求的藝術境界，「真象」的再現或表現的逼真，同樣是散文家所努力的目標。有了「真情」和「真象」的結合，作家敏感的心靈和多采的大千世界的交融，則構成了散文作品的千姿百態的奇觀。

其二，散文取材廣泛，可以表現有意義的、有意思的或有意味的思想。政論、雜文、報告文學，涉及政治性、社會性比較強的重大題材，必須表現有意義的、進步的、革命的思想。一般隨筆、小品、記敘文、抒情文，取材者微，也得所見者大。茅盾說的「大題小做」，

8　冰心：〈文藝叢談〉，《記事珠》（北京市：人民文學出版社，1982 年）。

魯迅說的「談風雲的人，風月也談得」，都暗示題材雖小，也可以談出有意義的思想主題來。散文要寫出有意義的思想，這是主要的方面，它是表現「真情」和「真象」的一種理性的規範。不過，散文的思想性範圍有著較寬的幅度，描世態，抒人情，增知識，講趣味，都是允許的。親子之愛，男女之情，師友之誼，童年回憶，鄉土眷念，異地旅思，山水清音，藝術賞鑒，茶酒消閒等等，作者如果能夠寫出其中的意義來，或者寫出意思或意味來，只要它是健康的，有益身心的，都會為讀者所歡迎。柯靈說：「它可以是匕首和投槍，可以是輕妙的世態風俗畫，也可以是給人愉快和休息的小夜曲。」[9]這一體裁的特點和它所能夠發揮的多樣作用，是其它文體所難於企及的。

其三，散文又稱「美文」，散文的藝術美要求自然，也要求錘鍊；散文的語言要求質樸，也不摒棄文采；散文的結構要求自由舒展，也不排除整飭精美。散文體式一般比較短小，美醜立見。思想感情的虛偽、卑劣、貧乏、病態，結構的臃腫、殘缺、蕪雜、拖遝，語言的艱澀、笨拙、堆砌、浮誇，都得堅決防止。作為文學作品的基本要求，它所表現的思想感情要真實、明朗、開闊，結構要嚴謹、勻稱、舒放，語言要清晰、自然、流暢。在這基礎上，進一步要求更高的藝術性，運用更豐富巧妙的藝術手法，推敲更精美凝煉的語言，成為純文學作品。散文的美，具有哲理、智慧、情韻、趣味、詩意和文采諸因素，一個散文作家要兼擅眾長，達到無美不備的境地是難能的；實際上諸因素在散文創作中的組合是絢爛多彩的，這就造成了多種多樣的藝術風格，或擅長哲理探索，或以博識見稱，或以理趣稱勝，或善於描摹人情世態，或著力於詩意的表現，或文采風流，多樣多姿，各具特色。就類型大略而言，散文風格的美：有氣勢的美，剛勁、鋒利、豪放、雄奇、崇高、酣暢等屬之；有意境的美，含蓄、生

9　柯靈：〈散文——文學的輕騎隊〉，《筆談散文》（天津市：百花文藝出版社，1962年）。

動、典雅、清麗、雋永、委曲等屬之；有理趣的美，機智、瑰奇、縝密、幽默、滑稽、閒適等屬之；有神韻的美，沉著、纏綿、沖淡、灑脫、飄逸、曠達等屬之；有文采的美，樸素、綺麗、洗鍊、繁縟、清新、奇崛等屬之；其中也往往互有滲透交叉。散文兼用敘事、描寫、議論、抒情等手法，可以交融短篇小說和詩的技法，在篇章中表現作者的品格氣質，馳騁作者的藝術才能，尤能顯示它的藝術美質。散文的審美要求開放，不能定於一尊、作繭自縛。一度有不少論者熱心提倡散文的詩意和意境美，並以此為散文的極致，這說法是片面的。中國現代散文名家輩出，佳作如林，風格多采多姿，體式多樣並榮，無愧於文學正宗的優良傳統，成功地開拓了散文美的廣闊疆土。

對於散文特點的不同提法，這是由於對它的範圍有不同認識的緣故。有的人對散文的概念，持縮小範圍的態度，雜文專指文藝性政論，報告文學強調其文藝性，記敘抒情散文侷限於文藝性散文，總之突出它們的文藝性，以區別於廣義散文的其它體式。不過，專注於散文的純文學性，反而可能把一些散文精品淘汰了，並且大大削弱了它文體的優勢。我們採用中國現代大多數散文家使用的廣義文學散文概念。並列於小說、戲劇、詩歌的散文是多種體式的綜合體，它又可分為偏於議論的雜文、偏於記事的報告文學和偏於敘事、描寫、抒情相結合的記敘抒情散文三大類，又可以把許多分散的體式分別歸入這三大類中。我們把這三大類的散文家族的成員，作為中國現代散文史的研究對象，是從中國現代散文史的實際出發的。我們根據中國現代散文文體的真善美統一的要求來考察中國現代散文發展的歷史，估定散文家及其作品的價值和美質、地位和作用，探討中外散文傳統對中國現代散文的影響和風格流派的發展演變，力圖再現中國現代散文發展的概貌。

中國現代散文的發展必然要受時代的制約，這是中國現代史、散文文體和中國現代知識分子的特點所決定的。

中國現代史，是中國人民經過艱苦努力推翻三座大山的奮鬥史，它充滿著血與火的戰鬥，思想鬥爭也十分激烈。轟轟烈烈的五四運動，中國共產黨的成立，國共合作進行國民革命和北伐戰爭，「五卅」慘案，「三一八」慘案，大革命的失敗，國共兩黨的政治鬥爭，日本帝國主義的瘋狂侵略，國共第二次合作進行抗日戰爭，抗戰勝利後的內戰和人民解放戰爭，這一切如火如荼的重大事件，疾風暴雨式的民族搏鬥和階級鬥爭，震撼人們的心目，左右人們的生活，對於直接感應現實的散文作家來說，他們怎能超越時代的制約和影響？這種制約和影響有不同的情況，有的作家與時代同步前進，有的作家卻在某種特定環境下與時代遊離，有的甚至背道而馳。五四時期探求國家前進方向和探討人生問題的作品，三十年代前期反映城鄉社會生活的作品，抗戰時期戰爭題材的作品，這與時代的主流關係至為密切。它如品嘗生活趣味，表白內心世界，流連山水名勝，寄情草木蟲魚，表面上迴避時代大潮，但實際也是受時代影響的一種曲折反映。中國現代知識分子雖然身受歐風美雨的影響，但多具有熱心用世的中國傳統知識分子的特性，「文章合為時而著」是他們大多數人所崇奉的創作觀。即使身在山林，也難免心懷魏闕，對祖國人民的命運，他們實在難以忘懷。所以有些作家雖然走著曲折的道路，但終於匯入人民革命的主流。時代不同不但制約和影響著散文的內容，也影響著散文的藝術形式。政治壓迫的加劇，反而促進雜文戰鬥藝術的發展，促進抒情藝術的生發，促進遊記藝術的興盛；戰爭的進行，軍事題材藝術也隨之進展；散文藝術的功力同時代也是結著不解之緣。中國現代的民族民主革命，使中國停滯的歷史進到了一個新的時期。新的革命目標，新的政治要求，新思潮的輸入，新的知識分子的生活方式、工作方式產生新的思想感情，外國文藝理論和作品的引進，新的傳播媒介，新的白話散文形式技巧，都是中國散文現代性的標誌。但它也不是一成不變的，隨著革命形勢的變化，各個時期統一戰線的不同組合，新思潮接受實踐的檢驗而此消彼長，知識分子生活、工作和思想感情上的變化，外國文學影響的更迭，傳播媒介受時局的牽制，散文形式和藝術手法的發展等等，這諸多因素又使各個階段的散文呈現不同的面貌。

中國現代散文與時代的關係相當密切，關於散文史分期問題，我們採取同中國現代歷史大體一致的分法，只是為了戰爭環境和題材的連續性，我們把抗日戰爭和人民解放戰爭時期的散文合併為一個發展階段，概括分為三個時期，分三編加以敘述。

根據對散文文體和史的分期的基本看法，我們在編寫時本著整體的綜合的觀點，考慮從三個不同時期對三類文體進行分階段的歷史運動的宏觀考察。這三類文體以記敘抒情散文為主，雜文和報告文學為輔，因為這一套文學史叢書對雜文和報告文學將另有專史，我們這裡只對它們的主要作家及其作品作扼要的介紹，並把它們與各個時期的政治文化狀況和散文理論建設一起合為一章，述其概況，與記敘抒情散文互相映襯。對雜文和報告文學，我們先按社團分別評價其主要作家和作品，到了抗戰期間，戰局形成了地區的分割，我們順勢按地區分別評價其主要作家和作品。社團也好，地區也好，大體都能夠體現時代的面目和作家群的創作特色。

對記敘抒情散文，我們按照各個時期的不同題材組織章節，企圖從散文題材及其發展變化中考察中國現代散文史的發展概貌。從方法論來說：我們從散文家的具體作品出發，進行題材上的概括分類，排除先假設、後求證的作法；我們努力探求時代的變化在題材上的印記；我們注意題材和作風近似的作家群體，並想把它作為研究散文流派的基礎；我們盡可能地避免「左」的流弊，注意散文題材的廣泛性。經過我們編寫的實踐，覺得題材分類的表述，如果它能確切地概括作家散文寫作的面貌，那麼這個方法就可以顯示它的優越性。它可以反映各個時期散文的主要寫作傾向，並明顯地看到它的發展線索；它有利於作家群體的發現，進一步探討散文的風格和流派；它便於對作家進行不同時期作品的比較和作家與作家間各別的比較；它可以看到散文作家的多樣筆墨、藝術特點和他們所繼承的中外傳統。中國現代散文的產生和發展，同社會變革、社會思想、文化思潮、散文的理論建設、報刊事業的發展，同散文作家的思想和審美觀念的解放，對中外散文傳統的吸收和融化，散文文體和藝術的發展，和散文社團、流派的形成，都有密切的關係。以上各個方面構成中國現代散文發展的不同層次，它們的交互作用，促成中國現代散文的產生、壯大和變化，促成中國現代散文的合乎規律的歷史運動。

按題材的分類概括，我們自然地發現在五四時期的第一個十年中，打頭的是海內外的旅行記和遊記，再就是文學研究會作家群對人生問題的探索和對人生情味的體驗，創造社作家群和女師大出身的幾位女作家的作為漂泊者的悲憤和哀歌，以及作家們對「五卅」慘案和「三一八」慘案的憤怒吶喊。作者大多是從親身的體驗出發而寫作的，相當充分地體現了現代散文家在個性解放之後尋求國家民族前途和服務人生道路的複雜多樣的心情。在第二個十年間，國共合作的局面打破了，隨之進行長達十年之久的殘酷的內戰，日本帝國主義加緊侵略我國，在嚴峻的政治形勢面前，一部分作家轉向人情世態的體察和生活情趣的玩味，繼續前一時期人生題材的流風而有所變化，世故漸深，失去了蓬勃的朝氣。一部分作家迴避險惡的政治環境，出洋旅行或縱遊山水，繼續前一時期旅行記、遊記的題材，但作者心情大為異樣。一部分青年轉向內心的探索，寫出心頭的苦悶和希望；一部分傾向進步的作家則著筆於侵略壓迫下的城鄉生活場景的廣泛描寫；這些題材可以說是前一時期漂泊者哀歌的發展；血淚的現實使作家更深刻地發掘內心，更廣泛地反映社會矛盾和民族矛盾。此外，傳記文學和歷史小品、科學小品此時也應運而生。現實的尖銳複雜和急劇變化，形成了中國現代散文的繁榮。抗戰八年，烽煙遍地，激起全民抗戰的戰爭吶喊，隨著戰局的劇轉，文人流寓後方，目睹社會的黑暗和人民流離的慘狀，許多作家轉向報告文學和雜文的寫作；堅持寫記敘抒情散文的作家，則注意於描述上海「孤島」和後方社會的避難生活和流寓生活，許多作家表白苦悶的心情，迫切地期待黎明；這是前一時期這兩種題材的繼續，但帶有戰時的特色，人民解放戰爭時期仍然保持著這一趨勢。表現人生問題的題材和抒寫自然山水的題材，因時局的險惡，明顯地失去了先前引人注目的位置，但也稍有創新。這時，解放區新的人物、新的生活，給記敘抒情散文帶來了蓬勃的朝氣。世運推移，質文代變，散文題材的變化存在著不以人們意志為轉移的客觀規律。

記敘抒情散文題材的變化促進散文藝術的發展。在中國現代散文的開創期，由於先行者的創造，散文的表現手法和體式就十分豐富多樣，大多數是以個人的所見所感為主，進行自由的記述、描寫和抒情，這類以身邊瑣事為主的抒感性散文，也就是所謂本色的散文。隨著城鄉社會生活題材的增多，以小說手法寫成的散文也多起來了；隨著內心題材的發展，用詩的手法寫成的散文也不少；這兩種題材在三十年代以後持續拓展，體式的互相滲透，表現手法的新變，加強了散文的藝術性傾向。

我們力圖廣泛佔有材料，秉持實事求是、論從史出的治史原則，借鑑我國古代編年體和紀事本末體史書的體例，著重梳理現代散文豐富多樣、縱橫交錯的發展脈絡，而將作家作品還原於散文史分期分類的歷史語境和縱橫坐標中加以點評，目的在使點、線、面相結合，特寫鏡頭和群體鏡頭相結合，微觀和宏觀相結合，增強史的立體感。希望在此基礎上把握中國現代散文發展的宏觀趨勢，描繪中國現代散文前進和迂迴、曲折而起伏的運動軌跡，從中揭示帶有規律性的經驗和教訓。可是做起來實在不很容易，雖不能至，然心嚮往之！

第一編

萌芽於思想革命的文苑新花

第一章
新潮激盪飛春燕

第一節　新文化運動和中國現代散文的開創

中國古典散文的歷史源遠流長，產生過群星燦爛的散文大家，他們膾炙人口的名篇，至今傳誦不衰，成為中華民族文化寶庫的珍品，這種情況在世界文學史上是非常特出的。我們從先秦時代起，就創立了敘事和議論兩大散文體制，影響深遠。漢魏之時，哲理文、政論文、史傳文，名家卓立。唐宋以後，隨著人事交往的頻繁，寫作範圍更為開闊，寫景抒情尤為特出，大家迭起，異彩紛陳。到了明清兩代，衛道翼教，模擬古人之風甚盛，但也有任性適情小品、經世致用之文起與對壘，顯出變化的跡象。

郁達夫在〈重印袁中郎全集序〉[1]裡說：「大抵文學流派的起伏變更，總先有不得不變之勢隱存著，然後霹靂一聲，天下回應，於是文學革命，乃得成功。這革命的偉業，決非一二人之力所造得成，亦決非一二人之力所止得住。照新的說法，文學也同政治和社會一樣，是逃不出環境與時代的支配；窮則變，變則通；通而又窮，自然不妨再變。」明清文壇顯出不得不變之勢的，在散文方面，郁達夫認為是「明之公安竟陵兩派，清之袁蔣趙龔各人」；在小說方面，眾所周知的是許多著名的白話小說的興起。我們不能把它們目為我國現代散文的直接源頭，但應該承認從這時起我國的散文已有不得不變的趨向。

1　郁達夫：〈重印袁中郎全集序〉，原載《人間世》1934年第7期，後載《袁中郎全集》（上海市：時代圖書公司，1934年）。

與中國現代散文更具有密切關係的是晚清的政治文化革新運動。一八四〇年鴉片戰爭前後，中國的封建社會逐漸解體，帝國主義不斷入侵，腐敗的晚清政府無法抵禦帝國主義的進攻，割地賠款，喪權辱國，中國已由封建社會淪為半封建半殖民地社會，瀕於亡國滅種的邊緣。舉國上下，救亡圖存，政治文化革新的呼聲高漲，從進步的士大夫分化出來的新興資產階級知識分子和廣大勞動人民以反帝反封建的民族民主革命來救亡圖存。這種中國人民和帝國主義、封建主義的矛盾鬥爭，反映在政治思想和文化領域，是愛國和賣國之爭，變革和反變革之爭，是新學與舊學之爭；反映到散文領域，則是改良主義先驅龔自珍、魏源，早期的改良派王韜、鄭觀應，資產階級改良派康有為、譚嗣同、梁啟超，資產階級革命派章太炎、鄒容、秋瑾、章士釗等的散文變革的主張和實踐，同標榜孔孟程朱「道統」和韓柳歐蘇「文統」的桐城派古文之間的對立和鬥爭。在對立鬥爭中，他們寫作了具有革新精神的犀利暢達、條理嚴密、通俗淺顯、形式多樣的政論和雜文。雖然他們還沒有能力同傳統的思想和手法進行徹底的決裂，他們唱出的時代覺醒的歌聲中摻和著雜亂的老調，他們想拉車向前，而腳上仍帶著重重鐐銬，甚至由「趨時」轉向「復古」，但他們改革議論性散文的歷史功績，是不能抹殺的。他們開了中國現代政論、雜文的先聲。

唐弢在〈西方影響與民族風格〉[2]一文中論述了中國現代文學的歷史淵源，他說：

> 中國自一八四〇年以來，多次戰敗，多次興起對外國學習，雖然具體問題上存在著分歧，比如通過日本學習英美，還是直接向英美學習，走法國革命的道路，還是走俄國革命的道路，報

2　唐弢：〈西方影響與民族風格〉，《文藝研究》1982年第6期。

> 刊上有過公開的論爭。但主張打開門戶，探首域外，向西方尋求真理——包括文學的真理，卻成為比較一致的認識。這個淵源可以從兩方面說明：一是翻譯，開始介紹了大量西方作品，周桂笙、徐念慈、蘇曼殊、馬君武、伍光建等群起執筆，其中作用最大的是林譯小說；另一是出國回來後對西方文明的介紹。遊記、隨筆、采風錄、聞見記、雜事詩等等，雨後春筍，紛紛刊行，內容充實的不下幾十種，敘錄了西方社會的政教風俗，生活方式，在那時的年輕一輩中產生過並不很小的影響。

唐弢在文中列舉了張裕釗的《出使四國日記》、薛福成的《出使日記續刻》、黎庶昌的《西洋雜誌》、吳汝綸的《東遊叢錄》、單士厘的《歸潛記》、張德彝的《隨使法國記》、容閎的《西學東漸記》、蔣夢麟的《西潮》等。他們用訪問記、遊記、或雜記個人日常生活的形式來介紹異域風情，開風氣之先，以記敘性散文的體式導中國現代散文的先路。

林紓筆譯西方小說，其中許多是世界名著，掃蕩了我國古典小說中美人名士之局，為下等社會寫照，工於敘事抒情，詼詭雜出，嫵媚動人，五四時期的著名作家，幾乎無不深受教益。嚴復以古文辭意譯歐西政治經濟哲學著作，題曰達詣，不云筆譯，取便發揮，以「信達雅」為宗；「物競天擇，優勝劣敗」，敲起祖國危亡的警鐘；議論之精，文筆之美，使學人傾倒讚歎；精警的議論，新鮮的名詞，對青年具有極大的吸引力。梁啟超以「新民體」散文大力宣傳變革維新，一反古文辭代聖賢立言的規範，也摒棄了抒發士大夫閒情逸致的風習，「必擇眾人目光心力所最趨注者」為論題，致力於社會改革。其文條理明晰，格式新穎，敘事論理，筆鋒常帶感情，語言平易暢達，採用口語、諺語、小說家語、俚語，吸收外國語法，句子中的限制詞增加，出現繁複長句、倒裝句、排比單行雜出的多變句式。這三位近代文化名人的譯著，不但開闊人們的視野，而且讓讀者深刻地感受到散文的形象性、邏輯性和論辨性的力量。可以說，他們對新一代的散文作家影響最大，鋪設了近代散文到現代散文的橋梁。

周作人在〈關於魯迅〉（《瓜豆集》）裡介紹魯迅所受晚清文化維新的影響時說，在南京求學時，魯迅就注意嚴幾道的譯書，自《天演論》以至《法意》，都陸續購讀；其次是林琴南，自《茶花女遺事》出後，也都陸續收羅；梁任公所編刊的新小說、《清議報》和《新民叢報》，的確都讀過，也很受影響。至於周作人自己，在〈我學國文的經驗〉裡說：「嚴幾道的《天演論》，林琴南的《茶花女》，梁任公的《十五小豪傑》，可以說是三派的代表。我那時的國文時間實際上便都用在看這些東西上面，而三者之中尤其是以林譯小說為最喜看，從《茶花女》起，至《黑太子南征錄》止，這其間所出的小說幾乎沒有一冊不買來讀過。」這些現代作家的親身說法，證實了中國古典散文和通俗小說的流變，介紹異域社會生活風習的遊記、隨筆的刊印，外國的社會科學和文藝作品名著的翻譯，筆鋒常帶感情的新文體的流行，對中國現代散文作家影響相當巨大；從另一種意義來說，它給中國現代散文的興起做了相當充分的準備。但中國近代散文的變革是不徹底的，它還沒有足夠的能力，去突破嚴重禁錮中國傳統散文往前發展的思想硬殼和形式硬殼，中國現代散文只能在思想革命和文學革命的陣痛中誕生。

新文化運動和「五四」愛國運動的興起，新民主主義革命的開展，新思潮的輸入，外國散文的學習和介紹，現代報刊的盛行，這才開闢了中國現代散文的新紀元，中國現代散文園地才呈現出一派明媚春光。

辛亥革命推翻了封建帝制，但並沒有引起社會的大變動，帝國主義和封建勢力進一步勾結起來，袁世凱和北洋軍閥把人民淹入黑暗的深淵。一部分激進民主主義知識分子反映群眾的不滿情緒和反封建的革命要求，他們從歷史的反思中認識到辛亥革命之所以不能解決中國的根本問題，在於缺少一場廣泛深刻的「思想革命」，於是從一九一五年起，發動了一個比辛亥革命時期更為深刻的反封建的新文化運動。此後十多年，從「思想革命」到「文學革命」，從文化革命到社會政治大革命，從資產階級思想的啟蒙到馬克思主義的傳播，都影響了作家的生活，震撼了他們的心靈，更新了他們的寫作形式，這就不能不使他們的散文作品大異於近代散文而表現出新的時代特色。

一九一五年九月創辦的《新青年》月刊（第一卷原名《青年雜誌》），是新文化運動的喉舌。它所進行的科學和民主的宣傳，對封建禮教、封建仁義道德和封建專制政治的激烈批判和否定，震動了中國思想界，「為中國社會思想放出有史以來絕未曾有的奇彩」。[3]新文化運動在其開始，所宣揚的是資產階級民主主義和人文主義的政治、社會和倫理思想。這種資產階級的人道主義和個人主義是五四時期許多散文家的基本思想。此外，有些人還受著資本主義發展到帝國主義時代各種資產階級思想，如柏格森、尼采、杜威、羅素等思想的影響。當時的社會主義思想也是各式各樣的，除了科學社會主義之外，還有空想社會主義、泛勞動主義、無政府主義、新村主義、基爾特社會主義等。這些思想形成了一股巨大的思想變革的潮流。在這股潮流中，科學社會主義經過革命先驅者的廣泛傳播，在中國的政治生活中逐漸形成了一支強大的政治力量，在思想文化方面也逐漸發揮廣泛影響。許多新的思潮分別為作家們所接受，一定程度地影響著散文家觀察生活和表現生活的深度和廣度。

思想革命的深入必然引起文學革命的深入。文學革命致力於反對舊文學，提倡新文學，反對文言文，提倡白話文。文學革命的倡導者，在論證白話文取代文言文的主張時，分別從內容及形式兩方面來

3　見〈新青年之新宣言〉，《新青年》季刊第1期（1923年6月）。

立論，胡適、錢玄同、劉半農較多論述文體和語言改革的問題，陳獨秀、李大釗、魯迅、周作人較多論述文學內容的問題。他們大力宣傳「歷史進化」的文學觀，明確指出隨著歷史的進化，「活文學」的白話文取代「死文學」的文言文成為文學的正宗，這是歷史的必然趨勢。他們還建立了嶄新的審美價值觀念，認為只有白話文，才能產生「第一流文學」，才能把豐富的材料、精密的觀察、高尚的理想、複雜的感情表現出來。這些文學革命的主張成為散文家自覺地徹底進行文體革命和語言革命的重要根據。

十餘年來的社會政治大革命，廣泛地影響了各階層人們的生活，它提供了散文作家寫作的直接的生活源泉。作家們以覺醒的思想和白話的形式來評價和表現社會生活。他們揭露封建軍閥的黑暗統治和帝國主義的野蠻侵略，抨擊封建思想的罪惡，他們表現了認識自我和放眼世界的無限欣喜的心情，他們對家庭、友誼、愛情、人生等切身問題進行新的思考，對傳統的價值觀念進行新的評估。中國現代散文在思想革命和文學革命的東風中，猶如梅柳迎春，顯示其繽紛的色彩。他們以雜感、短評、政論、隨筆，對半封建半殖民地社會進行廣泛的社會批評和文明批評，以遊記、旅行記、見聞錄和記敘抒情散文，抒寫他們所看到的自然、社會和人生。他們有的目標明確，決心引導人們走上新路；有的不滿現狀，追求他們認為的理想的人生；有的呼喊自由，詛咒舊的社會；有的因出路渺茫而無限傷感；有的沉溺在愛與美的幻想之中；有的企圖以回歸自然來醫治人性的缺陷；有的追求生活的情趣求得暫時的解脫。作家在作品中反映不同的生活境遇與思想感情，新散文在思想、題材、樣式、語言等方面呈現與舊散文截然不同的風貌，整個散文園地在其開創時期就顯得生機勃勃。

在思想革命和文學革命運動風靡全國的情況下，對於外國散文的學習與介紹是相當自覺的。傅斯年提出白話散文在發端時，不能不有所憑藉，可以憑藉我國歷史上的白話作品，也可以借鑑西洋的新文學，但最主要的須留神自己和別人的說話，把「精純的國語」的快利清白用於作文上。但這還不夠，還得憑藉西洋文的款式、文法、詞法、句法、章法、詞技和一切修辭學上的方法，造成一種歐化的國語文學。[4]周作人建議學習英語國家最發達的美文，看了外國的模範做去，用自己的文句和思想寫出我國現代新的美文。他希望人們向英語美文好手艾狄生、蘭姆、歐文、霍桑等人學習。[5]胡適說：「西洋文學的方法，比我們的文學，實在完備得多，高明得多，不可不取例。以散文而論，我們的古文家至多比得上英國的培根（Bacon）和法國的蒙太恩（Montaigne），至於像柏拉圖（Plato）的『主客體』，赫胥黎（Huxley）等的科學文字，包士威爾（Boswell）和莫烈（Morley）等的長篇傳記，彌兒（Mill）、弗林克令（Franklin）、吉朋（Gibbon）等的『自傳』，太恩（Taine）和白克兒（Buckle）等的史論；……都是中國從不曾夢想過的體裁。」[6]在新文學運動的第一個十年，隨著文學上對外開放的擴展，外國散文的譯介數量急劇增長。德國尼采、英國小品文名家作品以及屠格涅夫、波德萊爾、泰戈爾、王爾德等的散文詩譯作，散見於當時的報刊雜誌。當時的散文名家大多通曉外文，無須借助翻譯，可以直接閱讀、揣摩外國散文珍品。我國現代作家在對英美隨筆，日本小品，德國格言式語錄，以及俄國、法國、德國、西班牙、印度的散文和散文詩的譯介中，豐富了散文的藝術手法，提高了表現人生的能力。外國散文的引進，有力地促進了我國現代散文的成長。

現代報紙刊物這一傳播工具的日益興盛，給予中國現代散文的起飛以有力的羽翼。

最早最積極提倡新文學運動的《新青年》，是以評論社會、政

4 傅斯年：〈怎樣做白話文〉，《新潮》第1卷第2號（1919年2月）。
5 周作人：〈美文〉，《晨報》1921年6月8日，第7版。
6 胡適：〈建設的文學革命論〉，《新青年》第4卷第4號（1918年4月）。

治、思想、文化為主的大型綜合性刊物，也是中國現代雜文的搖籃。《新青年》上常登載陳獨秀、李大釗、魯迅、周作人、劉半農等人寫的文藝性社會論文，到了第四卷第四號（1918年4月）上，開創「隨感錄」一欄，影響尤為深遠。它的出現，立即吸引了廣大讀者的注意，許多報刊先後仿效，開闢相類的專欄。陳獨秀、魯迅、錢玄同等以短小精悍、犀利潑辣的文筆所寫的隨感錄，開創了現代雜文的先河。《新青年》也刊登少量記事文，如胡適的〈旅京雜記〉（第四卷第三號），高一涵的〈皖江見聞記〉（第五卷第四號），國藥的〈遊丹麥雜記〉（第六卷第一號），周作人的〈遊日本雜感〉（第六卷第六號）等，這些旅行記則是現代散文敘事部類的先驅。

為了更迅速廣泛地進行社會、政治、思想和文藝批評，李大釗和陳獨秀於一九一八年十二月又創辦《每週評論》，也闢有「隨感錄」專欄，陳獨秀和李大釗是經常的撰稿人，魯迅和周作人也為它寫稿。此外，《每週評論》還刊載一些富於文學意味的議論性雜文。在新文化運動初期，《新青年》和《每週評論》這兩大期刊提倡雜文創作，對雜文的發展起著積極的作用。

一九一九年二月，在李大釗的幫助下，北京《晨報》對第七版副刊大加改革，一九二一年十月十二日把第七版改為「晨報副鐫」單獨印行，它是當時具有全國影響的最大的副刊之一，闢有「雜感」、「雜談」、「浪漫談」、「開心話」、「文藝談」等欄目，刊登許多議論性雜文。更值得注意的是它以遊記、旅俄通訊開頭，逐漸發展壯大了記事抒情散文的寫作隊伍。在上面發表作品的有孫福熙、孫伏園、瞿秋白、冰心、馮淑蘭、川島、許欽文、郁達夫、郭沫若、沈從文、徐志摩、王統照、俞平伯、王魯彥、陳學昭等一大批作家。「晨報副鐫」對中國現代散文的發展做出了積極的貢獻。

一九一九年六月，《民國日報》出版「覺悟」副刊，稱甲種副刊；以後又陸續出了「平民」週刊、「婦女評論」週刊、「藝術評論」

週刊、「文學旬刊」、「婦女週報」、「政治評論」旬刊等，稱乙種副刊。這些副刊都曾大量刊登「隨感錄」式的議論性雜文，其中尤以「覺悟」最為突出。一九二〇年間，具有初步共產主義思想的知識分子醞釀組織中國共產黨，他們通過和「覺悟」編輯部的密切聯繫，初步把它辦成宣傳馬克思主義和新文化運動的陣地。「覺悟」上刊登的「隨感錄」、「雜感」約兩千篇；邵力子、施存統、陳望道、劉大白等是主要撰稿人。陳獨秀、張聞天、惲代英、蕭楚女、沈澤民等也在上面發表過一些雜文。「覺悟」也刊登一些敘事抒情散文，以徐蔚南、王世穎的《龍山夢痕》較為著名。

《時事新報》的副刊「學燈」和《京報》的「京報副刊」，與「晨報副鐫」和《民國日報》副刊「覺悟」並稱為「五四新文化運動的四大副刊」。它們也注意發表雜文和敘事抒情散文。冰心、許地山、鄭振鐸、郁達夫、朱自清、俞平伯等都曾為「學燈」撰文，孫伏園、孫福熙、陳學昭等則是「京報副刊」的主要撰稿者。

一九二一年初，在中國現代文壇上出現了「文學研究會」和「創造社」兩個純文學的團體，它們出版了純文學的期刊，在文壇上造成了巨大的影響，大大地推進了現代美文的發展。《小說月報》於一九二一年革新，從第十二卷第一期起，由文學研究會發起人之一的沈雁冰（茅盾）主編，主要刊登文學創作。其中第十二卷第一期「創作」欄的第一篇為冰心散文的成名作〈笑〉。第十三卷第四至六期連載許地山的《空山靈雨》，它是早期現代散文的名作，以濃厚的藝術性給敘事抒情散文增添奪目的光彩，在散文園地上樹一新幟。稍後，文學研究會在上海主辦的《文學週報》，分別有「感想」、「雜感」、「小品」、「散文」、「瞑想文」等體式名稱，以文學研究會會員為主幹，團結其他作家，在他們主編的刊物上以散文的形式探索人生的意義，體驗人生的情味，作反帝反封建的吶喊。創造社同人在《創造季刊》、《創造週報》、《創造日》、《創造月刊》、《洪水》上，發表不少散文，反映他們漂泊的生活和抑鬱感傷的情懷。

《語絲》（週刊）是現代散文史上第一個專載散文的刊物，創刊於一九二四年十一月，魯迅、周作人、劉半農、錢玄同、林語堂、孫伏園、川島等為主要撰稿人。周作人執筆的《語絲》〈發刊詞〉說：「我們所想做的只是想衝破一點中國的生活和思想界的昏濁停滯的空氣。我們個人的思想儘自不同，但對於一切專斷與卑劣之反抗則沒有差異。我們這個週刊的主張是提倡自由思想，獨立判斷和美的生活。」又說「週刊上的文字大抵以簡短的感想和批評為主」。《語絲》創辦之後，儘管魯迅和周作人、林語堂等人思想並不一致，但在支持新文學運動，支持青年學生的愛國運動，反對段祺瑞北洋軍閥政府，反對章士釗和楊蔭榆迫害青年學生，反對《現代評論》派，反對國民黨右派「四一二」血腥大屠殺等重大問題上，方向基本一致。魯迅認為《語絲》的特色是：「任意而談，無所顧忌，要催促新的產生，對於有害於新的舊物，則竭力加以排擊。」[7]《語絲》以發表雜文、隨筆為主，包括篇幅較長的社會議論文，短小精悍的「隨感錄」、「我們的閒話」、「閒話集成」、「閒話拾遺」等專欄文章，也包括學術考據性的雜文。此外，也發表不少記敘抒情散文（或稱小品文），有一些是反映重大政治鬥爭的，如朱自清的〈執政府大屠殺記〉等，但多量的是日常生活雜記。周作人、徐祖正、廢名、川島等的作品，以描寫清新的事物和抒發恬靜的情懷見長。《語絲》還連載了魯迅的收在《野草》中的散文詩，以瑰奇的筆墨，深沉的思想，贏得讀者的喜愛。

《莽原》創刊於一九二五年四月，先是週刊，後改旬刊，魯迅主編。態度較《語絲》激進。魯迅在《莽原》〈出版預告〉中說，《莽原》的宗旨是：「率性而言，憑心立論，忠於現實，望彼將來。」《莽原》也是一個以發表議論性雜文為主的刊物。魯迅在《兩地書》〈十

7　魯迅：〈我和《語絲》的始終〉，《三閒集》（上海市：北新書局，1932年）。

七〉中明白地說：「中國現今文壇（？）的狀況實在不佳，……最缺少的是『文明批評』和『社會批評』，我之以《莽原》起哄，大半也就為了想由此引些新的批評者來，……繼續撕去舊社會的假面。」魯迅在《莽原》上發表了著名的長篇雜文，如〈春末閒談〉、〈燈下漫筆〉和〈論「費厄潑賴」應該緩行〉等，還寫了如〈雜語〉、〈雜感〉等一類短小雜文，而且也確實引出了新的批評者，如高長虹、向培良等，後來他們又從《莽原》分裂出去，另刊《狂飆》。這一刊物也發表了一些雜文和文藝性散文。

創刊於一九二四年十二月的《現代評論》週刊，不是一個單純的文學社團，它以談政治為主而兼顧文學，其代表人物有胡適、陳西瀅、徐志摩等。《現代評論》發表主要撰稿人陳西瀅等的《西瀅閒話》式的雜文，和《語絲》進行長時期、大規模的論戰。不過在那上面也有一些思想比較進步的文章。

茅盾在《中國新文學大系》《小說一集》〈導言〉中有過一個不完全的統計，從一九二二年到一九二五年，全國先後成立的文學團體及刊物，不下一百餘。阿英在《中國新文學大系》《史料索引集》列有新文化運動頭十年雜誌的不完全總目近三百種。我們所列舉的僅是散文發展史上具有較大影響的社團和報刊雜誌。從這些簡略的事實，可見沒有新文化運動就不會有報刊的逐漸繁榮，有了雜誌報刊的發展，才可能造就數量眾多的作家，發展新興的體式，產生不同的風格和流派，散文的成就才顯得十分惹人注目。中國現代散文在開創時期，以古代散文家難以想像的優越條件，開闢著它前進的征途。

第二節　開創期的散文理論建設

中國現代散文是萌芽於「文學革命」和「思想革命」的。文學革命的倡導者，猛烈抨擊封建舊文學的載儒家之道的思想內容，堅決否定舊文學的僵化的語言形式，大力提倡平民、寫實、求真、通俗的白話文學。他們認為，只有白話文才能承擔起思想啟蒙的歷史使命，只有白話文才能使瀕臨絕境的中國文學獲得新生。從「文學革命」口號提出後，其倡導者在和封建復古派的鬥爭中，反對文言文，提倡白話文，始終是鬥爭的焦點。而他們所提倡的新鮮活潑的白話文，首先指的就是散文。他們所進行的卓有成效的鬥爭，理所當然地推動了中國現代散文的創作和理論的發展。

在「文學革命」的吶喊中就有散文變革呼聲。胡適的〈文學改良芻議〉，陳獨秀的〈文學革命論〉，錢玄同、劉半農、周作人等的有關論文，都是「文學革命」的發難之作。他們提出反對封建的「死文學」，創立「國民」的、「社會」的、「寫實」的、「抒情」的、「通俗」的「白話文學」，雖然不是專就散文變革立論，但已經涉及創建現代白話散文的問題。隨著探討的深入，開創期的散文理論建設主要從四個方面建設現代散文觀：一是散文的概念從一般散體文向文學散文概念的發展；二是散文理論的倡導者比較側重於輸入外國的散文理論；三是突出強調散文要寫實求真，表現作家的真情實感和個性特徵；四是著重探討雜感文和小品散文的寫作特點。

在古代文論中，所謂散文，通常有兩種理解，一是與韻文相對而言，泛指一切不押韻的文章；一是與駢文對舉的概念，亦稱古文，指句法不整齊的散行文體。這兩者都屬於一般文體的概念，包含廣泛，連非文學的應用文章也囊括在內。由這種最廣義的散文觀演變為文學散文觀，出現於五四時期，而且與引進西方的文學觀念密切相關。

最初，文學革命的倡導者所提倡的白話散文，還是與韻文、駢文相對的廣義散文。最早提出「文學散文」概念的是劉半農，他在一九一七年五月號《新青年》發表的〈我之文學改良觀〉中，率先「取法于西文，分一切作物為文字Language與文學Literature二類」，認為「凡可視為文學上有永久存在之資格與價值者，只詩歌戲曲、小說雜文二種也」。這裡所說的「雜文」，是該文首次徵引的英文「Essay」的譯名，後人一般譯為散文、隨筆、小品文等。他將西方文學分類中的Fiction（小說）和Essay歸併為一類，統稱為「文學的散文」，而把其它散體文章歸入「文字的散文」，使用的是廣義文學散文的概念；雖說還較為寬泛，並未劃清散文與小說的界限，但已在現代意義的文學範疇內劃出文學散文與非文學散文的界限，初步界定了散文的內涵和外延，把它從一般的散體文章中獨立出來而與詩歌戲曲並列為文學形式之一。

這種文學散文觀，稍後在傅斯年、周作人、王統照、胡夢華等人的文論中得到進一步的界定和闡發。傅斯年寫於一九一八年十二月的〈怎樣做白話文〉[8]，是一篇專門論述白話散文的文章。他把散文與詩歌、小說、戲劇並列，認為散文包括「解論」、「辯議」、「記敘」、「形狀」四種，把其中「運用匠心做成，善於入人情感的白話文」界定為「美術的白話文」，與「邏輯的」或「哲學的」白話文區別開來。一九二一年後，周作人的〈美文〉[9]、王統照的〈純散文〉[10]和〈散文的分類〉[11]、胡夢華的〈絮語散文〉[12]陸續發表，這些是這一時期散文理論建設的重要文章。孫伏園和周作人等在《語絲》上討論《語絲》文體的文章，也涉及散文的理論建設問題。周作人率先把文學散文稱為「美文」，他介紹「外國文學裡有一種所謂論文，其中大約可以分作兩類。一批評的，是學術性的。二記述的，是藝術性的，又稱作美文，這裡邊又可以分出敘事與抒情，但也很多兩者夾雜的」，「中國古文裡的序、記與說等，也可以說是美文的一類」，既界

8 傅斯年：〈怎樣做白話文〉，《新潮》第1卷第2號（1919年2月）。

9 周作人：〈美文〉，《晨報》1921年6月8日第7版，署名子嚴。

10 王統照：〈純散文〉，「晨報副鐫．文學旬刊」1923年6月21日。

11 王統照：〈散文的分類〉，「晨報副鐫．文學旬刊」1924年2月21日、3月1日。

12 胡夢華：〈絮語散文〉，《小說月報》第17卷第3期（1926年3月）。

說美文的藝術特質和多種體式，又為現代散文的創建提供了外來形式和民族形式的藝術依據。王統照則把文學散文稱為「純散文」，說它能「使人閱之自生美感」；他還借用美國文藝學家韓德《文學概論》第二編第四章〈首要的散文類型〉的分類法，把純散文分為以下五類：一、歷史類的散文，又稱敘述的散文；二、描寫的散文，包括狀物寫景一類作品；三、演說類的散文，又稱激動的散文；四、教訓的散文，又稱說明散文；五、時代的散文，又稱雜散文，其中最主要的體式就是Essay。這裡的分類雖然不夠嚴密，但視野開闊，包含廣泛，且又著眼於各類散文的文學屬性和表現功能，對於界定純散文的內涵、外延和種類是有啟發的。胡夢華則著重介紹歐美的絮語散文（Familiar Essay），稱它為「散文中的散文」，「是一種不同凡響的美的文學」。由此可見，從五四時期開始，就出現了現代文學的「四分法」，明確把散文視為與詩歌、小說、戲劇並列的一種獨立的文學形式和審美形式，確立了散文即美文的新觀念。

開創期側重於介紹歐美的散文理論和創作。周作人在〈美文〉中，要人們以艾狄生、蘭姆、歐文、霍桑等的美文為模範。王統照的〈散文的分類〉，如前所述，把散文分為五種，是根據韓德的理論。胡夢華的〈絮語散文〉，系統介紹絮語散文的源流，從法國蒙田開始，到英國的培根、約翰遜、高爾斯密、艾狄生、史梯爾、蘭姆、韓士立等的文章。魯迅在一九二五年譯的廚川白村《出了象牙之塔》中有關英國Essay的評述，如郁達夫所說：「更為弄弄文墨的人，大家所讀過的妙文」[13]，對中國現代散文的理論和創作發生過相當重大的影響。廚川白村的《出了象牙之塔》論及包括議論、抒情、記敘等的散文隨筆、小品的「Essay」時說：

---

13 郁達夫：〈導言〉，《散文二集》，《中國新文學大系》（上海市：良友圖書印刷公司，1935年）。

> 如果是冬天，便坐在暖爐旁邊的安樂椅上，倘在夏天，則披浴衣，啜苦茗，隨隨便便，和好友任心閒話，將這些話照樣地移在紙上的東西，便是「Essay」。興之所至，也說些以不至於頭痛為度的道理罷。也有冷嘲，也有警句罷。既有Humor（滑稽），也有Pathos（感憤）。所談的題目，天下國家的大事不待言，還有市井的瑣事，書籍的批評，相識者的消息，以及自己的過去的追懷，想到什麼就縱談什麼，而托之於即興之筆者，是這一類的文章。
>
> 在Essay，比什麼都緊要的要件，就是作者將自己的個人底人格的色彩，濃厚地表現出來。……是將詩歌中的抒情，行以散文的東西。

廚川白村認為作者要寫好Essay，「既須很富於詩才學殖，而對於人生的各樣的現象，又有奇警的敏銳的透察力才對」，否則，不能成功；讀者「要鑑賞真的Essay」，如蘭姆的《伊里亞雜筆》，則須細心領悟其古雅文字中「美的『詩』」，銳利的「譏刺」，在信筆塗鴉文字後，洞見其「雕心刻骨的苦心」。他還強調「文藝的本來職務，是在作文明批評，以指點嚮導一世」。上述廚川白村對小品散文作家寫作時的基本態度和個性表現，作品的題材範圍和藝術要求，以及這一文體的任務，都發表了相當精到的見解，對我國現代散文的理論和寫作確有過很大的啟發作用。

開創期散文理論還突出強調散文要寫實求真，表現作家的真情實感和個性特徵。周作人在〈美文〉中認為：「文章的外形與內容，確有點關係，有許多思想，既不能做小說，又不適於做詩，……便可以用論文式去表他。他的條件，同一切文學作品一樣，只是真實簡明便好。」胡夢華在〈絮語散文〉中則認為，抒情詩和散文的發達是「近世的自我解放和擴大」的產物。他指出「絮語散文」，「不是長篇闊論的邏輯的或理解的文章，乃如家常絮語，用清逸冷雋的筆法所寫來的零碎的感想的文章」；人們從一篇「絮語散文」裡，「可以洞見作者是怎樣一個人：他的人格的動靜描畫在這裡面，他的人格的聲音歌奏在這裡面，他的人格的色彩渲染在這裡面，並且還是深刻地刻畫著，銳利地歌奏著，濃厚地渲染著。所以它的特質是個人的，一切都是從個人的主觀發出來」。在散文中必須充分表達作者個人真實的思想情感，必須張揚個性、解放文體、任心閒話、自由創造，這是開創期散文界普遍承認和接受的一個基本原則，這從本質上與「載道」的正統古文觀區別開來了。

在現代散文建設的初程，所謂散文或小品文實際上包含著議論性和記敘性兩個分支，這兩個分支又都與抒情性密切聯繫著，所以統一在一個文體名稱裡。議論文而帶有抒情性，現在似乎令人難以體會，但當時所謂美文就包括議論文在內。如前述周作人、王統照、胡夢華諸家的看法。周作人在《自己的園地》〈舊序〉裡明確提出過「抒情的論文」的概念，在〈美文〉裡認為「中國古文裡的序、記與說等，也可以說是美文的一類」。這種敘事、議論、抒情等夾雜的情況隨著時代的發展和創作的繁榮而衍化出各種形式，小品散文的體式呈現了分立門戶的趨勢。

周作人把《自己的園地》中的小品散文，稱為「抒情的論文」，他說文藝批評寫得好時，「也可以成為一篇美文，別有一種價值，……因為講到底批評原來也是創作之一種」。[14]把議論性和批評性的雜文稱為「美文」和「創作之一種」，在現代散文史上，周作人是第一個，這是值得注意的。他又認為文藝只是自己的表現，「有益社會也並非著者的義務，只因為他是這樣想，要這樣說，這才是一切文藝存在的根據」。所以他在小品散文和雜感中，只是說出他所想說的話。有些無聊賴的閒談，僅表現自己凡庸的一部分。他願意傾聽「愚

14 周作人：〈文藝批評雜話〉，《自己的園地》（北京市：晨報社，1923年）。

民」的自訴衷曲和他們酒後茶餘的談笑。所以他以為小品散文應該有明淨的感情，清澈的理智，坦露的性靈，超脫的雅致，他的這一種看法被一些人奉為圭臬。

魯迅對於短評、雜感的寫作，則是另一種態度。魯迅根據當時中外雜文家和自己雜文寫作的經驗，把短評、雜感發展成為不拘格式而內容上和藝術上有一定規定性的雜文文體，並在理論上時加闡述。

（一）運用雜文進行文明批評和社會批評，促進社會改革。在《兩地書》中，魯迅認為中國社會「千奇百怪」，舊思想、舊文明、舊習慣「根深蒂固」，猶如「黑色的染缸」，中國國民的「壞根性」如不「改革」，中國是沒有「希望」的。他不僅自己寫作雜文來「襲擊」舊文明，「攻打」國民的「壞根性」，也希望有更多的人寫作雜文，將來造成一個雜文寫作的「聯合」戰線。他在《熱風》〈題記〉裡把自己的雜文稱為「對於時弊的攻擊」的「文字」，在《兩地書》〈十八〉裡說現今文壇「最缺少的是『文明批評』和『社會批評』」，他辦《莽原》為的是造就「新的這一種批評者來，雖在割去敝舌之後，也還有人說話，繼續撕去舊社會的假面」。進行文明批評和社會批評，以促進中國社會的改革，即雜文的戰鬥性和批判性，在魯迅看來這就是雜文的生命，也就是革命現實主義雜文創作的靈魂。

（二）雜文應該鋒利雋永，曲折有趣。在《兩地書》〈十〉中，魯迅認為「辯論之文」之「犀利」，應「正對『論敵』之要害，僅以一擊給與致命的重傷」。在《兩地書》〈十二〉中，他說：「自己好作短文，好用反語，每遇辯論，輒不管三七二十一，就迎頭一擊」，魯迅又認為這種「猛烈的攻擊，只宜用散文，如『雜感』之類，而造語還須曲折，否，即容易引起反感」（《兩地書》〈三二〉）。這裡，魯迅概括了論辯性的雜感短文寫作，要短小精悍、寸鐵殺人、犀利沉重、曲折有致的藝術規律。魯迅在《華蓋集》〈忽然想到（四）〉中說：「外國的平易地講述學術文藝的書，往往夾雜些閒話或笑談，使文章增添活氣，讀者感到格外的興趣，不易於疲倦。」這裡魯迅談論的是「講述學術文藝的書」的寫作，不限於雜文寫作，但又包括雜文寫作。事實上魯迅有不少雜文是帶有「含笑談真理」的「理趣美」的，有著一種「百讀不厭」的神奇魔力。

（三）雜文不應是「無情的冷嘲」，而應是「有情的諷刺」。魯迅所譯日本的鶴見祐輔的《思想・山水・人物》中的〈說幽默〉中說：「幽默的本性和冷嘲（Cynic）只隔一張紙。」又說要使「幽默不墮于冷嘲，那最大的因子，是在純真的同情罷。」魯迅在《熱風》〈題記〉中，改造了鶴見祐輔的話，他說：「無情的冷嘲和有情的諷刺相去本不及一張紙」；魯迅不同意別人把他的雜文視作「無情的冷嘲」，特意把他的雜文集題名為《熱風》，以示他的雜文是由灼熱情感灌注的「有情的諷刺」。強調雜文要抒發作者的情感，是魯迅的一貫主張。在《華蓋集》〈題記〉中，魯迅就說自己寫作雜文時：「自有悲苦憤激，決非洋樓裡的通人所能領會。」《華蓋集續編》〈小引〉又說：「這裡面所講的仍然並沒有宇宙的奧義和人生的真諦。……說的自誇一點，就如悲喜時節的歌哭一般，那時無非借此來釋憤抒情。」這些記述，既是魯迅對自己雜文抒情特點的一種總結，然而也是一種關於雜文創作的帶有普遍意義的理論主張，因為這種雜文的抒情性正是說理的雜文區別於一般說理文和政論文的根本特點。

魯迅的這些見解，已經把雜文的社會功能和雜文的基本美學特徵勾畫出來了，經過三十年代的創作實踐和理論建設，終於在議論性散文中建立起在世界上具有特色的魯迅風格的雜文文體。

散文中敘事抒情部類的理論，不像雜文的有魯迅那樣，既是創作的大師，又是理論的建立者，所以它在開創期並沒有專門系統的介紹和闡明，但在小品散文的總論文章中，已經可以略見其相對獨立性。王統照的〈散文的分類〉裡，對「歷史類的散文」和「描寫的散文」的概括敘述，對它們的特徵作過相當簡要的表達。他說，歷史類散文，藉用優美生動有趣的文筆將歷史的事實寫出，既不像小說的單注重想像的創造，又不同純歷史乾枯的記載，其形式最單純，感人的力量亦最深入。描寫的散文，要有「活潑」、「有力」及易於令人感興、記憶的方法，非具有寬闊深入的想像和生動的文字不成。胡夢華的〈絮語散文〉也有一段頗為精彩的話：「所以一個絮語散文家固然要有絮語散文家天生的擴大的意志，還要抒情詩人的纏綿的情感，自然派小說家的敏銳的觀察力，更要有卓絕的藝術手段，把這些意志的、情感的、觀察力的結晶融會貫通，籠統地含蓄在暗示裡，讓細心的讀者去領會。」這些特點的提示，雖然泛指小品散文，但也可以作為敘事抒情散文理論的先河。開創期十年的敘事抒情散文已有光輝的成績，但這一分支的理論建設顯然落後於創作，到了大革命以後，才有比較精彩的專門文章出現。

第三節　文明批評和社會批評的興盛

雜文是現代散文史上飛出的第一隻春燕，率先搏擊風雲，興盛發達。在新文學運動的第一個十年，隨著思想解放運動和政治運動的展開，而有一個波瀾壯闊的遍至全國的「雜文運動」。雜文，指的是議論性的文學散文。當時刊登雜文的期刊報紙很多，雜文作者的隊伍龐大，大多數雜文作者同現實生活保持密切關係，他們在雜文中進行廣泛的文明批評和社會批評；雜文樣式也長短不拘，豐富多樣，期刊報紙刊登雜文時冠以種種名目。雜文創作呈現這種五彩繽紛的盛況，無論在中外文學史上都是罕見的。《新青年》，《每週評論》，《語絲》，《莽原》，《民國日報》「覺悟」和早期共產黨的刊物如《嚮導》、《中國青年》、《先鋒》、《熱血日報》，以及《現代評論》等，是這時期較出名的刊有雜文的期刊和報紙。它們匯映了這時期雜文創作的概貌及其發展的軌跡。

一　《新青年》和《每週評論》的雜文

《新青年》雜誌和稍後的《每週評論》，都是以社會評論為主的綜合性刊物。它們繼承和發揚晚清以來資產階級改良派和資產階級革命派的「破舊立新」的戰鬥性政論的傳統，接連發起反對舊道德提倡新道德、反對舊文學創立新文學的「思想革命」和「文學革命」。在俄國十月革命之前，《新青年》進行卓有成效的科學和民主的思想啟蒙。一九一八年下半年，在李大釗推動下，《新青年》和《每週評論》開始傳播馬克思主義。這兩家刊物成為當時中國社會輿論的中心。它們對促進中國社會思想的革命化和現代化，對「五四」反帝愛國運動和中國共產黨的成立，作出了卓越貢獻。為了喚醒群眾，進行革命啟蒙宣傳，《新青年》的主編陳獨秀，同人李大釗、魯迅、周作人、錢玄同、劉半農等，都選取了以文藝性政論為主的雜文這一戰鬥武器。《新青年》和《每週評論》上的雜文，都以較充分的科學和民主思想、徹底的反帝反封建精神，爭取國家和民族的獨立與解放，為其時代和民族的特徵。中國現代雜文，從它誕生的那一天起，就貫注著蓬勃的戰鬥精神，就有著鮮明的時代和民族的特徵，就是以現實主義為其主流的。

《新青年》一創刊，就出現了雜文。當時的主要樣式是政論和「通信」欄中的議論文字，文字上不是白話，而是近似梁啟超的「新文體」；以後有「讀者論壇」，至第三卷第四號有陳獨秀「時局雜感」，第四卷第四號開始有「隨感錄」，第五卷第一號有署名「記者」的「什麼話！」[15]，第五卷第四號有「討論」，第七卷第五號有「編輯

15 《新青年》裡的「什麼話！」，是該刊編者輯錄當時社會上奇談怪論的欄目，編者不加任何評點，令那些奇談怪論自行暴露。

室雜記」。到了第四卷第五號（1918年5月），《新青年》上的文章才完全改用白話文體。總之，在《新青年》上，雜文是長短不拘，形式多樣，既有長槍大炮式的篇幅較大的文藝性政論，也有匕首式的精悍的「隨感錄」，有評論，有雜感，有隨感，有雜記，有通信、討論、答問、編者按等等。這裡先介紹陳獨秀、李大釗、錢玄同、劉半農的雜文，魯迅和周作人的早期雜文歸入《語絲》時期一併評述。

陳獨秀的雜文

陳獨秀（1879-1942），字仲甫，安徽懷寧人。《新青年》和《每週評論》的主編，中國現代雜文的倡導者、開創者和實踐者，中國共產黨創始人之一。早年留學日本，歸國後編輯《安徽白話報》，參加辛亥革命的反清鬥爭。一九一五年九月創辦《新青年》（初名《青年雜誌》），任主編。《新青年》創刊至中國共產黨成立前後，陳獨秀發表了大量的政論以及隨感錄、通信、編輯雜記和編者按語式的雜文。陳獨秀是五四時期聲望很高、影響極大的著名政論家。他的不少政論，是用雜文筆法寫的。這些政論式的雜文，側重於社會和政治問題，視野開闊，觀察深刻，說理透徹，感情熱烈，文字犀利生動，在寫法上也是多種多樣的。

陳獨秀的一些政論性散文，善於融議論和抒情於描寫之中，重視雜文形象的創造。如〈袁世凱復活〉（1916），寫於竊國大盜袁世凱死後不久。作者以為袁賊雖死，但在「黑魆魆」的中國，「袁世凱二世」還是「呼之欲出」。因為產生袁世凱式人物的「惡果」的「惡因」仍然存在。他號召「護國軍人」、「青年志士」「勿苟安，勿隨俗，其急以血刃劇除此方死未死」、「逆焰方張之袁世凱二世，導吾同胞出黑暗入光明！」文中有敏銳的觀察，深刻的議論，生動的描繪，激情的號召。

〈克林德碑〉又是另一種寫法。它篇幅較長，圍繞第一次世界大戰後，北京市民拆除作為「國恥」標記的克林德碑一事展開綿密的議論，採取了引古論今、追本溯源、層層剖析、款款論證的寫法。文中介紹克林德碑建立經過時，詳盡援引清人羅惇融的《庚子國變記》和《拳變餘聞》中的資料；談到現實中封建迷信盛行時，廣泛引述報上許多荒唐怪誕的奇聞蠢事；在充實材料的基礎上，作者展開議論，使現實和歷史相結合，觀點和材料相統一，豐富有趣的知識交融著一定的思想深度，文章很有特色。作者對義和團農民運動全盤否定，恣意醜化，正是他以後在國民革命中否定革命農民運動的錯誤思想根源。〈敬告青年〉(1915)、〈新青年罪案之答辯書〉(1919)、〈勞動者底覺悟〉(1920) 等，則融戰鬥的抒情於深刻的說理之中，採取了情理交融的寫法。

陳獨秀在五四時期寫了大量的隨感錄，其數量僅次於卲力子，但他的成就更高，影響更大。陳獨秀在《每週評論》上發表隨感錄時常常署名「隻眼」。「五四」後不久，陳獨秀被捕，《每週評論》讀者一時看不到他的雜文，投書編輯部抒發憤懣。針對此事，李大釗在〈誰奪去我們的光明？〉的隨感錄中寫到：「有一位愛讀本報的人」來信說「我們對於世界的新生活，都是瞎子，虧了本報的『隻眼』，常常給我們光明。我們實在感謝。現在好久不見『隻眼』了。是誰奪去了我們的光明？」一九二一年，陳獨秀在《新青年》上發表〈下品的無政府黨〉、〈青年的誤會〉、〈反抗輿論的勇氣〉等三篇隨感，魯迅對之有「獨秀隨感究竟爽快」的讚譽[16]。

李大釗的雜文

李大釗 (1889-1927)，河北樂亭人，馬列主義在中國最初的傳播者，中國共產黨創始人之一，是《新青年》和《每週評論》的重要雜

16 魯迅：〈致周作人〉(1921年8月25日)，《魯迅全集》第11卷（北京市：人民文學出版社，1981年），頁391。

文家。一九一六年前，李大釗在他主編的《晨鐘報》和《甲寅》月刊上發表過為數不少的政論性雜文。一九一六年，他在《新青年》上發表著名的〈青春〉。一九一八年，李大釗參加《新青年》編輯部，同年底和陳獨秀共同創辦《每週評論》。這年底，他在《新青年》上發表政論性的雜文〈庶民的勝利〉和〈布爾什維主義的勝利〉，這是震動整個思想界、具有劃時代意義的戰鬥篇章。在李大釗的推動下，《新青年》從資產階級科學民主思想的啟蒙，轉向馬克思主義的傳播。在《新青年》的帶動下，馬克思主義的傳播在全國範圍內成為不可抗拒的洪流。李大釗的雜文，主要發表在《每週評論》和《新生活》上，有些是〈新紀元〉、〈再論問題與主義〉之類政論性的雜文，絕大多數是短小的隨感錄。他的雜文內容廣泛，但主要是反映現實中重大而尖銳的政治問題，有著鮮明的政治色彩。他那些篇幅較大的政論性雜文，善於把問題放在較廣闊的歷史範圍、一定的理論高度上來分析，從中找出事物的本質和規律，並洞見其發展趨勢，在明快曉暢的析事辨理的文字中，激盪著波重浪迭的革命激情。他的隨感錄，短小悍潑，搖曳多姿，有著嬉笑怒罵的「謔而虐」的風格，但又常常一清見底，缺少餘味。對後起的共產黨人瞿秋白、惲代英、蕭楚女等在共產黨刊物上的「戰壕斷語」、「並非閒話」、「小言」、「寸鐵」、「反攻」欄目中的隨感錄影響較大。

錢玄同的雜文

錢玄同（1887-1939），浙江吳興人，著名音韻學家。一九一七年起任北京大學國文系教授，同時參加《新青年》編輯部，和陳獨秀一起提倡文學革命。「五四」後，任北京師大國文系主任，參加《語絲》社，並從事文字改革工作。五四時期，錢玄同在《新青年》和《國民公報》的「寸鐵」欄發表雜文。他的雜文多為「隨感錄」、「雜感」、「通信」和《新青年》的編者按語；內容主要是兩個方面，一是談論文學革命和文字改革問題，一是進行文明批評和社會批評；思想激烈深刻，文字潑辣放恣，有一種大破大立的氣勢，給人印象深刻，影響很大。錢玄同對文學革命的態度，可以在他和陳獨秀與胡適的「通信」中看出。他把「桐城」古文和「文選」派斥為「謬種」和「妖孽」，列為「文學革命」對象。在《嘗試集》〈序〉（1918）中，他堅決主張用白話代替文言，號召人們「用質樸的文章，去剷除階級制度裡野蠻的款式」，反對「總要和平民兩樣，才可以使他那野蠻的體制尊崇起來」的「獨夫民賊」。在〈中國今後之文字問題〉（1918）中，他還提出不讀古書，不用漢語改用世界語的偏激主張。「廢漢字」是錢玄同一時偏激之言，他實際上是漢字改革的先行者。錢玄同在論述文學革命問題時，總是把它和社會革命聯結起來，較胡適要激進得多。他是國學大師章太炎的「高足」，他關於文學革命的主張特別引人注目，陳獨秀在一篇通信的復語中就說：「以（錢）先生之聲韻訓詁大家而提倡通俗的新文學，何憂全國不景從也。」以後黎錦熙在〈錢玄同先生傳〉中也說過類似的話。錢玄同除了上述學術性和戰鬥性很強的「論學書」的雜文外，另一類雜文是尖銳的社會批評。他後來在《語絲》上發表的〈恭賀愛新覺羅．溥儀君遷升之喜並祝進步〉、〈敬告遺老〉、〈中山先生是「國民之敵」〉、〈關於反對帝國主義〉，仍然保持了《新青年》時代那種汪洋恣肆、悍潑老辣的雜文風格，但有鮮明的政治色彩。他痛斥封建統治者是「四眼狗、獨眼龍、爛腳阿二，缺嘴阿四」（〈恭賀愛新覺羅．溥儀君遷升之喜並祝進步〉），認為「反對帝國主義，簡直是咱們中國人今後畢生的工作」（〈關於反對帝國主義〉）。魯迅曾稱道「玄同之文，即頗汪洋，而少含蓄，使讀者覽之了然，故於表白意見，反為相宜，效力亦復很大」。[17]

---

17 魯迅：《兩地書》〈一二〉，《兩地書》（上海市：青光書局，1933年）。

劉半農的雜文

劉半農（1891-1934），名復，江蘇江陰人。一九一七年任北京大學預科教授，並參加《新青年》編輯部，是新文化運動的一員猛將。著有《半農雜文》（一、二集），還有詩集和語言學方面的學術著作。早在一九一六年，劉半農就在《新青年》上發表讀書札記式的雜文〈靈霞館筆記〉，以後又發表不少文藝批評式、通信式、隨感錄式的雜文。其中〈奉答王敬軒〉和〈作揖主義〉更是轟動一時、傳誦不衰的戰鬥雜文名篇。

〈奉答王敬軒〉分八點逐條批駁王敬軒的謬論，富於雄辯性，很有說服力。在議論展開過程中，作者著意繪聲繪影描摹封建頑固派王敬軒的聲口和靈魂，使這個既是虛擬又有相當典型概括意義的「王敬軒」，醜態可掬，躍然紙上，成為當時反對新文化運動中「不學無術，頑固取鬧」的封建頑固派的代名詞。文章莊諧雜出，文白並用，富於諧謔幽默的喜劇色彩。〈作揖主義〉是用「遊戲的筆墨」寫成的，作者融議論於記敘和描寫之中。他寫道，有一天「清晨起來」，一連來了七位論客：前清遺老，孔教會長，京官老爺，京滬的評劇家，鬼學家和王敬軒。他們一人發表一通謬論，「我」都一一「作揖」，不與論辯。他讓這些反動派自我暴露，不著一字而醜態百出，在貌似恭敬之中，對他們表示了高度的輕蔑，顯示了高超的藝術手腕。劉半農在《語絲》上發表的〈悼「快絕一世の徐樹錚將軍」〉、〈徐志摩先生的耳朵〉和〈罵瞎了眼的文學史家〉等名文，在嘲弄反動政客徐樹錚和《現代評論》文人徐志摩與陳西瀅時，也顯示了作者善於捕捉批判對象身上的喜劇性矛盾、將之加以漫畫化誇張的特長，寫得放恣潑辣，痛快淋漓，有一定的殺傷力。劉半農雜文思想不如錢玄同深刻。但他寫過小說、詩歌和散文詩，有多方面的創作才能。他也譯介外國文學，又有較高的古典文學修養，為人活潑、勇敢、詼諧。在雜文創作中，他善於在議論的展開中，巧妙融進小說的描寫，戲劇的個性化的對話，還有他自己特有的活潑、詼諧的諷刺、幽默的筆調，語言明白曉暢，婉轉自如，因而他雜文的藝術成就更高。

五四時期的《新青年》雜誌是帶有新文化運動統一戰線性質的社團，上述陳獨秀、李大釗、錢玄同、劉半農的雜文，以及魯迅、周作人在《新青年》時期那出類拔萃的雜文創作，雖說思想內容的側重點不盡相同，政治傾向不盡一致，各人都有自己獨特的藝術風格，但也有相同點，即他們運用雜文來進行廣泛的文明批評和社會批評。他們寫作的雜文樣式都是豐富多樣的，都有較高的藝術成就。他們都為開創新文學的現實主義雜文傳統做出了自己的貢獻。

二　《語絲》社的雜文

在中國現代史上，新文化統一戰線比政治統一戰線出現得早，也分化得早。由於「問題與主義」的論戰，新文化統一戰線分化了。《新青年》中的陳獨秀和李大釗忙於建黨和領導工農運動，胡適開始向右轉了。一九二二年七月，《新青年》停刊了，雜文創作出現了短暫的沉寂；但是文學革命仍在深入發展，到一九二四年至一九二七年的國民革命期間，隨著革命浪潮的高漲，雜文創作又蓬勃發展了。在這期間，有著眾多的報紙期刊刊登雜文，較著名的雜文陣地，在北方是《語絲》、《莽原》和《現代評論》，在南方主要是共產黨人支持的刊物《民國日報》「覺悟」副刊。

《語絲》是中國現代雜文史上最重要的以刊登雜文為主的文學期刊之一。《語絲》於一九二四年十一月十七日創刊於北京，一九二七年十月二十二日被奉系軍閥查封，一九二七年冬，魯迅在上海接編《語絲》，一九二八年十二月，魯迅推薦柔石接編，一九三〇年三月十日自動停刊，共出五卷二百六十期。魯迅、周作人、錢玄同、劉半農、孫伏園、林語堂、李小峰、淦女士等列名為《語絲》的長期撰稿人。創刊時,有周作人撰寫的〈發刊詞〉,大意說,他們當時感到一種苦悶,想「衝破一點中國的生活和思想界的昏濁停滯的空氣」,在這個刊物上以「簡短的感想和批評」的形式,「發表自己所要說的話」,反抗「一切專斷與卑劣」,「提倡自由思想,獨立判斷,和美的生活」,「也兼采文藝創作以及關於文學美術和一般思想的介紹與研究」,「發表學術上的重要論文」;並且歡迎主張不相反的來稿。可見《語絲》和《新青年》不同,它不是一個帶綜合性的包括文學和社會科學種種門類的刊物,基本上是一個以刊登「簡短的感想和批評」即以雜文為主的文藝期刊;它也不是一個統一戰線式的團體,而是一批思想傾向大致相近的文學家組成的文學社團。

就雜文創作而論,《語絲》所發表的雜文是注意直面人生的,它以廣泛的文明批評和社會批評為基本內容,帶著一定的政治色彩,有著進步和戰鬥的傾向。無論是《語絲》主將魯迅,還是《語絲》的重要撰稿人周作人、林語堂、錢玄同、劉半農等人,他們的雜文創作已不限於思想文化、倫理道德領域,他們相當「關心政治」,配合了當時重大的政治鬥爭。《語絲》創辦不久,代表資產階級右翼勢力的《現代評論》(1924年12月)也在北京創刊了;稍後,北洋軍閥的教育總長章士釗,為了適應軍閥政府的政治需要,復刊了《甲寅》(1925年7月)。《語絲》、《莽原》與《現代評論》、《甲寅》是形同水火,根本對立的。《語絲》主要成員在因驅逐溥儀出宮和「遺老遺少」的鬥爭中,在反對「學衡」派、「甲寅」派、「整理國故」派的復古傾向的鬥爭中,在保衛和發展新文化運動成果上,在女師大風潮、「五卅」運動、「三一八」慘案中,在反對北洋軍閥專制統治的鬥爭中,在與「現代評論」派的論戰中,在揭露國民黨右派背叛革命、屠戮共產黨人和革命人民的血腥暴行上,他們的戰鬥大方向是基本一致的,都有值得稱道的光榮戰績。當時革命中心已經南移,在北洋軍閥封建統治下的北方地區，李大釗等共產黨人，主要忙於激烈緊張的政治鬥爭，而且「三一八」事件後，不得不轉入地下；公開的思想鬥爭方面，主要是在《語絲》、《莽原》和「京報副刊」上，魯迅等運用雜文為武器進行的戰鬥。馮雪峰在〈魯迅的政論活動〉中就認為「魯迅以他的政論活動在北方獨立支援了一個戰線」，「可以說是魯迅一個人支援了思想戰線上的鬥爭」。[18]如果把馮雪峰這段話中的「魯迅一個人」改為「魯迅和《語絲》的主要成員」，就更符合歷史實際了。事實上魯迅自己也是這麼看的。他在論及早期《語絲》的特色時就說：「同時也在不意中顯了一種特色，是：任意而談，無所顧忌，要催促新的產生，對於有害於新的舊物，則竭力加以排擊——但應該產生怎樣的『新』，卻並無明白的表示」。[19]可以毫不誇張地說，早期《語絲》雜文和當年的《新青年》雜文一樣，也是一面廣泛地反映現實中政治、思想和文化鬥爭的鏡子。

《語絲》雜文的文明批評和社會批評，不僅帶著政治色彩，觸及現實的敏感政治問題和道德倫理、人情世態的種種弊端，更深入解剖了幾千年的封建精神文明造成的「國民的劣根性」。改造中國的國民性，是本世紀資產階級改良派和革命派都提出過的，到五四時期，隨著啟蒙運動的高漲，成為一個有影響的口號。改造中國的國民性是五四時期魯迅小說和雜文創作的一個重要主題，是他極力支持的「思想革命」的重要組成部分，到了《語絲》時期，這問題又有了新的廣度和深度。在《兩地書》裡，魯迅一方面認為改革最快的是「火與劍」，一方面又認為：「此後最要緊的是，改革國民性，否則，無論是專制，是共和，是什麼什麼，招牌雖換，貨色照舊，全不行的」。魯迅還對許廣平說，正是為了改革國民性，他才支持《語絲》，組織

18 馮雪峰：〈魯迅的政論活動〉，《魯迅的文學道路》（長沙市：湖南人民出版社，1980年）。

19 魯迅：〈我和《語絲》的始終〉，《三閒集》（上海市：北新書局，1932年）。

《莽原》，俾能引出更多的人對「根深蒂固的舊文明」，對像「黑色大染缸」似的千奇百怪的社會進行無情批評，由於社會太腐敗了，又碰不得，所以這種批評，必須要「韌」，要堅持「壕塹戰」。在魯迅的引導下，《語絲》社的重要雜文作家周作人、錢玄同、劉半農和林語堂，都在他們的雜文中，從不同方面對舊的精神文明發動猛烈襲擊，都針砭過中國國民的劣根性。自然，他們都缺少魯迅那無可比擬的「韌」的徹底革命精神，到三十年代初，都由「趨時」而「復古」。這是後話。不過就這時而論，襲擊封建舊文明，批判國民劣根性，卻構成早期《語絲》雜文的文明批評和社會批評的一大特色，這是《語絲》對《新青年》的這一反封建傳統的繼承和發展。

《語絲》雜文，不僅提倡自覺的文明批評和社會批評，也自覺追求諷刺、幽默的文風。《語絲》中的「周氏兄弟」、錢玄同、劉半農等人，原是《新青年》的重要雜文作家。他們在五四時期的雜文創作，本來就已有以上特點。到了《語絲》時期，魯迅譯介日本廚川白村的《出了象牙之塔》和鶴見祐輔的《思想・山水・人物》中有關小品隨筆及諷刺、幽默理論。周作人譯介希臘路斯留吉的諷刺詩，英國著名諷刺大家斯威夫特的〈婢僕須知〉，日本狂言喜劇《立春》等；他讚賞這些作品「用了趣味去觀察社會萬物」，「決不乾燥冷酷，如道學家的姿態」，甚至「在教訓文字上也富於詩的分子」（〈《徒然草》抄〉）。林語堂也是《語絲》中提倡「幽默」的一個。這樣《語絲》雜文就較前更自覺追求諷刺、幽默的文風。所以王哲甫在《中國新文學運動史》中說：《語絲》「嬉笑怒罵，冷嘲熱諷的雜文，在當時最為流行，且開了這一派的風氣，影響到許多青年作家的文筆。」[20]

---

20 王哲甫：《中國新文學運動史》（北平市：傑成印書局，1933年）。

魯迅前期雜文

魯迅（1881-1936），原名周樹人，浙江紹興人。他是中國現代文學的奠基人，是中國現代雜文的開山大師和最傑出代表。

從一九一八年八月起，魯迅在《新青年》上發表了如〈我之節烈觀〉、〈我們現在怎樣做父親〉等長篇思想評論式的雜文，發表了二十七篇隨感錄[21]，發表了「通信」、「什麼話！」式的雜文，在《每週評論》、「晨報副鐫」上也發表了不少雜文，這是魯迅雜文創作的開創期。這時期寫的雜文，收入他自己編的雜文集《墳》（1927）和《熱風》（1925）裡，有的收在別人為他輯佚的雜文集《集外集》、《集外集拾遺》、《集外集拾遺補編》中。

魯迅的雜文一開始就有著鮮明的社會批評和文明批評的特色，但與陳獨秀和李大釗有所不同，側重於思想文化、倫理道德領域。他這時的雜文，無論是反對舊道德，還是提倡新道德，無論是反對舊文學，還是提倡新文學，無論是反對封建專制和迷信，還是宣導科學和民主，無論是反對「皇帝加奴才」式的「經驗」，還是張揚革命的「理想」，無論是針砭時弊，還是闡發人生哲理，都充滿著破壞舊軌道和開闢新道路的蓬勃朝氣和強烈的批判戰鬥精神。這時的雜文儘管數量不多，但已經顯示了他作為偉大的革命家、思想家和天才藝術家的無可匹敵的巨大才能。

〈我之節烈觀〉和〈我們現在怎樣做父親〉屬於隨筆體的雜文，都是從容舒卷的長篇評論，從歷史的過去、現在和未來，來批判封建貞節和孝道觀念，論述婦女和青少年的解放問題。無論是批駁論敵的謬論，還是確立自己的論題，都是在理論分析和心理分析的結合上，揭穿封建倫理觀的反動性、虛偽性和荒謬性，論證婦女和青少年解放

---

21 據魯迅自述，這二十七篇隨感錄，有一篇是周作人寫的，用他的筆名發表，周作人則說他有「兩三篇『雜感』」「混到《熱風》裡去了」（《知堂回想錄》）。

的合理性和必然性，顯示了魯迅雜文特有的歷史廣度、思想深度和藝術高度。

魯迅的雜文一開始就有豐富多樣的文體樣式、表達方式和語言風格，不過魯迅這時寫得較多的是收在《熱風》裡的隨感錄式的雜文。它們有著獨有的凝聚力和穿透力，創造了咫尺千里、短小雋永的思想藝術境界，其中有對謬說和時弊一針見血的揭露，有對「國粹派」、「道學家」等的勾魂攝魄的漫畫式造像，有閃爍著思想家哲理光彩的格言警句，也有著抒情詩人的激情波流。幾乎每一篇都是思想的新發現，每一篇都是藝術的新創造，有著罕見的吸引力和征服力。《熱風》隨感錄在文體上近似於尼采、叔本華的哲理小品。丹麥著名文藝批評家勃蘭兌斯在《尼采》一書中對尼采的哲理散文給予很高的評價，認為尼采是「德國散文中最偉大的文體學家」；尼采「總是以格言體方式闡述自己的思想；……正是由於這種方式，他的觀點發生了一種攝人心魄的效果」；尼采是「一位充滿睿智的抒情詩人」，「在他身上，抒情的風格與批判風格不僅同樣得到了強健的發展，而且，它們之間還形成了一種迷人的結合方式。」[22]這時的魯迅在思想上已批判和否定尼采，但對尼采的格言式文體還是相當讚賞的。魯迅在〈《察拉圖斯忒拉的序言》譯後記〉（1920）中說：「尼采的文章既太好，本書又用箴言（Sprueche）集成」。因而勃蘭兌斯對尼采格言式文體的論述，對我們理解魯迅的《熱風》隨感錄的文體特點，還是有相當啟發的。毫無疑問，魯迅是《新青年》開創的現實主義雜文的最傑出代表，是戰鬥雜文傳統的最重要奠基人。

魯迅在《語絲》上開始了他一生自覺運用雜文武器進行戰鬥的時期。他在《華蓋集》〈題記〉自述道：「也有人勸我不要做這樣的短評。那好意，我是很感激的，而且也並非不知道創作之可貴。然而要

22 〔丹麥〕勃蘭兌斯著，安延明譯：《尼采》（北京市：工人出版社，1985年）。

做這樣的東西的時候，恐怕也還要做這樣的東西，我以為如果藝術之宮裡有這麼麻煩的禁令，倒不如不進去；還是站在沙漠上，看看飛沙走石，樂則大笑，悲則大叫，憤則大罵，即使被沙礫打得遍身粗糙，頭破血流，而時時撫摩自己的凝血，覺得若有花紋，也未必不及跟著中國的文士們去陪莎士比亞吃黃油麵包之有趣。」他這時搏擊「飛沙走石」的雜文，主要收入《墳》、《華蓋集》正續編、《兩地書》、《而已集》之中，數量較過去大大增加了，思想比過去尖銳深刻了，藝術上也有更多的創造和發展。這是魯迅雜文創作的發展期。

當時新文化統一戰線的分化，在魯迅這位不斷尋求、探索國家和人民的解放之路的文化戰士的思想中投下苦悶彷徨的陰影。這種陰影主要塗抹在《彷徨》和《野草》所展示的生活畫面上。當魯迅在雜文中直接面向社會訴說自己的「心事」時，他是意氣風發、鬥志昂揚的，他是嬉笑怒罵、所向披靡的。現實中發生的一切，都被攝入他的雜文之中，他燭照社會的歷史和現實的思想光芒中，已經有馬克思主義的因素。他這時的雜文已具有革命史詩的歷史規模和美學價值了。

收在《墳》裡的雜文名篇，有評論，有隨筆，有評論結合著隨筆，也有演講。如〈春末閒談〉、〈燈下漫筆〉、〈論「費厄潑賴」應該緩行〉，意態自如，議論風生，從容舒卷，縱橫開闔，對歷史和現實的階級鬥爭規律作了前無古人的開掘和概括，又把這種開掘和概括融鑄在「細腰蜂」、闊人擺的「人肉筵宴」、「落水狗」和「叭兒狗」等創造性的雜文形象之中；〈論雷峰塔的倒掉〉、〈再論雷峰塔的倒掉〉、〈看鏡有感〉、〈論睜了眼看〉、〈娜拉走後怎樣〉、〈未有天才之前〉等，則從一件事、一面鏡、一句話、一個人物的命運、一個問題的探討等等的具體分析中，由此及彼，由表及裡，概括出具有巨大思想理論容量的規律，同樣是令人讚歎的。

收在《華蓋集》正續編等雜文集中的隨感錄，更精鍊、更冷雋、更深沉了，更多地運用「格言和警句進行思維」（高爾基語），更注意漫畫式的雜文形象創造了。其中，〈戰士與蒼蠅〉、〈夏三蟲〉、〈長城〉、〈無花的薔薇〉、〈新的薔薇〉等具有哲理性散文詩的風格。〈馬上日記〉、〈馬上支日記〉、〈馬上支日記之二〉，是日記體的雜文。〈通訊〉、〈北京通訊〉、〈上海通訊〉、〈廈門通訊〉、〈海上通訊〉，以及整部《兩地書》，是議論性的書信體雜文。《而已集》中的〈再談香港〉酷似《熱風》中的〈知識即罪惡〉，可以說是小說體的隨感。《而已集》收魯迅一九二七年寫的雜文，其中有同「現代評論」派論戰的餘波，有闡發自己關於革命文學的主張，有對反革命政變的揭露；其中的〈魏晉風度及文章與藥及酒的關係〉一文，有著雙層的思想結構，既是學術講演，又是對國民黨新軍閥統治的政治影射，達到學術性和政治性的統一，知識性和趣味性的統一，在中國現代雜文史上獨標一格，影響深遠。圍繞「文學革命」問題、「整理國故」、尊孔讀經、「五卅」運動、女師大事件、「三一八」慘案、北伐戰爭、「四一二」反革命政變、「革命文學」論爭，魯迅在和論敵的鬥爭中寫出的雜文，較前有更廣闊的內容和鮮明的政治色彩，更有短兵相接的戰鬥批判鋒芒。

就雜文藝術而論，這時魯迅雜文最值得稱道的，是他在雜文中創造了一系列的如「蒼蠅」、「蚊子」、「山羊」、「落水狗」和「叭兒狗」等勾魂攝魄的漫畫式雜文形象。海涅評論萊辛的《漢堡劇評》時寫道：「他用他才氣縱橫的諷刺和極可貴的幽默網住了許多渺小的作家，他們像昆蟲封閉在琥珀中一樣，被永遠地保存在萊辛的著作中。他處死了他的敵人，但同時也使得他們不朽了。」[23]魯迅筆下的雜文形象，較之萊辛的那些生動描寫，有著更強大的思想和藝術魅力。瞿秋白對魯迅創造的雜文形象給予很高評價，認為「簡直可以當做普通名詞讀，就是認做社會上的某種典型」。[24]此外，魯迅雜文嬉笑怒罵，

23 〔德〕海涅著，海安譯：《論德國宗教和哲學的歷史》（北京市：商務印書館，1974年）。

24 瞿秋白：〈序言〉，《魯迅雜感選集》（上海市：青光書局，1933年）。

釋憤抒情，燃燒著神聖的愛憎，充滿著尖銳的諷刺，使警策的議論、傳神的漫畫貫注著戰鬥激情和浩然正氣。在魯迅手上，雜文的議論說理抵達了形象化、情意化、理趣化的藝術高度。

周作人的《談龍集》、《談虎集》等

周作人（1885-1968），浙江紹興人，五四時期任北京大學等校教授，積極參加新文學運動，是《新青年》和《語絲》時期的重要雜文作家。

周作人在《新青年》時期發表於《新青年》、《每週評論》、《新潮》、「晨報副鐫」和《少年中國》等報刊的雜文，收在以後出版的《談龍集》和《藝術與生活》中。他這時是同魯迅並肩作戰的，雜文內容也偏於思想文化、道德倫理，思想不如魯迅博大深沉，藝術上則有自己的獨特風格。

對「非人的文學」、「非人的生活」、「非人的道德」的批判態度和改革要求，是周作人此時雜文寫作的根本出發點。〈人的文學〉、〈平民文學〉、〈思想革命〉、〈論黑幕〉、〈再論黑幕〉、〈羅素和國粹〉等，是文藝評論式的雜文，是五四時期名噪一時的文藝評論文章。他反對「非人的」、「貴族的」封建舊文學，倡導「人道主義」、「平民主義」的新文學，不滿足於胡適提倡的文學改良主義和形式主義，要求「文學革命」和「思想革命」的結合。周作人認為文學是個人的，不必使它隔離人生，又不必使他服侍人生，應有獨立的藝術美與無形的功利（〈自己的園地〉）。他的〈祖先崇拜〉、〈感慨〉、〈隨感錄三十四〉、〈天足〉、〈資本主義禁娼〉等，是反對封建主義的道德倫理觀，提倡「兒童本位」的新道德，探索婦女解放問題的。〈祖先崇拜〉寫於陳獨秀的〈偶像破壞論〉之後，比魯迅的〈我們現在怎樣做父親〉早半年多，在當時破壞偶像的聲浪中，文章對封建人倫關係上的「根本返始」的「倒行逆施」進行撻伐，提出改「祖先崇拜」為「子孫崇拜」

的主張。〈隨感錄三十四〉比魯迅的講演〈娜拉走後怎樣〉早五年多，其中引述英國資產階級思想家凱本德關於婦女解放須同「社會上的大改革一起完成」，須以「社會的共產制度為基礎」的新穎見解，在當時關於婦女解放問題的探討中，自有其特別深刻之處。周作人的〈新村的理想與實際〉、〈日本的新村〉、〈新村的精神〉、〈新村運動的解說〉，介紹和宣傳帶有空想社會主義傾向的新村運動，在當時有一定影響。此時，周作人的雜文，感覺敏銳，見解新穎，有著一種破舊立新的銳氣。文章侃侃而談，旁徵博引，講求理性與風致，不乏諷刺與幽默。一九二二年三月，胡適在《五十年來中國之文學》中說：「白話散文很進步了。長篇議論文的進步，那是顯而易見的，可以不論。這幾年來，散文方面最可注意的發展，乃是周作人等提倡的『小品散文』。這一類的作品，用平淡的談話，包藏著深刻的意味；有時很像笨拙，其實卻是滑稽。這一類作品的成功，就可以打破那『美文不能用白話』的迷信了。」對周作人包括雜文在內的散文藝術成就給予很高的評價。

「五四」以後，特別是在《語絲》時期，周作人的文學活動，以「小品文」的寫作為中心。正如阿英所說：「這以後，周作人的名字，是和『小品文』不可分離地記憶在讀者心裡，他的前期諸姿態，遂為他的小品文的盛名所掩。」[25]周作人的「小品文」包括議論、抒情、記敘的散文，而以議論性的雜文為主。他這時期的雜文大多收在《談虎集》（上、下卷）、《談龍集》、《雨天的書》和《澤瀉集》裡，《自己的園地》和《永日集》也收有這時的一部分作品。在《語絲》社成員中，他的雜文數量最多，影響與魯迅相伯仲。

「五四」落潮後至一九二五年初，周作人的雜文仍限於思想文化、道德倫理範圍。一九二五年後，隨著大革命高潮的到來，周作人

25 阿英：〈周作人小品序〉，《現代十六家小品》（上海市：光明書局，1935年）。

雜文創作越出思想文化、道德倫理範圍，「人事評論」性的雜文數量激增。這許多「人事評論」性的雜文，反映這時期某些重大的政治與思想的鬥爭，帶有鮮明的反帝反封建的政治色彩。在「五卅」反帝愛國運動前後，周作人在「京報副刊」和《語絲》上發表了二三十篇揭露和譴責日本帝國主義的雜文。這些戰鬥性雜文無論從數量的眾多、筆鋒的犀利和態度的鮮明看，都是非常突出的。在女師大風潮和對「現代評論」派、「甲寅」派的激烈論戰中，周作人雖然和林語堂一樣，在〈答孫伏園論《語絲》的文體〉和〈失題〉等雜文中，鼓吹過實行「費厄潑賴」和不打「落水狗」的錯誤觀點，但這並不代表他這時思想的主流，而且他很快就在鬥爭實踐中糾正上述錯誤觀點。在總的方面，他同魯迅的大方向是一致的。在激烈的鬥爭中，他寫下了一大批稱得上是匕首和投槍的戰鬥雜文。

周作人同林語堂一樣，是一個有著突出的自由主義和個人主義思想的資產階級民主主義者，他們的世界觀和文藝觀是非常複雜的，他們有反帝反封建的一面，也有同帝國主義和封建主義相妥協的一面，甚至有與它們同流合污的可能。當他們和革命人民站在一邊時，他們能寫出有一定的現實主義精神的戰鬥雜文；一旦他們遠離革命和人民，或者是站到革命和人民的對立面，他們的雜文創作就將是另一種面貌。《語絲》的前期，是周作人雜文創作生涯中最有光彩的階段。他這時的雜文取材廣泛，思想激進，戰鬥性較強，是大時代激流中的浪花。他的雜文體式多樣，多數是評論體、隨筆體，特別是那些隨筆體雜文，行文從容舒卷，知識新鮮有趣，在娓娓絮語之中，搖曳著沖淡悠遠的情致和活潑詼諧的理趣，自有一種吸引人的魅力，對中國現代隨筆體雜文的發展的作用不可低估。

林語堂的《翦拂集》

林語堂（1895-1976），福建漳州人。他是《語絲》社中重要雜文家，其影響僅次於「周氏兄弟」。他出身於一個基督教牧師的家庭，上海聖約翰大學畢業後，曾在清華大學任英文教師，一九一九年赴美進哈佛大學學習，一年後到德國研究，獲哲學博士學位。一九二三年回國，任北京大學教授。《語絲》創刊後，是其長期撰稿人之一，與魯迅站在一起，而與胡適派相對立，是北大「激烈」教授之一。林語堂這時寫的雜文，收在一九二八年出版的《翦拂集》裡。

在一系列的思想文化和政治鬥爭中，林語堂和魯迅的大方向是基本一致的，不失為《語絲》社中一名戰士。他的雜文風格頗近於錢玄同，慷慨激昂，悍潑放恣。行文不如錢氏矯健老辣，但更多諷刺諧謔意味。這又有點近於劉半農，不過沒有劉氏的暢達自如，多了一點文言分子。

林語堂猛烈抨擊中國傳統的舊道德和舊文化，提出改造中國國民性的思想和建立「歐化的中國」的主張。在〈給玄同先生的信〉中，他認為：「今日中國政象之混亂，全在我老大帝國國民癖氣太重所致，若惰性，若奴氣，若敷衍，若安命，若中庸，若識時務，若無理想，若無熱狂，皆是老大帝國國民癖氣」，要改造這種國民性，須有革新奮鬥精神。他讚揚孫中山「為思想主義而性急，為高尚理想而狂熱」的進取精神(〈論性急為中國人所惡〉)。他認為：「生活就是奮鬥，靜默決不是好現象，和平更應受我們的咒詛。」(〈打狗釋疑〉)林語堂的理想是建立一個在「政治政體」和「文學思想」方面都是「歐化的中國」(〈給玄同先生的信〉)。這種思想在當時有反封建的作用，但在馬克思主義廣泛傳播、工農革命蓬勃高漲的新民主主義革命時期，就顯得陳舊了，是種不切實際的空想。

林語堂當時是關心政治的，他熱情支持群眾反對國內外黑暗暴力的革命鬥爭，同他們站在一起，而且從中感受到群眾的力量。五卅慘案發生後，他在〈丁在君的高調〉一文中說：「這回運動的中心應在國民群眾而不應在官僚與紳士」。他始終熱情支持女師大學潮、「三一八」群眾運動和「首都革命」，不僅以筆為武器，甚至加入學生示威隊伍，用旗杆和磚石與員警格鬥。林語堂對段祺瑞反動政府，對段政府的幫兇章士釗、吳稚暉以及「現代評論」派的文人學士、正人君子是痛加撻伐、辛辣嘲弄的。〈「發微」與「告密」〉、〈祝土匪〉、〈讀書救國謬論一束〉、〈勸文豪歌〉、〈詠名流〉、〈文妓說〉、〈討狗檄文〉、〈「公理的把戲」後記〉、〈閒話與謠言〉、〈苦矣！左拉！〉等就是這樣的戰鬥篇章。例如，在〈祝土匪〉一文裡，他撕下「現代評論」派的假面，以漫畫筆調為他們造像，指出他們是寧要臉孔不要真理的東西：「現在的學者最要緊的就是他們的臉孔，倘是他們自三層樓滾到樓底下，翻起來時，頭一樣想到是拿起手鏡照一照看他的假鬍鬚還在乎？金牙齒沒掉麼？雪花膏未塗污乎？至於骨頭折斷與否，似在其次。」

這時的林語堂基本上是個資產階級自由主義者，他的思想同徹底的民主主義還有距離。他因為同魯迅站在一起，站在革命人民一邊，他的雜文還有鮮明的戰鬥色彩。不過就在這時他的自由主義的根性仍不時有所表現。他寫於一九二五年十二月的〈論語絲文體〉就是如此。文章前半批判江亢虎、章士釗、吳稚暉等文妖的復古主義謬論，後半則宣傳「費厄潑賴」的自由主義觀點，說什麼：「此種『費厄潑賴』精神在中國最不易得，我們也只好努力鼓勵，……惟有時所謂不肯『下井落石』即帶有此意。……大概中國人的『忠厚』就略有費厄潑賴之意……不可不積極提倡。」魯迅接著寫了〈論「費厄潑賴」應該緩行〉這一戰鬥檄文，提出了「痛打落水狗」的革命原則，批評了林語堂和周作人。過了兩個多月，正是林語堂等主張要予以寬容的段執政，親手製造了「三一八」慘案。血的教訓，使林語堂受到深刻的教育。在慘案發生後一個多月內，他畫了〈魯迅先生打叭兒狗圖〉，寫了〈討狗檄文〉、〈打狗釋疑〉、〈「發微」與「告密」〉諸文；屢次提到魯迅的光輝論著，讚揚「魯迅先生以其神異之照妖鏡一照，照得各種醜態都顯出來了」，聲稱「事實之經過使我益發信仰魯迅先生『凡是狗必先打落水裡而又從而打之』之話」。

林語堂在〈祝土匪〉裡頌揚「土匪傻子」，並說：「我們生於草莽，死於草莽，遙遙在野外莽原，為真理喝彩，祝真理萬歲，於願足矣。」他以後將這時寫的雜文命名為《翦拂集》就是這個道理。《翦拂集》記載了他此時的光榮戰績，但也隱藏著他以後消極、頹唐的思想危機。

此外，如前所述，錢玄同、劉半農在《語絲》時期發展了各自的雜文風格，加上在魯迅影響下的《莽原》社一批新進作家也運用雜文從事文明批評與社會批評，這就在二十年代中期形成了雜文創作的第一個高潮和現實主義戰鬥主潮。

三　瞿秋白、蕭楚女和惲代英的雜文

一九二二年《新青年》雜誌停刊至一九二七年大革命失敗，《語絲》社成員的雜文代表了當時雜文藝術的最高水準。早期共產黨人中，陳獨秀和李大釗忙於黨的領導事務，不再寫雜文了，而寫作雜文較多的是在《民國日報》副刊「覺悟」等上發表文章的邵力子、陳望道、施存統、沈雁冰（他們幾人以後都因故脫黨）等，較有影響的是瞿秋白、蕭楚女、惲代英等人。

瞿秋白（1899-1935），江蘇常州人，中國共產黨早期傑出領導人。他早在五四時期就寫作雜文。一九二〇年，他在《新社會》、《人道》雜誌上發表過雜文。他於一九二二年在莫斯科參加共產黨，一九二三年回國後，在「晨報副鐫」、《文學週報》、《中國青年》、《前鋒》「寸鐵欄」、《新青年》（季刊）發表了一批雜文。一九二五年「五卅」運動爆發後，中共中央在上海創辦《熱血日報》，由瞿秋白任主編，每期都有瞿秋白寫的社論刊在頭版頭條，這些社論其實都是政論性的雜文。《熱血日報》闢有「小言」欄，專登鋒利的短評，瞿秋白在上頭發表過七則短評。一九二六年，瞿秋白在《新青年》（不定期刊）的「戰壕斷語」欄和《響導》的「寸鐵」欄發表短評。瞿秋白這時期的雜文同迫切的政治鬥爭血肉相連，閃灼著馬克思主義的戰鬥批判光芒，短小、鋒利、悍潑，類似於李大釗那些短而精、「謔而虐」的隨感錄。但較質直，尖銳有餘，涵蘊不足。這是瞿秋白雜文寫作的「試煉」期。後來，他在三十年代與魯迅並肩作戰，寫了更多更出色的雜文。

蕭楚女（1893-1927），原名蕭樹烈，生於漢陽，原籍湖北黃陂。出身貧苦，靠自學成才，一九二二年加入共產黨，一九二三年在重慶任《新蜀報》主編。《新蜀報》經常以社論或政論形式對反動派的罪惡行徑、反動意識進行深刻的揭露和無情的鞭撻。該報闢有「社會黑幕專欄」，將社會上魑魅魍魎和見不得人的醜事暴露於光天化日之下，還闢有「社會青年答問欄」，以通信方式，向青年進行愛國主義和民主主義教育，幫助他們解決工作、學習、婚姻、戀愛等問題，把廣大青年引導到革命道路上來。《新蜀報》在四川人民中享有很高聲望。蕭楚女在《新蜀報》上發表的政論和雜文，筆鋒犀利，戰鬥性很強、矛頭所向不是「指責土酋軍閥」，就是「痛罵貪官污吏」，連反動報刊也不得不讚歎其文「字夾風雷，聲成金石」。一九二五年，蕭楚女在河南主編《中州評論》，發表雜文〈告革命界的著作者〉，批判國民黨右派戴季陶。一九二六年，他協助毛澤東編輯《政治週報》。《政治週報》闢有短評專欄「反攻」，蕭楚女在「反攻」專欄上發表戰鬥短評。一九二七年蔣介石屠殺工農、鎮壓革命時，蕭楚女奮筆著文，予以無情揭露和鞭撻。他和惲代英都是社會主義青年團刊物《中國青年》的重要撰稿人，茅盾在〈客座雜憶〉中論到他們時說：「常在《中國青年》撰稿諸人中，其尤受讀者歡迎而影響巨大者，當推蕭楚女與惲代英。……二人皆健筆，又同為天下的雄辯家，其生活之刻苦又相似。平居宴談，都富於幽默味；然楚女縱談沉酣時，每目嗔而臉歪，口沫四濺，激昂凌厲，震懾四座，代英則始終神色不變，慢條斯理，保持其一貫冷靜而詼諧的作風。……二人之文，風格亦不同，代英綿密而楚女豪放，代英於莊諧雜作中見其煽動力，而楚女則剽悍勁攏，氣勢奪人。」[26]

惲代英（1895-1931），生於武昌，原籍江蘇武進。一九一五年畢業於武漢中華大學文科，一九二二年加入共產黨，同瞿秋白、蕭楚女一樣，都是黨內傑出的革命理論宣傳家，都有傑出的文學才能，他寫的政論和演講都有鮮明的文學色彩。在《新青年》、《東方雜誌》、《青年進步》、《婦女時報》、《光華學報》上發表了著譯八十篇。他是《中國青年》的主要編委之一，僅他在《中國青年》上發表的文章就有一百多篇，通訊有四五十篇，其中相當部分可作雜文讀。其雜文風格和影響誠如茅盾所述。

從五四時期的李大釗和陳獨秀，到第一次大革命中的瞿秋白、蕭楚女、惲代英，這些早期共產黨人都是雜文創作的倡導者和實行者，他們的雜文匯入了現實主義戰鬥雜文的主潮。

四　《現代評論》的雜文

在第一次大革命中，同早期共產黨人和《語絲》雜文相對立的是「現代評論」派的雜文。「現代評論」派成員有胡適、徐志摩、陳西瀅、唐有壬等人，其中胡適是精神領袖，陳西瀅是主將。《現代評論》週刊創辦於一九二四年十二月十三日，至一九二八年十二月二十九日終刊，共出九卷二〇九期和增刊三期。這是一個以刊登社會評論為主的綜合期刊，上面闢有「閒話」專欄。在《現代評論》上發表雜文的有胡適、吳稚暉、徐志摩、陳西瀅等人，尤以陳西瀅影響為最大。《現代評論》是個思想政治傾向相當複雜的刊物。在政治上，它

26 茅盾：〈客座雜憶（蕭楚女與惲代英）〉，《筆談》第4期（1941年10月）。

同北洋軍閥政府中段祺瑞和章士釗有一定的聯繫，但又有所區別。它反對中國共產黨人和魯迅的徹底的反帝反封建的革命主張，蔑視人民革命鬥爭，反對北京女子師大革命師生的正義鬥爭，但在「五卅」慘案和「三一八」慘案中，還是發表了一些反帝反封建的言論。在文化思想上，它反對「學衡」派和「甲寅」派的復古排外主張，以溫和態度支持新文化運動，但又鼓吹「整理國故」和「全盤西化」。郭沫若曾說《現代評論》派「組成分子大都是有點相當學識的自由主義者，所發表的議論，公平地說，也還算比較開明。」[27]這種說法還不夠全面，因為它沒能指出他們「議論」中除了「比較開明」之外還有同革命人民對立的另一方面。《現代評論》的這種錯綜複雜的思想政治傾向，集中反映在其主將陳西瀅的雜文集《西瀅閒話》中。

陳西瀅的《西瀅閒話》

陳西瀅（1896-1970），江蘇無錫人，當時任北京大學教授。他的「閒話」式的雜文，寫於一九二五至一九二七年間，發表於《現代評論》和「晨報副鐫」上，大多收在《西瀅閒話》（1928）中。《西瀅閒話》共七十八篇，論題廣泛，析理細密，以閒話式的娓娓而談、輕鬆幽默的筆調進行文明批評和社會批評，思想內容較駁雜。作者基本上站在資產階級自由主義立場上觀察一切、批評一切。在北京女子師大事件上，陳西瀅一夥站在章士釗、楊蔭榆一邊攻擊誣衊女師大學生和支持她們的魯迅等人，詛咒女師大是「臭毛廁」（〈臭毛廁〉），攻擊魯迅等是「土匪」（〈吳稚暉先生〉）。但在〈五卅慘案〉、〈多數與少數〉中，他主張「大家竭力抵抗外人」。「三一八」慘案後，他針對有人鼓吹「我中華物質雖不如他國，而文化之優異有足多者」，反諷說：「這句話引起的注意後，不到幾天，就有了很好的證明。真的，像三月十

27 郭沫若：〈學生時代〉，《創造十年續編》（上海市：北新書局，1938年）。

八日那樣慘殺愛國民眾，只有在文化優異的中國才能看到」（〈文化的交流〉）。像〈線裝書與白話文〉、〈再論線裝書與白話文〉、〈中國的精神文明〉、〈新文學運動以來的十部著作〉（上、下）等，他支持新文化運動，反對復古派的復古排外主張，也鼓吹「整理國故」和「全盤西化」。一九六三年《西瀅閒話》在臺北重版時，梁實秋在〈序〉中說：「陳西瀅先生的文字晶瑩透剔，清可鑒底，而筆下如行雲流水，有意態從容的趣味。」又說：「陳西瀅先生的《西瀅閒話》大概是在民國十四年左右發表在《現代評論》的，當時成為這個刊物中最受人歡迎的一欄，我當時覺得有如阿迪孫與史提爾《旁觀報》的風格。」同聲相應，同氣相求，梁實秋當然不可能對《西瀅閒話》作出實事求是的歷史評價，不過他對《西瀅閒話》的藝術分析，自有其可資參考之處。陳西瀅在《閒話》之後，再沒有寫什麼雜文了，賡續他的英國式「閒話」隨筆傳統，使之不絕如縷的，是梁實秋四十年代在重慶的《星期評論》等刊物上發表的《雅舍小品》。

五　現代雜文的創立與啟蒙

中國新文學運動的第一個十年，是中國現代雜文史的開創期。在這個開創期中，刊登雜文的期刊報紙數量之多，雜文寫作的隊伍之龐大，產量之驚人，社會影響之巨大，說明當時確實存在著一個中外文學史上所罕見的廣泛深入的「雜文運動」。中國現代雜文史是同中國的新民主主義革命史相始終的。新民主主義革命是無產階級領導的人民大眾的反帝反封建的革命。為了喚醒民眾，就必須從政治、經濟、軍事、文化、思想和道德等各方面揭露帝國主義和封建主義的反動腐朽本質，就必須進行科學和民主的啟蒙，進行馬克思主義的啟蒙，進行廣泛的文明批評和社會批評。在這種情況下，最便於進行揭露和抗爭的，最便於實行文明批評和社會批評的，最便於進行啟蒙宣傳的雜文，就適應時代的需要應運而生了，就成了各種思想派別的人們宣揚自己的社會理想的最方便的工具，因而特別繁榮發達。也正是鑑於上述情況，現代雜文和新民主主義革命的歷史使命，有著特別緊密的內在聯繫，這就決定了中國現代史上的革命啟蒙宣傳家，常常就是重要的雜文家，《新青年》時代的陳獨秀、李大釗是如此，大革命時期的瞿秋白、蕭楚女和惲代英是如此，整個開創期中的魯迅也是如此；決定了現代雜文必然是「大破大立」、「有破有立」的，現實主義的戰鬥雜文必然成為現代雜文的主流。而《新青年》時期的陳獨秀、李大釗和魯迅等人共同奠定了現代雜文的現實主義基礎，二十年代的瞿秋白等共產黨人繼承了這一戰鬥傳統，《語絲》、《莽原》時期的魯迅則往前豐富和發展了這一傳統。自然，縱貫整個現代史的雜文，除了主流之外，還有支流和逆流。這些支流、逆流和主流錯綜交織、互相激盪，匯成現代雜文的紛繁複雜、千姿百態的局面。

開創期已經出現了陳獨秀、李大釗、魯迅、周作人、錢玄同、劉半農、林語堂、瞿秋白、蕭楚女、惲代英、陳西瀅等一批有自己獨特的思想和藝術風格的雜文作家。其中特別是魯迅，在「五四」以後，開始了隨感錄、短評、雜感、論文，後來統稱為雜文的創作活動，使雜文創作出現了新飛躍，日漸具有史詩規模和美學價值，對雜文創作的影響也日益顯著。雜文，這種辛辣的深刻的批評文，和清新俊逸的敘事抒情文成為中國現代散文開創期的雙璧；它包括政論性的散文、思想性的散文、社會批評性的散文，在我國現代散文史上奠定了革命的藝術的堅實基礎。此外，學術性、知識性的散文也作為雜文中的一個分支開始顯露它的枝葉。

開創期的雜文，有著承前啟後的歷史作用。它繼承資產階級啟蒙家政論文的優秀傳統，也承傳歷代論說文的論辨說理藝術，在新的歷史條件下使新生的雜文從議論性散文中脫穎而出，卓然獨立，以勃發的生機銳氣開闢了前所未有的「雜文時代」和寬闊堅實的雜文道路。

第二章
繁英繞甸競呈妍
——開創期的記敘抒情散文

第一節　域外與國內的旅行記與遊記

中國現代散文中的記敘抒情部類，是以眾多的記遊之作開頭的。打開《晨報》、《時事新報》、《民國日報》、《京報》的副刊，在其初期就可以看到許多旅俄、旅法、遊美、遊日的通訊、遊記文章，以及西子湖濱、山陰道上的風光描寫。散文作者有許多也是以遊記名篇開手的。瞿秋白的《新俄國遊記》，郭沫若的《今津記遊》，孫伏園的《伏園遊記》，孫福熙的《山野掇拾》，冰心的《寄小讀者》，徐志摩的《巴黎的鱗爪》，朱自清和俞平伯各自的《槳聲燈影裡的秦淮河》等等，就是例子。早期的散文選集如《中國新文學大系》散文一集和二集所收，遊記也占較大比重，其中有許多膾炙人口的名篇。早期出版的散文集也多為遊記的結集。

遊記在我國古典文學中有豐厚的傳統，有名山大川景色的詳實描繪，有山水源流地貌的科學考察，有歷史文物和風土人情的生動記敘，有邊塞風光的奇異見聞，隨著對外的日益開放和國內交通的發達，這些題材不斷得到拓展。在現代散文史上首先出現記遊之類的題材，是有著深刻的時代和社會原因的：自鴉片戰爭以後，海禁開通，晚清政府開始向外國派遣許多外交官員和留學生，他們就印行了許多海外見聞錄。五四運動以後，世界新思潮激盪，青年們走異地、尋異路，留學外國者日眾，介紹域外風情，自然為國人所喜聞樂見，也有助於啟蒙運動的發展。「海客談瀛洲，煙濤迷茫信難求」，這種無可奈何的浩歎已成為歷史陳跡。在國內，新一代的知識分子，為了工作和生活，他們旅食四方，更廣泛地同通都大邑、名勝古蹟、靈山秀水、風土人情接觸，不同感興，各為文章。這樣，就造成遊記、旅行記的繁榮，而使新時代的記遊作品有異於傳統文學的新的特色；同時，有些旅行通訊因具有新聞性，也開了我國現代報告文學的先聲。

一　域外旅行記與遊記

瞿秋白的《餓鄉紀程》和《赤都心史》

瞿秋白出身於破產的「士的階級」家庭，一九二〇年底以北京《晨報》記者身份去蘇聯採訪。這時，他寫了很有影響的《餓鄉紀程》和《赤都心史》，用他自己的話來說，他是「來做開天闢地研究俄羅斯文化（在我以前俄國留學生有一篇好的文章出來過沒有）的事業」(《赤都心史》〈二三・歸歟〉)。無論從內容或形式來看，這兩本集子都是現代散文史上的重要作品。這些通訊，從一九二〇年底到一九二二年十月陸續刊登在《晨報》上。在同一時期，《晨報》也陸續刊載了和他同時出國的俞頌華、李仲武兩人的通訊。他們三人當時都是作為《晨報》特約記者結伴到俄國去的，後來《晨報》還出了《遊記第一集》(1923)和《遊記第二集》(1924)，選編了他們的作品。

《餓鄉紀程》著手於一九二〇年十月，至一九二一年十月脫稿，一九二二年九月出版時改書名為《新俄國遊記》，中心記自中國至俄國的路程和作者的心程。他的目的是「求一個『中國問題』的相當解決——略盡一分引導中國社會新生路的責任」(《餓鄉紀程》〈一〉)。作者沿途歷經濟南、天津、北京、哈爾濱、滿州里、赤塔、西伯利亞、伊爾庫次克、沃木斯克而至莫斯科，所見所聞以及調查訪問，都遺諸筆端。北國嚴寒的景色，勞動人民的貧苦，外交內政的腐敗，日本帝國主義的欺凌，新俄官員的友好，路程心程，水乳交融地呈現在讀者面前。作者抱著虔誠的取經的意念首途，全書表達著一種熱切的情意，他要研究共產主義這一社會組織在人類文化史上的價值，研究俄羅斯文化——由舊文化進於新文化的情況，他知道新俄國在經濟文化建設等方面所面臨的困難和障礙，但他以親歷此景為榮。「寒風獵獵，萬里積雪，臭肉乾糠，豬狗飼料，饑寒苦痛是我努力的代價。」(《餓鄉紀程》〈十二〉)他以充沛的激情，堅定的理想，飽滿的樂觀精神和科學的分析態度，奔向他「心海中的燈塔」，歷盡艱辛，終於獲得入室登堂的快慰。

《赤都心史》是在莫斯科一年中的雜記，始於一九二一年二月十六日，舉凡參觀遊談，讀書心得，冥想感會，見聞軼事，都在他的筆墨範圍之內。作者的目的是既要反映新俄的社會心靈，又要表現作者的個性。克里姆林宮、十月革命節、五一勞動節、共產國際第三次大會、列寧演講，社會經濟變革、災區救濟、蘇維埃農場、農村蘇維埃建設、農村蘇維埃幹部、學校機關、療養院以至於托爾斯泰陳列館、俄國宗教、家庭音樂會等，都有所介紹。新俄的新政策、新設施、新社會的新型關係、革命領袖、革命節日、文化活動、人們在貧困生活中表現的高尚精神境界、社會風習以至於個人的思想觀點，以及他們的艱難和困苦，成功和歡樂，光明和希望，舊的掙扎和滅亡，新的誕生和成長，這裡展示的新的世界對當時的中國讀者起了一新耳目、振聾發聵和促進思考的作用。在「西歐文化的影響，如潮水一般，衝破中國的『萬里長城』，而侵入中國生活」的時候，作者宣稱:「我自是小卒，我卻編入世界的文化運動先鋒隊裡。他將開全人類文化的新道路，亦即此足以光復四千餘年的文物燦爛的中國文化。」(《赤都心史》〈三〇・我〉)作者的高瞻遠矚，對二十世紀二十年代的中國青年面對現實、抉擇國家應走的新道路無疑的將是霜天的曉角。

《餓鄉紀程》和《赤都心史》體現了現代散文初期的過渡形態。一是體裁未定型，《餓鄉紀程》〈跋〉之後，還有一段附言說，《餓鄉紀程》以體裁論為隨感錄，而《赤都心史》則用日記、筆記的體裁。《赤都心史》〈序〉裡說，它的體裁約略可分為雜記、散文詩、「逸事」、讀書錄、參觀遊覽記。可見，這兩書體裁比較自由，記事隨感，雜以描寫抒情，便於作者表現多方面的感受；二是語言文白混用，請看《赤都心史》〈一・黎明〉這一段：

> 沈沈的夜色，安恬靜密籠罩著大地。高燒的銀燭。光灺影昏，羞澀的姮娥。晚妝已卸；酒闌興盡，倦舞的腰肢，已經頹唐散漫，睡態惺忪，渴澀的歌喉，早就瀾漫沉吟，醉囈依稀。……

這段關於黎明的描寫，較多借助於文言辭彙和句式，難免過於鋪排濃豔，有些晦澀拗口，這是從舊形式向新形式的過渡性形態。

由於作者著眼於旅程和心程的結合，社會心靈與作者個性的結合，所以作品表現了以下三個特色：一、景色描寫與主觀意念相交融；二、現象的敘述和精彩的剖析相結合；三、選擇富於抒情性的細節來描寫人物，凸顯人物在群眾心目中的印象。強烈的抒情性和剖析力，清新綺麗，熱烈奔放，是瞿秋白早期散文的鮮明特色。他用新的散文語言全心謳歌在困難中苦鬥的新俄羅斯，為的是證實中華民族求解放的道路，他為現代新散文寫下了光輝的篇章。

《餓鄉紀程》和《赤都心史》是春來的第一燕。從題材看，它是現代散文史上最早以反映「新的世界」和「新的人物」、展示作者心路歷程為內容的作品。在創作方法上，它以嚴峻的絕無誇飾的態度和方法表現俄國的新生，而又閃耀著作者的「理想之光」，充滿著革命浪漫主義激情。在文體上，它有完整統一構思，是連續性的長編。其中關於新俄國社會現實的系列報導，可說是新聞性與文藝性結合的報告文學的濫觴。總之，這兩部作品，以廣闊如實的描寫和深沉的思考，較好地回答了「以俄為師」的重大而迫切的現實問題，忠實地記錄了一個出身於封建士大夫家庭的青年知識分子在尋求救國救民真理過程中的思想歷程。路程心史，相得益彰，它是中國現代散文的革命現實主義的奠基之作。

孫福熙的《山野掇拾》和《歸航》

孫福熙（1898-1962），字春苔，浙江紹興人。一九二〇年底赴法國勤工儉學，主修繪畫，開始寫遊記，一九二五年回國。他最早的遊記是〈赴法途中漫畫〉十則，發表於一九二一年一月十一日至三月二十一日《晨報》第七版，被《新潮》轉載。一九二二年十月到一九二四年七月，他在「晨報副鐫」上連載《山野掇拾》（北新書局，1925），這也是現代散文史上一部結集較早的遊記。他在法國還寫了《大西洋之濱》（1926），在歸國途中寫了《歸航》（1926），後來還出版《北京乎》（1927）和《廬山避暑》（1933）等。

《山野掇拾》記錄作者一九二二年七月二十日離開里昂下鄉旅行，到Loisieux村小住作畫的情景。朱自清對這本書曾作過評論，[1]他以為這本遊記寫風物之外，更多的是兼記Loisieux村的文化，而這文化只是人情之美，更重要的是告訴讀者他的人生哲學。這確是中肯之語。這本遊記共有八十二節，有許多篇幅是寫自然風光之美的，如〈扣動心弦深處〉、〈野花香醉後〉、〈美景〉等，帶有「萬物靜觀皆自得，四時佳興與人同」的情味；寫村人純樸、溫厚、樂天、勤勞的性格，如〈找尋畫景〉裡的小姑娘，交往較多的P君夫婦、R夫人等，於日常細微處寫出各自的美點和人際的協調，表達了作者對這種生活的發現和深愛。無論是景色或人情的描述，都可以看出其「細磨細

1　朱自清：〈山野掇拾〉，《你我》（上海市：商務印書館，1936年）。

琢」的個性特色和「以畫為文」的藝術本色來。文中高明的選材，透視的描寫，精彩的對話，輕靈的筆調，都可以顯出作者敏銳的觀察力和悠閒的、同情一切的、寬容的態度。對山野的自然美，村人的人情美，作者努力挖掘其中純樸的豐富的美感，也發現其中的哲理。「人吾同胞，物吾同與」，作者基於這種信念，寫出了他到自然去、到民間去的樂趣，也讓讀者感受到法蘭西美麗的風土和人情。

《歸航》是孫福熙一九二五年由法國歸來船上生活的記錄。描寫細緻，色澤鮮明，文中富於畫意詩情，是他文章的一貫特色，〈地中海上的日出〉、〈紅海上的一幕〉可作範例。但他所見的現實已不是《山野掇拾》中的世外桃源了。對於法國兵的蠻橫，安南人的苦難，他表示不滿；祖國軍閥的內戰，使他憂心忡忡。他逃進藝術的天地中，執著他對藝術的愛。他說，「實在像我這樣的人只配畫菊花的」（〈清華園之菊〉），他後來就在賞菊畫花裡修煉他那體察入微、傳形寫影的功夫與溫和靜默、精細風雅的性情，專注開墾他的藝術樂土了。

冰心的《寄小讀者》

冰心（1900-1999），原名謝婉瑩，祖籍福建長樂，生於福州市，文學研究會發起人之一。在「五四」新文學運動初期，是以發表問題小說開始她的創作生涯的，隨即寫起新詩和散文，在「晨報副鐫」、《小說月報》發表〈笑〉、〈往事〉、〈寄小讀者〉等大量作品，成為現代散文的知名作家。她的作品以表現母愛、兒童愛和自然愛並以探索人生哲理著稱。

《寄小讀者》（1923年7月至1926年8月）是冰心旅美留學期間寫給「晨報副鐫」「兒童世界」的通訊結集，北新書局一九二六年五月初版時收通訊一至二十七篇和〈山中雜記〉十則，一九二七年八月第四版增收通訊二十八、二十九和四版自序，此為通行定本。這本通訊體散文集，題材頗廣，但其中有許多可說是去國後領略美國風光的遊記和旅行記。〈通訊一〉裡說:「小朋友,我要走到很遠的地方去。我十分的喜歡有這次的遠行,因為或者可以從旅行中多得些材料,以後的通訊裡,能告訴你們些略為新奇的事情。」的確,這本通訊裡除了童年回憶、醫院生活、學友交往之類的題材之外,很多是描述風光景色的。諸如去國路程中,火車路上沿途所見,從神戶到美國海船中生活情景,在美國的學校景色和假期中的「雲遊」。她足跡涉及慰冰湖、玷池、玄妙湖、偵地、角地、銀湖、伍島、銀灣、綺色佳等地。如果把這些通訊當做遊記來讀,在思想和藝術方面都是頗具特色的。她沒有瞿秋白那樣強烈的追求祖國解放道路的願望,也不同於孫福熙專注於自然美和人情美的陶醉,她以女性溫厚的愛意、淡遠的鄉愁和婉約的筆調來表現她眼中的異國風物。

冰心從小生活在煙臺的山陬海隅,跟大自然朝夕相處,養成親近和愛好自然的天性;泰戈爾的「宇宙和個人的靈中間有一大調和」的信仰,又啟發了她的自然愛意識。她覺得「我們都是自然的嬰兒,臥在宇宙的搖籃裡」(《繁星》〈一四〉),以女兒感念母愛的同樣心情投入自然的懷抱。她時常「試揭自然的簾幕,躡足走入仙宮」(〈通訊十四〉),「拋棄一切,完全來與『自然』相對」(〈通訊十一〉),總是虛懷甚至帶著虔敬心靜對自然山水,不僅留心捕捉各種景觀的風姿神韻,體察萬物之間的關聯諧調,還凝神感悟物我靈性的默契和交流,把自然萬物生命化、性靈化了。所以,一到威爾斯利校園,她就把眼前的Lake Waban湖喚作「慰冰湖」,稱湖為「海的女兒」,立即與之親近起來(〈通訊七〉)。生病住入青山沙穰療養院,她甚而要感激造物主善解人意的安排,讓她「拋撇一切,游泛於自然海中」(〈通訊十四〉),完全回歸自然與童真境地。這期間寫的通訊、《山中雜記》和《往事》(二),也因而富於心與物游、自然天成的風韻。

冰心的記遊文字,動人處還在於抒發她自己對景物的獨特發現。如「綺色佳真美!美處在深幽。喻人如隱士,喻季候如秋,喻花如菊。」(〈通訊二十六〉)這種獨到的感受，給讀者以真切新鮮的體味，她熔鑄古典文學中「比」的手法，增加了含蓄的美感。她對大海的體悟更為獨到，《往事(一)》〈一四〉裡所形容的「海的女神」，《山中雜記》〈七〉裡所說的「愛海的孩氣的話」，堪稱「『海化』的詩人」「心靈裡的笑語和淚珠」。

冰心的記遊之作，著意於描摹畫意中的詩情，如〈通訊四〉:

> 五日絕早過蘇州。兩夜失眠，煩困已極，而窗外風景，浸入我倦乏的心中，使我悠然如醉。江水伸入田隴。遠遠幾架水車。一簇一簇的茅亭農舍，樹圍水繞，自成一村。水漾輕波，樹枝低亞。當村兒農婦挑著擔兒，荷著鋤兒，從那邊走過之時，真不知是詩是畫!

從景物到人物似乎是畫幅中所見，這寧靜的田園詩趣，洗滌了作者困乏的心胸。她還潛心於尋味自然的哲理啟迪，如〈通訊十七〉從雛菊和蒲公英中「悟到萬物相襯托的理」，確信「世上一物有一物的長處，一人有一人的價值」;她筆下的大海具有「溫柔而沉靜」、「超絕而威嚴」、「神秘而有容，也是虛懷，也是廣博」的精神品格(《往事(一)》〈一四〉)，與自己的人格追求同化了。畫意、詩情、理致的交融，使她的記遊寫景文字頗耐品讀。

《寄小讀者》中相當一部分是記述她在療養院中生活的，治病，看書，默想，獨語，與女伴談笑，是她的日課。這些內容雖然不是記遊之筆，但仍是異域風情，給人以新奇感。

冰心遊記在表現異地風光人情的同時，往往伴隨著對祖國鄉土的思念。比如在日本橫濱參觀遊就館時，她看到日本的戰勝紀念品和壁上的戰爭圖畫後，「心中軍人之血，如泉怒沸」(〈通訊十八〉)。她欣賞異國風物時往往聯繫祖國的有關事物，愛國懷鄉之情顯得格外蘊藉親切。如〈通訊二十〉，眼前是秀麗的異國湖山，心中懷念的是故園風物，以委婉之筆表纏綿之情，讀時令人迴腸盪氣。

冰心的記遊之作，主要抒寫她所感受到的海外人情場景，完全是赤子之心的坦然流露。那溫柔的情意，淡淡的愁緒，出以清麗婉約的文字，繪形繪聲，盡情發揮古典詩文的抒情意境，充溢著對大自然的禮讚，對母親的禮讚，對友誼的禮讚。她記遊的文字比別的作家更多家國之情，更多文學色彩，在當時文壇上產生了很大的影響。

徐志摩的《巴黎的鱗爪》

徐志摩（1895-1931），浙江海寧人。他是著名的新月派詩人，但有人以為他的散文寫得比詩還好。[2]他的散文在生前結集的有《落葉》（1926）、《巴黎的鱗爪》（1927）、《自剖》（1928）和《輪盤》（小說散文合集，1930），逝後由友人編印了〈秋〉（1931）、《愛眉小札》（1936）和《志摩日記》（1947）。

徐志摩的散文有對政局社會表示自己看法的，有剖析自己的思想的，有表達愛情的，也有描寫自然的。他一九二五年再度出國，寫了《歐遊漫錄》。他的〈翡冷翠山居閒話〉、〈巴黎的鱗爪〉、〈我所知道的康橋〉等是早期遊記的代表作。

徐志摩應《晨報》之約，在副刊上陸續發表《歐遊漫錄》，寫他經西伯利亞到莫斯科所見，後來又寫有《莫斯科遊記》。這些遊記，讓讀者看到俄國的自然風光，也看到俄國人民的困苦生活。與瞿秋白的《新俄國遊記》不同，徐志摩雖然有一點對於革命的憧憬，但他接觸到莫斯科的現實後，對於血與火，他感到顫慄。這與不久後所寫的〈自剖〉和〈列寧忌日——談革命〉是可以互為印證的。在〈自剖〉裡，他寫了「五卅」慘案和「三一八」慘案之後說：「俄國革命的開

2　參見《新月》1932年第4卷第1期《志摩紀念號》上儲安平、楊振聲、梁實秋等的文章。

幕就是二十年底冬宮的血景。只要我們有識力認定，有膽量實行，我們理想中的革命，這回羔羊的血是不會白塗的。」他讚美俄國革命，但他又說：「我個人是懷疑馬克思階級說的絕對性的。」在〈列寧忌日——談革命〉裡，他說：「我是一個不可教訓的個人主義者。……我們不要狂風，要和風，不要暴雨，要緩雨。我們總得從有根據處起手。我知道唯一的根據處是我自己！認識你自己！我認定了這不熱鬧的小徑上走去。」徐志摩所嚮往的政治是英國式的政治，所憧憬的革命是不流血的革命，是心靈解放的革命，他的這種要求，是從他士大夫式的個人主義出發的。

對於義大利，對於美國，他是另一種眼界，另一番心境了。他找到了理想的境界，他認為要使生命成為自覺的生活，要養成與保持一個活潑無礙的心靈境地，而「大自然才是一大本絕妙的奇書，每張上都寫有無窮無盡的意義，我們只要學會了研究這一大書的方法，多少能夠了解他內容的奧義，我們的精神生活就不怕沒有滋養，我們理想的人格就不怕沒有基礎」(《落葉》〈話〉)。他崇拜英國作家華滋華斯和哈代，說「他們都以自然界為他們藝術的對象，以人生為組成有靈性的自然的一個原素，我們可以說他們的態度與方法是互補的。」[3] 他認為與大自然接觸，可以恢復人生的美麗，並以此為改變黑暗社會的藥石。

由於這樣的原因，他的記遊文章，充滿著對自然的虔敬之意、陶醉之情和由衷禮讚。

徐志摩對大自然的描寫十分強調閒暇、自由和孤獨，追求著適情、適性，這是他個人主義的自然流露。〈翡冷翠山居閒話〉是他返乎自然的宣言：「但在這春夏間美秀的山中或鄉間你要是有機會獨身閒逛時，那才是你福星高照的時候」，「什麼偉大的深沉的鼓舞的清明的優美的思想的根源不是可以在風籟中，雲彩裡，山勢與地形的起伏

3 徐志摩：〈湯麥斯．哈代的詩〉，《東方雜誌》第20卷第2號（1923年）。

裡，花草的顏色與香息裡尋得？自然是最偉大的一部書，葛德說，在他每一頁的字句裡我們讀得最深奧的消息。」有關寫景作品在他似乎不是作為逃世的避風港，而是作為醫治生活枯窘的藥方，「不必一定與鹿豕遊，不必一定回『洞府』去；為醫治我們當前生活枯窘，只要『不完全遺忘自然』一張輕淡的藥方，我們的病象就有緩和的希望。」（〈我所知道的康橋〉）這與他愛美和自由的人生理想是一致的，與他的資產階級個人主義的政治理想是一致的。

他並不著意重現景物的風姿，而是善於抒發自己的感情，對自然景物不只是欣賞，不只是讚歎，而是把自己的思想感情與景物融為一體，而且不厭其煩地把自己的欣喜感情細加描述，這在寫景文中是別具一格的。如〈我所知道的康橋〉裡的縱情直抒：

> 這是極膚淺的道理，當然。但我要沒有過過康橋的日子，我就不會有這樣的自信。我這一輩子就只那一春，說也可憐，算是不曾虛度，就只那一春，我的生活是自然的，是真愉快的！（雖則碰巧那也是我最感受人生痛苦的時期。）我那時有的是閒暇，有的是自由，有的是絕對單獨的機會。說也奇怪，竟像是第一次，我辨認了星月的光明，草的青，花的香，流水的殷勤。我能忘記那初春的睥睨嗎？曾經有多少個清晨，我獨自冒著冷去薄霜鋪地的林子裡閒步——為聽鳥語，為盼朝陽，為尋泥土裡漸次甦醒的花草，為體會最微細最神妙的春信。啊，那是新來的畫眉在那邊凋不盡的青枝上試它的新聲！啊，這是第一朵小雪球花掙出了半凍的地面！啊，這不是新來的潮潤沾上了寂寞的柳條？

這段文章，愉快的驚喜的情感籠蓋著初春的景物，在冬的餘威中辨認初春的氣息，那麼敏銳，那麼細膩，那麼豐富，堪稱以心觸物、緣情寫景的範例。寫〈泰山日出〉、〈北戴河海濱的幻想〉，也是隨心所欲，浮想聯翩。正如沈從文〈從徐志摩作品學習抒情〉裡所說：「在寫作上想到下筆的便利，是以『我』為主，就官能感覺和印象溫習來寫隨筆，或向內寫心，或向外寫物，或內外兼寫，由心及物由物及心混成一片。方法上富於變化，包含多，體裁上更不拘文格文式，可以取例作參考的，現代作家中，徐志摩作品似乎最相宜。」[4]以我為主、內外混成一氣、體裁不拘的寫法確是徐文的一種特色。

徐志摩寫都市巴黎、新加坡、香港，則又是另一番面目。咖啡館，交際的軟語，開懷的笑響；跳舞的場所，翻飛的樂調，迷人的酒香；以及那棄婦可憐的身世，畫家豔麗的荒唐，都著筆於洋都市那「濃得化不開」的香豔和頹廢，而難免有些沉迷之嫌。

徐志摩文章的詞藻是優美、豔麗、多姿的，重迭的句式與口語的自然結合，形成了生動活潑的富於表情的語言，給讀者以美的感受。周作人在〈志摩紀念〉中說：「在白話的基本上加入古文方言歐化種種成分，使引車賣漿之徒的話進而為一種富有表現力的文章，這就是單從文體變遷上講也是很大的一個貢獻了。」沈從文說：「文字清而新，能凝眸動靜觀色，寫下來即令人得到一種柔美印象」，「徐志摩的作品給我們的感覺是『動』，文字的動，情感的動，活潑而輕盈，如一盤圓臺珠子，在陽光下轉個不停，色彩交錯，變幻眩目。」他的散文集《巴黎的鱗爪》代表其散文的最高成就。徐志摩開了散文的豔麗文風，對後來的作家有一定的影響。

梁紹文的《南洋旅行漫記》

梁紹文的《南洋旅行漫記》（1924）是一本獨具特色的旅行記。《中國新文學大系》《史料・索引》介紹散文集的按語中說：「此書在

---

4 沈從文：〈習作舉例・從徐志摩作品學抒情〉，《國文月刊》1940年6月創刊號。

遊記文學中，當時算是最好、最有社會性的一部。」作者於一九二〇年春天，由漢口起程，到上海直放南洋，他的目的是考察華僑教育及實業的狀況，調查華工生活的苦情，接觸南洋商學兩界的人物。這本旅行記頗為詳實而又相當簡要地記述他在新加坡、馬來半島、檳榔嶼、蘇門答臘、怡保、吉隆坡、麻六甲、爪哇、巴達維亞、泗水、三寶瓏、萬隆等地的見聞，比較集中地揭示了英荷殖民者對華僑的奴役壓迫，對華僑教育的摧殘，和豬仔的非人生活。作者讚揚華僑對南洋開發的歷史功績；讚揚他們對祖國的熱愛，對祖國革命的貢獻，對祖國衰敗現象的痛恨和對祖國強盛的熱切希望；同時也諷刺了華僑中的敗類。這本旅行記還介紹南洋的風光和文化娛樂設施，以及自己在旅行中遭遇的帝國主義者的歧視和監視。在早期的現代散文中，能夠以如此明晰的眼光洞察階級的分野，控訴資本主義慘無人道的壓榨，歌頌華僑的創業精神和愛國熱情，而不是以主要篇幅來描寫熱帶迷人的風光、妖冶的誘惑，這不能不說是難能可貴的。

這本旅行記具有頗為寶貴的史料價值，因為他記載調查考察的第一手材料。比如，從他的漫記中，我們知道了五四運動以後社會主義思想在南洋的影響和傳播的情況，〈56・吉隆坡華僑之惡魔〉這一節，特別介紹群眾的指導者尊孔學校校長宋森，他原來保守觀念很深，後來竟大徹大悟起來。他主張「談革命都說是膚淺，遠不如共產好」。他在校內銳意改革，對公共事業也極力提倡，得到社會上的擁護。但吉隆坡華民政務司的主管卻把他看成了眼中釘，派偵探搜查學校，搜出了幾本《新青年》、《馬克思資本論淺說》、《民聲》等類書籍，說「他是一個過激黨首領」，關了一百天後押送出境。像這樣的記錄，自然是彌足珍貴的史料。

這部旅行記雖然是事件的忠實記錄，但有些地方又富有激情，如〈54・轟烈的溫生財，冷酷的哇哇仔〉一節，介紹了在廣州槍擊將軍孚奇的溫生財烈士與友人的永別書之後寫道：

> 這封信雖然寥寥數十語，而那種沉雄悲壯之氣，何讓易水橋邊白虹貫日的荊軻。現在的社會，四周圍都陰森存鬼氣，比晚清末年，更覺銷沉；軍閥的慘無人道，比「滿賤種」有過之無不及，試問有「恨火焚心」如溫生財的麼？又試問那平日閒談則扼腕背裂，怒目憤張的人，能演出溫生財那樣的「好戲」來麼？觀其書，追想其人，吾亦恨繼溫生財而起者，闃然無聲！

作者激憤之情，溢於言表。

《南洋旅行漫記》行文以敘述為基調，在敘述中描寫，時時附以概括性的議論，富於激情，所以讀起來給人以具體的印象和明晰的感受。雖然文藝性頗嫌不足，但仍然不失為一部難得的記遊作品。

五四時期，青年一代走異地，或尋求新的學識，或增廣新的見聞，或謀求祖國解放的借鑑，形成了記遊文學的一時之盛，這裡僅僅選介一些較為著名的作品。這些作品大多出於封建資產階級家庭出身的青年之手，他們本著各自的理想信仰，各自的人生觀和世界觀，走出國門，放眼世界，把所看到和所想到的種種，用散文的形式獻諸國人的面前，這有助於我國人民了解世界局勢和不同國家的政情民風，使讀者大開眼界。

中國現代散文史上的先行者運用遊記這一種古老的形式，來反映新的內容，產生了新的光彩，它不但寫自然風光，也反映社會面貌和民族性格，刻劃著異國人民的生活和命運。作者各自表達他們對人與自然關係的理解，對人類前途和國家命運的思考與追求，比著舊文學中的遊記具有不可比擬的開放性和時代感。這些作家從古典遊記中脫胎而出，解放和更新文體，以白話文為基礎，運用豐富的古典辭彙，吸收了善於刻劃對象的歐化語法，運用不同的寫作技巧，發展了白話散文的表現力。

二 國內遊記和旅行記

李大釗的〈五峰遊記〉

李大釗是雜文家，也寫過一些散文小品。他的〈五峰遊記〉[5]是現代散文史上早期的國內遊記，帶有淳樸的記事特色，語言是白話和文言詞語的綜合，段落很短，記敘自由而不太留意於結構與文采。

這篇遊記記述作者由北京經灤州、昌黎遊五峰的經過。作者是一個革命家，極注意現代革命史績，辛亥年有一標軍隊在此地起義失敗，營長參謀長殉難，日本駐屯軍慘殺鐵路五警士諸事件，都有所記載，家鄉的匪禍和花會的流行也不遺漏。文中還有一段與灤水有關的議論，是本文的精彩之處：

> 灤水每年氾濫，河身移徙無定，居民都以為苦。其實灤河經過的地方，雖有時受害，而大體看來，卻很富厚，因為他的破壞中，卻帶來了很多的新生活種子、原料。房屋老了，經他一番破壞，新的便可產生。土質乏了，經他一回灘淤，肥的就會出現。這條灤河簡直是這一方的舊生活破壞者，新生活創造者。可惜人都是苟安，但看見他的破壞，看不見他的建設，卻很冤枉了他。

這段議論具有深刻的哲理性，洋溢著破舊立新的時代精神，體現了革命者記遊的本色。一九二〇年六月，他回昌黎鄉居時寫的〈自然與人生〉四則，也是別具隻眼、以理取勝的。

自然景色的描寫是遊記中不可或缺的主要成分，作者當然不會放

5 《新生活》第2-3期（1919年8月）。

過。他比較著力寫的是灤水行舟和五峰雨景，表現了好春的景色給他感受到的趣味。

孫伏園的《伏園遊記》

孫伏園（1898-1962），浙江紹興人，孫福熙的兄長。一九一一年魯迅在紹興初級師範學堂任職時的學生，一九二〇年編「晨報副鐫」，一九二四年編「京報副刊」。他的《伏園遊記》（1926）收入四篇文章：〈南行雜記〉（1920）、〈從北京到北京〉（1922）、〈長安道上〉（1924）、〈朝山記瑣〉（1925），曾分別發表在上述兩種報紙上。它不是描寫自然風景，而是記述社會習俗與人事來往的。遊記寫這樣的內容，是一個重要變化。對於自然，他在〈南行雜記〉裡有特別的見解：

> 詩人愛「自然」，我不愛「自然」。我以為人與人應該相愛，人對於「自然」卻是越嚴厲越好，越慘酷越好。我們應該羨慕「自然」，嫉妒「自然」，把「自然」捉著，一刀刀的切成片斷，為我們利用。

這種態度，使他的遊記有一種新的角度。〈南行雜記〉寫的是紹興北京途中的經過見聞，江北人民的生計困迫，淮河的水災，紹興人的迷信守舊等等，都是他所留心的。〈朝山記瑣〉中，作者對封建禮教、不良習俗加以抨擊，對於一些為民謀利益的人則給予應有的表揚。

作者寫作採取任意而談的隨筆筆調，這反映現代散文史上早期部分遊記的一種傾向，帶有更多新聞紀事性質。他們有鮮明的寫作目的，不是作為一種單篇的結構完整的美文出現，較注意內容而不大注意形式。

朱自清的遊記和旅行記

朱自清(1898-1948),字佩弦。原籍浙江紹興,生於江蘇東海,長於揚州,故自稱揚州人;是文學研究會作家,現代散文名家。他一九二〇年從北京大學畢業後,起初在江浙幾個中學教書,一九二五年後任清華大學中文系教授。新文學運動初期,他以寫新詩出名,從二十年代中期起致力於散文創作。他的散文涉及多方面題材,成名作卻始於記遊作品,如收入詩文合集《蹤跡》的〈槳聲燈影裡的秦淮河〉(1923)和〈溫州的蹤跡〉(1924)等。沈從文〈由冰心到廢名〉裡說到朱自清:「文字的基礎完全建築在活用的語言上,在散文作家應當數朱自清。『五四』以後談及寫美麗散文的,常把朱、俞並舉,即朱自清、俞平伯。〈槳聲燈影裡的秦淮河〉與〈西湖六月十八夜〉兩篇文章,代表當時抒情散文的最高點。敘事如畫,似乎是當時的一種風氣。(有時微覺文字瑣碎繁複。)散文中具詩意或詩境,尤以朱先生作品成就為好。直到如今,尚稱為典型的作風。」[6]前此,遊記多屬於短篇連寫的隨筆式作品,在朱自清手裡,才算有了典型的單篇現代遊記美文。

傳統遊記多是以寫景為主的,當然也要發抒些議論。〈槳聲燈影裡的秦淮河〉和〈綠〉、〈白水漈〉都是寫景的名篇。前者有些議論。朱文發揮現代散文口語化的長處,以極為細緻的捉摸客觀形象的功夫為主,輔以想像和比喻的手段,把他所要突出描寫的景物:〈槳聲燈影裡的秦淮河〉聚光於燈影月色,〈綠〉聚光於梅雨潭的綠水,〈白水漈〉聚光於霧縠織成的幻網,繪形繪神地呈現在讀者面前。

對於景物,作者既極力地寫出它的形態,又努力寫出自己的發現,自己的感受,情景滲透交融。如〈綠〉寫出他對於綠的傾心,那

6　沈從文:〈習作舉例・由冰心到廢名〉,《國文月刊》第1卷第3期(1940年)。

一連串的比擬和比較、複沓和驚歎，把視覺轉化為觸覺，把激動轉化為愛戀，讓剎那間的直覺喚起平生的美好體驗，擴張為滿懷的夢想，正是他的發現、他的情感和想像發揮得最完全、最充分的時候。

作者的遊記往往能表達一種境界。沈從文的〈習作舉例〉說：「一切優秀作品的製作，離不了手與心。更重要的，也許還是培養手與心那個『境』。一個比較清虛寥廓，具有反照反省能夠消化現象與意象的『境』。」[7]這個境既要爛熟於心，又要心手相應，藉嫻熟的藝術技巧描繪出來。朱自清就善於通過巧妙的構思集中完整地表現這種境界。〈槳聲燈影裡的秦淮河〉以燈影來抒寫秦淮風光，在汩汩的槳聲中，從夜幕初垂、燈影朦朧、歌聲斷續的初程，到燈月交輝、笙歌盈耳的高峰，到燈火闌珊、素月依人的尾聲，一路錯落有致地展現種種燈影、波光、月色、歌聲和心曲，逼真盡態，搖曳多姿，交織成一個極視聽、動心弦的清豔而朦朧的夢般的境。朱自清的遊記在這方面的功力是很深的，稍後在〈荷塘月色〉(1927）裡發揮得更出色，創造了物我同化、心與境諧的清幽而自在的境界。

朱自清煉字煉詞十分考究，細膩的內容和悅耳的音調結合，因而富於韻味。這時他著意為文，工筆刻劃，以清新委婉、細膩逼真的風格在遊記中取得很高的成就。朱自清遊記中的寫景美文，使現代散文的藝術，在短短的幾年之內就達到了不讓古典散文專美於前的成就。

朱自清的記遊文字，除了遊記以寫遊蹤景色的之外，又有一種不記遊蹤的寫景文，如〈荷塘月色〉；還有旅行記，不單寫景物，兼記社會風習，如〈溫州的蹤跡〉、〈航船中的文明〉和收入《背影》乙輯的〈旅行雜記〉、〈海行雜記〉等；又有地方志，如〈南京〉、〈說揚州〉等，以寫名勝、古蹟、文物為主。朱自清遊記和寫景文的文字的美是有口皆碑的，那些客觀景物的細膩的描寫，內心感情的細緻的流

7 沈從文：〈習作舉例·由冰心到廢名〉，《國文月刊》第1卷第3期（1940年）。

露，景與情的交融，具有很大的魅力。但旅行記和地方志則別是一種寫法，它所表現的是口語的美，他的細膩描寫的功夫轉向人事、社會風習的細緻的感受，有所剖析，也有所諷刺。在記遊散文的文體和抒寫方法多樣化方面，朱自清對現代散文做出了重大貢獻。

俞平伯的遊記

俞平伯（1900-1990），浙江德清人，一九一九年北京大學文科畢業後，長期在高等學校執教。他的散文結集的有《劍鞘》（與葉紹鈞合集，1924）、《雜拌兒》（1928）、《燕知草》（1928）、《雜拌兒之二》（1933）、《古槐夢遇》（1936）和《燕郊集》（1936）。他的集子大都有周作人作的序跋，深得讚賞。周作人認為俞平伯的散文是明代公安派的流裔，以抒情的態度作一切文章，是真實個性的表現（《雜拌兒》〈代跋〉）。又稱他為近來的一派新散文的代表，是最有文學意味的一種，多有雅致，有自然大方的風度（《燕知草》〈跋〉）。在作風上有知識和趣味兩重統制，抒情說理作品兼有思想之美（《雜拌兒之二》〈序〉）。這些是周作人欣賞俞文的所在。

俞平伯在《雜拌兒》題記裡說他為文是書生結習，若說是骸骨之戀，也不想諱言；在《燕知草》〈自序〉又說自己「亦逢人說夢之輩」；說出了自己寫作的基本態度。在〈重刊《浮生六記》序〉中，他說沈復所記，「意興所到，便濡毫伸紙，不必妝點，不知避忌」；又說：「它是信筆寫出的固然不像，它是精心結構的又何以見得？這總是一半兒做著，一半兒寫著的，雖有雕琢一些的完美，卻不見有點斧鑿痕。」這似乎又是他藝術上所追求的境界。

〈槳聲燈影裡的秦淮河〉、〈陶然亭的雪〉、〈西湖的六月十八夜〉、〈清河坊〉等記遊文字，給讀者的印象確有一種飄零的、閒散的、尋夢的、懷舊的、朦朧的感覺。阿英〈俞平伯小品序〉說：「除去初期還微微的表現了反抗以外，是無往而不表現著他的完全逃避現實。」[8]其實，二十年代生活在比較安適環境裡的高級知識分子，感到光陰的流逝，人生的不如意，所以他們珍惜當前的受用，而惘然於前景的迷茫，其作品往往於疇昔的回味中討生活，也多傾向於寫景的題材。「『微陽已是無多戀，更苦遙青著意遮』。我時時看見這詩句裡自己的影子。」（〈清河坊〉）蘇雪林以為俞平伯抱著「生的情趣主義」，阿英以為俞平伯「抒情成分帶有感傷性」，沈從文說「俞平伯近於做給自己玩，在執筆心情上有自得其樂之意。」[9]這些感受都是從作品中體察到的作者的人生態度。應該看到這是特定時期的文學現象。周作人在《燕知草》〈跋〉裡說：「中國新散文的源流我看是公安派與英國的小品文兩者所合成，而現在中國情形又似乎正是明季的樣子，手拿不動竹竿的文人只好避難到藝術世界裡去，這原是無足怪的。」這話極明白地說出封建士大夫家庭出身的帶有特有氣質的文人在社會不安定時期所體現的思想特色。

〈槳聲燈影裡的秦淮河〉是俞平伯與朱自清的同題齊名之作，被譽為早期白話美文的雙璧。這次他倆同舟夜泛，在槳聲燈影裡陶醉於秦淮夜的風華之中，都感受到誘惑又擺脫了誘惑，表現出流連光景、率性行樂而又超越俗念、自持適度的心態。他們具有人道主義的思想和道德律的約束，表現了新時代的意識。不過，俞平伯不像朱自清那樣投入、執著，而以隨緣自適的心態賞玩秦淮風情的「濃姿」、「秀骨」、「盛年」和「遲暮」，連歌妓的意外打擾也無損於內心的自足，顯得超然飄逸。因而，他雖然也舒放身心應接光影聲色，卻總覺得有如霧裡看花，觀察難以真切、細緻，感覺卻格外活躍、玄妙，從而略於寫景狀物，詳於述感記事，夾敘夾議，以虛帶實，憑直覺和玄想勾描出秦淮夜那「朦朧裡似乎胎孕著一個如花的笑」之影像。當然，俞作寫景不如朱自清油畫式的細膩，沒有新穎繁富的比喻，槳聲燈影也

8　阿英：《現代十六家小品》（上海市：光明書局，1935年）。

9　沈從文：〈習作舉例．由冰心到廢名〉，《國文月刊》第1卷第3期（1940年）。

不及朱作那麼豐富多姿。俞氏在文後題跋中就認為朱作「比較的精細切實」[10]。但他善於捕捉與整合總體印象，偏愛即興說理，以傳神寫意、造境空靈見長。如：

> 我們，醉不以澀味的酒，以微漾著，輕暈著的夜的風華。不是什麼欣悅，不是什麼慰藉，只感到一種怪陌生，怪異樣的朦朧。朦朧之中似乎胎孕著一個如花的笑——這麼淡，那麼淡的倩笑。淡到已不可說，已不可擬，且已不可想；但我們終久是眩暈在它離合的神光之下的。我們沒法使人信它之有，我們不信它是沒有。勉強哲學地說，這或近於佛家的所謂「空」，既不當魯莽說它是「無」，也不能徑直說它是「有」。或者說「有」是有的，只因無可比擬形容那「有」的光景；故從表面看，與「沒有」似不生分別。……

這裡，俞平伯多寫自己的感覺，顯得迷茫而曲折，在故作玄虛中倒把一種無法摹擬的風韻暗示出來，讓人留心意會。

對俞平伯的散文藝術有許多評價，周作人以為他散文風神雅致，語言清澀；鍾敬文以為他的散文才思贍美，思致委婉，詞意深入曲折，情詞深秀；阿英以為他散文語言繁縟晦澀；蘇雪林以為他的散文注意細緻綿密的描寫；所見略有異同。其雅致的風神，清秀的情詞，顯然是他超脫的處世態度所反映出來的；其語意玄遠，用語清澀，則是他追求表現某些哲理意味的結果。

徐蔚南、王世穎的《龍山夢痕》

徐蔚南（1902-1952），江蘇吳江人；王世穎（1901-1952），福建

---

10 見《東方雜誌》第21卷第2期（1924年）。

福州人。他倆的《龍山夢痕》(1926)也是記遊的名作，給讀者帶來了山陰道上、越州古城的迷離夢影。他倆各寫十篇，曾連載於一九二四年四至六月的《民國日報》「覺悟」，結集出版時劉大傑、陳望道、柳亞子為之作序或題詞。徐蔚南還有《小小的溫情》(1928)、《春之花》(1929)和《乍浦遊簡》(1934)；王世穎還有《倥傯》(1926)。這些都不及《龍山夢痕》知名。

徐蔚南的《小小的溫情》〈弁言〉中談到小品文字中有一種雋永的味道，要含有熱情。他在為王世穎《倥傯》作序中說到小品文的作者，「最需要的是具有一副深入的觀察力，一腔豐富的情感，然而僅有這兩點還不夠，此外再要有凝鍊的筆致，優美的文體」；在表現方法上，他強調要「注意暗示的寫法」,「常常注意細小的地方，寫得很巧妙，給你一種低徊的趣味，反覆思維的機會」。

徐蔚南的〈山陰道上〉，對流水、青山、白雲、夕陽等的描寫，〈快閣的紫藤花〉對藤花和蜜蜂的描寫，都極其細緻，表現出深入的觀察力，透出作者對大自然的體會和大自然給予人們心靈的撫慰，確給讀者以雋永的感受，低徊的趣味。〈快閣的紫藤花〉是這樣寫花和蜂的：

> 我在架下仰望這一堆花，一群蜂，我便想像這無數的白花朵是一群天真無垢的女孩子，伊們赤裸裸地在一塊兒擁著，抱著，偎著，臥著，吻著，戲著；那無數的野蜂便是一大群的男孩，他們正在唱歌給伊們聽，正在奏樂給伊們聽。渠們是結戀了。渠們是在痛快地享樂那陽春。渠們是在創造只有青春，只有戀愛的樂土。

作者對於景物刻意描摹，全身心都投入了，感受極為活躍，沒有傷感，沒有激動，而是完全的陶醉，傾倒在大自然和愛溫煦的懷抱中，暫時遠離煩悶的社會生活。由於作者的寫景反映著作者直接的感受，浮現出許多聯想的境界，語言以口語為主，穿插著迭句，筆調顯得凝鍊而輕靈，「不矜持，不作態，自然地傾瀉他心裡的蘊藏」[11]。

王世穎的遊記同樣以山水之勝作為逃避塵囂的去處，但兼寫遊蹤中的人事，映現自然與世俗的衝突，現實性較強，藝術上稍遜一籌，如〈大善寺底塔〉、〈放生日的東湖〉和《倥傯》中的〈倥傯之什〉、〈珠江散記〉等。

徐祖正的《山中雜記》

我國現代散文史的早期就有許多作家如冰心、郭沫若、徐祖正、鄭振鐸等寫過《山中雜記》，前兩種記述國外日常生活的片斷，後兩種與遊記相近。

徐祖正（1895-1978），江蘇崑山人。他與周作人關係較為密切，是周作人一派散文在遊記方面的一個代表。他在《語絲》上連載的《山中雜記》十則（1926），其中五則被周作人選入《中國新文學大系》《散文一集》。他認為不論是各種藝術運動史或是個人寫作，都是從抒寫自然開始，而後達到成功。《山中雜記》〈十〉中就有這麼一段話：「新藝術創生時期的人們除掉自然之外可說沒有下手處。而自然是雄大的，豪博的，流動的，幻變的，多致的。……先把自己固有的那個範鑄打得粉碎，然後只依著自然的形象去猛烈地追捉。……到有一旦可以滿載而歸的時候，那必定有自然同樣的那種豐富。」徐祖正移譯日本自然主義作家藤村的《新生》，感到藤村從自然的真摯中得到藝術的技巧，所以他也是努力地「依著自然的形象去猛烈地追捉」，這看法完全體現在《山中雜記》的描寫中。他文章中對於山的

11 曾孟樸：〈徐蔚南《都市的男女》序〉，《都市的男女》（上海市：真美善書店，1929年）。

高峻，水的奔騰，樹的蓊鬱，寺的靜寂，花的含嬌，鳥的輕狂，聲色神味都寫得極其入微周至。山中清靜孤寂生活所流露的空漠心懷，是作者人生觀的表現，他自稱「亂世之民」，「生起對於現代的嫌惡」。他在大殿裡數百和尚誦經中萌生種種靈的景慕，他又在和尚身上體味到他們的不同氣質，但他們都抵住孤獨的壓迫，這使他「覺得自己在風塵中所步的那條孤寂的道路，其實還算不上一回事」。徐祖正正以孤寂作為處事的指南針。

他的語言極為細膩，行文常用長句，這又是他猛烈地追捉自然在語言中所體現的特點，也頗帶有日本散文的影響。徐祖正後來與周作人、廢名等合辦《駱駝草》週刊，愈趨於閒適、趣味、沖淡一路。

鄭振鐸的《山中雜記》

鄭振鐸（1898-1958），原籍福建長樂，生於浙江永嘉，文學研究會發起人之一。他早年在商務印書館任職，編輯《文學週報》、《小說月報》、《兒童世界》等刊物。《山中雜記》（1927）原載於《文學週報》，記述一九二六年夏天他在莫幹山避暑時的生活斷片。他沒有徐祖正那種景慕自然的理性思考，更無孤寂出世之想，所記山中的遊覽、生活，倒也反映一些社會側面，如〈避暑會〉對洋人越俎代庖的憤慨，〈苦鴉子〉對農村婦女苦難的同情，〈山市〉對山裡小商販欺詐的驚訝。即使山中靜居，他並沒有忘記挖掘具有社會內容的題材。即使吟詠草木蟲魚，他也從鳴蟲的奏樂聽出「生之歌」的不同情調，寄寓積極進取的人生態度，如名篇〈蟬與紡織娘〉。

他的寫景文具有特色，例如〈塔山公園〉一文中觀日出的情景：

> 在山上，我們幾乎天天看太陽由東方出來。倚在滴翠軒廊前的紅欄桿上，向東望著，我們便可以看到一道強光四射的金線，四面都是斑斕的彩雲托著，在那最遠的東方。漸漸的，雲漸融

消了，血紅血紅的太陽露出了一角，而樓前便有了太陽光。不到一刻，而朝陽已全個的出現於地平線了，比平常大，比平常紅，卻是柔和的，新鮮的，不刺目的。對著了這個朝陽而深深的呼吸著，真要覺得生命是在進展，真要覺得活力是已重生。滿臉的朝氣，滿腔的希望，滿腔的愉意，滿腔的躍躍欲試的工作力！

景的白描和情的真率，質樸而自然。他在詩集《雪朝》短序裡說：「我們要求『真率』，有什麼話便說什麼話，不隱匿，也不虛冒。我們要求『質樸』，只是把我們心裡所感到的坦白無飾地表現出來，雕琢與粉飾不過是『虛偽』的遁逃所，與『真率』的殘害者。」他的作品實踐了自己的主張。鄭振鐸提倡為人生的文學，即使是山中雜記，也充滿著入世的熱情與朝氣，走著與徐祖正不同的道路。他後來的《海燕》、《歐行日記》、《西行書簡》諸集，保持和發展了這種記遊作風。

與域外的遊記和旅行記一樣，國內的記遊散文也有兩大分支，其一是以旅行記的形式主要抒寫作者關於政治、社會、文化、風俗等方面的見聞觀感；其二是寫景抒情或者寫景見志的。由於時代的發展，政治、社會、文化、風俗、景物情況的不同，由於作者情志的差異，這類題材的作品就呈現豐富多彩的景象。其中有對我國社會落後風習的記述和批評的，有在水光山色中仍然忘不了自己社會責任的，有以美景作為逃避塵囂的良好去處的，有以自然作為改良人性的良方和藝術師法的範本的。

這時期的作者，除了少數先覺者如李大釗、瞿秋白外，一般多是具有個人主義和人道主義思想的小資產階級知識分子。他們中的一些人不能無視社會上的不良現象和沉重病症，按著自己的認識來描寫社會和自然。有些人則是弱者，遇難而退，對前途失去信心，轉向逃避的途徑。但另有一部分作者仍然不停止他們的探索，五四運動退潮，特別是「五卅」以後，時代的前進加劇了這種分化。

周作人以為現代散文是明末公安派的流裔，這主要是指現代散文中寫景清遠、取境孤寂的一類文字。這確是拿不動竹竿的文人在動亂年代的一種表現。然而，更多的遊記和旅行記反映了時代面貌和人民要求，具有深刻的社會意義。謳歌自然美的作品，也大多著眼於自然與人生的關聯，發掘自然滋潤和昇華人生、針砭和矯正世風的積極意義，並非山林田園文學的翻版。郁達夫把「人性，社會性，與大自然的調合」視為現代散文的一大特徵[12]，倒是更切合五四時期記遊散文創新的史實。

記遊體裁在藝術上有豐厚的古典傳統，所以現代散文能夠比較順利地根據時代對它的要求，改造它的內容與形式，利用新興的報刊，採取隨筆的筆調或短篇連續報導的方式。這種旅行記就是一種新的創造，而且作為三十年代報告文學的先導。以寫景為主的現代遊記立文藝遊記的新格調，由於白話散文有便於詳盡陳述和描繪的長處，在寫景、抒情、表意等方面比凝鍊的古典散文更可能是多樣發揮的天地。冰心、朱自清、俞平伯、徐志摩、孫福熙、徐祖正的記遊文字豐富細膩，是古典散文難以比擬的。周作人對散文的語言有這樣的意見，他說：「以口語為基本，再加上歐化語，古文，方言等分子，雜糅調和，適宜地或吝嗇地安排起來，有知識與趣味的兩重統制，才可以造出有雅致的俗語文來。」[13]這種雜糅調和的語言反映現代散文早期語言在新舊過渡時代的特色。域外與國內的遊記和旅行記是現代散文比較習見和取得成績的題材之一，它在建設新散文的藝術方面起了先行的作用，而且做出了切實的貢獻。

---

12 郁達夫：〈導言〉，《散文二集》，《中國新文學大系》（上海市：良友圖書印刷公司，1935年）。

13 周作人：〈導言〉，《散文一集》，《中國新文學大系》（上海市：良友圖書印刷公司，1935年）。

第二節　人生意義的探求和人生情味的體驗

郁達夫在《中國新文學大系》《散文二集》〈導言〉裡有一段頗為中肯的話，說出了中國現代散文開創期中的一個重要關鍵，他說：

> 五四運動的最大的成功，第一要算「個人」的發見。從前的人，是為君而存在，為道而存在，為父母而存在的，現在的人才曉得為自我而存在了。我若無何有乎君，道之不適於我者還算什麼道，父母是我的父母；若沒有我，則社會，國家，宗族等那裡會有？以這一種覺醒的思想為中心，更以打破了械梏之後的文字為體用，現代的散文，就滋長起來了。

個性意識的覺醒，不但促使作家對世界、國家、自然予以高度的關注，從而促進了走異地、尋異路的旅行記和遊記的繁榮；而且更促使作家熱心於人生意義的探索，思考人生問題究竟應如何解決，對之應該抱什麼態度，又應如何發展和實現自我等切身問題。作家們還注意於表現同個人生活有密切聯繫的感情領域，親子之愛，男女之戀，師友之誼，童年回憶，鄉土眷戀，生活閒情，常遣諸筆端。因此，人生意義的探求和人生情味的體驗成為中國現代散文早期的重要題材。

沈從文〈論冰心的創作〉中說到「五四」以後一段時期文壇的現象時說：「煩惱這個名詞，支配到一切作者的心。每一個作者，皆似乎『應當』，或者『必須』，在作品上解釋這物與心的糾紛；因此『了解人生之謎』這句到現今已不時髦的語言，在當時，卻為一切詩人所引用。」[14]早期的現代散文抒發作者的心曲，各自依據個人對人生真

14　見李希同編：《冰心論》（上海市：北新書局，1932年）。

諦的不同認識，譜寫各有特色的樂章。關於個人生活的記敘抒情之作，母愛、愛情、友誼、鄉思等等，這些後來被視為身邊瑣事的小品，在這個時期特多佳作。因為新的歷史時期，打破了封建的禁錮，人們背井離鄉，走南闖北，思親念友之情，不能自已，在階級意識尚未普遍覺醒的時代，這類作品繼承和發揚了我國古典散文的優良傳統。這種探索人生、抒寫個人情思的作品，一般都帶有淡淡的哀愁，一定程度地表現了知識分子在「五四」退潮以後煩悶的時代心理。

一　人生溫情的吟味

冰心的《往事》及其他

冰心是我國現代敘事抒情散文的重要奠基者。她在燕京大學就讀時，受「五四」新文化運動的感召，走上新文學創作的道路。一九二○年起，她在寫小說、小詩的同時，兼寫小品散文，在《晨報》、《小說月報》上發表了〈「無限之生」的界限〉、〈一隻小鳥〉、〈遙寄印度哲人泰戈爾〉、〈問答詞〉、〈笑〉、〈夢〉、〈往事（一）〉、〈到青龍橋去〉等；一九二三年出國留學後，就以寫散文為主了，除了〈寄小讀者〉外，還有〈往事（二）〉。這些作品先收入小說散文合集《超人》、《往事》，後來編入北新書局一九三二年版《冰心全集》之三《冰心散文集》。這是冰心散文的脫穎成名期，也是冰心散文的流行轟動期。她以溫煦的母愛，親切的友情，天真童年的回憶，偉大自然的敬慕，傾注於她的優美作品之中，潤澤著千萬青少年的心靈。

冰心散文寫作的最初階段，是認真地思索關於自然、社會、家庭、人生問題的。〈問答詞〉（1921）一文便是她思索後的回答。她明顯地感到自己對污濁的社會無能為力，而天國樂園又是那麼渺茫，於是在生命的虛幻中找到了自然、孩子這個逋逃藪，在「自己證實，自己懷疑」的矛盾中領悟到每個人都是「大調和的生命裡的一部分」，人生的意義就在於腳踏實地地履行各自「獨有的使命」。她以〈遙寄印度哲人泰戈爾〉和〈「無限之生」的界限〉（1920）等開始她抒情文創作之路。她滿心讚頌泰戈爾給她卓越的哲理和快美的詩情，信服「宇宙和個人的靈中間有一大調和」，這樣「萬全的愛，無限的結合，完全的結合」，超越了生死的界限，人與人之間、人與萬物之間的愛是永生的。她懷著愛心和童心來表露她的情懷，在她的理想中就是用這樣萬全的愛來走著人生的道路。

她從切身體驗中感悟到母愛的博大與聖潔，率先高唱起母愛頌。寫母愛，唐詩中孟郊的〈遊子吟〉是膾炙人口的代表作，「誰言寸草心，報得三春暉」，深情蘊藉，但在散文中這種感情似未見充分的描述。自然，著述先德的墓誌銘，或先妣事略之類，還是不少的，不過這些文章不但塗上許多脂粉，而且夾雜以陳腐的說教。歸有光〈項脊軒志〉寫及祖母、母親部分，頗為動情，然令人長號不禁的竟是她祖母持象笏的一段話：「此乃祖太常公執此以朝，他日汝當用之！」古人往往把母愛和仕途聯繫起來，現在讀起來就未免味同嚼蠟。而冰心之作，一洗古人窠臼，令人耳目一新：

> 「母親啊，你是荷葉，我是紅蓮。心中的雨點來了，除了你，誰是我在無遮攔天空下的蔭蔽？」（《往事（一）》〈七〉）
>
> 「我現在正病著。沒有母親坐在旁邊，小朋友一定憐念我，然而我有說不盡的感謝！造物者將我交付給我母親的時候，竟賦予我以記憶的天才；現在又從忙碌的課程中替我勻出七日夜來，回想母親的愛。我病中光陰，因著這回想，寸寸都是甜蜜的。」（《寄小讀者》〈通訊十〉）
>
> 「為此我透澈地覺悟，我死心踏地的肯定了我們居住的世界是極樂的。『母親的愛』打千百轉身，在世上幻出人和人，人和

萬物種種一切的互助和同情。這如火如荼的愛力，使這疲緩的人世，一步一步的移向光明！」(《寄小讀者》〈通訊十二〉)

這種誠摯的骨肉之情，不純出於天性，因遠托異國而越加醇厚深切；這是我國民族性中極為寶貴的部分。她不把母愛侷限於人倫親情範圍內，而以愛的哲思把它昇華為人間情愛的典範與人際協和最強韌的精神紐帶，充分發揮了這種純真情愫的典型意義。

友情也是一個古老的主題，中國古典散文中不乏友誼名篇。如果我們讀一讀冰心的〈好夢〉(1923)，其境界之美，抱負之高，體貼之微，歎慨之深，古人是無法相比的。那異國姐妹超越鴻溝、心心相印的深情，也是古人無從道出的。你看，朦朧月夜，淡淡湖波，山青水白，風涼露重，兩個女友微微細語，竟是關涉世界人民未來的大事，愛和天國當然是不切實際的夢想，但他們談得那麼誠懇，這就令人感動了。女青年而有這種思想，這等抱負，顯然是新時代的投影。她在《寄小讀者》、《往事（二）》中，因弱遊異邦、病居青山而更真切地領略到友情的珍貴和偉大，「此次久病客居，我的友人的饋送慰問，風雨中殷勤的來訪，顯然的看出不是敷衍，不是勉強。至於泛泛一面的老夫人們，手抱著花束，和我談到病情，談到離家萬里，我還無言，她已墜淚。這是人類之所以為人類，世界之所以成世界呵！我一病何足惜？病中看到人所施於我，病後我知何以施於人，一病換得了『施於人』之道，我一病真何足惜！」這裡的一唱三歎是感念不已的自然流露，是捫心自省後身體力行的人生誓言。

童年也是冰心時常著筆的題材，她有一個傳奇的童年，美麗的童年。〈夢〉(1921) 是她早期的抒懷之作。「橫刀躍馬和執筆沉思的她，原都是一個人，然而時代將這些事隔開了。」夢一樣的小軍人的生活結束了，回到故鄉學習兒女情性，她既神往於男裝小軍人那橫刀躍馬的壯美生涯，又迷離於姐妹群裡調脂弄粉的溫柔境地，體認這兩種環境交錯造就自身矯健而嬌柔的心性，對生命的流變不免懷有「無窮的悵惘」。她「憑著深刻的印象」追述《往事》，展示「生命歷史中的幾頁圖畫」(《往事（一)》副題)，讓幼年之夢、家人之愛、大海之戀、童真之趣不絕如縷地流向筆端。她又是「在童心來復的一刹那頃拿起筆來」，與小朋友交流「幼稚的歡樂和天真的眼淚」(《寄小讀者》〈四版自序〉、〈通訊一〉)。因而，她注重發掘童年生命的蘊藏，較少染上失樂園般的傷逝氣息，更多地是體味和昇華童年的純真與活趣，感念和張揚父母師長的至愛與美德，探索人格塑造的有效途徑。這類作品，大抵是童心釋放、愛意盈溢的產物，又出以跟小朋友促膝談心的口吻，充滿著純真的童趣和美妙的直覺，特別地引人入勝。人們的童年並非都是美好的，但留給人們的不管是歡欣抑是悲戚，都值得回念，冰心以清麗的筆墨開闢了現代散文中回憶童年的篇章。

此外，兄弟間的愛，去國的別情和鄉思，返乎自然的理想指導下對山和海的讚頌，一切人生的情愫她都「願遍嘗」，都要「領略」，都毫不保留地在《寄小讀者》和《往事》中纏綿地向讀者訴說，也都有機地融鑄為「愛與美」的世界。所以，她以「最莊肅的態度」來歸納她所認定的人生要旨：

> 愛在右，同情在左，走在生命路的兩旁，隨時撒種，隨時開花，將這一徑長途，點綴得香花瀰漫，使穿枝拂葉的行人，踏著荊棘，不覺得痛苦，有淚可落，也不是悲涼。(《寄小讀者》〈通訊十九〉)

沈從文談到冰心的抒情特點時說：「對人生小小事情，一例儼然懷著母性似的溫愛，從筆下流出時，雖文式不一，細心讀者卻可得到同一印象，即作品中無不對『人間』有個柔和的笑影。」[15]這時她的

15 沈從文：〈習作舉例・由冰心到廢名〉，《國文月刊》第1卷第3期（1940年）。

母性愛還帶有少女的天真和單純、稚嫩與敏感，所營造的情境是「滿蘊著溫柔，微帶著憂愁」(《寄小讀者》〈通訊二十七〉)。這不絕如縷、乙乙欲抽的柔情繾綣，以回憶體小品《往事》和書信體散文《寄小讀者》的自由體式，用懇切、親昵、委婉的絮語方式，和流麗的白話與雅潔的文語融化的藝術語言，「行雲流水似的，不造作，不矜持」地表達出來(《寄小讀者》〈通訊二十五〉)，成就了一種時人所稱譽的「冰心體」美文。冰心散文就以其溫愛柔情和獨特文體奠定了她在現代散文史上自樹一幟的重要地位。

朱自清的《背影》

骨肉之情是我國倫理道德的重要組成部分，我國古代文學中抒發這種感情的詩文是很多的，但它們往往帶有封建時代顯親揚名等陳腐的報恩觀點。「五四」以來，新一代青年的骨肉之情反映著新的社會內容，帶有新的時代特色。冰心、朱自清各有不同的家庭環境和生活遭遇，從不同側面抒寫了親子之愛，或含情脈脈，或淚濕衿衫，都流露出對撫育自己的老一輩人的深深繫念。中國人的倫理傳統還有大義滅親的美德，但在正常狀況下，這種親子之愛的主題應該隨著時代的發展更新它的內容而永垂文苑。

朱自清是抒情的高手，他的《背影》(1928)集子中寫於一九二五年十月的〈背影〉一文，是傳父子之情的佳作，也是其文最為人稱誦的名篇。作者以八年前家中祖母去世、父親失業這「禍不單行的日子」為背景，透出慘澹悲戚的氛圍，用可感的形象寫出他父親對他的深厚的熱愛和他對父親別後的感念，奏出溫馨纏綿的父愛頌和思親曲。送行的細節——親自送站、與腳夫商談小費，直到細緻描述買桔子的情景，焦點集中在他父親的「背影」上，而這背影又凝聚著舐犢的深情，混和著作者感動的眼淚，暗含著生離和奔波的酸辛，給讀者以極大的感染。

葉紹鈞〈跟《人民文學》編輯談短篇小說〉中談到朱自清的〈背影〉時說：「寫他父親的身材和穿戴，不過幾句話，而且不放在文章開頭他回家見著父親的時候，而放在臨別之前，父親把他送上了火車，又橫截經過鐵軌到對面去給他買桔子的時候，在文章的結尾，朱先生寫他記憶中的父親的『背影』：肥胖的身材，青布棉袍，黑布馬褂，字用得更少了，給人的印象卻很深刻。至於父親的面貌，全篇中一個字沒有提，似乎連表情也沒有怎樣描寫，咱們讀了，並不感覺缺少了什麼。」[16]這裡指點了朱自清描述和結撰的功夫。背影這一焦點連結著父子倆漂泊生活的共同命運，引起讀者無限的同情與吟味。

朱自清本人也舔犢情深，但取另一種表現方式。《背影》裡的〈兒女〉就是自述為父心懷的名作，在自責不會做父親的痛悔中已透露為父的苦衷和驚覺，在操心兒女怎樣去做人的思慮上就袒露著大愛者的胸襟和本色，從他對兒女哭鬧嬉笑種種情狀的傳神描述也可以看出他的親子之愛是深沉而細膩的。朱自清的親情散文，述實事，抒真情，益以世事多艱，「只為家貧成聚散」，產生了骨肉親人間的悲離歡合，不純是溫情的撫慰，還有世味酸澀的咀嚼，更貼近現實人生。

《背影》裡的〈一封信〉、〈《梅花》後記〉、〈懷魏握青君〉等，是幾篇關於友情的散文，作者在這些作品中記述了他和朋友們的交往和友誼。朱自清的懷友之作善於提煉他朋友的特點，S的喜歡喝酒罵人，無隅的微笑的臉，魏握青的玩世態度，這些都是作者所深切感受到的，反覆寫出，也使讀者感覺到他朋友的可愛之處。朱自清的文章還寫他與朋友間交往的最可繫念的事，動人心弦的事。〈一封信〉中有和S一樣不能忘懷的台州的山水、紫藤花和春日。〈《梅花》後記〉中有熱心為無隅詩集出版效力的林醒民、白采等友人。〈懷魏握青君〉中有與魏的多次談論，特別是魏君動身前不久在月光中的一次談

16　《人民文學》1979年11月號。

論。這些平淡而且深情的日常交往帶有很大的普遍性，因而也易於動人。他於細微處見精神，以淡筆寫真情，給讀者以一種超離勢利、相知相諒的友情美。

《背影》裡還有〈女人〉、〈阿河〉一類表現生活情趣的文字。一談女人似乎就會涉及性愛，至少是情愛，但朱自清的〈女人〉一文，不是把女人作為玩物，而是作為美來欣賞。

> 她是如水的密，如煙的輕，籠罩著我們；我們怎能不歡喜讚歎呢？這是由她的動作而來的；她的一舉步，一伸腰，一掠鬢，一轉眼，一低頭，乃至衣袂的微揚，裙幅的輕舞，都如蜜的流，風的微漾；我們怎能不歡喜讚歎呢？

又如〈阿河〉中寫阿河的美：

> 她的影子真好。她那幾步路走得又敏捷，又勻稱，又苗條，正如一隻可愛的小貓。她兩手各提著一隻水壺，又令我想到在一條細細的索兒上抖擻精神走著的女子。這全由於她的腰；她的腰真太軟了，用白水的話說，真是軟到使我如吃蘇州的牛皮糖一樣。

這裡朱自清用他精巧、靈活、細膩的文字來描寫他眼中的女性美，但他是真誠的、高尚的、毫無邪念的一種欣賞，像對待藝術一樣。他索性說她們是「藝術的女人」，以為「將女人的藝術的一面作為藝術而鑑賞它」，「自與因襲的玩弄的態度相差十萬八千里」。這種反映生活情趣的文字，可以看出當時知識分子精神生活的一個側面，從而也可以理解他的散文那麼愛用女性化的比喻。

《背影》集子裡的抒情文，不僅以親情友誼的醇厚稱勝，也以文體語言的純正傳世。體式上，作者隨物賦形而胸有成竹，任心閒話而開合自如，講究謀篇佈局而不露痕跡。語言上，他這時已努力脫盡鉛華，提煉口語，追求「談話風」。以名篇〈背影〉、〈兒女〉為標誌，朱自清在現代散文史上樹立了一種平易、樸實、本色的散文美典範。正如後來李廣田所說的：「朱自清先生的《背影》，雖然只是薄薄的一本小書，而且出版已經那麼多年了，但它一直也還是一個最好的散文範本，它叫我們感到寫散文並不困難，並覺得無論甚麼事物都可以寫成很好的文章，它那麼自然，那麼醇厚，既沒有那些過分的傷感，又沒有那些飛揚跋扈的氣息，假如說散文之中也有所謂正宗的話，我以為這樣的就是。」[17]

葉紹鈞的早期散文

葉紹鈞的早期散文也是寫母愛、鄉情、別緒的，帶著濃厚的抒情色彩。母對子的愛撫，故鄉秋蟲的鳴奏、藕和蓴菜的佳味，閩江畔的月夜、潮聲與客緒，譜成許多幽遠的抒情之曲。狀物、造景、寫人，無不牽引著綿長的情意，語言優美，文字典雅，與他以後的散文異趣。

葉紹鈞（1894-1988），字聖陶，江蘇蘇州人，文學研究會發起人之一，歷任小學、中學、大學教師。他以詩和小說開始創作生活，所注意的是社會題材，而收在《隔膜》的〈伊和他〉，收在《劍鞘》（與俞平伯合集，「上輯」收葉文十二篇）的〈沒有秋蟲的地方〉、〈藕與蓴菜〉、〈將離〉等，卻是寫母愛、鄉思和友情的散文，表達他對愛與美的嚮往。〈伊和他〉（1920）不以抒個人之情來寫母愛，而是通過生活斷片來描寫母親抱著她的愛子，沉醉在愛的渦流之中；愛子玩著玻璃球，失手打著母親左眼的上角，從而引起母忍痛、子大哭的情景。作者對母愛的讚美通過簡練的場景描述表現出來了。

---

17 李廣田：〈談散文〉，《文藝書簡》（上海市：開明書店，1949年）。

〈沒有秋蟲的地方〉(1923)是他客居福州協和大學教書時寫的作品。作者通過「井底似的庭院，鉛色的水門汀地」的枯燥處境與鄉間秋蟲奏鳴、各抒靈趣的動人境界的鮮明對比，表現他的鄉野之思和喜惡之情。他飽品當境者的苦樂，體悟「有味遠勝於淡漠」的哲理，在抒情中展現論說的成分，寫得舒徐周至，因而使讀者在動情之外，還有理性的回味。

一九二五年以後，葉紹鈞的散文從鄉情別意轉到經世致用，他對人生真義的理解是認真處世，希望人們腳踏實地做個有益於社會的人。如收入《腳步集》內的〈「雙雙的腳步」〉、〈與佩弦〉(1925)，〈「怎麼能……」〉、〈詩人〉、〈水患〉(1926)等，都較為明顯地表明了他這種人生態度。在這些文章中，作者反對讀死書而不接觸實際生活(〈讀書〉)，他要求抓住當前，腳踏實地去工作。他說，「過日子要當心現在，吃甘蔗不要去了中段，這固然並非勝義，但至少是正確而合理的生活法」(〈「雙雙的腳步」〉)；「認真處世是以有情待物，彼此接觸，就交付以全生命，態度是熱烈的。要講到『生活的藝術』，我想只有認真處世的才配」(〈與佩弦〉)。他希望人們應該看到群眾的痛苦，有宏大的為人謀福利的志願，時時發現和克服不合理的生活，他說：「人間真有所謂英雄，真有所謂偉大的人物，那必定是隨時考查人間的生活，隨時堅強地喊『人間怎麼能』，而且隨時在謀劃在努力的。」(〈「怎麼能……」〉)他憎恨舊社會，憧憬新社會，通過詩人的對話寫道：「所以我決意拿出我的力量來，親自動手，把這個生活撕成粉碎，讓它再拼湊不攏來；同時又另外建造一個新的。」(〈詩人〉)葉紹鈞這些散文較少早期那濃厚的抒情成分，增強了理性思索，大多是隨筆書感的文字，從容細緻，周詳親切，樸實雋永，在語言上注意口語的韻味。這固然與作家閱世的深入、思想的成熟同步進展，也與「五卅」運動後文壇上現實主義精神的高揚密切相關。當「五卅慘案」發生的次日，他就寫了名文〈五月卅一日急雨中〉。

羅黑芷的〈鄉愁〉

羅黑芷（1898-1927），江西武甯人，文學研究會會員。他以筆名晉思出版了詩文集《牽牛花》（1926），其中的〈鄉愁〉和〈甲子年終之夜〉被郁達夫選入《中國新文學大系》《散文二集》，並稱他性格幽鬱，文字玄妙。當時，他流寓長沙，在〈甲子年終之夜〉感歎生之悲涼，〈鄉愁〉則是遊子思念故鄉和親情的名作。他以美妙的筆帶著哀愁的心，回憶起：童年教他看螢火蟲的穿藍色竹布衣衫的母親，送他蟬子的挑水的老王，親熱地偎傍他的要說給人家的姑娘；還有那賣水果的老蔣和他擔子上香脆的桃子，有白糖餡的糯米糰子，鋸木師傅和他養的斑鳩；還有門口的石獅，天井裡綠色的光的世界。一切都歷歷在目，溫馨如初。「隔著彭蠡的水，隔著匡廬的雲，自五歲別後，這一生認為是親愛的人所曾聚集過的故鄉的家，便在夢裡也在那兒喚我回轉去。」故鄉的人和物是如此令人魂牽夢繞，這樸質的村鎮便是流浪他鄉的遊子引起哀愁之心的理想樂土。

其抒情語言有著不同於現代散文草創時期的變化，如開頭一段：「寫了〈死草的光輝〉已經回到十四年前去的這個主人，固然走入了淡淡的哀愁，但是想再回去到一個什麼樣的時候，終尋不出一個落腳的地方。這並非是十四年以前的時間的海洋裡，竟看不見一點飄蕩的青藻足以繫住他的縈思，其實望見的只是茫茫的白水，須得像海鳥般在波間低徊，待到落下倦飛的雙翼，如浮鷗似的貼身在一個清波上面，然後那彷彿正歌詠著什麼在這暫時有了著落的心中的歎息，才知道這個小小的周圍是很值得眷戀的。誰說，你但向前途尋喜悅，莫在回憶裡動哀愁呢？」郁達夫說他的文字「玄妙」，這是由於他文章中用曲折的想像來表現纖細的感情，語言顯得繁重黏滯的緣故。

川島的《月夜》

川島（1901-1982），原名章廷謙，浙江上虞人。北京大學哲學系畢業後，留校工作，係《語絲》發起人之一，並為它長期撰稿。他的《月夜》（1924）是演奏愛情之曲的，文中訴說男女間愛戀的敏感、細微的真情，善於心理刻劃。如其中〈月夜〉一文，寫情人在夜間相伴歸去，橫暴的風挾著泥沙，路上黑暗而崎嶇，「我」和伊不斷地說著話，心房戰慄，月亮從雲幕中射出光芒，伊說這是伊命運的象徵，而雲中的月有時朦朧，有時光明，而伊的命運到底如何呢？伊所要的又是什麼呢？作者含蓄地寫出了戀人極端微妙的心理狀態。

川島在《惘然》〈跋〉裡說：「委實我感到除了愛（當然不限於兩性的愛）的宇宙以外，其他對於我們的好處是有限的，因而就想把我的消息送點給人，就是朋友們也曾鼓勵我。」這時作者陶醉在戀情之中，《月夜》便是「他在熱愛時期蒸發出來的昇華」[18]。但作者並不只是單純描寫愛情生活，而是著實感到愛對於人生的好處，將個人的愛情體驗昇華到人類愛的哲理高度。

沈從文在〈習作舉例〉中指出《月夜》的文體創造，他說：「『五四』以來，用敘事形式有所寫作，作品仍應當稱之為抒情文，在初期作者中，有兩個比較生疏的作家，兩本比較冷落的集子，值得注意：一是用『川島』作筆名寫的《月夜》，一是用『落華生』作筆名寫的《空山靈雨》。兩個作品與冰心作品，有相同處，多追憶印象，也有相異處，寫的是男女愛。雖所寫到的是人事，不重行為的愛，只重感覺的愛。主要的是在表現一種風格，一種境界。人或沉默而羞澀，心或透明如水。給紙上人物賦一個靈性。也是人事的哀樂得失，也是在

18 郁達夫：〈導言〉，《散文二集》，《中國新文學大系》（上海市：良友圖書印刷公司，1935年）。

哀樂得失之際的動靜，然而與同時代一般作品，卻相去多遠！」[19]這段話相當精彩，指出川島和許地山都以敘事形式來寫抒情散文，近於小說的寫法；又指出他們愛情題材的寫法「只重感覺的愛」，直敘愛情又頗為含蓄。川島這本散文集在當時確是比較獨特的，在早期記敘抒情散文中專寫愛情，川島是值得注意的先行者。

二 人生悲苦的諦視與抗爭

魯迅的《野草》、《朝花夕拾》和《兩地書》

在中國現代散文史上，魯迅的開創性業績不僅表現在雜文方面，在記敘抒情散文和散文詩領域也有突出貢獻。從一九一九年八、九月間發表於《國民公報》「新文藝」專欄的一組〈自言自語〉，到一九二四至一九二六年間連載於《語絲》的二十三篇《野草》(1927)，說明魯迅是中國散文詩的一代宗師；從《吶喊》中〈兔和貓〉、〈鴨的喜劇〉、〈社戲〉等篇帶有自敘傳性質的作品，到一九二六年《莽原》上的十篇〈舊事重提〉及其改題結集為《朝花夕拾》(1928)，一九二五至一九二九年間魯迅與許廣平通信的結集《兩地書》(1933)，直至以後收入雜文集內的一些記事懷人之作，表明魯迅也始終堅持記敘抒情散文的創作。其代表作《野草》和《朝花夕拾》是中國現代散文史上的瑰寶，它們以豐富的思想內涵和非凡的藝術魅力贏得了讀者的喜愛。《兩地書》在當時涉及愛情領域的書信體散文中，其思想意義特別令人矚目。

「自然，做起小說來，總不免自己有些主見的。例如，說到『為什麼』做小說罷，我仍抱著十多年前的『啟蒙主義』，以為必須是

---

19 沈從文：〈習作舉例・由冰心到廢名〉，《國文月刊》第1卷第3期（1940年）。

『為人生』，而且要改良這人生。」[20]魯迅這段話是指他的小說而言的，但對於他的散文，也可以適用。《野草》這一部散文詩所勾勒的形象和抒發的情懷，表現了魯迅當時的人生哲學；《朝花夕拾》以記敘文的形式把他少年到壯年時期的經歷和國家民族的命運密切地聯繫起來進行抒寫，其中反映了作者對人生道路的深沉思索；《兩地書》不但表現了魯迅和許廣平的愛情生活——人生的重要側面，而且也是他倆互相激勵走著「人生」長途的真實紀錄。這三個集子寫作的時間相近，主要在一九二四年到一九二七年之間。經過「五卅」慘案，女師大事件，「三一八」慘案和大革命，這正是一個苦悶和奮起的時代，也是魯迅思想從彷徨轉向質變的前夕；這三本書的內容不同，表現的形式各異，其中「為人生」、「要改良這人生」的思想則是共同的。魯迅對於人生問題的思考和探索，對於自我內心的解剖和發掘，其深廣的程度，則是同時代作家所望塵莫及的。

一九二五年三月十一日，許廣平寫第一封信給魯迅，告訴她在政潮、學潮中所看到的卑劣嘴臉，所聞到的含有許多毒菌的空氣，她感到憤恨苦悶，要求魯迅給她以一個「真切的明白的指引」。魯迅立即給她回信，雖然說「可惜連我自己也沒有指南針」，但還是告訴她走「人生」的長途的方法，那就是：遇到「歧路」，不哭也不返，選一條似乎可走的路再走；遇到「窮途」，辦法也一樣，還是跨進去，在刺叢裡姑且走走；對於社會的戰鬥，最重壕塹戰；「總結起來，我自己對於苦悶的辦法，是專與襲來的苦痛搗亂」。魯迅這時的思想是明晰的，敢於直面慘澹的人生，敢於正視淋漓的鮮血，他不贊成赤膊上陣，他以為應當奮然前行，作韌性的戰鬥。《兩地書》的內容相當豐富，有他倆的工作和生活的種種境遇的商量討論，涉及人生觀、教育觀、政治觀等問題，其中貫徹著韌性的戰鬥精神。許廣平在《兩地

20 魯迅：〈我怎麼做起小說來〉，《南腔北調集》（上海市：同文書店，1934年）。

書》〈三一〉裡再一次要求魯迅公開《兩地書》〈二〉中走人生長途的那些話，「以公同好」，可見這一綱領性見解對她的深刻印象了。

《兩地書》三、四則，談到了《野草》中的〈過客〉和〈影的告別〉。過客孤獨地尋找著前行的道路，他身上所表現的韌性戰鬥精神和執著探索精神，可以說是魯迅的自我寫照。影的形象是魯迅內心思想矛盾的化身。《兩地書》〈四〉裡的一段話是〈影的告別〉的最好註腳，魯迅說：「但我的作品，太黑暗了，因為我常覺得『惟黑暗與虛無』乃是『實有』，卻偏要向這些作絕望的抗戰。」《野草》這個集子中的作品，無論歌頌韌性戰鬥，解剖自己心靈，或者針砭社會錮弊，和《兩地書》中所表現的「抗戰」的思想都是契合的。在那黑暗時代，魯迅用象徵的方式，借事寄意、托物詠懷的手法，把他當時的孤獨情懷，矛盾心理，探索戰鬥走著人生長途的思想，作了濃郁的詩意的體現。阿英稱道《野草》是「一部最典型的、最深刻的、人生的血書」，[21]從思考人生的深廣度和藝術表現的完美程度來說，對這個讚語《野草》是當之無愧的。

對童年的思念，鄉情的依戀，家庭和鄰里人物的回憶和走異地、尋異路的經歷，把走人生的長途所嘗過的辛酸和悔恨，所遭遇到的教育問題、社會問題和政治問題，《朝花夕拾》中表現得極為具體。魯迅通過個人的成長，反映從滿清到民國那黑暗的年代裡，封建主義和帝國主義勢力如何牢固地壓在苦難的中國人民身上，而作為覺醒的青年魯迅，又是如何地懷著「我以我血薦軒轅」的決心，走著希望與失望交織的人生道路。

從「為人生」、「要改良這人生」這一角度出發，魯迅在三個集子裡用不同的體式來表現他當時的思想，與其他探求人生問題的作家不同，這三個集子聯繫著廣闊的歷史圖景，把個人走人生長途和國家民

21 阿英：〈魯迅小品序〉，《現代十六家小品》(上海市：光明書局，1935年)。

族的命運密切地聯繫起來，絕不迴避時代的苦悶和內心的矛盾，生命不止，戰鬥不息。所以他對人生意義的探求，不是愛的福音，失望的哀告，或無可奈何地走著瞧，而是腳踏實地，要在沒有道路的大地上走出一條道路。

早在我國現代散文的濫觴時期，一九一九年八月十九日到九月九日《國民公報》副刊「新文藝」欄上，魯迅的〈自言自語〉發表了，其中的幾則顯然是《野草》和《朝花夕拾》某些作品的雛形。〈火的冰〉，以冰凝固住的火焰來象徵外表冷靜而內心燃著烈火的愛國者，顯示作者「寄意寒星荃不察」的孤獨感和救國無力的痛苦；這一意象在《野草》的〈死火〉得以改造和發展。〈古城〉，以沙蓋住古城為象徵，深刻揭露因循守舊的老一代在生死關頭還想窒息年輕人的求生意志。〈螃蟹〉，以老螃蟹脫殼為象徵，訴說人們在成長過程中會遭到同行的暗算。〈波兒〉以幾個孩子急於事功的例子，指明做事不能指望立竿見影，明於責人而悖於責己，也不要以為做事的只有你一個人。這四則散文詩，懇切地表達了作者投身於新的革命潮流中的興奮而警惕心情，情節單純而有變化，一些辭彙迴環反覆，富有新意哲理，象徵主義手法和浪漫主義色彩得到了成功的運用。〈我的父親〉和〈我的兄弟〉都是寫實，記敘自己對待父親的死和兄弟放風箏的事的過失，追悔莫及；二文分別是〈父親的病〉和〈風箏〉的雛形。解放幼者，結清舊帳，開闢新路，這是文章中所透露出的真誠願望。作者平實地描述自己不自覺地按傳統風習辦事的內疚，與上述四篇不同，不用象徵手法，記事真而抒情誠，別有一種感人的力量。從文學史的角度觀察，魯迅在中國現代散文史上不但率先樹立了為人生改良這人生的創作思想，而且在散文體式和創作方法的多樣化方面也起了篳路藍縷的先行者的偉大作用。

《野草》連〈題辭〉共二十四篇，意蘊精深，技巧瑰奇。其中的許多作品是有所指的，魯迅在〈《野草》英文譯本序〉裡說：「現在舉幾個例罷。因為諷刺當時的失戀詩，作〈我的失戀〉，因為憎惡社會上的旁觀者之多，作〈復仇〉第一篇，又因為驚異於青年之消沉，作〈希望〉。〈這樣的戰士〉是有感於文人學士們幫助軍閥而作。……」《野草》諷刺和批評的筆鋒針對著求乞者(〈求乞者〉)，精神空虛者(〈我的失戀〉)，精神麻木者(〈復仇〉)，意志消沉的青年(〈希望〉)，正人君子(〈狗的駁詰〉、〈死後〉)，負義者(〈頹敗線的顫動〉)，黑暗政權的主宰者(〈失掉的好地獄〉)，圓滑處世者(〈立論〉)，奴才(〈聰明人和傻子和奴才〉)等，這些都是舊社會中可憐可憎的人物。它們禮讚的則是：棗樹刺破高天和小飛蟲撲向火光的精神(〈秋夜〉)，不倦向前的探索者(〈過客〉)，叛逆的猛士(〈這樣的戰士〉、〈淡淡的血痕中〉)，被風沙打擊得粗暴的靈魂(〈一覺〉)等。《野草》中涉及內心解剖的篇章也有多種不同的情況：追求美好理想的如〈雪〉和〈好的故事〉，追悔莫及而嚴於自責的如〈風箏〉，表露勇於自我犧牲豪情的如〈死火〉、〈臘葉〉，解剖內心陰影的如〈影的告別〉、〈希望〉和〈墓碣文〉。這些作品表現了他對美好社會的嚮往，以及在特定時期內矛盾的心境和同舊我訣絕的決心。其中浸透著魯迅的大愛大憎、大悲大痛，飽含著魯迅的覃思內省和哲理探索，貫串著魯迅直面人生、獨戰黑暗而又抉心自食、上下求索的精魂。其感觸之銳敏，思索之深廣，情調之沉鬱，蘊涵之深邃，在現代散文詩中是無與倫比的。

魯迅致蕭軍的信裡說：「我的那一本《野草》，技術並不算壞」[22]，這話自謙中帶著自信。的確，《野草》是中國現代散文史上的藝術神品。《野草》是深刻的思想主題和多樣化的表現方法的完美的結合。如〈風箏〉基本採取現實主義手法，〈淡淡的血痕中〉基本運用浪漫主義手法，其它大量篇章則是採用象徵主義手法。或創造奇突的象徵

22 魯迅：〈致蕭軍〉(1934年10月9日)，《魯迅全集》第12卷(北京市：人民文學出版社，1981年)，頁532。

性形象，如〈復仇〉中與看客永遠對峙的全身裸露、絲紋不動的青年男女，〈頹敗線的顫動〉中立於荒野、舉手向天的垂老女人，〈這樣的戰士〉中走進無物之陣仍堅執投槍的戰士，都有著怪誕、變形、誇張的特點和強烈的雕塑感。或運用自然景物的象徵性描繪，如〈秋夜〉裡的棗樹、花草、飛蟲與星空的對立，〈雪〉中江南和朔方的雪景的對襯，都帶有象徵寓意色彩。或借助於幻境特別是夢境的象徵性描寫，如〈死火〉、〈墓碣文〉、〈失掉的好地獄〉等，造境的奇詭怪誕前無古人。或創造象徵性的寓言故事，如〈狗的駁詰〉、〈聰明人和傻子和奴才〉等，幽默潑辣，意味雋永。《野草》中的象徵主義散文詩，有著小中見大、實中見虛、由一而眾、由此及彼、由表及裡、以形寫意的突出特點。《野草》運用多樣的文藝形式，以新興的散文詩為主，兼有詩（〈我的失戀〉）和短劇（〈過客〉），還有對話體、辯難體等，不管採用何種體式，都具有濃郁的詩情和深厚的哲理。《野草》的語言既有詩的凝鍊，又有散文的流麗，許多名篇精心錘鍊，有口皆碑，如〈秋夜〉、〈希望〉、〈雪〉、〈好的故事〉等。總之，《野草》意象奇詭，造境幽深，手法新穎，色彩繽紛，堪稱現代散文詩的一座雄奇瑰麗的藝術豐碑。

《野草》的影響相當深遠，當時許多新進青年在《語絲》、《莽原》等報刊上發表的散文詩，鮮明地帶有《野草》的影響痕跡，如高長虹、沐鴻、韋叢蕪等的作品。三四十年代，出現過散文詩創作的興旺局面，作家們在嚴峻的年代借鑑魯迅的藝術傳統進行新的戰鬥。

《朝花夕拾》，魯迅在他的著譯書目中稱之為回憶文，是在女師大風潮、「三一八」慘案和北伐戰爭的革命風浪中，與「正人君子」鬥爭、遭受反動派迫害的流離生活中寫出來的。魯迅在紛擾中尋出一點閒靜來，站在現實戰鬥的立場和時代思想高度上反顧自己的經歷，回憶故鄉可喜可愕的人事景物，帶有自傳的性質，在魯迅作品中佔有特殊的地位。回憶文可以說是傳記文學的一個分支，魯迅在這領域進行領先墾殖，郭沫若、郁達夫、沈從文等在後來繼續開拓它的疆土。

《朝花夕拾》以個人的生活經歷反映時代的側面，顯示了晚清社會的落後，封建思想枷鎖的沉重，維新運動的勞而無功，日本帝國主義者的自大驕橫，辛亥革命的半途而廢。這些舊民主主義革命時期的政治狀況和社會變故，伴隨他少年和青壯年的生活歷程得到形象的表現。《朝花夕拾》展現了一幅幅濃郁的江南鄉鎮的風俗畫。過年節的規矩，迎神會的盛況，目蓮戲的熱鬧，舊書塾的陳規，治病的陋習等等，隨著魯迅的生花妙筆，再現在讀者面前。《朝花夕拾》精彩地描繪了上世紀末本世紀初停滯的社會中勞動人民和知識界人士的面影：善良樸實而又迷信落後的保姆長媽媽，方正博學而又守舊的壽老先生，固執嚴肅的父親，故弄玄虛的陳蓮河醫生，認真負責的藤野先生，窮困淒苦的范愛農等。這些人物形象鮮明，各有各的典型意義。魯迅選擇典型細節、典型事件突出人物個性的主要特徵，他們的音容笑貌，帶著濃厚的歷史感進入散文的畫廊。這些作品令人感念的不只是母子之愛、師友之情和人物的命運，它還會使你對造成人物如此命運的社會歷史環境作更深沉的思考。世態、風俗、人物和自我的心路歷程交織寫來，具有豐厚的人生和社會內涵。

《朝花夕拾》的有些篇章，如〈狗·貓·鼠〉、〈二十四孝圖〉和〈無常〉，寫法近乎雜文，以議論為主，穿插生動的描述，間或涉及時事。其他篇章，如〈從百草園到三味書屋〉等，則以敘事為主，寫法近乎短篇小說，以極省儉的筆墨，勾勒人物形象，時帶雜文筆法。總的來說，敘事、抒情、議論，舒卷自如；民情風習，歷史掌故，寓言故事，涉筆成趣；語言明快而優美，洗鍊而深沉。

魯迅的記敘抒情散文作品在雜文集中也或有所見，寫故鄉習俗和幼年生活的，如〈我的種痘〉、〈我的第一個師父〉、〈女吊〉等，紀念師友的，如〈記念劉和珍君〉、〈為了忘卻的紀念〉、〈憶韋素園君〉、〈憶劉半農君〉、〈關於太炎先生的二三事〉等，這些都是傳世的名篇。

同短篇小說和雜文一樣，魯迅是中國現代記敘抒情散文和散文詩的開山祖。他的散文具有特出的社會廣度和歷史深度，他堅定的戰鬥激情是無與倫比的，他對散文的藝術創造也是光輝奪目的。他才兼眾體，標誌著五四時期散文創作的最高水準。

許地山的《空山靈雨》

許地山（1893-1941），筆名落華生，生於臺灣，寄籍福建龍溪。他在燕京大學畢業後，留校任助教，一九二二年又畢業於燕京大學宗教學院，是文學研究會發起人之一。他的《空山靈雨》（1925），原連載於一九二二年的《小說月報》上，是現代散文開創期的名著，總的傾向是思考人生問題的作品。這時他受著佛教思想的影響，對人生的看法是「生本不樂」。災難深重的舊中國給人民帶來極大的不幸，他希望與讀者一起思考「生本不樂」的原因和擺脫的辦法。《空山靈雨》中的一些文章帶有濃厚的宿命論觀點，但集子的主流還是積極的。作品以短小的形式，相當精彩地表現了他構思和表現手法的獨創性。

《空山靈雨》對人生痛苦及其社會根源的揭示是敏銳、深刻的。其中的〈蟬〉，篇幅極短，卻發人深省。這隻蟬，是我國舊社會弱小者在死亡線上掙扎的象徵，是舊中國底層人民命運的縮影。可憐的昆蟲遭到急雨的打擊，喪失了求生和逃生的能力，免不了充當螞蟻和雀鳥的食糧。通過小蟲的遭遇來透視人生，從題材的選擇和主題的顯示，不難看出作者對祖國人民苦況的深刻領會。〈三遷〉中的花嫂子和傳為美談的三遷教子的孟母，恰恰相反，她操心的是不讓她的孩子上學，以免重蹈她丈夫讀書致死的覆轍。然而不上學仍然沒有孩子的活路，城市和農村仍然存在壓迫和鞭打，深山大澤給予她的仍是兒子的死亡。降臨在弱小者身上躲不開的深重的災難，真可謂令人驚心動魄。許地山對人生的思考還深入意識的領域：「人面原不如那紙製的面具喲！」（〈面具〉）人面表裡不一，弄虛作假，真不如面具可靠。

活人要學面具，可又不能戴面具，這是多麼意味深長的諷刺。

對人生的重要方面愛情問題，許地山的探求較為深切獨到，揭示出在這令人陶醉的愛的領域，也充滿著不樂的因素。五四時期的有些作家以美和愛作為解決人生問題的方劑，他卻作別具一格的探索。許地山用散文對愛情種種表現作了充分的抒寫，《空山靈雨》中涉及愛情的篇幅約佔三分之一。有少年異性間接觸的天真，如〈春的林野〉、〈橋邊〉；有青年對愛的追求和痛苦，如〈愛底痛苦〉、〈你為什麼不來〉、〈難解決的問題〉、〈愛就是刑罰〉、〈酴醿〉；有夫婦間的溫存和糾紛，如〈笑〉、〈香〉、〈花香霧氣中的夢〉、〈美的牢獄〉；有深情的死別和悼亡，如〈七寶池上的鄉思〉、〈別話〉、〈愛底汐漲〉等等。撥開作者在愛的網中交織著的纏綿的情愫和微妙的矛盾，可以看到作者傾其筆力謳歌建立在平等、互敬互愛、同情、自我犧牲基礎上的牢固的深摯的愛情，抨擊那些對愛情的玩世不恭的態度，他揭示了這令人神往的愛的領域的某些令人清醒的真相，有愛的玩弄，有不稱心的懊惱，也有命運的捉弄。許地山對愛情的探索是別具隻眼的，現代散文家很少有人像他這樣對愛情問題作了這麼多方面的理性思考。

例如〈酴醿〉一文，寫松姑娘接受了宗之贈給她一支酴醿，她陷入情網，以為這是宗之對她愛的表示，而且因此而病了。可是宗之那一方卻是一樁無意識的舉動，真是「落花有意，流水無情」。這愛情間的誤會，單方面的相思，確是情愛中的習見現象，許地山以此為題材並且用哲理性的對話來說明這種誤會。這證明許地山對人生的這一奧秘領域的哲理探究相當深入。

社會的黑暗，人性的弊病，人生的痛苦，這是許地山所看到的現實。然而人們應如何繼續走人生的道路呢？由於他受佛教思想的影響，他的某些散文對人生不可避免地帶著失望的虛無，如「無生是有福」等觀點；但更多的是積極的態度。「但我願做調味底精鹽，滲入等等食品中，把自己的形骸融散，且回復當時在海裡底面目，使一切有情的嚐鹹味，而不見鹽體。」(〈願〉) 作者希望人們根據自己現有條件，立即用具體行動，在這「生本不樂」的世界裡做一點有益於人的工作。他的散文名作〈落花生〉所宣揚的也就是這種「人要做有用的人」的思想，像花生那樣紮根結果於泥土而默默無聞地造福於人類。

許地山對社會人生問題的思考，在藝術上也有它適當的表現形式，最為突出的是他的豐富的聯想和想像，這是具體事物和某種寓意中間的必不可少的橋樑，如在蟬身上看到它所含有的社會性寓意，用三遷的方式組織帶有寓言意味的題材。他構思中的聯想與想像十分靈活，特別瑰奇，〈萬物之母〉想摘天上的星星來補小骷髏的眼珠，〈死的光〉竟然讓太陽也表露沮喪的神情，文章中充滿著浪漫主義的幻想。有些篇章，具有散文詩的特色，與魯迅《野草》那詭奇的沉思冥想相近似。

《空山靈雨》中的散文較少以我為主，常常以第三人稱作抒情敘事的主人公，事件簡單，多數通過對話來表現主題，這種表現手法在早期散文中是新的嘗試。以反映作者對社會人生的思考為特色的散文，沒有採取直接訴說的方式，在極為簡短的篇幅中，使哲理的主題借助一定的形象來體現，在當時應該說是一種可貴的創造。

王統照的《片雲集》

王統照（1897-1957），字劍三，山東諸城人。一九一八年在北京中國大學學習，《新青年》、《新潮》等雜誌和魯迅、葉紹鈞的小說引起他創作的興趣。一九二一年參加發起文學研究會，寫新詩、小說、散文，他把一九二三至一九二五年間的散文結集為《片雲集》（1934），後來結集的還有《北國之春》、《歐遊散記》、《青紗帳》、《去來今》、《繁辭集》等散文集。

王統照的散文創作開始於一九二三年，那正是五四運動高潮之後，愛和美的人生理想漸趨幻滅。他在《霜痕》〈自序〉裡說：「記得那時的思想漸漸地變更，也多少滲入了一點辛澀的味道，不過不是一致的。常常感到沉重的生活的威迫，將虛空的蘄求打破了不少，在文字方面，也不全是輕清的歎息與渺茫的惘悵了。」我們閱讀《片雲集》，可以看到作者有時仍用文章訴說自己對社會人生的冥想，但已可以覺察到社會生活對他心頭的重壓，以及由此而產生的苦悶心情和自身的一種掙扎、創造、抗進的願望。冰心看到人生的美、愛和同情的一面，許地山看到苦的一面，而王統照這時則看到惡的一面，掙扎反攻的一面。

《片雲四則》用故事的形式表現了他對人生哲理的思索，如〈跌跤〉表明了人總要跌入「塵網」。陶淵明〈歸園田居〉:「誤落塵網中，一去三十年。」這塵網指的是舊式讀書人走入仕途，王統照所指的塵網具有新時代的內容。它有柔絲結成的，有鋼條接成的，有珠寶綴成的，有繩頭竹片補成的，有荊刺針刺連成的，有火焰照成的……，命運支配人們在不同的網中消磨他們的悠悠歲月。人哪能掌握自己的命運呢！〈在囚籠中的苦悶〉一文寫他在火車廂中所見：被欺凌的鄉下人，橫行無忌的軍官；囚籠似的車廂是舊中國社會的縮影。作者說:「似乎在毒熱的空氣中所留與我的不是惘悵，不是眷戀，不是趣味的與風景的感動，只有一片凝定住的苦悶！」這篇散文形象地反映了現實對他心靈的重壓。〈綠蔭下的雜記〉說:「悲哀有時能給予人快感」，因為「從不幸的經驗中，可以有種新鮮的感發，對花不僅知其美，對月不僅能感其情；而且分外有更深沉更切重的反悟。」這是遭遇悲慘時的一種無可奈何的自慰罷了。不過，作者還有另外的一面，他的心底呼喚著戰鬥。「我們的心火又隨著電火引燒，向無邊的穹海中作衝撞的搏戰。」(〈陰雨的夏日之晨〉)「生活只是如此，只是在掙扎中，呻吟中，去找到創造的鑰。」(〈閑？〉) 這些複雜的思緒是王統照苦悶中新採取的人生態度。

王統照早期的散文有濃厚的哲理的、悟性的、抒情的因素，這是他訴說自己對人生冥想的必然表現。有時他採用散文詩的形式，如〈陰雨的夏日之晨〉；有時採取寓言的形式，如〈林語〉；這更適宜於馳騁冥想，傳達他所領悟到的人生真諦。有時他描述一些生活斷片，仍然注意於披露他對社會人生問題的悲緒。他早期的作品充分顯示了他卓越的描寫才能，場景、人物、心情、景物都寫得很豐滿，情感充沛，想像力豐富，鋪排的描述方式，繁富的詞彙，妥貼的頓挫的音節，使他的散文具有特有的誘人的魅力。如〈陰雨的夏日之晨〉中那透澈的內心深處的抒寫，感覺銳敏，聯想翩翩，語句奇偶長短穿插，讀時雖覺以詩為文，帶有歐化語，卻別有一種深沉情味，在美文的創造上王統照自有他的一份貢獻。

徐志摩的《落葉》、《自剖》和《秋》

胡適在〈追憶志摩〉裡說：「他的人生觀真是一種『單純的信仰』，這裡面只有三個大字，一個是愛，一個是自由，一個是美。他夢想這三個理想的條件能夠會合在一個人生裡，這是他的『單純信仰』。他的一生的歷史，只是他追求這個單純信仰的實現的歷史。」[23] 徐志摩也多次宣稱，「人生是藝術」，他要的是「詩化生活」。我們如果從探討人生問題的角度來觀察徐志摩《落葉》、《自剖》、《秋》這三本散文集也是合適的，它恰好代表他思想變化的三個不同時期。

《落葉》（1926）集子中的〈落葉〉，是徐志摩一九二四年在北京師大的演講，他對俄國、法國的革命相當嚮往，對日本地震後舉國努力重建國家也極為欽佩，他表示有勇氣對付人生的挑戰，希望中國青年採取積極、向上的人生態度。他說：「我們不能不想望這苦痛的現在只是準備著一個更光榮的將來，我們要盼望一個潔白的肥胖的活潑的嬰兒出世。」茅盾以為所說嬰兒就是暗指新的政治，新的人生，是

23 胡適：〈追憶志摩〉，《新月》第4卷第1期《志摩紀念號》（1932年）。

指英美式的資產階級民主。[24]這時徐志摩充滿著信念與理想。

「五卅」慘案、「三一八」慘案，給徐志摩的思想以相當大的打擊，他寫了〈自剖〉、〈再剖〉、〈飛〉、〈「迎上前去」〉（收入《自剖》集，1928）等一系列散文，坦露自己的煩悶和思索。他感到頭頂只見烏雲，地下滿是黑影，年歲、病痛、工作、習慣壓在肩背，感到自己心靈驟然的呆頓。於是，他「操刀自剖」，「第一要考查明白的是這『我』究竟是怎麼一回事；然後再決定掉落在這生活道上的『我』的趕路方法。」（〈再剖〉）他決意改變對人生的態度，「決心做人，決心做一點認真的事業」。他寫道：「我再不能張著眼睛做夢，從今起得把現實當現實看：我要來察看，我要來檢查，我要來清除，我要來顛撲，我要來挑戰，我要來破壞。」「人生到底是什麼？我得先對我自己給一個相當的答案。」（〈「迎上前去」〉）儘管仍沒有答案，他還是要迎上前去，實行理想中的革命。

徐志摩理想中的革命是實行英國式的政治，在中國那是行不通的，革命的怒潮使他不安，他感到沒有力量，孤獨和失望。在一九二九年寫的《秋》裡，他悲歎讀書階級受了文明的毒，卻開了一張可笑的藥方，主張人多多接近自然，主張打破知識分子和農民的界限，儘量通婚，使將來的青年體力和智力都得到發展，他以為這是改造國家民族的好辦法。文章中充滿悲秋的感傷，表明他追求愛、自由、美的人生觀的理想的破滅。

徐志摩散文中所表現的思想和他的詩是同步的，他熱心追求詩化的生活，抱著這種不切實際的信仰，他的理想主義終歸破滅，「流入了懷疑的頹廢」（《猛虎集》〈序〉）。他一生十分短暫，他的散文卻相當完整地表現了一個資產階級作家的理想從希望到破滅的過程，也相當典型地體現了其浪漫主義的情懷從積極到消沉的歷程。

---

24 茅盾：〈徐志摩論〉，《現代》第2卷第4期（1933年）。

他的散文很有特色。以抒情的美文來剖白內心，談論人生，直抒胸臆而又議論風生，這一點很少作家能夠同他比肩。我們看〈「迎上前去」〉中的文字：

> 我要一把抓住這時代的腦袋，問他要一點真思想的精神給我看看——不是借來的稅來的冒來的描來的東西，不是紙糊的老虎，搖頭的傀儡，蛛蛛網幕面的偶像；我要的是筋骨裡迸出來，血液裡激出來，性靈裡跳出來，生命裡震盪出來的真純的思想。

這是他熱情真誠性格的自然表露，他用形象的、激情的、排比的語言，一氣道來，酣暢淋漓，達到論辯的效果。他的煉字煉句、比喻想像等功夫相當出色，往往是浮想聯翩，博喻迭出，肆意鋪排，氣盛言宜，有時不免過於誇飾、堆砌。阿英以為徐志摩的文字，組織繁複，詞藻富麗，是一種新的文體。[25]卞之琳以為，「他的雜樣散文，可以歸之文學創作類的，一般都與眾不同，別具一格：生動、活潑、乾脆、俐落，多彩多姿，有氣有勢。」[26]

高長虹的《心的探險》

高長虹（1898-1956），山西盂縣人，原為莽原社成員，不久自立狂飆社。在二十年代中期，他以「倔強者」和「世上最孤立的人」自詡，以尼采的「超人」哲學懷疑和抨擊一切，著有詩集、散文雜文集多種。

詩文合集《心的探險》（1926）、《光與熱》（1927）中，大多是散文詩和格言體小品。《心的探險》由魯迅選編，並在廣告中指出：這

25 阿英：〈《徐志摩小品》序〉，《現代十六家小品》（上海市：光明書局，1935年）。

26 卞之琳：〈《徐志摩選集》序〉，《新文學史料》1982年第4期。

是高長虹「將他的以虛無為實有，而又反抗這實有的精悍苦痛的戰叫，儘量地吐露著。」[27]其中《幻想與做夢》、《創傷》兩輯的二十八篇散文詩，突出體現了他的這一特點。他幻想飛離地獄般恐怖的人寰，高臥於懸崖之上（〈從地獄到天堂〉）；懸想著種種不同於庸眾的奇麗的死法（〈我的死的幾種推測〉）；在人間找不到生命，卻從被壓在石頭底下仍發出鳴聲的小蟲身上發現生命（〈生命在什麼地方？〉）。他宣稱：「我在夢中，比醒時，看見了更真實的世界」，「在我的夢中，一切都是惡，都是醜，都是虛偽」（〈惡夢〉）。他戰叫：「我願入地獄，我將於彼處尋求更大之打擊，而得無上之法悅。我將被吞於毒焰鑠金之口中，而焦化我之血肉，而飛迸於跳舞者之腳上，而與毒龍之饑號作和諧之共鳴。」（〈我願入地獄〉）他以「超人」式孤傲的眼光俯視眾生，在幻夢中天馬行空，搏擊風雲，或沉入地獄，試煉毅力，以短促急切的節奏呼應內心的戰叫，充滿著個人反抗、自我擴張的偏激情緒。這種人生姿態代表了「狂飆社」一班激進青年的普遍情形。

三　人生情趣的玩味

周作人的《澤瀉集》及其他

周作人是五四時期與乃兄魯迅齊名的散文大家，他不僅以眾多的雜文著稱於世，更以獨樹一幟的記敘抒情小品享譽文壇，在現代散文史上開創了閒適的言志的藝術流派。

阿英在〈周作人小品序〉裡把周作人的小品分為兩個時期，以一九二九年作為轉向的界限，由說流氓似的土匪似的話到代表田園詩人的傾向。如果我們按文體劃分，周作人的小品文，大部分議論成分較

---

27 魯迅：〈《未名叢刊》與《烏合叢書》印行書籍〉，《魯迅全集》第8卷（北京市：人民文學出版社，2005年）。

多，屬於雜文；另一部分記敘成分較多，敘事中兼帶抒情，這就是記敘抒情散文了。這類文章，有些不乏浮躁凌厲之氣，但知名之作從容鎮靜，平和沖淡。他的田園詩人傾向從寫作的開始就存在著。《雨天的書》〈序二〉（1924）說：「我近來作文極慕平淡自然的境地。……田園詩的境界是我們以前偶然的逃避所，但這個我近來也有點疏遠了。」這就是證明。早期之作〈前門遇馬隊記〉（1919）、〈碰傷〉（1921）等就力求以散淡之筆記述憤恨之事。〈尋路的人〉（1923）在意識到人生只是掙扎著走向死亡的宿命之後，自白「只想緩緩的走著，看沿路景色，聽人家談論，儘量的享受這些應得的苦和樂」，隨後的一系列言志小品就集中體現了他流連於人生各種況味的達士風度。

周作人這時期敘事抒情小品當以《澤瀉集》（1927）中所選文章為代表。這本集子可算是他一九二七年前散文的自選集，是他自己覺得比較中意的作品。〈序〉裡說：「戈爾特堡（Lsaac Godbcrg）批評藹理斯（Havelock Ells）說，在他裡面有一個叛徒和一個隱士，這句話說得最妙：並不是我想援藹理斯以自重，我希望在我的趣味之文裡也有叛徒活著。」這集子中關於「三一八」慘案的幾篇就有叛徒活著，而其它的一些小品，則富於隱士風了。這類作品取材廣泛，無所不談，與其雜文的博識相當，但著眼於人生情趣的玩味，表現的是周作人自身更為內在的性情氣質和更為偏愛的藝術趣味，有別於雜文的浮躁凌厲而追求更契合個性的平和沖淡的風格。

《澤瀉集》所收的〈故鄉的野菜〉、〈談酒〉、〈烏篷船〉是寫他原籍紹興的事物；而〈北京的茶食〉和〈苦雨〉則是講北京的事物了。他只記述生活的情趣，把自己感情深藏起來，形成沖淡平和的特色。〈故鄉的野菜〉第一段這麼寫：「我的故鄉不止一個，我住過的地方都是故鄉，故鄉對於我並沒有特別的情分，只因釣於斯遊於斯的關係，朝夕會面，遂成相識，正如鄉村裡的鄰舍一樣，雖然不是親屬，別後有時也要想念到他，我在浙東住過十幾年，南京東京都住過六年，這都是我的故鄉，現在住在北京，於是北京就成了我的家鄉了。」他的故鄉並不執著於原籍，住過的地方均視為家園，故情感不專一，不熱烈。他吟味的又是地方風情和生活瑣事，浙東的野菜，日本的草餅，東京的點心，北京的茶食，紹興和南京的茶乾，飲酒微醺的趣味，烏篷船中聽水聲的詩境，鳴春小鳥的叫聲，都被寫得興味盎然。作者所關注的並不是對鄉土的眷念，在文中所努力釀造的是片刻的優遊之境，陶然之境，夢似的詩境，真有一種「『忙裡偷閒，苦中作樂』，在不完全的現世享樂一點美與和諧，在剎那間體會永久」（〈喝茶〉）的韻味。他甚至從蒼蠅之微體察其作為小生物令人讚歎的特性和引人憐愛的神態（〈蒼蠅〉），在〈死之默想〉中尋味有限人生的樂趣，堪稱別具隻眼，涉筆成趣，深得「生活之藝術」的真諦。

周作人敘事抒情小品「舒徐自在，信筆所至」[28]，與內涵的恬淡雋永相諧調，是「談話風」文體的典範。所謂談話風，指的是像談話那樣隨意、自然、親切和默契，在周作人筆下，還表現出從容、灑脫、婉曲和雅致，與他平和沖淡的閒情逸致相輔相成。他自稱為文是與「想像的友人」「閒談」，「只是我的寫在紙上的談話，雖然有許多地方更為生硬，但比口說或者也更為明白一點了」（《自己的園地》〈自序〉）。〈故鄉的野菜〉從他的妻買菜看到薺菜，想到浙東鄉間婦女小兒採野菜的事情以及小孩們唱的歌，引《西湖遊覽志》和《清嘉錄》的有關記載，又聯想到鼠麴草和小孩讚美的歌辭，以至清明掃墓時所供的麻果和日本的草餅等等，真是隨興而談，毫無拘束，所謂「信口信腕，皆成律度」。不涉人事是非和世間愁苦，只展示人情風俗典故，使讀者從中得到悠閒的人生興味。著名的〈烏篷船〉和〈故鄉的野菜〉風格很類似，介紹他故鄉一種船和坐這種船的趣味，誘導人們以「遊山的態度」觀賞一切：

---

28 郁達夫：〈導言〉，《散文二集》，《中國新文學大系》（上海市：良友圖書印刷公司，1935年）。

> 你坐在船上，應該是遊山的態度，看看四周物色，隨處可見的山，岸旁的烏柏，河邊的紅蓼和白蘋，漁舍，各式各樣的橋，睏倦的時候睡在艙中拿出隨筆來看，或者沖一碗清茶喝喝。……夜間睡在艙中，聽水聲櫓聲，來往船隻的招呼聲，以及鄉間的犬吠雞鳴，也都很有意思。僱一隻船到鄉下去看廟戲，可以了解中國舊戲的真趣味，而且在船上行動自如，要看就看，要睡就睡，要喝酒就喝酒，我覺得也可以算是理想的行樂法。

這種從容賞玩的心態，把平常的景象和日常的生活轉化成審美玩味的對象，在即興閒聊中傳達出一種優遊自在的恬淡趣味。這是生活的藝術化，也是藝術的生活化。他的筆談帶有家常閒話的隨意性和親切感，自然又比口說精鍊簡潔。他並不看重用「純粹口語體」寫的散文，以為它們不耐咀嚼；他主張散文語言「必須有澀味與簡單味，這才耐讀，所以他的文詞還得變化一點。以口語為基本，再加上歐化語，古文，方言等成分，雜糅調和，適宜地或吝嗇地安排起來，有知識與趣味的兩重的統制，才可以造出有雅致的俗語文來。」(《燕知草》〈跋〉) 因而，他的文體比其他散文家的「談話風」簡樸沖淡。

周作人這時期的一些小品名篇，以灑脫的名士風度，平和的感情，清淡的方式，廣博的徵引，咀嚼生活的趣味，出之以沖淡自然的文字，造成一種空靈之境，使讀者獲得雋永的韻味和興會。人生，除了工作、戰鬥之外，也有休息和閒暇。正如他表白的那樣，「我們於日用必需的東西以外，必須還有一點無用的遊戲與享樂，生活才覺得有意思。我們看夕陽，看秋河，看花，聽雨，聞香，喝不求解渴的酒，吃不求飽的點心，都是生活上必要的——雖然是無用的裝點，而且是愈精鍊愈好。」(〈北京的茶食〉) 所以現代散文中表現生活情趣的文章，在文苑中應有一席之地。他玩味的人生情趣的確雅致，在當時又有怡情適性的意義，並不與戰鬥文章相對立，因而也和其他品類的散文一樣並行於世，獲得廣泛好評。大革命失敗後，由於時代越來越嚴峻，他也寫不出這類興味盎然的美文來了，反而越寫越枯澀。

俞平伯的《燕知草》

俞平伯被目為周作人一派散文的骨幹，在玩味生活的情趣、追求隱逸的風致、顯示博覽的雜學、採用平和的絮語等方面，他與周作人確是一脈相承的。上節述及的他的記遊作品就流貫著名士派的雅興逸趣；他在抒寫日常生活瑣事方面，更是以趣味為主了。一九二八年出版的《雜拌兒》和《燕知草》中，遊記之外的作品，雖說有些駁雜，卻正如周作人在《燕知草》跋裡所說的，「有知識與趣味的兩重的統制」，「有雅致」。

作者「追挽已逝的流光，珍重當前之歡樂」，〈眠月〉、〈雪晚歸船〉都是回味閒居杭州湖樓生活情趣的。那身眠月下的詩境，已叫人神往；他又即興生發，夾敘夾議：「大凡美景良辰與賞心樂事的交並（玩月便是一例），粗粗分別不外兩層：起初陌生，陌生則驚喜顛倒；繼而熟脫，熟脫則從容自然」，「若以我的意想和感覺，惟平淡自然才有真切的體玩，自信也確非杜撰」，這就昇華為知性的感悟，深得生活藝術的三昧。〈冬晚的別〉寫離情別緒，恣意渲染那「一晌沉沉的苦夢」，而又帶著事後自嘲的意味，一番別情也就轉化成雅人趣事。這時期，俞平伯還寫了一些考據性隨筆，熱心刊印明末沈復、張岱的小品文。在〈重刊《浮生六記》序〉中，他認為：「我們與一切外物相遇，不可著意，著意則滯；不可絕緣，絕緣則離。」他就在這「不滯不離」之間營造自己幽渺的藝術世界。他在《近代散文鈔》〈跋〉中表示要特立孤行，在這條被人目為「旁斜」的小品文路上勇猛精進地走下去。後來的《燕郊集》等便是明證。

廢名的田園牧歌

廢名（1901-1967），原名馮文炳，湖北黃梅人。一九二二年考入北京大學預科，兩年後升入英文系，為語絲社成員。學業與寫作均師事周作人，早期作品集都有周作人的序跋。周作人欣賞他那「隱逸的」、「平淡樸訥的作風」，說他和俞平伯是現代散文中「澀如青果」一派。[29]他以小說出名，周作人卻率先從《橋》中挑選六篇編入《中國新文學大系》《散文一集》，並在〈導言〉裡解釋說：「廢名所作本來是小說，但是我看這可以當小品散文讀，不，不但是可以，或者這樣更覺得有意味亦未可知。」《橋》的主要章節原題為〈無題〉，連載於一九二六至一九二七年間的《語絲》上，其中被周氏選中的數則確實是富於田園詩風的平淡樸訥的小品文。如〈芭茅〉、〈萬壽宮〉回味兒時嬉遊樂趣，小孩間的天真無猜，主人公程小林的頑皮、好奇和敏感多思，營造出人生黃金時代的樂園，作者從中不僅尋得過往的面影，還喚起童心的驚喜，禁不住要即景抒懷：「我從外方回鄉的時候，坐在車上，遠遠望見城牆，雖然總是日暮，太陽就要落下了，心頭的歡喜，什麼清早也比不上。等到進了芭茅巷，車輪滾著石地，有如敲鼓，城牆聳立，我舉頭而看，伸手而摸，芭茅擦著我的衣袖，又好像說我忘記了它，招引我，——是的，我那裡會忘記它呢，自從有芭茅以來，遠溯上去，凡曾經在這兒做過孩子的，誰不拿它來卷喇叭？」這完全是寫意詠懷的散文筆致，而且是田園詩意的低回，童真溫情的慰藉。其文筆的淡樸簡練，也有乃師之風。他的小品散文及其散文化小說，雖不及周作人淵博，但在營造田園詩境和煉詞求澀上，可說是深得乃師真傳。

---

29 參見周作人：〈《竹林的故事》序〉、〈志摩紀念〉。

鍾敬文的《荔枝小品》

鍾敬文(1903-2002),廣東海豐人,一九二二年畢業於陸安師範,隨後到嶺南大學半工半讀,一九二七年到中山大學任教,參與組織民俗學會。這時期的散文集有《荔枝小品》(1927)。

鍾敬文早年為文是私淑周作人的,他在《荔枝小品》〈題記〉裡承認朋友們的這一看法,說:「我喜歡讀周先生的文章,並且,我所寫的,確也有些和他相像」,又說:「我的一部分文章的作風,固有與周作人相似之處(如〈荔枝〉之輯),但另外還有一種風格很不同的作品(如〈臨海的旅店上〉之輯)。」《荔枝小品》收文章二十二篇,有一部分寫生活的情趣,如〈荔枝〉、〈談雨〉、〈遊山〉、〈花的故事〉等篇,確是與周作人的小品頗為近似,沖淡平靜,是溫雅的文人之言。另一部分懷友之作,如〈臨海的旅店上〉、〈送王獨清君〉、〈潛初去後〉、〈請達夫喝酒是不果了〉等篇,不乏酸楚激越之語,又是一位牢愁難遣的零餘者了。作者在題記中的自白是很誠懇的。這種思想感情在作品中表現出來的矛盾,帶著動盪時代的中國知識分子的鮮明印記,是弱者不滿現實的心靈回聲。

荔枝是富有嶺南鄉土風味的水果,〈荔枝〉從自己偏偏生長在文化落後的地方爽然自失說起,談到蘇東坡被貶南來後食蠔倒覺得味美,宋帝昺被元兵追趕南下,野人進飯菜,覺風味大佳,緩緩寫來,然後入題。先敘楊貴妃、蘇東坡喜食荔枝的著名故事,再述關於荔枝的圖譜,然後描寫荔枝的形狀與食用時的樂趣,終以無緣一遊荔枝灣暢嚐仙城風味為憾作結。餘意繾綣不盡,感情沖淡平和,多引史實詩文,表現生活情趣,確有周作人的筆意。〈花的故事〉則徵引民間傳說,尋味先民心懷,已帶上民俗學者的特色。

〈臨海的旅店上〉記會見黎錦明的情景,這種紀實的文章,作者就無法持超脫的態度。「我們接著談到中國的文藝,廣東的工人,海豐的青年。……口不住的在應答，心不住的在融和，彼此都在濃烈的感情中沒入了，誰也不覺得這身上還有什麼世界。」友情是可貴的，「雖彼此有怎樣難挨的衷懷，或當以同情的滋潤而減少。」「因為我們都是垂楊難繫的轉蓬身，我們都是東西南北終日馳驅的浮浪客。」作者勸告他的朋友要「忍受」，他想起了陸游的詩句：「志士淒涼閑處老，名山零落雨中開」，希望自己和朋友一起，不要「淒涼閑處老」而是「零落雨中開」。雖然是弱者的心曲，但還想有所作為，不甘「等閒白了少年頭」。

鍾敬文這時對小品的題材有自己的看法，他說：「我們可得到一個訓示，就是文藝的取材，不必一定要怎樣高深，平常容易為人所經驗到的事物，能夠拈掇了出來，便很可搖撼人的情感了。」(《荔枝小品》〈秋宵寫懷〉) 所以，《荔枝小品》所寫的都是個人日常生活所經歷的事物，讀來也確實親切動人，這類題材是早期散文家共同的抒寫對象。他的散文富於情思，在口語化的行文中自然地帶出清麗的文字，雅俗並出，很有風致，故能於冰心、朱自清、俞平伯等美文高手之外，自成一家。郁達夫也稱讚他的「散文清朗絕俗，可以繼周作人冰心的後武。」[30]鍾敬文一九二八年到浙江大學任教後，寫了大量山水遊記，成為記遊名家。

蘇雪林的《綠天》

蘇雪林（1897-1999），筆名綠漪，原籍安徽太平縣，生於浙江瑞安。一九一八年入北京女子高等師範學校，與廬隱等同學。畢業後赴法國留學，學習美術與文學，回國後，曾在東吳大學、安徽大學、武漢大學等校任教，著有散文集《綠天》（1928）。

《綠天》充滿著生活的情味。在一些描寫景物的散文中，她筆下

---

30 郁達夫：〈導言〉，《散文二集》，《中國新文學大系》（上海市：良友圖書印刷公司，1935年）。

的花木山石也都具有生機活趣。作者剪取日常生活的斷片，憑著新巧的想像力和斑斕的色彩感，給讀者營造一個富有詩情哲理的小天地，耐人流連品味。

作者對習見的事物，往往有自己的發現、自己的聯想，這與辛酸的漂泊者是無緣的，有幾分自在、幾分閒暇，才悟得到。在溪邊，她看到開心的、喜歡捉弄人的水，到壩塘邊，又看到水石的爭執（〈溪水〉）。這些都是作者獨特的奇想，賦予物象以新意。秋來了，老榆樹護定青青的葉，「似老年人想保守半生辛苦貯蓄的家私。梧桐被雷雨劈折了上半截，還有螞蟻常要齧斷它的葉蒂，但它勇敢地萌新的芽，吐新的葉，並不因此挫了它的志氣。」（〈禿的梧桐〉）這也是作者活潑的聯想。作者採取擬人化的手法，使自然風物帶著濃厚的人情味。作者以美術裡手的敏銳感覺，著意描摹景物，如〈溪水〉中寫水石爭執的一段：

> 水初流到石邊時，還是不經意的涎著臉撒嬌撒癡的要求石頭放行，但石頭卻像沒有耳朵似的，板著冷靜的臉孔，一點兒不理。於是水開始嬌嗔起來了，拼命向石頭衝突過去；衝突激烈時，淺碧的衣裳袒開了，露出雪白的胸臂，肺葉收放，呼吸極其急促，發出怒吼的聲音來，縷縷銀絲頭髮，四散飛起。

這裡，表情、動作、色調、音響等的擬人描寫極為細膩生動，溪水被賦予頑童般嬌嗔撒野的生命活力，作者感同身受的移情投入，也宛然可見。

一些描述個人日常生活的散文，也富有情趣。對田家風味的繫戀（〈扁豆〉），關於養金魚的爭議（〈金魚的劫運〉），夫婦間的體貼和逗趣（〈書櫥〉、〈瓦盆裡的勝負〉），幫採葡萄得到收穫的愉快（〈收穫〉）等等，作者運用她善於捕捉對象表情、動作、色調、音響的技巧，把生活斷片寫得意趣盎然。尤其是以〈鴿兒的通信〉為題的十四則書簡小品，向外出旅行的「親愛的靈崖」訴說家中瑣事和獨居思緒，較少孤寂之感，卻不乏吟風弄月、偷閒自樂的雅興，在體察鴿兒生活中總是回味著夫婦恩愛的情景。她在散文創作中「收穫」的也偏於歡愉情趣。

作者以為「在這十分緊張的工業時代和革命潮流洶湧的現代中國，搏鬥之餘，享樂暫時的餘裕生活，也是情理所許的事，不過沉溺其中不肯出來成為古代真的避世者風度，卻是要不得的罷了！」[31]《綠天》中的許多文章，確是餘裕生活的產物，但現實的黑暗仍不能使她完全忘懷。「我愛我的祖國，然而我在祖國中只嘗到連續不斷的『破滅』的痛苦」(〈收穫〉)。她並沒有成為真的避世者。發表在《真美善》上總題為〈煩悶的時候〉的一組文章中，她說：「我近來只是煩悶，煩悶恰似大毒蛇纏住我的靈魂。」她剖白自己的心靈，寫出漠然之感，惆悵的心，尋覓那恍惚不定的思想歸宿處(〈秋夜的星星〉)。作者以美妙的景致，襯托著幽靜的意境、淒清的情緒。這是革命潮流洶湧的時代在一個「嘗遍了甜酸苦辣的人生滋味」的女作家思想上的投影。

阿英認為，「蘇綠漪的小品文，雖富有田園詩人生活的清趣，然而，在各方面，她是沒有什麼獨創的。」又說：「以這些文章與冰心的並論，她是別具一番畫意與詩情，是相同又是相異，她的作風，原則的說，是『細膩，溫柔，幽麗，秀韻』。」[32]《綠天》與冰心的《往事》自然是異趣的，因為它的作者已經不是一個天真無邪的姑娘了，《綠天》還是有自己的特色的。

經過思想解放運動的推動，和「五四」退潮後人們思想上的苦悶，對人生問題的思考，對自我存在的解剖，對人生和社會出路的探

31 蘇雪林：〈俞平伯和他幾個朋友的散文〉，《青年界》第7卷第1號（1935年）。

32 阿英：〈蘇綠漪小品序〉，《現代十六家小品》（上海市：光明書局，1935年）。

尋，成為當時作家們切身的普遍關注的題材；又由於人們生活範圍的擴展，悲歡離合，夢繞魂牽，酸甜苦辣，親嚐自得，對人生情味體驗的題材也自然流入作家的筆端；現代散文第一個十年這一類題材的風行有它時代和社會的原因。這類題材與作家個人生活關係至為密切，文中所體現的思想感情顯得特別親切和真摯，敘事抒情散文在我國又有豐厚的古典傳統，深受我國古典文學薰陶的第一代散文家，寫起來自然得心應手，因而出現了不少名家和名篇。

上述作家堅持為人生而文學的宗旨，大多為文學研究會和語絲社的主要成員，許多人出身於較優裕的家庭或已獲得較安定的境遇，有較豐厚的中外文學素養，對人生世情的體察和表現就相對深切練達些。當然，他們的生活道路和人生觀頗不相同，對於人生問題的思索和人生情味的體驗也各有差異。有的宣揚耶穌的博愛，有的篤信佛家的現世苦難，有的奉行儒家的隨遇而安和執著現實，有的追求生活趣味，有的啟示反抗和鬥爭，種種思想在各自的作品中顯示出它們的不同面貌。從視角和取向上看，約略可見冰心和朱自清、魯迅、周作人分別代表了對人生或關愛、或剖視、或賞玩的三大傾向。上述作家對人生問題的思索多帶哲理的意味，對人生情味的體驗常具蘊藉含蓄的情思，對人生旨趣的領悟富於個性的色調，語言風格多樣，不少作家以委婉、流麗、洗鍊見長，這構成了人生題材的一般特色。

第三節　漂泊者的希望、悲憤和哀歌

瞿秋白說：「『五四』到『五卅』之間，中國城市裡迅速地積聚著各種『薄海民』——小資產階級的流浪人的智識青年」。[33]這些人走著坎坷的人生道路，挫折、苦悶、悲痛和他們結下不解之緣，這就使他

33 瞿秋白：〈序言〉，《魯迅雜感選集》(上海市：青光書局，1933年)。

們的散文充滿著對黑暗現實的不滿和詛咒，對個人遭遇的不平和憤恨，對茫茫前途的失望和憂傷。這些作家大多帶有浪漫蒂克的氣質，許多人先後傾向革命，少數流於頹廢。他們的文章，常常正面抒寫流浪飄零生活和鬱結心情，由於不堪感情上的重壓，又往往躲進懷念親人和鄉野的天地，追逐愛情的渦流。「抽刀斷水水更流，舉杯消愁愁更愁」。漂泊者的希望、悲憤和哀歌，使本時期的散文，突出地傳遞了時代的苦悶和抗爭的訊息。

一　浪漫才子的心曲

宗白華、郭沫若、田漢的《三葉集》

《三葉集》是宗白華、郭沫若、田漢三人一九二〇年初的通訊集，是我國現代文學史上最早的一本散文集。宗白華（1897-1986），江蘇常熟人。五四運動時，他任《時事新報》副刊「學燈」的主編，通過「少年中國學會」和編發《女神》中的新詩與遠在日本留學的田漢和郭沫若先後相識。〈宗白華談田漢〉[34]一文裡說：

> 我們用「三葉集」作為三人友情結合的象徵。這個集子內容廣泛、感情真摯，從中可以看到五四時期知識青年的靈魂。我們受到時代潮流的衝擊，覺得半封建半殖民地的社會令人窒息，我們苦悶、探索、反抗，在通信中討論人生、事業、文化、藝術、婚姻和戀愛問題。互相傾訴內心的不平，自我解剖；同時追求美好的理想，彼此鼓勵。所以，田漢把這本通信集稱為「中國的《少年維特之煩惱》」，預言要出現一種「三葉熱」。另外，在這些信中，沫若對詩歌、田漢對戲劇都發表了許多新

34 陳明遠記：〈宗白華談田漢〉，《新文學史料》1983年第4期。

> 的見解，可看作是他們主張浪漫主義文藝的聯合宣言。這本通信集不僅在當時起了很好的作用，而且在今天也有一定的參考價值。

這部通信集的確洋溢著五四時代青年衝決黑暗、嚮往光明的精神，朝氣蓬勃的樂觀的精神，這種精神是他們友誼的紐帶，也是他們友誼的催化劑。郭沫若給宗白華信說：「我過去的生活，只在黑暗地獄裡做鬼，我今後的生活，要在光明世界裡做人了。」田漢給郭沫若信說：「thesuniscoming！你們撇開那種愁雲罷！大家都說些酸酸楚楚的話，倒把這個活潑的人生，弄得黑森森地，我反討厭起來了。」在通信集中，他們勇於自我暴露和自我批評，決心戰勝罪惡，力爭上游，建設自己的人格；他們待人接物，主張胸無城府，誠懇坦白；他們懺悔受良心苛責的事，反對自欺欺人的行為。他們崇拜歌德，正像郭沫若所說的：「真理要探討，夢境也要追尋。理想要擴充，直覺也不忍放棄。」這體現他們面對現實，也留心於理想的追求。對於文學，他們反對矯揉造作，主張「用我們的言辭表示我們的生趣」，形式要求絕對自由。他們的通信涉及新詩的見解，對五四新詩的建設與發展做出了自己的貢獻。

宗白華和田漢的友誼是通過「少年中國學會」建立起來的，他們當時都是二十歲出頭的青年人，本著李大釗等人擬定的宗旨，要做一個「奮鬥、實踐、堅忍、儉樸」的中國少年。宗白華、田漢和郭沫若的友誼開始於革命先驅者的號召，同時又有《時事新報》「學燈」的文字因緣，這本通訊跳動著本世紀早期年青人赤誠的心，純真的理想，揪心的煩悶和無畏的勇氣，雖然前程佈滿荊棘，但他們勇往直前，在中國現代散文史上展示著光輝的起點。

田漢的《田漢散文集》

田漢（1898-1968），湖南長沙人，一九一六年赴日留學，一九二二年歸國從事戲劇活動。這時期的散文集有《薔薇之路》（1922）、《銀灰色的夢》（1928），後來大多收入《田漢散文集》（1936），其中一些文章記述著他早年的悲傷遭遇和奮進決心。

〈白園之園的內外〉（1921），描述他在東京求學時期與易漱瑜女士在悲哀的日子裡相愛同居的生活和心境，其中有雪夜的樂遊，更多的是對易漱瑜的父親（即田漢的舅父）遇害後的痛苦和深沉的思念。文中廣泛地、大量地引用外國詩歌、小說、戲劇和學術著作中的句子，申述抒發他們的哀思。文章的最後說：「舅舅啊！你那隴畔殘雲補不盡的人間缺，留與我和漱妹來補罷！」在悲思之際，仍然不減他改造人間的壯志。

〈朔風〉（1926），抒寫他在上海從事戲劇運動的生活片斷和藝術理想，這時他的革命藝術理論已相當明確。「大多數中國人被藝術拒絕了愛他，理解他的機會，這就是中國要大革命的原因。」他從藝術的方面來體察中國必然革命的道理。「新藝術家不是寶石的雕工，他們是鐵匠，他們的武器是鐵錘。」這裡他又從革命的要求來考察藝術的特色。當時處境艱難，但他並不灰心喪志，堅信「我們的願望總有成就的一天」，希望同志們頂著朔風前進。這篇文章表現了這時代的青年在青春期的感傷和彷徨，但他們對於現實已有了漸趨明顯的反抗。筆調和前一篇一樣，感情充沛，知識豐富，聯繫廣泛，同時引用了許多外文，反映出他的浪漫主義精神和灑脫不羈的文風。

郭沫若的《山中雜記》

郭沫若（1892-1978），四川樂山人。郭沫若是中國現代文學史上的大家，是創作的多面手，除了新詩、話劇，就數散文成就較豐碩了。他的散文體裁多樣，有抒情散文、散文詩，有敘事散文、自傳、調查、通訊，還有大量的政論、雜文，字數達三百萬字以上。他在五四時期的散文小品，收入創作合集《星空》（1923）、《橄欖》（1926）和散文集《水平線下》（1928）等，主要作品結集為《山中雜記》（1930）。

郭沫若散文最早的應是與田漢、宗白華的通信《三葉集》，之後便是〈今津記遊〉（1922）。這時他在日本學醫，曾中輟學業半年回國籌辦創造社和出版刊物，僕僕於博多、上海之間。旅途往返的顛簸，寄寓生活的煎熬，特別是身處異國，親身體驗日本帝國主義欺凌的種種境遇，使他內心燃燒著強烈的愛國主義情緒。他再回到日本學習，利用內科講義休講的機會，到今津踏訪日本歷史上有名的史跡元寇防壘——「日本人所高調贊奬的『護國大堤』」憑弔蒙古人「馬蹄到處無青草」的戰地。撫今追昔，這樣的史跡，自然特別牽引弱國遊子的心，他奮筆寫下這篇充滿民族敵愾心的〈今津記遊〉。他特意描述沿路所見：側街陋巷極不整潔，火車骯髒擁擠，廁所塗滿猥褻的壁畫，所謂「護國大堤」，在我國鄉村中溝道兩旁隨處可見，令人大失所望。作者筆底翻捲著輕蔑之情。此外，海上自然風物，登山時的心境，與某女邂逅時的情思等等，也毫無拘束地如實寫來，充分體現了浪漫蒂克的情調。這是一篇較為早出的遊記，行文帶有隨筆的特點。作者個性豪放，行文恣肆，汪洋酣暢，時露揶揄和幽默。古詩詞常見徵引，頗多文言筆意，由此可見初期散文作品新舊嬗遞的痕跡。

一九二三年大學畢業後，他攜家小回到上海從事創作。生活漂泊的痛苦，現實社會的醜陋，使他寫了許多帶著激憤情緒的作品，如〈月蝕〉、〈夢與現實〉、〈昧爽〉等文章。〈月蝕〉（1923）記述他帶妻兒到了上海，「住在這民厚南里裡面，真真是住了五個月的監獄一樣」。他們要換一換空氣，打算去吳淞口看月蝕，看海，可是交通費用太貴，不得已只好忍辱穿上洋服帶孩子就近到外灘公園裡去玩一回。通過這一事件，他不僅寫出生活的窘困，還寫出心靈的屈辱，痛快地發洩了憤懣。他對祖國積弱是痛恨的，「可憐的亡國奴！……只有我們華人是狗！」他對洋人是憤怒的，「上海市上的西洋人怕都是些狼心狗肺罷！」他對財東資本家是詛咒的，「像這上海市上堊白磚紅的華屋，不都是白骨做成的嗎？」文章多激憤的語言。同年另一篇散文〈昧爽〉，對標榜「愛和平的族類」的吸血鬼（臭蟲）大張撻伐。郭沫若的這些文章無不流露著漂泊者淒涼、寂寞和憤恨的心情。漂泊者的感情是強烈的，文章直率流暢地披露各自的心聲，不同的是，郭沫若傷感少而憤怒多，以氣盛見長。

一九二四年，郭沫若又去日本，有敘事抒情散文《山中雜記》和散文詩《小品六章》，抒寫他在日本生活的情趣和他對母親的回憶。《小品六章》的序引說：「我在日本的生活雖是赤貧，但時有牧歌情緒襲來，慰我孤寂的心地。我這幾章小品便是隨時隨處把這樣的情緒記錄下來的東西。」這裡所謂牧歌情緒也就是《塔》序引所說的「幻美的追尋，異鄉的情趣和個人情愫的抒發」。《山中雜記》中的〈芭蕉花〉和〈鐵盔〉是回憶童年生活和母子之愛的，其中沒有冰心那種出諸天性的脈脈柔情，那些童年被父母和老師斥責的斷片，滲和著濃重的封建社會習俗給作者帶來的迷惘的回憶，這回憶絕不是甜美的，而仍然帶著母愛的溫馨，曲折地透露出漂泊者的淡淡哀愁。〈賣書〉追憶離開日本岡山高等學校時出賣藏書受店員冷落的遭遇。〈雞雛〉和〈菩提樹下〉是他家庭養雞瑣事的記憶。《小品六章》中的〈路畔的薔薇〉、〈水墨畫〉、〈山茶花〉、〈墓〉等，則是個人幽居情趣的剪影。這些散文創作於作者世界觀轉變的關鍵時期，郭沫若一邊寫著激烈地抨擊社會的散文，一邊又寫著幻美的牧歌，用以自我慰藉，表現了漂泊者矛盾的內心和浪漫主義的文風。

郁達夫的〈還鄉記〉等

郁達夫（1896-1945），浙江富陽人，創造社的發起人之一。一九一三年赴日本留學，一九二二年歸國後，在安慶安徽法政學校、北京大學、武昌大學等校任教，主編過創造社刊物。他早期的許多散文，如果套用他的文章題目，可以稱之為零餘者的感傷之歌，與他早期小說同調。名篇如〈還鄉記〉（1923）、〈還鄉後記〉（1923）、〈零餘者〉（1924）、〈給一位文學青年的公開狀〉（1924）、〈一個人在途上〉（1926）、〈感傷的行旅〉（1928）等，以及整部《日記九種》（1926年11月至1927年7月），大多是羈旅漂泊、感傷身世的作品，抒寫自己在黑暗社會中四處碰壁、走投無路的憤懣傷心情緒，堪稱典型的漂泊記。

〈還鄉記〉長達一萬五千字，敘述落魄還鄉路上的傷感悲憤，長歌當哭，哀怨併發。他感歎：「我是一個有妻不能愛，有子不能撫的無能力者，在人生戰鬥場上的慘敗者，現在是在逃亡的途中的行路病者。」他對自身遭遇憤憤不平，不禁發出責問：

> 論才論貌，在中國的二萬萬男子中間，我也不一定說是最下流的人，何以我會變成這樣的孤苦的呢？我前世犯了什麼罪來？我生在什麼星的底下？我難道真沒有享受快樂的資格的麼？我不能信的，我不能信的。

正因為堅信自己享有人的合理權利，他對自己享受不到做人的權利深感痛心，對剝奪他做人權利的黑暗世道發出了控訴，他的痛苦達到了痛不欲生的地步，他的憤世嫉俗也達到了恨不得與世偕亡的地步。這就通過訴苦洩憤批判和否定了不合理的現實社會，與郭沫若的作品一樣具有強烈的現實批判性，只是他的感傷色彩更濃一些。他在控訴社會的同時，還在暴露和解剖自我。他敞開心扉，貪慾之念，自憐之情，避世之思，懺悔之辭，毫無掩飾，甚至將潛意識裡的蠢動也暴露無遺，從而抵達了對自我困境和自我真相的清醒認識，自認是「可憐的有識無產者」，「在人生戰鬥場上的慘敗者」，被社會放逐的「浮浪者」，「一個真正的零餘者」。他的早期散文，無論是〈零餘者〉的自省，〈一個人在途上〉的傷懷，〈給一位文學青年的公開狀〉的憤激，都與〈還鄉記〉姐妹篇一樣，「實在是最深切的、最哀婉的一個受了傷的靈魂的叫喊」[35]。他在作品裡，有時狂笑，有時大罵，有時痛哭，任憑一腔哀情怨氣傾瀉而出，博得當時許多讀者的共鳴。

郁達夫這時期的散文率性縱筆，才情畢露。他不僅將主觀感情滲入敘事過程，而且是以自己的情感激流作為結構行文的主線，隨著情緒流變聚匯有關場景人事，甚至肆意鋪寫心理活動，渲泄內心悲憤，以率真坦露、自然暢達見長。如長文〈還鄉記〉，敘事中穿插著內心獨白和抒情呼告，又善於將心理活動具象化，瑣碎的生活片斷和變幻的瞬間思緒都籠罩於落魄者感傷憤激的氛圍之中。其酣暢的語言，詳盡披露心曲，有時還借用引號作心理的長篇表白，讀者能清楚地看到他裸露的心靈而感到異常親切。其筆鋒挾帶著激情，能夠將各種句式、語彙和語氣融為一體，創造了被朱自清稱為「比前一期的歐化文離口語要近些」的「風靡一時」的「創造體」白話文[36]。他將自己擅長的自敘傳抒情小說的一些手法，諸如場景描寫、心理描寫、對話描寫和故事穿插等，引入散文創作，擴大了散文的藝術容量和敘事抒情的張力。他還用書信、日記這類更為自由、坦誠的體式來記事抒懷，暴露自我。在郁達夫手上，完全打破了古文義法之類清規戒律，散文成了最自由不拘、最見個人才情的一種文體。

郁達夫的漂泊行旅之作，自然少不了關於自然秀色的描寫，恰恰是那美麗的湖山，快樂的遊人，反襯了他抑鬱的心境。青山嫵媚，心

35 郁達夫：〈盧騷的思想和他的創作〉，《敝帚集》（上海市：北新書局，1928年）。
36 朱自清：〈論白話〉，《你我》（上海市：商務印書館，1936年）。

境悲愁，相反相成，動人心魄。郁達夫這類表白零餘者心情的散文，雖有自棄自卑的消極傾向，但對黑暗的社會是一種非難和抗議。他在三十年代發展了「返回自然」的傾向，創作了一系列與漂泊記異趣的寫照傳神的山水遊記。

成仿吾的《流浪》

成仿吾（1897-1984），湖南新化人，創造社的發起人之一。散文作品不多，收入其創作合集《流浪》（1927）裡，有寫於一九二四年的〈太湖遊記〉、〈江南的春訊〉、〈春遊〉等篇。雖是為了暫時排遣現實生活痛苦的傾軋而逃到大自然中去，可是總把痛苦的回想與美麗的湖山交織成一片，實與創造社同人的漂泊記一樣行吟哀怨。

〈太湖遊記〉是他與友人從上海到無錫的記遊作品。憂從中來，眼前的美景無法排除心中的苦悶，觸目的首先是對現實的詛咒：「在這爽人神魄的慈惠自然之中，有使我們看了不快的，那便是在田畝中散著的棺材的高塚。這是人為的破壞之一例。我覺得好像在葛雷的『墓畔哀歌』的世界，大地頓如一片荒墳在眼中高高湧起。」面對惠泉他卻想起嶽麓山，面對太陽他卻想起日本瀨戶內海。「隱憂一來，我眼前的世界忽然杳無痕跡了。一片荒漠的『虛無』逼近我來，我如一隻小鳥在昏暗之中升沉，又如一片孤帆在荒海之中漂泊。」眼前有景道不得，聯想的是悲傷的往事，這在遊記中是十分特別的。其中也有美麗景色的描寫，一個小學座落在池水之旁，小橋、梅花、柳樹、小亭、假山構成了一個自然清絕的小天地；萬頃的太湖，仙島般的黿頭渚，連山夕照，神清氣爽。這一切，卻只不過作為一種陪襯，徒增飄泊者的惘悵情緒。文章結尾寫道：我在車上不禁又想起了「墓畔哀歌」中的把全盤的世界剩給我與黃昏。使這篇遊記加重了憂鬱的情緒。

〈春遊〉的筆調與此相似，文中充滿著對現實的詛咒，而且美景反而喚起了他心頭的悲感。〈江南的春訊〉是寫給郁達夫的書信體散文，在與同病相憐的友人的筆談中，既認同郁達夫所說的孤獨感「是我們人類從生到死味覺得到的唯一的一道實味」，又進而發揮「人類的一切行為都是為的反抗這種孤獨感」的己見，表白道：「在我回國後的這三年之間，我的全身神差不多要被悲憤燒毀了。這兩種激盪不寧的感情就好像兩條惡狠狠的火蛇，只是牢牢地纏住我不肯鬆放。奄奄待斃的國家，齷齪的社會，虛偽的人們，渺茫的身世，無處不使人一想起了便要悲憤起來。……然而我現在在悲憤的深淵之中發現了『反抗』這條真理，我從此以後更要反抗，反抗，反抗！孤獨的朋友喲！我們仍來繼續我們的反抗，反抗到那盡頭，要死便一齊同死！」這裡充分體現了創造社浪漫主義的反抗戰鬥精神。

洪為法的《長跪》

洪為法（1899-1970），江蘇揚州人，創造社刊物《洪水》的編輯。這時創作的散文集有《長跪》（1927），以後還結集出版了《做父親去》（1928）、《為法小品集》（1935）等。

《長跪》中同樣充滿著漂泊者的哀歌。其中〈長跪〉、〈爸爸沒有了〉、〈哭父〉都是悼念他逝去的父親的。他痛惜父親的飽經憂患，可憐母親的淒涼晚景，感歎眾多兄弟姊妹的不如意遭遇，悵恨自己的悲苦流離。「人間原只是冷酷，人與人中間原有隔膜。這個也只有詛咒人生，詛咒宇宙」。他的這類文章，沒有透出絲毫的溫暖和歡樂，留給讀者的只有淚浪的衝擊。父母之愛、兄弟之情，在痛苦中化為抑鬱的憂傷。他哭父的抒情文纏綿反覆，但語言還不夠凝鍊。相比之下，集子中的〈烏鴉的埋藏〉更寓藝術色彩。這篇帶有寓言性質的散文，寫了受人們厭棄的烏鴉無處棲身而致死的境遇，卻得到不齒於人的頹廢文人的同情。文人把烏鴉的屍體和文稿一起埋葬，天涯同淪落，顯得特別沉痛。文章構思別致，語言洗鍊，善於應用新鮮的比喻來表現活潑而富於情感的聯想，傷心地訴說舊社會文人走投無路的命運。

倪貽德的〈秦淮暮雨〉

倪貽德（1901-1970），浙江杭州人，創造社成員。他的《玄武湖之秋》（1924）小說集中的〈秦淮暮雨〉是一篇文采斐然的散文，也是一曲漂泊者的哀歌。作者在蕭蕭暮雨中離開南京，在去車站的途中回想著幾個月來在南京的境遇。這篇零餘者的漂泊記帶有香豔的色調，和郁達夫所作有相類的地方，寫景較多，較少社會性，對舊社會的詛咒也缺乏力量，滲透著才子加佳人的氣味，時有顧影自憐之態。如：「啊！今朝！正北國嚴風，吹過江面的時候，正瀟瀟暮雨，打在秦淮河上的時候，可憐一乘車兒，一肩行李，又送到孤寂的旅路上來了。想金陵一去，他年難再重來！從此白鷺洲前，烏衣巷口，又不能容我的低回躑躅了！車過桃葉渡口，我看見兩岸的樓臺水榭，酒旗垂楊，以及秦淮河中停泊著的遊艇畫舫，籠罩在煙波之中的那種情調，又想起半年來在外作客，被人嘲笑，被人辱罵，甚至被人視為洪水猛獸而遭驅逐的那種委屈，我的眼淚竟禁不住一顆顆的流了出來。」文字裡所表現的感情色彩和思古情調，伴著經過修飾的夾著古典詩文的辭彙語言，給讀者以宋代風流詞人那種旅途寂寞、綺懷難遣的風味。

《東海之濱》（1926）是作者《玄武湖之秋》之後的一個散文集，正如〈短序〉所說的：「每好作牢騷幽怨之語，發傷春悲秋之辭。」如〈秋夜書懷〉的結尾，感傷之情，溢於言表，流露著舊文人那種不堪回首的哀愁，沒有牢騷，沒有憤恨，留下的是渺茫的虛幻，淡淡的惆悵。他以畫家的感覺和色調，寫出漂泊者的又一種情懷。作者後來還有《畫人行腳》（1934）行世。

滕固、焦菊隱、于賡虞的散文和散文詩

「五四」落潮以後，文壇上的確瀰漫著浪漫感傷氣息，除了最有代表性的創造社散文，文學研究會的小說家滕固、綠波社的戲劇家焦

菊隱和詩人于賡虞等的散文，也有類似的風調。

滕固（1901-1941），江蘇寶山人。二十年代初留學日本期間，與創造社成員有交往，所作散文收入詩文集《死人之歎息》（1925）。其《小品》之一就是〈靈魂的漂泊〉，訴說一滴「噴泉的濺沫」，隨風飄落，無處容身，化為幻泡，又被無情的細雨衝破，變成迷霧，「不幸碰到人的肉體上，立刻化成污垢齷齪」，最後感歎「世間只吐棄污垢齷齪，她何處可歸根？啊，靈魂的漂泊！」才點出這滴濺沫的象徵寓意。這種受難的無歸宿的靈魂，概括了一代精神漂泊者哀而怨的心態。在〈生涯的一片〉、〈關西之素描〉等組小品中，他以片斷連綴的體式具體展示了自己的飄零情形，以行吟低唱的筆調抒寫顧影自憐、憤世傷懷的心曲，這在初期散文中是較為流利輕巧的。

焦菊隱（1905-1975），天津人。新文學史上的第一本散文詩專集《夜哭》（1926）出自他之手，他還著有另一部散文詩集《他鄉》（1928），是早期致力於散文詩創作的先驅者之一。《夜哭》顯示自我「情感之極暫時的搖動」（〈四版自敘〉），大多哭泣自己和家庭的不幸與衰落，抱怨現實的黑暗與壓迫，歌吟人生的掙扎與疲憊，有些過於絕望悲傷。〈夜的舞蹈〉是最先的作品，尚有美麗浪漫的幻想。隨後是〈夜哭〉、〈時之罪惡〉、〈誰是我的知心〉、〈他鄉〉諸章的痛苦呻吟和迷惘追尋。到他自責「未睜眼看見更廣更大的痛苦」而「愈愧於以前的沉吟」之際，他已改弦更張，專攻戲劇去了。他的散文詩融會了現代人的苦悶憂鬱，多愁善感，與浪漫感傷派聲氣相通。藝術上注重煉句造境，留意色澤音響，寫得纏綿悱惻，哀怨動聽，對散文詩文體的發展有一定的貢獻。

于賡虞（1902-1963），河南西平人，在南開中學讀書時與焦菊隱等成立綠波社，在北京與胡也頻、沈從文等組織無須社，與盧隱等創辦華嚴書店，被時人稱為「惡魔派」詩人。散文詩集有《魔鬼的舞蹈》（1928）、《孤靈》（1930）、《世紀的臉》（1934）。他抱著「散文詩乃以美的近於詩辭的散文，表現人類更深邃的情思」(《世紀的臉》〈序〉) 的自覺意識，積極探索散文詩的表現力。自稱其作品是「厄運之象徵」(《孤靈》〈小序〉)，著重展示他「冒險之孤靈」絕望與希望、追求與幻滅、執著與超俗的消長起伏，帶有濃厚的感傷頹廢氣息。詩人借鑑西方現代派藝術，以夢幻象徵的方式擴張想像空間，從天堂到地獄，從生前到死後，從鴻荒初闢到世界末日，皆可彙聚於筆端，任他驅遣；甚至大量採取頹廢派文學常用的陰暗、奇醜的意象，化腐朽為神奇，表現自己的生之戰慄和抗爭之心。如〈魔鬼的舞蹈〉、〈孤靈〉、〈送英雄赴戰場〉諸章。于賡虞的散文詩比焦菊隱晦澀陰森，富於現代惡魔派詩風。

蔣光慈的《紀念碑》

蔣光慈（1901-1931），安徽六安人，詩人和小說家。《紀念碑》是他與宋若瑜在一九二四至一九二五年間的通信集，記錄了這一對飄零者在戀愛中所經歷的希望和痛苦的心程。作為革命者，蔣光慈對自身的坎坷命運是有所自覺的，在給戀人第二封信的開頭，就表白：「我頗感覺得我的前途是流浪的，是飄零的，——但我並不怨恨這個，懼怕這個。」他深深地感到中國社會的黑暗和帝國主義的壓迫，在信裡寫道：「我反抗，我一定要反抗……」，表明了革命詩人的鮮明意識和堅決態度。另一方面，「在這樣冷酷而混沌的世界中，像我這種人是應該過寂苦煩悶的生活的。」(《紀念碑》〈六〉) 所以，他又渴望愛情，要求安慰，但他們又為了愛情而受著痛苦：

> 愛情愈經痛苦愈堅固，或者我們現在因愛情所受的痛苦，更能使我們將來的愛情不致於有什麼波折。海可枯，石可爛，我們的愛情永遠不能滅，妹妹呀！我們以此為信條罷！(《紀念碑》〈三六〉)

經過風波挫折，他倆終於同居了，但不幸的，她又病故了，統共只同居了一個月。蔣光慈在《紀念碑》〈序〉裡說：「我陷入無底的恨海裡，我將永遠填不平這個無底的恨海。」《紀念碑》是一個漂泊者愛的長恨之歌，幸福與漂泊者是絕緣的。信中的感情濃烈，筆致真誠，但有時不適當用了文言句式，反而令人感到有點俗氣。

二　時代女性的悲鳴

廬隱的散文

在風雨如磐的舊社會，在艱難的人生旅程中，女性的幸運兒畢竟是少數，她們能在雙親的愛護下步上坦途；但更多人的遭遇卻是十分坎坷，她們又富於情感，因而她們的散文不可避免地鳴奏著淒苦哀怨之曲。

廬隱（1899-1934），原名黃英，福建福州人。出生後就受到父母的嫌棄，六歲時父親病故，隨母依舅父過著寄人籬下的生活。十三歲考入北京女子師範學校預科，在學後期廣泛涉獵中國古典小說和林譯說部，書中人物的悲歡離合，深深地打動了她的心。師範畢業後，在北京、河南、安徽等地當了兩年教員，到一九一九年秋天，以旁聽生的資格考取了北京國立女子高等師範學校。五四運動的新思想促使她投身於波瀾壯闊的革命熱潮之中，這位內心嚮往著自由與解放的青年女性，勇敢地以筆傾訴許多女青年的內心苦悶。她的署名廬隱的小說〈一個著作家〉在《小說月報》發表後，也就一發不可收。她參加文學研究會，成為第一批會員。這時又跌入愛情的漩渦裡，一九二二年與郭夢良結婚，婚後生活與她理想的愛情生活相距甚遠，她深深地感到失望和苦悶。更不幸的是郭在一九二五年十月病故了，她處在悲哀與絕望的包圍之中。青年女性在愛情問題上的苦悶，和自己悲哀絕望的心情，表現在《海濱故人》（1925）、《曼麗》（1928）和《靈海潮汐》（1931）三個散文、小說集中，有些篇章散見於《華嚴》、《薔薇》等刊物上。茅盾在〈廬隱論〉中說：「廬隱未嘗以『小品』文出名。可是在我看來，她的幾篇小品文如〈月下的回憶〉和〈雷峰塔下〉似乎比她的小說更好」，「在小品文中，廬隱很天真地把她的『心』給我們看，比我們在她的小說中看她更覺明白。」[37]

〈月下的回憶〉寫她與三位女同學同遊大連南山賞月的事，在感傷的情調中帶著「社會運動」的熱氣，大連孩子所受的奴化教育，壯年人所受嗎啡和暗娼的毒害，這是她在大連南山之巔賞月時的心中回憶。她沒有陶醉於月色之中，而是想念著多難的國家，悲歎著淒涼的身世。「我寄我的深愁於流水，我將我的苦悶付清光」，她大學一畢業，就在散文中開始反映她苦悶的人生旅途。

廬隱在郭夢良死後伴著靈柩回到故鄉福州，半年後又離開那令她感到窒息的環境，到上海工作。她給友人的信，題為〈寄燕北故人〉，寫出自己心靈的痛苦，生活的飄零，和她走出靈魂牢獄的掙扎。她發現人類自私的醜惡，悲哀的美妙快感，和母親高遠的愛的神光，她正為使靈魂的超越而努力。〈雷峰塔下〉則是廬隱對逝世的丈夫郭夢良的悼文，回憶定情的前後和死後的哀思，斷藕殘絲，纏綿悱惻，感人至深。

與冰心處於安適幸福的生活不同，她飽嘗坎坷與艱辛，她更多地表現著時代的苦悶，愛情的追求，和悲苦命運的掙扎。她的文字同樣地脫胎於豐厚的優秀古典詩文傳統，行文中自然地引用許多動人的古典詩詞和習見辭彙，但以真率自然見長，並不炫奇鬥巧，刻意求工。

石評梅的《濤語》和《偶然草》

石評梅（1902-1928），山西平定人。一九二二年畢業於北京女子

---

37 茅盾：〈廬隱論〉，《文學》第3卷第1期（1934年）。

高等師範學校體育科，是廬隱的好友。在學期間，就在「晨報副鐫」等報刊上發表過劇本、詩歌和散文。遊記〈模糊的餘影〉，連載在一九二三年三至十月的「晨報副鐫」上，這是她參加女高師畢業生旅行團所寫的旅途見聞和感受。一九二三年，她帶著初戀受傷的心走上社會，任北師大附中的體操教師。她認識了同鄉高君宇，他是詩人，也是中國共產黨早期的活動家，他對石評梅有火一樣的戀情，由於他們密切交往，對石評梅的創作起著積極的影響。一九二五年三月，高君宇因患肺病逝世，她悲痛欲絕，寫下許多深情詩文，一九二八年九月患腦膜炎去世，出版的集子有小說、散文合集《濤語》(1931) 和散文集《偶然草》(1929)。

石評梅的散文中，「漂泊」兩字是經常出現的。「對家庭對社會，我都是個流浪漂泊的閒人」(《濤語》〈寄海濱故人〉)。社會的黑暗，個人經歷的顛簸，愛情上的挫折和悲劇，使她深味生活的艱辛。在《濤語》這一集子裡，多以友人的名字標題，用呼告的形式，盡情地訴說內心的悲哀和憤恨，並尋求友人的慰藉。她並不沉淪，「有時我在病榻上躍起來大呼著：『不如意的世界要我們自己的力量去粉碎！』自然，生命一日不停止，我們的奮鬥不能休息。」(《濤語》〈小草〉) 但她的人生目標並不明晰，「我默無一語，總是背著行囊，整天整夜的向前走，也不知何處是我的歸處？是我走到的地方？只是每天從日升直到日落，走著，走著，無論怎樣風雨疾病，艱險困難，未曾停息過；自然，也不允許我停息，假使我未走到我要去的地方，那永遠停息之處。」(《濤語》〈訪廬隱〉) 這完全是一個過客的形象，她在工作，在尋覓，在追求，但又覺得前途渺茫。

〈濤語〉是《濤語》這一集子裡的力作，由八篇組成的一組文章，她以冷豔淒絕的文字表達她的斷弦哀音：高君宇逝世後，她心靈蒙受著巨痛，飲酒痛哭，回憶著她探病中所發生的難以忘懷的現實和惡夢，回憶兩人定情過程中最值得紀念的往事和那最後的死別。生活太殘酷了，本來是一對理想的情侶，而疾病和死亡把她推進深淵。生的渺茫，愛的翔舞，化出如許如怨如慕如泣如訴的文字。想像力的瑰奇，描寫的細膩，語言的淒豔，表達她個人遭遇所積鬱的翻騰的感情，比起同時代的女作家來具有她獨特的色調。她的所愛和結局不是一般的愛情故事，因為她所愛的是「願血染了頭顱誓志為主義努力的英雄」。他給她表示愛情的信物是一片紅葉，一個象牙戒指，他的信寫道：「願我們用『白』來紀念這枯骨般死靜的生命。」不是花前月下，不是鶯歌燕語，所以〈濤語〉是控訴舊社會的一曲哀怨的詩篇，是革命青年高潔感情的自白。

《偶然草》是石評梅經歷愛情悲劇之後的作品。這時她覺得自己應該繼承她愛人高君宇的革命遺志，所以在題材上有許多開拓，除了懷念友人、悼念愛人的文章之外，還有學校和故鄉的生活感受的抒寫，以及對社會上一些寄生蟲的諷刺。她是懷著希望的，「夜已將盡，遠處已聞雞鳴！風靜雨止，晨曦已快到臨，黑暗只留下最後一瞬，萍弟！我們光明的世界已展現在眼前，一切你勿太悲觀。」但黑暗過於濃重，她仍看不到戰勝的希望。「深一層看見了社會的景象，才知道建設既不易，毀滅也很難。我們的生命力是無限，他們的障礙力也是無限；世界永久是搏戰，是難分勝負的苦戰！」（《偶然草》〈寄到獄裡去〉）她想毀滅世界，毀滅自己，她也想逃避，但又不能不痛苦地掙扎，直到過累地病逝。「風中柳絮水中萍，飄泊兩無情。」這是《偶然草》最後一篇文章的結語，是一個心懷壯志的青年女性在舊社會掙扎的悲歌。

陸晶清的《流浪集》

陸晶清（1907-1993）是石評梅的同窗好友，比石小五歲，遲三年（1922）考入北京女子高等師範學校國文科。她原名秀珍，生長在昆明，自小就喜愛詩，進入高等學校後就以極大的熱情學寫新詩，她參加「女師大風潮」的鬥爭，而且是「三一八」慘案的受傷者之一。陸晶清在〈我與詩——市聲草序〉裡說：「高師畢業後，命運一步步往下沉，終至於不得不離開相依為命的梅姐，離開灰城開始流浪，先到江西，後到武漢」，投身於轟轟烈烈的大革命運動，在國民黨中央黨部婦女部長何香凝的領導下工作。大革命失敗後到江西投親，當她在南方知道石評梅去世的噩耗，匆匆北上料理亡友的喪葬，隨即進北京女師大語文系學習。後與王禮錫結婚，長期從事編輯、寫作和教學工作。她的散文集有《素箋》（1930）和《流浪集》（1933）。

《素箋》是「致幾個似曾相識者的信」，以李義山的詩「此情可待成追憶？只是當時已惘然！」作為代序。作者以清麗的文字屢次謝絕了愛的祈求。《素箋》可以說是漂泊者拒情的書信，「我漂泊流浪已慣了，在颶風驟雨中我猶且依然的披著征裳狂奔，……我對人世早已無所希求了，僅只盼望這短促的生命能有一個較美的結束，就有一個理想中悲壯的死，我要死在血泊之中！」（〈箋一〉）《素箋》中表白她受盡人世的苦難，厭惡人間綺豔的故事。信中敘事、抒情曲折婉轉，給人以一種「道是無情（對愛情）卻有情（對世情）」的感覺。

《流浪集》有三個部分，其一即〈流浪集〉，「個人生活的痛創，及時代的狂潮過去所捲來的渣滓——悲哀，在這一集的字裡行間到處流露著。」[38]這一部分是她的早期散文，對辛酸的遭遇和痛苦的內心作盡情的傾瀉。「自從由命運手裡接受了一擔愁緒兩囊淚水來人世混到如今已是二十年。在這二十年中，我嘗夠了人間的苦辛滋味。最近幾年來，更是被命運擺弄在愁苦的淵裡，沉下去，沉下去，一直總往下沉，甚至於沉到了這樣的一日！」「天！在人世我何嘗敢有一次奢望？我祈求就平淡的了結此生。然而命運是這樣作虐呵，一遞一下的鐵錘硬錘得我心肝全碎！」（〈惡夢〉）殘酷的現實粉碎了青春的夢，劉和珍的慘死，「綠屋」冬夜紅爐旁的毒醉，與女伴好友的勞燕分

38 王禮錫：〈《流浪集》序〉，《流浪集》（上海市：神州國光社，1933年）。

飛，譜成了一組人生漂泊者的哀歌。其二是《懷梅集》，是幾篇悼念石評梅的文章。這一對同命運的女友，約定相伴相慰走完崎嶇的生之旅途，突然中道分手，幽明永隔，淒涼的回憶，舊夢的重溫，呼地喚天，心傷裂肺，一字一淚。

在「五四」新潮和日漸高漲的大革命形勢的鼓舞下，與封建頑固勢力奮鬥出來的新女性，她們越是覺醒，越是前進，乖蹇的命運就越是與她們結不解之緣。她們在愛情、事業上遭到了意外的然而又是意中的打擊和磨折，她們用激憤悲涼的文字，表達了那時代車輪重壓下掙扎的倔強女性的靈魂。

陳學昭的《倦旅》等

陳學昭（1906-1991），浙江海寧人。父親早逝，在困境中讀完上海私立愛國女學文科，先後到屯溪、紹興、北京等地學校教書，一九二七年去法國留學。這期間，在《時事新報》、《婦女雜誌》、《語絲》、「京報副刊」、「晨報副鐫」等處發表散文。一九二五至一九二九年間，她出版了五部散文集：《倦旅》、《寸草心》、《煙霞伴侶》、《如夢》和《憶巴黎》。一九八一年浙江人民出版社出版了《海天寸心》，除《煙霞伴侶》外，其餘的主要文章都收進去了。這些都是她漂泊生活的真實紀錄。

《倦旅》、《寸草心》和《如夢》是她「早期在國內漂泊生活的散記，刻意抒寫了一個十分憂鬱而寂寞的，但卻在苦苦掙扎、抗爭的靈魂」。[39]《憶巴黎》，「一方面仍然繼續發揮了前期的文學風格特徵，抒寫了摯愛人生、祖國的感情、心理，另一方面著重介紹了留學生的生活和旅法的一些見聞。」[40]《煙霞伴侶》受孫福熙的影響，寫的是有關風花雪月的文章。

---

39 丹晨：〈陳學昭和《海天寸心》〉，《光明日報》1982年1月18日。

40 陳學昭：〈從1919年到1927年5月出國〉，《新文學史料》第2輯（1979年）。

陳學昭的早期散文充滿淒苦，「她覺得小小的孤舟，全身沖激在大海之中，愈往前想，愈覺得無限的恐怖與彷徨，愈覺得無限的懊惱與惆悵……憂傷了的心，永遠懸掛著。兩三顆零零落落的淚兒，又從她的心頭眼底迸落下來……」（《倦旅》）無論寄寓在屯溪教書，或是旅行去太原開會，或是自巴黎回國，時常帶著這一種感情。她的散文，典型地反映了衝出封建家庭的弱女子在半封建半殖民地社會裡被壓抑的、然而不甘屈服的、追尋茫茫前景的心情。

她後來有幸結識了周建人、魯迅、茅盾、沈澤民、瞿秋白、張琴秋和楊之華。「未來是有希望的，希望著！希望著！」（《如夢》）雖然這還比較空虛渺茫，但真理之光已在她的心中照耀。

以第三人稱來寫散文，用以表達自己內心的真情實感是陳學昭散文的特色。《倦旅》中的逸樵，《如夢》中的綠漪，就是作者的化身。用第三人稱來寫，對女作家來說，有時可能更便於盡情的抒發。行文夾雜著大量的詩詞或自由詩，也是作者敘事抒情的一種明顯手法，言語之不足，故詠歌之；郁達夫、郭沫若也有此情況，這樣可以便於言情。陳學昭還善於把人物的對話，景物的描摹，和作者內心情感的宣洩，主觀見解的議論，自然地結合起來，很好地表達了她所經歷的情境。比起郁達夫和郭沫若行雲流水似的筆調，她則有較多推敲的痕跡。語言細膩，善於表白綿長的情思，對音響和色彩的捉摸也體現了女性的特殊敏感。

上列作家主要是創造社的成員，還有出身於北京女師大的一群，此外，綠波社、淺草社、莽原社、未名社以至於文學研究會的一些青年，他們同樣是多年漂泊者，或誠實地掙扎，或虛無地反抗，或寧願作無名的泥土，其散文題材有所差異，手法有所不同，但也多激憤之語，傷心之言。正如魯迅在《中國新文學大系》《小說二集》〈導言〉所說的：

> 但那時覺醒起來的智識青年的心情，是大抵熱烈，然而悲涼的。即使尋到一點光明，「徑一週三」，卻更分明的看見了周圍的無涯際的黑暗。攝取來的異域營養又是「世紀末」的果汁，王爾德，尼采，波特萊爾，安特萊夫們所安排的。「沉自己的船」還要在絕處求生，此外的許多作品，就往往「春非我春，秋非我秋」，玄髮朱顏，卻唱著飽經憂患的不欲明言的斷腸之曲。

這時正處於「五四」與大革命兩個高潮之間，大部分青年知識分子在尋求道路。這些漂泊者們飽受生活的熬煎，接觸了社會的底層，所以在他們的文章中，一方面看到現實的黑暗、混亂而感到傷心悲憤，另一方面他們又希冀著理想和光明，要求自由和熱情奔放。他們各自的處境和性格究竟是不同的，有的作家在逆境中仍然滿懷希望和反抗，有的更多的抒發傷感和哀愁，牢騷和詛咒。他們與上一節所介紹的那些散文家不同，大抵多情善感，揚己露才，著意於痛苦內心的宣洩，而較少對人生意義作哲理性的探求。

愁苦之文易工，歡樂之詞難巧。我國古典詩文對抒寫悲愁有悠長的傳統和豐富的經驗，現代散文作家繼承了傳統的技巧，又發揮了文體解放和白話散文的長處，明白曉暢地進行呼告，縱筆盡情地發抒抑鬱，還率性馳騁想像和聯想，廣泛吸取異域新奇的感覺和抒情方式，以資烘托，恣意渲染，創造了激動人心的效果。這類散文不以蘊藉、飄逸、典雅見長，而以真切、直率、纏綿取勝。

第四節　反帝反封建的吶喊

隨著封建軍閥壓迫和帝國主義侵略的加劇，革命形勢有了深入的發展，反帝反封建的鬥爭也日益高漲起來。一九二五年，全國爆發了反對英帝國主義在上海屠殺群眾的「五卅」運動，北京還發生了女師大事件。一九二六年，北洋軍閥段祺瑞親日賣國，執政府製造了屠殺愛國學生的「三一八」慘案。一九二四至一九二七年間，國共合作進行反帝反封建的北伐戰爭，一九二七年四至七月國民黨右派葬送了大革命。這幾宗重大的政治事件是本時期敘事抒情散文新的主題，作者們本著熱愛祖國、反對壓迫與侵略的共同心願，爆出反帝反封建的戰鬥呼聲，「晨報副鐫」、「京報副刊」、《語絲》、《小說月報》、《文學週報》、《洪水》等報刊立予登載，同聲聲討，反映了文藝界團結反帝反封建的堅強意志。

「五卅」運動的怒吼

一九二五「五卅」慘案發生後，《文學週報》第一七七期（6月14日）和《小說月報》第十六卷第七期（7月10日）很快地發表了沈雁冰的〈五月三十日的下午〉、劉大白的〈我底慟哭〉、西諦（鄭振鐸）的〈街血洗去後〉、聖陶（葉紹鈞）的〈五月卅一日急雨中〉等文章，《文學週報》第一八〇期（7月5日）發表佩弦（朱自清）的〈白種人——上帝的驕子！〉；《語絲》第三二期（6月22日）發表了俞平伯的〈雪恥與禦侮〉、川島的〈愛國〉、春台（孫福熙）的〈上場與預備〉等文章；「晨報副鐫」及時發表了王統照的〈血梯〉和〈烈風雷雨〉，「京報副刊」還出了「上海慘劇特刊」，《東方雜誌》也出了「五卅事件臨時增刊」。敵愾同仇，雖然作者的態度和意見不盡相同，但憤怒的感情卻是一致的。

葉紹鈞的〈五月卅一日急雨中〉，以高昂的情緒，簡潔明快的語言，寫出自己內心的憤怒，歌頌了學生和工人群眾的抗爭，揭露了各種「魔影」的醜相。作者善於突出表現憤怒的情感，對於路人「那裡去了!?」的責問，對「老閘捕房」門前參拜血跡舐盡血跡的變異心理，對巡捕腰間的手槍引起幻覺，這些變化有力的抒寫手法把滿腔憤怒和盤托出。對於各類人的描寫更是本文的精彩之處，對進行宣傳工作的學生是這樣描寫的：

> 我開始驚異於他們的臉。從來沒有看見過，這麼嚴肅的臉，有如崑崙的聳峙，這麼鬱怒的臉，有如雷電之將作；青年的柔秀的顏色退隱了，換上了壯士的北地人的蒼勁。他們的眼睛冒得出焚燒掉一切的火，吻緊的嘴唇裡藏著咬得死生物的牙齒，鼻頭不怕聞血腥與死人的屍臭，耳朵不怕聽大炮與猛獸的咆哮，而皮膚簡直是百煉的鐵甲。

描寫學生嚴肅的臉，帶著讚美感情，著力於細部刻劃，對待露胸工友的描寫也用類似的筆調。他如藍袍玄褂小髭的影子的玩世的微笑，袖手的漂亮嘴臉的低吟，瘠瘦的中年人如鼠的觳觫的眼睛、如兔的顫動的嘴含在喉際的話，這些該詛咒的「魔影」，作者攝取其細部特徵加以貶抑的表現。全文籠罩在惡魔的亂箭似的急雨中，詞語的重疊，排比句的運用，節奏感強烈而明快，增強了本文的憤激情緒和藝術震撼力。這篇文章敘事描寫和抒情緊密結合，藝術技巧和戰鬥激情有機統一。柔美的散文多為讀者所喜愛，而這樣陽剛的散文在散文的園地裡也是值得讚歎的奇葩。

茅盾的〈五月三十日的下午〉，同樣地以高昂的激情，向演出悲壯話劇的爭自由、抗擊帝國主義的英勇戰士致敬，對健忘的市民們、紳士們、體面的商人們與主張和平方法的八字鬍先生們則給以強烈的譴責；以眼還眼，以牙還牙，這是作者心中的誓言，他「祈求熱血來洗刷這一切的強橫暴虐，同時也洗刷這卑賤無恥」。文章採用描述、議論、抒情緊密結合的手法，使用排比和遞進的句子，表現了嚴正的、雄辯的氣勢。

鄭振鐸的〈街血洗去後〉與〈六月一日〉也是反映「五卅」慘案的名文。前者寫慘案的當天下午現場目擊時的驚疑和憤怒的情景，後者實寫「六一」的罷市和第二次大屠殺的情況。作者敘述群眾的悲憤和敵人的兇殘，文章首尾重覆出現「紅色的簾」，加強了抒情效果，敵人雖然消滅了殺人的血跡，但血的教訓在人們的心中是永遠不會消滅的。

王統照的〈血梯〉寫「五卅」慘案後北京學生上街宣傳引起的激動和議論，他期望群眾覺醒起來，抗進、激發、勇往，用血造梯子擎上去達到天上的和平之門。文章以抒情和議論為中心，表現他一貫的長於理性思考的特色。

這幾篇文章取材略有差異，但它們都是記悲憤之事，抒激怒之情，表現群眾反帝的心聲，與散文中尋常的優美灑脫的情調迥異，用的是另一付筆墨。第一篇重於寫群眾激怒情緒的反應，第二篇重於諷刺健忘的市民、紳士和商人們，第三、四篇重於寫敵人的慘酷，第五篇重於寫群眾覺醒的期待。記事的寫法也有所不同，第一篇重於描寫抒情，第二篇重於敘述、議論、抒情的結合，第三、四篇重於抒情中敘述，第五篇重於抒情中議論。這給現代散文樹立了多角度及時反映重大題材的成功的先例。

朱自清的〈白種人——上帝的驕子！〉是間接感應「五卅」反帝熱潮的名文。他從凝視小西洋人而被其「襲擊」的小小事件，對深入白種人骨髓的種族優越感進行了嚴肅的思考，引起作者「迫切的國家之念」。這雖然不是直接寫「五卅」慘案的，它的深刻之處在於知微見著，從一個小西洋人臉上的表情看到「縮印著一部中國的外交史」，驚覺「強者適者的表現」，而寄希望於我們下一代人的自強。在敘述中極注意敘事、抒情的層次，而且在行文過程中做過多種對比，看小孩和看女人，凝視中國小孩和凝視西洋小孩，他看西洋小孩和西洋小孩看他，從他看到西洋小孩的可敬的地方和看看自己、看看自己的孩子，構思十分周至，抒情極有節制。

陸定一的〈五卅節的上海〉[41]是記「五卅」慘案週年的紀念活動的，所寫的內容和所顯示的主題與上列諸位作家的文章顯然有些差異。這篇文章正面反映尖銳的鬥爭，一邊是帝國主義及其走卒高等華人、反赤分子、國家主義者，另一邊是革命者、工人、學生和群眾。在決鬥的日子裡，經過二九、三十兩天的種種活動：開追悼大會，「五卅」烈士公墓奠基禮——演說、整隊，公共體育場集合、群眾遊行、演講，對武裝商團挑戰，「而帝國主義者終究不敢開一槍！」這種變化說明革命形勢的高漲，也說明作者對群眾鬥爭有掌握全局的鮮明意識，與書生之作大不相同。這篇記事也運用一些藝術手法，感人細節的描寫，形象化的比喻，幽默的反襯等等，加深了它的效果。

女師大事件的實錄

女師大事件是發生在文化教育領域裡的一場政治鬥爭，是對北洋軍閥反動統治的一次猛烈衝擊。一九二五年五月，北京女子師範大學學生，因反對校長楊蔭榆的壓迫，爆發了著名的女師大學潮。為了支持女師大學生的正義鬥爭，魯迅寫了許多雜文，揭發女師大校長及其後臺教育總長章士釗的無理行徑，駁斥陳源的無端誹謗，譴責他們充當北洋軍閥的幫兇，破壞學生運動的卑劣伎倆。《語絲》社同人也主要以雜文聲援進步學生的鬥爭。比較詳細記敘女師大事件的則有石評梅的〈女師大慘劇的經過——寄告晶清〉。[42]

石評梅是女師大畢業的校友，是慘劇的目擊者，她以憤怒的語言記述女友慘痛的遭遇，和章士釗、劉百昭等雇用女丐對女生野蠻兇殘的迫害，發出永久紀念恥辱、永久奮鬥的誓言。

> 我恍惚不知掉落在一層地獄，隱約聽見哭聲打聲勝利的呼喊！

---

41 《洪水》半月刊第20期（1926年7月）。

42 「京報副刊・婦女週刊」第37期（1925年8月）。

> 四面都站著戴假面具的兩足獸，和那些蓬頭垢面的女鬼；一列一列的亮晶晶的刀劍，勇糾糾氣昂昂排列滿無數的惡魔，黑油的臉上發出猙獰的笑容。懦弱的奴隸們都縮頭縮腦的，瞪著灰死的眼睛，看這一幕慘劇。

如此起筆描繪場景後，作者如實地記述了一九二五年八月二十二日上午八時起，劉百昭帶著打手、流氓、軍警、女丐、老媽子共二百人，鞭打、捕捉女師大學生的詳細情況，「呵！天呵！一樣的哭喊，一樣的鞭打，有的血和淚把衣衫都染紅了！」這篇文章不但讓讀者看到軍閥幫兇的醜惡嘴臉，看到群眾的寒心動魄，也看到女師大同學的堅強和互助的美德。這篇文章不只是事件的實錄，還有環境的襯托，抒情的議論，保持其言情真切的文風而加強了呼告的力度。

「三一八」慘案的戰叫

一九二六年三月十八日，北京發生了段祺瑞政府取媚日本人而屠殺同胞的事件，魯迅稱之為「民國以來最黑暗的一天」。這一慘案發生以後，《語絲》、《文學週報》、《洪水》等立即刊登文章，聲討北洋軍閥勾結日本帝國主義的滔天罪行。《語絲》第七十二期（三月二十九日）發表了林語堂的〈悼劉和珍楊德群女士〉、魯迅的〈無花的薔薇之二〉、豈明（周作人）的〈關於三月十八日的死者〉、朱自清的〈執政府大屠殺記〉，第七十四期發表了魯迅的〈記念劉和珍君〉，第七十五期發表了魯迅的〈淡淡的血痕中〉、徐祖正的〈哀悼與懷念〉；《文學週報》第二一八期（三月二十八日）發表了聖陶的〈致死傷的同胞〉、W生的〈誰是兇手？〉、西諦的〈春之中國〉、徐蔚南的〈生命的火焰〉；《洪水》第十四期（四月一日）也發表了編者的〈悼北京十八日的死者〉等；又一次表現了文藝界團結反帝反封建的堅強意志。

魯迅寫了許多文章抨擊段祺瑞政府的兇殘和幫閒的可恥，抒情文〈記念劉和珍君〉和散文詩〈淡淡的血痕中〉則是其中的名作。前者回憶他與劉和珍交往的簡單過程，描述劉和珍及其同學的英勇犧牲，憤怒斥責當局者竟會這樣的兇殘，流言家竟至如此之卑劣，讚頌中國的女性臨難竟能如是之從容。使他痛苦的是造物主給庸人設計以淡忘和偷生的性格，但他仍然期待苟活者能夠看到微茫的希望，而寄希望於真的猛士的奮然前行。後者表達類似的意念，但超出了就事論事的範圍，深入到民族性格的剖析中去，揭穿造物主及其良民的愚民把戲、苟安心理和怯弱本性，歌頌叛逆的猛士清醒而堅韌的戰鬥精神，以鮮明的對照和強烈的愛憎警醒讀者的靈魂。魯迅抱著沉痛而不絕望的心寫下悲憤交加的至情佳作，曲折的、壓抑的、低回的、爆炸的感情交織文中，給讀者以深沉的思索和有力的感染。

朱自清的〈執政府大屠殺記〉完全是一篇記實的文字，「這回的屠殺，死傷之多，過於五卅事件，而且是『同胞的槍彈』。」他稱這一天的事件是發生在「這陰慘慘的二十世紀二十六年三月十八日的中國！」文章以親身經歷敘述三月十八日遊行隊伍的情況，大屠殺的經過，逃難的遭遇等種種事實，批駁群眾先以手槍轟擊衛隊、衛隊先放朝天槍等讕言，證實屠殺是有意「整頓學風」的預謀。反動軍警在用槍彈大屠殺之外，還用木棍對奔逃者擊殺，而且行劫，剖屍，這充分揭露了段祺瑞無恥政府的種種獸行。開首作者說「我們永遠不應該忘記這個日子！」結尾說：「死了這麼多人，我們該怎麼辦？」究竟該怎麼辦？作者在文中寫道：「趙爾豐的屠殺引起了辛亥的革命，這一回段祺瑞的屠殺將引起什麼呢？這要看我們的努力如何。總之，只有兩條路，一條是讓他接下去二次三次的屠殺，一條便是革命，沒有平穩的中道可行！」他警醒人們對此進行嚴肅的思考和抉擇，而他當時的態度則是鮮明堅定的。這篇文章以精細詳實而有針對性的敘述，直率的自我批評和義正詞嚴的譴責為其特色。它與〈記念劉和珍君〉一文，互相補充，相得益彰。從這篇力作和〈白種人——上帝的驕子！〉等文，又可見朱自清早期散文有鋒芒的一面。

北伐從軍記

大革命時期，國共合作，國民革命軍於一九二六年七月從廣東出師北伐，勢如破竹，經半年多戰鬥，已打敗軍閥吳佩孚、孫傳芳的主力，克復江南半壁江山，旋被蔣介石、汪精衛篡奪而毀於垂成之際。投入大革命洪流的革命知識分子，有的留下了從軍雜記和戰鬥檄文，如金聲的《北伐從軍雜記》、謝冰瑩的《從軍日記》和郭沫若的〈請看今日之蔣介石〉等。

金聲的《北伐從軍雜記》(1927)，是隨國民革命軍何應欽部從汕頭挺進福建沿途寫下的十八篇行軍記結集。作者當時是軍部的機要人員，自一九二六年九月出發起到十二月抵福州，一直隨軍部行動，所記主要是軍旅生活、沿途見聞，也有親臨戰地、穿越火線的記載和悼念陣亡戰友的文章，連綴起來約略可見東南戰線北伐進軍的情形。作為最早出現的一部北伐從軍記，它與戰地報導有別，較留心於場景描寫和個人體驗，記行述感，真切細緻，表現了革命知識分子投身北伐的精神風貌。

謝冰瑩(1906-2000)，湖南新化人。一九二六年冬衝破封建家庭的束縛，奔赴武漢考入中央軍事政治學校女生隊，次年五月隨軍西征，成為從軍北伐的著名女兵。她的《從軍日記》原載於一九二七年五月二十四日至六月二十二日間孫伏園主編的武漢《中央日報》副刊，一九二九年三月由上海春潮書局出版單行本；當時就被林語堂、汪德耀分別譯為英文和法文，在國際上也產生了影響。她以日記和書信體散文的形式，及時記述湘鄂一帶戰地見聞和軍旅生活，包括湖南農民運動的情形，反映了大革命的澎湃怒潮，表現了新時代女性的革命激情和戰鬥英姿，轟動了當日文壇。儘管作者一再聲稱這些急就章不成文學，但正如林語堂為《從軍日記》作序所稱道的：「我們讀這些文章時，只看見一位年青女子，身穿軍裝，足著草鞋，在晨光稀微的沙場上，拿一根自來水筆靠著膝上振筆直書，不暇改竄，戎馬倥傯，束裝待發的情景。或是聽見在洞庭湖上，笑聲與河流相和應，在遠地軍歌及近旁鼾睡的聲中，一位蓬頭垢面的女子軍，手不停筆，鋒發韻流的寫敘她的感觸。這種少不更事，氣概軒昂，抱著一手改造宇宙決心的女子所寫的，自然也值得一讀。」這部作品結集時，加入了大革命慘遭扼殺後她寫的悲憤之作，從而成為大革命驟起驟落的一種見證。

郭沫若投筆從戎，被委任為「總司令行營政治部主任」，在重大的歷史轉折關頭，他看清蔣介石的面目，於一九二七年三月三十一日奮筆寫下著名的討蔣檄文〈請看今日之蔣介石〉，發表於武漢《中央日報》副刊。這篇紀實與討伐結合的名文，以耳聞目睹的事實揭露「三一七」九江慘案和「三二三」安慶慘案都是蔣介石一手製造的真相，把當年蔣介石「背叛國家、背叛民眾、背叛革命」的陰謀和罪行立即公之於眾，敏銳察覺和深刻分析國民革命的最危險的敵人已是以蔣介石為代表的「內部的國賊」，以革命義憤發出了「打倒背叛革命、屠殺民眾的蔣介石！剷除一切國賊！」的戰鬥號召。在蔣介石公開發動「四一二」反革命政變的前夕，郭沫若的先見之明和革命膽略真令人敬佩。他後來還以這段經歷寫了長篇自傳〈反正前後〉、〈北伐途次〉等。這篇帶有政論色彩的力作，既表明經過大革命洗禮的作者開始步入散文創作的一個新里程，也導引紀實性散文向新聞性與政論性結合的方向發展。

大革命的失敗，不僅改變了中國革命的形勢，也在新文學第一代作家留下深重的創傷，導致新文化統一戰線的徹底分化和重新組合，迫使現代散文去適應新的時代條件而探索繼續發展的道路。

在現代散文的開創期，特別是到了「五卅」運動以來革命高潮大起大伏的年代，許多作家本著熱烈的愛國赤誠和革命要求，迅速反映當時重大的政治事件，充實敘事抒情散文的題材，用陽剛的筆墨，表達堅定的反對帝國主義及其走狗封建軍閥的激情，開了反映時代風雲、干預現實政治的文風。中國人民災難深重，來日方長，表現國家民族救亡圖存的血淚文學，突破小我的悲歡，拋棄陰柔的格調，在現代散文史上，這裡有了良好的開端。

第五節　五四散文變革的實績與意義

中國現代散文開創的最初十年間，隨著思想解放運動的興起和社會政治的急劇變化，作家們用異於傳統的新的思想觀念，來觀察描述新的社會生活，在散文界出現了前所未有的新潮。國內外的旅行見聞，人生意義的思考和人生情味的體驗，對個人漂泊生活的感嘆，對侵略者壓迫者的憤怒聲討，成為這時風行一時的新題材新主題。中國現代散文作家密切關心國家人民的命運，這些題材成為散文作品中的主流。這些題材大多與作家的個人遭遇緊密聯繫在一起，所以寫起來具有濃厚的個性色彩，能夠從平凡的生活中反映出個人的情思與時代的風貌，這是作家思想解放、個性解放後在作品上體現的鮮明特色。這個時期，中國處於封建軍閥的割據之下，帝國主義肆無忌憚地侵略我國，革命風雷響徹大地，少數先覺者看到光明的前景，多數作家本著自己的信念進行追求和探索，當然也有一些作家在嚴峻的政局面前，出現逃避現實、尋求慰安的傾向，但多數並沒有喪失抗進奮鬥的勇氣，從而開闢了現代散文史上的革命現實主義道路。

郁達夫在《中國新文學大系》《散文二集》〈導言〉中概括了本時期散文的三個特徵：一、表現個性比以前的散文強；二、內容範圍的擴大；三、人性、社會性與大自然的調和；而社會性的傾向以「五卅」事件後表現得最為明顯。這些見解十分精當，是符合中國現代散文史實際的。中國現代散文在開創期間所體現的個性解放精神，當然是受著歐風美雨的影響，但它與我國的民族性格、傳統的道德觀念、知識分子的濟世思想，帝國主義猖狂欺凌下所激起的愛國主義精神，以及在十月革命影響下日益壯大的革命運動，互相滲透，緊密結合，這就使中國現代散文的發展不是歐洲文藝復興的重演，而一開始就具有開闊的現代視野，豐富的思想內涵，尤其是大多帶有與現代中國命運息息相通的濃厚的反帝反封建精神和尋求祖國解放道路的強烈願望，並逐步加強其社會性傾向，從而形成鮮明的時代的、本國的特色。作者們從各自的生活體驗和思想立場出發所描寫的內容，已突破正統古文「載道、宗經、征聖」的藩籬，也逾越以前散文中有反叛精神和革新氣象的界限，有著新時代惠予的新意蘊。他們對自我、對人生、對自然、對社會和國家等新老問題的獨立思考和新穎表現，當然是受外來新思潮洗禮的結果，但受洗者自身的文化傳統和現實感受更為內在地制約著他們的思想選擇與價值取向，因而使我國新型散文既因人而異，又從各自的心聲中可聽到現代中國人驚覺奮起、發憤圖強的共鳴曲調。

對於中國新文藝的來源，郭沫若的〈「民族形式」商兌〉[43]一文中說過：「中國新文藝，事實上也可以說是中國舊有的兩種形式——民間形式與士大夫形式——的綜合統一，從民間形式取其通俗性，從士大夫形式取其藝術性，而益之以外來的因素，又成為舊有形式與外來形式的綜合統一。」現代散文在開創時期的實踐也確是如此，它在突破封建思想禁錮與古文義法束縛的同時，吸取古典散文優秀的藝術傳統，提煉人民口語的生動性，特別是注重吸收歷代散文革新的積極成果和豐厚的藝術積累，也借鑑外國散文的自由抒寫、冥想色彩、心靈發見、象徵手法、幽默味和周密性等等，經過十幾年的努力，融舊鑄新，打下了現代美文的良好基礎。敘事如劇，抒情如詩，寫景如畫；

---

43 郭沫若：〈「民族形式」商兌〉，《蒲劍集》（重慶市：文學書店，1942年）。

形象逼真，感情充溢，理趣深長，諷刺尖銳，論辯簡明，手法新穎，形式多樣；語言文白雜糅，口語化、歐化並存，體現了開創期特色。它比詩歌、小說、戲劇等所謂純文學，在形式上更為自由，有可能具備各體的長處，而且與實際生活更為接近，與作者日常的際遇感興和真實的思想性情更為契合，所以新文學家幾乎都愛寫散文小品，都在任心閒話中馳騁各自的才情，造就了「繁英繞甸競呈妍」的景象。朱自清對本時期散文的成就有一段精到的評語：

> 但就散文論散文，這三四年的發展確是絢爛極了：有種種的形式，種種的流派，表現著、批評著、解釋著人生的各面，遷流曼衍，日新月異：有中國名士風，有外國紳士風，有隱士，有叛徒，在思想上是如此。或描寫，或諷刺，或委曲，或縝密，或勁健，或綺麗，或洗鍊，或流動，或含蓄，在表現上是如此。[44]

這段話指明了本時期散文在題材上、思想上、技巧上、風格上都能有所樹立，如實地描述了第一個十年散文令人喜悅的繁榮局面。魯迅進一步論斷：

> 到五四運動的時候，才又來了一個展開，散文小品的成功，幾乎在小說戲曲和詩歌之上。這之中，自然含著掙扎和戰鬥，但因為常常取法於英國的隨筆（Essay），所以也帶一點幽默和雍容；寫法也有漂亮和縝密的，這是為了對於舊文學的示威，在表示舊文學之自以為特長者，白話文學也並非做不到。[45]

---

44 朱自清：〈論現代中國的小品散文〉，《文學週報》第345期（1928年11月25日）。
45 魯迅：〈小品文的危機〉，《南腔北調集》（上海市：同文書店，1934年）。

這就把「五四」散文置於姐妹文類的共時比較和古今散文的歷史比較的坐標中加以定位，突出了它的重大成功和歷史意義。從史實來看，它當時確比詩歌和戲曲的變革早見成效，更多精品，也比時代驕子小說更具文體美和豐富性，在建設國語文學、推進言文合一方面更是領先一步、帶動全局而又影響深遠的。

「五四」散文的發達和成就，除了得益於社會變革、思想解放的時代機遇外，主要是由文體自身的優勢促成的。散文短小靈活，比其它文類更具應變力和適應性。剛突破古文教條而獲得新生的散文，回歸和張揚隨物賦形、任心閒話的文體特長，成為一切短篇體制的典型代表，可以應對瞬息萬變的現代生活，最為契合自由不拘的個體心靈，這是現代散文始終盛行不衰的一個內因。中國文學又一向以詩文為正宗，散文傳統十分豐厚，「五四」散文革新又不像新詩那樣基本上是另起爐灶，而是對傳統散文有所揚棄，加以改造，破除清規戒律，力主自由創造，從而復活了這一古老文體的蓬勃生機。這是散文在「五四」變革期率先走向成熟的一個歷史原因。

「五四」散文革新的成功，徹底打破了中國散文在唐宋以後徘徊不前的僵局，全面復活了中國散文的生機活力，奠定了中國現代散文的發展基礎，開闢了中國散文現代化的廣闊天地，在中國散文史上具有起死回生、繼往開來的偉大作用。此後，散文就沿著「五四」開闢的大道不斷地拓展、奮進。

第二編

在新的革命風濤中發榮滋長

第三章
雷鳴雨驟振林木

第一節　政治形勢的嚴峻和文化革命的深入

中國現代散文從「五四」思想革命和文學革命中誕生以來，伴隨新文學運動的發展深入，產生了大批名家，散文創作極一時之盛。一九二七年大革命失敗後，散文創作也在歷史的轉折時期醞釀著新的變化發展。到了三十年代前期，伴隨著反帝反封建熱潮的不斷高漲，名家繼出，新秀崛起，中國現代散文呈現了全面豐收的局面。

從大革命失敗到抗日戰爭爆發這十年，是中國國內階級矛盾十分尖銳、民族危機十分嚴重的時期。在國民黨右派篡奪大革命的勝利果實後，中國共產黨人舉行了南昌起義和秋收起義，創建了工農紅軍，開闢了井岡山革命根據地，建立了紅色革命政權，有力地推動了全國革命形勢的發展。

國民黨內部，則正進行著日益激烈的派系鬥爭，釀成了軍閥混戰的局面，把全國人民推入戰亂貧困的深淵。新軍閥之間的矛盾衝突，激化了帝國主義之間在華利益的矛盾衝突。一九三一年九月十八日，日本帝國主義公然侵佔了我國東北三省，次年一月二十八日，又發動了淞滬戰爭。隨後步步進逼，中華民族處於十分危機的關頭。可是，當局卻倒行逆施，實行「攘外必先安內」的反動政策，發動反人民的內戰，對蘇區進行了五次軍事圍剿。對進步文化界則「一面禁止書報，封閉書店，頒佈惡出版法，通緝著作家，一面用最末的手段，將左翼作家逮捕，拘禁，秘密處以死刑」[1]。

1　魯迅：〈中國無產階級革命文學和前驅的血〉，《二心集》（上海市：合眾書店，1932年）。

民族的危機，血腥的鎮壓，激起全國人民反帝愛國的熱情。反對內戰，救亡圖存，成為國人的普遍呼聲，十九路軍的抗日壯舉，「一二九」學生運動的激昂吼聲，西安事變的正義行動，一系列抗日救亡的群眾性運動，以不可遏止的氣勢，匯成了一股洶湧澎湃的爭取民族解放的熱潮。

隨著政治風雲的突變和革命形勢的周折，新文學陣營也在這個歷史轉變關頭發生了激烈的分化：一部分知識分子被大屠殺所嚇倒，開始動搖後退了；一部分文人則存心與當局採取同一步調；有些人處於苦悶與探索之中；以魯迅為代表的徹底的革命民主主義者和一批從政治漩渦中撤退下來的革命知識分子，堅定地探索新文學發展的道路，經過革命文學的論爭，舉起無產階級革命文學的旗幟，組織成立「中國左翼作家聯盟」，標誌著中國現代文學又進入一個新的里程。

「左聯」對中國現代文學史的貢獻，茅盾在他的回憶錄中有一段精闢的評價[2]，他說：

> 三十年代的左翼文藝運動在中國現代文學史上有著偉大的功績。它是中國革命文學的奠基者和播種者。這個運動在共產黨的領導下，以魯迅為旗手，而「左聯」則是它的核心。「左聯」在繼承「五四」文學革命的傳統，創導無產階級革命文學，介紹馬列主義的文藝理論，培養一支堅強的左翼、進步的文藝隊伍等等方面，都作出了輝煌的成就，有著不可磨滅的功勳。在抗日戰爭中，以「左聯」為核心的這支隊伍撒向了全國，成為當時解放區和國統區革命文學運動的中堅。全國解放後，這支隊伍又成為全國各條文藝戰線的骨幹和核心。可以說，無視「左聯」的作用，就無法理解中國的現代和當代文學史。

2　茅盾：《我走過的道路》（中）（北京市：人民文學出版社，1984年），頁51-52。

無視「左聯」的作用，同樣也無法理解中國現代散文史。「左聯」成立以後，許多散文家「階級意識覺醒了起來」[3]，有了鮮明的社會責任感，有了明確的政治方向和寫作目的，反映重大的政治事件和社會現實成為他們的自覺要求，而這在五四時期一般還是處於自發的狀態，因而在散文體裁方面有許多新的開拓，主題也大為深化。散文的體裁因表現現實的要求而產生新的品類，藝術技巧特別是敘事的技巧也有所提高。「左聯」成立後，散文在題材、主題、體裁、技巧等方面的變化，其影響十分深遠。

這十年間，面向如此鮮血淋漓的現實和生死存亡的搏鬥，有些作家產生了苦悶感和幻滅感，如王統照說：

> 這六七年間，多少人事的糾紛，多少世事擾攘的變化，多少個人的苦惱。我不但沒有寫詩的興致，即使看別人的詩也覺得眼花，誰知道這是一種什麼心情？感觸愈多愈無從寫出不易爬梳的心緒，不易襯托出的時代的劇動，一切便甘心付諸沉默！這其間真有難言的深重的苦悶。[4]

朱自清也有類似的情況，他說，「入中年以後，散文也不大寫得出了——現在是，比散文還要『散』得無話可說！」[5]卞之琳分析大革命失敗後詩人們的心境時說：

> 大約在一九二七年左右或稍後幾年中，初露頭角的一批誠實和敏感的詩人，所走道路不同，可以說是植根於同一緣由——普

3　魯迅：〈《草鞋腳》小引〉，《且介亭雜文》(上海市：三閒書屋，1937年)。

4　王統照：〈序〉，《這時代》(上海市：華豐印刷公司，1933年)。

5　朱自清：〈論無話可說〉，《你我》(上海市：商務印書館，1936年)。

> 遍的幻滅。……這種幻滅感進一步變形為一種絕望的自我陶醉和莫明的悵惘。[6]

有些作家則是逃避現實、消沉玩世，周作人是合適的代表。他在一九三〇年寫的〈草木蟲魚小引〉裡說：

> 我在此刻還覺得有許多事不想說，或是不好說，只可挑選一下再說，現在便姑且擇定了草木蟲魚，為什麼呢？第一，這是我所喜歡，第二，他們也是生物，與我們很有關係，但又到底是異類，由得我們說話。萬一講草木蟲魚還有不行的時候，那麼這也不是沒有辦法，我們可以講講天氣罷。

這種態度再發展下去，那就是知名的〈自壽詩〉中所云的：「談狐說鬼尋常事，只欠功夫吃講茶」了。這種作風在當時產生了一定的影響，形成了幽默閒適小品的盛行。

還有一些作家在現實的教訓中試圖走一條新路。蕭乾回憶一九三三年北方文藝界的狀況時說：

> 一九三三這一年，北方文藝界起了不少的變化。促成這一變化的首先自然是客觀形勢，日本侵略者的鐵蹄從東北咄咄逼人地踏到了冀東，蔣介石同北方軍閥用機槍和大刀壓制廣大青年不許抵抗——甚至不許談抵抗；而越壓，抗日的呼聲越發高漲。在外部侵略者及本國奸細的雙重壓迫下，周作人的明清小品和梁實秋的白壁德對青年完全失卻了光彩和吸引力。就在這時，從上海來了兩位富有生氣，富有社會正義感，對青年散發著光

6 卞之琳：〈《戴望舒詩集》序〉，《詩刊》1980年第5期。

> 與熱的作家——鄭振鐸和巴金。三座門十四號成為我們活動的中心。[7]

這種思想代表相當一部分中青年作家，而且對散文寫作起著相當大的作用。

上述作家，有的苦悶，有的消沉，有的醞釀著新的希望，在「左聯」之外，還有他們的作品，在散文園地開放著各色的花朵。

本時期文化界的幾場爭論與散文的發展也有著密切的關係。

其一是關於「中國社會性質」的論戰，它給新文學運動帶來積極的影響。一九三〇年，一批接受馬克思主義影響的理論工作者運用馬克思主義原理分析中國社會性質，在《新思潮》雜誌上發表文章，同當時的「動力」派就中國社會性質問題展開了激烈的爭論。「新思潮」派認為中國社會仍是半封建半殖民地社會，革命主力還是工農群眾，反帝反封建的民主革命要由無產階級及其政黨來領導；「動力」派則認為中國已經走上資本主義道路，反帝反封建的任務應由中國資產階級來擔任；還有一些資產階級學者認為民族資產階級應走中間道路，建立歐美式的資產階級政權。這場論戰牽涉到中國的社會性質、革命性質、革命主力和領導權、革命目標等重大問題。這次論戰從理論上提高了作家們對現實社會的認識。中國的農村經濟和民族資本主義經濟在帝國主義的經濟侵略下加速了破產的步伐，勞動群眾日益陷入普遍貧困的境地，城鄉社會處於動盪不安的狀況，成為三十年代前期流行的文學題材。茅盾和《太白》雜誌所提倡的新的小品文就全面反映了這種社會現實，以文學描寫形象地回答了中國社會性質問題。

其二是關於文藝大眾化問題的討論。隨著文化革命的深入和無產階級革命文學的興起，對於「文藝大眾化」的呼聲日益強烈。在左翼

7　蕭乾：〈漁餌・論壇・陣地——《大公報・文藝》，1935-1939〉，《新文學史料》第2輯（1979年）。

文化人的重視下，文藝界多次展開「文藝大眾化」的討論，起先是強調積極開展「工農通訊員運動」，後來對大眾文藝的內容、語言、形式、創作方法，以及當時的具體任務等方面都有較詳細的討論。經過這次討論，作家們努力使自己的作品減少歐化或文言的句法，儘量採用民眾的口語，湧現出一批有才華的青年作家，有人還嘗試運用「大眾語」和通俗文藝形式寫作大眾化作品。「文藝通訊」、「科學小品」和「歷史小品」等通俗散文形式也在這時期風行開來。

其三是關於「文學遺產問題」的論爭。這是針對以接受文學遺產的名義勸青年讀《莊子》、《文選》，和一些小品文刊物竭力宣揚袁中郎的性靈文學，以及提倡文言復興運動等思潮而進行的一場辯論。這場辯論批判了向讀者灌輸逃避現實、逃避鬥爭的有害思想，反擊了當局授意的復興文言的復古逆流，也批評了那些「左」的完全否定文學遺產的論客。通過這次論爭，作家們認識到白話文要進一步改良和充實，避免不必要的歐化句法，採用方言，借用某些可用的文言字眼，使文藝的大眾化向前推進一步。

對外國散文的譯介，這時期也形成一股熱潮。成書出版的有：梁宗岱譯的《蒙田散文選》，梁遇春譯的英國《小品文選》，謝六逸譯的《日本近代小品文選》，繆崇群譯的《日本小品文》，魯迅譯的《思想・山水・人物》、黎烈文譯的《西班牙書簡》，戴望舒和徐霞村合譯的阿左林的《西萬提斯的未婚妻》，施蟄存譯的《西洋日記集》，卞之琳譯的《西窗集》，石民譯注的《英國文人尺牘選》等等，國別廣泛，品種多樣。文學期刊上刊載的散文譯作就更多了，法國的有蒙田、伏爾泰、拉馬丁、梅里美、波特萊爾、都德、法朗士、莫泊桑、羅曼・羅蘭、紀德等，英國的有蘭姆、斯威夫特、史梯文生、王爾德、毛姆、吉辛等，日本的有志賀直哉、芥川龍之介、藤森成吉、秋田雨雀、鶴見祐輔等，俄國的有普希金、赫爾岑、契訶夫和蘇聯的高爾基等，還有德國的尼采，美國的辛克萊，西班牙的阿左林等等。有的期刊還特意組織專號，如《現代》五卷六期的美國文學專號，《譯文》新三卷二期的西班牙文學專號，《文學界》等刊物關於基希報告文學的譯介，《論語》、《人間世》等刊物還刊出西洋幽默文評介、西洋雜誌文評介，《文學》、《文藝月刊》等關於外國文藝家傳記的譯介等。從這些粗略的介紹，就足以證明這一時期引進外國散文的規模超過了第一個十年，這對散文的繁榮和發展，無疑地起了很大的促進作用。

馮至回憶當時一些青年喜歡閱讀外國散文的情況時說：

> 學英文的學生一般要按照課程規定讀莎士比亞、十九世紀詩歌、狄更斯的小說等等，但他們中間也有個別人偏愛英國的散文。他們由於小資產階級和知識分子的習性，善於玩味（現在看來有些可笑可憐的）所謂憂傷和寂寞，他們覺得莎士比亞高不可攀，拜倫激情過分，狄更斯寫的小人物雖然值得同情，但背景是地地道道的英國社會，讀起來感到生疏。他們找來找去，除了通過英文譯本讀俄國小說外，把英國幾個不大被人注意、過著寂寞生活的散文家看成知心朋友。那時我常聽亡友陳煒謨談，蘭姆在《莎士比亞戲劇本事》之外，寫了些娓娓動聽的散文，吉辛一生窮苦，在他創作小說的同時，怎樣寫他的《四季隨筆》。還有不幸早喪的梁遇春，在二十年代末期寫的散文，文采煥發，縱談藝術、人生，也是受到英國散文的陶冶。當然，不只是英國散文，別的國家類似的散文，也贏得了一部分青年的愛好，我曾經愛不釋手地讀過一本中文譯的西班牙阿左林的散文集。（後來卞之琳也譯過幾篇阿左林的小品，收在《西窗集》裡，廣田在〈冷水河〉一文中引用過這個西班牙人的妙論）。廣田在外文系讀英國文學，最欣賞幾個英國散文作家。一方面是受到當時散文風氣的影響，更重要的原因是從幾個不甚著名的樸素的作家的筆下看到一個中國農村的兒子

感到親切的事物，……。[8]

這一長段引文，可以幫助我們看到當時作家學習外國散文的蹤跡，也可以推想他們所取得的效果。

文藝期刊在政治高壓下力爭發展，對散文的日益繁榮起著重大作用。大革命失敗以後，當局專制統治壓制言論自由和出版自由，「幾條雜感，就可以送命的」[9]。政治壓力促使許多出版物或改弦易轍，或被迫停刊，五四時期著名的「四大副刊」——《民國日報》「覺悟」、《時事新報》「學燈」、「晨報副鐫」和「京報副刊」到一九二七年前後陸續停刊或改版，失去了指導思想文化界的作用。一些老牌的文學刊物也多收斂先前的鋒芒，有些新創辦的期刊，或因政治色彩鮮明而遭到查禁，或因力量單薄而不成氣候。只有文學研究會系統和語絲社系統的一些刊物還在扶植散文創作。

《文學週報》自一九二五年五月十一日第一七二期脫離《時事新報》獨立出版後，一直堅持到一九二九年十二月二十二日出滿三百八十期。一九二七年六月後，曾有鄭振鐸、陳學昭、徐霞村、魏兆淇等合作主持的「Athos」專欄，揭載他們的法行遊記，鄭振鐸和陳學昭都是由於政治原因避難出國的。鍾敬文、羅黑芷等也繼續在上面發表散文小品，可惜羅黑芷早逝，鍾敬文不久輟筆。茅盾從血腥屠殺中逃脫到上海，在創作《蝕》三部曲的同時，寫了一些散文，〈嚴霜下的夢〉就刊載在《文學週報》上。《小說月報》從一九二七年七月號起開設過「小品」和「隨筆」專欄，一九二九年一月號起復辦「隨筆」專欄時，編者西諦（鄭振鐸）特意在編前和編後中再三倡導。他說：「在『隨筆』的這個標題之下，我們什麼都談，且十分的歡迎對於本欄感到趣味的人都來談談。我們所談的，有莊言，有諧語，有憤激的

8 馮至：〈文如其人，人如其文——《李廣田文集》序〉，《文藝研究》1982年第5期。
9 魯迅：〈答有恆先生〉，《而已集》（上海市：北新書局，1928年）。

號呼，有冷雋的清話，有文藝的隨筆，有生活的零感……大之對於宇宙的大道理，小之對於日常的雜件……總之，什麼都談，只除了政治。像政治這樣熱辣辣的東西，我們實在不適宜去觸到它。」[10]編者的用意和對時局的譏諷，由此可見。回應者有孫福熙、豐子愷、章克標、MD（茅盾）等，新進作者繆崇群也在這裡發表了《旅途隨筆》。茅盾的〈賣豆腐的哨子〉、〈霧〉、〈虹〉等和〈嚴霜下的夢〉一道，以個人抒懷方式和象徵性意象表現革命低潮時期的精神苦悶，成為大革命失敗後的時代象徵。豐子愷的散文以童真和玄思色彩引人注目。章克標抒寫〈身邊雜事〉，走向趣味主義之路。《文學週報》和《小說月報》上的散文隨筆，鈐著二十年代末期散文創作的時代烙印。

在二十年代末期，以刊載雜文為主，而且影響較大的刊物仍是《語絲》。一九二七年十月，奉系軍閥查封了《語絲》。一九二七年冬，魯迅在上海接編《語絲》，一年後，推薦柔石繼任，一九二九年九月，李小峰接編，一九三〇年三月停刊。大革命失敗之後，語絲社作家思想發生明顯的分化。他們原先提倡「自由思想，獨立判斷，和美的生活」，注重社會批評和文明批評，形成了「任意而談，無所顧忌，要催促新的產生，對於有害於新的舊物，則竭力加以排擊」[11]的傾向。如今碰上不自由的時代，不得不改變文風。他們各人的思想本就「儘自不同」，現在處於重大抉擇關頭，各自的傾向性就鮮明地表現出來。魯迅這時期進一步接受馬克思主義的影響和現實賦予的血的教訓，世界觀正醞釀偉大的質變，在《語絲》上發表一系列戰鬥雜文，後來脫離《語絲》，和郁達夫合辦過《奔流》，指導過《未名》，開始自覺運用馬克思主義觀察社會現象和文藝問題，主要運用雜文這一銳利武器，戰鬥在思想文化戰線的最前列。《語絲》的另兩員主將，周作人和林語堂，這時對國民黨右派的反革命大屠殺流露著不滿

10　西諦：〈「隨筆」前言〉，《小說月報》第20卷第1期（1929年1月）。

11　魯迅：〈我和《語絲》的始終〉，《三閒集》（上海市：北新書局，1932年）。

情緒，但他們懾於白色恐怖，世界觀中的封建士大夫的沒落情緒和個人主義、自由主義日漸抬頭，從叛徒向隱士方面轉化。周作人宣揚「閉戶讀書論」，專注於趣味主義，藉以避禍，成為新式士大夫的代表人物。他編過一陣《語絲》後，與徐祖正合辦《駱駝草》，連同俞平伯、廢名等走向超脫的道路。《駱駝草》繼承《語絲》注重散文隨筆的傳統，提攜過新進作者梁遇春、吳伯簫、馮至、李健吾等，但由於主持人思想後退，刊物消磨了《語絲》的戰鬥鋒芒。與語絲社作家群關係密切的刊物還有《北新》和《現代文學》。繆崇群、梁遇春、廢名等人的散文作品大多發表在這兩個刊物上。

創造社的文學刊物《創造月刊》、《幻洲》和《流沙》，太陽社的刊物《太陽月刊》，都刊登了一些書評、隨筆和文藝散文。蔣光慈、錢杏邨、龔冰廬等力圖描寫動盪中的底層生活鬥爭，在題材上有所開拓。當時，革命文學社團開展「無產階級革命文學」的論爭，雜感短論尤為盛行。

此外，立達學會的雜誌《一般》，孫伏園等的《貢獻》旬刊，新月派的《新月》月刊等，也給散文劃出一塊園地，間有新作出現。如上所述，二十年代後期三四年間散文界說不上熱鬧，散文園地有限，主要還是一批成名作家支撐著局面，新進作者剛剛冒頭，總體上顯得較為沉寂。這種狀況首先是由政治高壓造成的。其次是新文學中心處於南移、重建狀態，北平文壇頓時顯得荒涼，上海文壇正在興起之中，出版業和報刊尚在恢復，作家們東西奔波，還不能安頓下來致力於創作。第三是散文本身發展過程的必然現象，在新的歷史條件下，散文的發展需要新的思想養料和新的藝術探索；五四時代思想解放和個性解放的熱潮已經過去，散文作者的生活和思想正處於變化發展之中；社會現實、社會思潮的大變動，必然要帶來一個文學思潮的大變動；要適應這樣的變動，需要一個過程，不可能一蹴而就。所以，大革命失敗後四五年間散文的緩慢發展狀態，正說明這是一個過渡時期，醞釀時期。

促使散文創作熱潮形成的社會因素主要是三十年代日益高漲的工農革命運動和抗日救亡運動的浪潮。「左聯」成立以後，提出開展工農通訊員運動，報告文學作為主要寫作形式之一。適應抗日救亡鬥爭的需要，「左聯」主辦的《文藝新聞》在「一二八」淞滬戰爭中出版了戰時特刊《烽火》，大量發表戰地通訊、時事評論，顯示了散文作為「輕騎兵」的戰鬥職能。一九三二年底，黎烈文接編並改革《申報》副刊「自由談」，在以魯迅為代表的左翼作家和廣大作家的支持下，繼承五四時期「覺悟」、「學燈」「晨報副鐫」的傳統，成為新文學復興的重要園地。「自由談」副刊注重雜文、隨筆、速寫、抒情散文，彙集了許多散文作家。雜文方面，有魯迅、瞿秋白、茅盾、郁達夫、胡風、王任叔、唐弢、徐懋庸、周木齋、柯靈、曹聚仁、阿英、陳子展等，散文速寫方面有艾蕪、沈聖時、葉紫、林娜（司馬文森）、林微音、李輝英等。影響所及，許多大報副刊紛紛仿效。《中華日報》由聶紺弩主編「動向」副刊，《立報》由謝六逸主持「言林」副刊，《大公報》由沈從文、蕭乾編輯「文藝」副刊，以及《時事新報》之「青光」副刊、《社會日報》等等，都為散文廣開門路。專注於散文的刊物有《濤聲》、《新語林》、《芒種》、《太白》、《水星》、《雜文》、《論語》、《人間世》、《宇宙風》、《文飯小品》、《文藝風景》、《天地人》、《中流》、《光明》等等接連刊行，一九三三年和一九三四年分別被稱為「小品文年」和「雜誌年」，可見極一時之盛。一些大型文學刊物，如《萌芽》、《拓荒者》、《北斗》、《現代》、《文學》、《文學季刊》、《文學月刊》、《文藝月刊》、《文叢》、《作家》等，均有雜文和文藝性散文。即便是一些綜合性雜誌，如《申報月刊》、《東方雜誌》、《青年界》、《中學生》、《生活週刊》等等，也要點綴一些「軟性」的散文隨筆。各書店競相出版散文的專集、選集以至叢書，如巴金為文化生活出版社主編《文學叢刊》，收入散文集甚多，靳以為良友主編

《現代散文新集》。報刊雜誌上散文園地的擴大，出版商熱心出版散文著作，這一事實說明一個散文寫作高潮業已形成，寫作和閱讀散文蔚成一時風氣。

在這熱鬧繁雜的散文界，存在兩大思潮流派的對壘，即「論語派」和「太白派」的競爭。一九三二年九月，林語堂創辦《論語》半月刊，與《駱駝草》的作者周作人、俞平伯、廢名、劉半農等，和《金屋月刊》的作者邵洵美、章克標等，以及一些氣味相投的同好如沈啟無、徐訏、陶亢德等，提倡「幽默小品」和「趣味小品」；繼而創辦《人間世》（1934年4月），打出「以自我為中心，以閒適為格調」的旗號；後來還創辦了《宇宙風》（1935年9月），從而形成了以林語堂、周作人為代表的「論語派」。其主導傾向是背離「五四」以來散文反帝反封建的戰鬥傳統，逃避現實鬥爭，退守個人園地，帶有把小品文引向旁觀玩世、消閒自娛的流弊。在同「論語派」的抗爭中形成了「太白派」。所謂「太白派」指的是團結在《太白》雜誌周圍，以左翼作家為骨幹的散文作家群，主要有魯迅、茅盾、陳望道、胡風、聶紺弩、曹聚仁、徐懋庸、唐弢、陳子展、夏征農等。他們支持創辦了《濤聲》（1931年8月）、《新語林》（1934年7月）、《太白》（1934年9月）、《芒種》（1935年3月）、《中流》（1936年9月）等刊物，堅持反帝反封建的戰鬥精神，積極提倡反映現實生活鬥爭的「新的小品文」，來抵制閒適小品、幽默小品的氾濫，促進了三十年代散文寫實精神的發展和深化。

超然於「論語派」和「太白派」相抗衡之外，北平文壇的散文創作集中在《大公報》「文藝」、《文學季刊》、《水星》上，反映出比較一致的特色：內容堅實，形式講究，以質取勝。在鄭振鐸、朱自清、沈從文、巴金、靳以等知名作家的扶持下，何其芳、李廣田、繆崇群、麗尼、陸蠡、蕭乾、吳伯簫、蘆焚、朱企霞、方敬、陳敬容、嚴文井、南星、李蕤、季羨林等一大批新進作者陸續嶄露頭角，引人注目。他們專注於敘事抒情散文的創作，刻意追求藝術創新，力圖提高文藝散文的藝術地位。從淵源上看，是二十年代朱自清、謝冰心一派「美文」傳統的承繼者和開拓者。

東北淪陷後，一批原來在東北從事新文學運動的進步作者陸續逃亡關內，又新從流亡學生中崛起一批文學新人，形成了一個引人注目的東北作家群，主要人物是蕭軍、蕭紅、李輝英、白朗、羅烽等。他們最先嘗到失土流離的慘痛，因而最先喊出抗日救亡的呼聲。東北作家群的散文創作以反映東北淪陷區人民的生活鬥爭和自身的逃難經歷為主要內容，為下一時期的抗戰文學開了先聲。

「左聯」時期散文繁榮的局面，一方面是動盪劇變的社會現實的產物，另一方面是現代散文深入現實生活、不斷開拓藝術視野的結果。而散文期刊的空前興盛，也起了促進作用。它們繼承和發揚「五四」文學期刊的現實主義傳統，適應時代需要，配合民族民主革命鬥爭，在現實生活土壤中不斷拓展散文的疆土，充分發揮了散文反映現實的輕便自由的特長，在現代散文史上做出了不可磨滅的貢獻。

第二節　散文理論建設的豐碩成果

從一九二七年到一九三七年，現代散文創作和理論都取得了全面的豐收。這一時期的散文創作，在前一時期取得成就的基礎上，從社會生活中汲取源泉，從中外散文的優秀傳統中吸取營養，散文創作的社會內容明顯地擴大了，取得了輝煌的成就。三十年代前期小品文風靡文壇，其中魯迅和瞿秋白的雜文創作達到了他們一生的光輝頂點，報告文學邁開矯健的步伐，開始了它的嶄新征程。

散文創作的蓬勃發展和人們對散文創作的普遍重視，推動了散文理論建設的豐富和發展。這一時期散文理論的豐富和發展，主要表現在對散文藝術特徵的研討，散文樣式的分蘖和創新，以及散文創作思想傾向的爭論上。散文，又被稱為小品文，或小品散文，大多泛指篇幅短小的雜體散文，有時是指以議論性雜文為主的雜體散文，有時則指以記敘抒情為主的雜體散文。其最廣泛的範圍可包括雜文、隨筆、閒適小品和敘事抒情性散文等，也可以專指上述的任一種文體。在這一時期的散文理論建設上，最廣泛的概念逐漸為各別的較為具體的概念所代替，各種散文樣式不斷從散文母體中分化、新創出來；它們各自的藝術特徵，在不同觀點的論爭中，逐漸得到較為具體的界定。

本時期散文理論的最大收穫在於確立魯迅式的革命現實主義的戰鬥的雜文文體，並與追求個人的閒適、趣味、幽默的小品文分道揚鑣。一九二八年以後的三四年內，雜文創作顯得冷落。魯迅在《三閒集》〈序言〉裡說：「看看近幾年的出版界，創作和翻譯，或大題目的長論文，是還不能說它寥落的，但短短的批評縱意而談，就是所謂『雜感』者，卻確乎很少見。」一九三二年以後，這情況有些改變。夏天，林語堂創辦一個專載幽默小品文的刊物《論語》。這個刊物的出現，是有它的社會原因的，一九三四年的《中國文藝年鑑》裡說：「左傾作品不能發刊，民族文藝又很少作品發表；同時，有錢購買書報的讀者層，也只剩了收入豐富的這一階級。他們把文藝當作酒後消遣，他們要吐著香霧沉醉在微笑裡，於是乎以《論語》為代表的幽默文學，與以《人間世》為代表的閒適小品，得以廣大銷行。這不是偶然的，這是這個現實社會中必然產生的變態現象。」在《論語》出刊一年的時候，魯迅寫了〈「論語一年」〉和著名的〈小品文的危機〉，嚴正地指出在風沙撲面、狼虎成群的時候，文學上的「小擺設」——小品文的越加旺盛，「要求者以為可以靠著低訴或微吟，將粗獷的人心，磨得漸漸的平滑」；而「幽默」，只是「將屠戶的兇殘，使大家化為一笑，收場大吉」。魯迅認為把小品文變成雅人摩挲的「小擺設」，這就走到危機。他主張小品文的生存，只仗著掙扎和戰鬥的。「生存的小品文，必須是匕首，是投槍，能和讀者一同殺出一條生存的血路的東西；但自然，它也能給人愉快和休息，然而這並不是『小擺設』，更不是撫慰和麻痺，它給人的愉快和休息是休養，是勞作和戰鬥前的準備。」這篇著名的文章，劃出小品文兩個分支的鮮明分野，給雜文確立了思想上和藝術上的界限，並對他的朋友進行善意的規勸。魯迅對戰鬥的小品文創作的思想傾向和社會功能的這一經典性概括，是著眼於革命和人民的，是充分考慮到勞動大眾精神需要的豐富性和多樣性的。

林語堂於一九三四年四月又主編《人間世》，大力提倡清逸的小品文；後來又與黃嘉音、黃嘉德合編《西風》月刊，介紹西洋幽默趣味小品，其兄林憾廬與陶亢德、徐訏等合編《宇宙風》。林語堂在這些刊物上大力宣揚他的小品文理論。

林語堂在《人間世》〈發刊詞〉中說：「蓋小品文，可以發揮議論，可以暢泄衷情，可以摹繪人情，可以形容世故，可以札記瑣屑，可以談天說地，本無範圍，特以自我為中心，以閒適為格調，與各體別，西方文學所謂個人筆調是也。故善治情感與議論於一爐，而成現代散文之技巧。……內容如上所述，包括一切，宇宙之大，蒼蠅之微，皆可取材，故名之《人間世》。」他雖然說取材本無範圍，但又特定了「以自我為中心，以閒適為格調」的標準。他在〈我們的希望〉一文中談到《人間世》時說：「本刊以小品文為號召，……專重在閒散自在筆調，……至於內容，除不談政治外，並無限制。」他把小品文寫作的內容和傾向規定得十分清楚。

在林語堂關於小品文的理論宣傳中，「閒適」和「幽默」是互相滲透、相輔而行的。他強調他提倡的「幽默」是「閒適的幽默，以示其範圍」（〈論幽默〉）。他常把「自我」和「性靈」相提並論，他說：「文章者，個人性靈之表現」，「性靈就是自我」（〈有不為齋之表現〉）。林語堂就是這樣不遺餘力地鼓吹他的閒適、幽默、自我、性靈的小品文，企圖使之成為小品文的正宗。與此同時，他還提倡「語錄體」的小品文，他說：「吾惡白話之文，而喜文言之文，故提倡語錄體」(〈語錄體之用〉)。攻擊左翼文學是「詰屈歐化」，是「西崽」，「其弊在奴」(〈今文八弊〉)。他認為「語錄體」的模範是禪宗和尚、理學先生和袁中郎等的半文不白的文體，凸顯出他倒退的傾向。

林語堂在小品文和時代、社會、人民的關係上，在小品文的題材、主題、技巧、語言一系列問題上，散佈了唯心主義、自由主義、個人主義、趣味主義和復古倒退的錯誤主張，他被國民黨當局的專制統治嚇破了膽，消極逃避，一變過去「翦拂」行徑，反映了資產階級知識分子從掙扎到消沉的典型心理和命運，這在民主革命時期是有相當代表性的歷史現象。

周作人在序跋文中也一再重申他對小品文的主張。一九三〇年九月，他給《近代散文抄》寫的序言裡說：「小品文則又在個人的文學的尖端，是言志的散文，他集合敘事說理抒情的分子，都浸在自己的性情裡，用適宜的手法調理起來。」他的個人主義的文學觀和公安派竟陵派文藝運動的復興觀一直沒有什麼改變。這個意見，在他的《中國新文學大系》《散文一集》〈導言〉中說得十分明白。他是《論語》、《人間世》、《宇宙風》的主要撰稿者，他的文學主張和生活情趣與林語堂十分相近。由於林語堂、周作人及其追隨者不遺餘力地提倡閒適小品，在特定的意義上，小品文這一文體的概念逐漸與閒適緊密聯繫在一起了。

一九三三年以後，魯迅的雜文寫作進入了高峰期，這種「論時事不留面子，砭痼弊常取類型」的雜文，是左翼文學銳利的攻戰武器，自然也招來了「官民的明明暗暗、軟軟硬硬的圍剿」。林希雋就是一個代表。林希雋在〈雜文和雜文家〉[12]一文中，對當時流行的雜文，即他所謂的「散文非散文，小品非小品的隨感式短文」，懷著一種恐

12 《現代》第5卷第5期（1934年）。

懼的心理，企圖一筆抹殺，說什麼這是作家的自甘菲薄啦，投機取巧啦，放棄嚴肅的工作啦，墮落表現啦，浪費的生產啦！等等。魯迅對所有的「和雜文有切骨之仇，給了種種罪狀的」文人，在《准風月談》和《偽自由書》的序跋中，有很生動而充分的揭露。魯迅針對林語堂等所提倡的閒適小品和林希雋攻擊雜文的言論，在有關的序跋和短評中對雜文這一文體的特徵，做了更為詳盡的說明。較之前期，魯迅更自覺更系統地從戰鬥雜文革命現實主義和雜文藝術規律的美學特徵展開論述，理論更加開闊深刻、更加成熟了，因而更帶有普遍意義。要而言之，有下列幾點：

（一）寫雜文是一種嚴肅的工作。魯迅在〈做「雜文」也不易〉一文中，批駁了林希雋的謬說，他寫道：「不錯，比起高大的天文臺來，『雜文』有時卻很像一種小小的顯微鏡的工作，也照穢水，也照濃汁，有時研究淋菌，有時解剖蒼蠅。從高超的學者看來，是渺小、汙穢，甚而至於可惡的，但在勞作者自己，卻也是一種『嚴肅的工作』，和人生有關，並且也不十分容易做。」他在〈徐懋庸作《打雜集》序〉裡肯定雜文要侵入高尚的文學樓臺，更樂觀於雜文的開展，因為「第一是使中國的著作界熱鬧、活潑；第二是使不是東西之流縮頭；第三是使所謂『為藝術而藝術』的作品，在相形之下，立刻顯出不死不活相。」魯迅在這裡把雜文題材和主題的特質明確地指出了。

（二）雜文對有害的事物立予抗爭，能迅速直接為現實鬥爭服務。《且介亭雜文》〈序言〉說：「現在是多麼切迫的時候，作者的任務，是在對於有害的事物，立刻給以反響或抗爭，是感應的神經，是攻守的手足。」

（三）雜文應表現時代的眉目和人民大眾的靈魂。《且介亭雜文》〈序言〉說：「這一本集子和《花邊文學》……當然不敢說是詩史，其中有著時代的眉目。」《准風月談》〈後記〉說：「『中國的大眾的靈魂』，現在是反映在我的雜文裡了。」

（四）雜文需要有典型化特點。《偽自由書》〈前記〉說：「然而我的壞處，是在論時事不留面子，砭錮弊常取類型，……蓋寫類型者，於壞處，恰如病理學上的圖，假如是瘡疽，則這圖便是一切某瘡某疽的標本，或和某甲的瘡有些相像，或和某乙的疽有些相同。」又如《准風月談》〈後記〉裡說：「我的雜文，所寫的常是一鼻，一嘴，一毛，組合起來，已幾乎是或一形象的全體。」在雜文中創造某種社會典型，這是魯迅雜感藝術的獨創性，後來就成為雜文藝術的一種特徵。

（五）諷刺和幽默。三十年代，由於社會的黑暗，諷刺和幽默文學盛行。諷刺是否等於罵人，幽默是否為笑而笑，魯迅發表了一系列文章，闡發他對諷刺和幽默的深刻見解。在《且介序雜文二集》的〈論諷刺〉和〈什麼是諷刺〉中，魯迅指出，諷刺的生命是寫實，諷刺不是「捏造」，不是「誣衊」，也不是專記駭人聽聞的奇聞怪事，而是對人們習見的，然而又是可笑、可鄙、可惡的不合理現象，作精鍊或誇張的描寫。諷刺又與冷嘲不同，「如果貌似諷刺的作品，而毫無善意，也毫無熱情，只使讀者覺得一切世事，一無可取，也一無可言，那就並非諷刺了，這便是所謂『冷嘲』」。對於幽默，魯迅以為三十年代的中國現實，幽默不可能成為文學的主流。但在「文字獄」盛行的時候，人們「總還有半口悶氣，要借著笑的幌子，哈哈的吐他出來」，這是幽默文學存在的社會原因。在當時的社會條件下，幽默不是傾向對社會的諷刺，就是墮入傳統的「說笑話」和「討便宜」（《偽自由書》〈從諷刺到幽默〉）。對於閒適，魯迅也不一概反對，他說：「小品文大約在將來也還可以存在於文壇，只是以閒適為主，卻稍嫌不夠」（《花邊文學》〈一思而行〉）。

（六）雜文文體上多樣化。《且介亭雜文》〈序言〉裡說：「其實『雜文』也不是現在的新貨色，是『古已有之』的，倘若分類，都有類可歸，如果編年，那就只按作成的年月，不管文體，各種都夾在一處，於是成了『雜』。」在他看來，雜文就是雜體文，在思想內容的戰鬥性上有鮮明的要求，藝術上有特殊的手法，而文體上倒是十分自由的。

魯迅在自己創作實踐的基礎上，對雜文理論做出卓越的貢獻，在現代小品文中確立了一種獨立的樣式。瞿秋白和馮雪峰對魯迅雜文創作和研究的評論，給戰鬥的雜文以極高的評價。

瞿秋白在〈《魯迅雜感選集》序言〉這篇名文中，一再反覆強調魯迅在中國思想鬥爭史上的功績和地位，一再反覆強調魯迅雜感的意義和價值，號召文藝戰線上的人們，應當向他學習，同他一起前進。瞿秋白對魯迅雜文作了經典性的概括，主要是：一、魯迅雜感文是他「直感的生活經驗」「經過提煉和融化之後流露在他的筆端」；二、有著神聖的憎惡和諷刺的鋒芒」；三、所諷刺的人物，「簡直可以當作普通名詞讀，就是認作社會上的某種典型」；四、魯迅雜文所包括的非常寶貴的傳統，即最清醒的現實主義、「韌」的戰鬥、反自由主義和反虛偽的精神。

如果說瞿秋白的序言，更多地從中國思想鬥爭史的角度來論述魯迅雜文思想的深刻性和藝術的獨創性，那麼馮雪峰的〈諷刺文學與社會改革〉（1930）和〈關於魯迅在文學上的地位〉（1936）[13]，則從世界文學的範圍來肯定魯迅雜文的思想意義和價值。馮雪峰在批駁梁實秋對魯迅雜文的「譏笑」時，把魯迅和世界文學中諷刺文學大師莫里哀、果戈裡和謝德林等並提，他針對梁實秋所謂魯迅雜文是「東冷嘲，西熱罵，世間無一滿意事」的責難，深刻地指出諷刺文學家並非「否定一切的」，他破壞「舊」的東西，乃是為了肯定「新」的東西，諷刺文學家既是社會改革家，又是理想家。馮雪峰指出魯迅的雜感，「將不僅在中國文學史和文苑裡為獨特的奇花，也為世界文學中

---

13 均見馮雪峰：《論文集》上卷（北京市：人民文學出版社，1952年）。

少有的寶貴的奇花」。

本時期散文的理論批評，還力圖從廣義的散文或小品文中辨析記敘抒情散文的藝術特徵，突出其獨立價值。

一九二八年下半年，有幾篇總結小品散文藝術特徵的文章發表，如朱自清的〈論現代中國的小品散文〉、鍾敬文的〈試談小品文〉、梁實秋的〈論散文〉等。[14]這些文章承傳「五四」散文觀，繼續強調小品散文是作者個人精純性格的表露，藝術上要求真實、單純、活潑。朱自清認為：「抒情的散文和純文學的詩、小說、戲劇相比，……前者是自由些，後者是謹嚴些；詩的字句、音節，小說的描寫、結構，戲劇的剪裁與對話，都有種種規律（廣義的，不限於古典派的），必須精心結撰，方能有成。散文就不同了，選材與表現，比較可隨便些，所謂『閒話』，在一種意義裡，便是它的很好的詮釋。」又說自己的散文寫作：「我意在表現自己，盡了自己的力便行」。鍾敬文認為小品文「它需要湛醇的情緒，它需要超越的智慧，……只要是真純的性格的表露，而非過分的人工的矜飾矯造，便能引人入勝，撩人情思。無論怎樣各人姿態不同，但須符合於一個共通之點，就是精悍、雋永。」梁實秋以為散文「把作者的整個性格纖毫畢現的表現出來」，其「最高的理想也不過是『簡單』二字而已。簡單就是經過選擇刪芟以後的完美的狀態」；「散文的文調應該是活潑的，而不是堆砌的──應該是像一泓流水那樣的活潑流動。」他還主張散文要有高超的文調，不應淪於粗陋一途，出以引車賣漿之流的語氣。上述所論列顯然是著重於敘事抒情性散文的藝術特徵的探討，其中梁實秋強調高雅的意見曾受到其他作家的批評。

一九三五年，生活書店編了一本《太白》一卷紀念特輯，書名是《小品文和漫畫》，收入談論小品文的文章幾達四十篇，使讀者「看

14 均見俞元桂主編：《中國現代散文理論》（南寧市：廣西人民出版社，1984年）。

出一個差不多一致的動向」，「得到了一點時代的消息」。[15]針對論語派把小品文引向消閒隱逸之途的企圖，茅盾在〈小品文與氣運〉一文中說：「我不相信『小品文』應該以自我中心、個人筆調、性靈、閒適為主」，「現在的『小品文』園地裡就有非性靈、非自我中心的針鋒相對的活動」。伯韓的〈由雅人小品到俗人小品〉裡說：「小品文本身的發展，也早就突破了個人主義的狹隘範圍。所謂『生活的小品文』這東西，無疑的是在成長，而且要漸漸地代替那『消遣的小品文』的地位。」朱自清一九三五年為《文學百題》寫的〈什麼是散文〉裡指出：散文是「與詩、小說、戲劇並舉，而為新文學的一個獨立部門的東西，或稱白話散文，或稱抒情文，或稱小品文。」他又指出，「若只走向幽默去，散文的路確乎更狹更小」，他贊成有人用小品文寫大眾生活的主張。李素伯的《小品文研究》、馮三昧的《小品文作法》、陳光虞的《小品文作法》等研究小品文寫作的專著，都以重要篇幅討論散文小品的性質和特徵，儘管某些表述不盡一致，總的看法還是相同的。陳光虞綜合各種說法，為小品文下了一個定義：

> 小品文就是用一種短小精悍而又比較輕鬆的散文形式，表現人生或自然的一角，且是有特殊風趣、單純情調，及雋永意味的偏於抒情的美文。

他還列舉小品文特質的十個方面，如散文體、短小精悍、富於藝術性、側重抒情、絮語風味、輕鬆活潑、個性特色、獨特風格、取材自由、以小見大等。上述的有關理論，力圖在雜文和閒適小品之外，勾出一種「新的小品文」的特徵來。這種散文文體，實際上就是五四時期在小品文總稱之中的不斷發展的敘事抒情散文，到了這時期，在理

15 編者：〈輯前致語〉，《小品文和漫畫》（上海市：生活書店，1935年）。

論上開始試圖與雜文、小品分別它們的疆界，並強調其貼近現實人生的體性。

對於散文藝術的獨立價值，何其芳、李廣田、卞之琳等青年作家作了別具一格的探求。他們在北京大學讀書時，以詩會友，被目為「漢園三詩人」，但在文學方面，「談得較多的卻不是詩的問題，而是散文的問題」[16]。何其芳「覺得在中國新文學的部門中，散文的生長不能說很荒蕪，很孱弱，但除去那些說理的、諷刺的、或者說偏重智慧的之外，抒情的多半流入身邊雜事的敘述和感傷的個人遭遇的告白。」因而，他明確表示：「我願意以微薄的努力來證明每篇散文應該是一種純粹的獨立的創作，不是一段未完篇的小說，也不是一首短詩的放大」，「我的工作是在為抒情的散文找出一個新的方向。」[17]卞之琳談三十年代散文的變化時說：「作為文學的一個門類，據我們當時的感覺，想到散文，就容易想到論文、小說、話劇、文學傳記、文學回憶錄、諷刺雜文、報告文學等等。隨筆、小品文、《古文觀止》式散文，我國歷來就有，在今日的日本似乎也還有，在西方像英國十九世紀最流行過一時的所謂『家常閒話』式散文，即在英國到今日也似乎少見了。我們三人當中，只有廣田最初寫的似乎還是這路文章的味道，我自己最不能耐心讀，更不能耐心寫這路文章。我們都傾向於寫散文不拘一格，不怕混淆了短篇小說、短篇故事、短篇評論以致散文詩之間的界限，不在乎寫成『四不像』，但求藝術完整，不贊成把寫得不像樣的壞文章都推說是『散文』。」[18]他們對於散文應是嘔心瀝血、刻意求工的獨立的藝術創造的看法和態度，代表了三十年代一批

16 卞之琳：〈《李廣田散文選》序〉，《李廣田散文選》（昆明市：雲南人民出版社，1980年）。

17 何其芳：〈我和散文——《還鄉雜記》代序〉，《還鄉雜記》（上海市：文化生活出版社，1949年）。

18 卞之琳：〈《李廣田散文選》序〉，《李廣田散文選》（昆明市：雲南人民出版社，1980年）。

致力於散文藝術探求的青年散文家的共同主張，對於當時和以後文藝散文創作的發展和散文藝術的提高影響很大。

各種散文樣式理論的豐富和發展，是這時期散文理論建設的重要內容。除了前述雜文、閒適小品、幽默小品、「新的小品文」和記敘抒情散文等散文體裁的理論探討外，朱自清倡導「內地描寫」一類旅行記，郁達夫積極提倡日記文學和傳記文學，周作人重視日記、尺牘和讀書記，柳湜、茅盾、曹聚仁、徐懋庸、伯韓等提倡「科學小品」和「歷史小品」，袁殊、阿英、胡風、周立波、茅盾等大力提倡報告文學。

報告文學是這一時期新興的最重要的散文樣式，從近代到二十年代的帶有報告文學性質、因素、胚胎、雛形的旅行記、風土記、遊記、見聞雜記等等是報告文學自發的形式，到了「左聯」成立之後，報告文學的理論倡導和創作實踐都進入獨立自覺的發展階段。

一九三〇年八月四日，「左聯」執委會通過的《無產階級文學運動新的情勢及我們的任務》，提倡開展「工農兵通信運動」，「創造我們的報告文學（Reportage）」。一九三一年七月，袁殊在他主編的《文藝新聞》上發表〈報告文學論〉，這是我國早期比較系統的專門論述報告文學的文章。翌年，《文藝新聞》又以〈給在廠的兄弟〉為總題，發表了〈關於工廠通訊的任務和內容〉和〈如何寫報告文學〉等文章。一九三二年一月《北斗》發表沈端先翻譯的日本評論家川口浩的〈報告文學論〉；四月，阿英以南強編輯部的名義，為《上海事變與報告文學》一書寫了序言：〈從上海事變說到報告文學〉。一九三三年，《文藝月報》創刊號又發表了里正翻譯的日本山田清三的〈通訊員運動與報告文學〉。這些文章，初步奠定了我國現代報告文學的理論基礎。其觀點，歸納起來主要有以下幾個方面。

（一）報告文學是近代工業社會的產物，是一種「新形態的新聞文學」，是繼承了近代散文中旅行記和風土記的批判寫實精神而發展起來的一種新興的散文形式。報告文學的產生與新聞雜誌的發達有密切的關係，但報告文學與勞動通訊不是同一的東西，它是文學，而勞動通訊則是為了增強新聞雜誌的鼓動宣傳和組織的效果。

（二）報告文學的性質。川口浩說過：「報告文學的最大的力點，是在事實的報告。但是，這決不是和照相機攝取物象一樣地，機械地將現實用文學來表現，這，必然的具有一定的目的，和一定的傾向。」阿英在引用這一觀點時說，這種「目的和傾向」不是別的，「這就是社會主義的目的」。袁殊對此作了進一步的闡述，他說：「報告文學的主眼，只是將作者自己看見的，聽到的乃至經驗了的事實，毫無修飾地對大家報告。」這不但強調了真實，而且強調了親歷。

（三）報告文學的基本條件。袁殊和阿英都是根據基希《報告文學之社會的任務》的觀點，提出報告文學作者應具備三個條件：一、敏銳的感覺與正確的生活意志；二、強烈的社會感情；三、和被壓迫者階級緊密的團結的努力。這三個條件排除了報告文學作者對客觀社會持冷漠旁觀的態度，強調報告文學作者必須站在被壓迫者階級的立場，用敏銳、正確的眼光和熾熱的感情來觀察和反映社會的現實鬥爭。

一九三五年二月，胡風在《文學》第四卷第二期發表〈關於速寫及其它〉，對報告文學的另一品種「速寫」作了論述。他談到「速寫」與「雜文」的不同時說：「（雜文）是由理論的側面來反映那些活生生的社會現象，甚至能夠使人得到形象的認識，而『速寫』是由形象的側面來傳達或暗示對社會現象的批判。」他指出「速寫」與其它文學形式的三個不同特點：「一、它不是寫虛構的故事和綜合的典型。它的主人公是現實的人物，它的故事是現在的事件。二、它的主人公不是古寺，不是山水，不是花和月，而是社會現象底中心的人。三、不描寫無關的細節，而攫取能夠表現本質的要點。」這三點也是報告文學的特質。

一九三六年基希的《秘密的中國》被介紹到中國來，文藝界對報告文學的創作和借鑑進行了認真的探討，譯者周立波在〈談談報告文學〉[19]中，闡述了基希報告文學的特點，「在科學的意義上講，也可以說是一種綿密的社會調查」；它具有「正確的事實，銳利的眼光，抒情詩的幻想」三個要素。他認為事實是指南針，幻想是望遠鏡。這「幻想」不是「臆想」，不是小說中的「虛構」，而是建立在事實基礎上的「科學的幻想」。他認為報告文學作者必須在全面地深入社會調查，獲得豐富的生活基礎後，才能「站在現實的高處，架起他的望遠鏡」。茅盾在〈關於「報告文學」〉[20]一文中，對報告文學的充分形象化作了闡述。他認為報告文學具有濃厚的新聞性，但與報章新聞不同，「它必須充分的形象化，必須將『事件』發生的環境和人物活生生地描寫著」；好的報告文學必須具備小說的「人物的刻劃，環境的描寫，氛圍的渲染」等藝術上的條件，與小說不同的是：小說的故事可以根據作家的生活經驗進行「虛構」，而報告文學則必須是「真實的事件」。

本時期報告文學的理論建設開頭借助於外國的經驗，後來結合自己的創作，發表了許多比較精到的見解。報告文學的理論倡導和藝術實踐對一些民主主義的散文作家也產生了一定的影響。朱自清說：「生活是一部大書，讀得太少，觀察力和判斷力還是很貧乏的。日前在天津看見張彭春先生，他說現在的文學有一條新路可走。就是讓寫作者到內地和新建設區去，憑著他們的訓練（知識與技巧）將所觀察的寫成報告文學。」[21]朱自清確認這是散文寫作的新路。

大革命失敗以後，由於政治形勢的變化，引起文藝隊伍內部的分化，在文藝思想的交鋒中，對散文文體的題材、內容、技巧、形式各自提出自己的見解，這就促使統一在散文或小品文名稱之中的各別體

19 周立波：〈談談報告文學〉，《讀書生活》第3卷第12期（1936年4月）。

20 茅盾：〈關於「報告文學」〉，《中流》第1卷第11期（1937年2月）。

21 朱自清：〈什麼是散文〉，見傅東華主編：《文學百題》（上海市：生活書店，1935年）。

裁，逐步顯現出它的面目。古老的文體賦予新的面貌，新興的文體也應運而生。

從本時期散文理論的發展中，十分鮮明地有著增強作品的社會性內容的傾向和反對作品社會性內容的反傾向，在論戰中發展了理論，這是政治形勢的折光。從總的發展進程看，五四時代起過很大進步作用的個性解放的理論潮流，在第二個十年內，隨著革命的深入發展，馬克思主義的進一步傳播，無產階級革命文學運動的開展，以及作家隊伍的新的分化和組合，許多革命和進步的作家，自覺和不自覺地把作家自己的個性解放同「千百萬人的個性解放」相聯繫；而一些消極避世的作家，則脫離時代、遠離人民，陷入追求自我閒適趣味的泥淖而不能自拔。然而總的來看，關心和思考國家與民族的命運成為散文家的普遍要求，因為在內憂外患的中國，這不能不是人們所關注的首要問題。

外國散文理論的輸入，仍然是作家所感到興趣的。本時期散文借鑑英、美、日的散文理論，還擴大其範圍，面向蘇聯、法國、德國、義大利等國，及時介紹引進了國外新興的散文樣式。與五四時期熱衷於引入略有不同的是，理論建設者還回眸於傳統的散文寶庫，先秦、兩漢、魏、晉、唐、明抗爭憤激的小品，史傳的筆法，形神兼備的意境等等我國傳統散文固有的優點，也得到了廣泛的吸收。論語派作家則鍾情於洋紳士的幽默諧趣和士大夫的閒情逸致。在文化選擇上也可見出思想上的分野。

散文理論的建設僅靠引進和繼承是不夠的，還有賴於作者將創作實踐的經驗體會上升為理論的概括，並且應該有研究者對作品的分析與對作家、文體的研究。隨著現代散文創作特別是雜文和敘事抒情散文的日益繁榮，較為全面地總結和研究現代散文創作成就和經驗的選集或專著，如雨後春筍，大量湧現。一九三四年，阿英為他選編的《現代十六家小品》寫了總序和十六篇短序，總序勾畫了「五四」以來中國現代散文發展的歷史輪廓，短序對魯迅等十六位散文作家進行了評論。值得注意的是他對中國現代散文創作的風格和流派作了比較深入的研究，這是他對現代散文理論的獨特貢獻。一九三五年，郁達夫在《中國新文學大系》《散文二集》〈導言〉中，概括了中國現代散文的主要特徵，即「個人」的發現，取材範圍的擴大，人性、社會性和大自然的調和以及幽默味的增強，並指出中國現代散文與中外散文傳統的關係。此外，他還評議魯迅等十六位散文作家的創作風格，見解也相當精闢。有關小品文的專著，除了已提及的李素伯、馮三昧、陳光虞的三本，還有石葦的《小品文講話》、金鐸的《小品文概論》、洪塵的《小品文十講》等，僅就這一書單，就可以略知當時對小品文研究的盛況了。本時期的散文理論有多方面的源泉，所以它的豐收局面是理所固然的。散文理論的探討，反過來又促進了散文創作的繁榮。

第三節　雜文藝術的發展

在第二個十年中，以刊登雜文為主的期刊的大量湧現，雜文理論的論爭和革命現實主義雜文理論體系的形成，都是雜文運動蓬勃發展、進入成熟期的標誌。就雜文創作本身而論，以魯迅為代表的左翼作家和進步作家的戰鬥雜文，其隊伍和影響日益壯大，成為這時代社會輿論的中心。戰鬥雜文反映現實更敏銳、更廣泛、更深刻了；雜文的文體樣式和藝術風格也更豐富、更多樣了；同這時的文藝大眾化相適應，雜文創作也出現了大眾化的趨勢。當然，這十年雜文運動最重要的成果，是革命戰鬥雜文的迅速發展壯大，特別是以魯迅為代表的、以後文學史上稱為「魯迅風」的革命現實主義戰鬥雜文的形成和發展。

一　魯迅後期雜文

魯迅是這一時期戰鬥雜文的旗手。他這時的文學活動，除了《故事新編》中的那些歷史小說和翻譯之外，最主要的是從事雜文創作。他自己在《且介亭雜文二集》〈後記〉中說，他後九年所寫雜文數量等於前九年的兩倍多。魯迅後九年的雜文結集，有《三閒集》、《二心集》、《南腔北調集》、《偽自由書》、《准風月談》、《花邊文學》、《且介亭雜文》、《且介亭雜文二集》、《且介亭雜文末編》等九部。雜文是他後期文學上最輝煌的豐碑。魯迅後期雜文，更自覺地同無產階級革命文學的發展，同民族民主革命的新高漲，同馬克思主義的廣泛傳播及其與中國革命實踐相結合的創造性發展，以及更自覺的美學追求和美學創造血肉相連。他的後期雜文有著更宏偉的史詩特徵，凝聚著廣闊的歷史和現實內容，成為一部大時代的百科全書；有著洞幽燭微的思想深度和讓人折服的辯證法威力，成為一座閃爍著真理光芒的燈塔；有著大無畏的鬥爭氣概和歷史的樂觀主義；有著突破國民黨文網的鋒利靈活的鬥爭藝術，以及深透的說理、深切的抒情、精心錘鍊的藝術創造。這一切使魯迅後期雜文成為雜文創作的最高典範，成為不可企及的藝術高峰，成為他的戰友和學生提高雜文創作的思想和藝術水準的強大原動力。

具體而論，魯迅後期雜文創作，又可分為以下三個階段：

《三閒集》到《南腔北調集》時期（1928至1933）

這是魯迅雜文創作的轉折期。這時期魯迅雜文主要收在《三閒集》、《二心集》和《南腔北調集》中。魯迅在革命實踐中自覺學習馬克思主義，用馬克思主義指導社會批評和文明批評，其雜文創作在思想和藝術上出現了重大的轉折和飛躍。《三閒集》的雜文，有對包括香港在內的民情世態和文化現象的批評，有關於「革命文學」的理論建設，有對國民黨當局的軍事和文化「圍剿」的反擊。從《三閒集》開始，魯迅已不大寫簡括的「隨感錄」，主要是寫「短短的批評，縱意而談」的「雜感」（《三閒集》〈序言〉）和較長的「論文」（《二心集》〈序言〉）了。魯迅說：「我的文章，也許是《二心集》中比較鋒利。」[22]如揭露國民黨當局對外投降、對內鎮壓的〈友邦驚詫論〉，批評「新月」派文人梁實秋言論和實質的〈「硬譯」和「文學的階級性」〉、〈喪家的資本家的乏走狗〉，揭露色情文學專家張資平的〈張資平氏的小說學〉等等，確是「鍛鍊成精銳的一擊」，能以「寸鐵殺人」的匕首和投槍。又如〈對於左翼作家聯盟的意見〉、〈中國無產階級革命文學和前驅者的血〉、〈中國黑暗的文藝界之現狀〉等，在短小的篇幅之中，嫻熟運用馬克思主義文藝原理，分析中國文藝現狀，批評「左」的文藝傾向，提出中國無產階級文藝革命綱領，精闢而透澈。批評的鋒利和理論的深刻是《二心集》的特色，可以推見作者在寫作那些雜文時是意氣風發、浮想聯翩的。他發展了《墳》和《華蓋集》正續編中某些雜文對評論對象的精湛理論分析和富於獨創性的形象概括相統一的特點，創造了諸如「喪家的資本家的乏走狗」、「流屍文學」等涵意深刻、寫貌傳神的藝術典型。《南腔北調集》的內容較之《三閒集》和《二心集》更廣泛，帶有更鮮明的政治色彩。魯迅在解剖中國的國民性時，更多發掘中國人民身上的積極性，在〈經驗〉中他說：「人們大抵已經知道一切文物，都是歷來的無名氏所造成的」，充分肯定人民的歷史首創精神。其中的〈由中國女人的腳，推定中國人之非中庸，又由此推定孔夫子有胃病（「學匪」派考古學之一）〉，是魯迅雜文中獨標一格的奇文。一九三三年，國民黨當局提出要以「孔孟之道治國」，鼓吹「中庸之道」是「天下獨一無二的真

---

22 魯迅：〈致蕭軍、蕭紅〉（1935年4月23日），《魯迅全集》第13卷（北京市：人民文學出版社，1981年），頁116。

理」，魯迅在此文中故意以「考古學」形式，對之進行無情的嘲笑。〈非所計也〉、〈論「赴難」和「逃難」〉等揭露當局賣國投降、鎮壓青年學生的行徑；〈為了忘卻的紀念〉揭露國民黨政府的兩種反革命「圍剿」，彰揚革命烈士的戰鬥精神。《二心集》和《南腔北調集》表明魯迅雜文創作躍上了一個新的高度。

《偽自由書》時期（1933至1934）

魯迅雜文創作的成熟期。這時期雜文集有《偽自由書》、《准風月談》和《花邊文學》。從一九三三年一月至一九三四年八月底，魯迅先後變換五十幾個筆名，在改革後的《申報》「自由談」發表了一百三十多篇雜文，占畢生雜文創作總量的五分之一。《偽自由書》以譏評時政為主，魯迅在〈前記〉中說：「這些短評，有的由於個人的感觸，有的出於時事的刺激，但意思極平常，說話也往往晦澀」。無情地揭露和諷刺國民黨當局奉行的「攘外必先安內」或「只安內而不攘外」的反動政策，是《偽自由書》的中心內容，文字曲折而犀利。《偽自由書》中的〈現代史〉、〈推背圖〉和〈《殺錯了人》異議〉，特別值得重視。魯迅指出，中國從袁世凱到蔣介石，都是一些殺人如麻，由革命者和善良人的「血」「浮」上統治寶座的「假革命的反革命」，他們的統治是「戲子的統治」，整部「現代史」不過是這些劊子手和偽君子「變把戲」的歷史；對他們的言行，只有「從反面來推測」，才不會上當受騙。這從一個側面，對血的歷史經驗作了形象而深刻的總結。由於國民黨當局的壓迫，「自由談」被迫於一九三三年五月二十五日登出啟事：「籲請海內外文豪，從茲多談風月，少發牢騷……」魯迅則說：「想從一個題目限制了作家，其實是不能夠的」。[23]《准風月談》採取寓政治風雲於社會風月的寫法，其中有些篇章以曲折方法

23 魯迅：〈前記〉，《准風月談》（上海市：興中書局，1934年）。

暴露中外反動統治，如〈華德保粹優劣論〉、〈華德焚書異同論〉、〈詩和豫言〉等，主要篇幅則用來批評社會風習和文壇怪象。由於迫害的加劇，《花邊文學》大多從日常社會生活和文壇瑣事取材，但是魯迅的社會批評和文明批評卻更加擴展深化了，他能從一些貌似瑣屑的生活素材中寫出針砭世情、洞幽燭微的精闢見解。魯迅在《偽自由書》時期的雜文，創造了文多曲折、諷諭、影射的具有隱晦曲折的含蓄美的雜文，這些雜文大多是千字短文，在文體風格上綜合了《熱風》中隨感錄的短小精悍和《墳》中隨筆的舒展從容；其次，這三本雜文集，都附有論敵的文章，都有長篇的〈前記〉、〈序言〉和〈後記〉，目的在於使「書裡所畫的形象，更成為完全的一個具象」[24]，力圖更忠實更完整地反映時代風貌，「以史治文」。

《且介亭雜文》時期(1934至1936)

魯迅雜文創作的高峰期。包括《且介亭雜文》、《且介亭雜文二集》、《且介亭雜文末編》，這是魯迅生命最後三年的雜文結集，也是他雜文的思想和藝術達到巔峰狀態的結晶。他這時的不少雜文，總結了他對社會人生和文學藝術諸問題的深沉哲理思考，樸茂厚實、闊大深沉，帶有總結性質和預言性質，成為現代史上一座高聳屹立、風光無限的理論思維高峰。這時的魯迅雜文，運用了他先前除日記體外的各種雜文樣式，還有不少悼亡抒懷之作，雜文議論的知識化、理趣化、形象化和情意化達到前所未有的高度，雜文語言也充分發揮現代白話通俗顯豁、曲盡情意的優長。

〈關於中國的兩三件事〉，從中國的「火」、「監獄」和「王道」三個方面，剖析和透視了周秦以降中國歷代統治者統治術中的兩手策略。對此魯迅雜文早有觸及，在這篇名文中，魯迅把有關論題放在更

---

24 魯迅：〈後記〉，《准風月談》(上海市：興中書局，1934年)。

開闊的歷史範圍，更深的思想層次中，以更縱橫自如的筆調加以深廣透澈的剖析，帶有總結的性質。政治虐殺和文化統制，是中國歷代統治者，特別是國民黨當局統治術中的兩個方面，對此魯迅經常加以揭露。〈病後雜談〉和〈病後雜談之餘〉中，魯迅集中暴露了中國歷代政治虐殺的典型——明代的「剝皮」術；在〈買《小學大全》記〉和〈隔膜〉中，集中暴露了中國歷代文化統制的典型——清初的文字獄。〈中國人失掉了自信力了嗎〉是魯迅對中國國民性認識的總結。魯迅說：「我們從古以來，就有埋頭苦幹的人，有拚命硬幹的人，有為民請命的人，有捨身求法的人，……雖是等於為帝王將相作家譜的所謂『正史』，也往往掩不住他們的光耀，這就是中國的脊樑。」他認為：「要論中國人，必須不被搽在表面的自欺欺人的脂粉所誆騙，卻看看他的筋骨和脊樑。」其他如：〈拿來主義〉之論批判吸收外來文藝，〈中國文壇上的鬼魅〉之聲討反革命文化「圍剿」，〈在現代中國的孔夫子〉之論反孔，〈徐懋庸作《打雜集》序〉之論戰鬥雜文，〈什麼是「諷刺」〉之論諷刺，〈七論「文人相輕」〉之論文學批評，〈從幫忙到扯淡〉之論幫閒文學，〈答徐懋庸並關於抗日統一戰線問題〉和〈論現在我們的文學運動〉之論抗日統一戰線和批評文藝上「左」的思想，〈這也是生活〉和〈死〉之論自己的人生觀等等，都帶有對自己前此有關的一貫思想的總結和昇華性質。《且介亭雜文》三集，更多地傾吐自己的情懷。作者此時身染沉痾，疾病時來襲擊，生老病死成為雜文中的經常話題，不少重要篇章是扶病寫成的。魯迅常有死的預感，但沒有流露出死的恐懼，而充滿著生命不息、戰鬥不止的革命者情懷。

雜文創作是魯迅畢生文學事業的核心。正是他的博大精深的震撼人心的雜文，確立了他在中國現代思想史、文化史和文學史上無與倫比的地位。魯迅的雜文創作，以其「意識到的歷史內容」和超邁往古的藝術成就，開闢了一條社會批評和文明批評的革命現實主義戰鬥雜文的廣闊道路，成為雜文史上的一座難以逾越的高峰，成為中外雜文史上的罕見奇觀。

從根本上說，魯迅的雜文創作，表現了氣象宏偉的史詩規模和自覺的美學追求與美學創造的完美統一。關於前者，人們的說法並不一樣，有人以為，魯迅雜文是中國現代社會生活的「百科全書」；瞿秋白強調魯迅雜文在中國近現代「思想史」上的「貢獻」；馮雪峰則認為包括雜文在內的魯迅創作寫出了我們民族靈魂屈辱、戰鬥和解放的「史圖」；魯迅逝世時，人們讚譽魯迅是「民族魂」。以上說法其實並不矛盾，而是互相補充的。這是有識之士從不同側面不同層次上觀照博大精深的魯迅雜文所得出的一種認識。魯迅後期自己就說過，他的雜文雖然不敢說是「詩史」，但其中有「時代的眉目」，表現了「中國的大眾的靈魂」。事實上，魯迅的雜文正是借「時代的眉目」來寫一代的「詩史」，他正是在「可咒詛的時代」，與革命和人民「共同著生命」，以英勇無畏的「掙扎和抗爭」，作為革命和人民的代言人，展示「中國的大眾的靈魂」的。自然這不是一部一般的史詩，這是作為偉大的思想家、革命家和文學家的魯迅，用雜文的形式譜寫出來的中國近現代革命史、思想史、文化史和靈魂史相統一的雜文式的史詩。

關於後者，前人也有眾多論述，而有識之士注重從魯迅雜文的社會功能和審美功能的統一上來研究魯迅雜文。認為魯迅雜文不同於一般的政論，是「詩與政論」的結合，是形象思維和邏輯思維的統一。這種認識符合魯迅關於雜文的理論主張和藝術實踐。魯迅歷來突出強調雜文通過廣義的社會批評和文明批評推動社會進步變革的批評和戰鬥的社會功能，也歷來突出強調雜文創作通過議論的「理趣」化、「形象」化和「抒情」化而讓人「愉悅的」的審美功能，強調兩者的融合和統一。就魯迅雜文的藝術實踐來看，魯迅許多雜文確實達到了「含笑談真理」的「理趣美」的出神入化的境界。無論是歷史和現實的諸方面，魯迅雜文都有許多洞幽燭微、啟人心智的獨特的真理性發現，都能以諷刺和幽默的「笑」的形式加以巧妙表現，讓真理閃耀著「笑」的詩意光輝。魯迅雜文避免發抽象空洞議論，他追求思維的具體性，他把對歷史和現實中的人與事的獨到觀察和獨特發現，融鑄在雜文的「類型」和「形象」的藝術創造之上。魯迅以搖曳多姿的藝術手法創造出了眾多既生動形象而又具有相當社會典型概括意義的雜文形象。毫無疑問，那些充滿著諷刺性、幽默感和富於哲理意蘊的雜文形象創造，正是魯迅許多膾炙人口、傳誦不衰的雜文名篇的藝術奧秘所在。魯迅把雜文創作當作「悲喜時的歌哭」、「釋憤抒情」的一種方式，他的雜文充滿著冷峻深沉的抒情色彩，是獨具一格的「無韻之離騷」；他的雜文是「愛的豐碑」，「憎的大纛」，以一腔熊熊不滅的愛憎聖火，燃燒著讀者的心。魯迅對雜文議論的「理趣」化、「形象」化和「抒情」化的自覺美學追求和美學創造，規範、制約和推動了他在雜文的結構和語言上的藝術創造。雜文是一種兼備評論性和文藝性的帶綜合性質的文學形式。在中國現代多數雜文家身上，雜文的社會功能和審美功能是相矛盾的、不平衡的，魯迅也不是所有的雜文都做到了社會功能和審美功能的統一。但是魯迅那些優秀雜文名篇確是做到了上述兩者的完美統一，並為這種統一樹立了光輝的範例，創造了極其寶貴的經驗。對於歷史來說，魯迅雜文將永遠是後人取之不盡、用之不竭的思想和藝術寶庫。劉勰在《文心雕龍》〈辨騷〉中評論以屈賦為主的楚辭時說：「雖取熔經意，亦自鑄偉辭，……故能氣往轢古，辭來切今，精采絕豔，難與並能矣……其衣被詞人，非一代也。」劉勰對以屈賦為主的楚辭的這一評價，也可移用來評價魯迅的革命現實主義戰鬥雜文的獨創性和經典性意義。

魯迅後期不僅自覺地以戰鬥雜文創作為中心，也堅決以革命雜文為陣地，同瞿秋白和茅盾等一起披荊斬棘、並肩戰鬥，並率領一大批新進以革命雜文為戰鬥武器，向一切反動勢力作集團衝鋒，匯成了「魯迅風」戰鬥雜文的巨潮，顯示了所向披靡的威勢。

以後文學史上稱為「魯迅風」的雜文，實際上在「左聯」時期就已經形成。所謂「魯迅風」雜文，就是魯迅式的革命現實主義戰鬥雜文，它當然不能囊括現代雜文的一切，但無疑是現代雜文的主流。魯迅是「魯迅風」雜文的開創者和宗師，魯迅的戰友和後輩是「魯迅風」雜文的豐富者和發展者。那麼什麼是「魯迅風」革命現實主義戰鬥雜文的基本特徵呢？一、它以馬克思主義為指導，以打擊敵人、匡正時弊、張揚真理，進行廣泛、尖銳、巧妙的文明批評和社會批評為基本內容；二、有自覺的美學追求和美學創造，邏輯思維和形象思維相結合，注重多樣化、形象化的說理以及筆調的諷刺和幽默的雜文味，追求一種「理趣美」；三、在雜文的藝術風格上，文體的樣式上，不拘一格，隨物賦形，允許有廣闊自由的創造天地。「魯迅風」革命現實主義戰鬥雜文，是比創作方法、藝術風格和藝術流派廣泛得多的概念，也是個在時代的運動中不斷流動、不斷豐富、不斷發展的概念。在這十年中，自覺追隨巨人的腳跡，學習和運用魯迅的革命精神、鬥爭藝術和魯迅筆法，創作「魯迅風」的雜文，而又有自己的獨特風格的，為數不少。

二　瞿秋白、徐懋庸、唐弢的雜文

瞿秋白的《亂彈及其他》

瞿秋白是現代雜文史上的戰鬥雜文大師。二十年代初，他在「晨報副鐫」、《中國青年》等報刊上發表了一些雜文，爾後他就以中共領導者和馬克思主義宣傳家的身份在政治舞臺上活動。一九三一年一月，瞿秋白被王明路線排擠出中共領導層，到上海從事革命文藝活動。在短短的三年中，在極為艱難的條件下，他對左翼革命文藝運動的發展作出了多方面的重大貢獻，他的雜文創作也從早年的試煉期步入成熟期。

他從一九三一年秋至一九三二年夏，在《北斗》等雜誌上發表了以後收入《亂彈》的三十一篇雜文。作者在〈代序〉中，把自己的雜文稱為與「紳商階級」相對立的「亂彈」，他要堅持無產階級文藝大眾化的路線，配合機關槍的亂彈，擾亂紳商統治的天下，要亂出道理，開創一個新世界。

《亂彈》分組發表時，每組都包含以下互相聯繫的內容：對帝國主義的侵略和國民黨統治的揭露，如〈世紀末的悲哀〉、〈流氓尼德〉等；對反動派「幫忙」文人的批判，如〈狗道主義〉、〈貓樣的詩人〉等；對無產階級革命文藝的讚頌，如〈《鐵流》在巴黎〉、〈滿州的毀滅〉等；對人民覺醒的期待和對革命高潮到來的呼喚，如〈一種雲〉、〈暴風雨之前〉等。《亂彈》是題旨鮮明、音色豐富的交響樂。瞿秋白這時的雜文，仍然保持他早期那尖銳悍潑、清新曉暢的文風，但視野開闊了，內容豐滿了，體制擴大了，在雜文的議論、形象和形式的創造上，有著更自覺的藝術追求。作者在前期的「小言」和「寸鐵」式的雜文裡所抨擊的對象及其言行，雖然也是帶著一定典型意義的社會現象，但只有三言兩語，作粗重的炭筆勾勒，沒有把對象放在歷史和現實的縱橫結合點上加以剖析，因而比較單薄。《亂彈》裡的雜文，卻向著廣度和深度突進了，在揭露批判其對象時，如〈流氓尼德〉、〈狗道主義〉、〈鸚哥兒〉等文，大都從古今中外的聯繫上加以類比、對照，加以剖析和概括，有歷史感和理論深度，而且能創造出有概括意義並有鮮明特徵的雜文形象。這種凝聚著人生經驗、滲透著思維規律和富於社會哲理意味的雜文形象，是雜文創作中難以達到的藝術境界，是魯迅雜文創作的重要歷史經驗，瞿秋白也接受這種經驗，狗、流氓、鸚鵡等形象就是他的可貴創造。瞿秋白又是雜文形式創新的能手，如〈民族的靈魂〉以民間迷信「水陸道場」、「招魂」的形式來寫，〈流氓尼德〉的正文和文末的「注」「疏」構成不可分割的整體，這就可以看到他靈活的創造力了。不過，瞿秋白這時期的一些雜文，對問題的看法有時帶有「左」的偏激情緒和片面性。他的雜文藝術，魯迅認為它尖銳明白，「真有才華」，但也指出其某些文章深刻性不夠，不含蓄，有一覽無餘的感覺。

一九三一年下半年，瞿秋白與魯迅之間由通信而交往，特別是從一九三二年十一月至一九三三年七月間，瞿秋白三次避難，住在魯迅家裡，結下了深厚的友誼。這時，瞿秋白翻譯了《「現實」——馬克思主義文藝論文集》、《列寧論托爾斯泰》、《高爾基創作選集》、《高爾基論文選集》，編輯了《魯迅雜感選集》並寫了序言，這是中國現代革命文藝運動史上影響深遠的業績，也促成了他在思想、文藝評論和雜文創作上的全面飛躍。

這時，瞿秋白同魯迅合作撰寫、或自已撰寫了〈王道詩話〉等十二篇雜文。這十二篇雜文，用魯迅的筆名在「自由談」上發表，它們活用魯迅筆法，有著魯迅雜文的風味，但又有瞿秋白自已獨立的創造，是典型的「魯迅風」雜文，代表了瞿秋白畢生雜文創作的最高水準。首先，瞿秋白這時的雜文較之《亂彈》中的一些作品更精粹、更深刻了。把〈王道詩話〉與〈鸚哥兒〉對比，就可以知道前者文章短而精，給人以更多回味。二文都是揭露胡適「人權」說教的虛偽性和危害性的。〈鸚哥兒〉兩千餘字，寫得痛快淋漓，但只寫出胡適「人權」論本質的皮相。〈王道詩話〉壓縮成精粹的七八百字，卻寫盡了「幫忙文人」胡適鼓吹偽善的「人權」論的醜態，深挖出其老根，說不過是歷代統治者「祖傳秘訣」——「王道仁政」的「翻新」，在胡適與孟軻、現實與歷史的相映照中有著鞭辟入裡、一語中的之穿透力。其次，瞿秋白這時的雜文，立足現實，自覺地揭示現實與歷史間的聯繫，古為今用，創造漫畫化的形象，自覺追求雜文藝術的民族風格。如〈人才難得〉，借用《紅樓夢》裡大觀園的壓軸戲劉姥姥罵山門和老鴇婆的假意訴苦，刻劃反動政客吳稚暉和汪精衛的不同嘴臉，真是神似極了。作者在對舊典故等作推陳出新基礎上創造出來的漫畫化形象，構思奇崛而又貼合所抨擊的對象，寥寥幾筆而又形神畢肖，逗人捧腹而又發人深思。其三，寫法上格式新穎，靈活多樣，有序跋式，有詩話式，有雜劇散曲式，有格言、警句式，有時事評論式、文藝評論式，有書評式、通信式等等，多姿多采。就文調而言，那政論式嚴肅莊重的語調，社會科學論文中的概念術語，都少見了，語言老辣幽默，含蓄而富於抒情色彩。

瞿秋白早期的旅外通訊，後期的雜文創作和雜文理論，對中國現代散文的創建和發展都有重大貢獻和深遠影響。他在三十六歲的盛年就被反動派殺害了，這是中國革命的巨大損失，也是中國現代文學的重大損失。

在「左聯」時期的雜文新進中，如徐懋庸、唐弢、聶紺弩、巴人、柯靈、周木齋等，在雜文創作上都是學習和師承魯迅的，本時期尤以徐懋庸和唐弢較為突出。

徐懋庸的《打雜集》

徐懋庸（1911-1977），浙江上虞人，出身於一個貧苦的手工業家庭，小學畢業後失學。一九二七年投身革命鬥爭，大革命失敗後，逃亡上海，考入上海勞動大學中學部，畢業後任中學教員。一九三三年開始從事文學活動，翌年參加「左聯」。「左聯」時期，徐懋庸是著名的博學多才的多產作家。從一九三三年至抗戰爆發前，他著有雜文集《不驚人集》（1937）、《打雜集》（1935）和《街頭文談》（1936），另有著譯十多種。徐懋庸早在小學時，就嗜讀魯迅的著譯，其雜文創作受到魯迅的深刻影響。一九三四年一月六日，黎烈文邀「自由談」雜文作家聚餐，其中有魯迅、郁達夫、林語堂、唐弢、徐懋庸等十餘人，會餐時林語堂對魯迅說「新近有個『徐懋庸』也是你」，結果引起哄堂大笑，[25]足見徐懋庸雜文頗有點魯迅風味。《打雜集》出版時，

25 徐懋庸：《徐懋庸回憶錄》（北京市：人民文學出版社，1982年），頁74。

魯迅親為作序，力博在〈評徐懋庸的《打雜集》〉[26]一文中稱他為寫雜文的「能手」，對他雜文的「社會效益」甚為推崇，是當時人們頗為重視的雜文新進。

徐懋庸反對「論語」派的小品文主張，他認為：「小品文學雖寫蒼蠅之微，但那不是孤立的蒼蠅，那是存在於宇宙的體系中而和整個體系相聯繫的蒼蠅。所以，小品文雖從小處落筆，但是卻是著眼大處的。」(《打雜集》〈大處入手〉) 在他看來，小品文即雜文寫作是「大處著眼」，「小處落筆」；即小中見大、短小精悍的雜文寫作，不是碎割現實，而是立足於反映整個現實的。他反對「論語」派的「閒適」小品，斥之為「冷水文學」(《不驚人集》〈冷水文學〉)，並說自己雜文感情熱烈，「浮躁凌厲」(《不驚人集》〈前記〉)。徐懋庸的雜文同魯迅一樣，內容廣泛，戰鬥性很強。當時社會上種種不合理現象，包括思想、文化、道德、習俗，不論是封建階級的，資產階級的，帝國主義殖民者的，外部的，內部的，有形的，無形的，統統都在他的橫掃之列。自然，他首先把批判鋒芒對準國民黨當局，揭露它對內的黑暗統治、對外奉行的不抵抗政策和屈辱賣國的罪行。他的雜文以針砭時弊為主，但也歌頌友誼，讚美正義，張揚真理。

徐懋庸知識淵博，長於思辨，他的雜文常以對時弊的針砭和社會人生的分析為經，以古今中外史籍、文藝作品和報刊資料為緯，經緯交織，構思上頗見功夫。〈神奇的四川〉引用國民黨報刊《汗血月刊》上一篇〈四川的現實政治調查〉，記述了國民黨在川軍隊對農民預徵糧賦的情況：二十一軍在民國二十四年已預徵到民國四十餘年，二十軍預徵到七十三年，二十三軍預徵到一百年以上。作者據此議論說，照此速度，說不定在「民國一百年之前預徵到一千餘年」。由於引用材料駭人聽聞，十分典型，作者議論不多，卻非常有力地揭發了

---

26 刊《時事新報》「青光」1935年7月28日。

當局對人民的橫徵暴斂。〈收復失地的措辭〉一開頭就指明當時的中國統治者對內像「殘唐五季」，對外則像南宋。接著便引用岳珂《程史》的記載，陳述了南宋的一段故事。金人「歸我侵疆」，南宋小朝廷總要頒發阿Q式的「赦文」，說什麼「大金報許和之約，割河南之境土，歸我輿圖」，不料卻觸怒兀朮，乃興兵「復陷而有其地」。第二次金人歸還河南土地時，秦檜兒子秦熹和死黨程克俊合撰赦文曰：「大國行仁，遂子構事親之孝。」徐懋庸借此反諷說：「我們將來收復東北四省時，實大可模仿這種措辭。」辛辣諷刺了國民黨反動派的投降媚敵政策。現實性、知識性和思辨性的統一，是徐懋庸雜文的突出特點。

徐懋庸的雜文，常適應文章內容、刊物性質和讀者層次不同，體式多樣，寫法各別。他在《打雜集》〈作者自記〉中說：「這集子裡的雜文……所談的問題真可以算雜，就是文體，也因刊物性質各異，為了適應起見而常常變異。比如編在最後一部分文章，便因為是替《新生》做的，所以表現著務求通俗的努力。」《不驚人集》和《打雜集》確是「雜」體文，其中有短評、雜感、隨感、隨筆、通信、讀書、札記、論文、駁論，也有滲透著議論色彩的抒情文和記敘文。〈草巷隨筆〉、〈我心境上的秋天〉就有濃郁的抒情氣氛；〈故鄉一人〉實際上是記敘短文，〈一個「知識界乞丐」的自白〉實際是一篇回憶錄；《街頭文談》的絕大多數，則是通俗性的文藝短文（講話）。徐懋庸的雜文，基本上是質樸曉暢、尖銳潑辣的，但也時有婉而多諷、短小而雋永、辛辣而遒勁的篇什。

當徐懋庸作為一位散文新秀蜚聲文壇時，他畢竟才是二十多歲的青年人，他的人生閱歷、思想見識、知識和理論修養，同魯迅和瞿秋白不可同日而語，加上他「浮躁凌厲」的個性，觀察問題的片面性，都限制了他雜文創作的廣度和深度。他為人坦蕩，生性好辯，他在同人論戰時，有時是對的，有時立論就不免偏頗，例如他在金聖歎的

「極微論」和金聖歎評點《水滸》問題上同人論戰就是如此；至於他同魯迅關於「兩個口號」問題的論戰，就由於他考慮問題的不夠冷靜周密，導致他和魯迅關係的破裂，成為終生憾事。

在這時的雜文新秀中，唐弢是和徐懋庸並稱為「雙壁」的。巴人在《邊風錄》〈雜家，打雜，無事忙，文壇上的華威先生〉中說：「自有文藝雜感出世，作者風起雲湧。魯迅先生在日，已有徐懋庸先生的《打雜集》出版。徐先生雜文散見報章雜誌，拜誦之下，頗感欣慰！與『我的朋友』唐弢先生的，可稱雙璧。」唐弢同徐懋庸一樣，在雜文創作上也是學習、繼承魯迅，並脫穎而出、卓然成家的。可貴的是，唐弢自一九三三年寫作雜文以來，始終運用雜文進行戰鬥，始終在雜文陣地上進行堅持不懈的藝術創造。

唐弢的《推背集》

唐弢（1913-1992），浙江鎮海人。一九二九年因家貧輟學，只上完初二就考取上海郵局當郵政工人，通過刻苦自學成為著名作家和學者。一九三六年十一月，唐弢在〈紀念魯迅先生〉中自述了他開始寫作雜文的經歷。一九三三年，他不過是二十出頭的青年，痛恨社會的黑暗，心中鬱結著悲憤，卻又找不到道路，只得沉溺於虛妄的「美夢」。他讀了魯迅的文章，便開始和魯迅通信，而在「面領教誨」後，他的「匕首和投槍，就有了目標」。因而，他的雜文創作，一開始戰鬥方向就是明確的，他出手不凡，起點較高，文字筆調酷肖魯迅，他在「自由談」上發表的〈新臉譜〉等雜文，一些反動文人竟「嗅」為魯迅所作，於是「排起叭兒陣」，「嗚嗚」了好一陣。魯迅在《准風月談》的〈前記〉和〈後記〉中都提到此事，也是在徐懋庸提到的那次黎烈文宴請「自由談」撰稿者的聚餐會上，魯迅對唐弢說：「你做文章，我挨罵！」[27]充滿了深摯的讚賞之情。

---

27 唐弢：〈紀念魯迅先生〉，《投影集》（上海市：文化生活出版社，1940年）。

從一九三三年至抗日戰爭爆發前，唐弢的雜文主要收在一九三六出版的《推背集》和《海天集》中，並有一些收在《投影集》（1940）和《短長書》（1947）裡。唐弢這時的雜文，側重於針砭時弊，他無論縱談歷史文化掌故，還是評論希特勒法西斯文化專制主義，都明確地為現實鬥爭服務，都是對眼前的邪惡現象擲出的匕首和投槍！雖然絕大多數是千字左右的短文，但每篇都是精心結撰的。那觀察的敏銳，材料的新穎，文字的簡練，筆致的嫻熟，幽默而又沉鬱的情韻，許多篇章裡反覆出現的獨行句，都讓人覺得這位二十來歲青年雜文家的雜文，既有魯迅雜文的風味，又有自己苦心孤詣的追求，真該刮目相看。

唐弢這時雜文中較有特色的篇章是：（一）他以沉鬱的筆調剖析清代文網史的那些文字。《投影集》裡的〈雨夜雜寫〉、〈關於一柱樓詩獄〉、〈盛世的悲哀〉等就是。魯迅曾要唐弢寫一部《文網史》，唐弢雖然沒寫成，卻在這些雜文裡，展開了中國文網史上一些鮮血淋漓的篇章。作者借古喻今，矛頭直指國民黨反動派的暴政。（二）批駁文壇謬論的文藝評論。這些以文藝評論為內容的雜文，不僅顯示了作者的理論功夫，也表現了他善於捕捉論敵文論的內在矛盾和破綻的批評方法，或以鐵鑄的事實予以批駁，或以邏輯上的「歸謬法」從中推出荒唐的結論，並在此基礎上，在他們臉上描上幾筆帶有諷刺意味的油彩。在這類雜文裡，唐弢並不以猛烈的襲擊把論敵掃下他們佈道的講壇，而是讓他們作為喜劇人物呆立臺上讓人觀賞。這是魯迅那些駁論性的雜文常用的致勝之法，青年唐弢運用起來也頗為自如。以後收在《短長書》裡的〈文苑閒話（一至六）〉就是這方面的代表作。試看其中的五和六，作者在反駁蘇雪林在〈過去文壇病態的檢討〉中關於郁達夫小說是「色情文化」、魯迅雜文和魯迅式雜文是「罵人文化」、左翼文學是「屠戶文化」的謬論時，是何等的有力，在戳穿色厲內荏的英「雌」把她在魯迅逝後發表咒罵文章冒充為「四年前的一篇殘稿」這一騙局時又是何等犀利。(三)以深沉的抒情融和著警策的議論筆調寫成的悼念先賢的雜文,〈悼念馬克辛・高爾基〉、〈紀念魯迅先生〉為其代表作。

唐弢在「左聯」時期的雜文已形成抒感性與論辯性結合的特點,以後還有較大的發展,成為「魯迅風」雜文的重要傳人。

三　茅盾、阿英、陳子展的雜文

在「左聯」時期的革命戰鬥雜文大軍中,魯迅是旗手,瞿秋白、徐懋庸、唐弢等同魯迅雜文風格近似的是一個方面軍,而茅盾、阿英、陳子展等同魯迅雜文大方向一致,但藝術風格並不一樣,則是另一方面軍。

茅盾的《話匣子》

茅盾(1896-1981),原名沈雁冰,浙江桐鄉人,文學研究會發起人之一,是現代小說大師,也是傑出的散文家。他的散文創作早於小說,散文中的雜文又早於記敘抒情散文。據茅盾的回憶錄《我走過的道路》自述,早在一九二二年,他就為《文學旬刊》「寫了許多雜文和書評」;一九二四年,他應《民國日報》邵力子之約,編輯該報副刊《社會寫真》,從四月初至七月底,每天寫一篇「抨擊劣政,針砭時弊的雜文」;一九二五年,繼續在《文學週報》和《小說月報》上發表「文學評論和雜文」,本年底奉調到廣州,接替毛澤東編《政治週報》,撰寫該報「反攻」欄上的短評……這數量不少的雜文,因未結集出版,向來不為人所知。

「一二八」以後,茅盾在《申報》「自由談」上發表雜文,和魯迅並稱為「自由談」兩大台柱。他還在《申報月刊》、《東方論壇》文藝欄、《太白》、《芒種》和《中學生》等雜誌上發表雜文和速寫,至一九三三年七月結集為《茅盾散文集》，一九三四年十月又出版了雜文、速寫集《話匣子》。一九三五年，他在以上兩個集子中選取一部分，加上新作十來篇，結集為《速寫與隨筆》出版。

在《茅盾散文集》前言中，他談到隨筆寫作時說：「從來有『小題大做』之一說。現在我們也常常看見近乎『小題大做』的文章。不過以為隨筆一類的光景是倒過來『大題小做』的」；「特殊的時代常常會產生特殊的文體。而且並不是大家都像我那樣不濟事的。真真出色的『大題小做』的隨筆已產生了不少。」隨筆有議論的、抒情的、記敘的各種，茅盾這裡主要是指雜文，他是把雜文視為「大題小做」、「特殊時代的特殊文體」，這同魯迅和瞿秋白的看法是一致的。

茅盾在「左聯」時期的雜文，表現了廣泛的社會內容。他的雜文同時代、革命和人民貼得很緊，有很強的戰鬥性，同魯迅和瞿秋白是相呼應的。這時茅盾雜文最重要的主題，是針對「九一八」後的時局，揭露國民黨當局在「長期抵抗」的幌子下，妥協投降、反共賣國的反動路線。〈「九一八」週年〉說：「士兵們想殺賊而上官命令『鎮靜』」；〈「阿Q相」〉指出：「在『九一八』國難以後，『阿Q相』的『精神勝利法』和『不抵抗』總算發揮得淋漓盡致了。……在這一點上，『阿Q相』的別名也就可以稱為『聖賢相』和『大人相』。」〈血戰一週年〉則一語破的：「所謂『長期抵抗』，事實是長期『不』抵抗！」以文藝短論的形式，進行廣泛的文藝批評，是這時茅盾雜文的另一重要方面。〈封建的小市民文藝〉、〈連環圖畫小說〉、〈神怪野獸影片〉、〈玉腿酥胸以外〉，抨擊當時影劇界、出版界喧囂氾濫的「色情肉感」、「武俠迷信」的影劇和連環畫；〈健美〉、〈現代的！〉、〈都市文學〉、〈機械的頌贊〉等，有鞭撻，也有肯定。如〈都市文學〉，提出改變畸形、病態的「都市文學」的主張，即不僅要表現當時中國民族工業的危機，亭子間裡的知識分子的牢騷，而且要表現在「機器邊流汗」、在「生產關係中被剝削到只剩一張皮」的勞動者，而這個

「都市文學新園地的開拓」，關鍵在於「作家的生活的開拓」。此外，對民族工業危機和農村經濟崩潰的揭示，對落後的民情風俗的針砭等，也是此時茅盾雜文的內容。

這時茅盾的雜文也有自己的特點。首先是他善於「大題小做」。他善於從一些細小的素材中開掘出意義重大的深刻思想，〈看模型〉就是範例。〈看模型〉記述作者和他的朋友及其孩子，在「兒童玩具展覽會」上，看到的一具「精心結構的中國形勢模型」，其基礎是「沙盤」，上面有「綠」的長河，「黃」的黃河，有「萬里長城」，長城上有大炮和軍隊，還有東北四省，上頭寫著「還我河山」四個字……這篇雜文寫於一九三六年七月，當時日寇在國民黨軍隊的「不抵抗」下輕易佔領了東北四省，佔領了長城一帶。那作為宣傳用的「模型」和現實的對比是太尖銳了，連朋友的孩子也「哄」不過去。作者以「小」喻大，暗示反動派「瞞和騙」的政治宣傳的徹底破產。其次是擅長從經濟分析的角度來反映社會。茅盾有一部分雜文是表現三十年代中期城市裡的民族工業危機，農村裡的小商人和農民的破產的。這可說是茅盾「左聯」時期文學創作的突出特點。長篇小說《子夜》、短篇小說《林家鋪子》和農村三部曲，速寫《上海大年夜》、《故鄉雜記》等都表現了這一主題。雜文〈現代化的話〉、〈舊帳簿〉、〈農村來的好音〉、〈荒與熟——一個商人的「哲學」〉也是這方面的代表作。中國現代作家中，很少有能像茅盾這樣，在文藝創作領域，從馬克思主義觀點出發，對社會生活作深入的經濟分析。〈舊帳簿〉是這方面的範例。作者家鄉修鎮志時，一位金老先生提出「志」中應有「賦稅」一門，記載歷年賦稅之輕重，記載歷年「農產」和「工業的價格」，而這些都可以從「舊帳簿」中取材，金老意見受到讚賞。作者議論說，「歷史」無非是種「陳年舊帳簿」，但看「舊帳簿」應有金老那樣的「眼光」和「讀法」，不知「寶愛」舊帳簿是錯的，一些破落戶子弟借「舊帳簿」進行自我麻醉則更不對了。這說明茅盾十分重視從經濟變化的角度，來研究社會歷史，分析人們的心理。這篇雜文從觀點到寫法都令人耳目一新，發人深省。但這時茅盾大多數雜文質勝於文，過於直白，也不夠重視雜文形象的創造，確如他自己所說，「太像硬梆梆的短評了」(《速寫與隨筆》〈前言〉)。

阿英和陳子展也是著名的戰鬥雜文作家。他們雜文的內容可分為兩類，一類是戰鬥性很強的社會評論性的雜文，一類是現實感很強的帶有學術考證和學術研究特點的雜文，而尤以後一類出名。學術考證和學術研究的雜文，同學術論文是有區別的，它們是用生動活潑筆調寫成的，有一定的文學色彩。這類雜文在我國古已有之，屬於我國古代數量龐大的筆記類中的一個分支。「五四」以來，許多雜文作家，繼承古代筆記中學術考證和學術研究的雜文傳統，把學術考證與社會評論結合起來，賦予它以新時代的色彩。魯迅、周作人、錢玄同、劉半農、江紹原、俞平伯寫過這類雜文。魯迅《而已集》中的〈魏晉風度及文章與藥及酒之關係〉，是這類雜文的最高典範。

阿英的《夜航集》

阿英（1900-1977），安徽蕪湖人，原名錢德富，常用筆名錢杏邨，一九二六年參加共產黨，二十年代末在上海參加革命文藝運動，是「太陽」社創始人之一。「左聯」成立時，他是執委會常委。阿英是散文家和散文理論家，也是個有獨立風格的雜文家。在這十年中，出過的雜文集有《麥穗集》（1928）、《夜航集》（1935）和《海市集》（1936）。

在阿英的學術考證和研究類雜文中，他把文學史的考證、研究和現實的鬥爭巧妙地結合起來，寓戰鬥性於學術性之中。這類雜文雖不如匕首和投槍那樣鋒芒逼人，但具有強烈的戰鬥性和吸引讀者的魅力。收在《夜航集》中的〈論隱逸〉、〈明末的反山人文學〉、〈吃茶文學論〉、〈清談誤國與道學誤國〉、〈黃葉小談〉、〈黃葉二談〉、〈重印《袁中郎全集》序〉等就是這類雜文。從《夜航集》中的〈小品文談〉、〈周作人書信〉等看出，阿英和以魯迅為代表的左翼作家一樣，是反對「論語」派小品文理論的。周作人、林語堂鼓吹他們的小品文理論時，經常以晚明的「隱逸文學」、「山人文學」，特別是他們奉為祖師的袁中郎來嚇唬人，阿英針鋒相對地在雜文中也對「吃茶」文學、「隱逸文學」、「山人文學」以及袁中郎進行了研究。阿英是文學史家，他對晚明歷史和文學有精湛的研究，他又是藏書家，佔有這方面的豐富材料，加上他能夠用正確的觀點和方法分析問題，談論這些問題自然比周作人、林語堂要高明得多，雄辯得多，也更能揭示這段文學歷史和有關文學人物的本來面目。正如陳子展所說：「阿英先生在『自由談』上發表〈吃茶文學論〉、〈明末的反山人文學〉、〈清談誤國與道學誤國〉三篇文章，從明末文學論到目前標榜明末文學的文學。看他從發生這種文學的社會背景，個人生活，指出這種文學的所以存在，雖然在短篇中還不曾十分暢論，可是今人論到明末文學的，就我所見的而說，不能不算是只有他最能搔著癢處，接觸歷史的真實了。」[28]

陳子展的雜文

陳子展（1898-1990），湖南長沙人，當時是復旦大學中文系教授，專治文學史，著有《中國近代文學之變遷》、《最近三十年中國文學史》等，也寫新詩和雜文。他曾以楚狂老人的筆名，在曹聚仁主編的《濤聲》上發表許多諷刺詩。他在《最近三十年中國文學史》中說：「莊子云：『以天下為沉濁，不可與莊語。』約翰·穆勒說：『專制使人們變成冷嘲。』生於現代的中國，要求莊語固然不可能，旁觀冷嘲也不大容易。所以最具有叛逆精神的，又是最有諷刺天才的文學家，如某先生，也只得說一聲『共和使人們變成沉默』了，諷刺之後，繼之以沉默，如不死滅，必將繼之以怒吼；偉大的怒吼要從偉大

28 陳子展：〈公安竟陵與小品文〉，《小品文和漫畫》（上海市：生活書店，1935年）。

的沉默裡產生的。」這表明了他對雜文的看法和他對魯迅的景仰。陳子展曾以達一、于時夏、何如、子展等名字，在「自由談」、《新語林》、《太白》、《人間世》上發表雜文。他的雜文內容廣泛，借古諷今，聲東擊西，有鮮明的諷刺色彩。他的名文〈正面文章反面看〉，深得魯迅讚賞。魯迅在《偽自由書》的〈推背圖〉中寫道：「上月的『自由談』裡，就有一篇〈正面文章反面看〉，這是令人毛骨悚然的文字。因為得到這一個結論的時候，先前一定經過許多痛苦的經驗，見過許多可憐的犧牲。」陳子展最引人注目的雜文，是那些有關文學史考證、研究的雜文。在當時的小品文論爭中，他針對周作人借歪曲和吹捧晚明公安派和竟陵派的小品，歪曲新文學運動的源流，為自己的小品文創作和理論尋找歷史依據的現象，寫了一系列反駁文章。在〈公安竟陵與小品文〉中，他詳細介紹他們所處的時代和文學主張之後說：

> 公安竟陵是著重個人的性靈的言志派，「五四」以來的新文學運動者似是著重社會的文化的載道派（暫時不妨承認有所謂言志派載道派），所以新文學運動，有時被人從廣義的說，稱為新文化運動。因此，我們論到「中國新文學的源流」，倘非別有會心，就不必故意杜撰故實，歪曲歷史，說是現代的新文學運動是繼承公安竟陵的文學運動而來，這是我個人的一得之見，不會勉強任何高明之家同意。

像發表於「自由談」上的〈農民詩人〉也是這類文章。該文從反動政府的橫徵暴斂造成廣大農民的破產和痛苦，談到晚唐的兩位農民詩人聶夷中和于濆，呼籲新詩人應該有為農民代言的農民詩人。它如〈花鼓戲之起源〉、〈再論花鼓戲之起源〉，〈談「孔乙己」〉、〈再談「孔乙己」〉等，都是學術考證氣息很濃，為讀者愛讀的雜文。

四　陶行知、梁遇春的雜文

這個時期，還有許多愛國的、進步的雜文作家的創作，其中如：陶行知的《齋夫自由談》（1932）、梁遇春的《春醪集》（1930）和《淚與笑》（1934）、郁達夫的《斷殘集》（1933）和《閒書》（1936）、曹聚仁的《筆端》（1935）和《文筆散策》（1936）、杜重遠的《獄中雜感》（1936）等等。以上各家，世界觀、人生觀和藝術觀各自不同，但都對國民黨當局的統治不滿，都反對帝國主義的侵略，都有愛國和進步的要求。他們的雜文，藝術風格也各有特色，都對中國現代雜文藝術的豐富和發展做出自己的貢獻。

陶行知的《齋夫自由談》

陶行知（1891-1946），安徽歙縣人，著名的教育家，詩人和雜文家。三十年代初，他在南京、湖南和上海等地興辦過農村師範教育。他在曹聚仁主編的《濤聲》上，發表過許多詩歌。他的詩作實踐了他的大眾化的主張，詩風上很接近魯迅的《好東西歌》之類的作品，融化了古詩、山歌、民謠、兒歌、俚語的特點，比新詩更「白」，又比歌謠更精確更有概括力。它們洗盡鉛華，質樸曉暢，剛健清新，好念易記，無論是針砭社會時弊，還是宣揚自己的主張，都風趣環生，令人讀後口有餘甘。這種剛健清新的大眾化詩風在當時的新詩壇上是引人注目的。陶行知從一九三一年九月五日至翌年一月底在《申報》「自由談」上接連發表了〈不除庭草齋夫談薈〉的一百多篇雜文，隨後結集為《齋夫自由談》出版，這在當時也是「轟動一時」的。阿英在〈《現代名家隨筆叢選》序記〉中說：「陶行知的『不除庭草齋夫談薈』，一九三一年發表在『自由談』上的時候，是頗轟動一時的。文字矯健有力，雖然思想上還不能說是完全正確的。」

陶行知雜文的內容是多方面的。有的痛斥國民黨統治集團的享樂腐化、醉生夢死；有的歌頌軍人和青年熱血抗日；有的諷刺和嘲笑反動政客和幫閒文人；有的針砭人情世態和思考人生哲理；有的崇尚科學，介紹大科學家伽利略、牛頓、法拉弟、愛迪生等的生平思想；有的宣揚他的教育學說……內容確是「雜」得可觀。他無論讚揚什麼，反什對麼，總是旗幟鮮明、毫不含糊，文字通俗明朗，筆調辛辣放恣。他抨擊時政時，態度的坦率，言詞的激烈，簡直令人吃驚。且看〈長忙玩忘完〉一文：

> 這麼多的長！部長，院長，會長，所長，校長，董事長，委員長：一身都是長！
> 長多自然忙：會客忙，講話忙，看信忙，簽字忙，聽電話忙，坐汽車忙，赴飯局忙，開會散會忙，有事不嘗無事忙。
> 一天忙到晚，忙了必須玩：撲克玩玩，麻雀玩玩，堂子玩玩，跳舞廳裡玩玩，盧山玩玩，上海玩玩……
> 好玩好玩，什麼都忘！黨也忘，國也忘，人民也忘，自己的前途也忘，還有那不該忘的九字也忘。[29]
> 一切都忙完！黨也快完，人民也快完，自己也快完，還是忙不完，希望長不完，玩不忘。

對國民黨統治集團的揭露確是嬉笑怒罵，痛快淋漓，文字上有通俗明白的大眾化風格，看似明白如話，其實頗有功夫，如果把它按詩行排列，就是一篇一韻到底、鏗鏘有力的上乘諷刺詩，真當得上王荊公說的「看似尋常最奇崛，成如容易卻艱辛」了。

陶行知對雜文藝術的最大貢獻，是他為雜文的大眾化闖出了一條

---

29 作者原注：「你不好，打倒你，我來做」，吳稚暉說：「來而不做是忘九」。

成功之路。他的雜文同他的新詩一樣有著大眾化風格，而且有不少篇章是詩文合璧、互相生發的。其文每篇只有數百字，他在意氣風發地發了一通爽快、幽默、精闢的議論之後，常以一首天趣盎然的短詩收結，這些小詩常常是對前頭散文式的議論的概括和昇華。他的雜文確有一種爽快、明朗、風趣、雋永的樸素美。在當時寫作大眾化雜文的不乏其人，如徐懋庸在《街頭文談》中，柳湜在《社會相》、《街頭講話》中，夏征農在《野火集》中，都實踐了雜文的的大眾化，說理通俗，文字淺白，但缺少文學魅力，沒有《齋夫自由談》那種剛健清新、天趣盎然的樸素美，自然也不能像它那樣產生「轟動一時」的效果了。

梁遇春的《春醪集》

梁遇春（1906-1932），福建福州人，一九二八年畢業於北京大學英文系，是二十年代末三十年代初散文創作領域的一顆彗星。他那飽含博識和睿智，以詩情的筆調寫成的隨筆體散文，大多是以議論為靈魂的雜文。他的隨筆體散文，不同於魯迅和周作人的隨筆，在藝術上是獨樹一幟的，對中國現代雜文藝術的發展做出了貢獻。在短暫的幾年文學生涯中，他留下的有二十幾種翻譯作品和兩本散文集：《春醪集》和《淚與笑》。他譯注的《小品文選》和《英國詩歌選讀》，是「中學生的普通讀物」[30]；他的兩本散文集，顯示了他驚人的博識和過人的才思。他逝世之後，他在文藝界的朋友，都痛惜他是一位早逝的「天才」，是一位風格特出的「文體家」。

《春醪集》收有隨筆體雜文如〈講演〉、〈寄給一個失戀人的信〉（一、二）、〈「還我頭來」及其他〉、〈人死觀〉、〈「失掉了悲哀」的「悲哀」〉、〈談「流浪漢」〉、〈文學與人生〉等，和〈查理斯·蘭姆評

---

30 葉公超：〈跋〉，《淚與笑》（上海市：開明書店，1934年）。

傳〉凡十三篇，卷首有序。自敘題名「春醪」，出於《洛陽伽藍記》裡遊俠所說的話：「不畏張弓拔刀，但畏白墮春醪。」《淚與笑》是作者死後由友人廢名、石民等彙編的，收有〈淚與笑〉、〈途中〉、〈論知識販賣所的夥計〉等隨筆二十二篇。

作為一個時時刻刻都在議論知識和人生的散文家梁遇春，始終是個驚人的矛盾存在。梁遇春有著詩人的敏感，他憎惡社會現實的黑暗，鄙棄醉生夢死的寄生生活，痛恨知識界中的「紳士」、「君子」們不苟言笑、謹小慎微的死氣沉沉、灰色平庸的作風；他熱愛生活，渴求光明和進步，認為一個人在生活中，應該敢哭（〈淚與笑〉），敢笑（〈笑〉），敢說（〈「還我頭來」及其他〉），敢闖（〈談「流浪漢」〉），應任情使性、生氣勃勃地佔有生活，享受生活。在〈談「流浪漢」〉中，他把「紳士」、「君子」和「流浪漢」對立起來加以褒貶。但是這種對生活的破壞多於建設的流浪漢生活，並不能使散文家滿足；於是他在〈救火夫〉裡，又把那捨己為人、為人類撲滅火災的救火夫，作為他生活追求的最高境界。從肯定「流浪漢」到讚頌「救火夫」是他思想上的明顯進步。但那救火夫的自發行動，又畢竟同那有組織有領導的推翻舊世界和創造新世界的革命人民的偉大鬥爭相距甚遠，作家從「悲天憫人」的小資產階級人道主義中萌發的「救火夫」的生活理想，也畢竟是太抽象、太朦朧了，無法給在黑暗中苦苦徘徊、探索的自己指出一條通向光明和進步的康莊大道。於是，在他多愁善感的詩心中，仍然籠罩著無法突破的黑暗，他的敏感而脆弱的心弦，不時彈撥出失望、淒涼的哀調。這確是惱人的矛盾。

梁遇春是博學多思的。在散文創作中，他總是憑藉他廣博的學識、過人的思辨才能，嘔心瀝血、殫精竭慮地去追索知識的和人生的真諦，他的這種探求幾乎到了「語不驚人死不休」的地步。梁遇春痛感當時知識界中許多沒有個性的人，不會獨立思考，只會人云亦云地覆述別人未必真懂、自己根本不懂的熟透了的大道理的不幸，便代表他們向社會發出大聲疾呼：「還我頭來！」（〈「還我頭來」及其他〉）。他嘲諷當時文化界的名流學者、教授，不過是「知識販賣所裡的夥計」，他們把「知識的源泉——懷疑的精神——一筆勾銷」，這樣，「人們天天嚷道天才沒有出世，其實是有許多天才遭了這班夥計的毒箭」（〈論知識販賣所的夥計〉）。他主張每個人肩上要扛著一顆會獨立思考的腦袋，要有朝氣蓬勃的創造精神。梁遇春的雜文好做反面文章，喜歡標新立異。在人們爭論「人生觀」後，他偏要探討「人死觀」（〈人死觀〉）；人們說：「春宵一刻值千金」，他偏要說「春朝一刻值千金」（〈「春朝」一刻值千金〉）；人們恭維「Gentleman」（紳士、君子），他卻讚賞流浪漢（〈談「流浪漢」〉）；人們認為失戀是痛苦的，他卻認為失戀並不可哀，婚後感情的淡漠和破裂，才是人間慘劇（〈寄給一個失戀人的信（一）〉）；歡樂則笑，傷心則哭，是人之常情，他卻從自己感受出發，說笑是感到無限生的悲哀，淚是肯定人生的表示（〈淚和笑〉）；人們讚美春天，他卻以為夏的沉悶，秋的枯燥，冬的寂寞，跟瘡痍滿目的現實是協調的，而階前草綠、窗外花紅的春天同雜亂下劣的人生太不調和了（〈又是一年春草綠〉）……這種推陳出新的刻意追求和標新立異的奇思異想，在梁遇春的雜文中比比皆是。他的雜文中確有不少迸射智慧火花的警句，例如：「只有深知黑暗的人們才會熱烈地讚美光明。沒有餓過的人不大曉得飽食的快樂……不覺得黑暗的可怕，也就看不見光明的價值了。」（〈黑暗〉）「讀書是間接地去了解人生，走路是直接地去了解人生，……萬卷書可以擱下不念，萬里路非放步走去不可。」（〈途中〉）等等。

可是，梁遇春生活經歷過於狹窄，限制了他在思想王國的自由馳騁，從而使他陷入驚人的矛盾之中：他渴望光明和進步，卻又遠離革命和人民，找不到光明進步之路；他有淵博的西方歷史、文化知識，但對最先進的科學思維卻一無所知；他有強大的智力和窮盡人生奧秘的追求，卻缺乏先進思想的武裝，缺乏洞察人生底蘊的望遠鏡和顯微鏡。廢名在〈《淚與笑》序〉說梁遇春的散文「文思如星珠串天，處處閃眼，然而沒有一個線索，稍縱即逝」，是有道理的。梁遇春雜文有許多新穎可喜的見解，但他思想十分駁雜，自相矛盾，幼稚紕謬之點不少，他雖以窮究知識和人生奧秘為己任，卻無由探得真諦，即便是那些迸射智慧火花的警句，也不是穿越時空界限的星光。因此，與其說是英年夭折使這位天才散文家在散文創作上來不及開出滿樹鮮花，倒不如說是生活和思想限制了他天才的開花和結果。

作為一位文體家，梁遇春的議論性隨筆，是以闡發他對知識和人生的新穎見解為靈魂的，有著不同凡響的獨特風格。他的這類隨筆，從來不作枯燥空洞的議論，他總是調動豐富的古今中外的歷史文化知識，作立論的依據；在展開議論時，他調動了記敘、描寫、抒情、對話、想像、聯想等藝術手段，邏輯思維和形象思維結合著進行，使議論形象化和抒情化；他在論證他的論題時，常常是有張有闔，有縱有橫，有正面論述和反面反駁，有曲折有波瀾，有具體的分析和概括的昇華，多側面多層次地使所要確立的論題得到豐富和深化，直到說深說透為止；他的隨筆，文字灑脫優雅，馳騁自如，筆致富於情采，結構不落俗套。〈救火夫〉一文，無論從思想和藝術看，都代表作家隨筆的最高水準，是充分體現其隨筆風格的名篇。這篇隨筆以記敘和描寫三年前一個夏夜救火夫趕去救火時的矯健雄姿入題，接下去便以議論的筆墨從正面展開對救火夫的讚頌。繼之反駁一位憤世朋友對救火夫任意貶抑的言論，把議論推進一層，把對救火夫的讚頌和描寫推進一層。文章至此似可結束了，可是作者並沒有就此打住，而是把議論的範圍大大擴展了。他認為整個世界是在烈火中焚燒的火場，勞苦大眾、知識分子都在烈火中經受炮烙的劫難，全世界的人都應是「上帝的救火夫」，都有救火的責任，都應成為撲火的英雄。這樣一寫，文章的氣勢陡然開闊了，思想也向深處、廣處、高處深化、擴展、昇華了。再接下去，作者又給予那些對世界大火取旁觀態度的人，那些乘火打劫的大盜一連串的痛斥。與此同時，他又進一步描寫救火夫的雄姿，歌頌他們赴湯蹈火、捨己救人的高尚品格。從〈救火夫〉一文，確可窺見梁遇春隨筆以議論為中心，調動一切知識積累和藝術手段，使議論形象化、情意化的風姿，以及那種知、情、理相統一的特點。

魯迅和周作人是寫作隨筆體雜文的能手。他們的隨筆融化了歐美、日本和我國古典隨筆的長處，又有自己的獨特風格。魯迅《墳》裡的雜文名篇，大多是隨筆，它們從容舒卷，意態自如，嬉笑怒罵，博大精深；周作人的前期隨筆，以博識、機智、趣味著稱。他惜墨如金，注重藝術上的節制和矜持，卻又渾樸自然，不落斧痕，文字看似樸拙，實則老練，仿如青果，有澀味，有餘甘，但不如魯迅的闊大深沉；豐子愷《緣緣堂隨筆》中的部分篇章也是議論性的隨筆，有淡淡的禪味，有純樸天真的風趣，文字輕鬆婉曲，如行雲流水，有自己的鮮明風格。梁遇春的隨筆同以上諸家迥然相異，他推崇魯迅和周作人的小品文[31]，但他又終生嗜讀英國蘭姆的《伊利亞隨筆》，受到蘭姆隨筆深刻的浸潤和影響。他博學多思，年青氣盛，人生閱歷不夠深廣。他在寫作隨筆雜文時，喜歡旁徵博引，標新立異，善於在議論中融進記敘、描寫、抒情等藝術手段。他的隨筆有博識，有巧思，有情采，但不善於節制自己的知識、情感、想像、聯想和詞采，有知識的過多堆砌，立意的過於尖新，感情的太多傾泄，詞采的過於穠麗，文字的失於繁冗等毛病。儘管如此，梁遇春仍不失為獨樹一幟的文體家。在他之後，錢鍾書在一九三九年出版的《寫在人生邊上》，其議論隨筆的氣度風格同梁遇春有近似之處，但作者的博識和睿智則不讓梁遇春，特別是人生的閱歷更深廣，行文便顯得更為波譎雲詭，犀利老辣。

---

31 梁遇春：〈序〉，《小品文選》（上海市：北新書局，1930年）。

五 林語堂、周作人的雜文

在這個時期中，「語絲」社經歷著分化和解體的過程，它的分化同《新青年》社的分化一樣，是馬克思主義的傳播、民族民主革命的高漲和深入所必然引起的一個文化團體內部成員世界觀和文藝觀的發展變化，必然引起的文化團體的新分化和新組合。在半封建半殖民地的舊中國，無產階級、資產階級和小資產階級都有程度不同的反帝反封建的要求，它們之間有結成反帝反封建的文化統一戰線的可能性。隨著民族民主革命新的高漲和深入，馬克思主義的更廣泛更深入的傳播，無產階級對文化統一戰線的主導作用更為強大；而資產階級和小資產階級在文化戰線上的代表人物，在時代的動盪中，不是向左就是向右轉化了，即使有的一時處於中間狀態，也是暫時的。《語絲》社中的錢玄同、劉半農、周作人和林語堂，在時代潮流的急速變動中，經歷了從積極到消極、從進步到頹唐的演變。錢玄同在一九二六年以後，不再寫雜文，專門從事語言學研究了；劉半農在二十年代末三十年代初，仍陸續寫了一些雜文，在「論語」派的雜誌上發表。用古文寫就的《雙鳳凰磚齋小品文》，表現了他復古的傾向。林語堂和周作人則仍然大量寫作雜文小品，他們是「論語」派的著名代表人物。

林語堂的《我的話》

林語堂被蔣介石的「四一二」血腥大屠殺嚇得目瞪口呆，從第一次大革命失敗後至一九三二年創辦《論語》前，他主要從事三本《開明英文讀本》和兩本《英文文學讀本》的翻譯和編寫工作，偶爾也寫些雜文。這時他的政治態度有了明顯的變化，當年在北京時期那種勇猛的戰鬥姿態沒有了。他對蔣介石的反動統治不滿，但又慴於大屠殺的巨大威脅，覺得一個人的「頭顱」只有一個，在亂世中當個「順民」最好。他對自己的頹唐和消極也是不滿的，一九二八年他在編輯《翦拂集》時，回憶兩年前那「悲壯」「激昂」的鬥爭場面，自己當年那些有著「激烈思想」的雜文，而今都成了「隔日黃花」，自己也深感「寂寞與悲哀」(《翦拂集》〈序〉)。

這時，他的雜文已沒有《翦拂集》中那種直面人生、悍潑放恣的戰鬥篇章，但仍有曲折的牢騷和不平，寫於一九二八至一九二九年的〈薩天師語錄〉(二)(三)(四)就是。其中記述薩天師來到東方，看到的是依然叫人痛心的「文明」，有人對他說，「要打破性幽囚的監牢」,「推翻貞女烈婦的牌坊」，薩天師說，「你的志願很好！」又說：「我彷彿聽見幽囚的哭聲，在你蓬髮的底下，我似乎仍然看見奴隸的面。」「這個哭聲與這個面目，就是你尚未解放的徽記。」薩天師還說：「我要告訴你們解放的真術」,「我願意替你們打斷一切的枷鎖，只是你們不能容納。」但薩天師終於失望了，不得不承認：「我的希望是徒然的。我的說話也是徒然的……」這曲折反映了林語堂在第一次大革命失敗後對當局獨裁專政的不滿和牢騷，與找不到出路的深刻的失望和悲哀。這是林語堂思想的一個方面，另一個方面是他的個人主義思想，使他成為「大荒」中「我走我的路」、「我行我素」的「孤遊」者，這正是他鼓吹克羅齊的「自我表現」和公安派的「獨抒性靈」的「言志」文學的思想根源。他的自由主義，使他採取「不阿所好」(《大荒集》〈序〉)的態度，既不投靠蔣介石當局，也不向無產階級靠近，企圖走一條所謂不黨不派、不左不右的中間道路。他也正是從趣味主義出發，鼓吹「幽默」、「閒適」，把英國小品和公安派小品中的「幽默」、「閒適」的一面看成唯一的東西，並捧到至高無上的地位。在現實鬥爭中，林語堂思想和創作中的這兩個方面在消長，總的趨勢是每況愈下。

一九三二年九月，林語堂創辦《論語》半月刊，倡言「不談政治」,「不附庸權貴」,「不為任何一方作有津貼的宣傳」，自稱「言志派」，反對「涉及黨派政治」的「載道派」，大力提倡「幽默」，認為只有幽默，文章才能「較近情，較誠實」(〈我們的態度〉)。林語堂雖然標榜清高，諱言政治，實際上是不可能脫離政治的。開初，他的幽默文章就有對國民黨統治下黑暗社會進行諷刺的傾向，他於一九三三年初加入宋慶齡、蔡元培發起的中國民權保障同盟，這本身就是一種態度，說明他這時基本上還是傾向進步的。《論語》創辦之初，魯迅和一些左翼作家都在《論語》上發表文章。當時魯迅是把林語堂作為朋友看待的。針對林語堂鼓吹的幽默文學，魯迅在〈小品文的危機〉和〈幫閒法發隱〉中，對林語堂進行了批評和規勸。

林語堂是頑強的個人主義者，他根本不聽魯迅等的忠告，而且變本加厲，越走越遠。他創辦《人間世》半月刊，鼓吹「性靈」小品寫作要「無關社會意識形態鳥事，亦不關興國亡國鳥事」，鼓吹用白話的文言即「語錄體」寫作小品。在《人間世》創刊號上，以顯著地位刊登周作人大幅照片和〈五秩自壽詩〉二首，並接連幾期登載許多人的唱和吹捧之作。以後還登載辜鴻銘、嚴復、林琴南、劉半農等的照片，連篇累牘地發表文章，把他們當做「名士」吹捧，一時鬧得烏煙瘴氣。當時許多人批評了周作人的自壽詩，而林語堂卻在〈周作人作詩法〉中為之辯護，說他是「寄沉痛於悠閒」，說自己是「潔身自好」，謾罵批判者「如野狐談禪，癩鱉談仙」。他在雜文集《我的話·行素集》的序中，表明了自己拒絕一切忠告、獨行我素的「天生蠻性」。他寫道，他的小品文是：

> 信手拈來，政治病亦談，西裝亦談，再啟亦談，甚至牙刷亦談，頗有走入牛角尖之勢，真是微乎其微，去經世文章甚遠矣。所自奇者，心頭因此輕鬆許多，想至少這牛角尖是我自己的世界，未必有人要來統制，遂亦安之，孔子曰：汝安則為之，我既安之，故欲據牛角尖負隅以終身。

他確是負隅終身，執迷不悟了。由於他的理論主張和創作實踐受到左翼作家的批評，他就在〈做文和做人〉、〈我不敢再遊說〉、〈今文八弊〉等雜文中，詆毀左翼作家對他的批評是「以漫罵為革命，以醜詆為原則」，說什麼「文人好相輕，與女子互相評頭品足相同，白話派罵文言派，文言派罵白話派，民族文學罵普羅，普羅罵第三種人」，竟把文藝上嚴肅的原則鬥爭，歪曲為大家「爭營奪壘」，「互相臭罵」；他攻擊魯迅等譯介波蘭、捷克等被壓迫民族的文學，認為譯文中吸收外國語法，是「事人以顏色」，「其弊在浮」，是「洋場孽少怪相」，「其弊在奴」。為此，魯迅連續發表了七篇論「文人相輕」的雜文，批判林語堂的「無是非觀」。在〈題未定草（三）〉中，批駁了〈今文八弊〉的謬說，揭穿了林語堂的「西崽相」。林語堂雖以高人逸士自居，但他的小品文取材越來越瑣屑，趣味越來越無聊，文體越來越復古了。魯迅認為林語堂為代表的「論語」派的小品文，「自以為高一點的，已經滿紙空言，甚而至於胡說八道，下流的卻成為打諢，和猥鄙的丑角，並無不同，主意只在挖公子哥兒們的跳舞之資，和舞女們爭生意，可憐之狀，已經下於五四運動前後的鴛鴦蝴蝶派數等了。」[32]魯迅還認為這些東西連「幫閒文學」也夠不上，即便是「幫閒」，還得有「幫閒之志」和「幫閒之才」，而他們有的不過是「亂點古書，重抄笑話，吹拍名士，拉扯趣聞，而居然不顧臉皮，大擺架子，反自以為得意，——自然也還有人以為有趣，——但按其實，卻不過『扯淡』而已。」[33]魯迅的批評，確是毫不留情，一針見血的。

雖然如此，此時的林語堂畢竟還不是買辦反動文人，還不是「王之爪牙」，他對黑暗現實還是「憤憤不平」的。一九三五年八月十一日，蕭三在〈給左聯的信〉中，就肯定了這一點。他指出：「統治者的虐政，尤其是賣國政策大遭一般知識者的非難，林語堂的『自古未

---

32 魯迅：〈雜談小品文〉，《且介亭雜文二集》（上海市：三閒書屋，1937年）。

33 魯迅：〈從幫忙到扯淡〉，《且介亭雜文二集》（上海市：三閒書屋，1937年）。

聞糞有稅，而今只有屁無捐』可謂謔而虐之至。」後來，「論語」派還和「文學」社、「太白」社共同簽署過〈我們對於文化運動的意見〉，反對國民黨的尊孔讀經運動。他對當局的不抵抗政策也有諷刺和抨擊。「一二九」運動發生後，林語堂撰寫過〈關於北平學生一二九運動〉、〈國事亟矣〉、〈外交糾紛〉等文章，支持青年學生的愛國運動，抗議反動當局的暴行。一九三六年十月，他還與魯迅、郭沫若、茅盾等二十一人，聯名發表《文藝界同人為團結禦侮與言論自由宣言》。魯迅逝世後，林語堂在《宇宙風》上發表〈悼魯迅〉這一雜文名篇。文中談到他同魯迅的交往與齟齬，寫出魯迅性格的某一方面，傾注了自己的由衷讚佩之情。

一九三六年八月，林語堂挈眷赴美講學，此後長期僑居美國，主要用英文寫小說《瞬息京華》和文化隨筆《生活的藝術》等。他於抗日戰爭後期曾回到當時的「霧重慶」。

周作人的《看雲集》等

周作人這十年中的雜文創作，在思想和藝術上的蛻變更加驚人。從大革命失敗後至一九二八年底，他還寫過一批戰鬥雜文，揭露國民黨新軍閥屠殺革命人民和共產黨人的血腥暴行，諷刺吳稚暉等為虎作倀的言行，同情革命人民和共產黨人。一九二八年十一月，他在〈閉戶讀書論〉中，說「苟全性命於亂世第一要緊」，想來想去只有「一個辦法，這就是『閉戶讀書』」，這標誌著他雜文創作思想上的重大轉折，開始步入頹唐沉落期。

他早期雜文「所談的總還不出文學和時事這兩個題目」，現在「時事」是「決不談了」(《永日集》〈序〉)。從少談到不談「時事」，轉到大談特談什麼「草木蟲魚」，什麼「聽鬼」「畫蛇」，或者掉書袋做「文抄公」，展覽他的「雜學」，發思古之幽情，在故紙堆裡爬羅剔抉，搜掘奇聞軼事。在散文創作理論上，他根本否認現代散文是「五四」思想革命和文學革命的產物，而認為這是表現個人「閒適」「趣味」的晚明公安小品的「復興」(〈中國新文學的源流〉)。早在五四時期，周作人就常常訴說自己身上有著「叛徒」和「隱士」、「流氓」和「紳士鬼」的鬥爭。可以說在當時是「叛徒」的一面占主導，現在雖然仍有一些貌似出世的雜文如〈書法精言〉、〈文字獄〉等暗寓諷世之意，隱晦曲折地流露了對當局法西斯專政的不滿，但總的傾向是隱遁玩世，已從前期「腐心桐選誅邪鬼，切齒綱倫打毒蛇」[34]的新文化運動戰士，變為「中年意趣窗前草，外道生涯洞裡蛇」[35]的「隱士」了。

他這時寫的大量雜文小品，諱言「時事」，所談的是他自認為「橫通」的雜學，如人類學、神話學、民俗學、性道德、性心理和兒童心理學，以及明清以來筆記小品中他認為有趣的東西。這類文章雖也包涵著一定的反愚昧反專制意味，也有博識益智之處，不能一概抹煞；卻完全失去他前期那種敏銳的現實感和「浮躁凌厲」的批判鋒芒，趣味是越來越古雅瑣屑了，文字是越來越蒼老枯澀了，摘抄引證也是越來越繁瑣，越有「炫博」之嫌，從思想情趣到文字作風都士大夫化了。一九三四年《人間世》一創刊，他就發表了〈五秩自壽詩〉，遭到左翼作家的猛烈抨擊，從此他更迅速地滑向了沉落的末路。他攻擊魯迅為代表的左翼文藝運動（〈老人的胡鬧〉），咒罵馬克思主義是「新禮教」(〈長之文學論文集跋〉)，無產階級革命文學是「八股」「載道文學」(〈談策論〉)，誣衊文藝論爭是「打架的文章」(〈關於寫文章〉)。他還跟在日本侵略者後面鼓噪什麼「中日同是黃色蒙古人種」，文化同一，「實究命運是一致的」(〈日本的衣食住〉)，甚而為賣國賊秦檜辯護翻案（〈再談油炸鬼〉)。至此，周作人已面向反動腐朽的封建主義和帝國主義，背對革命和進步的文藝運動，他的全面墮落指日可待了。

---

34 錢玄同：〈和豈明先生自壽詩〉，《人間世》第3期（1934年5月）。

35 周作人：〈五秩自壽詩（其二）〉，《人間世》第1期（1934年4月）。

周作人這時期向封建士大夫蛻化的事實，反映了一個深刻的時代悲劇。由於中國特殊的歷史條件，中國古老的封建主義幽靈有著特別頑強的滲透力和腐蝕力，在西方曾經對封建主義的戰鬥獲得全勝的資產階級民主和科學思想，在中國只能打幾個回合就敗下陣來，於是在中國近現代史上可看到各式各樣的封建主義復辟的悲劇、喜劇、鬧劇和醜劇，而特別令人深思的是曾有一批又一批反封建的資產階級民主主義思想家、革命家和文學家，如康有為、梁啟超、章太炎、周作人、林語堂等都走上復古倒退的路，這甚至在共產黨內搞「家長專制」的陳獨秀、王明一類人身上也有所表現，這確是耐人尋味的歷史教訓。

周作人這時的雜文收在《永日集》（1929）、《看雲集》（1932）、《夜讀抄》（1934）、《苦茶隨筆》（1935）、《苦竹雜記》（1936）、《風雨談》（1936）和《瓜豆集》（1937）中。他雖然遠在北京，沒有直接參與「論語」派小品文刊物的編務，可是由於林語堂等人把他的理論和創作奉為典範，所以，周作人實際上可說是「論語」派的「精神領袖」。周作人後來的投敵墮落，無情地敲響了「論語」派的喪鐘。

六　「魯迅風」雜文的成熟與豐收

二十年代末，雜文創作曾有過暫時的沉寂。三十年代初，伴隨著兩種反革命「圍剿」的加劇，是兩種革命的深入；伴隨著民族危機的深重，是抗日浪潮的高漲。迎著雷鳴雨驟般猛烈的階級鬥爭和民族鬥爭，勁松般強健剛毅的戰鬥雜文越發繁榮茂盛，越顯出英雄本色，也越能獨標文壇風骨。

早在開創期，李大釗、瞿秋白、蕭楚女、惲代英就曾嘗試著將馬克思主義與自己的雜文創作結合起來，使他們的雜文初步顯示了馬克思主義的革命批判鋒芒。到了「左聯」時期，在魯迅、瞿秋白的倡導和示範下，馬克思主義和雜文創作的結合出現了前所未有的廣度和深度。魯迅和瞿秋白後期雜文創作和理論，魯迅和瞿秋白共同開創的、後人稱為「魯迅風」的革命現實主義戰鬥雜文傳統，就是這種結合趨於成熟、達到高峰的標誌，是本期雜文運動的最重要成果，也是以後國統區戰鬥雜文作家提高自己雜文思想和藝術水準的原動力。在《新青年》時期和《語絲》時期，戰友們以雜文為武器，向反動勢力作集體的戰鬥。在「左聯」時期，革命雜文作家有了新的理論武裝，有了魯迅、瞿秋白這樣的統帥，他們以雜文為武器向黑暗勢力展開了更大規模的進攻，顯示出了前所未有的強大威力。

這十年，「魯迅風」戰鬥雜文的藝術成就達到高峰，這是雜文藝術最重要的成就。一批具有思想性和戰鬥性的學術考證、研究類雜文的出現，梁遇春等的隨筆體雜文的成功，陶行知等關於雜文大眾化的實踐和探索，則標誌著雜文藝術的全面發展。雜文這種「和現在切貼，而且生動，潑刺，有益，而且也能移人情」的文體，就以空前鼎盛的氣勢、空前雄健的步調「侵入高尚的文學樓臺去」了！[36]

第四節　報告文學的興起

我國古代文學中，記事性散文有著深厚的傳統。到了近代，隨著反帝風雲的變幻、革命鬥爭形勢的發展和報刊出版事業的興起，產生了許多紀實性的戰記，如阿英收輯的《鴉片戰爭文學集》、《中法戰爭文學集》、《庚子事變文學集》等，這些文字開始具有報告文學的因素。西方文化的輸入，使統治階級內部的開明知識分子開闊了眼界，他們開始走向世界，進行考察學習，寫了許多考察遊記，例如康有為的《歐洲十一國遊記》、梁啟超的《新大陸遊記》，都屬於這方面的作

36 魯迅：〈徐懋庸作《打雜集》序〉，《且介亭雜文二集》（上海市：三閒書屋，1937年）。

品，同樣具有報告文學的因素。

「五四」新文學運動以來，《新青年》、《每週評論》、《晨報》等報刊，發表了許多「通訊」之類的文章。一九二一年出現了瞿秋白著名的旅俄通訊，還有與瞿秋白同時旅俄的《晨報》記者俞頌華的考察記（後結集出版《遊記第二集》）；「五卅」慘案發生後，有葉紹鈞的〈五月卅一日急雨中〉、鄭振鐸的〈街血洗去後〉；「三一八」慘案發生後，有朱自清的〈執政府大屠殺記〉；還有陸定一的〈五卅節在上海〉、郭沫若的〈請看今日之蔣介石〉等。這些旅行記和紀實散文，及時報導重大的政治事件，具有鮮明的政治立場，強烈的戰鬥激情，有的研究者認為它們已具有報告文學的性質。

當然，正式倡導並有意識地創作報告文學，是從三十年代開始的。由於民族民主革命鬥爭的發展要求，一九三〇年中國左翼作家聯盟成立後，正式號召開展「工農兵通訊運動」，提倡「創造我們的報告文學」。報告文學作者開始時注意學習外國的有關理論，並有意借鑑外國的一些創作手法，隨著創作實踐的展開，他們便開始逐步自覺地探索開拓具有我國民族特色的報告文學的新路。

本時期報告文學創作具有成長期的兩個突出特點：一是在工農兵通訊運動的推動下，掀起群眾性的報告文學寫作熱潮，並以此帶動作家們的報告文學創作；二是記者執筆的遊記和旅行通訊的盛行。

一　群眾性的報告文學寫作熱潮

工農兵通訊運動是隨著我國民族矛盾的尖銳化和「文藝大眾化」的實踐要求而興起的。一九三一年，「九一八」事變爆發，激起了我國民族解放運動的高漲。為了適應新的鬥爭形勢的發展，「左聯」號召「組織工農兵通訊運動」，把「大眾化」作為確立無產階級文學「新路線」的「第一個重大問題」加以強調。在「左聯」領導下，

「一二八」上海戰爭時，就有大量工農兵的文藝通訊湧向報刊。在上海等地的「左聯」刊物，如《文學導報》、《文藝新聞》、《北斗》、《文學月報》等，以及《讀書月報》、《社會與教育》雜誌，《時事新報》、《大晚報》、《大美晚報》等副刊，都相繼發表了大量的文藝通訊作品。阿英以「南強編輯部」的名義，從中選編二十八篇，集成《上海事變與報告文學》（南強書局，1932），這是我國第一部以報告文學名義出版的報告文學選集。同年，《文藝新聞》社也編輯出版《上海的烽火》一書。這些作品反映了上海軍民在反抗侵略鬥爭中同仇敵愾的高昂情緒。儘管它們還比較粗糙，更接近於新聞記事，但作為正式倡導的「報告文學」名目下的第一批成果，無疑是值得珍惜的。

「一二八」戰爭爆發後，一些作家和實際工作者深入前線，深受上海軍民戰鬥情緒的鼓舞，寫下了許多報告文學。例如白葦的〈火線上〉（《文藝新聞》1932年4月第49至50號）和〈牆頭三部曲〉（《北斗》1932年7月第2卷第3至4期合刊），適夷的〈戰地的一日〉（《現代》1932年5月創刊號）和戴叔周的〈前線通信〉（《北斗》第2卷第3至4期合刊）等。此外，突如（夏衍）反映滬西民眾反日大示威和內外反動派互相勾結屠殺示威群眾的〈勞勃生路〉（《文學導報》1931年10月第6至7期合刊），蒼劍反映礦工悲慘生活的〈礦工手記〉（《文藝新聞》1932年4月第50至52號）等，也產生過一定的影響。

一九三二年，《文藝月報》第二、三期，分別以「一二八事變的回憶」和「九一八週年」兩個專欄，發表了沈端先（夏衍）的〈兩個不能遺忘的印象〉、葉紹鈞的〈戰時瑣記〉、茅盾的〈第二天〉和樓適夷的〈向著暴風雨前進〉等作品，反映了作家對戰爭的觀察、體驗和深切的感受，表達了他們的戰鬥呼喊和對侵略者的同仇敵愾！

一九三四年，陳望道主編的《太白》（半月刊）倡導「速寫」，得到許多著名作家的大力支持，於是「速寫」迅速發展，蔚為大觀。經常撰稿的有：茅盾（刑天）、巴金（余一）、許傑、夏征農、周文（何穀天)、艾蕪、草明、靳以、沈起予等。這種「速寫」輕便簡捷，截取作者生活印象中的某些片斷，比較廣泛地反映了在民族矛盾日益尖銳、階級矛盾日益複雜的情況下廣大勞動人民的苦難生活。胡風在〈關於速寫及其它〉(《文學》1935年2月號）一文中說：「劇激變化的社會生活使作家除了創作以外還不能不隨時用素描或速寫來批判地記錄各個角落裡發生的社會現象，把具體的實在的樣相（認識）傳達給讀者。這不是經過綜合或想像作用的文藝作品，而是一種文藝性的紀事（Sketch)，但它的特徵是能夠把變動的日常事故更迅速地更直接地反映，批判。說它是輕妙的『世態畫』，是很確切的。」

《文藝月報》所刊登的回憶，《太白》提倡的「速寫」，可以說是一種接近於報告文學的紀事性文藝。這些作品所具有的現實鼓動性和藝術感染力，促使一些原來未能深入實際鬥爭漩渦的作家，也拿起筆來及時迅速地反映他們所熟悉的生活。

一九三六年是報告文學的第一個豐收年。在這一年中，不僅群眾性通訊寫作持續深入發展，夏衍、宋之的等作家們也創作了一些優秀的作品，鄒韜奮、范長江等名記者也有通訊名著行世，共同把新興的通訊報告活動推向第一個高潮。

在群眾性創作方面，繼阿英編輯的《上海事變與報告文學》之後，梁瑞瑜又從十九種刊物的「生活速寫」、「生活記錄」、「報告文學」、「通訊」和「日記」等專欄中，選出了一九三二年以來發表的五十二篇作品，輯為《活的記錄》(1936)。此集不僅形式比《上海事變與報告文學》豐富多彩，而且反映的生活也更加深入廣泛。它們的作者大都是生活在各種不同環境中的青年，他們忠實地記錄了各方面的現實生活，誠如編者在〈序〉中所說：它在讀者面前「展開一幅複雜的生活的圖畫」。《讀書生活》社也同時彙編出版了該刊發表的通訊集《生活紀錄》，按行業分為工人、農民、兵士、小販、船夫、店員·學徒·練習生、編譯·校對·教員·學生、調查員·師爺·和尚·校工、婢女、小姐等十組生活自述，涵蓋面更為廣泛。

茅盾等人發起的《中國的一日》徵文運動，把通訊報告的群眾性寫作推向高潮。這次徵文運動以一九三六年五月二十一日這一天為內容，不到三個月的時間，就收到三千篇以上的稿件，總計不下六百萬言。這是對所有「關心著祖國的命運的而且渴要知道在這危難關頭的祖國的全般真實面目的中國人」的「一個腦力的總動員」！編者從中選出五百篇，計八十萬言，集成一巨冊由生活書店出版。這是我國現代文學史上一個偉大的創舉！茅盾在〈關於編輯的經過〉一文指出：這次寫作成功，「使我們深刻的認識了我們民族的潛蓄的文化創造力量是有多麼偉大！」這一偉大的創舉一直影響著我國群眾性文學活動的組織和發展。

這部作品以省市為單元（包括海外華僑和港澳同胞）分為十八編，反映了同一日期內各地不同的生活內容，構成了整個中國現實生活和現實鬥爭的全貌。誠如茅盾所說，在這部作品中可以認清「富有者的荒淫享樂，饑餓線上掙扎的大眾，獻身民族革命的志士，落後麻木的階層，宗教迷信的猖獗，公務員的腐化，土劣的橫暴，女性的被壓迫，小市民知識分子的彷徨，『受難者』的痛苦及其精神上的不屈服……」還可耳聞目睹「從中國的每一個角落」發出的「悲壯的吶喊，沉痛的聲訴，辛辣的詛咒，含淚的微笑，抑制著的然而沸湧的熱情，醉生夢死者的囈語，宗教徒的欺騙，全無心肝者的獰笑！」總之，它構成了一部危難中的中國「奇瑰的交響樂！」使我們在這醜惡與聖潔、光明與黑暗交織的「橫斷面」上，「看出了樂觀，看出了希望，看出了人民大眾的覺醒；因為一面固然是荒淫與無恥，然而又一面是嚴肅的工作！」（〈關於編輯的經過〉）

寫作的形式也多種多樣。有速寫、有素描、有故事、有日記……；作者各自採取親身經歷或見聞的片斷，反映某一角落的生活內容，既親切又活潑，真是「百花齊放」！這可以從《南京》編和

《上海》編窺見一斑。表現迷信猖獗的〈五・二一雜記〉（蕭思），寫上海城隍廟裡，一邊是「有求必應」、「誠則靈」的木牌，一邊是保安隊的標語：「實行新生活，剷除舊習慣」，「國必自伏，而後人伏之」。兩相對照，構成絕妙的諷刺。城隍廟的一副對聯巧妙地揭露了社會的黑暗：「奸心，淫心，貪心，欺詐心，種種心腸，問爾如何結果？」「兵劫，火劫，水劫，瘟疫劫，重重劫難，看你那裡逃生？」〈一位「時勢英雄」〉（朱惟祺），寫一個縣「國大」代表競選的醜劇，揭露了國民黨官場的腐敗。〈在鄉村〉（徐雲霞）揭露了當官的隨意役使百姓的罪行。〈參觀的一日〉（華依紋）、〈獄中計〉（山風）則揭露國民黨監獄的野蠻、殘酷、黑暗和他們叫嚷「全國一致」抗日的虛偽性。〈我所經過的五月廿一日〉（黃炎培）記載四川饑荒中駭人聽聞的「人吃人的消息」。作者是著名的民主人士，其文筆沉痛、懇切，令人讀後油然而生憂國憂民的情思。〈關餉〉（敬言）敘寫國民黨軍隊克扣軍餉的事實。作者是國民黨軍隊中的「巡長」，有話直說：「我知道：我那一份兒除去訓練隊的伙食跟別的一些亂七八糟底花樣，剩下的還不夠付房錢」，「不關餉，盼關餉，關了餉，還不是到手就光」。這說明在國民黨軍隊中發財的是少數人，而窮困的永遠是大多數！〈馬日〉（陳子展）由九年前（即一九二七年五月二十一日）的長沙「馬日事變」談到中國政治的「多變」。其時作者正在長沙，駐軍在一夜之間「包圍省工會省農會，追繳了工人糾察隊農民自衛隊的械」。從此「國共分家」而「寧漢合作」，決定了「國民革命」的前途。作者說：「在那一年的這一日晚上，我從劈劈啪啪和淅淅瀝瀝合奏的聲音裡驚醒來，一晚不曾合眼，是誰敵誰友，誰是誰非一晚，不，一刻，一分，一秒，就可以變卦，政治上真是所謂『瞬息萬變』，尤其是咱們貴國的政治常常變幻得沒有定準，不是像我這樣的笨伯可以應付得了的。」「回憶到九年前的那個『馬日』，時光過得好快啊！這個世界又變了好多啊！」不寫現實又句句寫現實，維妙維肖地刻畫出了變亂時代一個知識分子的複雜心態。

《南京》編和《上海》編的作者大多是知識分子，藝術表達能力較強；即使是普通職員或其他行業的群眾，也具有較好的文化水準。至於其他各省的作品，寫作水準就參差不一了。但有一點是可以肯定的，作者能夠根據自身的見聞和感受，採取不同的表現形式，從而使作品顯得無拘無束，活潑自由。在《中國的一日》影響下，朱作同和梅益後來主編了《上海一日》，反映一九三七年「三一八」到一九三八年「三一八」這一年間上海淪陷前後的鬥爭情況，字數達百萬言，超過了《中國的一日》的規模。由此可見這種群眾性寫作熱潮的迅速高漲和「一日」體例的影響。

二　夏衍等人的報告文學

除了廣泛而深入的群眾創作外，作家們的報告文學創作也相當活躍。一九三六年創刊的《光明》（洪深、沈起予主編）、《文學界》（周淵主編）、《中流》（黎烈文主編）和《夜鶯》（方之中主編）等，都發表許多報告文學作品。其中，夏衍的〈包身工〉和〈包身工餘話〉，宋之的的〈一九三六年春在太原〉，便是膾炙人口的名篇。

夏衍（1900-1995），浙江杭州人，著名的劇作家和雜文家。一九三一年秋後，他就陸續發表了〈勞勃生路〉、〈兩個不能遺忘的印象〉和〈從莫斯科到上海〉等通訊報告。一九三五年，他冒著生命危險，花了兩個多月的「夜工」，對上海東洋紗廠的「包身工」生活進行深入的調查，於一九三六年六月寫成〈包身工〉發表在《光明》半月刊創刊號上。該刊編者在社評中指出：「〈包身工〉可稱在中國的報告文學上開創了新的記錄。」

〈包身工〉將調查所得的詳實材料加以提煉，濃縮在一天內加以精心組織和巧妙穿插，顯示出結構的縝密和完整。全文開頭描寫清晨工房內包身工豬玀般的生活場景，交代包身工的來歷和特點；中間描寫做工場景，展示包身工備受壓榨凌辱的慘狀；最後抒寫作者對包身工制度的悲憤控訴。「包身工」一旦被帶工老闆從鄉下騙到工廠，就立下「賺錢歸帶工者收用，生死疾病，一聽天命」的賣身契，失去了人身自由和做人資格，每天都得像奴隸像豬玀像機器一樣，在噪音、塵埃和濕氣中做十二小時高強度的勞動，在拳頭、棍棒和冷水的強制下替廠家和帶工頭賣命，「直到榨完了殘留在她皮骨裡的最後一滴血汗為止」。全文以活生生的事實揭開人間地獄的一角，綜合描寫包身工群體的非人生活，突出刻畫「蘆柴棒」的女工形象，以點帶面地反映出包身工整體的悲慘命運。她「手腳像蘆柴棒一般的瘦，身體像弓一般的彎，面色如死人一般的慘，咳著，喘著，淌著冷汗，還是被逼著在做工作」，連「抄身婆」都怕接觸她「骷髏一樣」的骨頭，打手踢她腿骨時也碰痛了自己的足趾，帶工老闆還惡狠狠地叫囂「寧願賠棺材，要她做到死」。這種奴隸不如的「包身工」制度是半殖民地半封建社會的怪胎，也是對二十世紀文明的褻瀆！作者最後悲憤地寫道：「在這千萬的被飼養的中間，沒有光，沒有熱，沒有溫情，沒有希望，——沒有法律，沒有人道。這兒有的是二十世紀的爛熟了的技術，機械，體制，和對這種體制忠實地服役著的十六世紀封建制下的奴隸！」「不過，黎明的到來還是沒法推拒的；索洛警告美國人當心枕木下的屍骸，我也想警告某一些人，當心呻吟著的那些錠子上的冤鬼。」這篇報告突破就事論事的寫法，透過包身工現象揭露資本主義與封建主義混合體制的罪惡，開創了報告文學暴露黑暗、批判現實、反映重大題材和社會問題的精神傳統，同時在結構佈局、場景描寫、細節刻劃、形象描繪和夾敘夾議上強化文學性，是真實性、新聞性、戰鬥性和文學性結合得較好的早期報告文學的代表作，為報告文學的發展樹立了成功的範本。

宋之的的〈一九三六年春在太原〉（《中流》一九三六年九月創刊

號）也是一篇獨具風格的優秀作品。它新創了一種報告形式：採用「集納新聞」的手法，把許多看來似乎不相連貫的事情連在一起，把自己的親身見聞和報刊新聞剪輯一處，相互映照，突破時空限制，展現了寬闊的社會圖景。這種寫法的長處是信息量大，但要巧妙剪輯，才能融為一體。作者精於構思，以「春被關在城外了」這句雙關語起頭，引出全篇的記述。城內的窒悶、恐慌與有時從野外吹來的春之新鮮溫暖的氣息，構成鮮明的對比，從而展開對城內社會狀態和心理狀態的正面描寫，同時又側面透露出紅軍東征勝利的資訊。城內守敵越是風聲鶴唳，草木皆兵，就越反映了他們外強中乾的虛弱本質和紅軍戰無不勝的巨大威力。篇末以「我是多麼的懷念春啊」的抒情語句作結，與開頭相呼應。這種新穎的藝術手法，加上輕鬆明麗的筆調，使作品具有幽默和諷刺的意味，因而能在三十年代的報告文學中獨樹一幟。茅盾認為宋之的寫的是親身經驗，「『實生活』供給了他新的形式和技巧」，比〈包身工〉「強了許多倍」。[37]

李喬的〈錫是怎樣煉成的〉（《中流》第二卷第一期）是繼〈包身工〉之後又一篇反映工人生活的名作。它著重揭露錫礦老闆誘騙和役使大批破產農民的罪行。無情的馬棒，殘酷的毒打，時刻在威脅錫礦工人的生命，資本家的每塊錫錠都沾著礦工們的斑斑血跡！但是礦工們並沒有屈服於資本家的殘酷壓榨，聽從「命運」的安排，他們「在老闆極野蠻的種種壓迫和剝削下」，在忍無可忍、怒不可遏的時候，也會「秘密的聯合起來」，身藏快刀，砍死老闆，搶走槍支，揚長而去！這便揭示了有壓迫就有反抗的道理。

沙千里的長篇報告《七人之獄》（1937）記述著名的救國會「七君子」事件和他們獄中鬥爭的歷程，揭露了國民黨反動派蹂躪法權、構人以罪的罪惡伎倆，同時也表現了他們同舟共濟、團結鬥爭的愛國

37 茅盾：〈技巧問題偶感〉，《中流》第1卷第3期（1936年10月）。

精神。正如作者所說的：「六人的安危，七人的安危，也就是任何一人的安危。同患難，共甘苦，這種同舟共濟的意義，推之於民族，與全國同胞，便是團結禦侮的精神。」因此，他們「在危難之中處處泰然，持之彌堅」，相信自己的愛國鬥爭必將勝利。作者是當事人之一，自己的思想交織著祖國的憂慮，因此讀來感人肺腑。

總之，這些報告文學創作，在敘寫「一二八」戰爭中上海軍民的反抗鬥爭之外，多方面地反映了社會現實，抨擊了內外反動派勾結起來對中國人民進行殘酷壓迫和剝削的滔天罪行，揭示了在民族矛盾與階級矛盾交織之下的中國人民的慘重災難。其中的優秀之作也以藝術上的獨創和自覺追求，標誌著報告文學結束了依附於新聞報導和旅行通訊的歷史，開始成為自覺的文學創作，步上獨立發展的道路。

三　鄒韜奮和范長江等的旅行通訊

五四時期，以報刊記者的身份從事遊記和旅行記寫作的不乏其人，他們的作品也帶有報告文學的性質，只是當時沒有「報告文學」這一名目罷了。在民族危機中，許多知識分子看清國民黨當局的腐敗，他們通過對國內外進行實地考察，以切身的見聞和感受報告國內外的政治、經濟和社會風情的各方面情況，以促使人們思考，明辨是非，開闊眼界，尋找出路。他們這時期寫的遊記和旅行記，和一般作家所寫的有所不同，已成為報告文學的一個分支，一個組成部分了。

旅外遊記在三十年代初期出現幾部注重社會紀實的作品。胡愈之的《莫斯科印象記》（1931）和林克多的《蘇聯見聞錄》（1932）這兩部作品，真實地報導蘇聯「廢除剝削制度」後社會生活的嶄新面貌，駁斥帝國主義和國內反動派對蘇聯社會制度的誣衊，澄清了許多人對蘇聯社會生活的「曲解」。《莫斯科印象記》文筆簡明有力，內容充實有趣，阿英認為它「開闢了中國的小品散文的新路」[38]。《蘇聯見聞錄》也寫得親切可信，「合乎人情」，如魯迅為該書作序所說的。一九三二年，戈公振參加「國聯」對「東北問題」調查後也赴蘇聯考察，並寫了《從東北到庶（蘇）聯》（1935）一書。此書不僅對蘇聯作了客觀、真誠而熱情的報導，而且表現了作者對我國民族前途的深切憂慮。他說，對蘇聯考察，「第一，要能無成見」；「第二，要不為習慣所囿」，「如果不能逃出舊的環境，即難領略這新國精神的所在」；「第三，要勿以一地一時或一事的情形來肯定或否定一切」，否則「即難以得全般的真相」。這種實錄存真的態度不僅有現實針對性，也是通訊報告所應堅持不渝的。

這時的旅外遊記中，鄒韜奮的影響很大。

鄒韜奮（1895-1944），原籍江西餘江，生於福建永安。一九二一年從聖約翰大學畢業後，主要從事新聞和職業教育事業。一九二六年主編《生活》週刊後，就以「各國通訊」專欄，發表了旅外記者的大量通訊報告，並選編出版了《深刻的印象》、《遊日鳥瞰》和《海外的感受》等。一九三三年，他參加宋慶齡、蔡元培、魯迅等人發起組織的「中國民權保障同盟」，被國民黨特務列入「暗殺」名單，被迫出國對歐美和蘇聯進行考察學習。其間他先後寫成了《萍蹤寄語》初集（1934）、二集（1934）、三集（1935）和《萍蹤憶語》（1937）四本書。作者以透澈的觀察，精闢的見解，犀利的文筆，解剖了歐美各國和蘇聯的社會，比較了蘇聯社會主義制度和歐美各國資本主義制度的優劣，看出了資本主義社會嚴重的階級對立，讚揚蘇聯「確實是要造成一個沒有階級的社會」，表示了他對蘇聯社會主義制度的嚮往。韜奮在兩年多的旅行考察和學習中，完成了由革命民主義者向共產主義者的思想轉變，由中國共產黨的朋友成為一個忠誠的戰士。

---

38 阿英：〈一九三一中國文壇的回顧〉，《北斗》第2卷第1期（1932年1月）。

韜奮的旅行通訊，同他的政論文一樣，是大眾化、通俗化的典範。他採用大眾的語體文進行寫作，明白曉暢，通俗易懂。他站在大眾的立場，十分注意「有益」，同時也注意「有趣味」，並用好友促膝談心的方式來表達思想。簡潔、生動、幽默是他通訊的風格。他的通訊作品篇幅短小，以敘述為主，綜合運用描寫、議論和抒情，帶著濃厚的幽默感。他處處讓客觀事物講話，並在這基礎上加以分析和評論，因此具有很強的說服力。他的作品擁有廣泛的讀者，在我國現代報告文學中產生過較大影響。

除旅外遊記外，對內的考察遊記和旅行通訊也相當發達。大革命失敗後，彭雪楓（署名彭修道）寫下的長篇遊記〈塞上瑣記〉（《國聞週報》1928年第5卷第9至16期），就是比較典型的作品。它不僅報導了塞上的社會風情、歷史古蹟，而且反映了直奉軍閥戰爭給人民帶來的災難。作品情調深沉、抑鬱，既表達了作者愛國愛民的情思，也表達了他對軍閥混戰的悲憤！楊剛的〈綏遠日簡〉（《大眾知識》第1卷第2至3期），報導「九一八」事變東北淪陷後日寇對綏遠的窺探，同時也反映西北人民遭受「旱蝗雹子」災害的苦難生活。它還譴責反動統治者對邊防地區「硬不顧惜，沒有絲毫的恤心」，而只顧「私人的便宜安福尊榮」的罪惡行徑。字裡行間洋溢著憂國憂民的愛國主義思想。

在國內旅行通訊的寫作方面，范長江是首屈一指的重要作者。

范長江（1909-1970），四川內江人。一九二七年，投奔當時革命中心武漢，參加了學生營，又隨軍到南昌，編入賀龍為軍長的二十軍三師教導團，並參加了南昌起義。一九二八年考入南京中央政治學校學習，「九一八」事變後，強烈要求學校開展抗日運動，不果，憤而脫離。一九三〇年考入北京大學哲學系，次年日軍侵佔山海關，他組織北大學生慰問團，奔赴前線。一九三五年七月，以《大公報》記者的身份，從成都出發，沿紅軍長征路線，開始了歷時十個月、行程四千餘里的長途旅行考察，寫下第一次公開報導紅軍二萬五千里長征和陝北抗日根據地鬥爭生活的著名的報告文學集《中國的西北角》(1936)。接著，「西安事變」發生，他又馬不停蹄地深入綏遠、西安等地，寫出了報導「西安事變」真相的〈塞上行〉(1937)。在此前後，他還寫了大量的旅行通訊，例如一九三五年五至七月在《大公報》上連載的長篇〈旅行通訊〉、〈川災勘察記〉。一九三七年二月，他由博古等陪同，從西安到延安，受到毛澤東的接見，並同毛澤東談了通宵。除了斯諾之外，他是以正式記者名義進入延安的第一人。他寫的《陝北之行》，打破了國民黨的新聞封鎖，向廣大讀者介紹陝北革命根據地生氣勃勃的面貌，介紹共產黨領袖人物和統戰主張，在國內外產生了重大影響。

范長江的旅行通訊，以他新聞記者的政治敏感性，反映重大的現實政治問題，展現西南和西北地區少數民族的生活慘狀，描寫陝北革命根據地的新面貌，令人耳目一新。其通訊還表現了他淵博的學識。他常把有關的歷史和風俗民情，交織在對現實事件的記敘之中。他的作品，無所不談，古往今來，左右逢源，相映成趣。他不重寫人，而重在記事，但他對生活的觀察細緻入微，因而對人的心理分析也很透澈。他的通訊，內容深廣，氣象恢宏，構成了獨特的藝術風格。

此外，在三十年代中期嶄露頭角的《大公報》記者蕭乾，也在旅行通訊方面表現了他的寫作才能。他曾受業於著名的美國記者、《西行漫記》作者愛德加·斯諾。在人生途中掙扎之際，得到過楊剛的提攜。他從一九三三年開始給《國聞週報》和《大公報》寫稿。他的通訊報告收入《小樹葉》(1937)、《落日》(1937) 和抗戰後出版的選集《人生採訪》(1947) 等。他的作品「褒善貶惡，為受蹂躪者呼喊，向黑暗進攻」，起了進步的作用；同時，他力求「把新聞文章寫得有點永久性」(《人生採訪》〈前記〉)。文筆簡潔、老練，文藝性強，因而使他的旅行通訊顯得著實而富有文采。這時的代表作是〈流民圖〉，它如實采寫一九三五年魯西大水災難民的慘狀，以逼真的場景描寫和人物剪影令人關注在災難中漂流的人民。

遊記報告和旅行通訊，是隨著新聞採訪的盛行而發展起來的。它注重實地考察調查，反映社會風俗民情和鬥爭風貌，啟發人們對現實鬥爭的認識，因而對現實鬥爭起了推動的作用。加以作者大都具有較高的文化素養，對現實事件發生的動因、發展的結局，有較深刻的分析和發掘，因此，它還具有史料價值。隨著現實鬥爭和新聞事業的發展，遊記報告和旅行通訊成了報告文學當中的一支強大的力量。

處於成長期的我國現代報告文學大體有三種類型，一是工農兵大眾的文藝通訊；二是作家的報告文學創作（包括《太白》倡導的一些「速寫」）；三是新聞記者的旅行通訊和遊記報告。工農大眾的文藝通訊的根本特色是，反映工農大眾的思想感情、願望和要求，形式短小，通俗易懂，富有濃厚的生活氣息。由於作者的文化水準不高，缺乏藝術素養，作品比較粗糙。但他們的文藝通訊仍然給專業作家和新聞記者的報告文學寫作以很大的啟發和促進。

報告文學出自作家的手筆和出自新聞記者的手筆是不一樣的，記者的作品樸實，作家的作品較為講究文采。鄒韜奮突出了記者的特色，把事件的記述與細節的描寫結合起來，又力求寫得通俗易懂，適合大眾的口味。夏衍發揮了作家的特長，把現實的和歷史的紛紜的材料，有條不紊地組織起來，立足於現實，表現了高度的藝術才能。

本時期的報告文學，不少還帶有從新聞通訊和散文遊記演化而來的痕跡。其實文體上的滲透交叉，藝術上的參差不齊，這是報告文學在其發展初期的必然現象。在「左聯」的積極倡導下，我國的現代報告文學作者，發揮他們各自的特長，努力把大眾的思想感情、真實的社會事件和適當的表現形式結合起來，把真實性、新聞性和形象性結合起來，寫出一批有著深遠影響的作品，相當廣泛地反映了這時期驚心動魄的民族矛盾和社會矛盾。它與時代現實的血肉關聯，與文藝大眾化運動的密切關係，促成了它後來的更大更迅猛的發展。

第四章
芙蓉翠蓋石榴紅
——記敘抒情散文的興盛

中國現代記敘抒情散文經過近十年的發展，取得了相當大的成就。散文作家在「五四」新潮的推動下，懷著認識世界的強烈願望，熱切關心著人生意義的探討，為個人遭遇鳴不平，為國家命運抒憤懣，散文園地姹紫嫣紅。大革命失敗後血的教訓，給散文家以極大的震撼；革命的深入，促使散文家進一步覺醒和分化。「左聯」的成立，大批青年散文家的湧現，戰鬥性雜文的壯大，報告文學的興起，記敘抒情散文經受時代風雨的洗禮，順應文風的流變，越發掩映多姿。思考人生問題的作品持續發展，但傾向於世態的觀照；後來有不少作家醉心於人生趣味的品嚐。國外旅遊散記和國內山水遊記繼承五四時期的傳統，又帶著動盪時代的印記。特別值得重視的是：一些作家直面現實，憧憬未來，不少青年作者表白孤獨抑鬱情緒，尋求光明出路；廣泛的城鄉生活慘像，則是受到普遍重視的題材。郁達夫在《中國新文學大系》《散文二集》〈導言〉裡說：「統觀中國新文學內容變革的歷程，最初是沿舊文學傳統而下，不過從一角新的角度而發見了自然，同時也就發見了個人；接著便是世界潮流的盡量的吸收，結果又發見了社會。而個人終不能遺世而獨立，不能餐露以養生，人與社會，原有連帶的關係，人與人類，也有休戚的因依的；將這社會的責任，明白剴切地指示給中國人看的，卻是五卅的當時流在帝國主義槍炮下的幾位上海志士的鮮血。」社會的發現，社會責任感的普遍加強，的確是本期散文發展的居主導的新的傾向。伴隨著時代主潮從個性覺醒、思想解放的啟蒙運動向階級鬥爭和社會革命轉移和發展，第一個十年中自我表現、身邊瑣事的流行題材，到了三十年代逐漸讓位於社會現實的描寫和群眾意識的表達，革命的現實主義精神在這一時期的散文創作中獲得長足的進展。

第一節　人生的觀照、領略與玩味

朱自清在一九三四年十月寫的〈內地描寫〉（《太白》第一卷第五期）一文中指出：「除了遊記的一部分，過去的散文大抵以寫個人的好惡為主，而以都市或學校為背景；一般所謂『身邊瑣事』的便是。」早期散文這種取材傾向，在周作人、冰心、朱自清諸家創作中有著明顯的表現。大革命失敗後，將日常人生作為寫作主要對象仍呈持續發展的趨勢。觀照人生真義，領略人生情味，追求生活風趣，涉世較深的作家樂於此道。這些題材雖平凡瑣碎，但貼近人生而易於引起感興。他們各自憑藉個人生活經驗和日常見聞，駕輕就熟，反映人生世態的某些色相，體味人生的甜酸苦辣，表現自己的生活態度，於己於人都有親切之感。由於時代的嚴峻，這時對於人生理致的思考和人生情味的領略，較少五四時期的理想色彩，更多現實的投影；對於人生風味的吟詠，不乏佳制，也有不少流於油滑，茶話酒談，成為風氣，魯迅以為此類「小擺設」造成了小品文的危機。時勢的動盪變化，作家思想的歧異，首先在人生題材上留下鮮明的印記。

一　觀照人生世相

葉紹鈞的《未厭居習作》

葉紹鈞把散文寫作當作繪畫中的「木炭習作」，一直堅持用散文

「自由自在寫他的經驗和意想」（《未厭居習作》〈自序〉）。他早期的散文收入《劍鞘》（與俞平伯合集）和《腳步集》。一九三五年又出了選集《未厭居習作》，除了選自以上二集的作品外，也編入一些新作。

阿英認為葉紹鈞散文的特色是「以哲學家的頭腦，寧靜的心，在對一切的自然現象、人生事物，刻苦的探索人生的究竟，在每一篇小品文裡，他都很深刻的指示出一個人生上的問題。」[1]郁達夫說：「葉紹鈞風格謹嚴，思想每把握得住現實，所以他所寫的，不問是小說，是散文，都令人有腳踏實地，造次不苟的感觸。」[2]他倆都確切地指出了葉紹鈞散文執著人生現實的一貫態度。《未厭居習作》中所收的新作突出地體現了這一特色。

〈牽牛花〉和〈天井裡的種植〉與他的前期作品〈沒有秋蟲的地方〉、〈藕與蓴菜〉、〈看月〉等，同屬於寫景抒情之作，寫種植花木一類生活瑣事，卻體察入微，平中見奇，領悟到「生之力」的沉潛和旺盛，物我生趣的默契和交融，在閒情逸致之外別有哲理意味，顯示了吟味和表現日常生活的老到。〈幾種贈品〉和〈三種船〉在狀物敘事之中，融入了淡淡的友情和鄉情。〈薪工〉現身說法，認為薪工階級受人剝削，但不應吝嗇心智地為社會盡力。〈中年人〉觀察到中年後心境的變化和視野的縮小，希望自己不蹈他人舊轍。〈兒子的訂婚〉談論青年人的婚姻問題，提醒青年人不要把戀愛作為整個人生。〈過去隨談〉回顧自己走出中學後的經歷，將自己的一點人生經驗和創作體會貢獻出來。這些日常生活感興樸實平淡，卻親切有用，他諄諄提示人生必須執著當前的現實，做個有益於人的勞動者。

葉紹鈞散文著重抒寫他對日常人生的生活經驗，反映出樸實謹嚴的思想個性，在文風上形成了自然親切、明白如話的特色。他長期從

---

1 阿英：〈葉紹鈞小品序〉，《現代十六家小品》（上海市：光明書局，1935年）。

2 郁達夫：〈導言〉，《散文二集》，《中國新文學大系》（上海市：良友圖書印刷公司，1935年）。

事語文教學和編輯工作，對於文體形式、謀篇佈局、語法修辭的造詣很深，因而能夠得心應手地運用小品、速寫、隨筆、雜感、寓言故事等樣式，或敘述，或描寫，或抒情，或議論，或象徵，或兼而有之，一本分量不多的《未厭居習作》就稱得上「十八般武藝樣樣齊全」，可說他是一個老練的文體家。他堅持「潤飾字句要以活的語言為標準，比活的語言更精粹」[3]的觀點；他是較早注意擺脫古文腔調和歐化痕跡，致力創造純粹、典範的白話語言的少數先行者之一。他的散文著重從現代口語裡提取精華，加以錘鍊規範，造成一種生動活潑、明白如話的書面語言。用字省儉，語句明白，文調自然，構成了敘述簡潔、語氣親切、琅琅上口的語言美的藝術效果。郁達夫「以為一般的高中學生，要取作散文的模範，當以葉紹鈞的作品最為適當」，[4]肯定了他在散文史上的獨特貢獻。

夏丏尊的《平屋雜文》

夏丏尊（1886-1946），浙江上虞人。十六歲中秀才，十七歲到上海中西書院讀書，後來到日本留學，進過東京高等工業學校，未畢業就回國謀生，在春暉中學、立達學園任教。從一九二六年起在開明書店當編輯，主編《一般》和《中學生》雜誌，編著指導中學生寫作和閱讀的《文章作法》等，一生為教育事業竭盡心血。文學活動方面，除了翻譯《愛的教育》和幾冊日本小說外，僅出版過一本《平屋雜文》（1935），收入一九二一至一九三五年的作品三十三篇。他在〈自序〉裡謙稱：「就文字的性質看，有評論，有小說，有隨筆，每種分量既少，而且都不三不四得可以，評論不像評論，小說不像小說，隨筆不像隨筆。近來有人新造一個雜文的名辭，把不三不四的東西叫做

---

3 葉聖陶：〈關於散文寫作——答編者問〉，《文藝知識》連叢第一集之三（1947年）。

4 郁達夫：〈導言〉，《散文二集》，《中國新文學大系》（上海市：良友圖書印刷公司，1935年）。

雜文，我覺得我的文字正配叫做雜文，所以就定了這個書名。」這裡所說的「雜文」，是廣義的雜文，即雜體文，指的是文體駁雜、不拘一格，並非通常特指的雜感。

夏丏尊在〈《子愷漫畫》序〉中認為：「藝術的生活，原是觀照享樂的生活。……凡為實利或成見所束縛，不能把日常生活咀嚼玩味的，都是與藝術無緣的人們。真的藝術，不限在詩裡，也不限在畫裡，到處都有，隨時可得。」基於這種認識，他主張以超脫功利觀念束縛的態度來觀照玩味日常生活，把日常普通生活化為藝術觀照的對象，因而他的作品能在貌似平淡無味的日常生活之中咀嚼出人生情味和世態風習。在這一方面，他和友人葉紹鈞、豐子愷等都是很接近的。

〈幽默的叫賣聲〉一文突出體現了他觀照日常生活的敏銳和老練。他從早晚聽慣嘈雜紛亂的叫賣聲中，「發見了兩種幽默家」，一種是賣「臭豆腐乾」的，以其言行一致、名副其實的呼聲譏諷著欺詐横行的現世；一種是賣報的，以其冷漠滑稽的口吻對待所謂國事要聞。「這兩種叫賣聲頗有幽默家的風格，前者似乎富於熱情，像個矯世的君子，後者似乎鄙夷一切，像個玩世的隱士。」這種擅長體察日常現象的能力，唯有生活閱歷豐富、生活興趣廣博的人才能做到。

〈貓〉是他敘事抒情散文的傑作。他把自家的生活遭遇集中起來，以物繫事，撫今追昔，傾訴了傷逝的一片真情。行文委婉曲折，先抑後揚，前後呼應，渾然一體，體現了一位文體家的特色。〈白馬湖之冬〉著力描繪白馬湖的寒冬情境，寒風怒號，湖水澎湃，松濤如吼，饑鼠奔竄，霜月當窗，積雪明亮，都渲染了風寒的氛圍。作者身處其中，感覺豐富，聽風聲，感風寒，躲狂風，觀雪景，以至「把自己擬諸山水畫中的人物，作種種幽邈的遐想」，「深感到蕭瑟的詩趣」，創造了一個別有風味的「有我之境」。在草萊初辟、寒風怒吼之處品嚐「冬的情味」而悠然自得，體現了作者投身教育、以苦為樂的精神風采。〈鋼鐵假山〉從日常生活的側面來紀念「一二八」上海戰火，披著古董外衣的竟是敵人的殺人利器，寓沉痛於超脫之中。〈灶君與財神〉全面揭露城鄉的破產和軍人的跋扈。夏丏尊用樸素的口語化文字，在平淡的世俗生活中挖掘其現實意義，深具幽默與諷刺的情味。

豐子愷的《緣緣堂隨筆》

豐子愷（1898-1975），浙江崇德（今桐鄉）石門灣人。一九一四至一九一九年在浙江第一師範學校就學，受業於李叔同和夏丏尊。畢業後，曾自費留日一年，專修西洋藝術。二十年代先後在上海師範專科學校、上虞春暉中學、立達學園任教，當過開明書店的編輯，長期與夏丏尊、葉紹鈞共事。他最初以「漫畫」知名於世，一九二五年後開始在《文學週報》、《小說月報》等刊物上發表散文隨筆。三十年代結集出版的散文有：《緣緣堂隨筆》（1931）、《中學生小品》[5]、《隨筆二十篇》（1934）、《車廂社會》（1935）和《緣緣堂再筆》（1937）。他是這時期多產的有風格的散文名家。

豐子愷的散文隨筆，依據題材特色和思想傾向，可約略分為四類：一是探究人生和自然的底蘊，且受佛教思想影響，帶有玄思禪味，主要作品有〈剪網〉、〈漸〉、〈大帳簿〉、〈秋〉、〈兩個「？」〉、〈無常之慟〉、〈大人〉、〈家〉諸篇。二是抒寫童真情趣，突出表現了他的兒童本位思想和一顆赤子之心。這是豐子愷散文最擅長的題材，膾炙人口的名篇有〈華瞻的日記〉、〈給我的孩子們〉、〈兒女〉、〈憶兒時〉、〈作父親〉和〈送阿寶出黃金時代〉等。三是記述自己的生活和創作經歷，《子愷小品集》主要反映這方面的內容。四是發掘日常生活，玩味世態人情，如《車廂社會》、《緣緣堂再筆》中的許多作品，很能代表他散文平中見奇、灑脫風趣的基本特色。

佛理玄思和兒童崇拜是豐子愷早期散文交錯展開的兩個主題，是

5　豐子愷：《中學生小品》（上海市：中學生書局，1932年初版）；中華書局一九三三年版改題為《子愷小品集》，一九四〇年又改名《甘美的回憶》出過刪訂本。

他不滿現實而超越現實的兩種表現。他從小就愛探究人生和自然的問題。〈兩個「？」〉敘寫他小時候的空間和時間意識的逐漸覺醒，然而這種覺醒卻使他逐漸陷入不可窮究的疑問之中，所以成長以後這兩個粗大的問號照舊掛在眼前。他深受老師李叔同（弘一法師）的影響，以佛教居士的心懷，靜觀人生，探究佛理，超越世俗的悲歡得失而沉緬於自己的精神追求。寫於一九二五年的〈漸〉，用許多常見事例來說明抽象的道理，揭示漸變的奧秘，「就是用每步相差極微極緩的方法來隱蔽時間的過去與事物的變遷的痕跡，使人誤認其為恒久不變」，希望人們「不為『漸』所迷，不為造物所欺，而收縮無限的時間與空間於方寸的心中」，從世俗名利紛爭中超脫出來，把握住漸變無常的人生法則而抵達「大人格」、「大人生」超凡脫俗、明智通達的精神境界。

兒女生活、童年時代是豐子愷散文的重點題材。〈兒女〉（1928）一文寫道：「近來我的心為四事所佔據了：天上的神明與星辰，人間的藝術與兒童，這小燕子似的一群兒女，是在人世間與我因緣最深的兒童，他們在我心中佔有與神明、星辰、藝術同等的地位。」後來他在〈我的漫畫〉（1947）一文中表明他謳歌童真的原因和用意時說：

> 我向來憧憬於兒童生活，尤其是那時，我初嘗世味，看見了當時社會裡的虛偽驕矜之狀，覺得成人大都已失去本性，只有兒童天真爛漫，人格完整，這才是真正的「人」。於是變成了兒童崇拜者，在隨筆中，漫畫中，處處讚揚兒童。現在回憶當時的意識，這正是從反面詛咒成人社會的惡劣。

豐子愷「時時在兒童生活中獲得感興」，「玩味這種感興，描寫這種感興」，成為他當時「生活的習慣」（〈談自己的畫〉），也就是成了他的精神家園。他不僅在〈憶兒時〉、〈夢痕〉諸文中追懷自己的黃金時代，還寫了〈給我的孩子們〉、〈兒女〉等名篇，細心體味眼前一群兒女天真活潑的童趣，甚至把自己化身為兒童，用兒童的心眼和口吻寫下稚氣可掬、童趣盎然的〈華瞻的日記〉，為兒童代筆幾達亂真的地步。他謳歌兒童的天真，誠實，純潔，健全，活潑，熱情，自然，生命力旺盛，創造欲強烈，心胸寬廣，人格完整，幾乎把一切美好的詞句都加在兒童身上，用來反襯成人社會的異化，針砭世俗的虛偽和病態，回味童真的夢痕和復歸，體現了自己的人生理想。在這方面，他和冰心貌似神離，冰心著重在啟發兒童「愛」的思想，豐子愷則追求人生黃金時代的生活理想。法國啟蒙家憎惡現實的黑暗和虛偽，鼓吹「返回自然」，明末的思想家李贄則倡導「童心說」。豐子愷的謳歌童真，同他們有近似之處，也有返樸歸真、怡性矯世的良苦用心。但是，當理想和現實的矛盾日漸暴露，當一群孩子重復走著「由天真爛漫的兒童漸漸變成拘謹馴服的少男少女」的老路，在他眼前「實證地顯示了人生黃金時代的幻滅」時，他也就「無心再來讚美那曇花似的兒童世界」了（〈談自己的畫〉）。

豐子愷散文從兒童世界轉向成人社會，看到的是與兒童天國和宗教境界截然不同的現實世界。他「體驗著現實生活的辛味」，既深入其中又超然物外，對現實人生有獨到的體察。在〈車廂社會〉一文中，他敏銳地發現車廂社會是人類社會的縮影，旁觀玩味其中可驚可笑可悲的眾生相，「可驚者，大家出同樣的錢，購同樣的票，明明是一律平等的乘客，為什麼會演出這般不平等的狀態？可笑者，那些強佔坐位的人，不惜裝腔，撒謊，以圖一己的苟安，而後來終得舍去他的好位置。可悲者，在這乘火車的期間中，苦了那些和平謙虛的乘客，他們始終只得坐在門口的行李上，或者抱了小孩，扶了老人站在W.C.的門口，還要被查票者罵脫幾聲」，對車廂社會演繹著人間社會種種不合理現象予以譴責，最後覺得「人生好比乘車，有的早上早下，有的遲上遲下，有的早上遲下，有的遲上早下，上車紛爭座位，下了車各自回家。在車廂中留心保管你的車票，下車時把車票原物還他」，嘲笑了人事的紛紜和世態的滑稽，而憧憬著公平合理的「車廂社會」。〈鄰人〉、〈作客者言〉也是嘲諷世間習以為常的不良風氣的。除了諷世之作外，他有大量的作品取材於身邊瑣事，「任何瑣屑輕微的事物，一到他的筆端，就有一種風韻，殊不可思議。」[6]比如：〈吃瓜子〉的消閒憂思，〈蝌蚪〉的生活情趣，〈山中避雨〉嘗到的「樂以致和」的切身感受，〈午夜高樓〉中的音樂境界，水仙花三歷災難而「生機」不滅。〈手指〉一文更有特色。他仔細鑑賞人們熟視無睹的五指，發現它們「實在各有不同的態姿，各具不同的性格」，把對五指的觀賞和對各種人生的品評有機給合起來：大姆指粗矮醜陋，但吃苦、力強，酷似農民；食指蒼勁難看，卻勤勞、機敏，與大姆指合作最好，好像工人；中指養尊處優，徒尸其位，猶如官吏；無名指和小姆指樣子可愛，卻能力最薄弱，前者如紈絝兒，後者似弱小者。作者見微知著，獨具慧心，娓娓道來，逸趣橫生，最後以哲理的昇華和善良的心願歸結：「我覺得手指的全體，同人群的全體一樣。五根手指倘能一致團結，成為一個拳頭以抵抗外侮，那就根根有效用，根根有力量，不復有善惡強弱之分了。」這平中見奇、涉筆成趣的點化術委實玄妙，耐人尋思。

葉紹鈞、夏丏尊、豐子愷三人都致力於發掘日常生活，描摹世態人情，探究人生理致。他們拓展這一領域，涉獵益廣，探求愈微，別有會心，耐人尋味，反映了一批生活閱歷較為豐富、情感比較冷靜的作家的寫作傾向。較之葉紹鈞的樸實謹嚴，夏丏尊的委婉雋永，豐子愷散文以率真幽默、明白如話的文風見長。出自藝術家的赤子之心和銳敏感受，他總是超越實利或成見的束縛，以濃厚興趣體察一切，善於從瑣屑平凡的日常人生中發掘題材，把日常生活藝術化。日常生活

6　〔日〕谷崎潤一郎作，夏丏尊譯：〈讀《緣緣堂隨筆》〉，《中學生》1943年9月號。

在他的慧眼觀照下，竟呈現出五光十色、千形萬狀的本相，蘊含著豐富深切、耐人尋味的人生情趣，確有他自白的特點：「泥龍竹馬眼前情，瑣屑平凡總不論。最喜小中能見大，還求弦外有餘音。」[7]他的散文大多採用隨筆娓語體，總是從容下筆，以筆代口，吞吐自如，得心應手，如行雲流水，似家常閒話，獨具一種親切感和自然美，時露靈性的妙悟和藹然的諧趣，在提高隨筆散文的表現力和建設活潑風趣的新文風上也做出獨到而突出的貢獻。

俞平伯的《雜拌兒之二》和《燕郊集》

俞平伯的思想到了大革命之後一段時期有較大的變化。他看破了世情國運，感到人生無常，命運之不可抵抗；他克制著感傷惆悵的情緒，文字也變得樸拙和幽默了。他三十年代出版的《雜拌兒之二》、《古槐夢遇》和《燕郊集》，其中的散文帶上了人到中年的色調。

對人生問題的思考，俞平伯別是一路，但也頗有代表性。〈中年〉（1931）就是一篇受到重視的文章。他說：「我也是關懷生死頗切的人，直到近年才漸漸淡漠起來，看看以前的文章，有些覺得已頗渺茫，有隔世之感。」隨著時代的推移，青年時代的朝氣減少了，好奇心淡薄了，人生也參透了。人生不過如此罷了：「變來變去，看來看去，總不出這幾個花頭。男的愛女的，女的愛小的，小的愛糖，這是一種了。吃窩窩頭的直想吃大米飯洋白麵，而吃大米飯洋白麵的人偏有時非吃窩窩頭不行，這又是一種了。冬天生爐子，夏天扇扇子，春天困斯夢東，秋天慘慘戚戚，這又是一種了。你用機關槍打過來，我便用機關槍還敬，沒有，只該先你而烏乎。……這也盡夠了。總而言之，統而言之，不新鮮。」所以，順其自然，心中平靜，這是他的中年之感。

7 豐子愷：〈代自序〉，《豐子愷畫集》（上海市：人民美術出版社，1963年）。

他的這種感情滲透在他的許多記敘抒情散文之中。〈打橘子〉(1928),那兒時的歡樂一去不可復得,留在心頭的只有無可奈何的淒清之感。房子也更換了主人,打橘子的人都忙碌地趕著中年的生活,誰要聽他「尋夢」的曲兒呢?〈稚翠和她情人的故事〉(1928),寫一對小鳥的命運,稚翠不幸死了,她的情人知戀放生去了。由此作者發出了浩歎,人間命運的畸零何其悲哀,燭燼香殘,人歸何處呢?出籠飛去的知戀,幾時再來呢?〈重過西園碼頭〉(1928)是一篇長文,借著亡友趙心餘的遺稿,對人生見解作了極詳盡的披露:

> 人生一世,做小孩子好像頂快活,卻偏偏想它不起。最小的幾年幾乎全不記得,六七歲以後渺渺茫茫,自十歲以至三十歲,這一杯青春的醇醪回想起來饞涎欲滴,「好酒!好酒!」可是當時呢,狂鯨吸水,到口乾杯,又像豬八戒吃人參果,囫圇吞。由你禮部堂官說得舌敝唇焦,誰耐煩「一口一口的喝」呢。過了三十歲,即使你將來康強老壽花甲重逢,也是下坡的車子了,去得何等的即溜呵!……

這類中年之感,在俞平伯這時的文章中反覆出現。這篇散文還寫到趙心餘所繫念的老人沈彥君的死,趙心餘的遺稿中說,從此以後,無論花朝月夕俊侶良朋,賞心樂事,一回頭,那幻滅的影子總幽靈地如在眼前。更可悲的,文未完稿,竟爾溘然身故。這個誰也逃不過的大關,就是這麼快就降臨到這個不幸人的身上。

〈廣亡徵〉和〈國難的娛樂〉是日本帝國主義佔領我國東北以後國難方殷的時候寫成的,俞平伯寓沉痛於幽默。〈廣亡徵〉有這樣一段話:

「以為中國沒亡麼？有何處是呢，不過沒有亡得乾淨罷了，況且現在正加工加料地走著這一條路——甚至於暗中在第二條路上同時並進，這是滅種。」滅種嗎？「是的，名詞稍為刺眼了一點，其實也沒有什麼的。」神情冷淡，有如深秋。此足為先進文明之徵矣，但其是否舶來，且留待史家的論定罷。

把痛心的話題出以遊戲的筆墨，或許是激憤的另一種表現形態。文章結語：「烏鴉固醜，卻會哀音，大雅明達，知此心也。」作者的愛國之情曲折可見。他把人生看透了，把國事也看透了。

周作人讚美俞平伯這時期散文中的「以科學常識為本，加上明淨的感情與清澈的理智，調合成功的一種人生觀。」[8]在上述文章中，我們所看到的是，作者對那種無可奈何的人生遭遇抱著一種超脫曠達和嘲弄的心境。隨著思想的變化，帶來文風的變化。前期散文的細膩、綿密、委婉、濃郁已逐漸消失了，取而代之的則是樸素、灑脫和幽默。

王統照的《聽潮夢語》

王統照這時期出版的《北國之春》、《歐遊散記》、《遊痕》和《青紗帳》為記遊寫實之作。以《聽潮夢語》為總題的一組四十多則的哲理小品，發表在《文學》、《中流》等刊物上，未曾結集出版，因而長期被人遺忘。《聽潮夢語》是他早期《片雲集》抒情究理傾向的發展，他「想用很自由的體裁記述下微細的感想與完全利用想像另寫成一種文字」(《青紗帳》〈自序〉)。這種意圖，後來在上海「孤島」時期寫作的《繁辭集》、《去來今》和戰後寫的《散文詩十章》又得到實現，可見是他散文寫作長期堅持的一個重要方面。

8 周作人：〈序〉，《雜拌兒之二》(上海市：開明書店，1932年)。

執著現實人生，追求內心充實，批評超然、虛無或空想的人生觀，是《聽潮夢語》點滴感興中貫穿始終的主題。〈「此生」〉便是突出一例：

> 對於過去依戀的情重，對於來世（用宗教上的用語）超生的希望盛，盈於彼便絀於此，密接兩者間的許多點他們便不易捉得牢了。惘悵迷離於當年，現在有的是頹然之感。把虛空的未來填滿了美麗的花朵，以為光在那裡，善在那裡，光榮的自由也在那裡，當前的日子只是對付與敷衍的，不得不將就度過去，……這其間能產生力嗎？信與勇敢嗎？
>
> 「生」要好好的知，「生」要好好的珍重。「他生未卜此生休」，多情詩人的句子有時比偉大哲人的說教有更多的啟發贈與我們。

這則近二百字的感想，在批評中立論，說的雖是平凡的道理，卻令人不得不再三深思。他像一位歷經人間滄海的舟子那樣，聽人生潮音，看潮汐變化，記心中感念，沉思著人生的意義和生命的價值，解剖著人性的善惡和世俗的是非，小大不拘，點滴著筆，將自己在日常生活中領悟到的人生哲理貢獻出來，不啻是一段段生活箴言。他在詩集《這時代》自序裡慨歎「感觸愈多愈無從寫出不易爬梳的心緒，不易襯托出的時代的劇動，一切便甘心付諸沉默」，就沉入知性冥想，力圖捕捉住片斷的零碎的思緒。

王統照的哲理散文有些純粹是理性推演闡發之作，文字較為晦澀拗口，但大多還是能夠將說理和抒情結合起來，通過意象發抒思感，臻於理致和情致的統一。〈一粒沙〉全文不上百字，卻短小雋永，令人回味：

> 一粒沙藏在我的衣袋中多少年了，小心地拈出來，看不出些微的光亮，縱使放在任何生物的身上，有多重？搖搖頭擲到大漠裡去，那些無量數世界中平添了又一個世界，走近前光在炫耀了，踏下去便多覺出這一粒沙的力量。

警辟的意念融入形象的描寫，細微的事物隱寓著人生的真義，堪稱「一粒沙裡見世界」。

朱湘的《中書集》

朱湘（1904-1933），字子沅，原籍安徽太湖，生於湖南沅陵。其主要成就在新詩方面，散文作品有《中書集》（1934）和書信集《海外寄霓君》（1934）、《朱湘書信集》（1936）。

《中書集》第一輯為記敘抒懷之作。〈夢葦的死〉體味友人病中淒苦寂寞的情懷和失友的哀痛。〈書〉賞鑑古書的外形，想像其命運，聯想到作書人、藏書人的命運，藉此舒展自己與落魄文士相通的心懷，「天生得性格倔強，世俗越對他白眼，他卻越有精神」。他理解和同情傲骨文士窮困潦倒的遭遇，但並不讚賞皓首窮經的生涯，提倡「不如趁著眼睛還清朗，鬢髮尚未成霜，多讀一讀『人生』這本書罷」。〈咬菜根〉則從「咬得菜根，百事可作」這句古語引申出自己孤傲的人生態度：

> 我並非一個主張素食的人，但是卻不反對咬菜根。據西方的植物學者的調查，中國人吃的菜根有六百種，比他們多六倍。我寧可這六百種的菜根，種種都咬到，都不肯咬一咬那名揚四海的豬尾或是那搖來乞憐的狗尾，或是那長了瘡膿血也不多的耗子尾巴。

朱湘天性孤傲，憤世嫉俗，與人落落寡合，一生窮困潦倒，這種氣質和心懷都真實地表現在他的散文中。他的書信，或向夫人霓君訴說衷情，或向文友推心置腹，都是情真意切、率性流露的文章。

葉永蓁的《浮生集》

郁達夫在編選《中國新文學大系》《散文二集》時選入葉永蓁的〈浮生〉，並在〈導言〉中指出，「葉永蓁比較得後起，但他的那種樸實的作風，穩厚的文體，是可以代表一部分青年的堅實分子的」。

葉永蓁（1908-1976），浙江樂清人，參加過大革命，寫過長篇小說《小小十年》，散文創作結集為《浮生集》（1934）。在〈破碎了的夢〉一文中，葉永蓁寫道：

> 我自己知道，我是一個既不怎麼厭世，而又不怎麼樂天的人，我的生活的理想是極其平凡，極其平凡。我有時自己在想，只要自己能遵從生命應盡的日子過了去，那我對於生命付託的責任，大概是不會算辜負吧？所以在我的「前途」中，憧憬的企求是很少有的，我沒有美麗的幻夢，我不是一個喜歡做夢的人啊！

這樣一個腳踏實地的現代青年，經歷過大革命狂潮的振奮期，也經歷過大革命退潮後的頹唐期，深受現實生活的煎熬，一直為生的問題苦惱著。他把「浮生」比作夢和水，既實在又虛無，既厭倦又留戀，在生與死的思想衝突中悟出了「人生是隨著苦難而俱來」，「人生，也應該在黑暗中摸索著，在苦難中鍛鍊著，在疲乏中還須勇往直進」，終於發出「要生，要生」的呼聲。葉永蓁的散文總是回顧和領略少年、青年、中年各個人生時期的不同情味，反覆思索人生存在的方式和意義，在人間甘苦的體驗中透露出特別執著、頑強的生之意志，從日常生活中悟徹一些樸實的人生哲理。在這方面，〈浮生〉、〈近似中年〉、〈心境的秋〉、〈墳地〉諸篇值得細心品讀。

〈獻給母親〉是一篇歌頌母愛的抒情長文。作者並不止於歌頌母愛的偉大，還請求母親理解和激勵兒子為社會奮鬥：「我祈求你將你的愛使我會擴大到填平這人世間可怕的壕溝。您過去既然養育我犧牲自己，以後也請忍受著為了一切人驅我奮然地再跨入人生的深處！」他把骨肉親情和社會責任統一起來，思想境界遠遠高出單純的母愛範疇。〈貧賤夫妻〉是為一位好友追悼亡妻所作的弔唁文，作者對他們的夫妻生活從不了解到深受感動，領略了「貧賤夫妻百事哀」的人生情味。〈舊侶〉追憶幾位朋友窮困潦倒、中途夭折的一生，嘗到了窮、死、喪友的滋味。這些訴說親情友誼的作品，都帶有苦難時代的陰影和現實生活的重負，較之前期同類題材更具有社會性。

葉永蓁的散文擅長以抒情的筆調展開議論，能夠把抽象的人生哲理融化在具體生活場景中，或從自己的生活體驗中提煉出人生哲理，夾敘夾議，情理結合，耐人回味。比如〈浮生〉一層層地剝開人生真相，反思生之有無，是以理性魅力吸引讀者去追蹤其思路的。它如〈近似中年〉的爬山之比，〈心境的秋〉的秋意品味，〈墳地〉的象徵性場景，都是突出的例證。

上述作家在政治上大多居於中間狀態，他們對人生的觀照，隨著際遇的不同頗異其趣，有腳踏實地的，有揶揄嘲笑的，有順其自然的，有孤傲不群的，也有知難而進的。但有一點是共同的，時局十分嚴酷，作者又有更多的閱歷，與五四時期思考人生問題的文章不一樣，他們失掉了朝氣，少卻了少年浪漫蒂克的氣息，不想對這不可究竟的問題去強為注解，或開出藥方，而是採取一種較為現實的態度，各自抒寫其認為可行的處世之方。

二　領略情愛五味

冰心的《南歸》

冰心自一九二六年歸國後，因忙於課務和家事，極少寫作。一九三〇年一月，她嘗到喪母的悲痛，直至次年六月才把早就蘊在心頭的《南歸》寫出來。這一長篇抒情散文，寫出深悲極慟，極為淒婉動人。

五四時期，冰心懷著愛的理想縱情領略人生，要遍嘗人生中哀樂悲歡的各趣；她與母親的死別所帶來的悲傷，卻使她認識到那是「未經者理想企望的言詞，過來人自欺解嘲的話語！」她在《南歸》中寫道：「我再不要領略人生，也更不要領略十九年一月一日之後的人生！那種心靈上慘痛，臉上含笑的生活，曾碾我成微塵，絞我為液汁。」她希望自此斬情絕愛。當然這僅僅是極度悲痛的剎那間的誇張偏激之語，實際上經歷了失去母愛的痛苦後，她反而想加強母愛的張力，自覺自勉道：「我受盡了愛憐，如今正是自己愛憐他人的時候。我當永遠勉勵著以母親之心為心。」她義無反顧地負起母愛的職責，「飲泣收淚，奔向母親要我們奔向的艱苦的前途！」因此，《南歸》可說是冰心早期人生探索的一個總結和轉折。

《南歸》是一曲母愛的悲歌，編織在母愛的網絡中的還有父母、夫婦、姐弟、兄弟間的慈愛、恩愛和友愛，用這些愛構築起中國式的理想的和睦家庭。在那巨大悲痛的死別日子裡，人倫之間表現出更為濃烈的愛，他們互相體貼，互相愛護，互相支援，一家人用愛度過悲痛。其間，有不安的牽掛，有揪心的憂慮，有苟安的寬懷，有造作的歡樂，有絕望的悲痛，有迴腸的解慰，敘事丁寧周至，抒情宛轉曲折。她寫的是大異於前的別一種情愛氛圍，筆調自然從先前的清新、委婉、輕倩變為淒惻、纏綿、凝重了。

《南歸》又是一幀母愛具象化的寫真。她早年的母親形象是愛的化身，慈母的典範，兒女的守護神，以情懷的溫柔博大感人至深，有時不免成為她佈愛的載體，形象自身的人格光彩反而消融於母愛的光圈裡。侍疾喪母的煉獄，深化了冰心對母親人格的認識。她開始注意刻劃母親的全人格，特別是從病痛死別的關節眼上顯示母親一如既往的慈愛、沉靜、堅強和開通，其內涵已不是一個「愛」字所能囊括得了，還富於母性人格的典範性和感召力。這是她後來一再描寫母親的一個新的著眼點。

《南歸》從最小的弟弟寫起，他由上海來信說到母親的墓上去，接著回顧前年離京赴上海探望病中母親的情景。中間詳寫侍疾中的種種憂慮和希望，穿插了他們為父親慶壽和她與彌留之際的母親的談話，然後寫母親的喪禮。最後以弟弟由海上飄泊歸來，到京談及他在海輪上發現母親死訊的經過作結。倒敘開篇，首尾照應，結構極具匠心。在生離死別之中，作者及其家人感情上的重壓給讀者以極大的感染。行文有張有弛，悲傷中雜以慶壽的強顏歡笑，夜談中慰情的空中樓閣，相反相成，極具抒情功力。

稍後，冰心在《尋常百姓》裡續作懷母之思，在〈新年試筆〉、〈胰皂泡〉等文抒寫新的希望和破滅的感觸，帶上了曾經滄海的練達意味。此外有《平綏沿線旅行記》等。

朱自清的《你我》

《你我》（1936）是一本記敘抒情散文和序跋文的合集，一部分是一九二七年以前的作品。其中的名篇〈給亡婦〉和〈冬天〉，深情懷念家人；〈看花〉、〈談抽煙〉和〈擇偶記〉，充滿生活情趣。他在「無話可說」的心境中說他可說的話，情真意切，別出心裁。這幾篇文章僅僅是個人生活的瑣事，一己的哀樂，但也表現了極為感人的人生情味。

〈給亡婦〉動人所在，就是作者親切地表現了他對妻子——作為一位典型的賢妻良母的中國舊式婦女——心性的理解。她沒有多少知識，但撫子相夫、任勞任怨，她感到這是一種責任，也是一種幸福，她是舊中國貧窮知識分子的最佳伴侶。作者出以且感且愧的心情訴說撕心的往事和對她由衷的感激、內疚與思念。〈冬天〉描述三個值得繫念的生活片斷：鍋裡的豆腐，湖上的月色，窗子裡並排著三張微笑的臉，剪接聯成在寒冷中暖人心頭的父恩、友誼和夫妻的愛。涸轍之魚，相濡以沫，這種發生在窮困知識分子家裡的瑣屑細節，一經調理，彌覺深情蘊藉。

〈擇偶記〉是一篇回憶性記事散文，僅記事而不抒情。寫四次說親的經過，活靈活現，曲折多姿，富於鄉土風俗情味。中國的舊式婚姻就是這樣偶然的人為的撮合，青年男女的命運按父母之命、媒妁之言被安排著。文章中沒有說一個不字，但讀完這篇富有諧趣的文章之後，讀者不能不悚然地感到這種婚姻制度之必須改變。

看花、抽煙之類瑣事，朱自清仍有興趣把玩。〈談抽煙〉說：「老於抽煙的人，一刁上煙，真能悠然遐想。他霎時間是個自由自在的身子」，「煙有好有壞，味有濃有淡，能夠辨味的是內行，不擇煙而抽的是大方之家」。這把抽煙的趣味寫得入情入理，恰到好處。

朱自清是散文聖手，這幾篇是三十年代前期的作品，與〈背影〉一脈相承而有悼亡之哀，中年之感。這也是他提煉口語寫成的佳作，敘事逼真，用筆如舌，比喻新穎而妥切。特別是〈給亡婦〉，對亡靈拉家常，談心事，純用口語，至樸至真，繼〈背影〉、〈兒女〉之後抵達「談話風」本色散文的化境。他對人生澀味的領略，他簡練的白描功夫，他爐火純青的口語美文，實在使讀者百讀不厭，愛不忍釋。朱自清這時期還寫了一批旅歐遊記。

黎烈文的《崇高的母性》

黎烈文（1904-1972），湖南湘潭人。一九三二年從法國留學歸國後，接編並改革《申報》的「自由談」副刊，為三十年代散文尤其是雜文的發展提供了重要園地。所著《崇高的母性》（1937）收一九三三至一九三六年間寫的散文二十篇，其中多數是繫念作者亡妻的作品。〈秋外套〉回憶他與亡妻在巴黎熱戀時的往事。這件秋外套，在寒風的夜晚給她披在身上，表明了他對她的體貼；她送還秋外套曾暗地灑了香水，這中間蘊藏著她對他的柔情。現在，一切愉快的時光已和那香水的主人一同去得遙遠，「而現在又到了須再穿上那秋外套的時候了……」睹物思人，情思纏綿。

〈崇高的母性〉一文記敘他妻子懷孕、分娩到患產褥熱而死亡的經過，全文充滿著對母性的自我犧牲和對無私摯愛的無言讚頌。妻子發著四十一度的高燒，還在囈語中喃喃地呼喚著孩子；瞑目時眼角還掛著晶瑩的淚珠。黎烈文的散文，情真意切，善於捕捉感人的細節來表達自己的心曲，同時也浮雕了人物。讀著這兩篇文章，溫存的少女，崇高的母性，呼之欲出，給我們以強烈的印象和感染。

謝六逸的《茶話集》

謝六逸（1898-1945），貴州貴陽人，是新聞學家和日本文學翻譯家。三年代中期任復旦大學教授、新聞系主任，為《立報》編副刊「言林」，力倡「小中可以見大」的三五百字短文，所作隨筆雜論亦多涉及新聞學和日本文學問題。此外也寫了一些記敘抒懷的散文作品，《水沫集》（1929）內收〈三味線〉、〈鴨綠江節〉、〈病・死・葬〉，《茶話集》（1931）中有〈擺龍門陣〉、〈作了父親〉，散見於《小說月報》、《宇宙風》等報刊上還有〈三等車〉、〈家〉等。這些作品體味人生情趣，出以老練、樸實的文字，屬於學者的散文。〈作了父親〉敘寫自身家庭經驗，從妻子懷孕到分娩，從女兒出生到培育，他領略了其中的甘苦酸辣，一氣道來，渾然一體，流利生動，富於生活氣息。作為父親，他希望憑藉自己的心力，使女兒「在精神和肉體兩方面都健全地養育起來，讓她做一個『自由人』，做一個『勇者』，經得起『社會的漩渦』的衝擊。」作者人生態度的平實嚴肅於此可見一斑。

傅東華的《山胡桃集》

傅東華（1893-1971）浙江金華人，主要從事譯述工作，業餘兼寫散文隨筆，出版過《山胡桃集》（1935）。其中，〈山胡桃〉、〈春與中年人〉、〈火龍〉、〈杭江之秋〉、〈故鄉散記〉、〈回味〉、〈一九三四年試筆〉、〈父親的新年〉等篇章，涉及自然、社會和人生各方面生活，視野開闊，立意不俗。〈杭江之秋〉從行駛的火車上看取杭江秋景，化靜為動，飛車換形，變幻莫測，形影閃爍，令人應接不暇，是別具一格的遊記傑作。〈父親的新年〉追憶舊時父親操心年事的情景，回味一位小康家庭家長為應付年關的艱辛，籌辦年事的勞碌，以及新年期間請神供祖、迎賓送客的義務和對來日不抱奢望的態度，帶著一股悲愴情調。對於父親的難處，作者直到現在才能夠理解。文章娓娓道來，樸實真切而又感人至深。

廬隱等的情書

熱情而富於個性的情書往往是抒情佳作，作家的情書更易令人矚目。三十年代前期，印行了不少這類專集，有的書局還特意編選《現代名家情書選》、《女作家書信選》，用以吸引讀者。自然，情書也有一些淺薄無聊之作，其中既有死呀活呀的熱情，也有花呀月呀的佳句，卻只是過眼雲煙而已。而那些嚴肅的又富於文藝性的情書，不但傳達了個人悲歡的心聲，而且還有時代的影子。

廬隱經歷了悲痛的人生慘劇之後，於一九二八年三月，經人介紹認識了北大學生李唯建。李同情她的不幸遭遇，開始同她進行頻繁的交談和通信。《雲鷗情書集》（1931）是廬隱和李唯建六十八封來往書信的結集。

這是一個熱情的青年和比他大十歲、心靈受過巨大創傷的女性的情書合集，「這一束情書，就是在掙扎中的創傷的光榮的血所染成，它代表了這一個時代的青年男女們的情感，同時充分暴露了這新時代的矛盾。」[9]習俗的壓力，年齡的差別，生活境遇的懸殊，緊緊地捆住廬隱冷凍了的心。《雲鷗情書集》真實地交流了他們的思想，記載了她內心解凍的過程，使她的面前有一個誘惑的美麗的幻影。「他們反覆地探討著人生的意義，感情的起伏，互相傾聽著內心的感受，彼此剖析著對方的心理。有時也為了能夠說服對方，而進行坦率的辯論。」[10]愛情終於征服了悲哀，粉碎了禮教習俗。《雲鷗情書集》有豐富的熱情與想像，譜寫了愛情戰勝痛苦的凱歌。

《昨夜》（1933）是白薇、楊騷的情書集。白薇（1894-1987），湖南資興人；楊騷（1900-1957），福建漳州人。《昨夜》分「白薇之部」和「楊騷之部」，記述他倆從同情到相愛而後分離的經過和緣由，他倆對待革命、戀愛和文藝三者關係的共同點和相異處，都在通信中毫無保留地反映出來。這部情書飽含著愛情的甜酸苦辣，體現出各自不同的情感個性，尤其是白薇女士的倔強性格和矛盾心理表現得相當直率、充分。

領略人生，體驗親子間、朋友間、戀人間的情愫，這是五四時期流行的題材。大革命失敗後，社會矛盾十分尖銳，許多作家意識到「這個時代，『身邊瑣事』說來到底無謂」[11]，因而這類文章相對地減少了。但是，由於時代的苦悶和生活的艱難，品嚐人生情味，發洩衷情，

---

9 王禮錫：〈序〉，《雲鷗情書集》（上海市：神州國光社，1931年）。

10 蕭鳳：《廬隱傳》（北京市：北京師範大學出版社，1982年）。

11 朱自清：〈序〉，《歐遊雜記》（上海市：開明書店，1934年）。

以抒抑鬱，還是一些作者難以忘懷的題材。隨著作者入世漸深，這類作品也在尋味溫情的慰藉中滲透著現實人生酸辛多於甘美的況味。

三　玩味生活情趣

在國難當頭、社會矛盾尖銳的三十年代，有些人避開現實，把小品文當作消遣解悶的玩藝，促成閒適、幽默小品的風行。林語堂、周作人、劉半農、俞平伯等都有所製作；邵洵美、徐訏、老向、予且、沈啟無、康嗣群等人起而回應；影響所及，章克標、章衣萍、馬國亮、葉靈鳳、味橄、林微音等也急起推波助瀾。《論語》、《人間世》、《宇宙風》是發表這類文章的專門園地，還有《西風》、《談風》、《文飯小品》、《天地人》等同氣相求，大有風行一時之勢，拓展了散文小品的發展天地。

郁達夫為《中國新文學大系》《散文二集》寫的〈導言〉，指出了幽默的利弊得失：

> 總之，在現代的中國散文裡，加上一點幽默味，使散文可以免去板滯的毛病，使讀者可以得一個發洩的機會，原是很可欣喜的事情。不過這幽默要使它同時含有破壞而兼建設的意味，要使它有左右社會的力量，才有將來的希望；否則空空洞洞，毫無目的，同小丑的登臺，結果使觀眾於一笑之後，難免得不感到一種無聊的回味，那才是絕路。

郁達夫所分析的兩種幽默傾向，在三十年代散文界是客觀存在的事實，所預示的兩種前途，也為後來的發展所證實。《論語》等雜誌上的幽默文章，也有上述的分野，但總的看來還是以後者為多。

在《論語》、《人間世》、《宇宙風》等提倡「閒適」、「幽默」的刊物上，大多是雜文和隨筆一類文字。除了前述周作人、林語堂、俞平伯諸家外，記敘抒情散文方面，文學價值較高的有老舍、郁達夫、豐子愷、吳秋山等的作品；帶有絮語散文風味的，則是馬國亮、味橄、老向、徐訏等玩味人生、講究趣味的文章。

老舍的幽默小品

老舍（1899-1966），滿族人，生於北京，是現代著名作家。他在三十年代為《論語》、《宇宙風》等刊物寫過不少幽默小品，曾結集出版過《老舍幽默詩文集》（1934），湖南人民出版社還專門編輯出版了《老舍幽默文集》（1982）。

老舍認為：幽默「首要的是一種心態」，「是一視同仁的好笑的心態」，「嬉皮笑臉並非幽默；和顏悅色，心寬氣朗，才是幽默。一個幽默寫家對於世事，如入異國觀光，事事有趣。他指出世人的愚笨可憐，也指出那可愛的小古怪地點」，不僅會笑別人，而且還能笑自己，「笑裡帶著同情，而幽默乃通於深奧」。[12]這時，他的幽默文寫作確是以理解、同情、寬厚的心態來觀照大千世界中種種可笑可歎的人情世事的；較之諷刺文的辛辣犀利，他顯得溫厚寬容；較之一些低級幽默文章的油腔滑調，他又自有一片同情心和正義感，既引人發笑又能使人自省，具有「笑的哲人」的態度。比如：〈買彩票〉描寫小市民抓會賭彩時的可笑之處，頭彩的誘惑，集股合作的鄭重其事，買票時的迷信，開彩前的夢想和不安，得不到獎錢的痛惜和爭吵，把小市民的自私自利、迷信愚昧、狹隘庸俗的落後心理暴露無遺，取得了挖苦、嘲笑的效果。〈討論〉不動聲色地描寫闊老爺和僕人討論逃難的問題，在一問一答、前後矛盾的言談舉止中，刻劃了闊老爺貪生怕

12 老舍：〈談幽默〉，《宇宙風》第23期（1936年8月）。

死、隨時準備張掛順民旗的醜態，讓他出爾反爾、自打嘴巴，幽默之中帶有諷刺。〈我的理想家庭〉是對現實生活的一種自嘲，指出：「人生的矛盾可笑即在於此，年輕力壯，力求事事出軌，決不甘作火車；及至中年，心理的，生理的，種種理的什麼什麼，都使他不但非作火車不可，且作貨車焉。把當初與現在一比較，判若兩人，足夠自己笑半天的！」這說明人生現實和理想的距離越來越遠，理想家庭也只能說說而已。老舍的幽默文涉及面甚廣，大至民生疾苦、時政弊端，小至日常瑣事、花草鳥獸，或大題小作，或小題大作，莊諧雜出，在諧笑聲中隱含警戒諷世意味，在幽默風趣中仍帶有一定的思想鋒芒。

老舍對他所領略過的風土人情有很深切的吟味力。他能看到人家習見而無動於衷的東西，能寫出人家看到而寫不出的文字，他的文章別有會心，出之以幽默的筆調，極其雋永而有味。如〈想北平〉（1936），他寫道：「真願成為詩人，把一切好聽好看的字都浸在自己的心血裡，像杜鵑似的啼出北京的俊偉，啊！我不是詩人！我將永遠道不出我的愛，一種像由音樂與圖畫所引起的愛。」但他到底還是道出了個中三昧：「北平也有熱鬧的地方，但是它和太極拳相似，動中有靜」，「北平在人為中顯出自然」，「我卻喜愛北平的花多菜多果子多」，「包著紙的美國橘子遇著北平帶霜兒的玉李還不愧殺！」這類語言是很有味道的，自然親切而又有風趣，道出了老北京平民百姓的心聲。

老舍在散文語言方面運用和提煉北京口語，用詞造句沒有洋腔。其富於京味的大眾化的文學語言，加上他語言幽默詼諧的格調，很有個性。也正因此，老舍被世人尊為語言大師。在散文語言的口語化方面，老舍的貢獻是不亞於朱自清的。

郁達夫、豐子愷等也在《論語》、《宇宙風》等刊物上發表一些帶有幽默感和消閒趣味的小品散文，和老舍的幽默文同調。他們這一方面的成功作品為現代散文增添了幾分諧趣美。

吳秋山的《茶墅小品》

吳秋山（1907-1984），福建詔安人。著有《茶墅小品》（1937），「大抵是對於日常生活上有點感觸，便托於即興之筆寫下來的。」（《茶墅小品》〈自序〉）謝六逸為之作序，說：「秋山的小品文，靜雅沖淡如其為人，對平凡的事物，觀察得很精細。」他忙裡偷閒，品茶談天，領略一些生活趣味。〈談茶〉閒話茶樹知識、茶葉種類以及品茶趣味，最後點明自己喝茶的意味和日本的「茶道」相同，「意指在這苦難的有缺陷的現世裡，享樂一點樂趣，使日常生活不致毫無意味」，這自然是一種雅而不俗的「正當的娛樂」。他的散文漫談知識，徵引典故，閒話家常，從容玩味，觀察入微，比喻妥切，富於知性和情趣，品讀之餘，確有悠然塵外之感。請看這一段：

> ……自起窯爐，取曬乾了的蔗草與炭心，砌入爐裡燃燒。再把盛滿清泉的「玉絲鍋」，放在爐上。等水開時，先把空壺滌熱，然後裝入茶葉，慢慢地把開水沖下，蓋去壺口的沫，再倒水於壺蓋上和甌裡，輪轉地洗好了瓷甌之後，茶即注之。色如鞣鞠，煙似輕嵐，芳冽的味兒，隱隱的沁入心脾。在薄寒的夜裡，或微雨的窗前，同兩三昵友，徐徐共啜，並吃些蜜餞和清淡的茶食，隨隨便便談些瑣屑閒話，真是陶情愜意，這時什麼塵氛俗慮，都付諸九霄雲外了。前人詩云：「寒夜客來茶當酒，竹爐湯沸火初紅。」這種情味，到了親自嘗到時，才深深地覺得它的妙處呢。

這種吟味生活的功夫，從容瀟脫的文調，使明季小品的流風餘韻在此可見一斑。而被無限的煩憂所糾纏的軟弱知識分子，也只能在這種雅致沖淡的生活情趣中偷得一時的解脫。當然，憂憤還是難免的，在

〈蟋蟀〉中作者就寫道：「正如中國的軍閥，只能互相爭鬥，不能共禦外侮，同樣的引為遺憾！於是我們不再讓蟋蟀去鬩牆相鬥了。」由此，我們便可得出這樣的認識，所謂寄沉痛於悠閒的作品，只要它不是低級趣味和油腔滑調，我們不應該一味抹煞。

馬國亮的《偷閒小品》

馬國亮（1908-2002），廣東順德人。由上海良友圖書印刷公司出版過好幾個散文集：《昨夜之歌》（1929）、《生活的味精》（1931）、《回憶》（1932）、《給女人們》（1932）、《再給女人們》（1933）、《偷閒小品》（1935）等。早期散文歌詠相愛的滿足，失戀的痛苦，一任自己的浪漫感情東奔西突，基調感傷，又帶有一些香豔氣息。從抒發個人得失發展到注意都市情形和小市民生活，視野有所開闊，但浮光掠影，追求趣味，未能深刻反映都市問題。《給女人們》、《再給女人們》，津津樂道於女性日常瑣屑，某些片斷對女性的心理剖析入微，但總的看來重於趣味性。《偷閒小品》，其中從《生活的味精》中重新收入的〈煙〉、〈茶〉、〈糖〉、〈酒〉、〈咖啡〉諸章，對生活瑣事體察入微，倡導「生活的藝術」，把散文小品也當作「生活的味精」了。

味橄的《流外集》

味橄（1903-1990），原名錢歌川，湖南湘潭人。這時期著有《北平夜話》（1935）、《詹詹集》（1935）、《流外集》（1936）三本隨筆集，均由中華書局出版。《北平夜話》採用「絮語遊蹤」（《北平夜話》〈獻呈之辭〉）的閒話體裁，抒寫北平故都的人情風物，寫自己對當時北平的印象和感覺，在娓娓閒談中充滿了知識和趣味。《詹詹集》、《流外集》專道「人所不屑道者」，自稱為閒人而作，「不計工拙，不避俚俗，不拘品格，不法古人」（《流外集》〈小引〉），閒談絮語，詼諧風趣，頗有英國隨筆的韻味。如〈吸煙閑話〉，說起「吸煙的藝術，不在如何吸進去，而在如何噴出來。善於吸煙的人，可以隨心所欲地噴出許多形象。在他那種意造之中，自然包含著一個神秘的世界，那是不吸煙的人，怎也想像不到的」，這和馬國亮吸煙品茗一類文字相彷彿。他說：「人生在世果為何？還不是有時罵罵人家，有時給人家罵罵。」(〈也是人生〉) 看透世情，幽默得可以。味橄散文隨意自然，詼諧有趣，輕鬆活潑，可說是典型的絮語散文。

西方史家布克哈特在《意大利文藝復興時期的文化》一書中，把人文主義作家對於人類日常生活的描寫看作文藝復興時期關於人的發現的思想的一項內容。[13]惟有發現和肯定人的存在與價值，才會留心於人生世俗的體察和描寫，才不會對自身周圍到處存在的日常生活熟視無睹。這種帶有規律性的文學現象，也在我國文學發生歷史性重大變革的五四時期的散文中出現了，而且形成了思考人生問題、體驗人生情味的寫作潮流。本時期的一些作家，雖然意識到自己處在大時代裡，但對社會的敏感問題感到無話可說，有話說不出，或有話無處說，於是他們仍然樂於把普通、平凡、瑣屑的生活取來思考、品味。這類題材與日常生活關係密切，也是人們所樂見的，「五四」以來許多膾炙人口的名篇，至今還廣為流傳，就是明證。

這類題材所寫的大多屬於身邊瑣事，其中仍有時代的影子，可以看出這個時代賦予了日常生活題材以新的風味。其一，許多作家感覺到自己在尖銳矛盾的社會中無能為力，在抒寫親情時敢於坦露真心，對世態則往往採取比較超脫的旁觀態度。其二，是幽默味的增加。「近來的散文中幽默分子的加多，是因為政治上高壓的結果。」郁達夫在《中國新文學大系》《散文二集》〈導言〉中對此有詳盡的分析。夏丏尊、豐子愷、郁達夫、老舍、俞平伯等人，多有令人忍俊不禁的

13 參見〔瑞士〕雅各・布克哈特著，何新譯：〈生活動態的描寫〉，《意大利文藝復興時期的文化》(北京市：商務印書館，1979年)。

筆墨。遊戲人間，油腔滑調，只能走向沒落之途；發哲理於秋毫，化平淡為雋永，則為讀者所喜聞。郁達夫說：「所以散文的中間，來一點幽默的加味，當然是中國上下層民眾所一致歡迎的事情。」情況確實是這樣的。

這類散文要寫得出色當行，則要憑藉作家生活體驗的深廣和人格修養的豐厚。老於世情的人才善於觀照人生；富於真情的人才善於領略人生；寬容超脫的人才善於認真嚴肅地玩味人生。

第二節　海外旅遊散記和國內山水遊記

五四時期的記遊作品形成了兩大分支：一是采風訪俗、了解社會的旅行記；一是寫景抒懷、發現自然的山水遊記。到了二十年代末期，特別是三十年代前期，旅行記中有一些與新聞性、政治性緊密結合，匯入報告文學的新體；另一些則仍保留著它介紹風土人情、文化設施的特點，它與山水遊記一樣，成為散文家喜愛的文藝體裁。

大革命失敗後，一些作家避地旅居海外，進行考察、遊覽和學習，他們與五四時期的旅行記略有不同，大多繞開政治性較強的社會現象，著眼於文化藝術方面；另一些作家寄情自然，暢遊名山大川。這樣不但可以避免現實的紛擾，獲得解脫和慰藉，還可以增進新知，開拓眼界。時代環境的作用，促進了海外旅遊雜記和國內山水遊記的進一步發達。從鄭振鐸等為《文學週報》主持「Athos號專欄」開始，乘桴浮海之集陸續問世，郁達夫等浪跡山水之間，怡情丘壑名篇散見報刊。作家著意於異國文化風習的考察和古國奇山秀水的陶寫，形成了本時期散文的一種別具意味的寫作傾向。

一　海外旅遊散記

鄭振鐸的《海燕》和《歐行日記》

鄭振鐸在大革命期間，積極參加上海工人三次起義時的市民代表會議，大革命失敗後，即一九二七年五月，避禍出國，有歐洲之行。「我不忍離中國而去，更不忍在這大時代中放棄每人應做的工作而去，拋棄了許多勇士們在後面，他們是正用他們的血建造著新的中國，正在以純摯的熱誠，爭鬥著，奮擊著，我這樣不負責任地離開了中國，我真是一個罪人！」(《海燕》〈離別〉）他懷著負疚的心情出國，但也帶有他的希望，「至少：(一）多讀些英國名著，(二）因了各處圖書館搜索閱讀中國書，可以在中國文學的研究上有些發見。」(《歐行日記》〈五月二十一日〉）這就使他的國外旅遊散記具有情感上和內容上的一些特色。

《海燕》(1932）是記敘抒情散文集，《歐行日記》(1934）是旅行日記。二者以不同的形式，表達了作者這次歐遊中的真情實感。《海燕》行文真率質樸，抒情委婉，寫景明麗。如〈離別〉，真實細膩地抒寫惜別祖國和親友之際的感情衝突，把心中的熱愛和憎恨，痛苦和追求，熱烈純真的愛國感情和委婉纏綿的別愁離緒，坦白無飾地傾吐出來。又如《海燕》，在春光明媚、燕子歸家的優美畫面裡，深蘊著作者離家後的鄉愁；在海闊天高、海燕斜掠的壯麗景象中，寄託著他將像海燕般生活的情懷。在這裡，燕子的形象，已成為主客觀統一的形象。此類篇章，情景交融，撩人神思，帶有濃郁的文藝色彩。

《歐行日記》所發表的僅有原稿的四分之三，其餘不幸散失了。原為寫給他夫人看的，故略有些生活瑣事和兒女相思之語，但總的是樸素的旅途和參觀的紀實，但也不時地流露著他的愛國血性。他在巴黎參觀了不少文化設施，如展覽會、博物館、圖書館，因而對藝術品和小說戲劇藏本記載甚詳，表現了他專業的本色。為了便於比較幾位學者作家的歐行散記，以下我們想各引一段記敘繪畫的文字以資比較。鄭振鐸《歐行日記》〈八月廿一日〉寫他參觀恩納博物館看到一幅作品時寫道：

> 然而最使我驚詫的，還是那幅想像的頭部《Fabiola》，這是一個貞靜少女的頭部，髮上覆著鮮紅欲滴的頭巾，全畫是說不出的那樣的秀美可愛，但那幅畫卻是複製的印片，在洛夫，在盧森堡，在別的博物院的門口，賣畫片目錄的攤櫃上，都有得出賣，有的大張，有的小張，而價錢卻都很貴。我真喜歡這一張畫，我渴想見一見這張原畫。但我在洛夫找，在盧森堡找，都沒有找到。我心裡永遠牽念著她。這便是這幅畫，使我今天在四個要去的地方中，先揀出恩納博物院第一個去看，而這個博物院卻是最遠的一個。我想，這幅《Fabiola》一定是在這裡面的。果然，她沒有被移到別的地方去，她沒有被私人購去，她是在這個博物院的壁上！呵，我真是高興，如拾到一件久已失落掉而時時記起來便惋惜不已的東西時一樣的高興。

顯然，這是一位文藝史學家和收藏家的參觀記，他對藝術品是那樣的熟悉，那樣的深情，那樣樸實地詳記他的一睹真品的不倦追尋。

鄭振鐸歸國後，於一九三四年七八月間應邀旅行西北而寫下的《西行書簡》（1936），在選材和敘寫方面也帶有學人特色。他記旅途見聞思感，對遊覽地的歷史沿革、文物古蹟和風土民俗大感興趣，整部《西行書簡》就給沿途的歷史文化遺跡以突出的地位。他在記述中抒情、議論，以實地考察作為憑藉，顯得扎實嚴謹。像〈雲岡〉夾敘夾議，點面交錯，將縱橫數里、佛窟上百的雲岡勝地井然有序地呈現在人們的眼前，在敘事狀物、議論抒情和篇章結構方面顯示了自己的功力和氣魄。他還留意采寫民間疾苦和社會問題，如果把《西行書簡》中所涉及的工廠、農場、市集、捐稅、水利、教育、廟宇等綜合起來，便能呈現出一幅較為完整的西北社會的圖景。

王統照的《歐遊散記》

一九三四年，王統照的長篇小說《山雨》被政府查禁，他被迫離開上海，自費赴歐考察，他的《歐遊散記》（1939）記載的便是這次考察中的旅途生活、英倫見聞和荷蘭風光。他在〈後記〉中說：他「擇要記述」的是資本主義世界的社會問題，「至於瑣屑紀程，食宿遊覽，一般風習，作者已多，故少綴及」。在〈失業者之歌〉中，一個二十年前為祖國驅馳戰場的「壯士」，卻淪為乞食者，作者由此而告誡人們：「不要為他們的眩耀的城市外表蒙蔽了你的觀察，更不要只看見那些豐富、整齊的裝扮而忘了在紳士、淑女、商賈、流氓……腳下有另一樣的人群。」這種不為資本主義國家的表面繁榮所迷惑的識見，使他的《歐行散記》能夠正確地反映資本主義社會的階級對立、貧富懸殊和矛盾百出的複雜現象，說明了作者對社會現實的觀察和認識的深入。

值得注意的另一方面，那就是作者對自然風光和藝術品的欣賞力和表現力。且看他對荷蘭里解克斯博物館中繪畫的描寫：

> 不止是以建築著名的，它保存了許多十七世紀的荷蘭繪畫，在全世界中沒有其他地方比在這裡能夠看到這麼多的荷蘭畫。荷蘭，這低下的國家在世界繪畫史上她有永久的輝光。不是一味熱情祈求理想的現實與尊崇靈感的義大利畫，也不是以嚴重雄偉見長的日爾曼畫，她有她特殊的地理環境，晴朗而多變化的天空，大海，飛雪，陰鬱的田野，到處灌注的河流，牧歌的沉

> 醉與風車的靜響，雜花如帶圍繞著的農村，牧舍，楊柳垂拂的溝渠，不沉鬱也不粗獷，不狂熱也不冷酷，就在這樣天時與地利中造成他們獨有的藝術性。荷蘭的肖像畫和風景畫攙在各國的畫廊裡，如果是一個有研究的鑑賞者不用看下列的名字，從用色，取光，神采與趣味上一望便易斷定她是荷蘭人的作品。

這確是一位有素養的鑑賞家的參觀記，博識精鑒熔為一體，加以他清麗的文字，使他的散記保持著引人的魅力。

朱自清的《歐遊雜記》和《倫敦雜記》

大革命失敗後，朱自清以〈論無話可說〉和〈那裡走〉二文表現時代激盪下一個知識分子的苦衷：「我既不能參加革命或反革命，總得找一個依據，才可姑作安心地過日子。我是想找一件事，鑽了進去，消磨了這一生。我終於在國學裡找著了一個題目，開始像小兒的學步。這正是望『死路』上走；但我樂意這麼走，也就沒有法子。」此後一段時間內，他躲進書齋，過著學者生活。一九三一至一九三二年，朱自清留學英國，並漫遊歐陸，以這次歐遊經歷為題材寫作出版了兩本遊記：《歐遊雜記》（1934）和《倫敦雜記》（1943）。

《歐遊雜記》記述他在義大利、瑞士、德國、荷蘭和法國的參觀遊程，以描摹著名的建築和繪畫著稱。在《歐遊雜記》〈序〉中，朱自清說：「書中各篇以記述景物為主，極少說到自己的地方。這是有意避免的：一則自己外行，何必放言高論；二則這個時代，『身邊瑣事』到底無謂。」《倫敦雜記》，以記載文化生活和社會風習為主，他在序文裡說：「寫這些篇雜記時，我還是抱著寫《歐遊雜記》的態度，就是避免『我』的出現。」以客觀記述為主，極少主觀抒懷，把各國的美好風光和文化藝術忠實地記述和逼真地描繪出來，這是朱自清歐洲遊記的共同特色。這些遊記側重記述歐陸名勝之地的「美術風景古蹟」，帶有學者的「目遊」特色。由於「用意是在寫些遊記給中學生看」，因此，這些篇章對於擴大青少年讀者的視野，增進他們的知識很有幫助。「記述時可也費了一些心在文字上：覺得『是』字句，『有』字句，『在』字句安排最難。……想方法省略那三個討厭的字。」(《歐遊雜記》〈序〉) 他對景物和藝術品的形狀、色調、風致，真是極妍盡態，遣詞造句的功夫達到爐火純青的地步。這裡引錄他在巴黎盧佛宮參觀〈勝利女神像〉雕塑的一段文章為例：

> 女神站在沖波而進的船頭上，吹著一支喇叭。但是現在頭和手都沒有了，剩下翅膀與身子。這座像是還原的。……衣裳雕得最好；那是一件薄薄的軟軟的衣裳，光影的準確，衣褶的精細流動；加上那下半截兒被風吹得好像弗弗有聲，上半截兒卻緊緊地貼著身子，很有趣地對照著。因為衣裳雕得好，才顯出那筋肉的力量；那身子在搖晃著，在挺進著，一團勝利的喜悅的勁兒。還有，海風呼呼地吹著，船尖兒嗤嗤地響著，將一片碧波分成兩條長長的白道兒。

這段對於雕像身子的描摹真是精細極了，生動極了，活靈活現地如在眼前，那親切的、自然的、繪聲繪影的口語，確有一種誘人的風采。較之他早期散文的抒情功夫，他的描摹功夫也毫不遜色。

朱自清說自己對於歐洲美術風景古蹟是外行，但我們閱讀《歐遊雜記》和《倫敦雜記》兩書，「不難看到他對西歐文化的熱心了解和細緻考察」[14]。憑他的忠實記錄和描寫，憑他敏銳的感受力和準確生動的表現力，令人感到逼真活脫，親切有味。

14 朱喬森：〈《歐遊雜記》重版後記〉，《歐遊雜記》(北京市：三聯書店，1983年)。

李健吾的《意大利遊簡》

李健吾（1906-1982），曾用筆名劉西渭，山西安邑人。青少年時代在北京讀書，一九三〇年畢業於清華大學西洋文學系。一九三一年留學法國，遊歷過意大利，著有《意大利遊簡》（1936）。和朱自清「避免『我』的出現」的寫作態度接近，這本遊記也「把自我藏起來」，「用理智駕馭我的感情」，把「原本一迭一迭的情書」，力自刪削成「一部意大利文藝復興的繪畫小史」（《意大利遊簡》〈前言〉）。他稱這次遊歷是一種「知識的遊歷」，精神上從意大利文藝復興時期繪畫雕塑珍品中「受了無限高貴的滋潤」（《意大利遊簡》〈翡冷翠〉）。以藝術鑑賞家的眼光選擇遊記題材，以自由方便的日記、書簡的形式記遊述感，從而將意大利文藝復興時期的神采和成就介紹給中國讀者，是《意大利遊簡》的寫作特色。比如〈翡冷翠〉〈七月二十三夕〉中，他對米開郎吉羅和鮑蒂切黎兩位畫家的聖畫的比較鑑賞，就充分體現了一位藝術家的創造性發揮和鑑賞家的藝術敏感：

> 從兩個人的畫幅上，我們可以同樣感到他們內在生活的豐富、變化和衝突。然而任情於一己的理想，具有思維者的憂鬱的，卻更是鮑蒂切黎。他的傑作，幾乎全在這裡，整整占了一屋半。米開郎吉羅抓住了力，原始而掙扎的創造力；鮑蒂切黎卻是人生的意義，深入而悲雋的理想。所有他的聖母全具有一種不可言喻的悲哀，一方面女性墜著她，一方面上帝卻賦予她過分沉重的使命——生育耶穌；耶穌分量太重了，雖然是一個嬰孩，也大有墮出懷抱的可能，又彷彿她是一個平常的婦女，難以了解她偉大的兒子，同時她非不欲超升天堂，無奈富有人類的同情。同時她也因之格外令人動情，格外佔有我們的回憶。別人的聖母可愛，彷彿一個無思無惑的美女，獨有他的聖母常

> 有一種難言之隱。天使向她宣告她的使命，她聽了好像有些畏惕，出乎不意，簡直有意推拒，於是那種不得已而拜命的情態，便是天使也因之而起了哀矜。

這些細緻的鑑賞、豐富的想像、精確的描寫，簡直把聖畫寫活了，這是他用散文藝術對繪畫藝術進行再創造的巨大成功。他這種創造性的鑑賞、印象性的批評，在他以劉西渭筆名發表的《咀華集》文藝隨筆中也有突出表現。

前引四家對藝術珍品的描述，鄭振鐸以虛出實，表現學人尋見真品的快慰；王統照精於鑑別，尋味出畫面裡的風土民情；朱自清細磨細琢，繪聲繪影，不愧為寫真裡手；李健吾心有靈犀，感通幽玄，發掘到深邃的畫意天機。各擅其長，但都為藝術而迷醉，帶有朝聖受洗、明心淑性的成效。這種文化遊歷和精神潤澤，對作者與讀者都是受益無窮的。

劉思慕的《歐遊漫憶》

劉思慕（1904-1985），常用筆名小默，廣東新會人。二十年代初曾在廣州嶺南大學攻讀文科，大革命時期到莫斯科中山大學留學過。一九三二年留學德國和奧地利，次年回國。他以這次遊學經歷寫了《歐遊漫憶》（1935）。一九三六年受到國民黨當局通緝，逃亡日本，抗戰爆發後回國，〈櫻花和梅雨〉（1940）取材於這次避難生活。

劉思慕的遊記和朱自清、李健吾的寫作態度略有不同。他以遊人的眼光攝取風景名勝，隨著遊蹤展現各地的風物人事，抒寫自己的觀感和發現，「我」字無時不有，無處不在。他也到過威尼斯，他把自己印象最深的觀感寫成〈威匿思底水和「水」〉，突出威尼斯水城的煙水、橋和遊艇，以及「水國」孕育的「水」一樣的威尼斯美人，毫不掩飾自己的驚喜、讚賞和別緒。如結尾一段：

> 別了，威匿思！在風雨中別了！我在威城只過了一宿，也沒有作過幽奇的夢；我只走馬看花般匆匆把威城看了幾眼，連有名的遊艇我也沒有坐過，更談不到浪漫的豔遇了。但是，威匿思之遊沒有使我失望，而且我還有意外的收穫，那便是水以外的「水」之瞻禮。然而水的美只有音樂可能描摹一二，「水」底美之讚頌恐怕更在音樂的能力以外遑論文字。……

可見他是把異國風情作為美的欣賞對象而刻意渲染的，這正是他以一個遊歷家的生活情趣品賞風景的必然結果。

〈暴風雨前夜的柏林〉體現了劉思慕遊記的另一面特色。它反映的是當時德國政治風雲的變幻：國會選舉中的黨派之爭，納粹黨徒的囂張氣焰，下層人民的友好態度，共產黨人的革命活動，……將希特勒上臺前夕柏林的複雜、緊張和矛盾的狀態勾描出來，真令人驚心動魄。他注意反映國外社會政治動態，和他這時期轉向社會科學研究有關。劉思慕早先寫過新詩，推崇濟慈、泰戈爾、波特萊爾、洛塞諦、阿倫．坡等近現代詩人，帶有憂鬱詩人氣息。後來受蘇聯文學影響，「從唯美、頹廢的夢中醒過來」，「轉向於社會科學方面」，因而寫作路子隨之擴大。[15]《歐遊漫憶》正是這一轉變時期的產物，因而帶有轉變期既流連光景又捕捉風雲的特點。隨後的〈櫻花和梅雨〉，〈東京隨筆〉一組寫於抗戰前夕，〈東遊漫憶〉一組刊於抗戰初期的《文藝陣地》，就以針砭日本畸形社會和病態心理為主，而兼寫國難和鄉愁，著眼點已和他作為國際問題專家趨於一致。

陳學昭的《憶巴黎》

一九二七年五月，陳學昭與鄭振鐸同船赴法國留學。《憶巴黎》

15 小默：〈我對於文學的理解與經驗〉，《我與文學》（上海市：生活書店，1934年）。

（1929）是她兩度去巴黎的旅途生活和旅法見聞的結集。她說：「巴黎的那樣熱鬧與混濁是我所不喜歡的，但我所喜歡的是那文化與藝術！」[16]然而《憶巴黎》卻並非像鄭振鐸、王統照、朱自清等的遊記那樣熱心於介紹描摹那驚人的文化建築藝術，洋溢於文章中的是祖國命運的縈懷，濃重鄉愁的流灑，漂泊運命的感歎，巴黎明媚風光和師友情誼的描述，以及外國男女的種種可親、可驚、可憎的儀態。她的主觀思想感情的流露成了這些文章的中心。作者這時已經是一位具有進步思想和遠大理想的女性，她與坎坷的命運和流言作不倦的抗爭，她的旅行散記和早期漂泊記的筆調是一致的，充滿著繾綣的情思，嗚奏著她壓抑的惶惑的心曲。如《憶巴黎》〈一〉：

> 回到中國了，天哪！回到中國了！一踏著中國的土地，嗅著中國的氣息，看到一切一切中國的事物，依然是緊張，忙亂，擾動，像我故鄉那腐臭了的糟醬，雖然是蒙著一重潔白的絲棉！中國是絲毫也沒有變啊！我可愛的巴黎，巴黎的友人們呀！有用了你們設想情愛者的那樣的美妙的心來憶念它麼？柔蕩的波，青青的山，黃葉也在飄落了，還是那同樣的天空似的，迷漫著淡白的薄雲，然而，溫情呵，可是跟著我一起來了？!

文章的感情色彩強烈，國事、家事、天下事，交織在她的胸中，各式各樣的人，各處各地的景，各種各件的事，帶著作者的感情色調奔赴筆下。〈旅法通信〉、〈東歸小志〉、〈憶巴黎〉、〈西行日記〉等一系列旅行散記，使我們看到了五光十色的海外人事景物，也看到了一個與悲涼人生搏鬥的倔強女性的靈魂。

---

16 陳學昭：〈東歸小志〉，《海天寸心》（杭州市：浙江人民出版社，1981年）。

廬隱的《東京小品》

一九三〇年，廬隱與李唯建一起東渡日本，開始了她的新生活。新作《東京小品》（1935）是一部散文、短篇小說和雜文的合集，其中的散文描繪當時日本的風光名勝、社會風習，特別是日本婦女的善良友愛和她們的痛苦屈辱。而這些散文又以作者細膩傳情的筆墨在旅外散記中顯示了獨標一格的特色。

抒情原是廬隱所長，早期的悲苦已為當時的幸福沖淡了，但追懷往昔，仍然無限辛酸。但畢竟已跨進了三十年代，她的散文也突破個人的身世之感，迴響著時代的足音。如〈夏之歌頌〉：

> 二十世紀的人類，正度著夏天的生活——縱然有少數階級，他們是超越自然，而過著四季如春享樂的生活，但這太暫時了，時代的輪子，不久就要把這特殊的階級碎為齏粉。

又如〈異國秋思〉：

> 這飄泊異國，秋思淒涼的我們當然是無人想起的。不過我們卻深深地懷念祖國，渴望得些好消息呢！況且我們又是神經過敏的，揣想到樹葉凋落的北平，淒風吹著，冷雨灑著的這些窮苦的同胞，也許正向茫茫的蒼天悲訴呢！

身在異國，心繫故園，中華兒女與鄉邦的深情是無法割斷的。

徐霞村、劉海粟、鄧以蟄的旅外遊記

一九二七年「四一二」政變後，徐霞村赴法留學，正好與鄭振鐸、陳學昭等同船作伴，就一起為《文學週報》「Athos號專欄」撰寫旅行記，鄭振鐸結集為《海燕》，陳學昭結集為《憶巴黎》，徐霞村則出版了《巴黎遊記》(1931)。《巴黎遊記》著重描寫沿途所接觸的人物，如〈船上的小朋友〉、〈阿多司號上的人物〉、〈趕馬車的老人〉等，可看作是一部人物素描。這和鄭振鐸側重記述文物名勝、陳學昭專注抒情遣懷的文字有所不同，作品以人物為中心，兼寫環境和景色，詳略得當，文筆簡練。

劉海粟在二十年代末遊歷過西歐，著有《歐遊隨筆》(1935)，專門介紹西洋藝術和沙龍生活，以銳敏的藝術眼光評論名畫新作，顯示出一位藝術大師的本色。章衣萍為之作序，「覺得他的對於歐洲藝術界的銳利的觀察，偉大作品的批評與解釋，近代與古代的藝術家的訪問與憑弔，敘述精詳，是不可多得的考察藝術的創作」，稱頌劉海粟是「以藝術為生命，以研究藝術為畢生事業的人」。

鄧以蟄在一九三三至一九三四年間遊歷歐洲時，寫了《西班牙遊記》(1936)。記遊範圍不限於西班牙，但著重記載西班牙見聞，如〈鬥牛〉一篇描寫西班牙傳統風習，繪聲繪影，使人如臨其境。作者是一位知名教授和美學理論家，注目於異國的文化藝術和風俗習慣，當是份內的事。他對世界各國歷史文化很有研究，故能追根溯源，深入自得，顯示出一位學者的識見，有助於讀者了解異域的風情。

這時期出國的文化人士，或避難，或留學，或遊歷，或考察，側重介紹國外的文化藝術，較之五四時期熱心傳播國外新思潮的情況已有所改變。這些國外旅寓散記雖然已經失去了先前某些作品所具有的振聾發聵的巨大感召力，卻能夠使人開闊眼界，在潛移默化中陶冶性情，充分顯示了它們誘人的藝術魅力。

二　國內山水遊記

鍾敬文的《西湖漫拾》和《湖上散記》

鍾敬文於一九二八年到杭州任教，由於那裡山水宜人，故多記遊之作，結集的有《西湖漫拾》（1929）和《湖上散記》（1930）。他在《西湖漫拾》〈自敘〉裡談到自己對於散文風格的追求時說：「但論到我個人特別的癖好，那似乎在情思上幽深不浮熱，表現上比較平遠清雋的一派，這沒有多大的道理可說，大約只是個人性格環境的關係吧」，「我自己三數年來寫的一些文字，也正如我所癖好的一樣，在情思和風格上，大抵多是比較沖淡靜默的，——自然不敢說怎樣深遠而有餘味。——朋友們謂它沒有強烈的刺激性，這就是個絕好的證明。」他在散文創作中追求沖淡靜默的風格和他思想上「獨善的野居的夢想」是有聯繫的。

〈西湖的雪景〉（1928）是他的知名之作，所寫的是遊人稀少的清寒景致。你看那雨雪清寒的日子，遊客寥落，平湖漠漠，宇宙壯曠而純潔，山徑幽深，山茶花華而不俗，道旁所見也是古樸清貧的野人，所引的又是情調幽逸的詩文，一切都是那麼清朗絕俗。這類文字真如山間高士，松下逸人，是會有人喜歡的，特別是處於紛擾的年代，使人們暫時忘懷那厭倦的塵寰。

鍾敬文〈懷林和靖〉一文說：「直到現在，我的作品還不免受他的影響的痕跡，我喜歡寫不大為人所喜愛的清淡的小品文和新詩，這原因並不是單純的，然和林氏作品和人格關係總不淺。至於思想方面，我幾年來雖然在複雜的時代的環境與學說之下，經歷了多方面的刺激感染，不能再像那時的簡單——只作山林隱逸之思——然一部分消極的獨善的野居的夢想，總不時在我腦海中浮閃著。尤其是在現實上遇到不如意，或面對著偉大的自然時，便要激動得更其厲害。」作者這段衷心的自白絕不是個人的特殊現象，也不只是特定時代的現象，而是一個長久的民族歷史現象，中國現代的知識分子大多是人海中的弱者，「無力的我，只合對當前和未來的一切，去低吟那賞味之歌」。這就是這類風致的散文所以流傳的原因。

作者散文喜歡摹描清遠的景象，如〈太湖遊記〉，寫惠山、錫山、梅園、桃園、萬頃堂、黿頭渚等地，在惠山登起雲樓，作者寫道，「縱目遠眺，小坐其中，左右顧盼，也很使人感到幽逸的情致呢。」他又喜歡摘引古典的詩文，如〈西湖的雪景〉就引有《陶庵夢憶》、《四時幽賞錄》和陳子昂、柳宗元、王漁洋的詩，使清淡景色添入思古幽情。

革命的風雷終於警醒了山間高士獨善野居的夢境，《湖上散記》〈後記〉中有一段悟道之言：「以藝術為一己的哀樂得失作吹號，而酣醉地滿足於這吹號中，良心它不能教我這樣愚笨的人安然！也許有人要說，個人的哀樂，也是社會哀樂的一部分，能夠把它表現出來，不得說於社會是毫不相干。這話誠然有相當的道理。但在這樣不平衡的社會裡，哀樂分明是有階級性的，現在大多數人的哀樂，正和我們的有很大的鴻溝；要把我們的哀樂去涵蓋他們的，我真打不起這樣欺罔人類的勇氣；朋友，說到這裡，你還肯懷疑我的傷心是故作姿態麼？」「願望我們不要忘記今天的自詛！更願意讀這本小作品的朋友，同樣地牢記著！」此後，作者的散文創作走上新路，在抗戰時期寫了一些通訊報告和隨筆。

郁達夫的《屐痕處處》和《達夫遊記》

郁達夫在〈燈蛾埋葬之夜〉一文中訴說了自己被印上「該隱的印號」的原委：一是來自官方的政治壓迫，二是文藝界激進派關於落伍的責難，三是社會所謂「悖德」的非議，於是他總有一種動輒受咎、無端自擾的感覺，總處於消沉隱逸和振作奮發的矛盾衝突之中，心情十分鬱悶沉重。一九三三年四月，他舉家移居杭州後，幾乎過著一種隱逸消閒、潔身自好的名士式生活。作為這時期散心遣悶的內容之一，他徘徊於山水之間，和大自然親近，以抒鬱悶，未嘗不是一種有益的娛樂活動。因而，他寫下了不少山水遊記，先後結集出版了《屐痕處處》（1934）和《達夫遊記》（1936），還在《宇宙風》上連載〈閩遊滴瀝〉（1936）一組作品。他把現代的山水遊記創作推向了一個新的高度。

郁達夫的遊蹤遍及浙東、浙西、皖東、閩中等處，他的遊記以描寫這一帶地理形勢、自然風光、名勝古蹟為主要內容，形成系列性記遊長卷。屐痕所到之處，他總是細心觀察，盡情領略，使自己印象最深的風景人事躍然紙上，更把自己發現的獨特境界突現出來。〈方岩紀靜〉、〈爛柯紀夢〉、〈仙霞紀險〉、〈冰川紀秀〉、〈釣台的春晝〉、〈江南的冬景〉等文，就善於抓住一處風景的基本特徵，加以刻劃、渲染。如方岩北面五峰書院那種天造地設、清幽岑寂的一區境界：

> 北面數峰，遠近環拱，至西面而南偏，絕壁千丈，成了一條上突下縮的倒覆危牆。危牆腰下，離地約二三丈的地方，牆脚忽而不見，形成大洞，似巨怪之張口，口腔上下，都是石壁，五峰書院，麗澤祠，學易齋，就建築在這巨口的上下齶之間，不施椽瓦，而風雨莫及，冬暖夏涼，而紅塵不到。更奇峭者，就是這絕壁的忽而向東南的一折，遞進而突起了固厚、瀑布、桃花、覆釜、雞鳴的五個奇峰，峰峰都高大似方岩，而形狀顏色，各不相同。立在五峰書院的樓上，只聽得見四周飛瀑的清音，仰視天小，鳥飛不渡，對視五峰，青紫無言，向東展望，略見白雲遠樹，浮漾在楔形闊處的空中。一種幽靜，清新，偉大的感覺，自然而然地襲向人來；朱晦翁，呂東萊，陳龍川諸

> 道學先生的必擇此地來講學，以及一般宋儒的每喜利用山洞或風景幽麗的地方作講堂，推其本意，大約總也在想借了自然的威力來壓制人欲的緣故，不看金華的山水，這種宋儒的苦心是猜不出來的。

這猶如一系列電影鏡頭，由遠及近，又由近推遠，將全景和局部一一展現在眼前；又比電影畫面進一步滲透作家的深切感受，捕捉到襲人而來的一種幽靜、清新、偉大的感覺，體會到宋儒借自然抑人欲的一番良苦用心。身處這樣的造化奇境油然而生的敬畏心和崇高感，真能「使人性發現，使名利心減淡，使人格淨化」[17]。他抓住各地自然各色各樣的景致，將自己的主觀感受融會進去，用優美流麗的文字描寫出來，達到了窮形傳神的藝術境界。

郁達夫寫景文中有一些小品，如〈半日的游程〉、〈花塢〉、〈皋亭山〉等篇，不但寫景，還著意寫景中之人與遊者的興致。以〈半日的游程〉為例：重遊故地，在「我老何堪」情感的感染下，一草一木就別有繫人之處，與二十多年未見的舊友，攜手同遊，一起領略山谷的幽靜，更覺蘊藉含情。那老翁富有詩意的算帳：「一茶，四碟，二粉，五千文」，與作者機敏的對仗：「三竺六橋，九溪十八澗」，渾然天成，饒有興味。「三人的呵呵呵的大笑的餘音，似乎在那寂靜的山腰，寂靜的溪口，作不絕如縷的迴響。」清逸雋永，餘味不盡，景與人都濃重地染上作者的情趣和個性色彩。這類記遊小品和山水長卷一樣，往往都有形神兼備的特點，如〈花塢〉中有這麼一段：

> 花塢的好處，是在它的三面環山，一谷直下的地理位置，石人塢不及它的深，龍歸塢沒有它的秀。而竹木蕭疏，清溪蜿繞，

17 郁達夫：〈山水及自然景物的欣賞〉，《閒書》（上海市：良友圖書印刷公司，1936年）。

> 庵堂錯落，尼媼翩翩，更是花塢的獨有迷人風韻。將人來比花塢，就像潯陽商婦，老抱琵琶；將花來比花塢，更像碧桃開謝，未死春心；將菜來比花塢，只好說冬菇燒豆腐，湯清而味雋了。

前半寫形，後半寫神，相得益彰。而形與神的攝取，則充分表現出一個耽於古典、老於世情的名士的精神風貌。

品讀他這時期的山水遊記，個別地方仍可感覺出作家的憤懣和牢騷。〈釣台的春晝〉寫於避難浪遊之初，尚有鋒芒畢露地抨擊「中央黨帝」的話。遷居杭州之後，雖徜徉於山水名勝，但憂時之情仍不能自已。如《杭江小歷紀程》〈諸暨〉中過義烏途中擁鼻微吟的絕句：「駱丞草檄氣堂堂，殺敵宗爺更激昂，別有風懷忘不得，夕陽紅樹照烏傷。」順便採用義烏的人物典故，透露出他撻伐臨朝帝王、驅逐入侵強虜的寄意。當然，他這時的山水遊記與早年的漂泊記大異其趣，感傷化為曠達，不平的呼告化為自得的欣賞，咒罵化為揶揄，已把審美焦點移向自然美本身，更主要的是陶醉於祖國山光水色之美麗動人，神往於大自然之純樸清靜，使人讀後身心也為之解放。其遊記給人的精神娛樂應該說是清新、健康、有益的。

郁達夫的遊記有些篇章主要是玩味都市生活情趣的，如〈蘇州煙雨記〉、〈故都的秋〉、〈北平的四季〉、〈青島、濟南、北平、北戴河的巡遊〉、〈揚州舊夢寄語堂〉、〈閩遊滴瀝〉等等，盡力在現代都市生活中尋找和發現遺留的古風野趣。老舍的〈濟南的冬天〉、〈大明湖之春〉、〈五月的青島〉、〈趵突泉〉，朱自清的〈南京〉、〈說揚州〉、〈松堂遊記〉、〈清華園的一日〉等，也是寄情於都市中的野趣。處身於動盪社會的知識分子，一方面求食於都市，一方面卻懷想自然，生活和思想都顯示出矛盾來；調和這一矛盾，除外出旅行，就在都市中品味一些古風野趣，從中獲得一點慰藉。

冰心的《平綏沿線旅行記》

一九三四年七八月間，冰心應邀參與「平綏沿線旅行團」，自清華園至包頭站，旁及雲岡、百靈廟等處，參觀考察沿途的風景、古蹟、風俗、宗教、物產等。同行者略有分工，冰心負責記載途中的印象，遂有《平綏沿線旅行記》[18]。這與鄭振鐸側重古蹟的《西行書簡》可稱姊妹篇。前者用的是日記體，與後者書簡體各擅勝場。

這次旅行的目的，冰心的序文說得很透澈，首先是東北淪亡，西北成為全國富源的所在，其土地、物產、商業等情形，應當調查；且邊地的風土人情、經濟文化、名勝古蹟、好男兒、奇女子，都極須了解報導，以饗國人。寫作的政治目的明確，表現了時代對一個作家的深刻影響。

這回旅行也開拓了冰心的生活視野。誠如她在序文裡說的：北方黃沙茫茫的高山大水，雄偉坦蕩，洗滌了我的胸襟；這次六星期的旅程之中，充分的享受了朋友的無拘束的縱談，沿途還會見了許多邊境青年、畸人野老，聽見了許多奇女子、好男兒的逸聞軼事，耳目為之一新，心胸為之一廓。這部旅行日記也因而有了她前此未有的壯美的風景畫和人物畫，如雲岡石窟佛像的丰姿，草原賽馬摔跤的盛況，塞外坦蕩無垠的風光等等。

《平綏沿線旅行記》和《西行書簡》所寫的對象近似，如〈雲岡〉、〈口泉鎮〉等，兩人都分別寫出，但在場景抒寫和古蹟鑑賞方面，鄭振鐸較細緻，冰心的行文則以簡約見長。不過，冰心在質樸的記敘中，有時也流露一段美麗的寫景抒情文字，如〈平地泉〉中所抒寫的偉大靜穆的黃昏圖畫，就洋溢著她綺麗流暢的行文才華，那靜穆的黃昏圖畫，所包含的情景渾融的意境，庶幾令人戀不掩卷了！應該

---

18 冰心：《平綏沿線旅行記》（平綏鐵路局，1935年2月），三月北新書局再版時改書名為《冰心遊記》。

說，冰心在保持原有特色的基礎上，從《平綏沿線旅行記》開始，擴大和充實了她的文境，文筆也趨於樸素練達。

方令孺的遊記

方令孺（1896-1976），安徽桐城人，出身於書香門弟，從小接受古典文學的薰染。二十年代又到美國留學六年，接觸西方文化，回國後在大學長期從事文學教育工作，三十年代初開始新詩創作，以「新月派」女詩人之一而聞名。她的散文作品後來一併結集為《信》（1945），由巴金編入文化生活出版社《文學叢刊》第七集而問世。

收入散文集《信》的〈琅琊山遊記〉和〈遊日雜記〉，一記琅琊山青山秀水，一記海上煙雲和島國風光，都寫得清新雋逸、委婉多姿。她愛好大自然的心境與馮至相似，「愛的是蒼茫的效野，嵯峨的高山，一片海嘯的松林，一泓溪水。常常為發現一條澗水，一片石頭，一座高崖，崖上長滿了青藤，心中感動得叫起來，恨不得自己是一隻鹿在亂石中狂奔」；讚賞的是大自然的天然情趣，「不願像別的遊客，一望就走，願意細細的探尋，把山水的神味像飲泉水一樣浸到心上去」，追求一種物我融化的境界。她渲染山中月夜的幽靜：

> 山中的夜是多麼靜！我睡在窗下木榻上，抬頭可以看見對面的高崖，崖上的樹枝向天撐著，我好像沉到一個極深的古井底下。一切的山峰，一切的樹木，都在月下寂寂地直立著，連蟲鳥的翅膀都聽不見有一聲瑟縮。世界是在原始之前嗎？還是在毀滅了以後呢？我凝神細聽，不能入寐。隱約看見佛殿上一點長明燈的火光尚在跳躍，因想起古人兩句詩：「龕燈不絕爐煙馥，坐久銅蓮幾度沉」。

她著意抒寫海行的自在瀟灑：

> 四周一看，天地竟渾圓得像一隻盒子，沒有別的船，只有我們這一隻，船尾畫著一條長長的水紋——水紋就是這隻船的蹤跡，但這蹤跡也不會長遠的，就會消失了，當它再換一條航線的時候。我覺得從那古舊的、憂鬱的世界走出來，到這海中心，這純潔無塵的世界，我的生命又像初生了一樣。過去的笑和哭，歡與恨，在這時想起來都太渺小了。大海把我心放大放寬。

她把自己融化在深山和大海之中，又「把山水的神味像飲泉水一樣浸到心上去」，身心得到自然美的淨化，而達到渾然無我的境界。刻劃細膩，抒寫婉轉，孫寒冰用「清溪涓流」形容她的散文風格[19]，是再恰當不過了。

她的遊記寄情於山水自然，旅外雜記也留心文化風俗；她的小品或摩挲藝苑珍玩，或傾訴內心思緒，或悼亡傷逝，藝術視野較為狹窄，反映了長期侷限於書齋生活的知識分子的真實狀況。抗日戰爭對她有所觸動，她在《信》〈八〉中寫道：「我確是覺得大時代給我心有一種新的悸動，新的顫慄，新的要求。過去幾年止水似的生活，到此完全給推倒，翻動。現在再也不容許我停頓，悠閒，和沉迷在往古藝神的懷抱裡。現在我睜開眼，看的是人，活生生各種形態的人生，各種堅毅與窮苦的面孔。」但她當時畢竟對於底層社會和大時代主流相當隔膜，因而寫不出個人小圈子之外的作品。

袁昌英的遊記

袁昌英（1894-1973），湖南醴陵人。幼年在鄉間私塾讀書，少年進上海中西女塾學英語，一九一六年留學英國，一九二六年又到法國求學，一九二八年回國，先後在中國公學、武漢大學任教。其散文結

19 見羅蓀：〈《方令孺散文選集》序〉，《方令孺散文選集》（上海市：上海文藝出版社，1982年）。

集出版的有《山居散墨》(1937)和《行年四十》(1945)。

袁昌英之女楊靜遠回憶說:「我母親性格開朗、豪爽、熱情,近乎天真,不世故,重感情,熱愛生活和朋友。」[20]這種個性特徵在她的散文遊記中體現出來,和方令孺的婉約文風很不相同,似乎帶有豪邁的男性氣息。〈遊新都後的感想〉、〈再遊新都後的感想〉、〈成都·灌縣·青城山記遊〉諸篇遊記,追懷千古,感慨國運,自由不拘地記遊述感,格調高昂,這在女性作家中還不多見。例如:

> 走上偉大雄壯的台城,我們的視線都頓然更變了形象。這裡有的是寂靜,是荒涼,是壯觀!人們許是畏忌梁武帝的幽魂來纏擾的緣故吧,都不肯來與這奪魄驚心的古城相接連。然而我們民族精神的偉大更在何處這樣塊然流露在宇宙之間呢?嗄!我們的腳踏著的是什麼?豈不是千千萬萬,萬萬千千,無量數的磚石所砌成的城牆嗎?試問這磚石那一塊不是人的汗血造成的?試問這延綿不斷橫亙於天地間的大城,那一寸,那一步,不是人的精血堆成的?心,你只管震顫,將你激昂慷慨的節奏,來鼓醒,來追和千百年中曾在這裡劇烈顫動過的心的節奏。性靈,至少在這一瞬中,你應當與你以往的千萬同胞共祝一觴不朽的生命。

登臨古城,追撫今昔,一派豪情充溢字裡行間,境界雄渾擴大,這是冰心、方令孺、林徽因一類氣質的女作家所難以寫出來的。

記遊之作,開中國現代散文之先聲,五四時期已有遊記和旅行記兩個品類。到了本時期,旅行記有很大發展,不少作家力圖使之成為反映城鄉廣泛場景的重要形式,加強它的社會性,我們將在本章第四

---

20 見李揚:〈作家、學者袁昌英〉,《新文學史料》1981年第4輯。

節重點介紹；政治性和新聞性較強的旅行通訊，則成為了告文學的分支。

在本節所概述的國外旅遊散記，也可以說是一種旅行記，由於政局的惡化，作者在遊覽觀光中以記述文化藝術方面為多，故與國內山水遊記合併論列。國外名都旅遊、國內山川浪跡，多迴避時事，有的作家在序跋中或其他文章中已概乎言之，形成一種特色。其實這也是時代的一種折光，是心靈遭到壓抑的一種反映。

本時期的記遊作品比前十年多產，集子之多就是證明。在藝術上也有所進展：一、出現一批有總體計劃的系列性文章，展開了廣闊的藝術珍品畫廊和偉大的山水畫卷，這是前時期所無法比擬的；二、對山水自然的多角度多層次描寫有新的成就，由於專注繪畫和園林的鑑賞，有些作者還把說明文寫法引進記遊文學，增強了豐厚細緻的藝術效果；三、作品更充分地表現了作者的高層次知識結構，故多博識與精鑒相互結合的佳篇。

第三節　內心的探索和光明的呼喚

現代散文中傾向於自我解剖、內心探索的一類作品，是伴隨著五四時代個性覺醒、自我發現的新思潮一同出現的。魯迅的《野草》、王統照的《片雲集》、許地山的《空山靈雨》、焦菊隱的《夜哭》、于賡虞的《孤靈》、高長虹的《心的探險》等可稱為散文詩或詩化散文的作品，開拓了內心探索的深廣天地，也積累了內心表現的藝術經驗。經過大革命失敗以後新的思想變化，面對新的黑暗時代，在知識分子心上，個人與社會、現實與理想、理智與情感、思想與行動的種種矛盾衝突更加尖銳起來。於是，表現這些矛盾衝突，暴露自身的內心狀態，探索擺脫矛盾的辦法和前進的道路，追求光明的前途，成為二十年代末期三十年代前期散文創作中的一種顯著傾向。它大大擴展了「五四」以來散文探索內心世界的領域，從主觀真實性方面直接地顯示出這時期廣大知識青年的精神風貌，間接地反映了大革命失敗後動盪不定的社會心理和時代氣氛。在內憂外患日益深重的歷史條件下，他們出於拯救國民於水深火熱的歷史使命感，陸續走出個人的孤獨的小天地，開始直面嚴峻的社會現實，追求光明的社會前景，從而使那些專注於內心世界探索的散文先後轉向外界現實的思考和描述。由內到外，從個人到社會，這是許多青年作者先後走過的路子；所以，這時期散文的內心表現，正好展現了一代知識青年的心靈歷程，反映了他們從個性覺醒到社會意識覺醒的發展過程。

一　小說家的抒情散文

茅盾的抒情散文

二十年代中期轟轟烈烈的大革命熱潮，曾給廣大進步青年帶來極大的希望；而突如其來的革命挫折和白色恐怖，又給他們造成深重的心靈創傷。大革命失敗後，知識界進一步分化，許多作家又陷入新的思想矛盾和彷徨探索的苦悶境地。從郁達夫在〈燈蛾埋葬之夜〉中抒寫的自己「被印上了『該隱的印號』之後」的憤恨不平和不得不隱退的苦衷，朱自清的〈論無話可說〉所坦露的內心苦悶，以及新進作者麗尼在處女作〈困〉中所表現的對大革命突遭失敗的傷感，就可以看出在大革命失敗後的頭幾年裡，散文界注意到了苦悶與彷徨的內心體驗這個時代課題。在這些抒寫對大革命失敗的內心體驗的散文作品中，茅盾匿居上海、亡命日本時寫的〈嚴霜下的夢〉、〈叩門〉、〈賣豆腐的哨子〉、〈霧〉、〈虹〉等篇章，比較集中、更為敏銳地反映了一個時代的苦悶和希求。這些篇章以個人體驗為基礎，以內心抒發的形式表現了普遍存在的迷惘、憂鬱、失望、探求的精神狀態。面對「新黑暗時代」，遠離社會和親友，一時找不到前進方向，希望破滅，熱情受挫，他自然有著難言的悵惘、無望的頹唐和不堪的孤寂。「像是悶在甕中，像是透過了重壓而掙扎出來的地下聲音」的「賣豆腐的哨子」，象徵了他內心的壓抑和沉重。他用系列性散文，以象徵的手法曲折地譴責國民黨軍閥叛變革命、屠殺人民的血腥罪行，揭露「新式騎士」招搖撞騙的真實面目。在詛咒黑暗、詛咒「愁霧」之中，他既表現出不妥協、不苟合的態度，又表白了看不見出路的苦悶和頹唐，期待著「疾風大雨」來振作自己的鬥志。

茅盾在日本避難、度過苦悶期後，回到上海，投身於左翼文藝活動。在散文小品方面，他開拓了社會生活速寫的新路，同時也改變了抒情散文的風貌。〈光明到來的時候〉、〈冬天〉、〈雷雨前〉、〈黃昏〉、〈沙灘上的腳跡〉等就閃現出新的思想虹彩。他深知：不能坐等光明，而要積極尋求光明，以行動爭取光明的早日到來。他堅信：冬天的寒冷愈甚，就是冬的運命快要告終，「春」已在叩門。他對於三十年代中國社會矛盾和政治形勢的洞察，還通過〈雷雨前〉、〈黃昏〉中的象徵性畫面表現出來，他呼喚「讓大雷雨沖洗出乾淨清涼的世界！」〈沙灘上的腳跡〉塑造了探索前進道路的抒情主人公「他」的真實形象：他在黑魆魆的天地裡追求光明，用心火的光焰辨認禽獸的腳跡，看清鬼怪的偽裝，「在重重疊疊的獸跡和冒充人類的什麼妖怪的足印下，發現了被埋葬的真的人的足跡」，他沿著「真的人的足跡」「堅定地前進」！「他」的探求歷程，無疑地凝聚著茅盾自己在大革命失敗後的切身體驗。不過，「他」的典型意義不限於作家本人，還在於概括了同時代許多進步知識分子尋路人的共同特徵。茅盾後來在〈回顧〉一文說到：「路不平坦，我們這一輩人本來誰也不會走平坦的路，不過，摸索而碰壁，跌倒又爬起，迂迴再進。」[21]這是對〈沙

21 茅盾：〈回顧〉，《解放日報》1945年7月9日。

灘上的腳跡〉一文的一個很好的詮釋,「他」正好反映了一輩人迂迴前進的路程。

茅盾的抒情散文,把自己內心對現實生活鬥爭的感受、感情態度以及理性認識,巧妙地轉化為具體可感的藝術畫面,托物寄意,帶上象徵意味,造成含蘊深厚的詩的藝術境界,這在他的全部散文作品中是一個奇麗的存在。

巴金的《生之懺悔》等

巴金(1904-2005),原名李堯棠,字芾甘,四川成都人。他自一九二七年初在赴法留學途中寫作〈海行雜記〉開始,一直在創作小說的同時堅持散文寫作。他的散文約略可分為兩大類,一類是記行寫實的,一類是抒情述懷的。魯迅稱道他「是一個有熱情的有進步思想的作家」。[22]他的熱情氣質,最集中最突出地坦露在他的抒情文中。他為小說《電椅集》寫的代序〈靈魂的呼號〉,說自己是「在暗夜裡呼號的人」,他的散文作品就以自我表白的直接形式,創造了詛咒暗夜、呼喚光明的靈魂呼號者形象,傾吐了三十年代許多正直青年的心曲。

巴金的內心痛苦根源於不合理的黑暗現實。〈我的心〉抒寫「我」從母親處承受了一顆善良正直、真誠待人的心,卻被現實的欺詐、殘殺、苦難、醜惡刺激得一刻也不安寧,實在痛苦不堪,因而請求母親收回這顆心,可是母親已死去多年了。這種要求擺脫內心痛苦而不得的現象,不是巴金獨有的,梁遇春和魯彥也不約而同地寫過此類散文。梁遇春〈「失去了悲哀」的悲哀〉描寫「吃自己的心」,魯彥〈燈〉希望把「心」送還母親。黑暗社會給善良的心靈只帶來深重的創傷,只有無「心」的人才會不知痛苦而活得下去,這正是內心覺醒的現代青年所感到最悲哀的。巴金不迴避現實,不掩飾痛苦,把一代

22 魯迅:〈答徐懋庸並關於抗日統一戰線問題〉,《且介亭雜文末編》(上海市:三閒書屋,1937年)。

活著的現代中國青年在黑暗年代的苦悶、憤懣、詛咒和呼號真實傳達出來，引起的共鳴當然是強烈而普遍的。

苦悶中的巴金自然也有自己的社會理想，他說過：「我願每個人都有住房，每個口都有飽飯，每個心都得到溫暖。我想揩乾每個人的眼淚，不再讓任何人拉掉別人的一根頭髮」(〈生命〉)，「要忠實地生活，要愛人，幫助人」(〈我的眼淚〉)；可是現實生活摧毀了他的理想，「我的眼裡只看見被工作摧毀了的憂愁的面貌，我的耳裡只聽見一片悲哀的哭聲，甚至在那些從前的愉快的面貌上，我也找到了悲哀的痕跡。我的眼前的黑暗一天一天地增加了」(〈我的眼淚〉)。他以寫作抗議強暴，詛咒黑暗，追求光明，同情人民，但也清醒地意識到，文字的作用畢竟有限，於是便想「投身在實際生活裡面，在行動中去找力量」，然而又不知道自己能否「衝出重圍而得到新生」(〈我的呼號〉)，因為他一時找不到一條切實可行、行之有效的道路。這樣，他總是「在感情與理智的衝突中掙扎，在思想和行為的矛盾中掙扎」，「心的探索」一刻也不能停止（〈自白之一〉)，他的「呻吟、呼號、自白、自剖」也就持續不斷。畢竟，形勢在發展，歷史在前進。人民力量的壯大，民族解放運動的高漲，使巴金在苦悶探索中獲得心靈的慰安。他寫道：「真正使心安寧的還是醉。進到了醉的世界，一切個人的打算，生活裡的矛盾和煩憂都消失了，消失在眾人的『事業』裡」，「將個人的感情消溶在大眾的感情裡，將個人的苦樂聯繫在群體的苦樂上，這就是我的所謂『醉』」(〈醉〉)。群眾的鬥爭驅散了人們內心的寂寞和孤獨，給人們帶來了生活的希望和信心。

巴金的抒情散文，有的以《生之懺悔》(1936）的自剖方式，有的以《短簡》(1937）的通信方式，有的用《點滴》(1935）的感想形式，將自己的內心感受和理想追求一一袒露出來，直抒胸臆、真誠顯豁就是他抒情散文的主要特點。他寫文章時，想的只是自己「要在文章裡說些什麼話，而且怎樣把那些話說得明白」(〈談我的散文〉)。自然天成、明白如話，便是他散文的另一主要特點。巴金說，「我的任何一篇散文裡面都有我自己」（〈談我的散文〉），這指的是他的散文常以「我」作為抒情主人公，他總是以自己特有的方式和語調講自己要講的話，所以他的散文個性特徵十分突出。他以率真見性、縱情行文的作風契合他的「靈魂的呼號」。

靳以的《貓與短簡》

靳以（1909-1959），原名章方敘，天津人。一九三〇年在大學讀書時開始從事文學創作，最初寫過新詩，隨後專門寫作小說和散文，散文產量僅次於小說。《貓與短簡》（1937）是他的第一本散文集，隨後出版了《渡家》（1937）、《霧及其它》（1940）。這三個集子的作品大多寫於戰前六七年間，以抒寫身邊瑣事和個人心懷為主，間或也描摹幾幅社會相。童年的記憶，身邊的生活，家庭的變故，愛情的甘苦，友情的珍貴，青年人的熱情和嚮往，是他挖掘和表現的主要題材。〈貓〉寫祖母的去世、母親的病故、家庭的衰落和自己獨居的日子，猶如一曲悲哀的輓歌。〈漁〉、〈鴿〉、〈狗〉等篇回想起孩提時代怎樣用樸質的心來愛憐弱小的生命，用純真的心來憎恨虐待、殘殺生命的人。他回憶〈往日的夢〉，那時愛得那麼熱烈，如今又恨得這樣勢不兩立，美麗的夢幻倏然間被粉碎了。他訴說自己「活在寂寥而幽暗的日子之中」（〈聽曲〉），沉重的悒鬱「如影子一樣」老是伴隨著（〈我的悒鬱〉），於是倍加珍惜純真的友情。他從自身的不幸遭遇中萌生了「對於現存的社會就有了說不出的憎恨」（〈寫到一個孩子〉）。他在社會上「所看到的是一些更苦痛的人」（〈又說到我自己〉），卻只能懷著愛莫能助的心情來描寫他們的命運，如〈造車的人〉。在〈火〉中，他坦露從小愛火的癖好，在孤寂中企求火的光亮和溫暖，甚至歡呼大火燒掉一切，自許「將獻身在火的懷抱中」。他愛用書簡形式向讀者告白自己的生活和希求，誠懇真切，娓娓動人，後來他更多地運用速寫體裁勾描人生世態，在戰時寫下〈人世百圖〉，對現代散文作出了新的貢獻。

二　詩人的抒情美文

前述茅盾、巴金等小說家通過抒情散文展現了自己的內心感受和心理活動。由於他們的內心世界是外部世界的一種投影，是他們的心靈對客觀現實的積極反映，因此，他們的內心表現都具有深廣的社會內容與一定程度的概括性和普遍性。與上述作家的內心表現傾向類似，但又具有自己特色的，當時還出現過一個青年作家群，主要以何其芳、李廣田、繆崇群、麗尼、陸蠡等為代表。這批青年人長期侷限於學校或「亭子間」的小圈子生活之內，與社會運動和政治鬥爭相對地處於隔離狀態，只從個人經驗中感到社會的黑暗和嚴酷，在孤獨寂寞的斗室生活中傾向於返視內心，捉摸自己的幻想、感覺和情感，力圖以自己的藝術世界對抗外在世界的干擾而獲得心理上的平衡。因而，他們的內心探索帶有更加濃郁的自我表現色彩，更具有個人主觀性。

何其芳的《畫夢錄》

何其芳（1912-1977），四川萬縣人。他出身於一個守舊的封建地主家庭，童年時代生活在狹窄的山鄉，接受死氣沉沉的家庭教育和私塾教育，從小就養成了孤僻的性格。二十年代末三十年代初在北京大學哲學系讀書期間，接受了西方現代文學的影響，開始創作詩歌和散文，先以「漢園三詩人」之一知名於文壇，隨後以獲得一九三六年度《大公報》文藝獎的散文集《畫夢錄》而轟動一時，成為這時期一批新進散文家的傑出代表。

《畫夢錄》（1936）收入一九三三至一九三五年間的散文和序文十七篇，何其芳說「它包含著我的生活和思想上的一個時期的末尾，一個時期的開頭」；以〈黃昏〉為界，之前為「幻想時期」，充滿著「幼稚的傷感，寂寞的歡欣和遼遠的幻想」；之後為「苦悶時期」，「更感到了一種深沉的寂寞，一種大的苦悶，更感到了現實與幻想的矛盾，人的生活的可憐，然而找不到一個肯定的結論」。[23]〈黃昏〉寫於一九三三年初夏，在此之前，他主要接受浪漫主義和唯美主義文學的影響，喜愛安徒生、泰戈爾、但尼生、羅塞諦、王爾德和冰心、廢名、徐志摩等人的詩文童話，以美麗的幻想自我慰安，逃避現實，沉迷於意象世界的五光十色。在此之後，由於日寇進逼華北，北京受到威脅，學校提前放假，他回過家鄉一次，多看了一些人間的不幸，體驗到童年幻想的破滅和青春追求的失敗，他無心再玩味那浪漫幻想，他的藝術愛好轉向艾略特、陀思妥也夫斯基、梅特林克、阿佐林以及早期高爾基的作品，主要和他們作品中那種深重的孤寂、絕望、抑悶情緒發生共鳴，他垂下幻想的翅膀，陷入內心的苦悶深淵。

《畫夢錄》除了頭四篇寫於幻想期，其餘十三篇都寫於苦悶期。前者訴說的是「溫柔的獨語」，後者訴說的是「悲哀的獨語，狂暴的獨語」，情調色彩略有差異，但本質上都是一個孤獨者的自我表現。他在〈夢後〉一文顯示這兩個時期的不同夢境：從前是一片煥發著柔和的光輝的白花，一道在青草間流淌的溪水，一個穿燕羽色衣衫的少女，一尊象徵美、愛與平和的聖女像，那是溫柔迷人的；而今卻變為一片荒林，一城暮色，一條暗淡的不知往何處去的旅途，一方四壁陡立如墓壙的斗室，這是陰鬱荒涼的。兩幅幻景，表現了他從青春期的綺麗幻想跌落到苦悶深淵裡的切實感受，顯示了幻想與現實的深刻矛盾。他散文的抒情主人公是找不到出路的自我關閉、自我惶惑的孤獨者──「黑色的門緊閉著，一個永遠期待的靈魂死在門內，一個永遠找尋的靈魂死在門外。每一個靈魂是一個世界，沒有窗戶。而可愛的

23 何其芳：〈給艾青先生的一封信──談《畫夢錄》和我的道路〉，《文藝陣地》第4卷第7期（1940年）。

靈魂都是倔強的獨語者。」(〈獨語〉)整部《畫夢錄》可說是孤獨者靈魂的獨語、內心的夢想、心靈的慰藉，反映了一位囿於書齋、脫離現實的小資產階級知識青年內心的奧秘。它以情感的真切細微、幻想的空靈美麗贏得了許多青年的共鳴。

作者曾表示：「我願意以微薄的努力來證明每篇散文應該是一種純粹的獨立的創作，不是一段未完篇的小說，也不是一首短詩的放大」,「我的工作是在為抒情的散文找出一個新的方向。」[24]他「追求純粹的柔和，純粹的美麗」，創造了一系列如夢似煙、瑰奇玄妙的藝術境界。一部《畫夢錄》就充分展示了他在散文創作上的這種藝術追求。且看他描寫的「黃昏」：

> 馬蹄聲，孤獨又憂鬱地自遠至近，灑落在沉默的街上，如白色的小花朵。我立住。一乘古舊的黑色馬車，空無乘人，紆徐地從我身側走過。疑惑是載著黃昏，沿途散下它陰暗的影子，遂又自近而遠地消失了。

這些意象、聲音、色彩、節奏以及感觸渾然組成一個迷茫悵惘的黃昏情境。長街裡的馬蹄聲在躑躅街頭的孤獨者的感官印象中，幻化為有形有色可捉摸的影像，既渲染出長街的昏暗寂寥，又應合著孤獨者顧影徘徊的行吟步姿，這或許就是他在寂寞中把玩的心與境諧和的美。他「有時敘述著一個可以引起許多想像的小故事，有時是一陣伴著深思的情感的波動」，有時「從陳舊的詩文裡選擇著一些可以重新燃燒的字，使用著一些可以引起新的聯想的典故」。[25]如〈哀歌〉中把典故

24 何其芳：〈我和散文——《還鄉雜記》代序〉,《還鄉雜記》(上海市：文化生活出版社，1949年)。

25 何其芳：〈我和散文——《還鄉雜記》代序〉,《還鄉雜記》(上海市：文化生活出版社，1949年)。

和現實、情感的波動和想像的展開統一起來，娓娓傾訴了舊時代少女們的愛情和哀愁，顯得淒婉動人。他以詩為文，又吸取象徵暗示、夢幻冥思、直覺交錯諸技巧，精雕細琢，字斟句酌，致力於意象的豐滿，情調的柔和，文字的精美，帶有濃厚的現代藝術氣息和唯美主義色彩。這雖然免不了過於雕琢、有些晦澀的弊病，但還是開創了「精緻美」一格，提高和豐富了現代美文藝術，而且對注重藝術美的現代散文流派的形成起過重要作用。

稍後，何其芳逐漸突破自己狹窄的生活圈子，改變唯美主義傾向，從現實生活中攝取題材，開拓了藝術道路，《還鄉雜記》[26]便是他走出「刻意」「畫夢」之象牙塔，接觸現實人生苦難後的一個果實。他在故鄉看到了「乾旱的土地；焦枯得像被火燒過的稻禾；默默地彎著腰，流著汗，在田野裡勞作的農夫農婦」，「這在地理書上被稱為肥沃的山之國，很久很久以來便已成為饑餓、貧窮、暴力和死亡所統治了。無聲地統治，無聲地傾向滅亡。」（〈樹蔭下的默想〉）他對鄉土社會現實的了解僅限於暑期還鄉十幾天的見聞感受，倒是留在記憶中的童年鄉居生活於他更為熟悉、更為親切，所以他把現實的描寫與過去的回憶交錯展開，反映出鄉土生活的落後保守，停滯不前。同樣描寫黃昏街頭的獨步踟躕，這時〈街〉寫的是：

> 當我正神往於那些記憶裡的荒涼，黃昏已靜靜地流瀉過來像一條憂鬱的河，湮沒了這個縣城。……我踟躕在我故鄉裡的一條狹小、多曲折、鋪著高低不平的碎石子的街上，彷彿垂頭喪氣的走進了我的童年。

---

26 本書寫於抗戰前夕，在《中流》、《大公報》「文藝」等報刊上發表過；良友一九三九年初版時誤印為《還鄉日記》，而且遺漏三篇半，桂林工作社一九四二年出改訂本時，改書名為《還鄉記》，但受檢查機關刪改過，直至一九四九年一月上海文化生活出版社出版時才恢復原貌成為通行的定本。

古舊的石街，失望的心情，與籠罩的暮色匯成的憂鬱之河，確是沉甸甸地壓在遊子的心頭。文句還修飾得精緻豐滿，但已不像〈黃昏〉那樣刻意雕琢，涵意也較明朗了。這時的作者已從《畫夢錄》那些雕飾和幻想中走了出來，開始摸索接近現實人生的道路，但仍不免殘留著原有的氣息。他思想和藝術的脫胎換骨是到了延安以後才完成的。

李廣田的《畫廊集》

李廣田（1906-1968），山東鄒平人，生長於農家，北京大學外文系畢業。一九三〇年前後在北大讀書期間，開始寫詩和散文，是「漢園三詩人」之一。第一本散文集《畫廊集》（1936），周作人為之作序，劉西渭寫過書評，都給予好評。此外，他這時期還著有散文《銀狐集》（1936）和《雀蓑記》（1939）兩種。

《畫廊集》收入他三十年代前期的散文作品二十三篇，有的追懷童年瑣事，有的描摹鄉野風物，有的介紹外國文學中具有鄉土自然氣息的散文作品，還有一部分抒寫個人心曲的篇章。

〈寂寞〉訴說「前不見古人，後不見來者」的孤獨感、寂寞感，肯定一種厭於浮世爭逐、不顧世俗毀譽而在寂寞中埋頭工作的自得其樂的生活態度，這是他內心生活的一個側面。他的孤寂心境正和何其芳相通。不過，他不像何其芳那樣富於幻想，他肯定在寂寞中埋頭工作的人生意義，就比何其芳現實。〈秋天〉闡發它對人生的啟迪是：「給了人更遠的希望，向前的鞭策，意識到了生之實在的，而給人以『沉著』的力量的，是這正在凋亡著的秋。」從凋亡的秋引申出生之希望，在生之實在中品味人生真諦，這是他詠秋之獨到處。他雖然愛好「在不可捉摸中追尋著已逝的夢影」，但又不能不肯定，「人生活著是一樁事實，而這人生也就是一件極可惋惜的事實」（〈無名樹〉）。周作人說他具有希臘畫廊派哲人那種「堅苦卓絕的生活與精神」，於此也約略可見。他對於黑暗現實的壓迫很敏感，「我想著要走出這黃昏，這黑暗，……我想著，我可能用什麼東西來打破那緊壓著我們的『力』嗎？」（〈黃昏〉）他想突破外在壓力而又缺乏信心和力量，於是在找不到其他出路的情況下，便到家鄉那一方樸野的小天地中尋求慰藉，以懷念自己童年那種「雖然天真而不爛漫的時代的寂寞」來排解成年人的「寂寞」（〈悲哀的玩具〉）。

一九三六年發表的〈馬蹄篇〉、〈通草花〉、〈霧〉三組作品也是抒寫個人心境的。〈馬蹄篇〉包括〈井〉、〈馬蹄〉、〈樹〉、〈落葉傘〉、〈綠〉五篇，原載《大公報》「文藝」，後收入《雀蓑記》，是一組含蘊深厚的散文詩。作者通過想像、幻覺創造的藝術情景，深刻地揭示了內心的矛盾和希求。他追問自己；老年人的憂慮和少年人的悲哀這兩類不同滋味的果子為什麼同結在一棵中年的樹上。他幻想在黑暗中策騎登山發現馬蹄撞擊岩石迸出的火花，為自己發現光明而感到歡快和安慰。他不為自己獲得一把只能遮蓋個人的荷葉傘而感到滿足，而希望在那風雨交加的年代，有一把大得像天幕的傘來遮掩眾人。這些都反映了他突破個人得失的限制，而力求為大眾謀求利益的思想。

李廣田通過對應物象徵內心的感興，把散文寫得含蓄蘊藉，耐人尋思。他把詩歌的某些藝術手法，如意象的凝鍊、想像的跳躍、音律節奏的講究，運用於散文藝術，使自己的散文作品具有了詩的成分，有的就是優秀的散文詩。劉西渭認為李廣田的詩「大半沾有過重的散文氣息」，他的散文卻得力於詩藝的助長而更令人喜愛。[27]這恰好說明他是位帶有詩人氣質的散文家。

從《畫廊集》到《銀狐集》和《雀蓑記》，他的藝術畫廊向鄉土生活的深廣處延伸拓展。李廣田自稱從《銀狐集》開始「漸漸地由主觀抒寫變向客觀的描寫一方面」（《銀狐集》〈題記〉）。如果說《畫廊集》追尋的是「幼年的故鄉之夢」，到了《銀狐集》和《雀蓑記》，他的筆觸就擴展到鄉土現實的眾多方面和各式各樣的鄉野人物。在這多

27 劉西渭：〈「畫廊集」〉，《咀華集》（上海市：文化生活出版社，1936年）。

姿多彩的鄉土畫廊中，最引人注目的是〈老渡船〉、〈柳葉桃〉、〈成年〉和〈山之子〉的四位主人公，以及〈桃園雜記〉和〈山水〉所描繪的鄉野背景。〈桃園雜記〉敘述鄉村桃業的盛衰，反映舊鄉村自然經濟的破產命運。〈山水〉訴說平原兒女虛構的改變自然築山引水的傳奇故事，把平原之子的悲哀和希望寫照出來。在破敗凋蔽的鄉下，上演著一幕幕人生悲劇：被生活重負壓垮的鄉鄰老渡船，備受舊家庭摧殘得發瘋致死的女戲子柳葉桃，嚮往外邊的天地卻為舊風習束縛住的少年老成的農家子弟，以及把自己的生命掛在萬丈高崖上採花謀生的啞巴山之子，一個個爭先恐後地跑到作者筆下訴說自己的苦難和不幸。作者為他們痛苦流淚，打抱不平，他的鄉下人氣質使他站在勞動人民的立場上，他的真誠感情融入他所描寫的人物之中。因此，他的「客觀的描寫」實有主觀投入，「儘管這些文字中沒有一個『我』字存在，然而我不能不承認我永在裡邊」(《銀狐集》〈題記〉)。

李廣田散文描寫鄉野人物的基本特色是「借了一點回憶的影子來畫一個彷彿的輪廓」(《銀狐集》〈鄉虎〉)，以真實的生活場景和片斷敘說人物的神形面貌，並不用「想像」、「胡亂去揣度」、「瞎說」自己所不知道的事情(《銀狐集》〈柳葉桃〉)，來填補故事發展的空白，只是在樸素的絮語般的敘述中滲透自己的理解和同情。因而，他筆下的人物大都是素描，說不上豐滿精細，卻也簡潔單純，從凡人瑣事的敘述中浮現鄉親們飽經風霜、樸實親切的面影。他在保持散文白描寫實之長的同時，吸取小說場景描寫、細節刻劃和謀篇佈局的特點，豐富了散文寫人敘事的藝術表現力。

李廣田散文從主觀抒寫轉向客觀的描寫，因有深厚的鄉土生活體驗為基礎，又堅持自己的藝術追求，所以他的轉型是漸進的、成功的。他有近於詩的抒情散文，也有近於小說的敘事寫人散文，但都具有本色散文的絮語風味和齊魯鄉村的泥土氣息。「在他的書裡，沒有什麼戲劇的氣氛，卻只使人意味到醇樸的人生，他的文章也沒有什麼雕琢的詞藻，卻有著素樸的詩的靜美。」李廣田在〈道旁的智慧〉一文中評介英國散文家瑪爾廷散文的這句會心之語，也說出了他自己的藝術追求和寫作特色。

繆崇群的《晞露集》和《寄健康人》

繆崇群（1907-1945），江蘇六合人，小時隨父母在北京生活，一九二三年入天津南開中學，一九二五年赴日本留學，一九二八年歸國後，在上海、南京等地謀生，開始在《北新》、《語絲》、《沉鐘》、《現代文學》等刊物上發表散文、小說和譯作。三十年代曾編過《文藝月刊》和《中央日報》「文學週刊」。他第一個散文集《晞露集》（1933），大多是回憶青少年生活和旅日生活的作品；《寄健康人》（1933）和《廢墟集》（1939）內的戰前作品，則大多抒發個人孤寂的心懷。

追懷往昔生活是他初期創作的基本傾向。他說過：「童年恐怕才是人生的故鄉，童年所經過的每樁事，就好像是故鄉裡的每件土產了。」（〈童年之友〉）他追憶幾位純潔、善良、美麗、多情的少年女友，不禁心馳於當時那種青梅竹馬、情竇初開的醉人歲月，可是眼前人事已非，「人間的一切的過往，都如朝露已經晞了」（〈秦媽〉）。但故鄉那種陰晦而毫無生氣的環境，仍然使他感到寂寞與沒落的悲哀，家庭的破落，更使他失去了希望和期待（〈守歲燭〉）。這使他的初期散文滲入一種懷舊感傷的情緒。

他長期奔波謀生，過著貧病交加、孤苦寂寞的生活，養就他沉思默想、憂鬱傷感的內向性格，越來越傾向於內心世界的探索。從《寄健康人》始，他常用詩化散文的形式，通過客觀事物、景物、動物的某些側面，寄託內心的節律，表達他眼中的人生。

> 沒有不晞的朝露，沒有不渝的愛情，在人生這條荒漠的路上，只有不盡的疲憊，窮苦與哀愁……他們也有時盡的，當你已經

> 走進了墳墓。(《寄健康人》〈無題一〉)
> 我的心，也時常萌發了欣欣向榮的幼芽，他得不著雨露的滋長，不久就被金錢的光芒曝枯，惡魔的毒手毀傷了。我的心，於是長年被蕪草枯根掩埋著。(〈無題二〉)

他曾滿懷希望，但得到的卻僅是痛苦的失望。在他看來，人生「不過是從這個驛站到那個驛站，本來是短短的，在這樣短短的行程中，竟有這樣長長訴說不盡的苦衷啊」(〈從這個驛站到那個驛站〉)。因此，他只能低首躑躅於泥濘的路上（〈黃昏的雨〉)，忍受著生的寂寞（〈生的寂寞〉)。

〈寄健康人〉一、二兩篇，用書信體，以病人面對親友般低訴談心的口吻，喃喃自語，淒婉動人。他自歎：「在這個世界上，沒有家，沒有業，沒有親倫的愛的人便是我啊？！只有我，只是一個人，一個永遠找不到歸宿的畸零的人！」他意識到：「我也是同你們健康人一樣的：有著靈魂，有著肉體。我的肉體漸漸被細菌侵蝕了，我的靈魂也先後的布著黑紋——這都可以說是被人詛咒的不健康的病症。不過，生命還是不絕如縷的讓我負著，我找不著一點意義，我只是覺得一天比一天沉重了」，「在無痕中帶著痕跡，在無聲中帶著聲音，在虛無中有著存在，這大約便是我的生命了罷」。從他這有病呻吟、內省獨白中，可以觸摸到他那生之執著、負重前行的心跡。他在對喜鵲、燕子、鴿子、麻雀、山羊、狗的細膩感觸和描述中，就寄託著對自由、愛、健康、單純的美的生活的追求。在稍後的〈從旅到旅〉中，雖仍有生命中途的艱辛之歎，但已表示「將如瓦爾加河上的船夫們，以那種沉著有力的吆喝的聲調，來譜唱我從旅到旅的曲子」。抗戰以後，他的行旅之歌加入了新的音符。

繆崇群這時期的散文是知識青年的孤獨感傷的靈魂的歎息，是生之苦悶的傾吐，雖說基調抑鬱，卻也表現出他對那些生活中得不到的美好事物仍然抱有空漠的希望。確如其好友楊晦在《晞露集》序文所說的，「他於寂寞中領略一點人生的真味，於淒苦中認識一下自己的面目」，「認定了自己，將心血完全塗在紙上」。他常以「畸零人」、「旅人」自況，帶著結核病患者的多愁善感，敏於內省，精於沉吟，形成婉約精細、沉鬱悱惻的抒情風格。

麗尼的《黄昏之獻》和《鷹之歌》

麗尼（1909-1968），原名郭安仁，湖北孝感人。小時候跟一位外國女孩子學得一口流利的英語。在漢口博學中學讀書時，因參加學生運動被學校開除，隨後考入郵政局謀生。他不滿郵局的環境，辭職後跟著一批青年到上海，在勞動大學旁聽，投身於大革命的風暴中。大革命失敗後，前往福建泉州黎明中學教書。在幻滅的痛苦中開始創作發表散文和散文詩一類作品。為了生計，他又先後奔波於武漢、南京、上海等地，幾遭挫折，以致創傷累累。他定居上海後，與友人合辦文化生活出版社，積極從事著譯活動。到抗戰前夕由文化生活出版社先後出版了三個散文集：《黄昏之獻》（1935）、《鷹之歌》（1936）和《白夜》（1937）。

《黄昏之獻》收入一九二八年六月至一九三二年四月間的作品五十六篇，「因為那五個年頭實際上好像作為一個日子過去的」（《黄昏之獻》〈後記〉），所以他不按寫作日期的先後，而以情緒的發展變化分為四輯：第一輯「黄昏之獻」是唱給戀人的傷逝曲，第二輯「傍晚」和第三輯「深更」是一顆「漂流的心」漏出的疲憊曲和絕望曲，第四輯「紅夜」則是不滿黑暗不願沉淪的抗爭曲。作者的感懷從「黄昏」、「傍晚」至「深更」、「紅夜」，迫近「黎明」而暫告一段落，貫穿始終的是作者「個人的眼淚，與向著虛空的憤恨」（《黄昏之獻》〈後記〉）。大革命的突遭失敗，使麗尼的熱情和幻想受到極大的打擊，看不見「目的」和「希望」，失去了「力」和夥伴，陷於荒原獨彷徨的境地，不由自主地流下「一個時代的淚」(〈困〉)。在苦難深重的黑暗年代，「我們被壓抑著，感覺了難耐的沉重，因之而發生絕叫」,「我們底心如同迷途於黑暗，雖然奮力摸索，但是永遠也不能從我們底苦難之中逃脫」(〈失去〉)。苦悶、壓抑、感傷、失望，構成他早期創作的基調，帶有感傷主義傾向。

麗尼「忘卻憂愁而感覺奮興」的歌唱始於《鷹之歌》。他從鷹一般矯健的同伴「能在黎明裡飛，也能在黑夜裡飛」的頑強鬥志中受到鼓舞，「變得在黑暗裡感覺奮興了」。他克服早期散文中的個人感傷氣息，開始歌唱希望和鬥爭，抒寫工農群眾的苦難和不滿，讓革命者來譴責「我」的怯弱，呼喚「我」投入到「有風暴的地方去」(〈急風〉)。矛盾克服以後，他終於加入革命的行列，被「漬滿著油污的」手挽著一起前進了(〈行列〉)。麗尼從個人遭遇的不幸開始感受舊社會黑暗的深重，探索出路而陷於絕望，到進一步發現人民大眾的苦難和抗爭，發現他們的內在力量，從而看見了希望和出路，這在同時代青年中是有代表性的。從《黃昏之獻》到《鷹之歌》，留下了他探索道路、曲折前進的足跡。

繼《鷹之歌》之後的《白夜》，側重於抒情與寫人、敘事的結合，題材有所擴充，社會性增強，抒情性減弱，藝術上反而有些遜色。但他在《鷹之歌》「原野」、「鬧市」二輯中，在《白夜》「野草」一輯中，嘗試性地以散文詩形式概括反映了農村破產、都市蕭條的社會面貌。〈原野〉描寫老一代農民只能走上自殺的道路，新一代原野之子開始從痛苦、懷疑中覺醒過來，走向反抗鬥爭，預示了原野即將獲得新生。破產的農民流入「鬧市」，同樣找不到謀生之路，孕育著更強烈的不滿和憤怒，終究有一天要爆發出來。麗尼這些新作突破《黃昏之獻》時期個人抒懷的格局，抒寫流浪農民、失業工人的苦難和不滿，反映現實的生活鬥爭，標誌著他思想視野和藝術視野的新拓展。把動盪、劇變的城鄉社會生活加以濃縮、提煉，納入散文詩的短小形式內，這是麗尼的一個創造性貢獻。即便是個別篇章不夠精鍊、成熟，也不能否認其嘗試在散文發展史上的意義。散文詩從抒發個人思感轉向概括現實生活鬥爭，把握時代風貌，這在三十年代作家中，只有茅盾、瞿秋白和麗尼少數人嘗試做到了。抗戰爆發後，他只寫下〈江南的記憶〉，堅信「江南，美麗的土地，我們的！」由於生活牽累，後來他脫離了文壇，結束了散文創作生涯。

麗尼散文以抒發內心感受見長，較多採用散文詩的抒情方式。他的抒情個性近於傾瀉型，長歌當哭，不吐不快，他用「我」的內心告白直抒胸臆，毫不掩飾。在表現形式上，他注意把內心思感轉化為形象畫面，通過比喻或象徵表白自己的心境，本質上還是直接抒情的，恰如劉西渭所言：「麗尼的散文多是個人的哀怨，流暢，如十九世紀初葉，我不敢就說他可以征服我的頑強的心靈。那是一陣大風，我們則是貼地而生的野草。」[28]而這在當時較適合熱血青年的欣賞口味。麗尼還翻譯過屠格涅夫的《前夜》和《貴族之家》，高爾基的前期作品《天藍的生活》，深受這兩位文學大師的影響。他的抒情風格得此助力不少，但經過個人氣質的熔鑄，帶有敏感、熱烈、率真的個性特徵。

陸蠡的《海星》和《竹刀》

陸蠡（1908-1942），原名聖泉，浙江天臺人。幼時在家鄉讀私塾，後到之江大學、勞動大學念理科。一九三三至一九三四年間在泉州黎明中學擔任理化教師，與麗尼、吳朗西等人共事，後來到上海文化生活出版社任編輯。這時期著有散文集《海星》（1936）和《竹刀》（1938）。上海淪為「孤島」後，他留守文化生活出版社，不幸於一九四二年四月被日本憲兵隊逮捕，遭秘密殺害。

28 劉西渭：〈陸蠡的散文〉，《咀華二集》（上海市：文化生活出版社，1947年）。

《海星》內收一九三三年秋在泉州和一九三六年春在上海所寫的散文二十五篇，除第五輯「故鄉雜記」外，大多是個人抒懷之作。他對「黑夜」十分敏感，詠唱「黑夜將人們感覺的靈敏度增強」，「黑夜，是自然的大幃幕，籠罩了過去，籠罩了未來，只教我們懷著無限的希望從心靈一點的光輝中開始進取」。在黑暗瀰漫的時刻，陸蠡的探索、進取就是從這「心靈一點的光輝」起步的。他探求過人情美和人間愛，歌唱童真和自然。他為自己失去藉以回想過往生涯的信物、無法招回往昔的精靈而「只長望著無垠的天空唏噓而已」（〈失物〉）。現實中失去的，他努力從幻想中找回，於是他的想像飛騰起來，或藉著一個海貝遨遊天外領略美景，尋找理想王國（〈貝舟〉）；或「獨自乘了一個小小的氣球，向光的方面飛去」，探索光的秘密（〈光〉）；或「不惜鞭策我的忠厚的坐騎，從朝至午不曾以停歇」，風塵僕僕地奔走在迢迢的人生道路上（〈蟬〉）。他後來在〈乞丐與病者〉中更是直接歌頌起自己的幻想：「沒有一樣東西比我幻想中的東西更美麗，更可愛，沒有一塊地方比我幻想之境更膏腴，更豐饒，沒有一個國家比我幻想之國更自由，更平等，我有可以打開幻想的箱子的鑰匙和護照，這個鑰匙和護照，便是貧窮。」這些自由無羈的想像，不僅使作者那顆孤寂的靈魂獲得暫且的撫慰，而且也充分反映了作者對自由、平等以及愛與美的熱切嚮往和執著追求。

〈松明〉一篇突出表現出他自我探索出路的心理旅程：「我」不知不覺地迷失在漆黑的深山中，「山中精靈」調侃地揶揄我，「螢火」閃爍著引誘我，沒有流水可識別高低，也沒有背陰向陽的樹木可辨認方向，「我真也迷惑了」。一時的迷惑並不能難倒我，我終於用鐵杖敲打堅石迸出火花，點燃松明，於是：「我凱旋似地執著松明大踏步歸來。我自己取得了引路的燈火。這光照著山谷，照著森林，照著自己。」「腦後，我隱隱聽見山中精靈的低低的啜泣聲。」這一連串象徵性的意象有機組合為一幅含蘊豐富的尋路圖，創造了「我」獨自探索、積極進取的抒情主人公形象。這篇散文使我們連帶想起茅盾的〈沙灘上的足跡〉，它們都是表現內心勇於探索的代表作。

《海星》集內的〈故鄉雜記〉和《竹刀》上集的作品，偏重於敘說浙東山鄉的人物和故事，反映世間的不公平、不人道。〈水碓〉午夜號吼的碓聲，挾著街鄰童養媳被石杵捲進臼裡搗死的血淚呼聲。〈啞子〉天生殘廢，度日艱難，不知將如何打發他的殘年。〈廟宿〉和〈嫁衣〉敘寫舊家庭女子的不幸遭遇，文中兩位女主人公都是作者親近的堂姐妹，她們聰明、善良、勤勞而能幹，帶著少女的美夢出嫁後，卻遭受被遺棄的不幸，一個孤苦無告，一個悲慘死去。浙東山區偏僻村落裡這些小人物的悲慘遭遇，藉著陸蠡那支滿含愛憎感情的筆流傳下來。〈竹刀〉一文不止於揭露人剝削人、人壓迫人的社會現象，還進一步歌頌勞動人民自發的反抗鬥爭：一位青年山民敢於用一把原始而又鋒利的竹刀刺死「霸住板炭的行市」、「大腹便便的木行老闆」，並在法庭上泰然自若地刺了自己以顯示「竹刀」的威力，終於懾伏了老闆們和官廳。這位青年山民的舉動，譜寫了一曲悲壯動人的原始、自發的抗爭曲。陸蠡散文還有〈溪〉、〈燈〉一類歌唱山水自然和農家生活，〈蟋蟀〉、〈八歌〉一類描寫鳥獸蟲魚和童年生活的作品，鄉土生活氣息很濃。陸蠡鄉土散文發掘的一角天地，呈現著古舊、落後、衰敗的面貌氣息，和山東的李廣田、河南的蘆焚筆下的鄉土風貌近似，都是舊中國內地鄉村的生活縮影；不同的是，陸蠡取材於江南山鄉，這裡，「摩天的高嶺終年住宿著白雲，深谷中連飛鳥都會驚墜！那是因為在清潭裡照見了它自己的影。嶙峋的怪石像巨靈起臥，野桃自生。不然則出山來的澗水何來這落英的一片？」清麗奇巧、多姿多彩，顯然與北方原野蒼茫、渾厚的景致大不相同。

陸蠡散文的感情抒發較麗尼含蓄婉轉，劉西渭說他「正因口齒的鈍拙，感情習於深斂，吐入文字，能夠持久不凋。他不放縱他的感情；他蘊藉力量於勻稱。」[29]這是他那種「寧靜澹遠」[30]的人格的表現。他的行文，節奏舒緩，迴旋往復，猶如小夜曲，與麗尼的散文節奏正好相反。在藝術形式上，他和何其芳、李廣田、繆崇群取一致的態度，講究形式的完美和諧，技巧的新奇嫻熟，文字的凝鍊優美，共同為藝術性散文的發展做出了不懈的努力。

這時期經常在京派園地《水星》、《大公報》「文藝」等刊物上發表抒情散文作品的，還有朱企霞、方敬、陳敬容、季羨林、南星、鶴西等年輕人。其中，朱企霞出版過《秋心集》，方敬出版過《風塵集》和《雨景》，季羨林曾預告出版一本散文集《因夢集》。他們的創作以自己的小天地為藝術對象，獨抒性靈，刻意求工，豐富了何其芳等人所拓展的現代藝術性散文寶庫。

在政治高壓、社會鬥爭尖銳的年代裡，思想上處於求索狀態的作家，尤其是一批初嘗世味、敏感多情的文學青年，為了一吐悶在心頭的思緒，往往返視內心，解剖自我。他們用象徵或剖白來暗示或披露自己的心靈世界，表現他們的愛憎、願望和理想。這類題材經魯迅等的開拓，到了本時期有著新的進展和新的特色。

大革命失敗後的一個時期內，一批散文作家熱情遭挫折，心靈受創傷。然而他們並沒有因此而消沉，孤寂苦悶更激起他們尋找出路的強烈願望。他們的散文，以真切的主觀感受顯示了同代人的內心圖景，折射了動盪嚴酷的社會生活，普遍表現出一種沉鬱頓挫、悲愴激越的精神面貌。受挫者困頓待張，孤獨者寂寞探索，追求者執著堅韌，在時代鬥爭主潮的影響下，大抵先後從迷惘中認清出路，從黑暗中看出光明，從個人封閉中走向群眾鬥爭，幻滅感傷情緒漸漸消褪，奮興朗闊思感濃厚起來，顯示了他們的思想感情伴隨時代進程而迂迴發展的趨勢。如果說，二十年代中期的苦悶情緒反映了一代新青年覺

---

29 劉西渭：〈陸蠡的散文〉，《咀華二集》（上海市：文化生活出版社，1947年）。

30 柯靈：〈永恆的微笑〉，《遙夜集》（北京市：作家出版社，1956年）。

醒後無路可走的彷徨心境，那麼，這時期進一步發展了探索個人和社會的出路、追求光明前途的積極方面，而且出現了突破自我、擺脫矛盾、走向社會和人民的新的思想要求。當他們在捉摸自身的深切體驗時，他們創造性地運用和發展前輩的抒情藝術，更加講究表現形式，致力於散文形式的審美價值，豐富和發展了「美文」這一新的品類。

這類題材有較強的抒情性和較高的藝術性，作者常運用詩的藝術手法，這時期的有些作者本身就是詩人，許多作品被稱為散文詩，他們還借鑑現代派詩歌的藝術手法，表達深沉的感情、微妙的意境和細膩的感觸，提高了散文的藝術表現力，促進了藝術性散文的發展。這類題材雖然不足以反映時代的廣闊圖景，但它傳達了作者內心的波瀾，給讀者以陶冶和啟迪，從而使他們的胸中燃燒起憎恨和希望的火花。

第四節　廣泛的城鄉生活場景

關心國家和民族的命運前途，注意反映社會現實的真實面貌，與民族民主革命的步調統一起來，這是「五四」以來散文創作的一個現實主義傳統。五四時期，瞿秋白、孫福熙、朱自清、梁紹文等人以旅行記形式描寫自己所見所聞的人生現實；郭沫若、郁達夫等的漂泊記抒寫自身淒苦的遭遇和流浪生活，從個人視角展現人生的苦難；葉紹鈞、鄭振鐸、朱自清、茅盾等人及時反映「五卅慘案」、「三一八慘案」等重大事件，進一步密切了散文與現實鬥爭生活的聯繫。不過，最初十年的記敘抒情散文創作總的看來還是以抒寫作家個人生活感想為主，當時影響最大的散文作品無疑是冰心的《寄小讀者》、朱自清的《背影》、許地山的《空山靈雨》和周作人的《澤瀉集》一類表現自己的文字。只有到了三十年代，民族危機加深，國內階級鬥爭空前激烈，城鄉經濟加速破產，人民生活日益貧困，社會生活動盪不安，這些關係到國計民生的具有迫切社會意義的生活素材才成為廣大散文家注目的重心，才在散文形式中得到廣泛和深刻的反映。按照現實生活的本來面貌反映現實的寫實精神，首先為一批社會意識較強、生活閱歷較深的作家所自覺接受，並加以運用；影響所及，在三十年代中期形成強大的寫實主義思潮，較大地改變了前十年以我為主、主觀抒情的格局，拓廣了現實主義的發展道路。廣大作家的為數眾多的紀實之作，迅速、廣泛、真實、深刻地反映三十年代城鄉社會生活各個方面的動盪變化，寫出現實生活的真實性、豐富性、複雜性，成為三十年代的歷史畫卷。適應於現實內容的需要，紀實性較強的散文體裁如旅行記、速寫、鄉土雜記等蓬勃發展，記事、寫人、敘述、議論等技巧日見豐富；有的引進小說筆法，提煉情節，刻劃場景，勾勒人物，講究結構；有的以詩化散文的形式，表現城鄉場景及內心感受。這些都說明寫實藝術明顯有著較大的提高。

一　旅行記中的世態畫

王統照的《北國之春》

王統照在二十年代寫過《片雲集》一類表白內心冥想、飽含哲理思索的文字，三十年代也有《聽潮夢語》的片斷思感，深沉含蓄。但他三十年代散文的總的傾向是素描紀實，除了前述的《歐遊散記》，先後寫作結集的有《北國之春》（1933）和《青紗帳》（1936）中的部分篇章。《北國之春》記載「九一八」前夕的東北情形，《青紗帳》以北方社會的素描為主，取材偏重於現實社會生活中人們關心的時局和社會問題，具有深刻的社會意義。

在反映東北問題的散文中，王統照的《北國之春》是較早的一部。他以一九三一年旅行東北的親身經歷，真實地反映了東三省社會的慘像。日寇在步步進逼，「到處是鄰人的話，到處是他們的規矩」

(〈紅日旗的車中〉)；醉生夢死者麻木不仁，下層人民苦難深重。作者以具體形象的生活圖景揭示日本帝國主義鯨吞我國的野心，昭示民族危機的空前嚴重性，這在當時是很有識見的。《青紗帳》集內的記述文字，勾勒北方原野的風物，反映農村的破敗和騷動，揭露都市生活的畸形和病態，把北方社會的內憂外患透露了出來。王統照的國內旅行記以憤懣沉重的心情反映了帝國主義勢力範圍中北方城鄉的社會危機和民族危機。

王統照這些記敘性散文，適應內容的寫實要求，文風也有較大改變，以記敘具體、場景生動、描述簡潔、議論明快、文筆樸素中見流麗為基本特色，不同於《片雲集》、《聽潮夢語》的詩意追求和哲理探索。以《北國之春》中的〈小賣所中的氛圍〉為例：

> 我躺在木坑上正在品嚐這煙之國的氣味，是微辛的甜，是含有澀味的嗆，是含有重量炭氣的醉人的低氣壓；不像雲也不像霧。多少躺在芙蓉花的幻光邊的中國人，當然聽不到門外勁吹的遼東半島的特有的風，當然更聽不到滿街上的「下駄」在拖拖地響。這裡只有來回走在人叢中喊叫賣賤價果子與瓜子的小販呼聲，只有尖淒的北方樂器胡琴的喧聲，還有更好聽的是十二三歲小女孩子的皮簧聲調。

文章選擇小賣所這個特定的場景，以凝鍊的筆觸，描繪了大煙的氣味及人叢中嘈雜而尖淒的喧響。這便是東北現實的折光反映。多少中國人在毒霧中沉淪，還能有什麼國難觀念。景象的惡濁和嘈雜，內心的沉痛，在富於表現力的文字中透露出來。

巴金的《旅途隨筆》

巴金自一九二七年初在赴法途中開始寫作《海行雜記》之後，經常採用旅行記形式記錄他的旅途生活、見聞和感想，一九三三至一九三四年間寫作的《旅途隨筆》(1934) 就是這方面的代表作。

巴金在序文中解釋自己的旅行動機，並不是因為喜歡「名山大川」，而是出於友情的牽掛，「要到各個地方去看朋友們的親切的面孔，向他們說一些感謝的話，和他們在一起度過幾天快樂的時間」，還想「知道各個地方人民的生活狀況」。《旅途隨筆》中的旅行路線由上海出發，乘船經香港抵達廣州，在鄉村旅行五日後乘船經廈門回上海，又由上海乘車北上到天津、北平，南北來回轉了一大圈，旅途的社會見聞、朋友交往、個人感受等等便忠實地記載在《旅途隨筆》裡。這裡有香港、廣州一類近代都市生活氣息，有鄉村知識分子和農民群眾的面影，有南國鄉野的美麗風光和北方平原的雄渾畫面，有志趣相投的朋友同志，有自己的喜怒愛憎，涉及生活面相當廣泛，猶如三十年代城鄉社會的一幅草圖。作者說：「這種平鋪直敘、毫無修飾的文章並非可以傳世的佳作，但是它們保存了某個時間、有些地方或者某些人中間的一點點真實生活。倘使有人拿它當『資料』看，也許不會上大當。」[31]他強調的是這類作品的社會學價值。

《旅途隨筆》還具有一定的思想價值和藝術價值。他在〈談心會〉上抒發自己的生活見解：「我們的生活信條應該是：忠實地行動，熱烈地愛人民；幫助那需要愛的，反對那摧殘愛的；在眾人的幸福裡謀個人的歡樂，在大眾的解放中求個人的自由……」在〈朋友〉中發現人世間友情的可貴，他寫道：「我願意把我從太陽那裡受到的熱放出來，我願意把自己燒得粉身碎骨給人間添一點點溫暖。」這裡表達的是一種真誠無私、自我犧牲的精神。他歌唱現代物質文明，發現「機器的詩」是「創造的，生產的，完美的，有力的」，比任何詩人的作品具有更大的「動人的力量」。他對畸形的社會制度的無情抨

31 巴金：〈談我的散文〉自注①，《巴金散文選》上冊（杭州市：浙江人民出版社，1982年）。

擊，對理想的未來社會的熱烈嚮往，都表現出他作為現代知識分子追求進步、追求理想、愛國愛民的思想感情。他的旅行記錄雖是生活的實錄，不作假，也不修飾，但總是將自己的思想見解和愛憎感情滲透其中，記事、寫景、抒情和議論自由融化，行文隨便而富於氣勢，具有一種樸實、流暢、顯豁的個人風格，給人以簡潔、切實的藝術感受。

艾蕪的《漂泊雜記》

艾蕪（1904-1992），原名湯道耕，四川新繁人。在家鄉念過小學和師範後，於一九二五年夏天，「決定到外面各大都會去半工半讀」，於是離家流浪，「由四川到雲南，由雲南到緬甸，一路上是帶著書，帶著紙筆，和一只用細麻索吊著頸子的墨水瓶的。在小客店的油燈下，樹蔭覆著的山坡上，都為了要消除一個人的寂寞起見，便把小紙本放在膝頭，抒寫些見聞和斷想。」[32]艾蕪就這樣走上了人生道路和文學道路。其獨特的生活經歷，成為他日後文學創作的重要題材，《漂泊雜記》（1935）便是其成果之一。

艾蕪進入社會，上的「人生哲學的第一課」是饑餓、露宿、無業、流浪和遭人白眼，但他認定「就是這個社會不容我立足的時候，我也要鋼鐵一般頑強地生存下去！」（〈人生哲學的第一課〉）這種百折不撓的生的意志，反映在他的《漂泊雜記》中，形成了令人感奮的倔強、剛毅、開朗、富於朝氣的藝術個性。邊地荒野，人跡罕至，土匪出沒，處處充滿恐怖感。然而，「掛著斜陽光輝的綠蔭山道，雜響著歡快的前進的步伐，生氣洋溢的旅途呵，引誘著我這雙邁進的走足」（〈蠍子寨山道中〉）。他領略西南地區的風土人情，摹寫荒原曠野的山川景色，追懷東南亞一帶的異國情調，在清新自然的文字中展示了邊陲異邦的生活風貌，為現代旅行記開發了一塊新的處女地。作者在領略西南風光的同時，還對那裡的社會問題給予密切的關注。他對兵

32 艾蕪：〈墨水瓶掛在頸子上寫作的〉，《我與文學》（上海市：生活書店，1934年）。

匪作惡、迷信盛行、官府欺壓一類醜惡現象所進行的無情揭露和抨擊，對邊民愚昧、商販自私、閉關自守、生產落後一類社會現象所作出的忠實反映，使我們清楚地認識了一個真實的、落後得帶有原始野性的社會。生產力落後和殘酷的階級壓迫以及與之並存的生之掙扎和人間疾苦，給讀者的感受不只是獵奇而已，更重要的是人生艱難的共鳴。

《漂泊雜記》以速寫居多，兼有筆記、隨筆、抒情小品各體，記事寫人，因景抒情，自由不拘，簡潔明快。〈江底之夜〉中女店主潑辣粗野、麻利能幹的神態，通過人物口吻和舉動，三筆兩畫就把她寫活了。〈旅途雜話〉從自身走在荒山曠野的曠達寫出了一點人生經驗，凝鍊概括。〈滇東小景〉是旅途生活片段的素描，簡潔質樸，毫不誇張。〈懷大金塔〉的歌詠筆調、追懷情趣，稱得上優秀的抒情小品。形式多樣，適合了內容的豐富新鮮；而內容和形式的諧調統一，又使《漂泊雜記》給人文質相當的藝術享受。這便是它在三十年代寫實性散文中引人注目的根本原因。

吳組緗、蹇先艾、沈起予的旅行記

吳組緗（1908-1994），安徽涇縣人，三十年代初在清華大學中文系讀書時開始寫作以農村破產為題材的小說散文，一九三五年應聘到泰山任馮玉祥的國文教師。他在《文學》月刊和《太白》半月刊上發表的〈黃昏〉、〈村居紀事二則〉、〈柴〉、〈泰山風光〉和〈女人〉等散文，收入《飯餘集》（1935）；以老練的筆觸描述鄉村凋敝、農民破產和泰山沿途的社會風光，題材典型，刻劃細緻，行文流麗，是這時期文質兼備的散文佳作。〈黃昏〉渲染農村破落的環境氣氛，〈村居紀事二則〉刻劃被損害的底層人物，〈泰山風光〉專寫「朝山進香」者沿路的遭遇，不是風景畫而是風俗畫、世態畫，處處顯示出一位現實主義小說家的觀照方式和藝術特色。

蹇先艾（1906-1994），貴州遵義人，早期鄉土文學作家，散文集有《城下集》（1936）和《離散集》（1941）。其中的旅行記記述自己的羈旅生活和途中見聞，反映了中國社會的某些側影。《魯遊隨筆》中，〈車窗外〉「所注意的是沿途車站上的人類」，勾勒了依靠車站為生，忠厚老實，盡力兜攬生意的小商販面影；〈茅店塾師〉刻劃了一位被新時代淘汰，依然敬神崇經，個性倔強的老人形象；〈濟南的一夜〉、〈大明湖上〉等篇並不專門描摹風景，還涉及某些社會現象。他的〈長江船上的通信〉寫水上的航程，〈渝遵道上〉寫山區的旅行，〈三等車中〉寫鐵路沿線的見聞，這種走馬觀花式的旅行記，自然免不了浮光掠影。〈城下〉是追憶一九三三年五月華北危機、北平動盪中的生活日記，反映了緊張不安的氣氛和危急動亂的時局。文章樸實無華，以白描見長。

沈起予（1903-1970），四川巴縣人，曾留學日本，參加過創造社和左聯，主要從事小說創作和翻譯工作。一九三五年出版了反映淞滬戰爭和難民生活的散文報告集《火線內》；他在《太白》雜誌刊載〈桂行雜圖〉一組旅行記，寫出了沿途城鄉的落後、閉塞、守舊和衰敗，取材廣泛而注意提煉，勾劃簡潔，文筆老練，也是《太白》「速寫」欄的成果之一。他在抗戰時期創作了著名的長篇報告文學《人性的恢復》。

旅行記是遊記散文中較有社會意義的一個品種，二十年代作家如朱自清等就自覺運用這種形式來反映隨著個人生活經歷所見到的社會風貌，三十年代許多作家更有意識地、有目的地運用這種直接反映社會生活的紀實文體。三十年代強敵壓境，國土淪喪，社會動盪不安，一些知識分子有意識地進行參觀考察，一些則到處漂泊流浪，都是促使旅行記興盛的重要原因。上述作家作品從不同角度和不同地域出發，敘寫親身經歷的祖國城鄉邊塞的廣泛社會生活圖景，大大開闊了散文的寫作天地，加強了散文與政治形勢和現實生活的密切聯繫。

二　城鄉生活動態的速寫

茅盾的《速寫與隨筆》

在三十年代紀實散文系列中，茅盾佔有重要地位。他是紀實散文的積極提倡者、自覺實踐者和先行者。他明確提倡寫作與現實生活鬥爭緊密聯繫的散文小品，把這種有別於消閒遣悶的舊式小品文的新型作品定名為「新的小品文」，並作了一些質的規定性。他要「小品文擺脫名士氣味，成為新時代的工具」，強調以內容充實的藝術成果來戰勝閒適小品，把小品文從「高人雅士」手裡的「小玩意兒」改變成為「志士」手裡的「標槍」和「匕首」。[33]這和魯迅〈小品文的危機〉的主張是一致的。

茅盾社會閱歷豐富，思想修養深厚，革命責任感強烈，擅長以馬克思主義為思想武器來觀察和分析現實生活，尤其對三十年代世界經濟危機形勢下，中國城鄉經濟加速破產的現狀和必然命運具有獨到的發現和深刻的認識，在散文寫作中迅速、直接、廣泛地反映出來。他擺脫大革命失敗後的苦悶感以後，大量寫作的散文作品便是城鄉生活速寫，先後結集出版了《茅盾散文集》（1933）、《話匣子》（1934）、《速寫與隨筆》（1935）等。這些作品反映了上海「一二八事變」的影響，展現了都市的畸形發展和五光十色的社會現象，顯示了農村經濟的迅速破產和天災人禍對農民的沉重打擊。作家處處帶著解剖刀，夾敘夾議，切中要害，以「觀察的周到，分析的清楚」和「切實的記載」而獲得好評[34]。

33 參見蕙（茅盾）：〈關於小品文〉，《文學》1934年7月號。

34 郁達夫：〈導言〉，《散文二集》，《中國新文學大系》（上海市：良友圖書印刷公司，1935年）。

茅盾善於駕馭零碎交錯的生活素材，截取片斷，理清線索，有條不紊地組織起來，便成為一篇篇內容飽滿、形式完整的散文作品。〈故鄉雜記〉、〈鄉村雜景〉、〈上海大年夜〉、〈全運會印象〉諸篇，就顯示出茅盾能乾脆俐落地處理複雜題材的深厚功力。〈故鄉雜記〉從火車、內河輪船上到故鄉半個月的種種見聞，分三節拉雜道來；涉及各色人等，他們生活在國民黨曲意媚外、東洋人肆意侵略的氣氛中，在官吏橫行、苛捐雜稅的盤剝下，在外貨傾銷、農村經濟破產的黑影裡，各有各的心思，各有各的議論，各有各的行動，茅盾以其高屋建瓴、透視內裡的大手筆將這紛繁世相籠括於兩萬餘字的長文中，剖析得頭頭是道，這非有意在筆先、成竹在胸的功力不可。〈上海大年夜〉是都市寫實的代表作。採寫大年夜，卻出人意外的拍下市面蕭條的諸多畫面，連繁華的南京路也是冷冷清清的，唯有影戲院和虹廟擠滿消遣或祈神的人，形成強烈的反差；大上海這種反常的大年夜突出反映了當時整個社會經濟的嚴重危機。他寫散文，舉重若輕，隨意運筆，敘議結合，靈活多樣，無論是場景速寫、人物勾勒、事件穿插和細節刻劃，處處得心應手，顯示了小說大師的造詣。

茅盾紀實散文的語言樸素流暢，明白通俗，保持自然氣勢。這裡摘取《故鄉雜記》〈內河小火輪〉中的一段，以見茅盾此時散文風格之一斑：

> 而最最表面的現像是這市鎮的「繁榮」竟意外地較前時差得多了。當我們的「無錫快」終於靠了埠頭，我跳上了那木「幫岸」，混入了一群看熱鬧以及接客的「市民」中間的時候，我就直感到只從一般人的服裝上看，大不如十年前那樣整潔了。記得十年前是除了叫化子以外就不大看見衣衫襤褸的市民，但現在卻是太多了。
>
> 街道上比前不同的，只是在我記憶中的幾家大鋪子都沒有

> 了，——即使尚在，亦是意料外的潦倒。女郎的打扮很摹擬上海的「新裝」，可是在她們身上，人造絲織品已經驅逐了蘇緞杭紡。農村經濟破產的黑影重壓著這個曾經繁榮的市鎮了！

這明晰暢達的敘述和樸實精確的言語，與他抒情散文的含蘊風格恰成一個鮮明對比。茅盾的速寫為「新的小品文」開拓了新的題材、新的文體和新的文風。

阿英、許傑、葉紫、夏征農的速寫

阿英在大革命失敗後轉移到文藝戰線上，和蔣光慈等人發起組織了「太陽社」。一九二七年被捕，這段革命經歷，在其《流離》（1928）和《灰色之家》（1933）這兩本日記體、自敘傳體散文中得到反映。《流離》以日記的形式，記錄他在大革命失敗後撤出蕪湖的流亡和飄泊的經歷。他在〈自序〉中說：「我所感到的是，從這一部紀錄裡，能以看出離亂時代的一部分人民的流離顛沛的生活狀況，以及過往的一年的社會的暗影，以及在可能的範圍內所發洩的悲憤的心情。我刊出這一部紀錄的意義在此。」《流離》給讀者留下一部大革命失敗後白色恐怖的災難實錄，更重要的是讀者可以從中感受到革命者百折不撓的戰鬥豪情。出獄後，他從事左翼文藝活動，主要寫評論和雜文，出版了《夜航集》（1935）。《夜航集》內的〈鹽鄉雜信〉是一組書簡體通訊，以深入海鹽縣屬澉浦鎮鹽區調查所得的材料寫出了「常常餓得沒有飯吃」的鹽民們的生活情形。他們與「大自然的爭鬥」，「與豪紳的肉搏」，都通過具體的描述、詳盡的資料真實反映出來，猶如一幅破落動盪的漁村鳥瞰圖，深深地印在讀者的心頭。

許傑（1901-1993），浙江天臺人，文學研究會會員，早期以描寫農村生活題材的小說聞名。一九二八年到南洋吉隆坡任華僑報紙《益群報》總主筆，回國後參加左聯。他寫的「南洋漫記」結集為《椰子與榴槤》（1930）出版。〈自序〉裡稱當時就「想試著用新的眼光去衡量」南洋社會，揭露殖民地社會「充滿了資本家的銅臭，帝國主義的羊腥臭，洋奴走狗們的馬屁臭，以及那些目不識丁、卻到處自充名士的馬屙臭」，他是站在唯物史觀的高度批判地描寫資本主義經濟關係下的社會生活的。三十年代他為《太白》、「自由談」、《文學》撰寫的雜記速寫，發展了批判地寫實手法，反映了古舊鄉村被資本主義經濟衝擊而破落的社會現象。許傑的散文取材偏重社會現象，注重揭示生活現象的社會本質，往往直接站出來發表自己的見解和感覺，文風較為明快顯豁。

葉紫（1912-1939），原名俞鶴林，湖南益陽人。大革命前後曾有一段流浪生活，對社會底層和舊軍隊內幕較為熟悉，這些成為他後來創作小說和散文的重要題材。他參加了左聯，受過魯迅的指導和獎掖。他的散文敘述自己的流浪生涯，揭露舊軍隊的黑暗狀況，訴說社會底層的苦難和不幸，以真實深切打動人們，確能「加強我們的對於黑暗的現實的認識」[35]。他把小說筆法帶入散文寫作，這使他的散文帶有情節因素，注重細節和場景的描寫，還勾勒出幾個鮮明的人物形象，結構較為嚴密，有些篇章接近於小說的格局；但他能如實敘寫親身經歷和客觀事實，不加虛構，不刻意加工，仍然保持散文的自然本色。〈行軍掉隊記〉、〈古渡頭〉、〈長江輪上〉（收入《葉紫創作集》，1955）諸篇就顯示了這位小說家的散文寫作個性。

夏征農（1904-2008），江西新建人。大革命失敗後逃亡上海，通過陳望道入復旦大學讀書，從事地下革命工作，不久被捕。〈從上海到蘇州〉（1930）一文就敘寫自己作為囚人被押解到蘇州的經歷，顯示政治犯團結鬥爭的力量和「終有一天呵！我們的血，要把這黑暗的牢獄刷洗！」的信念。一九三〇年刑滿出獄後，參加左聯，一九三五

35 葉紫：〈我們需要小品文和漫畫〉，《小品文和漫畫》（上海市：生活書店，1935年）。

年協助陳望道編輯《太白》半月刊，對團結散文作家、扶植散文創作起過重要作用。他在《太白》「速寫」專欄發表過〈阿九和他的牛〉、〈家信〉、〈都市風光〉等作品，鮮明地勾畫了農村在天災人禍的打擊下日趨破落的圖景，都市底層小人物在死亡線上掙扎的慘像，令人怵目驚心。這些速寫敘寫真實，白描素樸，語言通俗，是《太白》「速寫」的代表性作品。

上述四位左翼作家和茅盾一樣，總是站在階級分析的思想高度觀察、分析現實生活，力圖表現社會底層人民被壓榨的慘狀，揭示生活的某些本質。他們的作品大多屬於「速寫」，敘事性強，夾敘夾議，有的借鑑小說筆法。這對於開拓散文題材、發展散文記敘藝術，做出了貢獻。《太白》創立「速寫」專欄後，曾有人化名「戊卯」在一九三四年九月十六日《申報》「自由談」上發表〈讀太白創刊號〉予以充分肯定，該文認為：「速寫，本來是小品文的原形，在別的國度，速寫已經成為一種最流行的形式，一方面它是以一種高度發展的新文學形式而出現，另一方面它又以訓練文學青年寫作技能的最好方法而被提倡著。它的長處，能以最簡明的文字表現最新鮮的時刻變動著的各種社會相。目前中國，正是多數人要求文學迫切的時候，速寫之被提倡，無疑的已經是最迫切最需要的了。」這把速寫的特點和專長及社會需要揭示出來，也說明茅盾等人新創速寫的重大意義。不過，這時期的速寫作品，普遍不夠注重素材提煉和藝術加工，樸素通俗是其優點，但也難免給人質勝於文的感覺。

三　鄉土內地的返顧和憂患

茅盾反映資本主義經濟危機衝擊下的都市鄉村，巴金描寫動盪變化的城鄉市鎮，現代生活氣息都較為濃厚，與他們寫實精神接近但風貌不同的有所謂「內地描寫」一派。這派作家以鄉土內地作為立足點，反映古老鄉村面貌。朱自清專門著文提倡，認為「內地是真正的中國老牌，懂得內地生活，方懂得『老中國的兒女』」，內地描寫正可以幫助人們懂得內地情形。不過，「遊記裡的描寫常嫌簡略，而走馬看花，說出來也不甚貼切。報紙上倒不時有內地情形的記載，簡略是不用說，而板板地沒生氣，當然不能動人。現在所需要的是仔細的觀察，詳實的描寫。一種風格，一種人情，一處風景，只要看出它們的特異之處，有選擇地有條理地寫出來，定可給讀者一種新知識，新情趣——或者說，新了解，新態度」。他還認為：這種內地描寫「最好是生長在本地而又在外面去來的人」適宜於動筆。[36]這和魯迅所界定的「鄉土文學」所見略同，可以把這種「內地描寫」作為「鄉土文學」之一，直接稱為「鄉土散文」。這派作家的代表人物有：沈從文、舒新城、蘆焚、柯靈等，上一節所述的李廣田、何其芳、陸蠡等也從鄉土生活取材而拓寬寫作路子。

沈從文的《湘行散記》

沈從文（1902-1988），湖南鳳凰人。一九一八年從家鄉小學畢業後，隨本鄉土著部隊在沅水流域各縣生活多年，這段經歷在《從文自傳》得到反映。一九二二年受「五四」新文化思潮的吸引來到北京，本想升學讀書，但未成功，於是學習寫作，經過艱苦努力，終成小說名家。三十年代在京津《大公報》主編「文藝」副刊，注重創作，提攜後進，影響廣泛。一九三四年初，他重回湘西，寫下《湘行散記》；一九三七年戰事一起，他逃難回到沅陵住了約四個月，又寫了《湘西》。這兩種遊記體散文著作顯示了湘西獨特的地理環境、民俗風情、歷史習慣和民事哀樂，使這個偏僻閉塞、不見經傳的內地一角在文學史上放射出特異的光彩。

---

36 朱自清：〈內地描寫——讀舒新城先生《故鄉》的感想〉，《太白》第1卷第5期（1934年）。

《湘行散記》（1936）和《湘西》（1939）都是描繪鄉土風貌的，前者側重於湘西沿河的見聞、回憶和感想，後者偏重於鳥瞰式的概括、考察和介紹，寫法略有不同。前者是由一個個特寫鏡頭連綴而成的湘西長鏡頭，後者則是由一幅幅鳥瞰圖組成的湘西全景。作者嘗試運用「屠格涅夫寫獵人日記的方式，揉遊記、散文和小說故事而為一，使人事凸浮於西南特有明朗天時地理背景中」[37]，成功地處理了這一特殊的鄉土題材。即以遊記為基礎，融入考察記、風俗志和民間傳說等文體的一些特點，形成一種具有社會學、民俗學意義的新型遊記。

沈從文描繪的湘西天地帶有純樸天然、野蠻落後的原始情調，還多少沾染上社會動盪、新舊交替的現代氣息。他渲染那裡人「生活卻彷彿同『自然』已相融合，很從容的各在那裡盡其性命之理，與其他無生命物質一樣，惟在日月升降寒暑交替中放射，分離」；他感慨這種人生，思索「一份新的日月，行將消滅舊的一切」之際，「我們用什麼方法，就可以使這些人心中感覺一種對『明天』的『惶恐』，且放棄過去對自然和平的態度，重新來一股勁兒，用划龍船的精神活下去？」（〈箱子岩〉）他發現那裡「十五年來竹林裡的鳥雀，那分從容處，猶如往日一個樣子，水面划船人愚蠢樸質勇敢耐勞處，也還相去不遠。但這個民族，在這一堆長長的日子裡，為內戰、毒物、饑饉、水災，如何向墮落與滅亡大路走去，一切人生活習慣，又如何在巨大壓力下失去了它原來純樸的型範，形成一種難於設想的模式！」他理解和體味到鄉民生活的嚴肅性和原始性，「他們那麼忠實莊嚴的生活，擔負了自己那分命運，為自己、為兒女，繼續在這世界上活下去。不問所過的是如何貧賤艱難的日子，卻從不逃避為了求生而應有的一切努力，在他們生活愛憎得失裡，也依然攤派了哭、笑、吃、喝。對於寒暑的來臨，他們便更比其他世界上人感到四時交替的嚴

37 沈從文：〈新廢郵存底・二十三〉，《沈從文文集》第12卷（廣州市：花城出版社，1984年）。

肅」（〈一九三四年一月十八日〉）。沈從文真實地描繪湘西內地生活，反映這群「老中國兒女」的生死哀樂，肯定其人性的單純、頑強、自然、笨拙諸可愛之點，又不能不憂慮其生活習慣落後於時代而面臨衰敗老死的可怕命運。他懷抱開發、改造和建設湘西的熱忱，寄希望於：「民性既剛直，團結性又強，領導者如能將這種優點成為一個教育原則，使湘西群眾普遍化，人人各有一種自尊和自信心，認為湘西人可以把湘西弄好，這工作人人有份，是每人責任也是每人權利，能夠這樣，湘西之明日，就大不相同了。」（〈鳳凰〉）他想重新喚起鄉民對於生活的熱情、主動性和進取心，卻又想不出一條切實可行的辦法。他的憂患和悲憫油然而生，似比《邊城》表露得更為直接和沉重。

沈從文鄉土散文描繪多姿多彩的山光水色，敘述曲折動人的鄉野故事，勾勒神形生動的山鄉水手，顯示出他作為小說家的藝術才華。他著重渲染湘西獨特的自然環境、風俗習慣，突出湘西山水的清新秀麗，民風的純樸耐勞，生活的謐靜莊嚴。在這種情調、氣氛、形色組成的特殊背景中，他娓娓敘說人事變動、生死別離、愛憎得失，寫出了幾種性格鮮明、富於情趣的人物：一個戴水獺皮帽子的朋友，一個多情水手與一個多情婦人，五個軍官與一個煤礦工人，一個愛惜鼻子的朋友，等等，其個性單純真實，不加雕琢，天然渾成。寫景、敘事、寫人、抒懷諸種筆調融為一體，運用自如。這種文體確實與《獵人日記》十分相似。作者散文語言的色調自然樸素，節奏從容不迫，用詞造句不事雕琢而圓熟精鍊，又靈活運用方言俗語，增強作品的生活氣息和地方色彩。他的描繪往往使人產生如臨其境的感覺，如〈鴨窠圍的夜〉：

> ……我到船頭上去眺望了一陣。河面靜靜的，木筏上火光小了，船上的燈光已很少了，遠近一切只能借著水面微光看出個大略情形。另外一處的吊腳樓上，又有了婦人唱小曲的聲音，

> 燈光搖搖不定，且有猜拳的聲音。我估計那些燈光同聲音所在處，不是木筏上的簰頭在取樂，就是水手們小商人在喝酒。婦人手指上說不定還戴了水手特別為她從常德府捎來的鍍金戒指，一面唱曲一面把那只手理著鬢角，多動人的一幅圖畫！我認識他們的哀樂，這一切我也有份。看他們在那裡把每個日子打發下去，也是眼淚也是笑，離我雖那麼遠，同時又與我那麼相近。這正同讀一篇描寫西伯利亞的農人生活動人作品一樣，使人掩卷引起無言的哀戚。我如今只用想像去領味這些人生活的表面姿態，卻用過去的一分經驗，接觸著了這種人的靈魂。

這種情調，這種氛圍，這種語氣，源於感同身受，出自同胞心懷，渾然天成，和諧動人，沒有半點勉強、做作、誇張的意味，完全是以真實、自然、親切，直接感染讀者。

舒新城的《故鄉》

舒新城（1893-1960），湖南溆浦人，於湖南高等師範學校英語部畢業後，長期從事教育和出版工作，主編過中華書局出版的《辭海》。他根據一九三一年十月歸家見聞寫成的書信體散文集《故鄉》（1934），分為三編：第一編〈歸程雜拾〉，記由南京到溆浦的旅程；第二編〈故鄉瑣記〉，記家庭及故鄉的情形；第三編〈資湘漫錄〉，記資水民船上與在長沙時之生活。作者在序文自稱「此書所述，雖然是以我父親為中心的家庭瑣細與當時耳聞目見的社會斷片，可是這裡的瑣細與斷片，大概是現在中國農村家庭與農村社會的普遍現象，則此冊或亦可視為『現代中國』之部分的真實史料。」

作者筆下的故鄉，民風淳樸，景物如故，鄉人生活艱辛，整日擔心「派捐的委員」敲詐勒索，文化落後，消息閉塞，沒有一絲生氣，這是幾千年來中國內地農村的一個縮影。〈時代的權威〉一文在揭示父與子兩代人生活態度的差別及其根因方面有著獨到的發現。他筆下的父親是這樣的：

> 他是一個小農社會的真正農人，他雖然能識字寫信，但他們環境是農村，他的知識以農村社會的傳說為限。他的信仰是祖先教下的算命、堪輿、占卦、問卜、敬神、建醮的種種習俗，他的生活是日出而作，日入而息的農事工作。他到這樣的年齡，還是惟日孜孜地努力於創立家業，以期見譽於鄉里，無愧於兒孫。他以為「富貴不歸故鄉，有如衣錦夜行」，我在外面就業，無非為的是「揚名聲，顯父母」，結局終須攜妻兒歸享田園之樂；他以為他替兒孫置了產業，兒孫歸來生活無憂，自不願在外面勞碌奔波，而且，他以為祖宗廬墓均在故鄉，古今來，無論何種大小人物，絕沒有置祖宗廬墓於不顧而永在外面寄居的。

作者理解體察父親的生活習慣和生活要求，他父親也明白兒孫事實上無法接受老一輩的意願生活，但下意識裡決不許打消這個念頭。作者從中看出時代的權威，不同時代造就了不同的人，在老一輩農人和新一代知識人中間的距離「至少相去半世紀以上」。《故鄉》描寫內地農村社會風貌和農村家庭生活，以觀察仔細、內容詳實、敘寫自然而獲得朱自清的讚賞，朱自清特地寫了讀後感，借此機會提倡「內地描寫」[38]。同是湘地鄉村生活題材，舒新城與沈從文寫的不同。舒新城寫的是老中國兒女的生活習慣和傳統觀念，是典型的小農社會的農民，是內地鄉村社會的日常瑣事，樸實、平凡，沒有沈從文筆下的神奇、絢爛和詩意，也沒有半點誇張、做作和渲染，正如朱自清說的，

---

38 朱自清：〈內地描寫——讀舒新城先生《故鄉》的感想〉，《太白》第1卷第5期（1934年）。

「這本書原來是寫給朋友的許多信集成的，像尋常談話一般，讀了親切有味」，屬於「談話風」一路的文章。

魯彥的旅行記和故鄉隨筆

魯彥（1901-1943），原名王衡，浙江鎮海人。從小生活在鄉下，熟悉浙江一帶農村生活。十八歲離開家鄉，走入社會，在上海、北京、南京、福建、陝西等地謀生。鄉村生活和旅行見聞便成為他取材的中心。他參加過文學研究會，一九二三年開始發表小說，其作品被魯迅稱為「鄉土文學」。散文結集出版的有《驢子和騾子》（1935）、《旅人的心》（1937）。抗戰期間在桂林創辦《文藝雜誌》，一九四三年病逝。一九四七年由他夫人覃英編選的《魯彥散文集》，選入他一九二三至一九三九年創作的散文作品二十二篇。

魯彥為生計四處奔波中，寫下幾組旅行記，如〈廈門印象記〉、〈西安印象記〉等，描述了當地風光和城市生活的情景；同時，帝國主義魔爪，政府的腐敗統治，以及天災人禍，也得到如實的反映。在漂泊困頓生活中更多是追懷童年往事，繫念故鄉風物。〈父親的玳瑁〉敘述父親晚年寂寞時與玳瑁貓結下的不解之緣，連貓也通人性，對父親逝世十分傷心，眷念故土，不願離家遠走，藉此更見深重哀情。〈雷〉寫母親在打雷時庇護兒女的情景，怕雷、怕一切危險的生活和境界，原是人人所難免，但為了孩子，是顧不上的，也是不能怕的，這就見出母愛的無私無畏。這兩篇抒寫骨肉親情，樸實真摯，感人至深。〈旅人的心〉抒寫兩代人離鄉背井的不同心情，他改變了自己初上人生征途的激動心情和美好嚮往，充滿了憂鬱、淒涼和煩惱，顯示了時代的進展反而給年輕的一代帶來失望和迷惘。〈楊梅〉和〈釣魚〉敘寫自己和故鄉之間那種若即若離的聯繫，抒發離開故鄉經歷世事後的平民知識分子對童年時代鄉村生活那種可望而不可即的感歎，流露出人事變遷、過往不復的悲愴感，表達了對故鄉的渴念。

〈我們的學校〉、〈我們的太平洋〉一類回憶作品，基調都是如此。魯彥一生貧困、寂寞，飽經憂患。「人在寂寞的時候，便喜歡回顧過去，而對現實是一方面反感甚多，一方面卻更加執著。魯彥的這些散文多半是在這種心情下寫的。這些便是最真實的生活的記錄。」[39]將自己真實的生活體驗傳達出來，不是冷靜的體味，而是湧動著一片癡情，這就決定了魯彥的散文不可能超然物外，只能充滿著現實人生的艱辛苦澀。

魯彥散文給人的感覺是樸實自然，他以詩人的感受和小說家的筆法敘說日常生活，善於進行細緻的心理描寫和環境描寫，抒發內心感受，作品有濃郁的抒情氣息。他娓娓寫來，時而流瀉一股情愫，時而迸發一點思想火花。如〈旅人的心〉，通過那具有象徵意味的美麗晨景的描寫，便把自己初上人生征途的新鮮印象和美好憧憬表現出來：

> 完全是個美麗的早晨。東邊山頭上的天空全紅了。紫紅的雲像是被小孩用毛筆亂塗出的一樣，無意地成了巨大的天使翅膀。山頂上一團濃雲的中間露出了一個血紅的可愛的緊合著的嘴唇，像在等待著誰去接吻，兩邊的最高峰上已經塗上了明亮的光輝。平原上這裡那裡升騰著白色的炊煙，像霧一樣。埠頭上忙碌著男女旅客，成群地往山坡上走了去。挑夫，轎夫，喝道著，追趕著，跟隨著，顯得格外的緊張。
>
> 就在這熱鬧中，我跟在父親的後面走上了山坡，第一次遠離故鄉，跋涉山水，去探問另一個憧憬著的世界，勇敢地肩起了「人」所應負的擔子。我的血在飛騰著，我的心是平靜的，平靜中滿含著歡樂。我堅定地相信我將有一個光明的偉大的未來。

---

39 覃英：〈《魯彥散文集》後記〉，《魯彥散文集》（上海市：開明書店，1947年）。

唐弢認為魯彥的散文，「平實中帶著回蕩，很有個人風格」[40]。覃英認為魯彥散文更直接地表現了他的生活和性情，語言風格是「優美而樸質」[41]。這些說法大體相同，符合魯彥散文的實際情況。

吳伯簫的《羽書》

吳伯簫（1906-1982），山東萊蕪人，一九三一年畢業於北京師範大學英語系。一九二五年在「京報副刊」上發表了散文處女作〈白天與黑夜〉，此後堅持散文創作，到一九三一年曾收集四十多篇作品為《街頭夜》準備出版，因「九一八」事變，稿本失散。大學畢業後回山東，先後任職於青島大學、濟南鄉村師範、萊陽鄉村師範，一直到抗戰爆發。這時期的散文創作結集為《羽書》，到一九四一年才出版。

吳伯簫曾在〈薺菜花〉一文中透露了自己的寫作習慣：「是啊，一個人是會憑藉了點點滴滴的物什，憧憬到一大堆悠遠陳舊的事物上去的，你，不曉得怎樣，於我，這都成了牢不可破的習慣了。丙夜時分一聲『硬麥餑餑』，帶來的是全套北京的懷念……一掛紅紙封的萬頭火鞭，著眼就是曩昔的升平年景及祖父在時家庭的一團和樂。番茄給我一個女人的影子；天冬草使我記起那幫永遠談不倦的血性伴兒。鳴蟬聲裡要燥熱打瞌睡，蟋蟀唧唧令人感到淒淒別離。啊，就這樣，薺菜花孕蘊了百千種景色，撥弄著夠多的悵惘與歡樂呢。」他總這樣，借著自己所熟悉的事物，展開遼遠的遐思和親切的回憶，表現他對鄉土、祖國、歷史的熱情眷戀。他多方鋪排，縱筆揮灑，把自己所感受的生活情趣淋漓盡致地表現出來，具有梁遇春「快談、縱談、放談」的作風，而不帶有梁遇春式的悲愴情調，自有充溢爽朗的心懷。他鋪寫「山屋」四季給人的種種情趣，漫話故都北京的生活感受，展

40 唐弢：〈鄉土文學〉，《晦庵書話》（北京市：三聯書店，1980年）。

41 覃英：〈《魯彥散文集》前記〉，《魯彥散文集》（上海市：上海文藝出版社，1959年）。

現青島四季的風物人情，圍繞家鄉的馬、啼曉雞、燈籠、薺菜花、天冬草、螢一類常見事物大作文章，描出一幅幅溫馨的鄉土風俗畫。他從許多熟悉的題材中挖掘出清新、健康的生活情緒和積極向上的思想主題，將自己對於自然鄉野的嚮往，對於光明未來的憧憬，對於驅除胡虜、渴望祖國自由解放的期待，表現在繁富斑爛的鋪敘之中，情趣飽滿，知識豐富，聯想活躍，語言絢麗，給人以充實圓滿的美的感受。

這裡摘引〈夜談〉中一段，看看《羽書》的記敘技巧和語言特色：

> 先是女孩子樣的，大方而熳爛的笑，給每個矜持的靈魂投下一付定驚的藥劑，接著那低微而清晰流暢的聲調響起來，就像新出山的泉水那樣丁東有致。說陷阱就像說一個舞女的愛；說牢獄就像講一部古書；說到生活，說它應當像雨天的雷電，有點響聲，也有點光亮，哪怕就算一閃即過的短促呢，也好。說死是另一種夢的開頭，不必希冀也不必怕，那是與生活無關的。說奸細的愚蠢，說暴動的盛事，也說那將來的萬眾騰歡的日子。一沒留神，你看，各個人都從內心裡透出一種沒遮攔的歡笑了，滿臉上都罩上那含羞似的紅光了。振奮著，激勵著，人人都像一粒炸彈似的，飽藏著了一種不可遏抑的力。

這一段是描寫革命青年秘密夜談的。革命者談話的內容、表情、聲調和效果寫得極為細緻；形容比喻十分新鮮，富於想像力；詞語具有色調和音響的美；短句和長句錯落有致，朗讀起來很有節奏，應和著表情的輕快起伏，顯得特別活潑有力。這一切渾然合成熱血青年慷慨激昂的聚談氣氛，使我們不能不佩服作者駕馭文字、曲盡情狀的能力。這種抒寫手法，在《羽書》中頗為常見，堪稱情文並茂。

蘆焚的《黃花苔》

蘆焚（1910-1988），原名王長簡，還用過師陀等筆名，河南杞縣人。小時候在家鄉讀書，一九三一年前往北平謀生，開始文學創作，是三十年代新進作家之一。這時期散文作品結集出版了《黃花苔》（1937）和《江湖集》（1938）。抗戰期間，蟄居上海「孤島」，又寫了《看人集》（1939）、《上海手札》（1941）二集和《夏侯杞》、《上海續札》等組作品。

《黃花苔》和《江湖集》帶來了河南山野的泥土氣息。他以「黃花苔」命名自己的散文處女作，並在序文中解釋說：「我是從鄉下來的人，而黃花苔乃暗暗的開，暗暗的敗，然後又暗暗的腐爛，不為世人聞問的花」，他喜歡這樣的素樸、平凡和沉靜。《黃花苔》第三輯後來重新輯為〈山行雜記〉收入《江湖集》。二集共通處都是以破產凋敝的內地鄉村為背景，反映社會底層小人物的辛酸血淚，較之沈從文的《湘行散記》更帶有現代生活實感。他發現：「生活的暴力」不僅施及大人，也影響到孩子們，「他們被殘害去天真，逼著不得不負起成年人的任務，不得不擔起成年人的憂愁，被軋去一切快樂。本來還只是該嬉戲的少年兒童，卻已經拿起煙捲，像他們的父兄一樣在抽了」（〈失樂園〉）。鄉村破產，殃及兒童，他們喪失了童年的樂園，與父兄長輩共憂患，這是三十年代鄉村的普遍性社會問題。他揭露太行山麓偏僻角落的破舊、閉塞、戰亂、殘殺，反映那裡人民生活的困難、不安和無望（〈山行雜記〉）。他詛咒「這世界」的混亂、骯髒、不公平，同情「勞生之舟」的重負、艱辛和翻覆，歌頌革命者的正直、探尋和追求（如〈程耀先〉、〈行腳人〉），通過一些生活故事和人物命運反映了三十年代鄉村的衰敗和動盪。作者對於鄉下落後、守舊、愚昧的現象，語含譏諷和憐憫，他筆下的家鄉一如〈老抓傳〉所云：

在那裡永遠計算著小錢度日，被一條無形的鎖鏈糾纏住，人是苦惱的。要發洩化不開的積鬱，於是互相毆打，父與子，夫與妻，同兄弟，同鄰居，同不相干的人，腦袋流了血，掩創口上一把煙絲：這就是我的家鄉。

我不喜歡我的家鄉，可是懷念著那廣大的原野。

家鄉世俗的陰暗面使他反感，而鄉親們生活的艱難不能不引起他的關切，鄉野自然的廣闊純樸也不能不牽動他的情懷。和沈從文的邊城牧歌情調相比，蘆焚唱的是內地鄉村破產的輓歌，給人的感覺是憂鬱和沉重。

蘆焚散文偏重記事寫人，明顯帶有小說化傾向。〈山行雜記〉並不著力於自然風光的描繪，倒是側重勾劃山村野店的生活場景，每個片斷相對獨立，猶如一幅幅風俗畫。〈程耀先〉、〈行腳人〉、〈老抓傳〉的人物刻劃，根據真人真事加以提煉，不加虛構，以日常生活事件表現人物性格，雖說不上性格豐滿完整，卻能寫出鮮明特徵：程耀先歷經顛連困苦而依然耿直不阿，「行腳人」風塵僕僕而行程無定，老抓遭受愛情創傷卻孤高自好，各個人物都以自己的生活方式站立在人們面前。散文寫人就追求這種真實可信，只要寫出人們的神形風貌，寫出原型，就算完成了它的任務。

柯靈的《望春草》

柯靈（1909-2000），原名高季琳，浙江紹興人。小學畢業後因家貧失學，靠刻苦自學走上文學道路。在紹興當過小學教師，一九三一年冬到上海進電影界，從事左翼文藝運動。作者稱道：「千山競秀、萬壑爭流的越州古國，是把我嫗煦成人的土地，父老鄉親，一山一水，一草一木，都和我血肉相連。多少年來，故園如畫的風物，常在我夢中浮沉。」（《柯靈散文選》〈序〉）他對於故鄉生活的回憶和眷念大多數保留在《望春草》(1939)第三輯、第四輯和〈憶江樓〉、〈古宅〉、〈閘〉、〈遺事〉諸篇內。

《望春草》第四輯〈龍山雜記〉寫於來滬前夕，取材於家鄉龍山的景物風光和生活瑣事，帶有一點「多愁善感」、「吟風弄月」的「才子氣」[42]。他到上海後，思想左傾，開始不滿意先前的寫作傾向，希望自己的散文寫作和現實生活緊密結合起來，寫了不少雜文，新寫的鄉土作品寫實述感，視野開闊，情調爽朗，與〈龍山雜記〉的自我欣賞傾向大不相同。〈三月〉、〈秧歌〉歌唱故鄉人民的幻想、娛樂和希望，這種田園詩生活在時勢艱難、鄉村凋敝的三十年代已成為「回憶中發霉的舊話」。〈路亭〉、〈野渡〉描述鄉間特有風物，為渡口路亭之類樸素平凡而能給行人鄉民以方便和蔭庇的品格所動心，於平凡中道出不平凡。途中路亭專供行人憩坐，「粗粗看來，這實在是破陋寒傖，毫不體面的建築，但你卻不能小看它們，在長途跋涉的行人看來，它恰像是沙漠上的一滴清泉，人生旅途中的一個站驛」，作者理解路亭設計者「體貼行人的苦心」，覺得「世上無量數倦乏的旅人，實在應該向他表示最大的感謝！」〈閘〉歌頌水鄉人民與大自然搏鬥，終於把水國改造成魚米之鄉的光榮歷史，感歎時下鄉民麻木、庸碌、無為，對不起祖先開創的事業，對家鄉歷史和現實的發掘較為深刻。〈古宅〉和〈遺事〉敘寫舊式大家庭沒落衰亡的故事，從中闖出來的叛逆者「毫不憐惜讓那些陰森森的宅第在火裡燒掉，在風裡雨裡倒掉」。柯靈散文寫出越中城鎮水鄉的地理風貌和生活氣息，江南水鄉明淨透澈的風情既不同於湘西內地的神奇莫測，又不同於北方原野的蒼茫渾然，自有靈動清麗的魅力。

《望春草》還有旅行記和隨感文一類作品。他描摹「青島印象」，揭露那是帝國主義者為富臣鉅賈公子王孫造就的桃源勝地。他

42 柯靈：〈我這樣期望著自己〉，《小品文和漫畫》(上海市：生活書店，1935年)。

鞭撻走狗「對主子的愚忠」，也逃脫不了被「分別的宰割」的命運。他寫〈流離頌〉，嚮往流動、活躍、有生氣的生活，不滿現狀的古板、呆滯和沉悶。這些作品敘寫旅行見聞和生活實感，都能觸及現實社會問題，力圖達到他所期望的「世態畫」效果。

柯靈講究散文的藝術性，力求各篇情調統一、結構完整、語言優美。以〈路亭〉為例，他描述路亭的設置、格局和作用：

> 它們有的在一片田疇之野，「前不把村後不著店」的中途，孤另另站著，使走厭了單調漫長的行程的過客，得以及時小駐；使在田間耕耘的農夫，得以借此作工餘休息之地，如在日中時候，還可以靜坐進餐，冬避朔風，夏避炎陽。有的在峰迴路轉、兩村交界的山嶺背上，山行較平地費力，行人跑到上面，大都氣喘咻咻，汗流浹背，在路亭的石條凳上坐憩片刻，聽山風蘇蘇地從樹間掠過，心脾間便不覺沁入一縷清新的快感，全身頓然增加幾分活力。有的建築在河濱，面臨盈盈的流水，便於使行人在那裡等待擺渡或過往的船隻……它們的存在不只是切合適用，使行人得到方便，在危難中得到安全，在疲勞與寂寞中獲得安泰與溫暖；它們還往往把鄉間的景物，點綴得更為出色動人。

以舒徐親切的筆調寫路亭給行人坐憩養神的情調，文質諧調，清韻貫通；行文從容流利，思路活潑開展，形成流動飄逸的文風。

方敬的《風塵集》

方敬（1914-1996），四川萬縣人，從小在家鄉念書；三十年代在北京大學外文系學習期間，開始寫詩和散文，與何其芳、李廣田、卞之琳等同調。散文《風塵集》（1937）收初期敘事抒情作品十五篇，大多是敘說家鄉人事哀樂的。如〈夜談〉繪聲繪色地渲染白髮的老祖母給兒孫講故事時的氣氛、情調和冥想意味，鄉間大家庭生活氣息特別濃厚。〈老人樹〉、〈畫壁〉和〈鬻藝師〉敘寫鄉村幾位小人物的生活遭遇；〈撲滿〉、〈童年〉回憶小時候的生活情趣，這些篇章都有「南土的氣息」(《風塵集》〈後記〉)。他曾詠哦道，「古老的事物常使我嚮往，卻又惆悵於昨日之既去。從時間的替換裡，我獲得了無數悲哀的回憶。」方敬散文以委婉細膩、情意纏綿而具有自己的特色。淒婉的情致，曲曲寫出，真有些兒女情長的意味。他這時還創作了一些內心獨語式的散文詩，收入《雨景》(1942)。

上述大多是來自鄉村的青年散文作者，雖然混跡於都市社會，但感到熟悉和親切的還是鄉間生活。他們懷著濃郁的懷鄉之情，回顧鄉野，發掘藝術寶藏。他們緬懷故鄉童年，又驚詫於歲月流逝所帶來的人事變遷；他們嚮往鄉野的純樸、清新和牧歌式生活，又不能不直面農村破產凋敝的嚴酷現實；他們懷念鄉野人物的單純、民風的淳厚，又嘆惜內地生活的閉塞、落後、貧困和舊習慣的頑固、保守、殘酷。他們一直保持著「鄉下人」的氣質，大多懷著抑鬱和哀愁，體現鄉下人的悲歡得失和生活願望，與老中國兒女們休戚與共，但對他們的命運懷有憂患意識。他們各以自己獨特的鄉土一角描繪舊中國鄉村內地的情境，各家的藝術風格雖然不同，卻都注意於藝術的錘鍊，具有濃厚的泥土氣息和文藝色彩。他們的鄉土散文豐富了三十年代散文的現實主義精神，進一步發展了五四時期魯迅等開創的鄉土文學傳統，對文藝散文的創作起到了承先啟後的重要作用。

四　「東北作家群」的散文

「九一八」事變以後，一批原是東北成長起來的文藝青年，陸續從日本帝國主義魔掌下逃脫出來，流亡到北平、上海，從事抗日救亡的文藝活動，形成了「東北作家群」。他們除了創作小說、詩歌外，還運用散文形式真實描寫淪陷前後東北人民的生活鬥爭和自己的流亡經歷，其中較有影響的有蕭紅、蕭軍、李輝英等。

蕭紅的《商市街》

蕭紅（1911-1942），原名張迺瑩，黑龍江省呼蘭縣人。一九三四年六月和蕭軍一道逃離哈爾濱到青島，十月到上海，以小說《生死場》知名於世。她以悄吟為筆名出版過《商市街》（1936），以蕭紅為筆名出版過《橋》（1936）和《蕭紅散文》（1940）。《商市街》敘寫她和蕭軍在哈爾濱度過的一段饑寒交迫的生活；她倆在困境中相濡以沫，患難與共，頑強掙扎，絕不向生活低頭；在敵偽黑暗統治下，秘密從事進步文藝活動；終於被迫離開家鄉，逃到關內。通過個人的親身經歷，反映了「偽滿州國」中一些愛國、正直的知識青年的窮困和抑鬱，以及他們對敵偽的憎恨，對祖國美好未來的嚮往。《橋》除了抒寫自己對童年的回憶和流浪生活外，還描寫社會底層人民的生之煩擾困苦，揭露無恥人物的飽食終日、無所事事，也是記事寫實之作。蕭紅的散文細緻地刻劃了自己挨餓受凍的情景和感覺，也真實地描寫了郎華（蕭軍）的神形風貌，還直率地抒發了自己的愛憎喜怒。她總是帶著一個貧困而又倔強的年輕女性作家特有的視角和感受去反映現實生活。「從昨夜餓到中午，四肢軟弱一點，肚子好像被踢打放了氣的皮球」，「我的衣襟被風拍著作響，我冷了，我孤孤獨獨的好像站在無人的山頂。每家樓頂的白霜，一刻不是銀片了，而是些雪花、冰花，或是什麼更嚴寒的東西在吸我，像全身浴在冰水裡一般。」（〈餓〉）這些文字質樸無華，然而取譬極為貼切、生動，感覺極其敏銳、深切。如果作者沒有切身的體驗作基礎，就不會寫出這樣具有獨特魅力的作品。蕭紅散文細膩、真切的風格，正是得力於深刻的生活實感。

蕭軍的《綠葉的故事》

蕭軍（1907-1988），原名劉鴻霖，曾用過筆名田軍，遼寧義縣人。一九三二年在哈爾濱化名「三郎」開始從事文學創作，次年與蕭紅合出短篇小說集《跋涉》，一九三五年在上海出版長篇小說《八月的鄉村》。他在哈爾濱寫過散文，逃亡到青島、上海後仍然繼續創作散文，先後結集出版了詩文合集《綠葉的故事》（1936），散文集《十月十五日》（1937）和《側面》（1941）。《綠葉的故事》中的散文寫於哈爾濱、青島和上海，有的反映自己處於「滿州國」底下生活的艱難、心情的壓抑和對友愛的珍惜，有的描寫青島風景的美麗和社會的殘酷，有的訴說上海生活的窮困。其中引起注意的是〈大連丸上〉，這篇散文記敘他和蕭紅冒險逃脫敵偽魔掌回「祖國」的真實經歷，表現了他倆不堪敵偽統治、嚮往自由的強烈愛憎。當時混跡於文壇的張春橋化名狄克寫了〈我們要執行自我批判〉，在上海的租界上冷言冷語說什麼「田軍不該早早地從東北回來」，這引起魯迅的強烈義憤，特意著文〈三月的租界〉予以回擊，揭露狄克之流向敵人「獻媚」或替敵人「繳械」的醜惡面目。《十月十五日》寫於上海和青島，有旅行記〈水靈山島〉，回憶錄〈初夜〉等，其中〈病中的禮物〉和〈十月十五日〉二文記敘魯迅病中的神態和逝世的情景，表達了自己對魯迅的尊敬和愛戴以及對魯迅逝世的哀悼。蕭軍散文直接顯示他的倔強剛直的個性，從不掩飾他的愛憎褒貶，從不閃爍其辭，坦白爽快，剛勁有力，如〈大連丸上〉對付敵探檢查的強硬口氣和不屈服的眼神，就很能代表蕭軍散文的個性。

李輝英的《再生集》

李輝英（1911-1991），吉林省吉林縣（今永吉縣）人。小時在吉林讀書，一九二七年考入上海立達學園高中部學習，一九二九年考取中國公學。他在自述中說：「我是在一九三一年九一八事變以後，因為憤怒於一夜之間，失去了瀋陽、長春兩城，以及不旋踵間，又失去整個東北四省的大片土地和三千萬人民被奴役的亡國亡省痛心情況下起而執筆為文的。」[43]由於他的筆觸較早地觸及抗日救亡運動，從而使他成為最早的抗日救亡作家之一。一九三二年七月，他潛回東北旅行考察了一個半月，回到上海後寫作了一批紀實性散文，陸續發表在《申報》「自由談」、《良友》、《新生》、《太白》等刊物上，後來大多收入散文集《再生集》（1936）。這些作品描寫東北淪陷後各方面的生活，揭露日偽統治的殘暴和黑暗，反映淪陷區人民的苦難和抗爭，比較廣泛深刻地再現了東北淪陷區的真實面貌。李輝英說：「因為我自己是個道地的東北人，寫起來，無論是描寫景物方面，抒寫人物性格方面或是對話上言語的聲調，都比外鄉人來寫便當一些，換句話說，能夠寫的真切一些。」[44]因此，當時他在熟識的寫作朋友中獲得了一個「東北李」的稱號，和艾蕪被稱為「西南艾」相對應。就是這個「東北李」，身雖浪跡天涯，心仍維繫故鄉，即使是品嚐故鄉山梨的酸味，也「每每從它的酸味中，來比擬自身寒酸的境遇」，「更忘不掉比山梨還要酸上萬倍的故鄉人們訴苦無處的非人生活」（〈故鄉的山梨〉）。也正是憑了「真切」，才使他那敘寫一個小職員在日偽統治下求生無門，被「逼上梁山」投奔義勇軍的〈逼〉，揭露日偽導演登基醜劇和大赦騙局的〈登基大赦〉等作品，以活生生的事實激起了人們對賣國賊的階級仇，對侵略者的民族恨，對東北同胞和土地的深厚感情。作者是位小說家，記事寫人較為老練，注重選取題材、提煉和壓縮故事，力求寫得短小精鍊。李輝英通過旅行考察方式反映東北淪陷後各方面生活情形，較之蕭紅以個人經歷方式更為廣泛多樣，因而李輝英散文在東北作家群中佔有突出地位。

---

43 轉引自馬蹄疾：〈李輝英傳略〉，《東北現代文學史料》1982年第七輯。

44 李輝英：〈「寫點小品文罷」〉，《小品文和漫畫》（上海市：生活書店，1935年）。

東北作家群中的其他作家，也以散文這一文學形式廣泛地反映東北淪陷前後的社會現實。戴平萬為了「親切地去瞧瞧關外社會的動態」，也在一九三二年旅行到東北。他的〈長春道中〉和〈四等車中〉以旅途見聞的形式，揭露了敵偽準備「登基大典」而肆意捕殺人民的罪行。作品場景集中，通過車廂內的見聞談吐反映出東北情況，寫出下層人民對敵偽的仇恨，年輕一代對生活的熱愛。這和李輝英的作品有異曲同工之妙。舒群的〈歸來之前〉抒寫告別家人、戀人和鄉土，被迫逃亡的情景。白朗的〈淪陷前後〉敘說自己在「九一八事變」中覺醒過來，和丈夫羅烽一同投入抗日救亡地下活動的經過。穆木天的〈秋日風景畫〉回憶東北故鄉的自然風光和生活場景，描寫那到處「是死亡，是饑餓，是帝國的踐踏，是義勇軍的反抗，是在白雪上流著腥紅的血」的大野。孟十還的〈東北來客談〉透露東北義勇軍英勇抗戰的消息。端木蕻良的〈有人問起我的家〉抒寫失地流亡的痛苦和悲憤。這些滿蓄著家仇國恨的作品，真切而又生動，極富感染力。

東北作家身受失地流亡之苦，出自抗日愛國激情，他們寫下的散文作品，以血的事實揭露日寇的暴行和偽滿政府的無恥，反映三千萬東北同胞的苦難，頌揚義勇軍的抗日鬥爭，譴責國民黨當局的不抵抗政策，這在三十年代民族危機深重、抗日救亡呼聲高漲的緊要關頭，發揮了散文作為「輕騎兵」的戰鬥功能，具有不可低估的歷史意義。在現代散文史上，它們開拓了新的題材和主題，進一步密切了散文和抗日民族解放鬥爭的關係，為下一時期抗戰文學的全面發展開了先路。

以散文來廣泛反映城鄉社會生活是三十年代前期散文的顯著成就。作家以靈活多樣的體式展開了我國東西南北邊陲、東南沿海以及腹地的城鄉生活圖景，表現了國難的空前嚴重，階級壓迫的日益殘酷，人民和青年一代的不斷覺醒，以及山鄉村鎮的民風習俗。如果把這麼豐富的斷片圖景連綴起來，無疑就在我們面前呈現了一部活生生的三十年代前期的歷史圖卷。散文，它也可以發揮自身的樣式優勢，獲得多角度反映社會生活的功能。當時，郁達夫希望過「中國若要社會進步，若要使文章和實生活發生關係，則像茅盾那樣的散文作家，多一個好一個；否則清談誤國，辭章極盛，國勢未免要趨於衰頹。」[45]事實上，在三十年代，像茅盾那樣具有社會責任感和寫實精神的散文家是一天天地多起來了，因此，「使文章和實生活發生關係」終於成為當時散文創作的主導傾向。

在寫實主潮的影響下，不僅許多來自社會底層的文藝青年一開始就匯入寫實潮流，連一些原先刻意「畫夢」的青年作家也逐漸趨向寫實。在寫實主潮中，有以茅盾為代表的左翼作家科學地觀察、分析、反映現實的速寫，有巴金、王統照等民主主義作家的旅行記，有沈從文、蘆焚、吳伯簫等的文藝性較強的鄉土散文，有東北作家群抗日救亡的流亡記。題材不一，形式不同，風格也豐富多采，追求散文的真實性、現實性和社會性，表現出廣闊多樣的發展趨勢。

這類題材適宜於運用和借鑑小說創作的手法，有些作者既是散文家，又是小說家，更便於把小說技巧融入散文創作。魯迅《朝花夕拾》中的許多篇章，靈活運用人物、環境的描寫和記敘、議論、抒情相結合的方式，給散文借鑑小說的手法提供了良好的範例。到了這一時期，這種文體間寫作方法的相互影響和滲透現象越發密切，城鄉生活的題材使散文發展了場景描述、敘事寫人和結構佈局的藝術。

第五節　傳記文學的收穫

傳記是史學與文學交叉的一種古老文體，在中國古代有史傳和雜傳兩大類作品，大多以史學為重，只有部分優秀作品如司馬遷的史傳、韓愈等古文家的雜傳富於文學價值，被公認為傳記文學。把傳記

45 郁達夫：〈導言〉，《散文二集》，《中國新文學大系》（上海市：良友圖書印刷公司，1935年）。

列為現代意義的文學範疇之一種的，始於五四時期。

一　傳記文學的嘗試

胡適是新文學家中最早關注和提倡傳記的先行者。他在留美期間所寫《藏暉室札記》一九一四年九月二十三日記述：「昨與人談東西文體之異。至傳記一門，而其差異益不可掩。余以為吾國之傳記，惟以傳其人之人格。而西方之傳記，則不獨傳此人格已也，又傳此人格進化之歷史。」這只是私下談論中外傳記文體的差異，在當時尚未公開發表。他在一九一八年四月發表於《新青年》的〈建設的文學革命論〉中，已從新文學建設需求的角度，明確提出應譯介和借鑑外國散文中「包士威爾（Boswell）和莫烈（Morley）等的長篇傳記，彌兒（Mill）、弗林克令（Franklin）、吉朋（Gibbon）等的『自傳』，太恩（Taine）和白克兒（Buckle）等的史論」。這表明他既把傳記視為文學散文之一，又希望引進外國傳記名著以改革傳統傳記。此前，劉半農在一九一七年五月發表於《新青年》的〈我之文學改良觀〉也明確提出：「必須列入文學範圍者，惟詩歌戲曲、小說雜文、歷史傳記、三種而已。（以歷史傳記列入文學，僅就吾國及各國之慣例而言，其實此二種均為具體的科學，仍以列入文字為是。）……故進一步言之，凡可視為文學上有永久存在之資格與價值者，只詩歌戲曲、小說雜文二種也。」劉半農對傳記歸屬文學範疇有所保留，這與傳記兼有文史的雙重屬性有關，至今還是一個有爭議的問題。胡適在一九二九年底為《南通張季直先生傳記》作序，一九三三年六月為自傳《四十自述》所寫的自序，一再說：「傳記是中國文學裡最不發達的一門」，「中國最缺乏傳記的文學」，所以他要提倡傳記文學，「給史家做材料，給文學開生路」。他也帶頭寫傳記，在一九一九年就發表了《許怡蓀傳》、《李超傳》等，開了現代傳記的先河，但史勝於文，文學影響不大。一九三三年出版的自傳《四十自述》，誠如〈自序〉所云：「我本想從這四十年中挑出十來個比較有趣味的題目，用每個題目來寫一篇小說式的文字，略如第一篇寫我的父母的結婚。……但我究竟是一個受史學訓練深於文學訓練的人，寫完了第一篇，寫到了自己的幼年生活，就不知不覺的拋棄了小說的體裁，回到了謹嚴的歷史敘述的老路上去了。」因此，他在自傳上也是注重史筆，不受文學界看重。他是現代傳記的開創者，主要在理論倡導和以史為文方面作出歷史貢獻。

現代散文頭十年中，有些憶舊悼亡之作已具有傳記文學要素。魯迅的《朝花夕拾》、冰心的《往事》等是個人生活經歷的片斷回憶，徐志摩的《傷雙括老人》為悼念懷舊之作。這些回憶性、哀悼性作品繼承了古典散文中行狀一類的傳統，開拓了現代散文的一個領域。三四十年代散文中經常見到的憶舊悼亡之作，可說是它的發展。三十年代魯迅寫的〈為了忘卻的紀念〉、〈憶韋素園君〉、〈憶劉半農君〉、〈關於章太炎先生二三事〉、〈我的第一個師父〉等名篇，選擇典型的片斷，以極省儉的筆墨，勾劃出師友的神貌。當時像這類回憶的作品頗多，如魯迅先生逝世後，各報刊爭相開闢「紀念魯迅先生專輯」，許多與魯迅有過交往的各界人士，紛紛著文紀念這位文壇巨星，從各個方面追述先生的嘉言懿行以及生活瑣事，把先生的高風亮節、精神風采留著紙上，綜合起來看，不啻是一部豐富的「魯迅傳記」。又如，廬隱女士不幸病亡以後，其好友寫的悼念文章，也多方面揭示了這位女士不幸的生活、鬱悶的心情和倔強的個性。其他如紀念章太炎、劉半農、徐志摩、梁遇春的，哀悼親人故舊的，追憶青少年生活的，都屬於回憶記之類。這些作品中零碎、片斷的記敘，部分地再現了人物的經歷，從一個個視點透視了人物的個性，在這個意義上，未嘗不可以把它們當作傳記的一個分支。我國古典傳記散文中，不僅有《史記》「列傳」那樣完整獨立的人物傳記，也有眾多的如〈張中丞傳後敘〉、〈段太尉逸事狀〉一類人物剪影。外國傳記文學也包括關於自己和他人的回憶記。所以，上述回憶記雖說不是純粹的人物傳記，卻已具有人物傳記的因素和性質。

二　郁達夫、郭沫若、沈從文等的自傳

郁達夫的自傳

郁達夫在三十年代力倡傳記文學。一九三三年和一九三五年，他先後為《申報》「自由談」和《文學百題》撰寫了〈傳記文學〉和〈什麼是傳記文學〉二文，提倡借鑑西方傳記文學手法，變革我國史傳文學傳統，創造「一種新的解放的傳記文學」。他認為：「新的傳記，是在記述一個活潑潑的人的一生，記述他的思想與言行，記述他與時代的關係。他的美點，自然應當寫出，但他的缺點與特點，因為要傳述一個活潑潑的而且整個的人，尤其不可不書。所以，若要寫出新的有文學價值的傳記，我們應當將他外面的起伏、事實與內心的變革過程同時抒寫出來，長處短處，公生活與私生活，一顰一笑，一死一生，擇其要者，儘量來寫，才可以見得真，說得像。」他介紹外國傳記文學說：「統觀西洋的傳記文學，約有他人所作之傳記，和自己所作的自傳，以及關於自己和他人的回憶記之類的三種。傳記是一人的一生大事記，自傳是己身的經驗尤其是本人內心的起伏變革的記錄，回憶記卻只是一時一事或一特殊方面的片段回憶而已。」這三種具有現代意義的傳記文學，尤其是自傳文學，在三十年代獲得了一些重要成果。

郁達夫的自傳實踐了自己的理論主張。他在一九三五年前後為《人間世》、《宇宙風》撰寫自傳九章，自我暴露精神一以貫之，但較之早期的自敘傳抒情小說和散文冷靜客觀些，帶有自省色彩。他回憶

孤兒寡母生活的艱辛，回味幼時鄉間生活的寂寞，檢查柔弱個性形成的原因，敘寫出外求學的離愁和憧憬，反映辛亥革命前後小城鎮的動盪和自己的矛盾。他寫道：「平時老喜歡讀悲哀慷慨的文章，自己提起筆來，也老是痛苦淋漓，嗚呼滿紙的我是一個熱血青年，在書齋裡只想去衝鋒陷陣，參加戰鬥，為眾捨身，為國效力的我這一個革命志士，際遇著這樣的機會，卻也終於沒有一點作為，只呆立在大風圈外，捏緊了空拳頭，滴了幾滴悲壯的旁觀者的啞淚而已。」（〈大風圈外〉）郁達夫的自傳並未完成，但讀者從中可以看到郁達夫青少年時期的思想性格在偉大的歷史變革中形成發展的過程。其行文自由舒展，以親切的自我感受來描述事物，具有清麗飄逸的風格。他回憶友人的篇章，如〈志摩在回憶裡〉、〈雕刻家劉開渠〉、〈王二南先生傳〉、〈回憶魯迅〉等，相知較深，寫照傳神，也是人物傳記的一個分支。

這時期，自傳出現較多。這些自傳通過對個人經歷的回顧，以生動鮮明的自我形象和心路歷程映現時代的進程。而且，通過作品反映時代，在當時已成為自傳文學創作的總體傾向。

郭沫若的自傳

郭沫若的自傳最有代表性。大革命失敗後，他流亡海外，在學習研究之餘，寫下《我的童年》（1928）、《反正前後》（1929）、《創造十年》（1932）及其《續編》（1937）、《北伐途次》（1936）等，追憶自己的生活經歷和思想變遷，展現他從封建大家庭的叛逆者成為共產主義者的過程。郭沫若自傳的最大特色是富於時代感，以自己親身經歷折射近現代史上的風雲變幻。其次在於誠實，將自己的思想感情毫無諱飾地表現出來。再次是善於剪裁，氣魄宏偉。

通過自傳表現時代，是郭沫若寫作的自覺要求。一九四七年，他在為《少年時代》寫的〈序〉裡說：「寫作的動機也依然一貫，便是通過自己看出一個時代。」或許這事後之言不足憑證，一九二八年為

《我的童年》寫的〈前言〉，採用詩的形式寫道：

> 我寫的只是這樣的社會出生了這樣的一個人。
> 或且也可以說有過這樣的人生在這樣的時代。

由此可以看出，他在寫作的開始，就牢牢把握著時代感。因此，他的自傳深刻地反映了時代重大事件的真實面貌。在辛亥革命、五四運動、大革命這些偉大的歷史變革中，人民群眾的覺醒，革命青年的風貌，共產黨的光明磊落，反動派的腐朽兇殘，以及作者本人渴望進步、追隨革命的奮鬥精神，都得到充分的描述。自傳不是個人升沉的實錄，而是時代的鏡子，郭沫若的自傳給傳記文學做出了重大的貢獻。

郭沫若的自傳，以史家的直筆，寫出了歷史的真實和個人思想感情上的真實。這裡，對比一下〈請看今日之蔣介石〉和〈在轟炸中去來〉這兩篇文章，叛變大革命時蔣介石和抗戰開始時的蔣介石，描寫的筆調是截然不同的，作者保持著高度的歷史真實性。臺灣尹雪曼主編的《中華民國文藝史》，論及郭沫若的散文時，鄭重地引用了〈在轟炸中來去〉中整節文章，說明郭沫若對蔣的崇敬，並責備他解放後的突變。可是，尹雪曼避而不談郭沫若《自傳》中大量的討伐和諷刺的文字。這一事實，正說明郭沫若對歷史人物採取的是嚴格的歷史唯物主義態度。傳記文學是以歷史真實為準繩，作者根據歷史的是非曲直表明自己的愛憎。郭沫若在《自傳》中還有多量的自我暴露、自我批評的筆墨，不粉飾自己思想感情上的過失，這都表明了唯物主義者的嚴正立場。如在〈脫離蔣介石之後〉，回憶他在南昌行營時，在紀念孫中山逝世二週年會上，因蔣介石聲音小，要他用話筒逐句傳達之事，他寫道：「他說一句，我傳達一句，傳到後來他的演說才完全是反革命的論調。……這些話當著二十萬的群眾面前，也不能不給傳達，我真想把傳話筒來打得他一個半死了，但為情勢所迫，只得忍耐著又出賣了一次的人格，昧了一次良心。我在江西半年，可以說完全做的是這樣昧良心、賣人格的工作，我現在回想起來，不覺猶有餘痛。」對於這類屈辱怨恨、私衷隱曲，他胸懷坦蕩，裸露自訟，愈見信實真摯。

在結構上，《自傳》以個人經歷為線索，展現社會巨大變革的歷史圖景，儘管風雲變幻、人事紛繁，寫來卻疏密相間、井井有條。大多分篇，按節寫出，如〈我的童年〉分三篇，分別為六、五、八節；〈反正前後〉分二篇，分別為八、七節，每節文字約略相近。〈創造十年〉正續編不分篇，分別為十三節和九節，按內容多少，分別寫出，氣勢連貫。作者用記事寫人議論三結合的方式，注意場景和形象的描述，穿插議論和抒寫，實虛結合，語言具有行雲流水的通暢感，常有形象的比喻，時帶幽默揶揄的筆調。由於作者充分發揮了他的革命家、歷史家、文學家和詩人的特質，所以他的自傳具有雄偉的氣魄，既有史筆，又有詩情。郭沫若自覺以系列性自傳的創作來映現時代、審視自我，為傳記文學樹立了大家風範。

沈從文等人的自傳

沈從文的《從文自傳》(1934)，回顧青少年時期在沅水流域所經歷的家庭、學校、社會的教育和行伍生活，描述一個平凡而又奇特的人格的形成過程，把少年時代的浪蕩、機警、聰穎、天真，把青春期的悲歡得失和見聞感受，總之把作為一個人的豐富性如實寫出，並帶上理性解剖的特色。他的自傳告訴人們：他是更多地從豐富無比的社會和自然中學那永遠學不盡的人生的，他的自傳是一個從生活磨練中摔打出來的作家的自白，也是許多人生經驗的總結。《從文自傳》和《湘行散記》異曲同工，都通過個人經歷見聞展現湘西社會背景和地理風貌，具有歷史感和地方氣息，這在當時的自傳中是特出的。沈從文二十年代與胡也頻、丁玲過從甚密，熟悉和了解他倆早年的生活、性情。當胡也頻就義，丁玲被捕之後，他及時寫了〈記胡也頻〉（1932）、〈記丁玲〉（1934），記述他倆早年的生活經歷、愛情糾葛和文學活動。作者雖然對他倆後來從事左翼文學運動持有保留態度，對他倆走上革命道路的根因不甚了解，但其作品還是具有史傳價值和文學價值的。相對而言，沈從文的自傳寫得更為出色。

巴金應上海第一出版社「自傳叢書」編者約請，寫了一本《片斷的回憶》，出版時編者私自改題為《巴金自傳》，加上錯字不少，巴金對此很不滿意，一九三六年改版增訂為《憶》，交文化生活出版社出版。此外，《短簡》內也收有〈我的幼年〉、〈我的幾個先生〉等回憶錄。這些「片斷的回憶」，再現了一個舊家庭的浪子、現代的新青年覺醒和成長的歷史，在反映現代青年接受「五四」新思想影響，突破舊家庭束縛，走向新生活方面，這是很有代表性的。巴金還有許多序跋文回顧自己的生活經歷和創作過程，真實坦白，具有傳記因素。

謝冰瑩的《女兵自傳》（1936），也是本時期傳記文學的重要之作。謝冰瑩是大革命時代的著名女兵，以《從軍日記》轟動一時。大革命失敗之後，她又回到家鄉，在家中過著監獄般的生活。她反抗封建婚姻，四次逃跑，在艱難的道路上為生活獨自經受著殘酷的折磨和熬煎。一九三二年冬天，應趙家璧之約，她開始撰寫《一個女兵的自傳》，陸續在《人間世》、《宇宙風》上發表，於一九三六年由良友圖書公司出版。謝冰瑩〈關於《女兵自傳》〉[46]裡說：「我站在純客觀的地位，描寫《女兵自傳》的主人翁所遭遇到的一切不幸的命運。在這裡，沒有故意的雕琢、粉飾，更沒有絲毫的虛偽誇張，只是像盧梭的《懺悔錄》一般忠實地把自己的遭遇和反映在各種不同時代、不同環境裡的人物和事件敘述出來，任憑讀者去欣賞，去批評。」又說：「在我寫過的作品裡面，再沒有比寫《女兵自傳》更傷心更痛苦的

46 見謝冰瑩：《女兵自傳》（成都市：四川文藝出版社，1985年）；此書為上卷、中卷合刊本。

了！」這本書確實曲折引人，令人感奮。它真實地敘述一個堅強的新時代女性，如何勇敢地同頑固的封建習俗戰鬥，如何為民族的前途而英勇拚搏，作品中一個熱情、豪爽、大膽、倔強的女兵形象使人矚目。在藝術表現上，謝冰瑩也頗為充分地顯示了女作家的特色，充溢的激情表露，細緻的內心抒寫，生動的環境描述，使這個傳奇的女兵故事，緊緊地抓住了讀者的心。《從軍日記》和《女兵自傳》，都曾多次重版，並被譯成十幾國文字流行海外。

這時期出版的自傳作品，還有《廬隱自傳》(1934)、張資平的《資平自傳》(1934)、白薇的《悲劇生涯》(1936)等。宇宙風社編輯出版的《自傳之一章》(1938)，也收入了當時國內各界許多知名人士的自傳作品。這時期為他人作傳的出色作品，首推聞一多的〈杜甫〉和盛成的《我的母親》。

三　聞一多、盛成等的人物傳記

聞一多的〈杜甫〉

聞一多發表在《新月》(一九二八年第一卷第六期)上的〈杜甫〉在復活古人方面十分成功。他抱著「思其高曾，願睹其景」的熱誠，立意為詩聖杜甫描繪一幅神形畢現的小照。他在綜合研究的基礎上，抓住詩人生活和創作史上富有個性特徵的片斷，出以詠歎的詩一般的優美語言，把杜甫寫得光彩照人。他不僅寫了杜甫的生平梗概，更重要的是還寫出他的音容笑貌，他的性情、思想，他心靈中的種種隱秘，以及可笑亦復可愛的弱點或怪癖，總之寫出了一個活靈活現的大詩人。而且，聞一多追慕大詩人遺風的神情也在傳記中淋漓盡致地表現出來。這種寫出活的靈魂、寫出作家個性特徵的傳記作品，才是現代意義上的傳記文學，與正史中乾枯板滯的杜甫傳迴然不同。

聞一多筆下的杜甫，「第一次破口歌頌的，不是什麼凡物。這『七齡思即壯，開口詠鳳凰』的小詩人，可以說，詠的便是他自己。禽族裡再沒有比鳳凰善鳴的，詩國裡也沒有比杜甫更會唱的。鳳凰是禽中之王，杜甫是詩中之聖，詠鳳凰簡直是詩人自占的預言。」聞一多對少年杜甫是這樣寫：「在書齋裡，他有他的世界。他的世界是時間構成的；沿著時間的航線，上下三四千年來往的飛翔，他沿路看見的都是聖賢，豪傑，忠臣，孝子，騷人，逸士——都是魁梧奇偉，溫馨淒豔的靈魂。久而久之，他定覺得那些莊嚴燦爛的姓名，和生人一般的實在，而且漸漸活現起來了，於是他看得見古人行動的姿態，聽得到古人歌哭的聲音。甚至他們還和他揖讓周旋，上下議論；他成了他們其間的一員。於是他只覺得自己和尋常的少年不同，他幾乎是歷史中的人物，他和古人的關係密切多了。他是在時間裡，不是在空間裡活著。」杜甫志趣不俗，修養深厚，作者的揣測與思想滲和著自己的切身體驗，寫來尤見真切。

聞一多用濃墨彩筆大書特書的是杜甫的齊魯之游和李杜相遇。作者描寫李杜會面是「詩中的兩曜，劈面走來了，我們看去，不比那天空的異瑞一樣的神奇，一樣的有重大意義嗎？」寫二人會談，「星光隱約的瓜棚底下，他們往往談到夜深人靜，太白忽然對著星空出神，忽然談起從前陳留採訪使李彥如何答應他介紹給北海高天師學道籙，話說了許多，如今李彥許早忘記了，他可是等得不耐煩了。子美聽到那類的話，只是唯唯否否；直到話題轉到時事上來，例如貴妃的驕奢，明皇的昏聵，以及朝裡朝外的種種險象，他的感慨才潮水般的湧來。」作者精心提煉史實，刻意渲染場景，深入體驗詩人內心活動，終於復活了詩人的光輝形象。遺憾的是此文未能完篇，後來也不能續寫，這是現代傳記的一大損失。

盛成的《我的母親》

盛成的《我的母親》是這時期為親人作傳的一部名著。盛成(1899-1996),江蘇儀徵人。二十年代盛成在法國勤工儉學時,用法文寫成的《我的母親》使他一鳴驚人,震動了法國文壇,影響遍及世界。許多世界名人如法國大文豪瓦乃里、紀德、巴比賽,比利時作家梅特林,著名科學家居里夫人,著名政治家戴高樂、埃及國王、土耳其總統等都為之傾倒。中文版於一九三五年由中華書局出版,不是法文版的翻譯,而是重新改寫,「詳略不同,次序也不同。西文版本,偏於介紹;因為外人不明瞭中國的真相,太詳了反而不覺得有味。……中文版本,專在自述,以家庭系統與組織,習慣與道德,窮苦與災禍,平日的力行,及生存的哲理,來證明中國人在人類歷史上的地位。」[47]法國大文豪瓦乃里為法文本《我的母親》寫了一篇長序,稱頌作者的成功:「他並不自誇,教我們由外面一直看到中國的內部;但是他的意思是在中國的深處,放下一線極溫柔的光明,叫我們看了想看,看了生趣,使我們一直看得清清楚楚,中國的家庭:組織、習慣、德行、優點,以及其窮苦與災禍,深密的構造,以及平日生存的實力。」「他的寫法極其新奇,極其細緻,又極其伶俐。他選了生他的慈母來做通篇的主人,這位極仁慈的盛夫人,是一位最和藹可親的女英雄。或是她敘述孩提之年纏足的慘狀,或是她解釋身世不幸的經過,以及家庭間的痛史;或是她對子女們講故事,這些故事清楚而神秘,與古代寓言相似;或是她洩漏政變的感想,聽她說話,真是一件快事。」「拿一位最可愛與最溫柔的母親,來在全人類的面前,做全民族的代表,可稱極奇特且極有正義的理想。既奇特而極有

47 盛成:〈敘言〉,《我的母親》(中文版)(上海市:中華書局,1935年)。

正義，如何使人不神魂顛倒心搖情動若山崩呢？」[48]盛成在反映舊中國封建大家庭的衰敗命運和刻劃舊中國的良母形象兩方面，為我國傳記文學贏得了國際聲譽。盛成還有《海外工讀十年紀實》、《意國留蹤記》等自述性作品。

此外，《人間世》闢有「今人誌」專欄，陸續發表了有關吳宓、胡適之、老舍、廬隱、徐志摩等的傳記。稍後，這些作品收入《二十今人誌》（1935）一書內。二三十年代，我國還翻譯出版了許多外國傳記作品。

我國現代傳記文學在古代史傳文學傳統之外，借鑑西方近代傳記文學的精神和寫法，以真實、細緻地描寫，大膽、坦白地自我暴露和著力刻劃個性心理為主要特色，以寫出活人全人為指歸，是「一種新的解放的傳記文學」。當時，朱自清就肯定傳記是散文發展趨向之一，「比只寫身邊瑣事的時期」進步了。[49]這說明傳記在散文發展史上佔了不容輕視的地位。

第六節　知識小品的興盛

知識小品指的是介紹、闡發各種專門性知識的小品文，它是屬於廣義散文範疇的一個品種，常見的是科學小品、歷史小品、讀書記三種體裁。它是科普工作者和教育工作者傳播文化、普及知識的便當形式，也是思想家和雜文家進行思想啟蒙和社會批評的輕便武器。在不同寫作者手裡，它可以寫成文學散文，或寫成科學說明文和議論性雜文。形式不拘，手法多樣，或記敘，或描述，或狀物，或說明解釋，或議論推導，或兼而有之，以豐富讀者知識、啟發讀者思考為主要功

48 〔法〕瓦乃里：〈《我的母親》引言〉，《我的母親》（中文版）（上海市：中華書局，1935年）

49 朱自清：〈什麼是散文〉，《文學百題》（上海市：生活書店，1935年）。

用。知識小品是文學和其他學科互相滲透必然產生出來的邊緣文體，也是文學題材擴展到科學知識的產物。由於它能夠滿足讀者對於各門知識的迫切需要，適應現代思想啟蒙和科學普及的潮流，同時又以輕妙有趣的文學筆調寫成，有一種「知識美」的魅力，是一種足以與當時走入歧路的「幽默小品」、「閒適小品」相抗衡的新的小品文，所以受到廣泛的歡迎，得到迅速的發展。知識小品古已有之，不過，真正把知識從書齋案頭解放出來，還給人民大眾，還是從現代啟蒙運動開始的。我國現代知識小品在「五四」的「民主」和「科學」新思想的激盪中，在譯介西方「新學」和科普著作的風氣的影響下，經過二十年代的嘗試，到三十年代中期風行開來，由附庸蔚為大國。

一　科學小品

知識小品中數科學小品最為發達。「科學小品」一詞最早見之於一九三四年九月創辦的《太白》半月刊。該刊首創「科學小品」專欄，發表了克士（周建人）、賈祖璋、劉薰宇、顧均正四人的四篇作品，同期還刊出柳湜撰寫的第一篇理論文章〈論科學小品文〉。據此，通常便認為我國現代科學小品創作始於《太白》雜誌。《太白》的首倡和創名之功固然不可抹殺，但它並不是憑空創造的。探本窮源，二十年代有周建人、賈祖璋、劉薰宇、顧均正、索非、祝枕江等科學工作者致力於科學普及工作，曾嘗試運用散文形式傳播科學知識，當時統稱為「趣味科學」或「科學講話」。從譯介國外科普作品和散文理論來看，自本世紀初到二三十年代，凡爾納的科幻小說、法布爾的《昆蟲記》、懷德的《塞耳彭自然史》、湯木生的《動物生活的秘密》以及伊林的科普作品陸續被介紹到國內來；魯迅呼籲科學家「放低手眼」寫「淺顯而有趣」的文章，「要Brehm的講動物生活、Fabre的講昆蟲故事似的有趣」[50]；周作人熱心介紹法布爾、懷德、湯木生等的科學小品，稱頌《昆蟲記》的「詩與科學兩相調和的文章」[51]，說《塞耳彭自然史》「用的是尺牘體，所說的卻是草木蟲魚，這在我覺得是很有興味的事」[52]；王統照在介紹外國散文理論時，介紹了「教訓的散文」、「說明的散文」、「科學的散文」、「哲學的散文」等品種[53]。上述史實說明，早在「五四」前後就有一批先驅者在傳播科學文化資訊、譯介外國科學小品和嘗試寫作科學小品，這是《太白》揭出「科學小品」名目的前提條件。歷來文體的發生總是先有試作，然後才立名責實的，科學小品也不例外。「科學小品」正式提倡時，《太白》編者陳望道、夏征農就把賈祖璋的《鳥與文學》、劉薰宇的《數學趣味》、顧均正等的《三分鐘的科學》和柳湜的《街頭講話》之類文體看作科學小品，邀請他們為《太白》科學小品專欄繼續寫作；當時的一些評論者，也是把祝枕江和索非先前寫作的「趣味醫學」、柳湜和艾思奇在《申報》開設的「讀書問答」等當作科學小品加以推介；周建人等先驅者後來都成為科學小品創作的中堅力量。這些事實便是有力的佐證。當然，早先的提倡、譯介和試作還處於分散、自發的狀態，遠不及三十年代以後所形成的寫作運動自覺而有組織性，「趣味科學」、「科學講話」之類術語也不及「科學小品」一語明確通用，但先驅者積極探索科學大眾化的有效途徑，嘗試借助小品文形式表現一點一滴的科學知識，追求科學讀物的趣味性、通俗性和文學性，無疑為科學小品的發展和成熟奠定了一個良好的基礎，他們的拓荒播種之功同樣是不可淹沒的。因此，我們認為：自五四時期到三十年代初期是我國

50 魯迅：〈通訊〉，《華蓋集》（北京市：北新書局，1926年）。Brehm（勃萊姆），德國動物學家。Fabre（法布爾），法國昆蟲學家。

51 周作人：〈法布爾《昆蟲記》〉，《自己的園地》（北京市：北京晨報社，1923年）。

52 周作人：〈塞耳彭自然史〉，《夜讀抄》（北京市：北新書局，1934年）。

53 王統照：〈散文的分類〉，「晨報副鐫．文學旬刊」第26、27號（1924年）。

現代科學小品的濫觴期、墾荒期；三十年代中期以後，以《太白》正式倡導科學小品為標誌，科學小品創作進入興盛期、自為期。

三十年代中期作為科學小品的興盛期和自為期，主要標誌有三。

其一，自覺提倡，立名責實。自《太白》編者提出「科學小品」一詞，立即得到許多科普作者和一些理論工作者的贊同和支持，《芒種》、《讀書生活》、《通俗文化》、《中學生》、《申報》「自由談」等紛紛開闢科學小品園地，扶植寫作，或展開討論，一時蔚為風氣。他們把科學小品看作是科學大眾化的一種有力形式，是科學文藝的一種新體裁，是小品文創作的一條新路子，看法一致，認識明確。針對一些傳統偏見，柳湜、庶謙、徐懋庸、茅盾、任白戈等人著文辯駁，從理論和實踐結合的角度正確闡明了科學小品產生的社會條件和歷史使命，初步探討了科學小品的內容和形式相統一的問題，從而初步建立了現代科學小品的理論。這次關於科學小品的討論，促進了科學小品的發展繁榮，對於科學小品藝術品質的提高也有所裨益。

其二，自覺追求科學內容和小品文形式的有機結合。嘗試期作品做到了科學內容的通俗化和趣味化，但不太注意小品文形式的特點，往往寫得冗長而又駁雜，顯得不夠輕鬆活潑。當然，這時期也有許多作者注意到了「科學以下還接著有小品文三個字」[54]，力求把科學小品寫成短小凝鍊、輕便靈活、閒話絮語一類純正的小品文，使之更適合讀者的口味，更好地發揮科學普及的作用。這種自覺追求促使科學小品文體走向成熟之路，提高了科學小品的藝術性。如周建人、賈祖璋、顧均正、劉薰宇、高士其諸家的科學小品代表作。

其三，出現了第一代致力於科學小品寫作的專業作家，組成了一方頗為可觀的陣容。除了上述先驅者外，這時期出名的科學小品作家還有董純才、艾思奇等人，陸新球、孫克定、何封、雪邨（林默涵）

54 柳湜：〈我對於科學小品文的一點淺薄認識〉，《小品文和漫畫》（上海市：生活書店，1935年）。

等人也加入了這支隊伍。新老作者掀起寫作科學小品的熱潮，形成了廣泛的社會影響，促使科學小品從散文中分化獨立出來。

三十年代興盛期的科學小品大體可分為兩大類，一是自然科學小品，一是社會科學小品。在當時還處於「人與人爭」的時代，一些具有革命意識的理論工作者，特意強調了「社會科學小品」的迫切性和重要性，但也沒有忽視「自然科學小品」的存在和發展。他們對科學小品的認識是廣泛的，要求是多樣化的。[55]後來，科學小品專指自然科學方面，倒是首倡者所始料不及的。

社會科學小品的寫作者主要來自兩方面，一是《讀書生活》社方面的革命知識分子和社會科學工作者，一是開明書店系統的教育工作者。前者運用社會科學小品批評和解釋社會現象，開展新的思想啟蒙和馬克思主義教育運動，柳湜的《街頭講話》和艾思奇的《哲學講話》可作代表。後者編輯出版的「開明青年叢書」，向青少年學生普及人文科學知識，尤其是文化歷史知識，其中較有影響的著作是夏丏尊、葉紹鈞合著的《文心》、豐子愷的《藝術趣味》、朱光潛的《給青年的十二封信》等。

柳湜的《街頭講話》

柳湜（1903-1968）當時在上海從事中共的地下工作和文化統戰工作，參加了科學小品的創建活動，在科學小品的理論建設、寫作實踐和編輯組織工作諸方面都做出了重要貢獻。他寫過〈論科學小品文〉、〈關於科學文的體裁〉和〈我對於科學小品的一點淺薄認識〉三篇專論以及〈淺薄〉、〈衛生臭豆腐〉兩篇涉及科學小品理論問題的短評。從科學小品產生的社會條件到它的寫作要求，從科學內容到小品文形式，他都有深入具體的研究，提出了較為系統的理論主張。他是

55 參見《小品文和漫畫》中柳湜的〈我對於科學小品文的一點淺薄認識〉和庶謙的〈目前科學小品文的格調和內容〉等文。

《讀書生活》四編輯之一，在發現新人、團結作家、引導寫作、推進科學小品發展方面，付出了一番心血。他的科學小品寫作始於為《申報》撰寫「讀書問答」。他說：「『讀書問題』包含有自然科學與社會科學兩種內容，可說是這兩種科學的小品文字的嘗試工作。因為要接近讀書者的文化水準，我們不能不寫得比較易懂，因為要適合讀者的時間經濟，並受報紙篇幅限制，不能不寫得短小。」[56]繼此之後，他還在《太白》雜誌揭出「科學小品」旗幟之前，應《新生》週刊主編杜重遠之約，寫出了《街頭講話》。作品一經登出，即被夏征農冠以「科學小品」的名稱，因而作者又應夏征農之邀，為《太白》「科學小品」專欄寫了〈認識論〉、〈狗口裡吐不出象牙來〉等篇章。他在〈關於街頭講話〉述及寫作宗旨：「想按著目前街頭人的需要，對於街頭人應該知道的關於社會科學基礎知識方面，作一點隨隨便便的講話。」他從大眾的生活鬥爭需要出發，採取街頭巷議、家常絮語的方式，連續介紹了社會、經濟、政治、道德、宗教、風俗、藝術、哲學和科學等九個方面的社會科學知識。每次講話都從常見的社會現象或街頭人的切身感受入題，以故事、演義、對話、通信、說書等形式，和讀者展開思想交流，誘導他們透過現象看到本質，從感性認識上升到理性認識。作品不僅內容適應街頭人的迫切需要，連寫作形式也切合他們的欣賞習慣，較好地實踐了科學小品的寫作要求，是三十年代社會科學小品的代表作之一。

艾思奇的《哲學講話》

艾思奇（1910-1966）三十年代在上海從事哲學研究和文化活動，參與《讀書生活》編輯工作。他和柳湜一起為《申報》主撰「讀書問答」專欄，開始寫作科學小品。《太白》半月刊發表過他的兩篇科學

56 柳辰夫（柳湜）：〈關於科學文的體裁〉，《新語林》1934年第6期。

小品〈孔子也莫明其妙的故事〉和〈由爬蟲說到人類〉，還發表了他關於科學大眾化的短論〈神話化的自然科學〉，其中說，「大眾不需要跟生活無關的教科書式的科學」，卻「需要對於生活環境周圍的自然作科學的認識」。從《讀書生活》創刊起，他分別以艾思奇和李崇基的筆名在上面發表過「哲學講話」和「科學講話」，並用社會科學小品和自然科學小品兩種形式投入當時的科學大眾化運動。他寫作《哲學講話》時定下「兩個規約」：其一，「我們的講話是為了吃虧的人打算的，是站在吃虧的人的黨派上來說話的，直接了當地說一句，這是吃了虧的人的哲學」；其二，「我說的是關於生活的哲學，你聽了我的話，得要隨時隨地拿到你的生活中應用，我說的話是為的要改變生活現狀，你聽了以後，也得要切實地去做一個變革生活的實行者。從實踐中來證實我的話，來補足我的話。」（《哲學講話》〈吃了虧的人的哲學〉）這兩個規約鮮明地表現了馬克思主義哲學的階級立場和實踐觀點，以及他的寫作意圖。《哲學講話》運用日常生活現象和通俗有趣的筆調，闡述唯物辯證法的基本思想，引導讀者用哲學眼光認識世界和改造世界，至今還是馬克思主義哲學很好的一部入門書。它從一九三五年十二月初版到一九四八年十二月共印行了三十二版，有成千上萬的讀者受之影響而走上革命道路。[57]

自然科學小品涉及到生物、物理、地理、天文、數學、醫學以及科學方法論和現代最新科學技術諸內容。一批科學家和科普工作者是這時期寫自然科學小品的中堅力量，還陸續湧現了一些新手。《太白》上的科學小品曾結集出版了《越想越糊塗》（1935），內收顧均正、周建人、賈祖璋、劉薰宇、朝水、沙玄、艾思奇、柳湜、叔麟、華道一、柳大經、陸新球等十二家四十篇作品。《讀書生活》上的科學小品輯為《我們的抗敵英雄》（1936）出版，選入高士其、艾思

57 參見北京三聯書店《大眾哲學》一九七九年版的〈出版說明〉。

奇、柳湜、曹伯韓、克徽、周建人、顧均正、林默涵等八人三十二篇作品。各家科學小品專集也陸續問世，不下二十種。自然科學小品的寫作空前興盛，成為科學小品中的主要品種。周建人、顧均正、賈祖璋、高士其，董純才等是這時期自然科學小品的主要作家。

周建人的《花鳥蟲魚》

周建人（1888-1984），筆名克士，浙江紹興人。小時受胞兄魯迅的影響，熱愛植物學，靠自學走上了科學道路。一九二一年到上海商務印書館任編輯，編寫中小學動植物教科書、自然科學小叢書等，為《新青年》、「晨報副鐫」、《語絲》、《東方雜誌》、《婦女雜誌》、《自然》等刊物撰寫科普文章，著譯甚多，是我國現代科普工作的先驅者之一。他輯譯的《進化和退化》出版時，魯迅特地寫了〈小引〉加以介紹和闡發。他應陳望道之邀，為《太白》寫作的科學小品，連同在《讀書生活》、《中學生》等刊物上發表的作品，結集為《花鳥蟲魚》（1936），四十年代還出版過《田野的雜草》。《花鳥蟲魚》大多是生物小品，側重從身邊熟悉的植物和動物中取材，敘述它們的生活特性以及有關趣事，又往往從自然聯繫到社會，既親切又有鋒芒。比如〈講狗〉，既客觀地介紹狗的用處，又不苟同西方作者對狗性的偏愛，特意揭示狗性的卑劣，連帶諷刺學狗的人，「不但學會了搖頭擺尾，而且他會得把無論什麼都很爽氣地賣掉或送掉」，抨擊走狗的奴性和賣國，帶有雜文意味。他在〈研究自然不用書〉一文中辨別了這句話的正誤，探討了研究自然的方法：一靠直接觀察，二要參照前人學說。他的生物學知識就從這兩方面獲得。他的生物小品，具體敘寫自己的精細觀察和有趣試驗，生動描述動植物的生活環境和生活小史，頗有法布爾《昆蟲記》的細緻精確、親切有趣的特色。〈白果樹〉、〈桂花樹和樹上的生物〉、〈水螅的故事〉、〈延藤的植物三種〉諸篇可作代表。如最後一文中所說的：「各種事情都是這樣的，你如不去注意它是不覺得什麼，如果注意觀察它，是很有意義的。」他這些作品敘寫生動，行文流利，文字素淡，小品味較濃。

賈祖璋的《生物素描》

賈祖璋（1901-1988），浙江海寧人。二十年代初，他剛走出校門不久，就到上海商務印書館的模型標本部從事生物標本製作，開始研究生物學，尤其對於鳥類學產生了濃厚的興趣。他受到美國科普作家密勒氏（O.T.Miller）《鳥類初步》和《鳥類入門》二書的啟示，嘗試運用這種形式編譯著述了一些科普讀物。二十年代後期，他陸續寫作發表了〈杜鵑〉、〈黃鳥〉、〈鴛鴦〉、〈鶴〉、〈燕〉等二十篇作品，結集為《鳥與文學》（1931）出版。作者巧妙地把文學典故和鳥學知識熔於一爐，出以優美的散文筆調，使得作品知識豐富，意趣橫生，文學性強，成為早期科學文藝的一部代表作。「《太白》創刊時，發起了『科學小品』的運動，承望道先生不棄，以為可以把《鳥與文學》那樣體例的文章寫幾篇來發表」[58]，他應邀為《太白》撰寫了新作《生物素描》（1936）。以後還寫作出版了《碧血丹心》和《生命的韌性》等專集。和周建人一樣，他也著重從自己擅長的動植物知識方面取材。《生物素描》二十一篇小品為二十一種與人生日常關係密切的花鳥蟲魚寫照，既保持《鳥與文學》中把生態常識、文學掌故和破除迷信謬說結合起來的體例而有所變革，又攙入感時憂世的議論、因物見人的品評和其他日常生活的感想，比先前更富於生活情趣和社會意義。而且這些作品還十分講究剪裁熔鑄、謀篇佈局和藝術描寫，注重文本的短小凝鍊、明白曉暢、輕鬆活潑，因而便更具有藝術性。如〈螢火蟲〉一文，從日常生活下筆，圍繞螢火蟲娓娓道來，將科學知識、生活情趣和農村現狀交錯寫出，取材精當，剪裁得體，在生動的

58 賈祖璋：〈我寫科學小品的經過〉，《小品文和漫畫》（上海市：生活書店，1935年）。

描述之中滲透著淡淡的抒情，因而被《一九三四年文藝年鑑》選為當年科學小品的代表作之一。其他如〈水仙〉、〈金魚〉、〈蠶〉、〈荷花〉、〈蟹〉、〈雉〉諸篇也是科學內容和小品文形式有機化合的成功之作。作者是三十年代科學小品創作中自覺追求藝術性的作家之一，《生物素描》完全可以作為優美的散文小品來讀。

顧均正的《科學趣味》

顧均正（1902-1980），筆名振之、振寰，浙江嘉興人。二十年代前期在上海商務印書館理化部任編輯，為《學生雜誌》、《少年雜誌》、《小說月報》等刊物譯介童話和小說；一九二八年轉任開明書店編輯後，參與《中學生》、《新少年》雜誌的編輯工作，翻譯過法布爾的《化學奇談》和蓋爾的《物理世界的漫遊》等。一九三〇年起為《中學生》「科學零拾」專欄寫作的短文，收入《三分鐘的科學》一書。一九三五年起應邀為《太白》「科學小品」專欄、《中學生》「是月也」專欄和《讀書生活》「科學小品」專欄寫作科學小品，結集出版了《科學趣味》（1936）。《科學趣味》主要闡述物理學知識，也涉及化學、氣象、天文方面的內容，還繼續「科學零拾」的寫法，及時傳播科學王國的最新資訊，如〈生命的冷藏〉、〈月球旅行〉和〈相對論一臠〉諸文。他在《科學趣味》序裡說：「因為科學小品是一種新的文體，所以我每次寫的時候，總想應用不同的形式和不同的內容，試試究竟科學小品應該怎樣寫和寫些什麼。不過我在這裡所謂應該怎樣寫，是說應該用怎樣的形式來寫，才容易寫得使人要看，才能大眾化」，「不過到了後來，我從經驗上得到一個教訓，覺得寫些什麼實在是不成問題的，問題只在怎樣寫。」他選寫各種科學內容，涉及較為難懂、抽象的物理知識和科學道理，所以注意用各種文學手段來表現，使之通俗化、趣味化。〈昨天在哪裡〉抓住讀者迫切了解這個問題的心理，以有趣的比喻和想像引導讀者思索，在日常感覺中體會時間的本質。〈駱駝絨袍子的故事〉通過日常生活故事闡發汽油的揮發性、流動性和可燃性。〈「馬浪蕩炒栗子」〉借一篇圖畫故事議論物質的分子運動與溫度的關係，在談笑中啟發人們思考。他的科學小品善於運用淺顯有趣的生活故事、家常絮語和讀者的切身問題，深入淺出地講解科學道理，使人愛看、愛讀。

高士其的細菌學小品

高士其（1905-1988），福建福州人。一九二五年留學美國，在威斯康辛大學和芝加哥大學鑽研化學和細菌學，獲學士學位。一九二八年在一次實驗中感染上甲型腦炎病毒，留下嚴重後遺症，以致後來全身癱瘓。一九三〇年學成回國，在南京中央醫院檢驗科任主任，因不滿當局腐敗，辭職後到上海，借居在讀書生活社樓上，和進步文化人交往密切。這時期接觸了伊林的科普作品，受之影響，應邀為《讀書生活》、《婦女生活》、《通俗文化》、《中學生》等雜誌寫了大量的科學小品，先後結集出版了《我們的抗敵英雄》（合著，1936）、《細菌大菜館》（1936）、《細菌與人》（1936）、《抗戰與防疫》（1937，後又改名《活捉小魔王》、《微生物漫話》出版）、《菌兒自傳》（1941）等近百篇作品的專集，他是三十年代科學小品的多產作家。他說：「我寫這些科學小品的目的，是以抗戰救亡為主題：一方面，向讀者普及科學知識；一方面，喚起民眾，保衛祖國、保衛民族。同時，它也像一把匕首，刺向敵人的心臟，給國民黨當局和日本侵略者以有力的揭露、打擊和嘲諷。」（《高士其科普創作選集》〈自序〉）他的微生物小品的顯著特色是處處把「疾病的元兇」和「戰爭的禍首」這兩種摧殘生命的惡勢力聯繫起來，科學性和政治性並重，寫得有趣、潑辣、犀利。在《我們的抗敵英雄》中，他熱情謳歌白血球「是我們所敬慕的抗敵英雄」，他們「是不知道什麼叫做不抵抗主義的，他們遇到敵人來侵，總是挺身站在最前線的」。在《菌兒自傳》〈清除腐物〉中，他借菌兒之口辨明細菌的種類有好有壞，「正和人群中之有帝國主義者、獸群之中有猛虎毒蛇，我菌群中也有了這狠毒的病菌。它們都是橫暴的侵略者，殘酷的殺戮者，陰險的集體安全的破壞者，真是丟盡了生物界的面子！鬧得地球不太平！」鋒芒所指，不言而喻。正如當時有人評價《我們的抗敵英雄》所說，作品「不獨是給與了我們生理上許多知識，並且是通過了所謂『社會感』的」[59]。他寫作科學小品的另一目的是普及科學知識。在〈細菌學的第一課〉中寫道：「關於細菌學，我已在《讀書生活》第二卷第二期起寫過一篇〈細菌的衣食住行〉，此後仍要陸續用淺顯有趣的文字，將這一門神秘奧妙的科學化妝起來，不，公開出來，使它變成了不是專家的奇貨，而是大眾讀者的點心而兼補品了。細菌學的常識的確是有益於人們的衛生的補品。不過要裝潢美雅，價錢便宜，而又攜帶輕便，大眾才得吃，才肯吃，才高興吃，不然不是買不起，就是吃了要頭痛、胃痛呀！」因而，他精心把細菌學知識通俗化、文學化、趣味化，運用擬人的自傳體、有趣的故事、形象的比喻、生動的描寫把科學化裝起來，力求「裝潢美雅」，為廣大讀者所喜愛。

董純才的《動物漫話》

董純才（1905-1990），湖北黃石人。他是陶行知先生的學生，曾在「曉莊學校」學習生物學，參與陶行知主編的《兒童科學叢書》的編寫工作，熱心翻譯過伊林的《幾點鐘》、《黑白》、《十萬個為什麼》、《人和山》、《不夜天》和《蘇聯初階》（即《五年計劃故事》）等六種科普作品，還翻譯了法布爾的《科學的故事》與《壞蛋》。他是從編寫兒童讀物和譯介科普作品開始走上科普寫作道路的，先後寫作出版了《麝牛抗敵記》（1937）、《動物漫話》（1938）和《鳳蝶外傳》

---

59 見《讀書生活》第2卷第3期〈編輯室閒話〉。

（1948）三種。他自述科普寫作經歷是：「我開始寫科普讀物是學法布爾的《科學的故事》所用的問答式地講故事的形式，講科學常識的。後來用的是說明文和記敘文的體裁。在內容上，比較注意科學常識的普及。在文字上，有平鋪直敘、乾燥無味的通病。以後，通過總結寫作經驗，又受到法布爾的《昆蟲記》這部科學文藝巨著的影響，特別是通過翻譯伊林的作品，得到很大的啟發。……於是，我在一九三五年就努力改變文風，拋棄那種呆板的舊形式，學習運用生動活潑、新鮮有趣的語言，寫成了《動物漫話》。一九三七年，我又進一步學習運用藝術筆法、故事體裁，創作了《鳳蝶外傳》等科學小品文。……從這裡，我們得出一個結論：科學文藝作品是科學的內容和文藝的形式的結合，它是最受群眾歡迎的科普讀物。」（《董純才科普創作選集》〈自序〉）他的科學小品主要寫於一九三五至一九三七年間，是他師承法布爾、伊林優秀之作，改變早期文風而後的產物，而這些作品也都較好地把科學知識和文學形式結合起來。《動物漫話》把動物擬人化，出以故事、童話形式，語言通俗平實，帶有小讀者口吻，很適合少年兒童閱讀。

此外，索非和祝枕江的醫學小品，劉薰宇的趣味數學，也是三十年代有影響的作品。上述自然科學小品作家本身都是某一方面的科學家，他們自願「放低手眼」做科學普及工作，在追求科學大眾化的共同目標下，八仙過海，各顯神通，以自己擅長的專門知識和獨特的藝術手法為科學小品的發展作出了重要貢獻。

無論是社會科學知識，還是自然科學知識，都有大眾化的必要，都是科學小品的題材。三十年代的散文小品發展到吸取科學內容、面向讀者大眾一路，光從散文發展史來看，也無疑是一大開拓。在現代社會，科學技術的威力和影響越來越大，科學內容進入文學殿堂已成為一種歷史的必然。因而作為科學文藝形式之一的科學小品，其產生和發展的重大意義遠遠超出散文本身的擴展，還在於說明又一種邊緣文體的產生。科學小品從三十年代作為散文小品的附庸，歷經四五十年代的發展，至今已蔚為大國，成為一種獨立的科學文藝體裁，在科學文藝領域內佔有突出地位。

二　歷史小品和讀書記

歷史小品是一種復活史實史事和歷史人物的小品文，可以用來借古論今，托古寄懷，也可以用來普及歷史知識，開擴讀者視野。讀書記則是一種記錄閱讀心得的散文札記，主要用來介紹文化思想。這兩種形式本質上都以歷史文化為題材，旨在幫助讀者增進知識，擴大視野，多方面地了解人生和豐富自己。

歷史小品的首倡者是曹聚仁。他先在《申報》「自由談」上發表〈歷史小品脞談〉[60]，又為《小品文和漫畫》寫了〈怎樣寫歷史小品〉，提倡小品文向歷史題材開拓新路。茅盾、天帝、鄭伯奇、洪為法等人陸續著文響應，參加討論。有的對歷史小品和歷史小說不加細緻區分，以魯迅、郭沫若、茅盾、施蟄存、劉聖旦的歷史題材作品為淵源，有的以荷蘭房龍的《人類的故事》為範例，「以為在『歷史小說』以外，可以有『歷史小品』。這就是用故事的形式演述歷史」，不用小說的虛構，而「只是把史實來『故事化』」[61]。當時的試作者除曹聚仁外，主要還有陳子展、阿英、黃芝岡、周予同、王伯祥、何封等，一時被目為與當時盛行的幽默小品、科學小品並行的新興小品文體。

曹聚仁說他倡導歷史小品，是受日本芥川龍之介取材中國史事的歷史小品和荷蘭房龍的《人類的故事》等的啟示。他早在一九三二年就試作過〈亞父〉，不過「當時太愛拉長篇幅，已不成其為歷史小品了」；自省之後，便「以注入新感想為主，以史實為解釋某種意識的

60 連載於《申報》「自由談」1935年2月21日至3月1日，後收入《文筆散策》。

61 茅盾：〈科學和歷史的小品〉，《文學》第4卷第5號（1935年）。

例證」，而寫了〈耶穌與基督〉和〈蘇小小與白娘娘〉，「那時胸中先對於現實某事件要有所批評，借史實來發揮發揮，偶或能把胸中的沈哀表白出來，但未免有時要歪曲那史實的本相，不能算是正格的歷史小品」；隨後「不想再寫這類托古寄懷的小玩意，立下決心試作正格的歷史小品」，於是陸續寫下了〈彌正平之死〉、〈葉名琛〉、〈劉楨平視〉、〈焚草之變〉、〈並州士人〉、〈比特麗斯會見記〉、〈孔林鳴鼓記〉等篇（〈歷史小品脞談〉），從而形成了他寫作歷史小品的原則，即：「人總是人，決不是神；人的意識形態總為他的生活環境所決定。我們寫歷史小品，和那些托古改制的人正取相反的方式：我們採取歷史上的人物，把他放在原來的圈子裡去，看他怎樣過活？怎樣組織他自己的思想？和哪些人往來？在哪些事件上處怎樣的地位？——鉤沉稽玄，還他本來的真實，客觀地描寫起來，絕不加以否定的解釋，也不塗上現代的色澤，這是我們寫作的基點。」（〈怎樣寫歷史小品〉）這一基點的確定，使他能夠抱著疑古精神，獨具史眼，發掘真相，渲染氛圍，寫出新意。如〈彌正平之死〉綜觀史書記載和他的詩賦，發見他的死並非因為曹操、黃祖忌才，乃是曹、黃左右妒賢嫉能所致。〈焚草之變〉細考隋煬帝江都被難的史料，體味這位末路君主當時的甜酸苦辣，寫出了一個「可以相親近可以相了解的人」（〈怎樣寫歷史小品〉）。當時，鄭伯奇就比較讚賞他這種疑古翻新的寫作精神[62]。曹聚仁在總結自己的寫作經驗時認為，要養成找題材的「史眼」，「要有社會科學、歷史哲學的新知，重新建立知人論世的尺度」，要有「疑古非孔的精神」，方能脫去前人的思想羈絆，從繁富複雜的史事中抉取史的本相。作者還探討了隱括法、敷衍法、渲染法等具體的寫作方法。[63]他從以意為之到客觀寫照，主觀上並不要托古寄懷，客觀上還是取得了借古喻今的效果。如根據〈亞父〉改寫的〈生背瘫的人〉一

62 參見鄭伯奇：〈小品文問答〉，《小品文和漫畫》（上海市：生活書店，1935年）。
63 參見曹聚仁：〈歷史小品脞談〉，《文筆散策》（上海市：商務印書館，1936年）。

篇，寫謀士范增被「劍把」遺棄後的暗影，當時就有汪精衛之流自己來對號入座，幾乎造成文字獄。[64]不過，正如他自述的寫作態度那樣，其歷史小品不帶直接的功利目的；這在當時就有人出來非議，說他取材瑣屑，和現實生活需要聯繫不密切。[65]

在切合現實鬥爭需要方面，陳子展和阿英所寫的一些關於明末清初的歷史和文學的小品，針對性強，史料詳實，又有獨到的史識，在澄清「論語派」對晚明文學一味吹捧和片面發揮消閒一面的問題上具有現實意義。周予同、何封等史學家所寫的通俗歷史講話，旨在普及歷史知識，和上述文人作品有所差別，是歷史小品的另一類型。前者和雜文接近，文學性較強，後者與科學小品同路，通俗性、趣味性佔先，歷史小品這兩種類型，到後來依然分途並行。

讀書記是一種傳統文體。「五四」以來不少作家寫過這類以介紹文化思想、表達自家讀書心得為主的、具有知識性、趣味性的小品文字，魯迅和周作人兄弟就是典型代表。但周作人後來流於抄書炫博，用以消閒自遣。三十年代寫得較多的還有：朱自清評古論今，聞一多考據索解，葉紹鈞品評新作，謝六逸介紹日本文學，阿英整理晚清文學，趙景深掇拾文壇史料，蘇雪林談文說藝，周越然考證版本目錄，陳子展、傅東華、李長之等也有所寫作。像朱自清所說，「讀書記需要博學」[66]。這些人都是一代學者專家，有的還是藏書家，自然學問淵博，見多識廣，因而涉筆書海，從容有餘。總的看來，這些讀書記知識豐富，趣味橫生，文筆老練，對於知識分子和文學青年別有魔力。從增進知識，擴大視野，吸收新潮，修身養性等功用來說，它們自有不可替代和不容忽視的作用，不啻是知識小品另一條可發展的路子。

---

64 參見曹聚仁：〈我與黎烈文〉，《我與我的世界》（北京市：人民文學出版社，1983年）。

65 參見天帝：〈略談歷史小品〉，見《文筆散策》附錄（上海市：商務印書館，1936年）。

66 朱自清：〈什麼是散文〉，《文學百題》（上海市：生活書店，1935年）。

知識小品在三十年代的興盛，是「五四」以來思想啟蒙運動和大眾化運動的必然產物。它在現代散文發展史上的意義，在於擴大了散文的疆土，找到了科學大眾化和文藝大眾化相結合的又一條切實可行的道路。

第七節　三十年代散文的繁榮與成熟

本時期散文各種題材的發掘和開拓，不同階層作家思想傾向的錯綜複雜和消長起伏，構成繁富多樣的局面，顯示出時代的生活氣息和知識分子的精神風貌。散文的思想內容和題材的豐富，必然要求藝術形式的多樣，散文藝術形式本身也要求適應新的表現需要而豐富成熟起來。這主要表現在以下三個方面：

散文體裁的全面發展

記敘抒情類散文的外延較為廣泛，在現代散文史上它可包括隨筆、雜記、遊記、速寫、傳記、回憶錄、書簡、日記、抒情小品、散文詩、幽默小品、閒適小品、科學小品、歷史小品等文體中的許多文章。五四時期，隨筆、雜記、遊記、書簡、抒情小品和散文詩較為發達，從章法嚴密、程式定型的傳統散文中解放出來，確立了一種自由活潑、具有絮語作風的新型散文，在記述、抒情、寫意及其三者結合方面繼往開來，為現代散文奠定了堅實的藝術基礎。當時，「冰心體」和朱自清《背影》一類的記敘抒情之作，風靡文壇，在表達真情描寫美景的深切、細膩、縝密和漂亮方面是特出的。魯迅《朝花夕拾》熔記敘、議論、抒情於一爐的寫法，和《野草》吸收改造象徵暗示、內心冥想的表現方式，給散文藝術的影響也是多方面的。周作人的隨筆平和沖淡，古樸風雅，開創了一種具有中國名士風的隨筆體散文。郭沫若和郁達夫真情流露，直抒胸臆，毫不掩飾，具有浪漫主義色彩。這些先驅者開創的一代新型文風繼續發展，如豐子愷、梁遇春之於隨筆，何其芳、李廣田之於抒情散文，麗尼、陸蠡之於詩化散文，郁達夫、鍾敬文之於山水遊記，沈從文、蘆焚之於鄉土散文，都是在某些方面繼續建設發展，在某些方面又有所新創開拓。像何其芳、李廣田、繆崇群諸新人致力於「為抒情的散文找出一個新的方向」[67]，抒情散文在他們手中發展成為一種「獨立的藝術製作」[68]，改變了人們輕視散文藝術的傳統偏見，影響了四十年代新起的散文作者循著文藝性散文一路而努力。可以說，五四時期創立的各種散文體裁，到了本時期都有很大的進展，各自的表現力和藝術性都得到豐富和加強。

這時期為作家所採用的散文體裁還有速寫、傳記、日記、幽默小品、科學小品和歷史小品等。速寫勾描某一生活片斷或場景，以小見大，適合於寫實需要，在左翼作家的大力倡導下發展起來，迅速及時地再現了日在變動的現實中具有社會意義的生活事件，發揮了散文作為「輕妙的世態畫」和「文藝的輕騎隊」的社會功能。傳記的改革和創新掀開了新的一頁，創立了現代意義的新傳記。刻劃真實豐滿的人物性格，暴露隱秘複雜的內心世界，展示深廣的社會背景，寫出有血有肉的活人全人。文學日記這時期刊行不少，郁達夫提倡日記的真實性和自我解剖功能，自己也敢於公佈日記作品。日記除了史料價值外，還能在自由抒寫中更見作者性情。幽默小品是動亂年代一部分文人冷眼觀照現實、消極對抗亂世的產物，他們不敢「直面慘澹的人生，正視淋漓的鮮血」，但又不滿社會上的專制、強權、虛偽、保守種種不合理的現象，也不願同流合污，只好出以詼諧口吻，聊吐心頭

67 何其芳：〈我和散文——《還鄉雜記》代序〉，《還鄉雜記》（上海市：文化生活出版社，1949年）。

68 《大公報》首次文藝獎關於何其芳散文集《畫夢錄》的評語，見1937年5月12日《大公報》。

悶氣，其末流油腔滑調，乖離幽默的本意，走上了傳統的說笑話一路。科學小品和歷史小品把科學和歷史題材引進小品文王國，讓輕鬆活潑的小品文形式點化抽象端莊的知識內容，以達到普及科學文化知識的作用，這是現代散文大眾化的一種成功嘗試。這些散文樣式都吸引著一些嘗試者和開拓者，積極借鑑傳統和外來的表現形式，大膽革新創造，以適應表現新的社會生活和新的思想感受的需要。從現代散文發展史來說，它們豐富了散文的樣式和手法，為散文的發展繁榮開闢了更為寬廣的道路。

散文藝術的刻意追求

散文，在「五四」散文家心目中是一種不厭精心經營又大可隨便的文學樣式，「它不能算作純藝術品，與詩、小說、戲劇，有高下之別」[69]，即便「有破綻也不妨」[70]。這種散文觀，到了三十年代何其芳、李廣田等新進作家那裡得到改變，他們倒是把散文作為「一種純粹的獨立的創作」[71]，刻意追求散文藝術本身的圓滿完美。朱自清這時也修正先前的看法，認為散文是「與詩、小說、戲劇並舉，而為新文學的一個獨立部門的東西」[72]。散文觀念的進步，對散文藝術美的自覺追求，促進了現代散文從隨筆體向文藝性發展，提高了散文藝術的價值和地位，這標誌著現代散文進入一個獨立自強、藝術覺醒的新的歷史階段，對當時和後來的文藝性散文的發展具有重大影響。

這種有意追求散文藝術性的傾向，突出地表現在所謂「小說家的散文」和「詩人的散文」[73]兩類作品中。一些作家以創作小說或詩歌

69 朱自清：〈論現代中國的小品散文〉，《文學週報》1928年第345期。

70 魯迅：〈怎麼寫〉，《三閒集》（上海市：北新書局，1932年）。

71 何其芳：〈我和散文——《還鄉雜記》代序〉，《還鄉雜記》（上海市：文化生活出版社，1949年）。

72 朱自清：〈什麼是散文〉，《文學百題》（上海市：生活書店，1935年）。

73 李廣田：〈談散文〉，《文藝書簡》（上海市：開明書店，1949年）。

的認真態度創作散文，選材上一反「順手拈來」的習慣，而注重精心提煉和再創造，表現上不是「信筆揮灑」，而是精雕細琢、刻意求工。從「隨便」到雕琢、錘鍊，在文體發展上，顯然說明它已經發展到自覺追求和完善自身的藝術價值的地步。

「小說家的散文」的優點，恰如李廣田〈談散文〉所讚賞的，它們吸收了「小說的長處：比較客觀，刻畫嚴整，而不致流於空洞，散漫，膚淺，絮聒等病——而這些卻正是散文所最易犯的毛病」。他稱道茅盾、巴金、靳以、蘆焚、沈從文諸家的散文，具備了上述的優點。他們的作品思想風貌和藝術風格雖說各有特色，但都比較重視選擇具有典型意義的場景或片段，比較客觀、切實地描述社會生活，並且比較細緻地刻劃人物形象和注意結構完整嚴密。他們在記敘體散文方面融化了短篇小說的某些觀照方式和表現手法，以適應社會性紀實題材的表現需要，使記敘體散文帶有小說化傾向。這種傾向在稍後的李廣田《銀狐集》、方敬《風塵集》、陸蠡《竹刀》、麗尼《白夜》諸作中進一步發展，形成了三十年代以後散文創作的一條重要支流。

「詩人的散文」在這一時期，「產量甚豐，簡直是造成了一時的風氣」[74]。這類散文的特徵是追求「詩意」，經營意象，構思精巧，想像豐富，結構短小圓滿，在散文創作中傾注了詩藝，有的甚至寫成散文詩。何其芳的《畫夢錄》、麗尼的《黃昏之獻》和《鷹之歌》、李廣田的《畫廊集》和《雀蓑記》、繆崇群的《寄健康人》、陸蠡的《海星》等等，都是這類詩化散文的代表作。在散文創作中，以寫詩的態度寫出詩樣的散文，本是我國散文小品的一個傳統，五四時期魯迅、朱自清、謝冰心、許地山等人發揚這一傳統，並吸收外國詩化散文和散文詩的藝術養料，成功地創造了現代抒情散文和散文詩。「五四」散文的藝術傳統在三十年代一批新進作家身上得以發揚光大，他們有

74 李廣田：〈談散文〉，《文藝書簡》（上海市：開明書店，1949年）。

的本是詩人，有的具有詩人的氣質，所以在散文創作中必然傾注自己的詩情和詩藝。他們善於運用聯想、想像、象徵、幻覺、暗示、節奏諸藝術手段於散文，豐富、擴張了散文表現生活實感和內心世界的能力，對四十年代和當代的抒情散文和散文詩影響很大，可以說，形成了另一條更為深長的散文支流。

抒情體散文的詩化和記敘體散文的小說化，是這時期記敘抒情散文發展的兩大趨向，異途同歸，都通向一個目標，即散文的藝術化程度日趨提高。散文藝術吸收姐妹藝術的長處，是自身豐富發展的需要，也是散文擴展題材、表現新生活新情趣的要求。散文的詩化和小說化，為的是擴充和提高散文本身的表現力，而不是化成詩和小說。何其芳在強調散文藝術的獨立性的同時，就反對散文變成詩或小說的附庸，強調散文既「不是一段未完篇的小說，也不是一首短詩的放大」，而「應該是一種純粹的獨立的創作」。[75]因而，保持散文本色，吸收詩歌凝鍊、含蓄的特長以克服散文易犯的鬆散、淺露的流弊，而保持散文自由舒卷、從容自然的本色以不致於凝滯鬆散，成了「詩人的散文」的追求目標。吸取小說經營構造、刻畫寫實的長處以糾正散文易犯的瑣碎、散漫的毛病，又堅持散文抒寫真情實感和真人真事的特點而不憑空虛構、刻意佈局，則成為「小說家的散文」所努力的方向。比如，李廣田寫〈柳葉桃〉時，他所不知道的人物經歷，如果要編成小說，就「必須想種種方法把許多空白填補起來，必須設法使它結構嚴密」，但他沒有這樣做，而是遵循散文寫人記事的原則，只揀要緊的真實素材來透視人物遭遇和人物性情，把「空白」留給讀者自己去想像、補充。這是一篇小說化的散文，又實實在在是一篇本色的散文。再如，詩人何其芳在〈我和散文〉裡自述：剛開始學寫散文時，頭幾篇只是「詩歌寫作的繼續，因為它們過於緊湊而又缺乏散文

75 何其芳：〈我和散文——《還鄉雜記》代序〉，《還鄉雜記》（上海市：文化生活出版社，1949年）。

中應有的聯絡」，從〈岩〉以後有意寫成本色的散文，但「開頭總是不順手」，「寫得很生硬很晦澀」，漸漸地「駕馭文字的能力增強了」，終於「能夠平靜、親切地敘述我的故事，不像開頭那樣裝腔作勢，呼吸短促」了。所以，〈岩〉以後的〈哀歌〉、〈貨郎〉、〈弦〉諸篇，是純粹的本色散文，當然又充滿著詩情。何其芳從「不順手」走入「純熟之境」，顯示了他自覺追求散文藝術的進程。這兩個實例說明，散文的詩化和小說化，只要不是化成詩或小說，而是吸取詩和小說的特長而豐富散文藝術的表現力，就有利於散文藝術的發展和提高。現代散文正由於善於融化姐妹藝術的優點以豐富自身，方開拓了廣闊的發展天地，顯示出生氣勃勃的創造力。

散文語言的日趨成熟

從文言到白話，是我國散文現代化的重要標誌之一。現代散文的先驅者高舉「言文一致」的旗幟，確立現代白話為文學工具，開創了語體文的新時代。不過，初期語體文不可避免地存在著過渡革新時期紛然雜陳的歷史現象，如文白雜糅、土洋並用、古怪拗口等。許多作家不約而同地指出過這一現象。葉紹鈞曾批評「當世作者的白話文字，多數是不尷不尬的『白話文』，面貌像個說話，可是決沒有一個人的口裡真會說那樣的話。又有些全從文言而來，把『之乎者也』換成了『的了嗎呢』，那格調跟腔拍卻是文言。」[76]朱光潛概括為三種毛病：「較老的人們寫語體文，大半從文言文解放出來，有如裹小腳經過放大，沒有抓住語體文的真正的氣韻和節奏；略懂西方的人們處處摹仿西文的文法結構，往往冗長拖遝，詰屈聱牙；至於青年作家們大半過信自然流露，任筆直書，根本不注意到文字問題，所以文字一經推敲，便見出種種字義上和文法上的毛病。」[77]這些文言腔、歐化語

---

76 葉紹鈞：〈朱佩弦先生〉，《中學生》1948年9月號。

77 朱光潛：〈敬悼朱佩弦先生〉，《藝文雜談》（合肥市：安徽人民出版社，1981年）。

和幼稚病，在「五四」新舊交替期最為突出，在三十年代雖未完全擺脫，卻已改觀不少，直到四十年代以後才渾化成熟起來。三十年代散文的語言就處於向成熟發展的路上，主要往兩個方向發展，一是口語化，二是文學化。

自覺追求散文語言口語化的，主要是一批語文教育工作者，代表人物有朱自清、葉紹鈞、夏丏尊、豐子愷以及小說家老舍等。除老舍外，他們都是開明書店的同事，立達學園的中堅，文學青年的良師。朱自清初期散文膾炙人口，然而葉紹鈞偏偏批評那些作品「都有點兒做作，太過於注重修辭，見得不怎樣自然」；從語體文角度，他特別推崇朱自清三十年代以後的作品，「全寫口語，從口語中提取有效的表現形式，雖然有時候還帶有一點文言成分，但是念起來上口，有現代口語的韻味，叫人覺得那是現代人口裡的話，不是不尷不尬的『白話文』」(〈朱佩弦先生〉)。無獨有偶，朱光潛也同樣讚賞朱自清的語體文，說「他的文章簡潔精鍊不讓於上品古文，而用字確是日常語言所用的字，語句聲調也確是日常語言所有的聲調。就剪裁錘鍊說，它的確是『文』；就字句習慣和節奏來說，它也的確是『語』。任文法家們去推敲它，不會推敲出什麼毛病；可是念給一般老百姓聽，他們也不會感覺有什麼別扭」(〈敬悼朱佩弦先生〉)。運用白話語言達到如此地步，真可謂「爐火純青」了。從《蹤跡》、《背影》到《你我》、《歐遊雜記》、《倫敦雜記》，朱自清把散文創作的重心從抒情遣興方面轉移到語言工具本身，講究散文記敘狀物、表情達意的功用，致力於口語的提煉，追求語體文的自然、親切和樸實，「他在這方面的成就是要和語體文運動史共垂久遠的」[78]。葉紹鈞走的道路和朱自清相似，他最初幾篇散文還殘留些古文的痕跡，喜用對偶排比，夾用文言辭彙，又極盡描寫形容之能事，後來逐漸擺脫了古文的腔調，從現代口

78 朱光潛：〈敬悼朱佩弦先生〉，《藝文雜談》(合肥市：安徽人民出版社，1981年)。

語裡提取一種有生氣的朗朗上口的文學語言，追求一種「看得又讀得」[79]的語言風格。朱自清、葉紹鈞是現代白話散文創建者中較早克服文言惰性和歐化影響而追求口語化的典型代表。老舍則是以典範的北京口語豐富白話散文的重要人物，其散文語言一出手就有濃厚的京味。口氣、句法、俗語都是道地的北京話，這成為他創作中貫穿始終的特色之一。自覺地從現代人口語中提煉生氣勃勃的句式語調辭彙，表現新鮮活潑的思想內容，這是現代散文語言趨於成熟的一大標誌，也是現代散文語言發展的一大走向。

散文語言藝術化的趨向主要體現在一批推崇散文藝術的散文家身上，如何其芳、李廣田、馮至、繆崇群、麗尼、陸蠡、吳伯簫、柯靈、蘆焚、沈從文、吳組緗等等。他們下筆不苟，精心錘鍊，主要是把文言歐語和現代口語熔為一爐，加意選擇安排、提煉推敲，造就一種有別於絮語風的書面語言。當然，各人有各人的語言風格，互不雷同，但異中求同，共同的追求和相通的態度是：「一篇兩三千字的文章的完成往往耗費兩三天的苦心經營，幾乎其中每個字都經過我的精神的手指的撫摩」[80]。何其芳的《畫夢錄》精雕細琢，善於形容修飾，刻意搭配文字的色彩、圖案和聲調，以繁富絢爛的詞句造成撲朔迷離的意象世界。他師承前輩作家冰心、徐志摩、馮文炳一路追求語言美的作風，借鑑外國現代派詩藝，成就一種像詩一般的散文語言。散文語言靠近詩的語言，當是一種變革，是對二十年代談話風的一種反撥，在促進散文語言進一步藝術化方面起了很大作用，但也帶來某種雕琢痕跡。在這一方向上，麗尼、陸蠡、方敬以至李廣田、繆崇群、吳伯簫等人都可說是何其芳的同志，只不過是有的不像他那樣雕琢。李廣田的散文語言出於周作人的絮語文體而較之凝鍊純粹，如行

---

79 葉紹鈞：〈能讀的作品〉，《西川集》（重慶市：文光書店，1945年）。

80 何其芳：〈我和散文——《還鄉雜記》代序〉，《還鄉雜記》（上海市：文化生活出版社，1949年）。

雲流水而不散漫駁雜，是出色的散文語言。沈從文的《湘行散記》和《從文自傳》融化了文言辭彙、方言俗語而不著痕跡，洗鍊輕快，搖曳多姿，不少散文家和文學青年為之傾倒。他為了避免歐化腔，儘量少用助詞「的」，有時不免走向反面，反而拗口。這些作家是在「五四」以後新的語言環境中薰陶長成的，因襲的負擔相對輕些，地域的侷限相對少些，而且這時期歐化腔頗為人詬病，文白雜糅現象也受到批評，所以他們能夠綜合融化前期語體文成果，堅持認真錘鍊文字的態度，努力克服蕪雜、散漫、絮聒、拗口諸弊端，刻意創造一種純粹、凝鍊、流暢、優美的文學語言，進一步增強了散文的藝術表現力和藝術感染力。他們是以文情並茂的文藝性散文在散文史上佔據一定地位的。不足之處在於有的作者單純從書面學習語言，而又過分雕琢，缺乏口語的生氣，有傷自然的韻味。

散文語言的口語化和文學化趨向，標誌著現代語體散文跨過了紛然雜陳的過渡革新階段，而進入探索前進、發展成熟的階段。兩種趨向既分途並進，而又表現出某些聯合的姿勢，顯示了語體散文發展的大方向。

第三編

在民族民主革命戰爭中拓展

第五章
硝煙烽火馳輕騎

第一節　從建立「文藝陣地」到爭取「文藝復興」

一九三七年七月七日，蘆溝橋的槍炮聲揭開了中華民族奮起抗擊日本侵略者、爭取民族解放的戰爭壯劇的序幕。從此，漫天烽火，遍地硝煙，中國社會處於戰時狀態。此後，中國人民度過八年抗日民族解放戰爭和三年人民解放戰爭，經歷了失地萬里的憤恨，全民抗戰的壯烈，戰亂流離的磨難，抗戰勝利的歡欣，重慶談判的希望，內戰爆發的痛心，政局劇變的動盪，翻身解放的歡呼。中華民族在炮火的洗禮中獲得了新生，中國人民在痛苦的磨練中站起來了！包括中國現代散文在內的中國現代文學也在烽火硝煙中伴隨著反侵略、爭解放的進軍步伐向前發展，從建立抗日救亡的「文藝陣地」到爭取民族解放的「文藝復興」，從高舉「抗戰文藝」旗幟到揭出「人民文藝」大旗，形成了現代文學一個新的歷史階段。

在民族處於苦難深重、生死攸關的非常時期，我們的作家，除了個別民族敗類外，都與我們的民族和人民同命運、共患難，經受了民族大義和民主感情的嚴峻考驗，他們的生活和創作也都打上了鮮明的時代烙印。

抗戰初期全國抗日高潮的興起，促成了文藝界抗日民族統一戰線的建立。「七七事變」震動了文化古城，京津一帶作家紛紛南下。「八一三」淞滬抗戰持續了三個月，聚集在上海文化中心的文藝工作者滿懷強烈的民族義憤和愛國激情組成許多戰地服務團，從事抗日宣傳工作或戰地鼓動工作。上海文藝界救亡協會最先成立；郭沫若毅然拋婦別離從日本回到上海，參加創辦《救亡日報》；文學社、文季社、中流社、譯文社合編《吶喊》週刊，出了兩期後改名《烽火》，《同人啟事》說：「滬戰發生，《文學》、《文叢》、《中流》、《譯文》等四刊物暫時不能出版，四社同人當此非常時期，思竭綿薄，為我前方忠勇之戰士，後方義憤之民眾，奮起禿筆，吶喊助威，爰集群力，合組此小小刊物」，表明了廣大文藝工作者為民族解放戰爭吶喊助威的共同態度。滬戰期間，上海的抗日文藝活動相當活躍。一九三七年十月十二日，我國軍隊被迫撤出上海，上海四周淪陷，只剩下一塊英法等國的租界地還容許文化人活動。隨著北平、上海兩個文化中心的陷落，許多作家開始了向西或向南的大遷移。西去的作家，一度集中武漢。一九三八年三月二十七日在漢口成立了「中華全國文藝界抗敵協會」，文藝界結成了最廣泛的抗日民族統一戰線。「文協」舉起「抗戰文藝」的旗幟，號召「文章下鄉，文章入伍」，創辦了會刊《抗戰文藝》，組織了「作家戰地訪問團」，強有力地推動了抗戰文藝活動。與此同時，郭沫若也在武漢籌建軍委會政治部第三廳，將各地流亡到武漢的文藝工作者和文藝團體組織起來，開展廣泛的抗日文藝活動。在「文協」和「第三廳」的組織下，文藝界的統一戰線空前壯大，作家「下鄉」「入伍」的風氣很盛，文藝大眾化的呼聲再度高漲，報紙文藝副刊和文學雜誌陸續刊行，如《新華日報》「團結」、《大公報》「戰線」和《七月》、《戰地》、《文藝》半月刊、《自由中國》、《哨崗》、《詩時代》等等。武漢三鎮一時成為抗日文藝活動的中心。南下的作家起初在廣州、福州一帶，《救亡日報》曾在廣州復刊一段時間，茅盾在廣州創辦了《文藝陣地》。直到一九三八年底，武漢、長沙等大城市相繼失陷，廣大作家才再度撤退逃難，分赴內地海外，在物質條件困難、新文化基礎薄弱的地方努力重建抗日救亡的文化崗位，因而在重慶、桂林、昆明、成都、曲江、永安、延安等地迅速形成了各有特色的文藝據點。

從一九三七年十一月上海失守到一九四一年十二月太平洋戰爭爆發前四年零一個月，史稱上海「孤島」時期。留居上海「孤島」的作家有：王任叔、鄭振鐸、王統照、阿英、夏丏尊、李健吾、蘆焚、柯靈、唐弢、周木齋、孔另境、陸蠡、列車等。他們在日偽橫行的險惡環境裡，堅守文化崗位，巧妙地利用洋商招牌創辦了一些可以發表自己作品的報刊雜誌。柯靈先後主編過《文匯報》副刊「世紀風」、《大美報》副刊「淺草」和《正言報》副刊「草原」，王任叔主編過《譯報》副刊「大家談」和《申報》副刊「自由談」，周木齋主編過《導報》副刊「早茶」，這幾種報紙副刊發表了大量散文、雜文和通訊報告之類的作品。文學期刊中注重散文作品的有：《魯迅風》、《雜文叢刊》、《野火》、《文藝》、《文藝新潮》和《宇宙風乙刊》等。王任叔、唐弢、柯靈、周木齋等承傳「魯迅風」雜文傳統；王統照、蘆焚、陸蠡以及一批新進作家如白曙、石靈、海岑、宗玨、武桂芳等創作散文小品；朱作同、梅益、林淡秋等發起寫作報告文學總集《上海一日》，蔣錫金等組織文藝通訊員運動。仇重（唐弢）在一九四〇年末回顧當年散文創作時指出：在黑暗籠罩下的上海「孤島」，「作為破壞舊生活的有戰鬥的雜文，作為激發自尊心的有抒情的散文」，[1]簡要地概括了「孤島」時期雜文和散文創作的主導傾向。一九四一年底日寇進佔租界，大部分作家撤往後方內地，繼續留滬的作家全部轉入地下活動，經受著民族大義的考驗。陸蠡被日寇秘密殺害；夏丏尊、許廣平、柯靈等遭受日本憲兵隊逮捕和毒打；周木齋貧病交加，不幸逝世；鄭振鐸、王統照等隱姓埋名，望星待旦；只有個別沒有骨氣的文人下水事偽。在日寇殘酷迫害下，報刊雜誌相率停刊，散文創作歸於沉寂，文壇開始流行商業性、趣味性的文字。到了一九四三年七月，柯靈接編並改革《萬象》月刊，發動留滬作家重新提筆創作，隨後范

1　仇重：〈暗夜棘路上的里程碑——「孤島」一年來的雜文和散文〉，《正言報》「草原」1941年1月20日。

泉創辦《文藝春秋》月刊，至此，冬眠已久的上海文壇才重新甦醒過來。除了柯靈、唐弢、蘆焚，李健吾、列車等繼續寫作外，還出現了一批專注散文隨筆的新手，如黃裳、范泉、徐翊、何為、曉歌、林莽等，他們從蟄居中透出氣來，迎接抗戰勝利。

從抗戰開始到太平洋戰爭爆發四年半的時間內，由於特殊的地理位置和社會環境，香港成為許多過路作家的中轉站和一些革命作家的政治避難所，香港的抗日文藝活動相當活躍。戰前，香港文化屬於殖民地文化性質，新文學基礎十分薄弱；上海、南京、廣州等失陷後，南下作家湧入香港，或取道轉入內地，或暫時居住下來。茅盾一九三八年二月來港，四月復刊《立報》的「言林」副刊，楊剛接替蕭乾主編《大公報》副刊「文藝」，戴望舒主編《星島日報》副刊「星座」。這三大副刊注重創作，扶植新人，推進了香港新文學運動的蓬勃發展。居港作家許地山、葉靈鳳、馬國亮、劉思慕等寫過散文，路過的或短暫居留的作家以至內地作家有不少作品發表在香港報刊上。「皖南事變」發生後，重慶、桂林、昆明等地又撤出一批共產黨員作家，如夏衍、華嘉等暫時避難於香港。香港陷落後，許多人回到內地，雲集桂林，促成桂林「文化城」的形成和興盛；一些人逃亡到南洋群島，戴望舒來不及逃脫陷於日寇監獄數月，蕭紅不幸病逝於香港一家醫院。香港的新文學運動因而遭受挫折，直到抗戰勝利、內戰爆發後，許多進步作家又被迫來港政治避難，香港新文壇才重新熱鬧起來。

東南沿海城市淪陷後，陸續逃難到西南大後方的作家最多，其中經常寫作散文的有：郭沫若、茅盾、巴金、葉紹鈞、謝冰心、朱自清、豐子愷、魯彥、靳以、繆崇群、李廣田、夏衍、孟超、聶紺弩、秦似、田仲濟、司馬文森、謝六逸、蹇先艾、盧劍波、馮至、方敬、陳敬容、味橄、梁實秋等，新從戰地或後方成長起來的散文作家有：田一文、劉北汜、嚴傑人、彭燕郊、S.M.（阿壟）、SY（劉盛亞）、曾卓、羊翬、周為、孫陵等。上述新老作家大體分散在重慶、桂林、成都、昆明、貴陽一帶。作為戰時國民政府臨時首都，重慶集中了各方面文化人士，「文協」和「第三廳」（後改為「文化工作委員會」）都遷到重慶，《抗戰文藝》、《文藝陣地》、《七月》、《文藝半月刊》也遷渝出版，《新華日報》、《中央日報》、《大公報》、《國民公報》、《新蜀報》諸大報也都集中在重慶出版發行，而且各報都有較專門的文藝副刊，如靳以主編的《國民公報》副刊「文群」、姚蓬子主編的《新蜀報》副刊「蜀道」和陳紀瀅主編的渝版《大公報》副刊「戰線」，就是當時國統區最有影響的文藝副刊。重慶當是戰時後方文化中心之一。戰時後方另一個文化中心是「文化城」──桂林。桂林地方當局與蔣介石集團保持一定距離，政治上比較開明，所以容納了較多的進步作家和共產黨員作家，他們創辦的報刊雜誌有：《救亡日報》「文化崗位」、《大公報》「文藝」、《文學報》、《野草》、《文藝生活》、《文藝雜誌》、《文學創作》、《自由中國》、《筆部隊》、《創作月刊》、《青年文藝》、《人間世》、《宇宙風》等等。當時的桂林，文人雲集，雜誌繁多，書市密佈，文化生活確較活躍。可惜到了一九四四年十一月桂林淪陷，「文化城」毀於戰火。成都的文藝活動在本地作家和外來作家的共同努力下，也逐漸活躍起來，先後創辦了《金箭》、《四川風景》、《文藝後防》、《筆陣》等期刊，還有側重發表雜文和散文作品的「華西日報副刊」、《新新新聞》「七八嘴舌」欄和《四川日報》「談鋒」欄，以及《工作》半月刊和《蜂》週刊。地處西南邊陲的昆明，交通不便，文化落後，而自從一些本籍作家返歸和一些逃難作家入滇後，尤其是西南聯大搬來後，在聞一多、朱自清、楊振聲、王力、沈從文、馮至、李廣田等著名作家和學者的影響下，青年學生的文學活動和當地文學運動都活躍起來，創作園地有《雲南日報》「南風」、《西南文藝》、《文化崗位》、《文聚》、《詩與散文》。腹地貴陽，戰爭前期只有蹇先艾、謝六逸等少數本籍作家回來開展文學活動，一九四四年湘桂大潰退以後，許多作家撤往貴陽和昆明，才突出了貴陽的特殊作用。蹇先艾主編過《貴州晨報》「每週文藝」、《貴州日報》「新壘」，方敬為《大剛報》主編「陣地」副刊。上述各地報刊雜誌，名目繁多，影響不一，都是抗戰文藝運動據點和新文學創作園地。由於戰時紙張緊張，版面有限，客觀上歡迎短小精悍之作，因而有助於散文寫作的發展和興盛。

東南地區的文化據點主要在閩北、贛南和浙東一帶。起先是從上海、南京撤退下來的，以後也有從西南後方過來的，如邵荃麟、葛琴、聶紺弩、樓適夷、彭燕郊、艾蕪、靳以等在此留下過足跡，黎烈文、曹聚仁、王西彥、許傑、施蟄存、雨田等長期居留過，這時馮雪峰蟄居家鄉義烏，後被關進上饒集中營。這裡還出現了一批青年新進，如郭風、葉金、莫洛、麗砂、公劉、劉金、單復等。東南內地原先文化落後，新文學隊伍薄弱。從文化中心城市撤退下來的三十年代作家，給東南內地文壇充實了力量，使之面貌煥然一新。土生土長的文藝青年受知名作家的扶持和獎掖，較快地成長起來，成為東南文壇一支生力軍。一九三九年黎烈文到福建戰時省會永安組建改進出版社，創辦《改進》半月刊和《現代文藝》月刊，出版《現代文藝叢刊》，其中《現代文藝》「係一純文藝刊物」，黎烈文、王西彥、靳以等先後任過主編，邀請東南作家和西南作家寫稿，使之成為「東南文壇的堅實據點」。南平的《東南日報》「筆壘」、上饒和建陽的《前線日報》「戰地」、溫州的《浙江日報》「江風」等副刊都注重扶植散文創作，培養了一批年輕的散文作者。許傑當時提倡「東南文藝運動」，力促建立起東南文藝堡壘。

從堅守上海「孤島」文化崗位到開發香港、西南和東南新文壇，構成了抗日戰爭時期新文學運動發展的一個重要方面，習慣上稱之為「大後方」文學運動。各方面的文學工作者，在抗日愛國的旗幟下，以筆作刀槍，開展抗戰文藝運動，形成了廣泛的統一戰線。抗戰前期，舉國對外，抗戰救亡，民族情緒空前高漲，抗戰文藝思潮風行整個文壇，小型文藝作品大量出現，各種類型的短散文充當了動員民眾、反抗侵略、為民族解放戰爭吶喊助威的「輕武器」。隨著戰爭進入相持階段，統一戰線內部摩擦日益加劇，國統區社會日益黑暗，於是「暴露黑暗」的呼聲日趨強烈，批判現實、干預生活的創作重新興起，在文藝大方向上堅持抗戰、反對投降，堅持團結、反對分裂，堅持進步、反對倒退，發揚了新文學反帝愛國、反封建爭民主的革命傳統。抗戰八年的大後方文學運動，進一步密切了新文學與反帝反封建革命的關係，進一步加強了新文學現實主義的戰鬥性和批判性，大大促進了新文學與人民大眾的結合。

與大後方文學運動相呼應，又構成自己特色的是陝甘寧邊區和敵後抗日民主根據地所新生的文學天地。工農紅軍長征到達陝北後，保安和延安相繼成立「中國文藝協會」，群眾性文藝活動比較活躍。抗戰爆發後，工農紅軍改編為八路軍，東進抗日，深入敵後建立了廣大的敵後抗日民主根據地。不少文藝工作者也陸續從上海等地來到延安，分赴敵後抗日民主根據地，與當地的文藝工作者、與群眾性的文藝活動相結合，開創了邊區和根據地文學的新局面。來延安的作家有：丁玲、吳伯簫、蕭軍、羅烽、白朗、陳企霞、陳學昭、李又然、何其芳、劉白羽、周揚、周立波、周而復、楊朔、碧野、黃鋼、歐陽山、草明、嚴文井、雷加、于黑丁等；各抗日民主根據地成長起來的作家有：孫犁、蕭也牧、方紀、柳青、孔厥、穆青等，還有來邊區和根據地訪問並寫下散文、報告的范長江、茅盾、沙汀、卞之琳等。他們大多寫過戰地通訊和反映根據地建設的報告文學，也寫作雜文和記敘抒情散文，與大後方的抗戰文學思潮相一致。丁玲主編《解放日報》副刊「文藝」，「魯藝」出版《草葉》，「文抗」出版《穀雨》，周揚主編《文藝戰線》，「文協延安分會」出版《大眾文藝》和《文藝突擊》。一九四二年開展了延安文藝界整風運動，毛澤東作了〈在延安文藝座談會上的講話〉，明確提出了「文藝為人民服務」的光輝思想。根據地作家經過整風運動後，遵循毛澤東指引的文藝方向，深入工農兵群眾的生活鬥爭，改造自己的小資產階級思想感情，努力熟悉和理解工農兵群眾，發現和反映「新的世界，新的人物」。表現在散文創作中，就是描寫工農兵生活鬥爭、反映根據地民主建設的作品大量湧現，作品描寫對象逐漸以工農兵為主體，作家個人情感的抒發開始融入人民群眾的思想感情之中。從體裁上看，報告文學受到廣泛歡迎，雜文分清了暴露和歌頌的對象，記敘抒情散文也改變了原來低沉的格調。根據地文學在反映根據地民主建設生活和新型的人際關係方面，在通俗化和大眾化方面走在了前頭，令人耳目一新，體現了人民文藝的新方向，成為全國文藝界希望的寄託和學習的榜樣。

以上我們粗略勾勒了抗戰期間新文學運動由點到面的擴展輪廓，介紹了戰時文人流離遷徙分佈各處的一般情況。由於戰爭形勢的影響，新文學運動由原先侷限於上海、北平等大城市的「點」向後方內地散開，形成了四面開花的新局面。這種現象無疑擴大了新文學的影響，促進了內地文學新人的成長和文學據點的建立。散文因其文體的便利，較之其他文學樣式更能適應這種戰亂變動的生活環境，所以，各種體式的作品都很盛行，現代散文的影響因而擴展到四面八方。當然，後方內地新文學基礎薄弱，印刷、出版和發行條件又相當困難，客觀上限制了文學的進一步發展、繁榮，限制了作家之間的交流切磋以及作品的結集出版。就在這種艱難困苦的環境中，廣大作家經過戰亂流離生活的磨練，開闊了生活視野，充實了思想感情，密切了與現實和人民群眾的關係，寫出了大量富於時代感和現實意義的作品，從而推動了現代散文的發展。因所處地區不同，和作家條件的差異，散文創作也呈現出豐富多彩的面貌。

一九四五年八月十五日，日本侵略者宣佈無條件投降，中國人民經過八年浴血奮戰，終於贏得了勝利。伴隨著勝利後「復員」高潮，大後方作家除少數留在內地外，大部分陸續返回上海、北平、南京、天津等大城市，上海一度恢復了文化中心的盛況。《文匯報》新闢「筆會」副刊，滬版《大公報》續出「文藝」副刊。其他文學雜誌競相出版：有《文藝春秋》、《文藝復興》、《文學雜誌》、《文潮月刊》、《文聯》、《文訊》、《新文學》、《水準》、《人世間》、《文壇》、《希望》、《週報》、《西風》、《論語》等。散文創作藉此興盛起來。隨著抗戰勝利後民主建國呼聲的高漲，毛澤東文藝思想的影響由解放區擴展深入到國統區，為民主、為人民寫作的文學口號風行全國。鄭振鐸為《文藝復興》撰寫的〈發刊詞〉明確提出：「我們不僅要承繼了五四運動以來未完成的工作，我們還應該更積極的努力於今後的文藝復興的使命；我們不僅為了寫作而寫作，我們還覺得應該配合著整個新的中國的動向，為民主、絕大多數的民眾而寫作。」面臨內戰危機，眼見國民黨當局繼續推行專制統治和內戰政策，耳聽人民民主解放的炮聲，我們的作家又經受著民主感情的新考驗了。除了個別人外，廣大作家投入了反內戰、爭民主、求解放的時代洪流之中。解放區作家親身參加人民解放戰爭和土地革命，繼續沿著毛澤東文藝方向前進。國統區作家抨擊黑暗，迎接光明，克盡職守。此期雜文發揮了戰鬥威力，抒情散文感應著時代脈搏；報告文學伴隨著解放大軍的進軍步伐由北南下；現代散文為新民主主義革命的勝利譜寫了燦爛的篇章。

由於戰事的影響，許多作家與群眾有了更多的接觸，特別是延安文藝座談會，又使他們進一步明確了深入工農兵群眾、向人民大眾學習語言的重要意義，這就有力地推動了文藝大眾化的發展。這時期對外國散文的譯介也是相當努力的，但相對集中於報告文學體裁，較少涉獵其他方面的散文作品。而其中蘇聯的散文和報告文學的譯介最受重視，有的雜誌闢有蘇德戰爭特輯、蘇聯文學特輯，還專題譯介Ａ．托爾斯泰和愛倫堡的報告文學作品。此外對法國的巴比塞、美國的辛克萊，以及德國、西班牙等國的戰爭報告，也時加介紹。這一方面滿足了廣大讀者了解國際形勢的需要，而另一方面對我國的散文和報告文學的寫作也起了借鑑作用。

總的說來，八年抗戰，三年內戰，中國社會一直處於戰爭動亂狀態。抗日戰爭和解放戰爭高於一切，制約著新文學運動的發展趨向，也制約著廣大作家的生活和創作。新文學運動自覺適應時代和人民的要求，興起了抗日文藝運動以至民主文藝運動，進一步發展了「五四」以來新文學反帝反封建的革命傳統。廣大作家也自覺適應時代的發展，接受戰亂流離生活的磨練和民族民主革命戰爭的考驗，不斷開拓著自己的藝術視野和思想境界，越來越多地轉向現實和人民。在這種特定的時代背景和文學背景中進行的散文創作活動，在整體上就帶有自己的時代特色，構成現代散文進行曲中慷慨激昂的第三樂章。

第二節　散文理論的新建樹

在抗日戰爭和解放戰爭的十二年中，中國歷史是在漫天的烽火中前進的。這十二年是我國現代史上民族民主革命不斷深入高漲，並且最後取得偉大勝利的十二年，是改天換地的不尋常的十二年。革命在前進，歷史在發展，文藝在飛躍，同時代息息相關的散文理論，也迎來了新的開拓期。

歷史在戰爭中邁步前進，給雜文創作注入新的內容，推動雜文創作去追求新的語言和新的表達方式。魯迅所開闢的現代雜文運動之路，愈來愈寬廣了。還應該指出的是，雜文的創作發展、理論建設與時代的思想解放、理論思維發展水準有著十分密切的聯繫。在這十二年中，毛澤東思想不斷發展成熟，它不但是解放區文藝工作者的指導思想，而且對國統區的進步文藝工作者有日益廣泛的深刻影響。所以，考察這一時期雜文的理論和創作的成就時，除了重視魯迅的影響，還需充分估計毛澤東思想的作用。

這一時期，文藝界對魯迅雜文的思想和藝術特質，進行了廣泛深入的探討，核心是在新的歷史時期如何繼承和發展魯迅雜文的革命現實主義傳統的問題。對這一問題的研究做出貢獻的，首先應該提到馮雪峰和徐懋庸。

一九三七年十月十九日，在上海魯迅逝世週年紀念會上，馮雪峰作了〈魯迅與中國民族及文學上的魯迅主義〉的講話。他把文學上的「魯迅主義」概括為三點：即魯迅獨創了將詩和政論凝於一體的雜感，這種尖銳的政論式文藝形式；對歷史的透視和對人生的睜眼正視的獨特的現實主義和韌戰主義；藝術的大眾主義。一九四〇年五月，他又在〈文藝與政論〉[2]中，進一步闡發雜感是詩與政論相結合的獨特的文藝形式的見解，指出文藝和政論，不僅不是互相排斥、截然對立，而且是可以互相滲透、互相結合的，並認為這樣結合是魯迅創作的根本特徵。徐懋庸的〈魯迅的雜文〉[3]一文，對魯迅雜文也有不少新鮮精闢的見解。他認為魯迅所倡導的雜文運動，是現代中國思想鬥爭上一種重要武器的生產和使用。他分析魯迅雜文的文筆特色是：理論的形象化、語彙的豐富和適當、造句的靈活、修辭的特別、行文的曲折等；並指出這不僅是文字技巧問題，更重要的是由他的思想決定的。

研究魯迅雜文的思想和藝術特質，是為了更好地學習、繼承和發展魯迅雜文的戰鬥傳統。在新的歷史條件下，圍繞這一核心問題有過幾場爭論，這些爭論又反過來推動現代雜文理論和創作的新拓展。

第一次爭論發生在一九三八至一九四一年淪為「孤島」的上海。

一九三八年十月十九日，巴人在《申報》「自由談」上發表了〈超越魯迅──為魯迅逝世二週年作〉一文，表明了學習、繼承和發展魯迅雜文戰鬥傳統的正確態度。同時，阿英以筆名鷹隼在《譯報》「大家談」上發表了〈守成與發展〉的紀念文章，認為魯迅雜文的特點和弱點是：一、六朝的蒼涼氣概；二、禁例森嚴時期的迂迴曲折；

2 馮雪峰：〈文藝與政論〉，《論文集》上卷（北京市：人民文學出版社，1981年）。

3 徐懋庸：〈魯迅的雜文〉，見夏征農編：《魯迅研究》（上海市：生活書店，1937年）。

三、缺乏韌性戰鬥精神和必勝信念；四、不夠明快直接、深入淺出。阿英以為當時是抗日民族統一戰線的天下，世界一片光明，諷刺時代已經過去了，要戰鬥不要諷刺，要明快直接不要迂迴曲折，要深入淺出不要隱晦，要發展不要守成，要創造我們時代的雜文；由此他指責《文匯報》「世紀風」上的作者不該作「魯迅風」的雜文。這就引起了一場爭論。這場爭論，是革命文藝隊伍內部的原則爭論；當時國民黨、托派和漢奸文人，藉機起哄，企圖借此攻擊魯迅和魯迅雜文，在革命隊伍中造成分裂。為了防止統一戰線的破裂，上海地下黨文委負責人之一的孫冶方，以孫一洲的筆名在《譯報》週刊上發表了〈向上海文藝界呼籲〉，要求終止這場爭論，並由《譯報》主編出面邀請巴人、阿英等四五十人，開了一次座談會，會上雙方雖各執己見，但終於發表了由應服群（林淡秋）、巴人、阿英等三十七人署名的〈我們對於魯迅風雜文的意見〉，高度評價魯迅的雜文，終止了這場爭論。隨後，宗玨和杜埃還寫出論文，與阿英的觀點針鋒相對，對魯迅式的雜文給予高度評價。

一九四〇年，張若谷在《中美日報》「集納」上發表〈寫文學隨筆〉，攻擊魯迅的雜文執滯在小事情上，代表紹興師爺的一種特殊性格。面對張若谷的攻擊，回顧兩年前關於「魯迅風」雜文的論爭，巴人奮力寫了《論魯迅的雜文》（1940）一書，在綜合吸收前人研究成果的基礎上，開拓了魯迅雜文研究的理論廣度和深度，較為系統地回答了在新的歷史條件下，如何繼承和發展魯迅雜文戰鬥傳統這一重大理論問題。

《論魯迅的雜文》一書，內容有：一、序說，二、魯迅思想發展的三個時期，三、魯迅雜文的形式與風格，四、魯迅雜文中所表現的思想方法，五、戰鬥文學的提倡。其中以三、四、五這三個部分最為精彩。

在〈魯迅雜文的形式與風格〉這一部分中，巴人論述了魯迅雜文形式和風格，對中國古典散文的民族形式和民族風格的創造性繼承和發展，並從縱和橫的兩個方面，具體分析了魯迅雜文形式和風格特點，這是以往雜文理論研究尚未深入開展的課題。他從中國民族文化的特點、優點和缺點來觀察魯迅雜文在文化建設中的偉大作用。他認為，魯迅正確地尋求發展中國文化的新路，以科學的辯證思維法則和階級論的民主主義精神作為創作根基，發揮了中國文化傳統的現實主義精神，以形象性手法，給廣大讀者前進的指標。魯迅的雜文繼承了中國古典散文中的感應性、現實性、形象性的特點，揚棄其弱點，鍛鍊成為無比鋒利的「為大眾階級服務」的投槍。巴人從縱的方面分析了魯迅雜文發展的三個時期思想和藝術風格的變化發展，即《熱風》時期，《三閒集》時期，《偽自由書》時期。並從橫的方面指出魯迅雜文形式和風格的八種類型：一、短小精悍、潑辣而諷刺，如《熱風》與《偽自由書》中的大部分。二、深厚樸茂、顯示了作者的淵博學識，如〈病後雜談〉、〈未定草〉、〈女吊〉之類。三、趣味濃郁、引人入勝——詩意的形象化的雜文，如〈說鬍鬚〉、〈論雷峰塔的倒掉〉等。四、戰鬥的論文式雜文，但它沒有一點理論架子，而深入於理論的基本點上；如〈「硬譯」與「文學的階級性」〉等。五、抒情的——抒發個人的感慨轉而諷刺他所憎恨的對象，如〈我的態度氣量和年紀〉、〈雜論管閒事・做學問・灰色〉之類。六、質直的、搏擊的，如〈此生與彼生〉和與《現代評論》派論戰的文字。七、客觀地暴露而不加以論斷的，如《花邊文學》中的一部分。八、還有書序一類雜文。

在〈魯迅雜文中所表現的思想方法〉裡，巴人把雜文家的思想方法和寫作方法統一起來考察，指出：「魯迅雜文是有所為而為的；他的眼光是能夠『見其大而不遺其小，見其全而不遺其分』的。」巴人接觸到魯迅雜文創作中的一個關鍵問題，即雜文家的理論思維和雜文創作的關係。在〈戰鬥文學的提倡〉中，他全面地駁斥那些歪曲魯迅和「魯迅風」的言論，闡述了創造性學習、繼承和發展魯迅雜文戰鬥傳統的問題，斷言「魯迅風的雜文，不但今天要，而且將來也要」。

在這場論爭之後，於一九四一年的「孤島」上海出現了雜文重振的趨勢，周木齋的〈重振雜文的關鍵〉[4]，穆子沁的〈寫在雜文重振聲中〉[5]，巴人的〈四年來上海文藝〉[6]等都說明了這一事實。這時上海文藝工作者已經感到「魯迅風」的雜文，是更好的、更直接的現實批評的武器。

第二次論爭發生於文藝整風運動前後的延安。

一九四〇年以來，延安的《中國文化》、《解放日報》、《中國青年》等報刊，出現了許多雜文，也出現了一些倡導雜文寫作的理論文章，如丁玲的〈我們需要雜文〉，羅烽的〈還是雜文時代〉等。延安雜文的傾向基本上是對的，但也有不區分解放區和國統區的不同性質而亂用諷刺的，產生了不良的社會效果。而有些理論文章，片面理解和宣揚「魯迅筆法」；還有人認為，在光明的邊區延安，是不宜於寫雜文的。這都表現出雜文理論的偏頗和不足。

毛澤東的〈在延安文藝座談會上的講話〉，對魯迅雜文作了歷史的辯證的具體分析，批評了當時延安雜文創作和理論主張中機械搬用「魯迅筆法」的錯誤傾向，闡述了在人民當家作主的解放區的雜文創作中「批評」和「諷刺」的立場和態度問題，尤其著重地論述了新的歷史環境下繼承和發展魯迅雜文的革命戰鬥傳統問題。他指出：一、雜文時代的魯迅，並不是暴露諷刺一切的，他對敵人進行冷嘲熱諷，但「不曾嘲笑和攻擊革命人民和革命政黨」，他的雜文對待人民和敵

4　周木齋（署名辨微）：〈重振雜文的關鍵〉，《決》《奔流文藝叢刊》第一輯（1941年1月）。

5　穆子沁：〈寫在雜文重振聲中〉，《湛盧》《雜文叢刊》第四輯（1941年6月）；穆子沁是李澍恩的筆名，一九八四年我們編選《中國現代散文理論》一書收入本文時，據一份內部材料誤將本文署為巴人，特此訂正。

6　巴人：〈四年來上海文藝〉，《上海週報》第4卷第7期（1941年8月）。

人，寫法完全兩樣。二、在陝甘寧邊區和各抗日根據地，雜文形式不應當簡單地和沒有言論自由時的魯迅一樣，可以「大聲疾呼，而不要隱晦曲折，使人民大眾不易看懂」。三、對人民的缺點是需要批評的，「但必須真正站在人民的立場上，用保護人民、教育人民的滿腔熱情來說話」。四、「諷刺是永遠需要的」，「但必須廢除諷刺的亂用」，對敵、我、友，諷刺的態度應各有不同。〈講話〉觀點鮮明，論述透澈，對現代、當代的雜文寫作有著深遠的影響。

在關於雜文的爭論中，金燦然的〈論雜文〉[7]是值得重視的，其中有不少精到的見解。他在肯定魯迅雜文是「永恆」的同時，又提出要創造「新雜文」的主張；他論述雜文與諷刺的關係時，認為「雜文往往與諷刺在一起，卻不一定需要諷刺」，可以用鋒利的筆觸，描寫現實，寫成「社會論文」。毛澤東的〈講話〉、金燦然的論文，提出了在新的時代和新的環境條件下，在繼承和發揚魯迅雜文革命戰鬥傳統的同時，創造出一種同魯迅雜文既有聯繫而又不同的新雜文，這一思想是有實踐意義的。

第三次論爭發生在一九四六至一九四七年間的國統區。

這場論爭是由國民黨當局和一些文人挑起的。當時國民黨宣傳部長張道藩下令，要全國作家不寫黑暗，專寫「光明」，不准諷刺，只准歌頌。有些文人也叫嚷，魯迅雜文的時代已經過去了。對此，劉思慕進行了有力的駁斥：「今天，人民在內戰的血泊中，有聲的子彈造成無聲的中國。只有歌功頌德的蒼蠅們才嚷著『魯迅雜文時代已經過去了』。豈止沒有過去，比『魯迅時代』更嚴重的時代已沉沉地在我們頭上了。我們十倍地需要魯迅先生，需要魯迅風雜文。」[8]那些謬論是經不起一駁的，解放戰爭時期的國統區和香港，魯迅式的雜文蓬

7　金燦然：〈論雜文〉，《解放日報》1942年7月25日。

8　劉思慕：〈雜文的一些問題——紀念魯迅先生十年忌而作〉，《野草》新2號（1946年11月）。

勃發展，顯示了它的戰鬥威力。

這時期也出現了研究雜文的理論專著，田仲濟的《雜文的藝術與修養》（1943）可為代表。他認為當時人對雜文的種種誤解，歸結到一點，是他們對雜文的「特質」，特別是對魯迅雜文的特質缺少應有的理解，這就導致雜文寫作中出現了種種偏頗。田仲濟指出雜文凸顯的特質，不是冷嘲，不是熱諷，而是正面短兵相接的戰鬥性；是深刻銳利；是他的獨到見解，精闢、深透、不落俗套、不同凡響；在形式上是雋冷和挺峭。他把雜文的內容和形式，都看成是充滿蓬勃創造精神的廣闊天地，而沒有把它模式化。田仲濟認為要提高雜文創作的水準，就必須學魯迅，「學習魯迅，並不是只求表面的相似，……要學的是那『獨立的觀察和分析的能力』，並且更要擴大這能力」，「這需要靠思想深度的追求，生活能量的吸收，而最重要的，是在我們的心腦中對於現實的深刻的愛和憎的感受」。

這個時期在雜文理論建樹上值得提到的還有語言學家王力和美學家朱光潛。

王力在一九四一至一九四六年間，寫了大量諷諭巧妙、針砭時弊的雜文。在他看來，這類雜文，既區別那些標語口號式的、公式化的雜文，又區別於投槍、匕首式的戰鬥雜文，是「血淚寫成的軟性文章」（《龍蟲並雕齋瑣語》〈代序〉），是以「隱諷」的形式針砭時弊的，是「滿紙荒唐言」和「一把辛酸淚」的統一，而這種笑中有淚、筆底藏鋒的雜文，又是人們對當時人事難言的政局進行鬥爭的一種藝術形式。

一九四八年，朱光潛在「隨感錄」中，對隨感產生的心理依據、藝術規律和歷史淵源，作了較深入的探討。他指出隨感錄寫作的心理依據不是推證的、分析的，而是直悟的、綜合的，對人生世相涵泳已深，不勞推理而一旦豁然有所徹悟。他說：隨感錄「沒有系統，沒有方法，偶有感觸，隨時記錄，意到筆隨，意完筆止，片言零語如星羅棋佈，各自放光彩。由於中國人的思想長於綜合而短於分析，長於直悟而短於推證，中國許多散文作品就體裁說，大半屬於隨感錄。《論語》可以說是這類作品的典型」。他認為西方也有類似名目，有時是格言（Maxims），有時是雋語（Epigrams），最常見的是「簡雋的斷語」（Aphorisms）。這類作品大半是「判而不證，破而不辯，以簡短雋永為貴」，它起源於古希臘哲人希波克里特斯，其代表作家如西塞羅、蒙田、伏爾泰、尼采、叔本華等。他指示隨感錄的作者，必須「同時具備哲學家和詩人兩重資格，惟其是哲學家，才能看得高遠也看得微細；惟其是詩人，才能融理於情，給它一個令人欣喜而且不易忘記的表現方式」。

在中國雜文的發展過程中，這一時期的理論建設有很大拓展。魯迅雜文是籠蓋一切、燭照千秋的，魯迅的革命戰鬥雜文始終是作家提高創作思想和藝術水準的取之不盡的源泉；因此，探討魯迅雜文的思想和藝術特質，研究在新的環境和新的歷史條件下繼承和發展魯迅雜文的戰鬥傳統，自然成為本時期雜文理論建設與論爭的中心。此外，像金燦然提出創造新內容、新格式的「新雜文」，王力提出的「用血淚寫成的軟性文章」，朱光潛對隨感錄的文體特點、藝術規律及其中外歷史淵源的探討等等，都是雜文理論建設新拓展的生動證明。

戰時的散文理論，關於雜文在抗日民族統一戰線形勢下如何繼承和發展「魯迅風」傳統等問題頗多建樹。相對來說，注意散文小品的人較少，但在這少數人當中，卻頗有新論。在一般議論抒情文字和廣義散文的理論文章中，也有一些涉及散文小品的精到見解。

當民族革命戰爭全面爆發、中國革命又將發生重大轉折的時候，散文面臨著能否適應時代激變要求和如何把握戰爭現實的理論和實踐的問題。經過論爭，雜文獲得了存在和發展的權利，報告文學確立了「輕騎兵」的戰鬥功能，抒情性散文方面卻出現了「放逐」的觀點。

徐遲在反對感傷傾向的同時，提出「抒情的放逐」的觀點，[9]認為「這次戰爭的範圍與程度之廣大而猛烈，再三再四逼死了我們的抒情的興致」，「轟炸已炸死了許多人，又炸死了抒情」，他所理解的「抒情」的意義較為狹窄，侷限於個人的悲歡得失，所以他才要「放逐」抒情。穆木天批評個人主義的抒情傾向，提倡「建立民族革命的史詩」，號召作家「徹底地去拋棄自己，打進到大眾裡邊去」，「徹底地去克服我們個人主義的抒情的傷感主義，以及一切的個人主義的有害的遺留」。[10]他在強調作家改造思想感情，表現「大眾的革命感情」方面自有合理的地方，但未能正確區分「抒情個性」和「個人主義的抒情」的不同，片面否定個人抒情的創作傾向。胡風在〈今天，我們底中心問題〉[11]一文中專門討論了「拋棄自己」和「放逐」抒情的問題。他認為：「戰爭是被有血有肉的活人所堅持，『革命的大眾』也是有血有肉的活人所彙集，這些活人，雖然要被『大眾的革命感情』提高到更高的境界，但決不會『徹底地拋棄自己』；是真正的詩人，就要能夠在『個人的』情緒裡面感受他們的感受，和他們一道苦惱，仇恨，興奮，希望，感激，高歌，流淚……」他著重從藝術特性把握「個人」和「大眾」的關係，力圖發揮「抒情」的特殊功能。在民族革命戰爭的高潮中，人們普遍感覺到個人的渺小，也普遍意識到個人對民族和社會應盡的義務，所以大都排斥個人抒情，而力圖抒發民族激情，這是順應時代發展的。但有的不是採取「揚棄」自己的辦法，而是採取拋棄自己的辦法，來適應時代的新要求，反而走上沒有抒情個性的極端。胡風強調以「個人的」角度感受和表現大眾的感情，倒是符合抒情藝術的特殊規律的。

9　參見徐遲：〈抒情的放逐〉，《頂點》第1卷第1期（1939年7月）。

10　穆木天：〈建立民族革命戰爭的史詩的問題〉，《文藝陣地》第3卷第5期（1939年6月）。

11　胡風：〈今天，我們底中心問題是什麼?〉，《七月》第5集第1期（1940年1月）

對於散文抒寫個人的真情實感與表現時代精神的關係這一重要問題，葛琴在〈略談散文〉[12]一文中有著專門的論述。她認為「散文寫作中間的第一個重要條件，就是真實的情感」，並且進一步指出，「這種情感是和作者的思想力相關聯的」。所謂「思想力」，指的是作者的世界觀和人生觀，「一個作家的思想力愈強，他的情感愈崇高、優美、真實，於是文章的感召力愈強烈，在一篇散文中間，是比在一篇小說或速寫、報告中間，更容易顯示出作者的性格、思想和人生觀的」。她強調感情和思想的統一，重視作者的抒情個性，顯然比簡單排斥個人抒情的說法正確。她「要求作家們特別是青年作家們，更努力地從實際生活戰鬥中，去培養我們的情感和思想力」，這涉及到作家深入生活、改造自己、提高自己的根本問題。李廣田〈論身邊瑣事與血雨腥風〉[13]也是專門探討這個問題的重要文章。他認為：「生活比寫作重要，也比寫作困難。最要緊的是改造自己的生活，要打破自己的小圈子，看見、認識並經驗那個大圈子的生活，要使自己和世界相通，要深知那血雨腥風和深知自己身邊瑣事一樣，要使身邊瑣事和血雨腥風不能分開。這自然很不容易，但既是應當的，就是我們必須努力達到的。」這種要求擴大生活視野、熟悉時代鬥爭、以個人感受表現時代精神的呼聲，體現了散文理論家思想的發展和成熟，概括了抗戰以後散文創作的思想特色，並指導散文創作自覺適應時代要求，努力開拓新的抒情天地。

除了正面提倡從個人的真情實感中表現出時代精神的創作主張外，一些批評家還針對散文創作中存在的問題展開批評鬥爭。葛琴既批評「無痛的呻吟」，也反對標語口號式的叫喊。一九四〇年，香港文藝界展開一場關於「新式風花雪月」的爭論。這場爭論，由楊剛首倡，先在《文藝青年》上展開，隨後擴大到《大公報》「文藝」等報

12 葛琴：〈略談散文〉，《文學批評》創刊號（1942年9月）。

13 李廣田：〈論身邊瑣事與血雨腥風〉，《文學枝葉》（上海市：益智出版社，1948年）。

刊上，先後參加討論的有黄繩、許地山、林煥平、爍、陳畸、孫鈿、喬木（喬冠華），以及一些文學青年。按照楊剛的解釋[14]，所謂「新式風花雪月」，指的是：在「我」字統率下所寫的抒情散文，充滿了懷鄉病的歎息和悲哀，文章的內容不外是故鄉的種種，與爸爸、媽媽、愛人、姐姐等。最後是把情緒寄在行雲流水和清風明月上頭。這些都是太空洞，太不著邊際，充其量只是風花雪月式的自我娛樂，所以統名為「新式風花雪月」。針對香港文學青年的這種創作傾向，許多批評文章從時代背景、地方環境、傳統根源以及個人弱點等方面分析其產生緣由，指出其消極影響，並指出擴大生活、加強修養、學習新的創作方法等克服辦法和努力方向。如喬木在〈題材・方法・傾向・態度〉[15]一文最後所指出的：「『願搖起而橫奔兮，覽民尤以自鎮』，這是我們偉大的詩人屈原用以自勉的兩句話，那就是說：讓我從這纏結不清的個人的煩冤當中抖擻出來，我要跑出去，跑出去看那些比我更痛苦的人民的生活！——只有這樣我才能征服我自己。」關鍵還是從一己的悲歡得失中解脫出來，體驗和感受人民大眾的生活鬥爭，從根本上充實和擴展自己。香港這場「反新式風花雪月」的討論，在大後方也有反響。永安《現代文藝》、昆明《詩與散文》等刊物都發表過討論文章，批評當時一些文學青年的個人傷感情緒，強調抒情作品的社會價值和積極作用。「反新式風花雪月」，本質上也是反對為個人而藝術，提倡為人民而藝術。這表明，在戰鬥的時代，抒情散文要面向時代，面向人民，不能沉溺於個人煩冤的深淵裡無力自拔，不能脫離時代需要而一味追求自我娛樂，「我們首先要求情感的真切，進一步要求情感的健康」[16]，這就是四十年代散文批評的兩條標準。

---

14 楊剛：〈反新式風花雪月——對香港文藝青年的一個挑戰〉，《文藝青年》第2期（1940年7月）。

15 喬木：〈題材・方法・傾向・態度〉，香港《大公報》「文藝」1940年11月20日。

16 黃繩：〈論「新式風花雪月」〉，香港《大公報》「文藝」1940年11月13日。

隨著散文藝術的發展、提高，散文理論建設也相應地深入到散文藝術內部問題，如探討散文特性、散文美、散文「意境」、散文語言節奏，等等。這方面的理論文章，有葛琴的〈略談散文〉，李廣田的〈談散文〉，葉聖陶、朱自清和唐弢的〈關於散文寫作——答《文藝知識》編者問〉，朱光潛的〈詩與散文〉，丁諦的〈重振散文〉，林慧文的〈現代散文的道路〉，味橄的〈談小品文〉，等等。

朱光潛、葛琴、李廣田從散文與詩歌、小說、戲劇的聯繫和區別入手，探討了散文的藝術特質。朱光潛的「散文」概念指的是廣義的文學散文，他綜述中外理論家關於詩與散文在音律、風格、實質諸方面的區別和聯繫的見解，認為「詩和散文在形式上的分別也是相對而不是絕對的」，「詩和散文兩國度之中有一個很寬的迭合部分做界線，在這界線上有詩而近於散文，音律不甚明顯的，也有散文而近於詩，略有音律可尋的」。葛琴認為散文是一種「以抒發作者的對真實事物的情感與思想為主的」、「比較素靜的和小巧的文學形式」，舉出散文的三個特點，即「形式上較為自由廣泛」、「以抒發思想與感情為主」和具有「詩的情感」。她還強調「散文美」在於自然、樸素、真實。李廣田拿散文與小說、詩歌相比較後，得出的結論是：「散文的語言，以清楚、明暢、自然有致為其本來面目，散文的結構，也以平鋪直敘、自然發展為主，其所以如此者，正因為散文以處理主觀的事物為較適宜，或對於客觀的事物亦往往以主觀態度處理之的緣故。」他還進一步提出，「好的散文，它的本質是散的，但必須具有詩的圓滿，它完整如珍珠，也具有小說的嚴密，緊湊如建築。」他的散文理想是自然天成，如行雲流水。這和葛琴關於「散文美」的看法十分接近。在強調散文形式的獨立完整方面，李廣田的主張和何其芳戰前的觀點是相通的，但在新的時代環境中，李廣田進一步注意到散文的自然美和思想內容的擴展，重視「剛性」「強力」一路文風，反映了他的散文觀的發展。

葉聖陶、朱自清和唐弢的〈關於散文寫作——答《文藝知識》編者問〉，除了討論散文界說外，集中探討了散文創作中的「意境」問題。葉聖陶認為「接觸事物的時候，自己得到的一點什麼，就是『意境』。也就是『君子無入而不自得』一句話裡那個『自得』的東西」。朱自清認為「意境似乎就是形象化，用具體的暗示抽象的。意境的產生靠觀察和想像」。 唐弢認為意境是「作者的經驗」同「當前的題材」，即「想像」和「事實」化合而成的「新的境地」，骨幹是一個「真」字。三家說法不一，但實質是相同的，都是指作家獨到的主觀感受與客觀事物和諧統一的境界。他們重視散文的「意境」創造，接觸到創造意境時作家主觀能動作用，雖說只是三言兩語，卻是切中肯綮的。

對於散文的語言藝術，葉聖陶、朱自清、唐弢都強調準確、貼切、簡練、質樸，並從活的語言中提煉出來。李廣田和葛琴也強調散文語言以樸素自然為本色，反對故意雕琢、堆砌詞藻的傾向。丁諦、林慧文等的文章也有類似看法。可見，要求散文語言的口語化和大眾化，是當時的普遍呼聲。朱光潛的〈散文的聲音節奏〉指出語體文的優點是「不拘形式，純任自然」，「念著順口，像談話一樣，可以在長短、輕重、緩急上面顯出情感思想的變化和生展」。從聲音節奏表現思想情緒的意義上探討散文的「語言美」，顯然比泛泛而談深入得多了。

總之，這時期的有關理論文章，探討了記敘抒情散文的職能、任務和意義，論述了它的特質和規律，建立了「散文美」標準，既反映了時代要求，又體現了理論的進展。

隨著報告文學創作的空前繁榮，報告文學的理論探討也有了相應的發展。抗戰初期，報告文學特別是「文藝通訊」的寫作中出現的公式化、概念化的通病，引起了文藝界的廣泛注意，從而使探討報告文學的特質、提高作者的思想認識和藝術素養具有了重要的現實意義。於是大量指導性的理論文章和著作出現了。這些文章大都在總結經驗的基礎上，闡明報告文學真實性和藝術性的關係，探討提高創作水準的途徑。

廣州文藝通訊總站的負責人司馬文森寫了《文藝通訊員的組織與活動》（1938）一書，指導文藝通訊的組織與寫作。周鋼鳴根據總站指導部的要求，寫了《怎樣寫報告文學》（1938）的專著，第一次全面、系統地論述了報告文學的寫作問題。隨後，張葉舟編輯了《文藝通訊》（1939），其中第二輯「理論之部」收輯了抗戰以來一些報刊上發表的關於「文藝通訊」的理論文章。

周鋼鳴的《怎樣寫報告文學》一書分為〈總論〉、〈怎樣做報告文學員〉和〈報告文學的寫技術〉三章。第一章闡述報告文學與時代的關係、報告文學的特性以及報告文學與其他文學和新聞形式的區別，第二章闡述報告文學者的任務和做一個報告文學者應具備的條件，第三章詳細地論述了選材與採訪、觀察與分析、題材的處理與組接、敘述與描寫等寫作的技術問題。這本書，特別是第三章〈報告文學的寫作技術〉，對於提高報告文學作者的藝術修養有指導作用。茅盾曾指出：「報告文學的學習者卻不可不先將這本書讀一遍。」[17]

胡風在他的重要論文〈論戰爭期的一個戰鬥的文藝形式〉[18]中，充分肯定通訊報告「更直接地和生活結合，更迅速地替戰鬥服務」的特性和功用，在此基礎上著重論述它的存在問題和發展要求，提出「由平鋪直敘到提要鉤玄」、「情緒飽滿不等於狂叫」、「要歌頌也要批判」、「集體的史詩」等重要命題。他分析許多報告「貧弱無力」的原因，「是因為作者墮入了『平鋪直敘』的寫法，不能扼要，沒有重點」，因而要改為「提要鉤玄」的寫法，即「從繁雜的現象中間抓出那特殊的一點，通過那在你的心裡所引起的印象、所擾起的感動去把它抒寫出來」，「應該從特殊的側面反映全體，應該在一般的現象中間

---

17 茅盾：〈「怎樣寫報告文學」〉，《文藝陣地》第1卷第8期（1938年8月）。

18 胡風：〈論戰爭期的一個戰鬥的文藝形式〉，《七月》第1集第5期（1937年12月）。

注重特別激動我們的事件」。他認為「情緒飽滿不等於狂叫」，而是「附著在對象上面的，也就是『和』對象『一同』放射的東西」，「作者可以哭泣，可以狂叫，可以有任何種類的情緒激動，不但可以，而且還是應該的，但他卻不能把他的哭泣他的狂叫照直地吐在紙上，而是要壓縮在、凝結在那使他哭泣使他狂叫的對象裡面，那使他哭泣使他狂叫的對象底表現裡面」，也就是「應該表現出蘊含在事象裡面的真實」，「不把那真實換成了概念的發洩」。這樣，才能使讀者從報告文學裡面「感受到像他們自己從事實裡面所感受到的那種不得不感泣，不得不狂叫，不得不痛恨的力量」。他對於歌頌與批判的理解比別人辯證和深刻，他認為：「真正的歌頌只有從對象底全面性格關係裡面才可以得到，才可以使讀者發生親切的感動，猶如真正的批判也應該如此一樣」，「面對著這個無限豐富無限深刻的民族戰爭，我們還要求更多更廣泛的歌頌，也要求更多更廣泛的批判」。他還希望戰時報告發展成為「集體的史詩」，認為「當作家跳躍在時代底激流裡的時候，他的想像作用就退居在較次要的地位，能夠在事實底旋律裡找到他的史詩底形態的」，「要能夠和戰鬥溶合才能把握到產生偉大作品的基礎條件」，「才能派出兩個結果：一是養成了能夠理解那時代、能夠表現那時代的作家底靈魂，一是積起了形成那時代底史詩底草稿」，「將來的偉大的『民族革命戰爭史』非得有這樣成長起來的靈魂和這樣積起來的底稿就無從出現的」。胡風的評論有的放矢，對於報告文學真實性、思想性和藝術性的協調發展具有指導意義。

報告文學的真實性與藝術性的關係問題，本不是什麼新問題，但由於存在著對報告文學性質的錯誤認識，影響了報告文學品質的提高；強調報告文學的藝術性，影響了報告文學的真實性，強調報告文學的真實性，又影響了它的藝術感染力。因此，如何處理報告文學真實性與藝術性的關係，就成為一個很突出的問題。周行在〈再論抗戰文藝創作活動〉[19]一文的第二部分〈新形式——報告文學問題〉中指出：報告文學的主要性能和中心任務「還是在於正確而迅速地報告事實」，然而，「報告文學顯然不是一般的新聞報導，它是文藝的一種新樣式，雖說是特殊的，但總歸是一種文藝作品，不能完全脫離一般文藝法則的支配」，「需要以文藝的(形象化的)手法去寫作」，「報告文學不僅要正確地記錄，報告事實，而且還要文藝地去報告它」。它與純文藝作品的差異只是在於「藝術概括作用的強弱，即形象化手段的強弱」。羅蓀在〈談報告文學〉[20]一文中也強調：報告文學「是結合著新聞性與藝術性的統一物」，「作為一個報告文學者，不但要豐富的具備著作家的藝術素養和表現手法，同時還要具備著新聞記者的敏感、淵博與迅速的報導機能」。他較為深刻地指出抗戰以來報告文學的「缺憾」在於：「第一，對於現實事件的認識不夠，分析力和理解力都還不夠充分，因而不能夠表現所報告的事件之間的矛盾的因果。第二，由於第一個原因，以致於作者單純的報告了一些特殊的偶然的事件，卻不能使讀者從這些特殊的偶然的事件中找出它的一般性和必要性的關係。第三，認為一切現象都是可以作為報告的素材，於是不加選擇的把任何事件都『客觀』的報告出來了，這結果頂多是要做原料堆疊，卻不是報告文學。」這又牽涉到作者的思想認識水準了。因此他強調指出：「報告文學者更須要把自己放入到戰鬥的生活中間去」，「必須是戰鬥者」，「必須有著正確的政治認識，熱烈的真理愛，強度的社會感情，深刻的觀察，才能把握瞭解事物間的關係，才能分析個別事件與整個社會現實發展的關係」。

關於報告文學的特質和真實性與藝術性的關係，曹聚仁的〈報告文學論〉（1942）[21]，則從新聞記者的角度提出自己的看法。他認為：

19 周行：〈再論抗戰文藝創作活動〉，《文藝陣地》第1卷第5期（1938年6月）。

20 羅蓀：〈談報告文學〉，《讀書月報》第1卷第12期（1940年2月）。

21 收入曹聚仁：《現代中國報告文學選（甲編）》（香港：三育圖書有限公司，1968年）。

報告文學「並不是純文藝，乃是史筆。它的成分，要讓『新聞』佔得多；那藝術性的描寫，只有加強對讀者誘導的作用，並不能代替新聞的重要位置。換言之，不管用文藝手法描寫得怎樣高明，只要那新聞本身缺乏真實性，那篇通訊即失去了意義。」因此，他很強調報告文學者的「新聞眼」，即「透闢的觀察力」；其次，就是要「善於處理材料」；第三，才是「藝術的筆觸——特寫」。而這種「特寫」，「當以完成誘導作用為限度，過了這個限度，即失去了作『特寫』的本意」。

何其芳的〈報告文學縱橫談〉[22]，針對抗戰以來報告文學「以幻想代替真實」和模仿外國的「形式主義的傾向」，提出了報告文學的「中國化」和「大眾化」的命題。他給報告文學重新下了一個樸素的定義：「報告文學者，記敘當前發生的事情之記敘文也。」打破那些關於報告文學的爭論不休的「形式主義」的條條框框，對報告文學的創作確實是個「極其痛快的解放」。

此外，以群的〈抗戰以來的報告文學〉[23]和田仲濟的〈報告文學的產生及其成長〉[24]，對我國報告文學發展的歷史作了較為系統的論述和總結。以群的長文分為六個部分：〈報告文學史略〉、〈抗戰以來的報告文學特別發達的原因〉、〈抗戰以來的報告文學反映了什麼〉、〈抗戰以來報告文學的發展動向〉、〈幾種代表性的風格〉和〈今後的展望〉。第四部分指出了抗戰以來報告文學發展的五種「動向」：一是「由平鋪直敘到提要鉤玄」；二是「由記錄直接的經驗到表現綜合的素材」；三是「由熱情的歌頌到冷靜的敘寫」；四是「由戰爭的敘述到生活底描寫」；五是「由以事件為中心到以人物為主體」。這五個動向

---

22 何其芳：〈報告文學縱橫談〉（1946年11月作），《關於現實主義》（上海市：海燕出版社，1950年）。

23 以群：〈抗戰以來的報告文學〉，原載《中蘇文化》第9卷第1期（1941年7月），後作為報告文學選集《戰鬥的素繪》一書的代序。

24 田仲濟：〈報告文學的產生及其成長〉，原載《天下文章》第2卷第4期（1944年11月），後為作者署名藍海的《中國抗戰文藝史》中的一章。

表明我國報告文學逐步地克服存在的問題，「向深刻、完整、活潑、生動、真實的方向發展」。

上述文章不但探討了報告文學的特性問題，真實性與藝術性的關係問題，作者的修養問題，深入生活問題；還進一步提出報告文學本身創作的規律性問題，以及報告文學的民族化、大眾化問題，雖然還只是初步提到，但已顯示了理論探討的進展。

總的來說，這時期散文理論建設在前一期文體論的基礎上，根據戰時散文創作的實際問題和時代要求，集中深入地探討了雜文、記敘抒情散文和報告文學這三種主要散文樣式的特性和功用，進一步強調散文創作的時代性、現實性、思想性和藝術性緊密結合的觀點，也進一步確立了散文主要由雜文、記敘抒情散文和報告文學三大品種分立並存的發展格局。

第三節　現代雜文的全面發展

在抗日戰爭和解放戰爭時期，深受民族民主革命熱潮和社會現實劇變的促進，現代雜文運動擴散到全國各地，雜文寫作隊伍不斷壯大，雜文創作蓬勃發展，獲得全面豐收。其中最重要最突出的是「魯迅風」革命現實主義戰鬥雜文的發展壯大。在這一時期，戰鬥的雜文界，雖然沒有產生過可以和魯迅相比擬的大師，但是，「魯迅的方向」成為戰鬥雜文家的共同方向，魯迅的革命現實主義戰鬥雜文傳統被更多的人所繼承，在新的歷史條件下更加發揚光大。上海成為「孤島」和完全淪陷時期，雜文作家群中的巴人、周木齋、唐弢、柯靈、孔另境、列車等人，在桂林和香港的《野草》社雜文作家群中的夏衍、聶紺弩、宋雲彬、孟超和秦似等人，是自覺地繼承和發展魯迅戰鬥傳統的作家。即使是文學大師郭沫若和茅盾，雜文作家馮雪峰、何其芳、林默涵、廖沫沙、田仲濟，甚至是著名的詩人、學者和鬥士聞一多，也無不受到魯迅戰鬥雜文傳統的浸潤和影響。他們始終把魯迅雜文博大精深的思想和高超獨到的藝術作為提高自己雜文創作思想和藝術水準的強大推動力。自然，他們是在不同於魯迅所處的新的歷史條件下進行雜文創作的，必然有新的創造豐富著「魯迅風」雜文的戰鬥傳統，推動了雜文藝術的多樣化發展。

一　上海的《魯迅風》雜文作家群

上海淪為「孤島」和完全淪陷時期，革命的文藝工作者在上海地下黨的領導和人民群眾的支持下，進行了艱苦卓絕的戰鬥。新聞記者朱惺公、作家陸蠡被日寇憲兵暗殺。許廣平、羅稷南、楊絳、孔另境、夏丏尊、馮賓符、李平心、李伯光、柯靈、章錫琛、嚴寶禮等，被逮捕監禁。但在白色恐怖籠罩的情況下，作家們仍設法出版了大量進步書刊。對此，柯靈曾在〈焦土上的新芽〉一文中寫道：「以巨大的人力和物力完成的《魯迅全集》，奇跡似的出現了，而且不上兩月，已經再版；瞿秋白的遺作《亂彈及其他》，也早以堂皇的巨帙問世。這兩塊豐碑的樹立，卻在劫灰零落的上海，足以為思想界療饑的，我們還有著《資本論》和《列寧文選》……」他們以《導報》、《文匯報》、《譯報》、《華美晨報》和《魯迅風》為陣地，發表戰鬥雜文，結集出版的如：一九三八年十一月，王任叔、唐弢、柯靈、周木齋、周黎庵、文載道合出了六人雜文合集《邊鼓集》；一九三九年七月，上述六人加上孔另境出了七人雜文合集《橫眉集》；一九四〇年，北社出了《雜文叢書》，其中有列車的《浪淘沙》、周木齋的《消長集》、柯靈的《市樓獨唱》、唐弢的《短長書》等，使雜文創作有著很大的發展。戰鬥的雜文作家，繼承和發揚魯迅雜文的戰鬥傳統，揭露敵偽的血腥罪行，歌頌人民大眾的抗日救國偉業，批判小市民的奴才意識，痛斥種種使「親者痛，仇者快」的倒行逆施，抒發了熱烈的愛國主義情懷，表現了崇高的民族氣節，在中國人民，甚至在世界人民的反法西斯戰爭的文藝史冊上，寫下了光榮的一頁。他們的雜文被稱為「魯迅風」雜文流派。一九四一年十二月上海淪陷後，王任叔奉調去印尼，周木齋病逝，原為《魯迅風》同人的文載道和周黎庵改變方向，這一雜文團體終於解體，但它的主幹王任叔、唐弢、柯靈等還一直堅持和發展著「魯迅風」戰鬥雜文的精神傳統。

王任叔的《捫虱談》

王任叔（1901-1972），浙江奉化人，常用筆名巴人。從一九二六年在《文學周報》上發表雜文始，至一九四六年，他寫有雜文六百五十篇左右，數量同魯迅不相上下。這些雜文六分之五發表在一九三八至一九四一年的上海「孤島」時期。此期王任叔創作的雜文數量之多，可以說沒有一個作家能與之相比。他的雜文散見於當時的各種期刊報紙上，結集出版的不到總數的四分之一。計有同別人合出的《邊鼓集》（卷四為王任叔所作，署名屈軼）和《橫眉集》（王任叔所作收入第二輯），專集《捫虱談》（1939）、《生活・思索與學習》（1940）、《邊風錄》（1945）、《學習與戰鬥》（1946）。

一九四九年九月二日，王任叔在〈《文學初步》再版後記〉中寫道：「在我，一生未與魯迅先生交談過一句話，卻頗有些『魯迅主義』。」這話確是一點也不誇張的。他寫的〈超越魯迅〉、〈《魯迅風》發刊詞〉、〈論魯迅的雜文〉，顯示了他對導師魯迅由衷的欽仰之情和捍衛、發展魯迅戰鬥傳統的堅定意志；在雜文創作實踐上，王任叔也是學習和師承魯迅的，並且力圖做到有自己的獨創風格。

王任叔這時的雜文，圍繞著抗日救亡這一最大的現實問題，從國內到國外，從現實到歷史，從黑暗到光明，舉凡政治、經濟、軍事、文化、教育、民情風俗、道德倫理，他的筆尖無不觸及。他的雜文縱橫馳騁、議論風發，像魯迅的雜文一樣，對現實進行了極其廣泛的文明批評和社會批評，是了解這一時期社會的「動態」和人們的「心態」的好材料，有著歷史文獻的價值。

王任叔的雜文，觀察敏銳，思想深刻，體式豐富，格調多樣，有自己獨特的表達方式和語言風格。以雜文集《邊風錄》為例，其中有〈七月〉、〈八月〉等抒情色彩濃厚的政論性雜文；有散文詩式的雜文，如〈站在壁角的人〉、〈烈士與戰士〉、〈戰士與乏蟲〉；有書劄類的雜文，如〈一個反響〉、〈與天佐論個人主義書〉；有三言兩語的偶語類雜文，如〈偶語六則〉；有雜記性的雜文，如〈螺室雜記〉；有剪報加上按語、評點式的雜文，如〈剪貼之餘〉；有對歷史人物的研究和比較性的雜文，如〈魯迅與高爾基〉、〈魯迅先生的眼力〉；有回憶錄式的雜文，如〈我和魯迅的關涉〉；最多的是針對某一事物、某一句話、某一種論調、某一類人、某一種人情世態，進行記敘描寫、聯類生發、直抒愛憎的社會評論性的雜文，如〈說筍之類〉、〈雜家、打雜、無事忙、文壇上的「華威先生」〉、〈論「沒有法子」〉、〈再論沒有法子〉、〈臉譜主義者〉、〈謀略及其他〉、〈無法無天的論調〉、〈出賣傷風〉等。以上各類雜文，體式不同，表達方式和語言風格，自然也就各異。

在王任叔的雜文中，有著自己的表達方式和語言風格，構成自己獨創特色的，是那些在生動記敘、描寫自己的親身經歷和見聞之中，融進鮮明愛憎和深刻見解的社會評論性的雜文。這類雜文沒有理論的架子，但在散文式的「直感」「形象」的抒寫形式之中，活躍著雜文家評判思辨的精魂。

周木齋的《消長集》

周木齋（1910-1941），江蘇武進人，是這時有影響、有自己獨特風格的戰鬥雜文作家。其雜文創作，生前結集的有《消長集》和與別人合出的《邊鼓集》、《橫眉集》，以及後來彙編出版的《消長新集》[25]。抗戰前，周木齋在《申報》「自由談」、《太白》、《新語林》和《濤聲》等刊物上，發表過一些思想尖銳、具有思辨色彩的戰鬥雜文。特別是在曹聚仁主編的《濤聲》上，同曹聚仁、陳子展等互相呼應，發表了一批「赤膊打仗，拚死拚活」的戰鬥雜文。

抗日戰爭爆發後，周木齋的雜文創作進入成熟期。這時他身處環境險惡的上海「孤島」，而且貧病交困，然而心中卻燃燒著抗日救亡的愛國熱情。他堅決捍衛魯迅雜文的戰鬥傳統，創作了一批思想尖銳、博識機智、析理精微的「魯迅風」戰鬥雜文。在《消長集》〈前記〉中，他自述有「戇脾氣」和「辯證癖」，而它們形諸文字，便是自己的雜文「喜歡說理」，「重質，而不計文，實在有點野氣」；又說自己之所以有這種「戇脾氣」，能堅持戰鬥雜文的寫作，是植根於對「信仰」的「深信不移」。這基本上概括了他對馬克思主義的「信仰」，對反法西斯抗日民族革命戰爭必勝的堅定信念，他的雜文的戰鬥性和思辨性的特點。以後宗玨（盧豫冬）在評論唐弢的《投影集》時說：「我曾經把作者和周木齋先生近年來的雜文風格的發展，看成兩個方向：前者近於抒情的散文，而後者則越發趨於思辨的、說理的了。」[26]把周木齋的雜文，看為戰鬥的、思辨的雜文，這幾乎是一致的看法。

在現代雜文史上，周木齋的雜文是以思辨性著稱的。他博識辨微，善於多側面、多層次地剖析問題；他喜歡從事物的聯繫中，對事物加以比較，異中求同，同中求異，從現象突入本質；他常常在論述普遍的哲理之後，借助普遍哲理之光，去透視具體的人事；他喜歡引

25 盧豫冬編輯並作〈跋〉，唐弢作〈序〉：《消長新集》(福州市：海峽文藝出版社，1985年)；收錄《消長集》全部，《邊鼓集》和《橫眉集》內周木齋寫的雜文，以及佚文十五篇。

26 見一九四〇年六月香港《大公報》「文藝」「綜合版」。

用無產階級領袖的格言、警句，引徵史乘和借用古代思想家的思想材料；他剖析事理時，喜歡運用馬克思主義對立而又統一的範疇，例如：經濟基礎和上層建築，社會存在和意識形態，現象和本質，一貫和突變，同和異，變和不變，光明和黑暗，勝利和失敗，聰明和糊塗……當然，這是文藝雜感，而不是抽象晦澀的思辨哲學講義。思辨性是這位雜文家文體風格的突出特點，他的雜文雖不善於塑造生動的雜文形象，偏於剖析事理，但其中卻有雜文家的詩情和理趣。

抗日戰爭中，汪精衛從國府稱病出走，發表了投降賣國的「豔電」。這是當時轟動全國的政治事件，周木齋的〈凌遲〉，就是一篇燃燒著憎惡烈火、無情聲討汪精衛的戰鬥檄文。急速轉折突進的語言節奏、析骨剔髓的犀利而又辯證的剖析是這篇雜文的特點。這篇雜文表現了周木齋善於捕捉矛盾、分析矛盾、從中透視事物本質的思辨才能。作者巧妙抓住汪精衛政治生涯中稱病出走這一習慣性動作進行了層層剖析。在作者看來，稱病和出走是個矛盾。既然「病」了卻又能「走」，可見「健躍」得很，並不是生理上的「病」，而是一種「政治病」──「心病」，是一種「賣弄風騷」病。「心病」有大小輕重，是作為矛盾過程展開的，過去的「病」是小病，僅是「賣弄風騷」而已，這一次是「喪心病狂」，是「大拍賣」，他把自己、民族、國家乃至友邦，一切都出賣了。而汪精衛這麼做，是基於要當「奴隸總管的心理」，其結果只不過是充當日寇麾下的走狗而已，這其實是「大蝕本」，而這也正是一個致命而尖銳的矛盾。憤激的揭露，無情的鞭撻，犀利而又入微的辯證剖析，不僅把這個漢奸賣國賊的靈魂「梟首通衢」、「凌遲」「示眾」，而且把他永遠釘在歷史的恥辱柱上。

〈影痕〉可說是三言兩語的哲理性散文詩，但作者把它們收入《消長集》中，這也可以說是濃縮的、微型的雜文。且看〈影痕之一〉中的文句：「『止戈為武』──『和平』含著殺心。」「和平是名詞，也是代名詞，銷贓的，投降的，苟安的。」在這裡，一般雜文那層次繁複、細緻入微的辯證推理被省略了，只有三言兩語、斬截明快、言簡意賅的判斷。這類文字遒勁雋妙，耐人咀嚼，同樣閃灼著辯證思維的詩意光輝。自然，在他的雜文中，也有一些是作者辯證思維的抽象和枯燥的演繹，「重質，不計文」，欠缺雜文的藝術魅力，這是不足取的。

唐弢的《短長書》等

唐弢是抗日戰爭和解放戰爭時期雜文創作數量較多、藝術成就較高的影響較大的戰鬥雜文家。他這時創作的雜文，分別收入與友人合出的《邊鼓集》和《橫眉集》，自己的《投影集》（1940）、《勞薪集》（1941）、《短長書》（1947）、《識小錄》（1947）等。另外，從一九四五年春起，他又在《萬象》、《文匯報》副刊「筆會」、《聯合晚報》以及《文藝春秋》、《文訊》和《時與文》等報紙雜誌上，發表了獨創一格的《晦庵書話》[27]上百篇。這時他的雜文，基本上可以分為兩類，一類是文明批評和社會批評的雜文，一類是帶有現代文學考證、研究性質的學術性和文學性相統一的「書話」。他的雜文或針砭時弊、掃蕩穢醜，或批判現實，解剖歷史，或鼓舞鬥志、呼喚光明，表現了歷史的脈動，留下了大時代的「眉目」，喊出了人民的心聲。

唐弢這時的雜文內容特別豐富，這也直接決定了文章格式、寫法和風格的豐富多彩。寫得最多的是直面現實的政治風雲、世道人心和文壇鬼魅的短評和雜感；也有「讀史札記」式的長篇雜文，如〈東南瑣談〉、〈馬士英和阮大鋮〉、〈漬羽雜記〉、〈漬羽再記〉和〈談張蒼水〉等；還有文藝研究性質的雜文，如關於魯迅思想和著作研究的，談歷史題材問題的，論文藝大眾化、民族化的，論諷刺藝術的，論文藝翻譯的等等；還有批註體的雜文，如〈沮沫集批註〉，詩話體的雜

27 原名《書話》，北京出版社一九六二年初版，署名晦庵；三聯書店一九八〇年版題為《晦庵書話》。

文，如〈小卒過河〉，以及〈休刊詞〉、〈校後記〉和〈編後記〉等；至於「書話」體的雜文，那更是作家的一種創造了。

唐弢這一時期的雜文，有不少是以邏輯推理形式出現的，無論立論還是駁論，都條分縷析，見解精闢。但更大量的雜文，沒有三段論式的理論框架，議論常常和記敘、描寫、抒情、對話、引述相結合，在對社會人生的抒寫中，表現自己對社會人生的切身感受，從而使這些雜文既充滿理趣，又籠罩著濃郁的藝術氣氛，評論家把它們稱為「抒感性的雜文」[28]。

唐弢這種「抒感性的雜文」，注重形象化說理。他常借一幅畫、一首詩、一個傳說故事、一些歷史人物和文學人物起興，巧妙地把讀者引導到雜文的議論中心上來，使議論獲得直感、形象的生命，使直感、形象的東西因和議論結合而得以深化。〈從「抓周」說起〉，是紀念上海淪陷一週年的。文章從周彼得（即蔡若虹）發表在《譯報週刊》上的一幅畫《抓周》說起。中國有個傳統習俗，孩子周歲時，在他面前羅列百工士子的用具，讓他抓取一種，以預測他將來的志向，如《紅樓夢》裡的賈寶玉就「抓」過「周」。這幅漫畫裡的日本孩子，抓住戰神前面的十字架，中國孩子，則抓住和平神前面的短劍——「一把復仇的短劍」，一把將「插在侵略者的心上」的短劍。這幅畫是意味深長的。一個童稚的孩子尚且知道抓起短劍戰鬥，何況飽經憂患、熱戀故土的成人。作者從孩子的「抓周」和上海人民從淪陷一週年來的覺醒、奮起中找到了契合點，為他的議論創造了強有力的依託。他文中所說的，「上海，從刀叢，從箭林，從鞭影火光裡長大了起來」，上海「從血污裡再生」，將「永遠是真正中國人的上海」，有著強大的說服力。〈帳〉和〈破門解〉是分別以傳說和故事起興的。前者寫日寇要向其在上海的漢奸特務「算帳」一事。在中國的

28 見《唐弢雜文集》序言〈我和雜文〉。

傳說中，鬼怪是「愛好含糊，怕算清帳的」。報載日酋土肥原抵滬後要找漢奸特務查帳，引起漢奸特務的「恐慌」，他們於是漏夜「造帳」，以應付審查。在漢奸特務編造的「帳」單中，有「人頭七顆」、「人手一隻」等令人髮指、觸目驚心的項目。文末作者萬分憤慨地議論道：對於中國人民來說，這是「一篇刻在心坎上的血淚帳，我們不但要查核，也還要清算」。後者寫投降日寇的周作人和沈啟無「師弟」倆的決裂醜劇。一九四四年，周、沈二人在日寇手掌中鬥法，周作人宣佈破門，與沈啟無脫離師生關係，這是轟動一時的醜劇。這篇雜文從浙東民間關於老虎向貓學本事終至破裂的故事寫起，暗示周沈破裂如同虎貓的鈎心鬥角，不過是畜牲之間的把戲。唐弢的許多雜文，常把病態畸形的世態相，烏七八糟的人生哲學，概括在一些通俗生動的形象中，這也正是魯迅的「砭錮弊常取類型」的筆法。像〈醜〉、〈謎〉、〈戲〉、〈賊與捉賊〉就是對敵偽和國民黨統治下的某些醜惡世態相的形象概括。

唐弢寫的那些「讀史札記」式的長篇雜文，也常有「抒感性雜文」的特色，作者常常在歷史事件和歷史人物的抒寫中，溶進了自己的愛憎和評論。抗日戰爭時期，民族危機的深重和晚明時期有相似之處，因此，文化界許多人注重對晚明歷史的研究，如阿英編撰了幾齣關於晚明的歷史劇，柳亞子撰寫了一批有關晚明的歷史雜文。唐弢博覽群籍，對中國的野史、筆記非常熟悉。特別是青年時代嗜讀《南社叢書》，其中收有不少晚明的野史筆記。正是在這一基礎上，他寫出了〈東南瑣談〉、〈馬士英和阮大鋮〉、〈漬羽雜記〉、〈漬羽再記〉和〈談張蒼水〉等雜文。在這些雜文中，唐弢以大量詳實新鮮的材料，以充滿感情的筆調，再現了晚明的歷史風貌，描寫了晚明幾個小朝廷的腐敗，勾勒了達官顯貴馬士英、阮大鋮、鄭芝龍之流的醜惡嘴臉和骯髒靈魂，表現了張蒼水和浙東人民在抗清復明中視死如歸、堅貞不屈的英雄氣概。唐弢寫這些雜文目的是為了總結可資當代借鑑的歷史教訓，他鞭撻歷史上的馬士英和阮大鋮，是為了掃蕩現實中的汪精衛之流；他歌頌張蒼水和浙東人民，是為了歌頌浴血奮戰的抗日軍民。這些抒感性的歷史雜文是唐弢雜文中的最佳篇什，也是現代雜文史上的優秀之作。

唐弢的「抒感性雜文」大都篇幅不大，多在兩千字左右。這些雜文筆法嫻熟，文字洗鍊，詞采豐富，抒情味很濃。唐弢的雜文在行文上整散結合，好用獨行句、複沓句和排比句，富有節奏感，這是同這些雜文的抒情旋律相適應的。

柯靈的《市樓獨唱》

柯靈也是這一時期堅持在上海戰鬥的有影響的雜文作家。一九三一年冬到上海，除一九四八年因受國民黨政府迫害避居香港一年外，一直在上海從事報刊編輯工作和電影、話劇活動。先後編輯過《大美晚報》「文化街」、《明星半月刊》、《民族呼聲》、《文匯報》「世紀風」、《大美報》「淺草」、《正言報》「草原」、《萬象》、《週報》、《文匯報》「讀者的話」等，他的雜文集有：《小朋友的話》（1933）、《邊鼓集》卷五、《横眉集》第六輯、《市樓獨唱》（1940）、《遙夜集》（1956）。《遙夜集》中第一輯收錄了他從一九三五至一九四九年的雜文代表作七十九篇。

從三十年代初期起，柯靈就參與左翼文藝運動。上海「孤島」時期，他主編的《世紀風》、《淺草》和《草原》是重要的戰鬥雜文刊物，他曾在一年之中被日本憲兵逮捕兩次，受盡嚴刑拷打，堅強不屈。[29]在解放戰爭時期，柯靈在《週報》和《文匯報》「讀者的話」等報刊上，發表了一批尖銳揭露國民黨反動統治、要求和平民主、反對內戰的戰鬥雜文，受到國民黨政府的迫害。柯靈的雜文，像他在〈挑

29 參見〈我們控訴〉，《遙夜集》（北京市：作家出版社，1956年）。

起艱巨的擔子來〉文中所稱頌的「上海革命的文化人」那樣，「衛護正義，反抗強暴與不義，始終是被壓迫者的代言人」，「以筆墨相搏擊，以生命為殉獻，在寒夜中發出炬火，使人們看出前途，得到溫暖」，內容豐富，形式多樣，熱情、明快、清麗、瀟灑，其中表現了魯迅和瞿秋白的深刻影響，在藝術風格上，他更接近瞿秋白。

柯靈在《晦明》〈供狀（代序）〉中說：「我以雜文的形式驅遣憤怒，而以散文的形式抒發憂鬱。」在《遙夜集》〈前記〉中又說：「這些文章寫作的經過將近二十年，這正是一個驚心動魄的時代」，「如果說，我的這些作品多少反映了人民的苦難鬥爭，那就應該感謝黨，因為它燭照一切的光和熱，使我從混亂中看到了出路，得到了勇氣」。這是作家對自已那熱烈明快的雜文的很好說明。

柯靈雜文的藝術形式較為豐富多樣。他寫得最多的是直面現實的短評和雜感，這類雜文現實性強，大多感情激烈，文字清麗瀟灑，寫得明快質直；其中像〈街頭人語〉和〈街頭閒話〉，都是直接批評時政的短評，寫得短小精悍，鋒利深刻，達到了一定的力度和深度。例如〈街頭人語〉之一則抨擊抗戰勝利後國民黨的獨裁和劫收：

> 一個黨，一個主義，一個領袖，一道同風。——這叫做「統一」。[30]
>
> 皮帶、皮綁腿，大皮包。——這是「三皮主義」。[31]
>
> 金子，房子，車子，女子，面子。——這是「五子登科」。[32]
>
> 你當它正經，它是開玩笑；說它是笑話，偏又是事實。
>
> 中國的政治，就是如此如此，這般這般。

---

30 作者原注：「當時國民黨實行法西斯獨裁的宣傳口號。」（見《遙夜集》）。

31 作家原注：「當時人民對國民黨政府無恥的劫（接）收行為的諡詞。」（見《遙夜集》）。

32 作家原注：「當時人民對國民黨政府無恥的劫（接）收行為的諡詞。」（見《遙夜集》）。

這樣的短評，確是鋒利的匕首和投槍。而像〈禁書詩話〉和〈歌得「新天地」〉是詩話體的雜文，〈玉佛寺傳奇〉則是雜劇散曲體的雜文。這些雜文仿效魯迅和瞿秋白合作的詩話體雜文〈王道詩話〉及雜劇散曲體雜文〈曲的解放〉，匠心巧運，把對時事世態的抨擊和諷諭，融入中國傳統的詩話、雜劇、散曲等的民族形式之中，確是別開生面，令人耳目一新。

柯靈於一九四〇年寫的〈從「目蓮戲」說起〉和《神、鬼、人》中的〈關於土地〉、〈關於女吊〉、〈關於拳教師〉等幾篇雜文，也很有特色，可以說是「立體風土畫」(〈從「目蓮戲」說起〉) 和有的放矢的現實評論的融合。柯靈是紹興人，是魯迅的同鄉。魯迅小說、散文和雜文中所寫的土穀祠，民間戲曲中的「女吊」和「二醜」，紹興一帶的風土習俗和人情世態，他也是熟稔的。柯靈的這些雜文，從魯迅的名作中汲取靈感和素材，加上他自己創造，不僅給讀者奉獻了形神畢肖、繪聲繪影的「立體風土畫」，而且堅持了解剖和改造國民性的精神傳統，表現了他對某些人情世態睿智掘發的啟示，具有較長久的思想和藝術的魅力。

二　桂林《野草》雜文作家群

這一時期，以《野草》為主要陣地的雜文作家群，也是堅持「魯迅風」革命現實主義雜文戰鬥傳統的。《野草》一九四〇年八月在桂林創刊，一九四三年六月被迫停刊，一九四六年十月在香港復刊，後來用《野草叢刊》、《野草文叢》、《野草新集》等名目刊行，一直堅持到解放戰爭勝利前夕，前後共出四十二期。《野草》始終與中共領導的《救亡日報》、《群眾》(週刊) 和《華商報》相呼應。這就決定了《野草》雜文作家群和上海的「魯迅風」雜文作家群的雜文創作「同」中有「異」了。比如說，在抗日戰爭時期，上海「孤島」雜文作家主要是把矛頭對準日寇和汪偽,《野草》作家群雖也打擊日寇和汪偽,但較多揭露國民黨的消極抗戰、積極反共;在解放戰爭時期,上海的雜文家比較迂迴曲折地表現了人民要求民主自由、反對內戰獨裁的心聲,《野草》作家群則更直接、更潑辣地表現人民的願望,更直接地傳達共產黨和毛澤東的思想。相比之下,《野草》作家群的雜文,有更尖銳潑辣的戰鬥性和汪洋浩蕩的氣勢。

夏衍的《此時此地集》等

夏衍在抗戰爆發後,先後到上海、廣州、桂林、香港主編《救亡日報》等報刊。太平洋戰爭爆發後赴重慶,主編《新華日報》副刊。他是著名的劇作家、散文家,抗戰以來寫過大量的政論、雜感、隨筆和散文,結集出版的有《此時此地集》(1941)、《長途》(1942)、《邊鼓集》(1944)、《蝸樓隨筆》(1949)[33]等,後來輯為《夏衍雜文隨筆集》。他那數字龐大的雜文、政論、隨筆,據廖沫沙估計約有五六百萬字之多,結集出版的約占總數的「五分之一」[34]。他是現代雜文史上罕見的多產作家。

這時期夏衍的雜文內容豐富,思想深刻,詳備記錄了這一時期政治風雲的變幻、人民革命的勝利、社會思潮的湧動、文藝運動的發展,以及他對知識分子命運的思考。他善於吸收和改造一切有用的思想材料成為自己的思想和理論血肉,特別是自覺地創造性地運用魯迅思想和毛澤東思想評論一切,達到相當的思想高度和理論高度。他的雜文有政治評論、社會評論、文藝評論、人事評論和思想評論,有雜感、短評、序跋、演說、通信、對話、答客問等,色調豐富,體式多樣。這些可以說是一般的戰鬥雜文名家共有的特點。

---

33 初版只收政論、隨筆十二篇,一九八三年人民日報出版社新版收一百七十一篇。

34 廖沫沙:〈《夏衍雜文隨筆集》代序〉,《夏衍雜文隨筆集》(北京市:三聯書店,198年)。

夏衍的許多雜文簡潔老練，清新蘊藉，婉轉親切，情理交融，自覺追求一種獨特的說理方式與抒情方式「渾然合致」的境界，有著鮮明的藝術風格，在現代雜文作家中別樹一幟。

夏衍多才多藝，有著豐富的文藝創作實踐，對文藝創作的藝術規律有著深刻的理解。他在論述文藝創作時總是反對概念化和公式化的惡劣傾向，特別強調作品中的「理」和「情」的「渾然合致」。在〈柴霍夫為什麼討厭留聲機〉中，夏衍在引述列夫・托爾斯泰和契訶夫有關名言之後，指出：「只有思想與感情，理論與實踐二而一，一而二的時候，才是世界觀和感情無間地融合一致的境界。」夏衍關於文藝作品的「感人的力量」，在於創造一種「理」與「情」的「無間的融合一致的境界」，使之保持一定的「定數」和「限度」的一貫主張，也體現在他的全部藝術實踐之中。當然，這種「理」與「情」的統一，在各種不同的文學形式中又因各自的個性特徵不同而有所差異。在戲劇和電影中，是統一在情節衝突的組織和人物形象的創造；在雜文中，有時統一在對社會、政治、時事、思想、文藝、人物等的評論，有時統一在對某些帶有象徵性事物的抒寫，前者偏於說理，但理中有情，後者偏於抒情，但情中有理。

夏衍那些偏於說理的精彩雜文，具有以下特點：（一）他在說理時，把自己擺進去，解剖自己，他不是板起面孔、居高臨下訓人，而是採取和讀者平等討論問題、共同尋求真理的民主方式，婉轉親切，沁人心脾，〈談寫文章〉和〈寫方生重於寫未死〉可為代表作。前者引述魯迅〈作文秘訣〉和毛澤東〈反對黨八股〉中的有關論述，說明怎樣才能寫好文章，但是文藝工作者、作者自己和青年朋友的文章，同魯迅和毛澤東的要求有相當距離，於是作者把自己擺進去，和讀者一道解剖和探討這個問題。後者是一封回答文藝青年的信，信中作者接受那位青年對劇本《春寒》的中肯批評，並進而和那位青年一起探討包括自己在內的知識分子作家創作中感情留戀過去、理智傾向未來的矛盾，寫未死重於方生的毛病，文章態度懇切，語調親切，入情入理。（二）他從自然和人生一體化觀點出發，打破自然科學和社會科學之間的森嚴堡壘，借用自然科學道理來掘發社會人生的奧秘，蹊徑獨闢，理趣盎然。「自然科學小品」和「社會科學小品」（包括「歷史小品」）在三十年代曾經出現過，而在雜文大師魯迅的筆下，自然科學和社會科學也是貫通的。夏衍自幼受到自然科學的良好薰陶，他的父親「懂一點醫道，家裡有本草之類的書」，以後又嗜讀英國吉爾勃・懷德的《色爾彭自然史》、法國法布爾的《昆蟲記》，[35]而且夏衍本人又畢業於工科大學，這使他獲得了較豐富的花木蟲魚、聲光化電的自然科學知識。這樣，作為雜文家的夏衍在進行文明批評和社會批評時，就能廣泛運用自然科學的知識取得意想不到的效果。像〈樂水〉、〈老鼠・蝨子・與歷史〉、〈從杜鵑想起隋那〉、〈從「遊走」到「大嚼」〉、〈超負荷論〉、〈光和熱是怎樣發出來的〉、〈論肚子問題〉等，就是這樣的名篇。

夏衍有些雜文是通過對象徵性事物的描寫來抒情和說理的，這類雜文形神兼備、清新蘊藉。象徵手法在文學創作中是常見的，它在於作家運用這種手法時抒寫有特徵性意象，能從具體導向概括，能把讀者的思考和想像引向廣闊、豐富和深刻。〈舊家的火葬〉寫自己老家的高大祖屋，因為被他的「不肖」侄兒租給敵偽而被浙東遊擊隊一把火燒掉，對此作者毫不惋惜，而感到「痛快」。文章對這座可住「五百人」的龐大老屋有很具體的實寫，但無疑的這個「舊家」的老屋又是個帶象徵性的意象，它是封建士大夫家庭的象徵，也是「象徵著我意識底層之潛在力量的東西」，同時還是「不肖」的侄輩作孽的可恥標記。這樣的「舊家」被那愛國的、革命的烈焰一舉「火葬」，作者無比興奮，他寫道：「我感到痛快，我感到一種擺脫了牽制一般的歡

35 參見《夏衍雜文隨筆集》〈花木魚蟲之類〉。

欣。」這寫出了一個真正的革命者埋葬舊世界、舊思想的赤誠胸懷，一個真正愛國者埋葬漢奸行為的凜然大義。自然，〈舊家的火葬〉啟示人們思考和聯想的東西比這些還要豐富深遠。〈野草〉更是一篇難得的佳作，它完全可以看作一篇意象貼切巧妙、含蘊豐富的散文詩。用「野草」來象徵「抗戰」中的中國人民，確是清新雋妙，詩趣盎然。〈論「晚娘」作風〉、〈宿草頌〉都是同類之作。

一般地說，夏衍那些雜文佳作，不喋喋不休說道理，不任感情氾濫，在說理和抒情上都是有節制的，具有一定的「數」和「度」，從淡化中求強化，造成一種委婉親切、恬淡蘊藉的特有風格。但那寫得尖銳悍潑、激情奔放的《蝸樓隨筆》則是另一種風格。夏衍是個多產的雜文作家，他的雜文的思想和藝術水準是不平衡的，有名篇佳作，也有理勝於情、質勝於文的應景平庸之作，這也是不足怪的。

聶紺弩的《歷史的奧秘》等

聶紺弩（1903-1986），湖北京山人。在抗日戰爭和解放戰爭時期，他以飽滿的革命熱情，創作了大量的戰鬥雜文。他的雜文、散文先後結集的有《關於知識分子》（1936）、《歷史的奧秘》（1941）、《蛇與塔》（1941）、《嬋娟》（1942）、《早醒記》（1943）、《天亮了》（1949）、《血書》（1949）、《二鴉雜文》（1949）、《海外奇談》（1950）等。後來編有選集《紺弩雜文選》（1955）和《聶紺弩雜文集》（1981）。

對於聶紺弩雜文，人們早就給予很高的評價。一九四七年林默涵在評論聶紺弩的雜文〈往星中〉時說：「紺弩先生是我向所敬愛的作家，他的許多雜文，都是有力的響箭，常常射中了敵人的鼻樑，可見紺弩先生是不輕視地上的鬥爭的。」[36]新中國建立以後的中國現代文學史專著也都指出聶紺弩在雜文創作上的成就。一九八二年，胡喬木

36 林默涵：〈天上與人間〉，《野草》新4號（1947年）。

在為聶紺弩的舊體詩集《散宜生詩》寫的〈序〉中說：「紺弩同志是當代不可多得的雜文家，這有他的《聶紺弩雜文集》（三聯書店出版）為證。」夏衍曾說自己寫雜文「先是學魯迅，後來是學紺弩的，紺弩的『魯迅筆法』幾乎可以亂真，至今我案頭還擺著一本他的雜文。」[37]

聶紺弩是個具有多方面文學才能的作家，但以雜文的成就和影響為最大。他在《歷史的奧秘》的〈題記〉中有這樣的自述：「我寫的文章實在太雜，幾乎沒有一種文章沒有寫過。雖然寫過各種各樣的文章，卻沒有一種文章寫得好，只有這雜文，有時還聽到拉稿的朋友的當面恭維，……寫雜文也許正是我的看家本領。」他的雜文創作可分為三個時期：即左聯時期；抗日戰爭時期；解放戰爭和解放初期。

左聯時期，是魯迅率領一大批革命和進步作家，以《申報》「自由談」和《太白》等刊物為陣地，以雜文為武器作集團作戰的時代。這時寫作「魯迅風」戰鬥雜文的不只是魯迅一個，而是一大批人，聶紺弩就是其中的一個，但他尚未形成鮮明獨立的思想藝術風格，影響也不大。

抗日戰爭時期，是聶紺弩雜文獨特的思想和藝術風格的形成和發展時期，也是他師承和發展「魯迅風」戰鬥雜文作出了重要貢獻的時期。聶紺弩是《野草》中最重要的雜文作家，也是該刊的一個編輯者。一九三八年初，聶紺弩偕同蕭紅、蕭軍等赴山西臨汾民族革命大學講學，旋即同丁玲經西安到革命聖地延安，後又按照周恩來指示，到新四軍軍部，任新四軍文化委員會委員兼秘書，編輯軍部刊物《抗敵》的文藝部分。一九三九年任浙江省委刊物《文化戰士》主編。一九四〇年在桂林參與編輯《野草》，並任《力報》副刊編輯。一九四五至一九四六年，在重慶任《商務日報》和《新民晚報》副刊編輯。

---

37 夏衍：〈雜文復興首先要學魯迅〉，《新觀察》1982年第24期。

這些經歷是聶紺弩繼承和發展「魯迅風」戰鬥雜文的前提條件。

這個時期，聶紺弩經常著文闡釋魯迅的戰鬥精神，反擊一些人對魯迅的攻擊。他以魯迅為師，經常從魯迅雜文、散文和小說中汲取雜文創作的靈感，沿著這位導師為他指出的方向向前邁進。〈魯迅——思想革命和民族革命的倡導者〉和〈略談魯迅先生的《野草》〉，是用抒情而漂亮的文字寫成的、有一定思想深度的研究性雜文，其中有不少精闢見解至今仍給人以啟發，表明了聶紺弩對魯迅思想和魯迅雜文創作的學習和認識的深化。〈讀魯迅先生的〈二十四孝圖〉〉，如題目所宣示的，是一篇讀後感性質的雜文。但它不是魯迅回憶性雜文《朝花夕拾》中的〈二十四孝圖〉的重復，而是對它的發展。這篇以莊諧雜出的機智幽默筆調寫成的雜文，熔經鑄史、旁徵博引，有一定知識密度；議論風生、辨析透澈，有相當理論容量；在魯迅原作提供的基礎上，把封建孝道這一倫理觀念的虛偽性、荒謬性和反動性揭批得淋漓盡致，簡直可以和魯迅的原作媲美。〈怎樣做母親〉，讓人想起魯迅的雜文名篇〈我們現在怎樣做父親〉，這顯然是受後者的啟發而寫的。聶文也是批評那受封建倫理觀念支配的親子關係，表達了要建立新式親子關係的思想；但寫法和魯迅不同，它不是以議論的形式來表現思想，而是採取在生動活潑的敘事中說理的表達方式，具有獨特的風姿。像〈蛇與塔〉也讓人想起魯迅的〈論雷峰塔的倒掉〉、〈再論雷峰塔的倒掉〉，它們是屬於同一類的作品。

和前期相比，此期聶紺弩的雜文進行了廣泛而深刻的社會批評和文明批評。他曾這樣評價魯迅：「魯迅先生實在太廣大了，幾乎沒有什麼曾逃過他的眼和手，口與心。」這也完全可用來說明他自己這時的雜文創作。他的雜文內容特別豐富，有對反動官僚的貪汙腐化、投降賣國的諷刺和揭露，如〈殘缺國〉、〈魔鬼的括弧〉；有對舊中國那些騎在人民頭上作威作福，過著吸血鬼和寄生蟲生活的大地主和買辦資產階級的諷刺和揭露，如〈闊人禮讚〉、〈我若為王〉；有對背叛祖國、投敵附逆的汪精衛、周佛海和周作人之流的諷刺和揭露，如〈歷史的奧秘〉、〈記周佛海〉；有諷刺和揭露封建法西斯文化專制主義的，如〈韓康的藥店〉；有揭批封建倫理觀念、闡釋青年運動和婦女解放問題的，如〈讀魯迅先生的〈二十四孝圖〉〉、〈倫理三見〉、〈《女權論辨》題記〉、〈婦女・家庭・政治〉等；也有捍衛和宣傳魯迅戰鬥傳統的；還有表現人民在民族戰爭中的災難和歌頌其英雄氣概的，如〈父親〉、〈母親們〉、〈聖母〉、〈巨像〉等等。值得注意的是，這時聶紺弩的雜文創作，不僅歷史和現實的視野開闊了，而且思想也豐富深刻了。

從這個時期聶紺弩的雜文創作中，我們看到他的理論思維能力較前有很大的提高。無論是反駁謬論，還是正面闡發自己的卓見，他總是善於把對現實的深入解剖和廣闊歷史的透視巧妙地結合起來，善於引經據典、熔鑄今古，把豐富的知識和深刻的思想理論結合起來，進行多側面和多層次的剖析和說理。我們也看到他的形象思維特別活躍，他在師承前人的基礎上創新，從而使自己的雜文呈現出多樣性的藝術形式和格調。除常見的以駁論和立論為主的常規雜文格式和寫法外，還有魯迅《故事新編》式的，如〈韓康的藥店〉、〈鬼谷子〉；有虛擬、幻想和寓言式的寫法的，如〈殘缺國〉、〈我若為王〉、〈兔先生的發言〉；有創造帶象徵性的美好形象的，如〈聖母〉、〈巨像〉；有類似魯迅說的「砭錮弊常取類型」的，如〈闊人禮讚〉、〈魔鬼的括弧〉；有像魯迅《朝花夕拾》那樣，在回憶記敘之中溶進抒情和議論的，如〈怎樣做母親〉、〈離人散記〉、〈懷《柚子》〉；也有對古典小說的「古為今用」、「推陳出新」的，如有關《封神演義》的一些雜文；也有以簡約、濃縮、跳躍的語句寫成的格言警句式的雜文……聶紺弩此期的雜文創作，邏輯思維和形象思維水乳交融，筆意放恣、潑辣、幽默，揮灑自如，多姿多彩。這都是雜文家思想藝術風格成熟的標誌。

解放戰爭時期和新中國成立初期，是聶紺弩雜文創作的第三期。

這時期又分兩階段，即抗戰勝利後至一九四八年三月去香港前的重慶階段，一九四八年三月受中共派遣赴香港至一九五一年應召赴京前的香港階段。這一時期聶紺弩的雜文創作又有很大的發展。在重慶階段，聶紺弩的雜文創作同前一時期差不多；在香港階段，他的雜文突破了重慶階段的穩定性，思想藝術風格有了很大的變化和發展。這是由如下幾個因素造成的：（一）此時人民解放戰爭已從戰略防禦轉入戰略反攻，國民黨的反動統治面臨土崩瓦解，人民民主革命在奪取最後勝利。（二）香港的相對自由的環境，使文章不必像在國統區那樣吞吞吐吐，隱晦曲折，而可以毫無顧忌、暢所欲言；（三）這時聶紺弩生活安定，埋頭攻讀馬恩列斯和毛澤東的著作，在雜文寫作上，他不僅仍然學習和師承魯迅，而且也學習和師承毛澤東。

正因如此，聶紺弩給「魯迅風」雜文注入了新的時代血液，從而為「魯迅風」雜文的發展做出了很大貢獻，成為香港和東南亞一帶所向披靡、使敵人望而生畏的著名戰鬥雜文家。此時，他的雜文創作特點是：（一）雜文中有新的革命「亮色」，有火山爆發一樣的革命激情，有磅礴的革命氣勢。一九四八年，他在〈血書〉中說：「寫攻擊時弊文章的人，常常被人非難：不歌頌光明；他們回答：要有光明才能歌頌；現在有光明，這霞光萬道的通體光明，就是土改！」「歌頌這光明，擁護這光明，在這光明中為它而生，為它而死，是我們今天最光榮的任務！」所以，熱情洋溢地歌頌中共領導的中國人民解放戰爭的偉大勝利，歌頌中華人民共和國的成立，歌頌中共所領導的偉大的土改運動，是此時聶紺弩雜文的一個重要主題。（二）自覺而廣泛地運用馬恩列斯的論述，特別是中共中央有關文檔和毛澤東的著述，這保證了他的雜文的思想高度。〈血書〉引用中共中央關於土改的文檔，以及毛澤東和任弼時等的著述；〈一九四九，四，二一，夜〉，引用毛澤東和朱德對中國人民解放軍頒發的命令〈將革命進行到底！〉中的一段話，並獨具匠心地把它分詩行排列等，都極為典型地顯示了聶紺弩此期雜文的這一新特點。（三）與上述作家對光明的禮讚和勝利的喜悅相適應，聶紺弩這時的雜文總的說是汪洋恣肆、酣暢淋漓的，他常寫筆挾風雷、滾滾滔滔的長文，如〈血書〉、〈論萬里長城〉、〈傅斯年與階級鬥爭〉、〈論白華〉、〈自由主義的斤兩〉等，頗有一種高屋建瓴、勢如破竹的威勢，這讓人想起了毛澤東評述艾奇遜《白皮書》的那些名文。

聶紺弩是在學習、師承和發展「魯迅風」雜文中形成和發展自己雜文的思想藝術風格的。如同雜文大師魯迅一樣，他的雜文風格也是豐富性、多樣性和創造性的結晶體。總的看來，在思想內容上，他的雜文有著強烈的時代感，所進行的批評是廣泛的、多方面的，有很強的戰鬥性和思想性；在藝術上，邏輯思維和形象思維相融合，敏於分析事物，善於形象說理，博學多識，機智詼諧，其藝術形式、感情色彩、表現手法和文風筆調均能隨物賦形、富於創造。聶紺弩雜文創作藝術的主要特徵，是他的雜文創作中充滿著一種啟發人、吸引人、感染人、征服人的理趣美。具體說，他的這種形象化說理的理趣美的藝術魅力，主要表現在說理的生動性、深刻性和多樣性，以及與此相適應的藝術形式的豐富性和潑辣幽默的文風上。

〈韓康的藥店〉，是現代雜文史上獨具一格的名篇。在這篇用古白話寫成的近似小說的雜文中，聶紺弩把漢代的韓康和《金瓶梅》中的西門慶擺在一起，說明韓康有救人濟世之心，他藥店賣的藥貨真價實，門庭若市，生意興隆，惡霸西門慶也開藥店，但因賣假藥，門可羅雀，生意蕭條，他要弄陰謀霸佔韓康藥店，但生意仍然不濟；西門慶不久暴卒，韓康藥店東山再起，門前人山人海。這篇雜文是影射和諷刺國民黨當局的。在第二次反共高潮中，反動派查封了深受群眾歡迎的桂林生活書店，並在原地開設一家專賣黨政要員言論的「國際書店」，但也生意冷落，無人問津。文章中沒有什麼議論，而是以小說故事形式，形象地說明了「閻王開飯店，鬼都不進門」的道理。〈閻人禮讚〉極度誇張又高度真實地描寫「闊人」的言行心理，全文主要是描寫，只在文章結尾有這樣「卒彰顯其志」的議論：「這世界就是這種闊人的世界；……這是幾千年封建制度的成果，世界上一天有這樣的闊人，就一天沒有民主。」〈殘缺國〉和〈我若為王〉則是幻想虛擬的寫法，後者虛擬自己如果「為王」，則妻子就是「王后」，兒女就是「太子」和「公主」，他的話將成為「聖旨」，他的任何欲念都將「實現」，他將沒有任何「過失」，一切人都將對他「鞠躬」「匍匐」，成為他的「奴才」。作為民國國民的他又為此感到孤寂、恥辱、悲哀，文章結尾來了一個大轉折大飛躍：「我若為王，將終於不能為王，卻也真的為古今中外最大的王了。『萬歲，萬歲，萬萬歲！』我和全世界的真的人們一同三呼。」這虛擬性的奇思異想和戲劇性的突轉、發現，把對君主制度、帝王思想的揭露和否定巧妙地表達出來了。以上名篇都不是以直接議論形式出現的，而是以間接的形象化說理，也都有不同程度的理趣美。這些都是作者的藝術創造。

《野草》社雜文家中，較有影響的還有宋雲彬、孟超和秦似。

宋雲彬的《破戒草》

宋雲彬（1897-1979），浙江海寧人。他在二十年代和「左聯」時期寫過一些雜文，但他雜文創作的全盛期是在抗日戰爭和解放戰爭時期，這時期他出過的雜文集有：《破戒草》（1940）和《骨鯁集》（1942）。

宋雲彬在〈我怎樣寫起雜文來——代《骨鯁集》序〉中，回顧了他寫作雜文的因由和過程。他是從愛讀魯迅雜文到學寫雜文的。他在〈讀《魯迅風》〉[38]一文中，評論當時上海關於「魯迅風」雜文的爭論時，對「魯迅風」雜文持肯定的態度，他說：

38 宋雲彬：〈讀《魯迅風》〉，文協桂林分會會報《抗戰文藝》創刊號（1940年3月）。

> 我們不必盛氣爭辯，也不必放言高論，只要問：現在的抗戰營壘裡面，有沒有如魯迅所說的「有背於中國人現在為人的道德」匪類隱藏著？許多擺在眼前的挑拔離間，破壞團結的行動言論，是否應該熟視無睹，而不加以指摘或抨擊？許多落後的反動的思想和言論，是否應該任其發展，而不加以揭露和糾正？只要承認一個「有」或「否」，那麼，像魯迅那樣辛辣的筆調的諷刺的文章，在目前還需要的，而且還是很需要的。

足見他是自覺寫作魯迅風戰鬥雜文的。宋雲彬的雜文深受魯迅的影響，但在取材角度、議論方式和文字表達上都有自己的獨創風格。

宋雲彬是語文和歷史學者，有較淵博的文史知識，他的雜文和「左聯」時期的陳子展、阿英、曹聚仁的某些雜文一樣，有較強的知識性和學術性，常從古代的歷史典籍、筆記小說中取材，即便是那些直接批評現實的雜文，他也常常引用史料。在那些取材於古籍的雜文中，作家議論的展開也有自己的特點，他或者把現實的褒貶寓於對歷史和文學人物、文學掌故的評論之中，或者以今論古，或者援古證今。在他的雜文中，歷史和現實總是相聯繫、相貫通、相生發、相印證、相映照的，作家的思想就在這種古今的相聯繫和相映照中，獲得了豐滿的血肉和邏輯力量。

《人間史話（一）》中的〈殺的方法種種〉、〈汪有典的《史外》——談書雜記之一〉、〈章太炎與魯迅〉、〈章太炎與劉申叔〉等雜文，作者引申史乘，考證古代的殺人方法，介紹汪有典的《史外》一書所記述的明代的「廷杖」和東林黨人、蘇州義民反對魏閹的鬥爭事蹟，評論歷史人物章太炎和魯迅師弟之間的異同，評論辛亥革命前夕堅強不屈的章太炎和出賣戰友、投靠清撫端方的劉申叔，作者借評論歷史來諷諭現實。像〈從「怪字」說開去〉、〈替陶淵明說話〉、〈雜談六則〉、〈溫故知新——民初宋教仁被刺案〉等雜文，則從古今的聯繫和映照中展開議論。〈從「怪」字說開去〉是反駁當時一些以維護漢字的「獨特」和「尊嚴」為藉口來反對漢字改革的那些人，作者縱談漢字變化和進步的歷史，說明隨著社會的發展，文字也不斷在變化，文字從少變多，從繁難到簡易，他要申述漢字必須改革的觀點，建立在歷史和邏輯結合的基礎上，顯得有說服力。三十年代，有人把消極避世、寫作閒適趣味小品的周作人譽為現代的「陶淵明」。為了反駁這一觀點，宋雲彬撰寫了〈替陶淵明說話〉，引用大量材料說明陶淵明不僅有靜穆恬適一面，更有「金剛怒目」的一面，劉裕篡晉之後，其詩文創作不用劉宋年號紀年，表現了他不媚俗阿世的高風亮節；而周作人在三十年代只是消極避世，一味閒適，把這時的周作人稱為活的陶潛已是比喻不倫，在周氏屈膝投敵之後，這種比擬更是一種諷刺。這篇雜文在古今人物的對照、比較之中，把知識分子在國家和民族處於危險時刻應該堅持大義和氣節的思想豐富和深化了。〈溫故知新〉先詳寫民初袁世凱導演的刺殺革命黨人宋教仁一案，以後略寫國民黨當局在昆明製造的暗殺李公樸、聞一多等案，作者不加評論，只讓人們從歷史的聯繫、歷史的重演中，去探尋歷史的奧秘。

宋雲彬的雜文，有自己獨特的表達方式，他用筆謹飭，樸實平易，不管是援古證今，或是以今論古，常常以此例彼，不加點破，把聯想和思考的空間留給讀者。他的雜文筆底藏鋒，寓熱於冷，在那絮絮的引證、平靜的評說之中，寄託著深沉的憤慨。聶紺弩論他的雜文「常常是用心平和、不動聲色、輕描淡寫，有的甚至是與世無涉的外衣裹著，裡面卻是火與刺」，[39]確是的論。

孟超的《長夜集》

孟超（1902-1976），山東諸城人。他這一時期結集出版的雜文有

39 聶紺弩：〈回信〉，《早醒記》（桂林市：遠方書店，1942年）。

《長夜集》（1941）和《未偃草》（1943）。此後他仍寫了不少雜文，但未結集。孟超也是文藝上的多面手，他能詩，會寫戲曲，出過歷史小說《骷髏集》和《懷沙集》，寫的一手漂亮的散文。他熟讀史籍，特別是對中國的古典小說和戲曲有頗多的會心和研究，時有獨特的精闢見解。作家的這一智能結構特點，在他的雜文創作上，打下了深深的烙印。

孟超深愛雜文，對雜文有自己的見解，在《未偃草》〈題記〉說：

> 自己是以愛小草的心情，愛著雜文；但臨到自己筆底下寫起雜文來的時候，就不免雜草蓬生，毫無條理了，有許多朋友很有情的忠告我，以為蔓藤似的常常不知道牽扯到那裡去了，有時且不免過分一些，自己也愚蠢以為別人的雜文，真還有什麼章法，或者秘訣，便上窮碧落下黃泉的搜索了一番，結果，反而更使自己笑起自己是加倍的愚蠢來了，也許有人孤芳自賞的玩他那所謂雜文正宗，而我呢，還是把雜文比成小草，讓他野生好了，只求其能夠臨風不偃，就是自己滿意的地方。

在孟超看來，雜文是內容、體式、章法等都不可方物、一切都很「雜」的「臨風不偃」的野草。他所謂的「雜」，即指內容的廣博豐富，體式、章法的「雜多」。他的雜文也多少體現這種特點。

從內容說，他的雜文確是歷史和現實，社會和自然，海闊天空，無所不談；以體式論，有直接針砭現實的短評和雜感，如〈從米老鼠談起〉、〈周作人東渡〉、〈不寂寞戰場上一個不寂寞的靈魂〉、〈精神勞動者的憤慨〉等；有回憶性和抒情性的雜感，如〈記吳檢齋（承仕）〉、〈愴慟的友情（紀念靈菲兄）〉；有抒情散文式的雜感，如〈一年容易又秋風〉、〈秋的感懷〉等；有類似科學小品和寓言小品的雜感，如〈漁獵故事〉、〈雞鴨二題〉等；數量最大、寫得最有特色的是歷史評論和文藝評論性的雜文，如〈略談宋代的「奸臣」與「叛臣」〉、〈歷史的窗紙〉、〈談京戲《珠簾寨》〉、〈焦大與屈原〉、〈關於陳圓圓〉、〈談「阿金」像〉、〈從梁山泊的結局談到水滸後傳的作意〉、〈孫行者的際遇〉、〈花襲人的身份〉、〈從依樣畫葫蘆到三分歸一統〉等。

孟超善寫史論和文論式的雜文，在取材上和宋雲彬有相近之處；但在議論和表達上，宋雲彬較多引徵史乘，進行較詳的考證，寫得矜持節制，把自己的傾向融在史料辨析和考證之中，不多發表議論；孟超也徵引文獻材料，但他更注重對文獻材料的剖析，並在此基礎上形成自己的見解，發揮自己的見解。他的雜文借題發揮，議論縱橫，盡情揮灑，興會淋漓。一個節制矜持，追求含蓄的意蘊，一個逞才使氣，盡情發揮自己的見解，表現了完全不同的風格。

孟超在〈《骷髏集》序〉和〈《懷沙二集》序〉中，反覆說明歷史本身就包含有現實意義，因而，歷史題材可用來諷諭現實。他同意梁任公的說法，研究是以「求得真事實，予以新意義，予以新價值，作為目的」。孟超擅長歷史小說，也愛寫史論性的雜文。其〈從戰國時代的社會背景說到縱橫術〉、〈略談宋代的「奸臣」與「叛臣」〉和〈歷史的窗紙〉等就是史論性雜文的代表。〈歷史的窗紙〉從一個大學的歷史試題談起。試題是：「東晉元帝，南宋高宗，明末福王，均偏安江左。何以東晉南宋多歷年所，而福王享國獨淺，試言其故？」在抗日戰爭時期，出這樣的試題顯然是荒唐的。它不是引導學生去總結東晉等三朝亡國的教訓，反而引導他們去比較如何才能「偏安」得更好，這無疑是給歷史蒙一層「窗紙」。難怪學生答案五花八門。作者的朋友竟由此慨歎中學畢業生「對歷史的認識不夠」。作者在對那些答案的逐一剖析中展開自己的議論，最後指出史學界的某些人故意給歷史蒙上窗紙，讓人看不到真理，「這樣，對於歷史的短見除了幾十個中學生之外還多哩」。這篇雜文從剖析一個具體的典型事例入手，導向研究歷史的一般方法，構思新穎，議論深透。孟超那些論中國著名古典小說的文論性雜文議論風生，屢見新意。它們沒有一般學術論文那種理論架勢和學究氣，卻有著鞭辟入裡的真知灼見和從容舒卷的裡手氣度。例如〈孫行者的際遇〉指出《西遊記》中的孫悟空在鬧天宮前後的不同際遇和不同性格。當他是齊天大聖時是何等生機勃勃，皈依佛法後的孫行者竟一蹶不振，鬥許多妖魔不過，而得正果後的孫悟空雖然號稱「戰鬥勝佛」，但已是心如死水，毫無生氣。〈從梁山泊的結局談到水滸後傳的作意〉分樣比較了施耐庵、金聖歎、俞仲華、陳忱幾本小說對梁山泊結局的描寫，說明陳忱《水滸後傳》寫李俊一班梁山好漢在海外創業，在牡丹灘救駕，是忠於宋室王朝，反對金人入侵，憎惡蔡京之類朝中奸臣的，是符合施耐庵原意和人民心理的，還指出李俊等豪傑，是臺灣島上堅持「反清復明」孤軍作戰的「鄭成功的影身」。因此，《水滸後傳》不僅僅是「洩憤之書」。類似創見在孟超這類雜文中並不少見，它們確是難得的佳作。

秦似的《感覺的音響》

秦似（1917-1986），廣西博白人，他在這時期出版的雜文集有《感覺的音響》（1941）、《時戀集》（1943）、《在崗位上》（1948）等。秦似在三十年代主要從事詩歌創作，一九三九年系統地讀了《魯迅全集》，深為魯迅的雜文所吸引，開始雜文創作。他把雜文投給夏衍主編的桂林《救亡日報》，從此與夏衍相識，並向他建議創辦一個形式活潑、專刊短小雜文的雜誌。此後，秦似便成了《野草》的五人編輯之一，具體負責《野草》的編務，對《野草》的編輯、出版、發行起了重要作用。

秦似同《野草》社中的夏衍、聶紺弩、宋雲彬、孟超等前輩作家相比，是個血氣方剛的青年，他的雜文尖銳潑辣，鋒芒畢露，熱情奔放，明快流暢。尤其是那些同「戰國策」派論爭的雜文和「婦女問題討論」中的論戰性雜文，更顯得犀利潑辣，虎虎有生氣。他的雜文體式多樣，包括各種形式的短評、雜感和札記，發刊詞、編後記式的雜文，抒情、記敘散文式的雜文，散文詩式的雜文，以及諷刺式的雜文。他較有特色的雜文，是刊在《野草》上的《斬棘集》、《剪燈碎語》、《吻潮微語》、《芝花小集》和刊在香港《文匯報》「彩色版」上的《豐年小集》，這類兩三百字、直接抨擊弊政和陋習的匕首式短評，構成秦似雜文創作的主要部分。秦似的雜文，沒有夏衍的簡潔雋永，聶紺弩的汪洋恣肆，宋雲彬的嚴謹博識，孟超的俊逸灑脫，顯得熱情有餘而涵蘊不足，但也自有其蓬勃的朝氣。

同《野草》社關係較深的雜文家，還有林林（《崇高的憂鬱》）、何家槐（《冒煙集》）、歐陽凡海（《長年短輯》）、秦牧（《秦牧雜文》），他們的影響不如夏衍、聶紺弩大，但也有自己的風格。

三　重慶的雜文作家群

抗日戰爭時期，重慶作為政治、文化中心，雜文創作也相當活躍。郭沫若、馮雪峰、田仲濟、廖沫沙、孔羅蓀、靳以等，在《新華日報》等革命和進步報刊發表雜文，而且有雜文集問世。他們的雜文，思想上和上海的《魯迅風》以及桂林的《野草》有著共同的戰鬥傾向，藝術風格上也卓然成家。

郭沫若的《沸羹集》等

郭沫若在「七七事變」後，毅然拋婦別雛，奔向祖國，投身抗日戰爭和民主鬥爭的洪流。抗日戰爭時期和解放戰爭時期，郭沫若非常重視政論、雜文的寫作，結集的有《羽書集》（1941）、《沸羹集》（1947）、《天地玄黃》（1948），此外還有帶有論文性質的《今昔蒲劍集》（1947）。

郭沫若在為紀念魯迅逝世十週年而作的〈魯迅和我們同在〉裡，

說「七七事變」後是魯迅的精神把他呼喚回國，船快到上海的時候，他流著眼淚吐出的詩，就是用魯迅一首詩的原韻。他寫道：「這的的確確是可以證明我在回國的當時是有魯迅精神把我籠罩著的」，「魯迅精神永遠和我們同在！」郭沫若有很多關於學習魯迅精神和作品的講話和文章，可以看出，郭沫若的政論、雜文是沿著魯迅所開拓的道路前進的。

郭沫若於一九三八年七月到武漢，著手政治部第三廳的組建，十月退出武漢赴長沙，十一月參與長沙大火的善後工作，於十二月赴重慶。一九四〇年九月卸去第三廳廳長的職務，主持文化工作委員會的工作，直至該會被解散為止。他在重慶六年半中，「完全是生活在龐大的集中營裡」，「足不能出青木關一步」（《郭沫若選集》〈自序〉）。他站在民主運動的前列，運用雜文這一形式進行不懈的鬥爭。

《羽書集》收抗戰前期的政論文，充溢著誓死抗戰的激情，如〈來他個「四面倭歌」〉，是在擴大宣傳週一個歌詠會上的致詞，採用詩的形式，富於極大的鼓動性。《沸羹集》主要是一九四一至一九四五年間雜文的結集，《天地玄黃》收解放戰爭時期的雜文，《今昔蒲劍集》則是抗戰時期學術性論文和雜文的合集。如果簡略地分類，我們大致可以在這些集子裡看到：見解精闢的史論，觀點鮮明的文論，大聲疾呼和象徵暗示的政論，以及抒情性的雜文作品，這些作品總的傾向是服務於現實鬥爭的。

郭沫若在重慶繼續進行先秦社會和諸子思想的系統研究，寫出了《青銅時代》、《十批判書》等重要論著。皖南事變後，他用自己最熟悉的歷史劇這一形式，揭露反動派以內戰代抗戰、以投降代獨立、以黑暗代光明的妄想，這些著名史劇成為現代文學史上的珍品。他還用學術性論文與雜文相結合的形式，在《今昔蒲劍集》中反覆強調屈原愛祖國、愛人民、反奸佞的精神，抨擊獨裁統治。在一些短小的雜文中，他常用史事作為引子，生發開去。如〈驢豬鹿馬〉，用東晉皇帝以驢為豬和趙高指鹿為馬的兩節故事，闡明前一種是無知，而後一種則是歪曲。人道主義者用科學的方法可以治療愚昧，法西斯主義者用科學的方法愈增其詭詐。最後作者畫龍點睛地指出「法西斯細菌不絕滅，一切的科學都會成為殺人的利器了。」又如〈我更懂得莊子〉，在對話的形式中把莊子「為之斗斛以量之，則並與斗斛而竊之」等語，改作「為之和平以民主，則並與和平而竊之」等語，揭示反民主、反和平者偽裝和平、自由、民主的用心，並說明這是由於人民力量壯大之故。這種古為今用、意義翻新、形式短小的雜文，對讀者有很大的啟示作用。郭沫若充分發揮了他作為史學家的特長，在雜文中得心應手地運用豐富史料，以多樣的形式同反動派進行了正面的和迂迴的鬥爭。

郭沫若是一位文學大師，文壇泰斗，他為建設人民本位的文藝而呼籲，對文學的動向，革命文藝的介紹，優秀作品的推薦，錯誤傾向的批評，篇幅甚豐，不遺餘力。這類文章以議論為主，因為作者有明確的文藝方向和寫作原則，加之寫作經驗十分豐富，所以行文通暢有力而富於創見。如〈人民的文藝〉、〈怎樣運用文學的語言〉等，無論是方向性的指導，或是對具體問題的論述，都極明晰、確切，也不乏幽默感。

抗戰期間，郭沫若所在的抗戰首府重慶，鬥爭十分尖銳，他最具戰鬥力的武器自然是政論。有一種是大聲疾呼的，如〈為革命的民權而呼籲〉、〈寫在雙十節〉等多量文章。〈寫在雙十節〉末段寫道：

> 「民主不好拿來囤積」，新故威爾基的這種話好像是在譏誚我們。不管它吧，我們不囤積也囤積了三十三年。——三十三個雙十，是二十倍的「十萬火急」了，在今天「民主」的銷場最暢的時候，我們何不也來他一個大量傾銷呢？

這是堂堂之陣，正正之旗，然而嬉笑怒罵，皆成文章，在嚴正中透出機智和趣味。

最典型的是那些簡短的政論性雜文，如〈囤與扒〉：

> 「民主的扒手」，這個新的詞兒很有意思。
>
> 「民主」而遭「扒手」，足見得「民主」也就和法幣、美金一樣，成為了什麼人夾袋裡的私有的東西。
>
> 「扒手」而扒「民主」，足見得「民主」也就和法幣、美金一樣，應為每一個人日常生活上所必需的東西。
>
> 把每一個人日常生活上所必需的東西拿來藏在自己的夾袋裡，這種民主囤積者無怪乎要遭「扒手」。
>
> 把每一個人日常生活上所必需的東西從囤積者的夾袋裡扒了出來，這種「民主的扒手」倒真真是民主的了。
>
> 還是贊成民主的囤積呢？還是贊成「民主的扒手」呢？

這篇短文具有嚴密的邏輯性，又富有論辯性，還運用了詩的重複、對稱、回環等手法，明白曉暢而又曲折有味。另有一些用象徵進行諷刺的雜文，如〈羊〉、〈人所豢畜者〉等，有的是政治諷刺，有的是人生啟示，常見哲理性警句。郭沫若的這類雜文數量不多，可也富有新意。

還有一種抒情性雜文，懷念故人，留戀鄉土。如〈悼江村〉，作者寫他悼念的思路：「像銀幕上的廣告片，無色地，暗淡地，換著。」段落跳躍自由，感情深沉濃烈。又如〈重慶值得留戀〉，是對詛咒重慶作的反面文章。該死的崎嶇對身體鍛鍊有益；可惡的霧可在霧中看江山勝景；難堪的熱，但熱得乾脆，倒反是反市儈主義精神。重慶還有特別令人討厭的地方，那就是比老鼠更多的特種老鼠，可想到尚在重慶的戰友，重慶又更加值得留戀。文中對令人討厭的鄉土的眷戀，乃出於對人民和戰友的厚愛，加之以雜文的筆法，正反相成，增強了抒情的效果。

郭沫若是革命家、歷史學家、劇作家和詩人。他的雜文表現了鮮明的政治立場和奮鬥目標。他熱情奔進，大聲疾呼，真理在手，筆調具有無可辯駁的論辯性和玩弄對手的幽默感，形式與手法多樣，引用材料涉及古今中外，左右逢源，想像聯想豐富，語言恣肆汪洋，於樸質中見推敲，時時透出詩情，有強烈的政論色彩，創造性地發揮了魯迅雜文的諷刺藝術。

馮雪峰的《鄉風與市風》

馮雪峰（1903-1976），浙江義烏人。早年是湖畔派詩人，「左聯」時期是「左聯」的領導人之一，是著名的馬克思主義文藝批評家。一九三五年，他參加了二萬五千里長征，後又受命回到上海，協助魯迅領導革命文藝運動。馮雪峰是魯迅的親密戰友和忠實學生，對魯迅思想和魯迅雜文有深刻的研究，是著名的魯迅研究專家。皖南事變後被國民黨政府逮捕，關在江西上饒集中營。一九四三年，由中共黨組織營救出獄後即赴重慶。在這一時期，他的雜文結集的有：《鄉風與市風》（1944）、《有進無退》（1945）、《跨的日子》（1946），還有去世後出版的《雪峰文集（三）》（1983）中所輯的集外散篇。馮雪峰深厚的馬克思主義理論素養，他對魯迅思想和魯迅雜文的精湛研究，他豐富的革命經歷和所處的特殊環境，他創造性的理論思維能力和哲理詩人的氣質，給他的雜文打上深刻的烙印。他的雜文比周木齋的雜文有更鮮明、更深刻的思辨色彩，顯示為雜文創作的「新作風」和「新機能」[40]，在中國現代雜文史上獨樹一幟。

馮雪峰雜文的思想內容和藝術風格有其發展的一貫性和階段性。他的雜文，以廣博深刻的內容，冷峻嚴密的分析和深透的說理，以及

---

40 朱自清：〈歷史在戰鬥中——評馮雪峰《鄉風與市風》〉（1946），《朱自清文集》第2冊（北京市：開明書店，1953年）。

鮮明的思辨色彩為總的一貫特徵；但他各本雜文集子在取材、說理和表達方式上，在體現總的一貫特徵的同時，還有所變化和發展。

《鄉風與市風》收集作者一九四三年的雜文，先後寫於浙江的麗水、小順和四川的重慶。馮雪峰在〈戰鬥的自覺〉中說：「我們在進行反法西斯主義的目前戰鬥中，必須把戰線伸展到生活和思想的所有角度去。」作者從抗戰時期中國鄉村和城市中社會風習、道德倫理和文化的變化發展中取材，以評論「鄉風」和「市風」為突破口，來剖析社會本質和歷史動向，來探討民族革命戰爭中民族心理意識的改造、民族文化的發展和國家的新生等重大問題。以對社會風習的批評來表現社會本質，是魯迅雜文的重大特點，馮雪峰《鄉風與市風》是師承和發展這一傳統的。《鄉風與市風》不僅繼承魯迅的傳統，也散發著新的時代氣息。這本雜文集不僅表現了人民在民族革命戰爭中從「老大」中國那裡繼承下來的沉重的因襲負擔，也著重指出了他們新的道德觀念在萌長，他們的革命力量在壯大。這本雜文集有鮮明的思辨色彩，不過作家的思辨精魂是棲息在充滿生活和鄉土氣息的現實材料的血肉之軀中的。

《有進無退》中的雜文，寫於一九四三年七月至一九四五年七月間的重慶，同《鄉風與市風》相比，戰鬥鋒芒更加鋒利了，政治色彩更濃了，思想更深刻了，但作家的思辨精魂愈來愈擺脫感性的現實生活，向抽象的理論原則的王國飛翔，探討抽象的理論原則的雜文更多了。值得注意的是，作者在〈理論與實踐的一致〉中說：「理論與實踐的達到一致的過程，是長期的人民革命鬥爭及長期的理論鬥爭的過程，而作為這一致的成果是新民主主義革命的現實基礎的造成及新民主主義革命的指導理論的確立。在今天，所謂理論與實踐的一致這句話，主要的意義就是新民主主義理論的確立。」這透露了作為雜文家的馮雪峰的理論思維同毛澤東思想之間的內在聯繫。這一聯繫，正是馮雪峰的雜文之所以能夠深刻地反映和剖析社會現實，科學地預測歷史發展動向，達到較高的思想高度的一個重要因素。

《跨的日子》中的雜文寫於一九四五年十一月至一九四六年七月的重慶和上海。作者在〈序〉中稱這本雜感集是「隨感的結集」，寫作時「從不擇取正式的政論題目」，但是這些雜文有著直接的政論色彩，因此，可以說《跨的日子》是一本沒有「正式的政論題目」的「隨感」式的政治短論式的雜文。這類雜文幾乎把具體、可感的材料都排除了，作者感興趣的是那些具有重大政治意義的思想、理論和原則，正如辛未艾所評論的，他把「具體現象提到原則上去推論」[41]。《跨的日子》裡的雜文，篇幅是短小的，語言也明快了，由於作家讓思辨的精魂在抽象的思想王國翱翔，雜文的「藝術力」也就相對削弱了。作家顯然清醒地意識到這一點，於是他開始創作寓言、童話體的雜文，這就是《雪峰寓言》(或《寓言三百篇》)。對此，辛未艾評論說：「他正在努力使雜文和寓言童話之類結合起來，而形成一種高度藝術性的諷刺文。」[42]寫作寓言童話體的雜文，在馮雪峰之前有魯迅、周作人，和他同時的有聶紺弩、孟超、靳以等，而結集出版的，只有馮雪峰的《寓言三百篇》。

朱自清在書評〈歷史在戰鬥中〉高度評價馮雪峰的《鄉風與市風》。他說：「《鄉風與市風》是雜文的新作風，是他的創作，這充分的展開了雜文的新機能，諷刺以外的批評機能，也就是展開了散文的新機能。」又說：「這種新作風不像小品文的輕鬆，幽默，可是保持著親切；沒有諷刺文的尖銳，可是保持著深刻，而加上溫暖；不像長篇議論文的明快，可是不讓它的廣大和精確。」文中朱自清特別強調馮雪峰《鄉風與市風》中的雜文在進行文明批評和社會批評時自覺運用「科學的歷史方法和歷史真理」，他指出：「這種歷史方法和歷史真理自然並非著者的發見，然而他根據自己經驗的『鄉風與市風』，經

41 辛未艾：〈雪峰的雜文〉，《文藝春秋》第1卷第3期（1947年）。

42 辛未艾：〈雪峰的雜文〉，《文藝春秋》第1卷第3期（1947年）。

過自己的切實思索，鑄造自己嚴密的語言，便跟機械的公式化的說教大相徑庭，而成就了他的創作。」朱自清對《鄉風與市風》的批評，對馮雪峰所有雜文都是適用的。是否可以這樣說，馮雪峰的具有鮮明和深刻的思辨色彩的雜文的根本特徵，是他在進行文明批評和社會批評時，創造性地運用馬列主義、毛澤東思想的科學真理和科學方法，展開深刻的思索和嚴密的分析；他的雜文，標誌著現代雜文史上思辨性的雜文創作的「新作風」、「新機能」及其所達到的新高度。

馮雪峰這種思辨性的雜文，首先表現在作家評論某一問題時，善於從一個問題的兩個方面和幾個側面對問題作深透的論述；其次是善於突破現象的外殼，透視事物的本質，給人以真理性的認識；其三是注重於社會風習、社會倫理道德觀念的變化和社會思想鬥爭，反映社會的本質和歷史動向；其四是重視以「科學的歷史方法」，對歷史和現實作概括與透視，去探求「歷史的真理」，顯得有深厚的歷史感。

同周木齋的思辨性雜文相比較，馮雪峰的思辨性雜文是一種更高的形態。朱自清在書評〈歷史在戰鬥中〉論馮雪峰雜文的語言時說：「著者所用的語言，其實也只是常識的語言，但經過他的鑄造，便見得曲折，深透，而且親切。著者是個詩人，能夠經濟他的語言，所以差不多每句話都有分量；你讀的時候不容易跳過一句兩句，你引的時候也很難省掉一句兩句。文中偶用比喻，也新鮮活潑，見出詩人的本色來。」需要補充的是，作者有些雜文深入而不能淺出，語言有些艱澀，有些雜文特別是《跨的日子》裡的某些短論，明快顯豁，卻又不耐回味。

田仲濟的《發微集》

田仲濟（1907-2002），山東濰坊人。一九三〇年畢業於上海中國公學，後在濟南主編《青年文化》時開始寫雜文；抗戰時期在重慶寫了百來篇雜文，結集為《情虛集》（1943）、《發微集》（1944）和《夜間相》（1944），出版了雜文研究專著《雜文的藝術修養》（1943）；解放戰爭時期在上海還寫了不少雜文。一九九一年山東文藝出版社出版的《田仲濟雜文集》，前三輯收入他三四十年代雜文二百餘篇。

四十年代是田仲濟雜文創作的旺盛期。他的雜文師承魯迅傳統，直面現實，搏擊黑暗，對國統區的政治、軍事、經濟、文化、教育、倫理道德及其病態社會的邊邊角角、形形色色進行了不留情面的揭露和批判。他特別關注報紙上的社會新聞和社會廣告，把它們視為了解社會全貌的重要視窗，對此進行分析批評成為其雜文的一個特色。〈「奇文共賞」〉一文就由報上的三則廣告和作者對其的諷刺評論聯綴而成，一則廣告是有人重金懸賞請人幫他找回走失的一隻叭兒狗，一則廣告是自稱「哲學專家」的酬運山人對蔣介石當選國府主席後肉麻至極的賀電，一則廣告是有人聲明他沒有患上花柳病，這三則廣告的炮製者是抗戰時期陪都重慶畸形社會孕育出的三種頗具典型意義的社會怪胎，作者只要略作譏評，雜文就尖銳辛辣有力。他對世相的透視，也深入到國民性的層面。〈擠〉和〈踢〉解剖國人間勇於內爭、巧於傾軋的劣根性，〈送灶日隨筆〉從人與神的關係批評了中國式的圓滑聰明，〈阿Q與鴕鳥〉從不敢正視現實、躲避現實的角度諷刺了國民的愚昧、麻木和卑怯。這些雜文都從特定角度剖析國民性的某些消極面，表現了作者對改造國民靈魂的關切。他寫了不少談論文史的雜文，更見學人雜文的特色。〈酷刑〉和〈漏網將相〉揭露封建暴君朱元璋的陰險和嗜殺，像當年魯迅〈病後雜談〉和〈病後雜談之餘〉那樣借明初的暴政來暴露國民黨當局的暴政。〈張松和魯肅〉是一篇通俗生動、借題發揮、意味雋永的論古典文學的雜文，作者把無恥的張松同當時的大漢奸汪精衛聯在一起予以痛斥，以魯肅來讚美抗敵軍民。在他的這類雜文中，過去的歷史和眼前的現實、古典文學和現實人生是打通的，它們實際上是另一種形式的曲折深致的社會批評和文明批評。

田仲濟這時期的雜文形成了渾樸凝重、深沉冷峭的個性風格，有些名作在構思上頗見功力，含有社會人生哲理。〈天堂〉一文的構思獨具匠心，以基督教禮拜堂裡的「天堂地獄圖」來象徵少數人的天堂多數人的地獄的舊中國，他對這幅畫的懷疑和否定，也就是他對舊中國的懷疑和否定，這有曲折深致的含蓄之美。〈更夫〉裡有一幅極不調和的荒誕而實在的人生圖畫：在高樓林立、燈光燦爛、流線型汽車穿梭疾駛的不夜城裡，更夫邦邦地敲著梆子多餘地巡行。同這幅極不調和的人生圖景相平行的，是作者深沉的議論和思考，他指出這種新和舊不可調和的硬性調和，正是光怪陸離、畸形病態的舊中國的特色和病症。在這裡，荒誕的生活圖景和凝重的社會思考的結合，啟發人們觸類旁通地去思考更廣更深的社會問題。他的雜文發微抉隱，荷戟待旦，寓愛於憎，小中見大，在「魯迅風」雜文系統中自有一席地位。

四　昆明的雜文作家群

這時期有一大批知名學者如聞一多、朱自清、吳晗、王力、錢鍾書等，他們都是昆明西南聯合大學的教授，創作了大量有著鮮明藝術色彩的雜文，形成中國現代雜文發展史上的一種新氣象。這可以從社會的發展變化和作家的思想變化中找到解釋。抗日戰爭中，日寇大舉入侵，國土大片淪陷，「亡國滅種」的民族危機降臨到每個中國人頭上；解放戰爭中，統治集團在美帝國主義的支持下發動了全面內戰，中國的殖民化危機非常嚴重。無論是外戰還是內戰，都促使了社會矛盾的激化，也使得人民的生活嚴重惡化，人民在饑寒線上掙扎，原來生活優裕、自命清高的學者教授也被拋入貧困化的境地。抗日救國、反對內戰、要求和平、反對法西斯獨裁、要求民主和自由的怒吼，響徹中國的天空和大地，也在學者、教授的書齋中激盪。像聞一多、吳晗、朱自清等著名學者都衝出書齋，走上街頭，在和人民一起吶喊中，與人民相結合，同人民共命運，雜文就成為他們手中的犀利戰鬥武器，於是就出現了一批學者和鬥士的雜文。至於像王力和錢鍾書，他們都是著名學者，自然也不是社會鬥士，但是當他們運用雜文進行文明批評和社會批評時，他們那深厚的學術修養和文學修養就賦予所寫的雜文以特異的丰姿。

聞一多的雜文

聞一多（1899-1946），湖北浠水人。他的雜文數量不多，但卻貫穿他的一生。朱自清把聞一多的一生劃分為三個階段，即「詩人」時期（1925-1929），「學者」時期（1929-1944），「鬥士」時期（1944-1946）。[43]在「詩人」時期，他寫過著名的雜文《文藝與愛國——紀念三月十八》；在「學者」時期，他寫過〈《西南采風錄》序〉、〈端陽節的歷史教育〉、〈時代的歌手〉、〈文學的歷史動向〉等。一九四四年西南聯大「五四」文藝晚會後，他思想發生激變，所寫的雜文雖數量不多，卻值得高度重視。因為它們是中國現代思想史上不可多得的文獻，是中國現代戰鬥雜文史上不可多得的珍品。

聞一多之所以在抗日戰爭後期和解放戰爭初期寫作雜文，是同他此時世界觀和文藝觀的重大轉變，同他採取戰鬥的人生態度有關的。他從四十年代初起陸續閱讀恩格斯的《家庭、私有制和國家的起源》、列寧的《國家與革命》等經典著作和革命報刊；在晚年推崇魯迅和瞿秋白，據吳晗回憶：聞一多「晚年特別喜歡瞿秋白和魯迅，案頭經常放著《海上述林》和魯迅的著作」，「他曾毫不掩飾地向朋友、向學生說：『我錯了，魯迅是對的。』」[44]學習馬列、閱讀革命書刊是聞一多思想轉變的一個重要因素，但更主要的是由於現實的教育。他

43 參見朱自清：〈聞一多先生怎樣走著中國文學的道路——《聞一多全集》序〉。
44 吳晗：〈聞一多先生傳〉，《投槍集》（北京市：作家出版社，1959年）。

從自己的經歷，從社會現實的發展變化中，認識到人民力量的偉大，認識到共產黨的正確。一九四四年初夏，吳晗受組織委託，邀請聞一多參加中國民主同盟，他明確表示，為了工作需要，可以參加民盟，不過他的目的，是要爭取參加共產黨。可以這樣說，這時的聞一多不僅從一個民主主義者轉化為革命民主主義戰士，他的思想中也正醞釀著向共產主義者的飛躍。聞一多思想激變後，拍案奮起，衝到民主運動的第一線；在鬥爭中，他拿起當年魯迅和瞿秋白用過的雜文這一戰鬥武器，就是十分自然的事了。

聞一多的雜文內容廣泛，議論深刻，形式多樣，表現方式多姿多彩，其中有歷史考據性的雜文，如〈龍鳳〉、〈端陽節的歷史教育〉；歷史上的思潮和流派的研究和批判的雜文，如〈什麼是儒家〉、〈關於儒・道・土匪〉；社會思想和文學問題的評論的雜文，如〈復古的空氣〉、〈謹防漢奸合法化〉、〈文學的歷史動向〉、〈時代的鼓手〉、〈人民的詩人——屈原〉；歷史和現實的運動的斷想和記述的雜文，如〈五四斷想〉、〈「一二・一」運動始末記〉；序跋，如〈《西南采風錄》序〉、〈《三盤鼓》序〉；書信，如〈致臧克家〉；最多的是關於社會政治、思想和文藝問題的演說，如〈組織民眾和保衛大西南〉、〈五四歷史座談〉、〈獸・人・鬼〉、〈民盟的性質與作風〉、〈詩與批評〉、〈最後的一次演講〉等。聞一多的雜文散見在朱自清主編的《聞一多全集》的〈神話與詩〉、〈詩與批評〉、〈雜文〉、〈演講〉和〈書信〉各集中。不論是在什麼內容、什麼樣式的雜文中，歷史和現實都是打通的，詩人、學者、鬥士都是「三位一體」的，這就是著名學者的淵博睿智和遠見卓識，革命浪漫主義精神的豐富想像和充沛激情，大無畏的革命鬥士的披堅執銳的大破大立等素質構成的獨特丰姿。從詩人、學者和鬥士的統一來說，聞一多和魯迅與瞿秋白有共通之處，聞一多雜文也確實受到魯迅和瞿秋白的深刻影響，其中有魯迅的老辣和深刻，瞿秋白的詼奇和明快，但也自有其獨特的風貌，這就是由新的歷史環境和作家鮮明的個性熔鑄成的那種特有的凝聚力和爆發力。

任何研究聞一多的人，幾乎都要提到他一九四三年〈致臧克家信〉信中的這兩段名言：

> 我只覺得自己是座沒有爆發的火山，火燒得我痛，卻始終沒有能力（就是技巧）炸開那禁錮我的地殼，放射出光和熱來。只有少數跟我很久的朋友（如夢家）才知道我有火，並且就在《死水》裡感覺出我的火來。
>
> 你們做詩的人老是這樣窄狹，一口咬定世界上除了詩什麼也不存在。有比歷史更偉大的詩篇嗎？我不能想像一個人不能在歷史（現在也在內，因為它是歷史的延長）裡看出詩來，而還能懂詩。……你不知道我在故紙堆中所做的工作是什麼，它的目的何在……因為經過十幾年故紙堆中的生活，我有了把握，看清了我們這民族，這文化的病症，我敢於開方了。單方的形式是什麼——一部文學史（詩的史），或一首詩（史的詩），我不知道，也許什麼也不是。……你誣枉了我，當我是一個蠹魚，不曉得我是殺蠹的芸香，雖然兩者都藏在書裡，作用並不一樣。

這兩段詩一樣的自述，是極為精彩的自我概括，也是人們認識這位歷史巨人的道德文章的鑰匙，事實上他的一生、他的道德文章也正是「詩的史」和「史的詩」。

聞一多的雜文也一樣可以從「詩的史」和「史的詩」這角度來考察。歷史從過去到現在向明天的運動，歷史運動中來龍去脈的規律，歷史運動的根本動力之所在，作家對歷史運動的規模與趨勢的概括和透視，作家對歷史的洞察發現及其創造歷史的宏偉氣魄，都同步熔鑄在詩的形象的發現和創造上了。而這就是上面說的聞一多雜文的那種特有的凝聚力。聞一多晚年也就是「時代的鼓手」，是怒吼的雄獅，是「爆炸著生命的熱與力」的火山，雜文〈畫展〉、〈「新中國」給昆明一個耳光罷〉、〈「一二・一」運動始末記〉等，特別是著名的〈最後的一次講演〉都是這樣的代表作。其中有驚雷，有閃電，有激流飛瀑，有噴礴而出的熔漿，有雄獅的怒吼咆哮，有對反動派的憤激抨擊，也有對人民英烈的熱情禮讚。每一篇文章、每一次演講都「爆炸著生命的熱與力」，有著震撼人心的力量。聞一多的演講，還有「娓娓而談，使人忘倦」的一面，如〈民盟的性質與作風〉和〈戰後文藝的道路〉等，這類演講體雜文如暖人的春陽，似吹過蕭蕭竹林的清風，像在小溪中潺湲琤琮的清泉，又是另一番景象。

朱自清的《標準與尺度》

朱自清在抗戰勝利後轉向批評、說理的雜文寫作。這同他思想的轉變有關，也同他對雜文的戰鬥作用的認識有關。作為文學史學者和文學批評家的朱自清，這時較多地論到雜文，如〈歷史在戰鬥中〉說：「時代的路向漸漸分明，集體的要求漸漸強大，現實的力量漸漸逼緊；於是雜文便成了春天的第一隻燕子。雜文從尖銳的諷刺個別的事件起手，逐漸放開尺度，嚴肅的討論到人生的種種相，筆鋒所及越見廣大，影響也越見久遠了。」把雜文視為「春天的第一隻燕子」，這是作者過去從未有過的。這時他寫的很多雜文，一九四八年分別結集為《標準與尺度》和《論雅俗共賞》。兩書的序言概括了作者雜文的內容和作家的立場：

> 「本書收的文章很雜，評論，雜記，書評，書序都有，大部分也許可以算是雜文吧，其中談文學與語言的占多數。……本書取名《標準與尺度》，因為書裡有一篇〈文學的標準與尺度〉，而別的文章，不管論文，論事，論人，論書，也都關涉著標準與尺度。」

> 「所謂現代的立場，按我的了解，可以說就是『雅俗共賞』的立場，也可以說是偏重俗人或常人的立場，也可以說是近於人民的立場。書中各篇論文都在朝著這個方向說話。〈論雅俗共賞〉放在第一篇，並且用作書名，用意也在此。」

這就是說，作者的雜文在內容上有論文、論事、論人、論書的，在文體上有理論、雜記、書評和書序，而立場是現代的、人民的，從總體上來說，朱自清的雜文創作堅持了他作為一個人民文學家和人民鬥士的立場。

朱自清的雜文標誌著他在散文創作上的新的追求和新的發展，也標誌著他的散文創作達到了爐火純青的藝術境界，有著自己獨特的藝術風格，借用陸機〈文賦〉的話來說，朱自清雜文的風格就是「論精微而朗暢」。

佔據朱自清雜文中心的，已不是早年那湖光山色、親子之愛、夫婦之情、家庭瑣事和一己苦悶了，而是現實的社會生活和文學發展中的重大問題，表達方式也從抒情、描寫轉向批評和說理。

這時朱自清的雜文，無論是批評社會現實的重大問題，如〈論吃飯〉、〈論氣節〉、〈論書生的酸氣〉，還是議論文學發展和語文教學問題，如〈文學的標準和尺度〉、〈論雅俗共賞〉、〈什麼是文學？〉、〈什麼是文學的「生路」〉、〈歷史在戰鬥中——評馮雪峰的《鄉風與市風》〉、〈魯迅先生的雜感〉等，他都非常注意某一問題的「意念」的歷史沿革的描述和辨析；他在讀者面前打開一本活的歷史，一頁一頁地翻著，溫文細語地指點著，讓讀者深切感受到那普普通通的「吃飯」問題、「氣節」問題、文學發展問題和語文教學問題中，原來還有這麼多的學問和道理，他把讀者從已知引到未知再回到更多的知，使人不得不口服心服，有著很強的啟發力和說服力。

這種批評和說理的方法，就是他評論馮雪峰雜文時說的「歷史的方法」，自然這又是朱自清雜文中的「歷史的方法」；具體說，作為學識廣博的學者和人民鬥士的朱自清，在批評和議論現實社會生活和文學發展的迫切問題時，注重問題的「意念」的考證辨析。他活用了樸學家的方法，注重現實和歷史的貫通，論和史的結合，堅持論從史出，追求歷史和邏輯的統一，這就是說，他立足於現實的戰鬥立場去「熔經鑄史」，對歷史作出新的解釋，宣傳人民民主思想。李廣田在〈《朱自清選集》序〉中說：朱自清「一方面在作歷史的考察，一方面作現實的評價，而這兩方面又是互相貫通，互相結合的。」朱自清自己也說：「就歷史與現實之矛盾加以說明，言文學不能脫離歷史」，但「並非反對就歷史與人生聯繫處，予歷史以新的解釋」（《日記》）。在運用這種「歷史的方法」上，朱自清同聞一多是有所區別的：聞一多是吶喊怒吼，大破大立，是洶湧澎湃的驚濤駭浪，朱自清是潤物無聲的細雨；朱自清和馮雪峰也不一樣，〈論氣節〉和〈談士節兼論周作人〉的論題是近似的，前者沒有後者那種對問題作歷史性的理論分析和概括的宏偉氣度，但卻對「氣節」問題的「意念」及其歷史沿革與具體發展有更精微的論述。

朱自清散文語言的突出成就之一，是他善於運用「活的口語」。「五四」以來的白話文運動，開闢了散文運用「活的口語」的道路。朱自清在〈內地描寫〉中提倡「談話風的文章」，他在前期的抒情、記敘散文中已經開始追求「談話風」散文的「境界」，但只有在後期的雜文和論文中，這理想才獲得完全的實現。朱自清的雜文「熔經鑄史」，析理精微，沒有絲毫理論文章的腔調，而是明白如話，深入淺出。這種文章中「活的口語」，並不是自然狀態的，而是經過作家精心篩選、提煉過的，就更顯得簡潔朗暢。

吳晗的《歷史的鏡子》

吳晗（1909-1969），浙江義烏人。史學家，歷任雲南大學、西南聯大、清華大學教授等。吳晗四十年代雜文，結集為《歷史的鏡子》（1945）、《史事與人物》（1948）、《投槍集》（收1943-1948年未結集的雜文六十篇）。〈《投槍集》前言〉中的自述，基本上概括了自己雜文的內容和形式上的特點。他說：

> 在這些……文字中，也還有點火氣，有點辣氣，反動派很不喜歡的味道在。也還有些歷史事實，例如國民黨的貪汙，對日作戰的『轉進』，買辦資本，通貨膨脹，法幣，物價，公教人員的生活，中蘇關係，反蘇運動，漢奸，特務，國民黨士兵的生活，國民黨反動內戰，美國調處，暗殺，打風，政治協商會議，一二一慘案，國民黨破壞政協，偽國大，反內戰運動等等，當時寫的時候都是有的放矢的……
>
> 雜文到底該怎麼寫，怎樣寫才叫雜文，我也鬧不清。我所能弄清楚的是：第一，我的文章內容很雜，幾乎無所不談。第二，寫的時候沒有一定章程，想到就寫。第三，希望文章能使多數人看懂，把要說的話寫下來，有時候半文半白，文體也很雜。第四，大部分文章是有點意思就寫，寫完了才想題目，弄得很苦。第五，發表了以後，人家說我寫的是雜文，於是我也認為是雜文了。

吳晗寫過各式各樣的雜文，但他寫得最多、最有特色的還是歷史小品式的雜文，史論性的雜文，我們統稱之為「歷史雜文」。這種「歷史雜文」在中國古典文學中是大量存在的，現代雜文家中也有不少人寫過這類雜文，但他們只是偶爾為之，沒有吳晗寫得這麼多。這種「歷史雜文」有帶文學性的也有不帶文學性的，例如歷史學家陳垣於三四十年代在北平幾所大學講課時，開設過「史源學研究」（後改名「史源學實習」），在北平的一些雜誌上發表過「史源學雜文」，這是不帶文學性的「歷史雜文」；吳晗的「歷史雜文」有濃厚的文學色彩，同他的歷史論文和著作不一樣。在這些「歷史雜文」裡，吳晗以歷史作鏡子，照出現實中的醜類的嘴臉和靈魂，不管是以古鑑今，借古諷今，古今合論，還是以今鑑古，他都刨了那些壞種的祖墳，指出它們必然沒落的命運。這些「歷史雜文」是用文學雜文的筆調寫成的，其中確有「火氣」「辣氣」，有強烈的現實針對性和戰鬥性。吳晗的「歷史雜文」拓寬了雜文寫作的領域。

王力的《龍蟲並雕齋瑣語》

王力（1900-1986），廣西博白人，筆名王了一。他是語言學家、翻譯家和散文家。他翻譯過波德萊爾的《惡之花》和都德的小說。三十年代，在「自由談」上發表過小品雜文〈論別字〉，受到稱讚。一九四二至一九四六年所寫的雜文，結集為《龍蟲並雕齋瑣語》（1949）。王力的雜文在知識分子中擁有很多讀者。一九四二年，他的《龍蟲並雕齋瑣語》在《生活導報》刊出後，「整個的《導報》都變了作風」，「讀者們喜歡看《瑣語》」，桂林的報刊也加以「轉載」。[45] 偏愛王力雜文小品的人認為他的雜文，比吳稚暉凝鍊，比魯迅幽默，比周作人明朗。這種評價未必精當，只能算是一家之言。一九八一年中國社會科學出版社重印了《龍蟲並雕齋瑣語》，〈出版說明〉寫道：「王了一即是大家所熟知的著名語言學家王力先生。抗日戰爭期間，先生寫了大量文詞犀利、痛斥時弊的雜文。這些雜文詞章秀麗，議論持平，諷喻巧妙。《龍蟲並雕齋瑣語》就是這些雜文的彙編。」這基本上概括了王力雜文的風格。

王力把自己的雜文稱為「剩墨」「瑣語」「詹言」「清囈」，一方面寓有自謙之意；另一方面，《莊子》〈齊物論〉說過：「大言炎炎，小

---

45 參見王力：〈《生活導報》和我〉，刊於《生活導報週年紀念文集》（1942年11月）。

言詹詹」,「瑣語」「詹言」,就是小品文的意思。王力還把自己的小品雜文稱為「血淚寫成的軟性文章」,這種文章在「滿紙荒唐言」中,有著「一把辛酸淚」,不是「直言」而是「隱諷」。他認為這種「隱諷」比直言更有效力,而他之所以寫這種「隱諷」的小品雜文的「原委」,除了追求「隱諷」的藝術效力之外,主要是國民黨的文化專制主義逼成的。因此,「實情當諱,休言曼殊言虛;人事難言,莫怪留仙談鬼;當年蘇東坡一肚皮不合時宜,做詩贊黃州豬肉,現在我卻是倆錢兒能供日用,投稿誇赤縣辣椒,極力贊辣椒的功能……」事實確是如此。讀王力的雜文,只有把莊與諧、淚與笑、苦與樂、實與虛統一起來,只有把作家的「弦外之音」、「題外之旨」把握住,才能追索它的「諷諭」之旨。

王力這種「血淚寫成的軟性文章」,同林語堂等人只是「一味地幽默」,「幽默」到談牙刷、吸煙之類「幽默」小品是迥異其趣的,因為它是作家的「血淚」凝成的;同梁實秋《雅舍小品》中那些針砭世情的「幽默」小品,也形似而神異,因為前者固然也有對庸俗落後的人情世態的批評,是有幽默感的「軟性文章」,但同人民的「血淚」無關,而後者的心卻是同人民相通的;它同聞一多、吳晗等戰鬥雜文也不一樣,它們雖然都是人民的「血淚」凝成的,但前者是徹底摧毀舊世界的戰鬥檄文,後者卻是對舊世界的「實情」、「人事」進行嘻皮笑臉、繞彎子的「諷諭」小品。

王力的小品雜文,一般不直接接觸尖銳的現實政治問題,他有時談論人們怎麼取名(〈姓名〉),人們愛吃的食品(〈奇特的食品〉),這類小品有知識性和趣味性。他廣泛談論人們日常生活中的種種問題,例如「衣食住行」問題,物價、工資問題,社會的貧富不均問題,社會上的舊風陋習問題,知識分子的生活和苦惱,以及他自己的興趣和愛好等等;這類雜文談論的是,人們社會生活中司空見慣的平凡到不能再平凡的問題,正因此就更具有普遍性。作者在寫這些雜文時,哈哈著吐出心中的悶氣，刻劃芸芸眾生的種種貌相，但他並不搞契訶夫批判過的「小事論」。他在刻劃社會的舊風陋習時，不忘對舊傳統舊風俗舊習慣的針砭；他在描寫「人間苦」時，曲折地嘲弄當時黑暗的現實政治；更難得的是，這些雜文充滿著高尚的生活情趣。

王力的小品雜文有極高的駕馭語言的能力。他是著名的語言學家，熟稔經史，在古典詩詞上有很深的修養。他的雜文語言以流暢、富於幽默感的北京口語為主，又調和了古典詩詞中的清詞麗句和有一定容量的典故，加以駢賦的對仗、排偶句式，致使他的語言有一種特有的凝鍊、柔韌和音樂的節奏感。在許多篇章中，他經常集中地引用古典詩詞、古代典故，並且運用排偶句式，賦予自已的語言以鮮明的風格。先看〈閑〉中的開頭一段：

> 中國的詩人，自古是愛閑的。「靜掃空房惟獨坐」，「日高窗下枕書眠」，這是閒居；「相與緣江拾明月」，「晚山秋樹獨徘徊」，這是閒遊；「大瓢貯月歸春甕」，「飛琖遙聞豆蔻香」，「林間掃石安棋局」，「短裁孤竹理雲韶」，這是閑消遣。如果他們忙起來，他們也要忙裡偷閒；他們是「有愧野人能自在」，所以他們忙極的時候也要「閑尋鷗鳥暫忘機」。

這一連串古代詩人抒寫閒情逸致的清麗飄逸的詩句，不僅加深了文章的文采，也把當時作者為了養家糊口，又是兼課，又是趕寫文章，生活忙迫到如「負山的蚊子」，渴望有片刻的閒逸的心理渲染得淋漓盡致。在〈領薪水〉中，作者寫領了不夠買薪買水的薪水之後的窘境：

> 家無升斗，欲吃卯而未能；鄰亦簞瓢，歎呼庚之何益！典盡春衣，非關獨酌，瘦鬆腰帶，不是相思！食肉敢云可鄙，其如塵甑愁人，乞璠豈曰堪羞，爭奈儒冠誤我！大約領得的頭十天，

> 生活還可以將就過去，其餘二十天的苦況，連自己也不知怎樣「挨」過去的。「安得中山廿日酒，醉眠直到發薪時！」

這裡用典的密度之大和一連串的排偶句式的運用，讓人想起「駢四儷六」的駢賦。這種寫法，擴大了語言的容量，達到了渲染、強調的效果，讀起來有很強的節奏感，這種節奏把作家的憤激情緒巧妙地傳達出來了。

《龍蟲並雕齋瑣語》一書引用的詩詞和典故在千處以上，這顯示了作者深厚的文化素養，擴大了雜文的知識面和書卷氣，但也限制了它在廣大讀者中的普及。這本雜文合集，如果不加注釋，沒有相當文化素養的讀者，讀時每幾步就會遇到一隻「攔路虎」，這不能不說是一種缺點。

錢鍾書的《寫在人生邊上》

錢鍾書（1910-1998），江蘇無錫人。他是著名學者和文學家。他的廣博的知識，強大的思辨能力，以及獨特的文體，都是引人矚目的。這一切在他的雜文集《寫在人生邊上》（1941）中突出表現出來了。這本薄薄的雜文集只有十篇文章，都有自己的分量，是讀者愛讀的雜文珍品。作者在〈序〉中寫到：

> 人生據說是一部大書。
>
> 假使人生真是這樣，那麼，我們一大半的作者只能算是書評家，具有書評家的本領，無須看得幾本書，議論早已發了一大堆，書評一篇可以寫完繳卷。
>
> 但是，世界上還有一種人。他們覺得看書的目的，並不是為了寫批評或介紹，他們有一種文明人的懶惰，那就是從容，使他們不慌不忙的瀏覽。每到有什麼意見，他們隨時在書邊的空白

> 上注上幾個字，或寫一個問號，像中國書上的眉批，外國書裡的Marginalia。這種零星的隨感，並不是對這本書整個的結論。……
>
> 假使人生是一部大書，那末，下面的幾篇散文只能算是寫在人生邊上的。……

錢鍾書自稱是「零星的隨感」的雜文，同三十年代夭逝的梁遇春的隨筆有共同之處，都以知識性和思辨性見長，當然錢文更顯得波譎雲詭，老辣睿智。《寫在人生邊上》的第一篇是〈魔鬼夜訪錢鍾書先生〉，意味深長。這個魔鬼，類似歌德《浮士德》中的惡魔靡菲斯特菲勒司，飽經滄桑，閱歷深廣，既是邪惡勢力的代表，又是有著強大思辨能力的「否定精神」的化身，他常常在對社會人生的獨特分析和批判中，說出一些「歪打正著」、令人顫慄的「可怕的真理」。這個「魔鬼」是中國版的靡菲斯特，在他那滔滔不絕的議論中，就有不少「歪打正著」的「可怕的真理」。自然錢鍾書不是靡菲斯特，他是進步學者和文學家，他有深廣的閱歷和學識，強大的思辨能力，他有健全的肯定和否定精神。

錢鍾書雜文的知識性和思辨性突出表現在他的議論有與眾不同的獨特視角，獨特紋理。在議論的運動中，作家的聯想特別活躍，他「視通萬里」，「神馳八極」，轉手就能從知識的遼闊原野上，採擷來成批量的香花綠草，造出色香味俱全的思辨佳釀，除第一篇外，書中各篇都是這種寫法。以〈窗〉為例。「窗」，誰沒見過？「窗」和「門」的區別誰不知道？但誰能想到作家竟能在這樣普通的物事上寫出這篇堪稱為人間的奇文。文章第一段最後一句，作者用詩的語言寫道：「春天是該鑲嵌在窗子裡看的，好比畫配了框子。」接著作者層層比較了「門」和「窗」的種種不同，最後一段論到「窗」是屋的眼睛，眼睛是靈魂的窗戶，人事上開窗和關窗的必要。這裡有千迴百轉的曲折，奇妙活躍的聯想，在作者筆下的「窗」，就成了一種由作者賦予的獨特的「意念」和獨特的「景象」相結合的獨特的思辨境界了。

有著獨特風格的雜文家，常常就是獨特的文體家。錢鍾書雜文喜歡旁徵博引，在這點上他同梁遇春和王力相近，文章的知識密度特大，而且他的語言巧喻泉湧，妙語串珠，話中帶刺，富於辛辣味和幽默感。他的小說《圍城》語言以創造性比喻的排比聯用著稱於世，雜文也差可比擬。

五　延安的新雜文作家群

從抗日戰爭到解放戰爭初期，延安也出現了不少的雜文。在一九四〇至一九四六年之間，延安的《解放日報》、《中國文化》、《中國青年》等報刊雜誌上時有雜文，寫得較多的是謝覺哉、丁玲、艾思奇、胡喬木、林默涵、何其芳、艾青、羅烽、陳企霞、蕭軍、田家英等。一九八四年出版的《延安文藝叢書》（散文卷）中，選輯了延安的一部分雜文，確如編者在〈前言〉中所說，延安的雜文，「對人民，它是善意的批評和熱情的幫助。對敵人，它是刺向胸膛的利劍。在延安時期，雜文在團結人民，打擊日本帝國主義和國民黨反動派的鬥爭中發揮了重要作用」。延安的雜文也確如金燦然論謝覺哉的雜文時所說的，是一種「新雜文」。

謝覺哉的雜文

謝覺哉（1883-1971），筆名煥南，湖南寧鄉人。他在《解放日報》上連載過〈爐邊閑話〉、〈一得書〉、〈案頭雜記〉等組雜文。他的雜文有一部分是揭露和批判國內外反動派的，如〈想到「血洗」〉、〈黠鼠盜漿〉等；大多數是針對革命隊伍內部的，其中有談思想修養的，有談工作方法和學習方法的。他的雜文文筆樸素流暢，明白如話，說理透澈，深入淺出，平易近人，讀來親切生動，富有教育意義，代表著現代雜文的新作風和新文風。例如，〈「差不多」──「一部分」〉和〈要有問題〉、〈整理材料〉等文，批評一些同志工作不作調查研究，心中無數，問他什麼，都是「差不多」、「一部分」；接受任務，問他有什麼問題，回答是「沒有問題」；任務完成，進行總結時也說是「沒有問題」；指出在工作的自始至終都應該「要有問題」。《拂拭與蒸煮》是談思想改造的。《聯共（布）黨史》的〈結束語〉中說：「如果它（按：指黨）與群眾隔絕，用官僚主義的灰塵掩著自己，那麼，它就會滅亡。」作者由此談論思想上存在的「三風」猶如灰塵，必須打掃。佛家有句偈語：「身似菩提樹，心如明鏡台，時時勤拂拭，不使染塵埃！」續範亭詩云：「萬事從來貴有恆，理論原是照明燈。革除積習須持久，緊火煮完慢火蒸。」作者認為思想改造，要勤拂拭，慢蒸煮。文末他又以詩作結道：「緊火煮來慢火蒸，煮蒸都要功夫深。不要提著避火訣，子孫悟空上蒸籠。西餐牛排也不好，外面焦了肉夾生。煮是暫兮蒸要久，純青爐火十二分。」謝覺哉的雜文同陶行知的《齋夫自由談》風格非常接近，說理透澈，明白如話，親切委婉，詩趣盎然。

何其芳和林默涵同馮雪峰一樣，也受過毛澤東思想的哺育，他們的雜文寫得剛健清新，明快暢朗，是當時有影響的雜文作家。

何其芳的《星火集》

抗日戰爭爆發後，何其芳的思想和文藝觀點發生了較大的變化。在散文創作上，他不再寫作《畫夢錄》和《還鄉雜記》那樣的文字，開始創作直面人生的戰鬥雜文和表現民族革命戰爭中新人新事的報告文學，藝術上追求一種樸素清新、明快暢朗的風格。何其芳一九三八年後寫的雜文分別收入《星火集》（1945）和《星火集續編》（1949）中。

何其芳是個有著赤子之心的雜文作家，他的雜文中充滿著嚴於解剖自己的篇什，總是毫不掩飾地展示他在奔赴延安前後思想上和藝術上的既艱難痛苦而又快樂歡愉的改造過程。寫於一九四五年的〈《星火集》後記〉是這方面的代表作。這篇文章嚴格解剖他來到延安初期作品中有一個「小資產階級思想系統」的錯誤，並且誠懇告訴讀者，他是在參加一個「偉大的整風運動」、學習毛澤東「整頓三風報告」以後才認識其錯誤的，「並逐漸從破壞舊的思想到建立新的」。這類雜文在當時延安影響很大，受到那些從國統區來到延安的革命知識青年的歡迎，在國統區的重慶等地也產生了積極的影響。

何其芳到延安後，兩度往返於延安和重慶之間，他曾在重慶主編過《新華日報》副刊，任過《新華日報》社長，並在《新華日報》上發表過一批雜文。像〈異想天開錄〉和〈重慶隨筆〉這兩組雜文，像〈理性與歷史〉、〈金錢世界〉等，都是揭露和諷刺黑暗統治下的種種時弊的。而像〈關於實事求是〉、〈談讀書〉、〈談苦悶〉、〈談朋友〉等一批雜文，或進行同志式的理論論爭，或談學習方法，或談思想修養。這些雜文表現了作家自覺運用馬列、毛澤東思想的觀點和方法分析問題和解決問題的能力，說理親切、委婉、透徹，文字樸素朗暢，這標誌作者雜文創作風格走向成熟。這類雜文，比起那些寫得粗疏，缺少美感，他自己也認為是失敗之作的報告文學作品，更能表現作家散文寫作的新發展。因為那些報告文學作品，雖然寫得樸素明快，但藝術上比較粗放，缺少一種「樸素美」。他這時的雜文卻有這種「樸素美」，這是同作家前期散文創作中那種精緻的藝術美屬於不同的藝術境界。

林默涵的《獅和龍》

林默涵（1913-2008），福建武平人。他雜文結集的有《獅和龍》（1949），收錄一九四二至一九四九年間的雜文四十四篇。這些雜文先後發表在延安的《解放日報》、重慶的《新華日報》、香港的《野草》和《華商報》。

林默涵於一九三八年八月到延安，入馬列學院學習。他長期從事中共黨報和理論刊物的編輯工作，有較高的理論修養和文學修養，在編務之餘寫作雜文和文藝評論。雜文集《獅和龍》表現了作家自覺運用馬列、毛澤東思想的觀點和方法，觀察社會、批評社會的特點。在思想內容上，主要是揭露舊中國的黑暗，國民黨的反動統治，並且指明產生社會痼疾的根源；與此同時，作者也歌頌光明，歌頌人民群眾的力量，預示革命事業的勝利；也有一些篇章是談論科學研究和文藝創作問題的。林默涵的雜文有著簡捷雋永、清麗朗暢的風格，有著較高的藝術水準。

《獅和龍》中的雜文，一般篇幅不大，但觀點集中，見解深刻。如〈打倒貧困〉一文僅一千餘字，集中論述「打倒貧困」的問題。貧困是罪惡制度的產物，要「打倒貧困」就要摧毀罪惡制度，不過作者又說：「但摧毀了不合理的制度，不一定就能得到富足的生活。撲滅了寄生的蜘蛛，不過是清除了人為的製造貧困的條件罷了，要真正富足起來，還得靠我們自己的努力生產，這就是說，我們不但要打破人為枷鎖，而且要打破自然的枷鎖。」把問題推進了一層，顯得見解深刻。在這裡，雜文家確實具有較高的馬克思主義理論分析能力和概括能力，也有一下子抓住問題的實質並且簡捷地說透問題實質的本領。

《獅和龍》中作者善於選取生動和典型的材料，使議論生動活潑，言簡意賅。〈尋根究底〉一文說的是科學研究、探求真理的過程中必須具有「尋根究底」的精神，作者引用著名科學家居里夫婦論述「尋根究底」的對話，居里夫人少女時代詠唱探求真理的詩歌，論述「要突破成見的障翳去發現真理的珍珠」，只有「經過這樣尋根問底的追究之後，才能達到真理的殿堂」。〈從高爾基學生活〉一文，論述「學習高爾基」，「首先要學習他怎樣生活！」作者一開始就引用〈鷹之歌〉中描寫鷹和蛇截然相反的生活追求，而後又在展開的議論中反覆引用高爾基的有關名言。這樣，材料的生動性和典型性，就賦予雜文議論的生動性和典型性。

作者還善於通過對比有力地展開生活的真理，善於把對社會人生的真理性的發現熔鑄在象徵性的形象中。〈人頭蜘蛛〉裡寫了兩種「人頭蜘蛛」，一是賣藝的女孩子為了謀生不得不倒懸空中裝扮成「人頭蜘蛛」，另一種是真正的「人頭蜘蛛」，即生活中的吸血鬼和寄生蟲，他們「到處張網，蹲伏一旁，窺伺著專門捕捉弱小的生靈」。這裡，被迫裝扮的「人頭蜘蛛」和貨真價實的「人頭蜘蛛」形成一種鮮明的對比，而那貨真價實的「人頭蜘蛛」又是一種富於聯想和概括意義的象徵性形象。〈獅和龍〉回憶兒時家鄉的龍舞和獅舞中的龍和獅的形象對比，指明龍和獅的形象的不同象徵寓意，作者寫道：「假若說龍是象徵封建統治的威嚴，那麼，獅子便是象徵人民的力量。然而，龍是縹渺的，而獅子卻是實在的。以實在力量來抗擊縹渺的威嚴，勝利誰屬，是不言可知了」。在這裡，作者雜文中形象的對比，正是強化生活真理的一種簡單方式，而象徵性的形象創造，正是為了使真理性的發現，成為形象的概括和概括的形象。

六　「魯迅風」雜文的傳承發展

魯迅逝世之後，魯迅雜文傳統進入一個大發揚的新的歷史時期。新的歷史現實，一面是國難危機嚴重、白色恐怖加緊，另一面又是人民力量的不斷壯大，毛澤東思想逐漸深入作家的心田，這就使雜文獲得新的動力而有了很大的開拓。這時期出現了眾多的具有成就的雜文名家，一些過去專心學術的人也提筆寫作雜文，形成了幾個分散在上海、桂林、重慶、昆明、延安等地的雜文作家群。他們的文章涉及政治、經濟、軍事、文化、教育、民情、風俗、道德、倫理的各個領域，具有很強的思辨性和戰鬥力，在反對日本帝國主義和反動統治集團、鼓舞鬥志、歌頌光明等方面起了很大的作用。

魯迅雜文藝術在作家們的努力下得到了充實的發展，體式豐富，格調多樣，有各自的表達方式和語言風格。他們的雜文，或富於思辨色彩，剖析毫釐，閃耀著哲理的光輝；或運用形象化的說理，使議論和形象結合，富於抒情意味；或富有政論的色彩，或具有史論、文論的特長；或運用豐厚的文化素養，旁徵博引，使文章帶有書卷氣；或利用軟性文字，綿裡藏針，使作品引人入勝等等，使雜文呈現花團錦簇的奇觀。這一時期的雜文家都有高知識結構，所以它們能把魯迅雜文的藝術傳統推進到一個新的高峰。

第四節　報告文學的空前繁榮

抗日戰爭爆發後，報告文學這種最能及時、迅速而真實地反映現實鬥爭的體裁，順應時代和人民的需要得到空前的繁榮和發展。報告文學成為硝煙烽火中的文藝輕騎，成為通往文藝大眾化的橋樑，成為組織和教育大眾的工具，成為戰時文藝的主流，擁有最廣泛的作者和讀者。

當時文藝刊物如雨後春筍，這些刊物對繁榮發展報告文學起了重要作用。《七月》相當注意培養報告文學作者，擁有一支可觀的寫作隊伍，抗戰初期嶄露頭角的有丘東平、曹白、亦門（S.M.）等。《戰地》雖然只出過六期，卻刊登了許多報告文學作品。《文藝陣地》除發表作品外，還研究理論、討論問題、觀摩作品，經常在該刊發表報告文學的有劉白羽、碧野、駱賓基、司馬文森和劉盛亞（SY）等。《抗戰文藝》是貫串抗戰始終的文藝刊物，它是報告文學的重要陣地。此外，謝冰瑩主編的《黃河》、司馬文森主編的《文藝生活》以及《救亡日報》等也極重視報告文學作品。

在延安和其他解放區，如《解放》週刊、《群眾》、《群眾文藝》、《文藝突擊》、《八路軍軍政雜誌》、《文藝戰線》、《中國青年》、《西線文藝》和《解放日報》、《新華日報》等，都發表了許多反映解放區和敵後抗日根據地軍民鬥爭生活的報告文學。當時湧現了一大批業餘作者，許多專業作家如丁玲、周立波、何其芳、陳荒煤、沙汀、吳伯簫、劉白羽等，也都放下他們熟悉的文藝形式，投身於報告文學創作的洪流。

這時期報告文學叢書出版的盛況是空前的，有上海雜誌公司的《戰地報告叢刊》、《戰地生活叢刊》，烽火社的《烽火小叢書》，戰時出版社的《戰時小叢刊》等。許多出版社出版的抗戰文藝叢書也大多以報告文學為主，例如長江主編的《抗戰中的中國》（生活書店），丁玲、奚如主編的《戰地叢書》（西安生生書店），胡風主編的《七月文叢》（泥土社），夏衍主編的《抗戰文庫》（大時代出版社），中國文藝社主編的《抗戰文藝叢書》等。報告文學選集也出版不少。華之國編選的《西線的血戰》（1937）、陳思明編選的《西戰場速寫》（1938）、王耀東編選的《戰地隨筆》（1938）、杜青編選的《報告》（1938）等，集中了抗戰初期比較優秀的戰地通訊和報告文學。個人的通訊報告集就更多了。據我們的粗略統計，從「七七事變」後，頭兩三年印行的通訊報告集就有二百種左右。

抗戰初期，刊物對報告文學的重視，報告文學叢書、選集和專集的興盛，顯示著時代的戰鬥要求。報告文學以雄健的文筆，給中國現代散文史增添了氣壯山河的優秀篇章。

一　正面戰場的悲壯戰鬥和抗戰的艱難歷程

一九三七年七月七日，日軍發動了震驚世界的蘆溝橋事變，悲壯的抗日戰爭全面爆發，中華民族開始了偉大的抗日民族自衛戰爭。

《蘆溝橋之戰》(1937年8月),選輯〈蘆溝橋畔〉(范長江)、〈蘆溝橋上〉(田風)、〈白刃戰〉(江羽)、〈宛平抗戰線上〉(鍾士平)、〈這幾天在北平〉(劉白羽)等十篇報告作品,及時報導抗日將士以蘆溝橋為依託和日軍作拚死血戰的事蹟。一九三七年七月八日,即蘆溝橋事變翌日,中國共產黨向全國發出通電,號召全國同胞奮起抗戰,中國國民黨接受團結抗日的主張,第二次國共合作實現了,全民族抗戰的新局面開始了。

一九三七年八月十三日,日軍向上海閘北、江灣等地大舉進攻,叫囂「十天結束淞滬戰役」,「三個月消滅中國」;在我軍將士頑強抗擊下,侵略者的迷夢破產了。隨後出版的《上海抗戰記》、《閘北血戰史》、《在火線上——東南線》、《東線血戰記》、《淞滬火線上》和《東線的撤退》等,彙編了郭沫若、張天翼、曹聚仁、范長江、謝冰瑩、胡蘭畦等的報告,記錄這一場大規模的會戰,使淞滬戰役在中國抗戰史上留下光輝的一頁。

以反映東戰場實況而引起人們注意的是丘東平、曹白、亦門、駱賓基和曹聚仁等人的通訊報告。

丘東平的《第七連》

丘東平(1910-1941),廣東陸豐人。大革命時期,當過農民運動領袖彭湃的秘書。革命失敗後,流亡香港、日本,開始寫作以家鄉農民革命鬥爭為題材的作品。「九一八」事變後,從日本回國,參加蔡廷鍇領導的十九路軍,擔任過翁照垣旅長的秘書,參加過上海「一二八」抗戰和熱河戰爭。沙場的馳騁鍛鍊了他堅強的民族意識,火熱的戰鬥生活激發了他的創作熱情。抗戰爆發後,他轉向報告文學寫作,在當時文壇因為戰亂而顯得「空虛和寂寞」的時候,他的一篇篇充滿愛國激情和戰鬥氣息的報告文學作品,震動了廣大讀者的心靈。

東平報告文學中影響最大的是他反映前線戰鬥生活的作品。例如一九三八年初發表在《七月》上的〈第七連〉、〈我們在那裡打了敗戰〉、〈我認識了這樣的敵人〉等，反映了上海「八一三」事件爆發後侵略者的暴行和前線戰士反抗侵略的悲壯的戰鬥圖景。

在這些作品中，作者描寫抗戰部隊中下級愛國軍人的形象，同時也敏感揭露了抗戰部隊中新舊因素不可調和的矛盾。如〈第七連〉就刻畫了連長丘俊這一個在戰鬥中不斷成長的愛國軍人的形象。他出身於軍官學校，經歷過上海「一二八」抗戰。但在全國抗戰爆發後，他對這場關係到民族生死存亡的神聖戰爭，並沒有明確的認識。他對這個「神秘而可怕的世界」，深深地感到「憂愁」，甚至懷疑自己能否上前線作戰。然而，民族危亡的嚴酷現實震撼了他那顆深感「憂愁」的靈魂，使他在「修築」自己的道路時，處處小心地把自己鍛鍊成為「像樣的戰鬥員」。因此，作戰非常勇敢頑強。當工事遭到敵人襲擊時，他帶領戰士躍出壕溝與敵人搏鬥。全連犧牲到只剩下二十五人，仍然堅持戰鬥下去。不幸此時友軍誤認為陣地已經喪失，從背後給他們致命射擊。他只好在萬分痛苦的時候，戰勝「自殺」的念頭，退出了陣地。作者真實地描寫了丘俊的成長過程，富有濃烈的戰鬥氣息，但也反映了抗戰初期軍隊指揮的混亂，充滿著沉痛而悲憤的愛國感情。

武漢淪陷後，東平參加了新四軍的先遣隊，到皖南敵後開闢抗日民主根據地。「皖南事變」後，他又隨陳毅轉戰蘇北。他在轉戰途中遇到敵人，為掩護「魯藝」學生，壯烈犧牲。皖南鬥爭十分複雜，一方面是新四軍開闢抗日民主根據地，軍民合作抗日出現嶄新的氣象；另一方面，是武漢失守後，國民黨內部反共投敵的傾向日益暴露。東平在〈王淩崗的小戰鬥〉這篇報告中，以輕鬆的文筆，表現新四軍「獨立支隊」團結戰鬥的精神，洋溢著歡樂的氣氛。而在〈逃出了頑固分子的毒手〉一文中，以鐵證的事實，揭露了漢奸與國民黨地方反動分子相勾結，殺害新四軍特務營營長及其全家的罪行。

胡風說東平的作品「煥發著一種新的英雄主義光芒」，展開他的作品，「我們就像面對著一座晶鋼的作者底雕像，在他的燦爛的反射裡，我們面前出現了這個偉大的時代受難以及神似地躍進的一群生靈」。[46]他的作品充滿一種粗獷、堅實的基調，注意真實的戰鬥場景的描寫，燃燒著作者熾熱和悲憤的激情。但由於戎馬倥傯的戰鬥生活，使他沒有更多的時間進行推敲，因此在藝術上還顯得比較粗糙。正如歐陽山所說的：「東平的作品像個礦床，裡面混雜著一些沙石，但像金子在閃光。」[47]

曹白的《呼吸》

曹白（1914-2007），江蘇常州人。他在三十年代從事進步的木刻藝術活動，與魯迅有過交往。抗戰爆發後，他參加上海難民營的救濟工作。由於他深刻地感受到日本侵略者帶給中國人民的深重災難和中國人民在災難之中的覺醒和奮起，他開始寫作報告文學。曹白的作品主要發表在胡風主編的《七月》雜誌上，後來結集出版了《呼吸》（1941）。

《呼吸》上集〈呼吸之什〉，著重描寫上海難民營的難民生活和救濟工作，寫了難民的困苦和抗爭。〈這裡，生命也在呼吸……〉，反映「收容所」的難民青年不願意「在這裡光是吃吃睡睡」，他們強烈地要求「上火線」；〈受難的人們〉，描寫那些「在死神的黑影下面」的難民的苦難生活和「上司」對這些「活靈魂」的無恥的爭奪，因為可以從中苛扣他們的糧食。其中〈楊可中〉曾經引起爭論，楊可中是個愛國青年，他曾因為叫鄉下人抗捐，省裡要抓他，便流亡出走，後來到上海一家電影公司工作。「八一三」事變後，參加了「別動隊」。因為隊長把他們當成「共產黨」而受到排擠，要他去擋頭陣，做炮灰，他心靈受了創傷，才退出「別動隊」到難民營參加工作。開始，

---

46 胡風：〈題記〉，《第七連》（上海市：希望社，1947年）。

47 引自于逢：〈憶東平同志〉，《新文學史料》第5輯（1979年11月）。

由於他「同難民說話，兩邊都不懂」，「感到很大的苦惱」，所以常常心情不樂，總是「陰冷」著臉，「彷彿是深冬嚴寒的冰塊」，引起了作者的誤會。後來，他「勤奮的工作出乎我的意外，橫在我胸中的對他的不融洽也逐漸消除，而且互相接近了」。不久，他卻因為「膿胸」手術，悲慘地死在醫院裡。作者寫出了一個「報國無門」的青年的「時代病」。楊可中的悲劇實際上是對黑暗社會的控訴。《呼吸》下集〈轉戰之什〉則是「遊擊生活報告」，報導敵後一邊是莊嚴的工作，另一邊是荒淫的無恥，反映日寇的侵略給中國人民帶來的無窮災難和中國人民在災難中的反抗鬥爭。

曹白的報告不僅寫了生活中的場景、事件，還著意刻劃人物，〈楊可中〉便寫出主人公的悲憤和掙扎，人物的內心世界得到了較深入的揭示。胡風在《呼吸》〈小引〉說：「在他筆下出現的那些人物，是受難的人物，戰鬥的人物，或者在受難裡戰鬥，在戰鬥裡受難的人物，卻都那麼生動，那麼親切，一一被作者的情緒活了起來，如像在我們的眼前出現。」他在《呼吸》〈新序〉裡又說：在曹白的作品中，「我們看到了中國小民們在怎樣地覺醒和奮起，我們也看到了作者和他同行的戰鬥者底真誠的悲喜和獻身的意志」。這些正是曹白報告文學的特點。正如作者所說的：「真正的戰士，我想，他不但自己在戰鬥中呼吸，而且使人們都來呼吸戰鬥。」

與東平相比，曹白雖然沒有像東平那樣輝煌的戰鬥經歷，描寫過戰鬥的英雄形象，但是，前方與後方，拿槍不拿槍，對他來說都是一樣的。他往來奔波於難民之間，奔波於前線與後方，親眼看到民眾的苦難與鬥爭，感受到民族生命的呼吸和時代脈搏的跳動，因而記錄下的見聞與感受，都「與戰鬥的全體」息息相關。他的作品充滿沉痛的悲憤情緒和堅定的戰鬥信念。東平的格調是壯烈與粗獷的，而曹白卻是沉鬱與細膩的。如〈冬夜〉寫遊擊隊員的夜行軍，他們穿過河道，「於是一切都動亂：枯樹在跑、蘆草在彎、行人在曲、破爛的橋在斷、黑黑的影子在搖擺、缺月和星星在飛迸，……但來不及等他們回復到平靜，我們只顧著自己的沉默的行進，來劃破這嚴寒的和我們一樣沉默的冬夜。」這一幅夜間活動的剪影，以極敏銳的觸角捕捉光影變換，以短促的語氣追蹤急行軍的步調，以物象的飛動襯托隊伍的沉默行進，富有實感畫意。他善於捕捉日常生活中的細節，在如實細緻地記事寫人的同時飽含著自己的愛憎喜怒，可說是以散文筆法來寫報告文學，這在當時是別具一格的，文學性、可讀性較強。李廣田在〈談散文〉中稱道《呼吸》這種「真實與新鮮的作風，也可以算是魯迅雜文的另一支」[48]，聶紺弩還把《呼吸》與魯迅的《野草》和何其芳的《畫夢錄》並稱為現代散文的三絕[49]。

亦門的《第一擊》

亦門（1907-1967），原名陳守梅，常用筆名S.M.、阿壟，浙江杭州人。他親身參加上海「八一三」抗戰，在《七月》上發表〈閘北打了起來〉、〈從攻擊到防禦〉、〈斜交遭遇戰〉等戰役報告，前兩篇曾收入《閘北七十三天》（1940），後來一併結集為《第一擊》（1947）。〈閘北打了起來〉揭示了這樣一個時代特徵：「在我們這個時代，正是要不勇敢的人也勇敢起來，怕死的人也要咬著牙齒向死路大步大步走過了的時代，活或者活不成的時代。」這篇作品是抗戰初期上海戰鬥生活的一個縮影。〈從攻擊到防禦〉細膩而生動地寫士兵在等待戰機的過程中由焦急轉為失望的心情，憤怒地批判軍隊上級指揮的腐敗無能。他的作品與東平一樣，可以使人認識抗戰初期政府對待抗戰的態度和軍隊上級指揮與下級戰鬥員在對待抗戰問題上的矛盾，反映下級戰鬥員要求抗戰的情緒。作品對戰地生活寫得相當逼真、細緻和親切，富有實感和激情，體現了「七月派」詩文的現實戰鬥精神。

---

48 李廣田：〈談散文〉，《文藝書簡》（上海市：開明書店，1949年）。。

49 參見聶紺弩：〈序〉，《紺弩散文》。

駱賓基的《大上海的一日》

駱賓基（1917-1994），一九三六年從哈爾濱逃亡到上海。抗戰爆發後，參加上海青年發起的「青年防護團」，從事抗日救亡的街頭宣傳以及前線的救護工作，著有報告文學集《大上海的一日》（1938）和《夏忙》（1939）。《大上海的一日》控訴敵人的暴行，反映軍民同仇敵愾的鬥爭精神。茅盾說：「我不必多說，這裡的七個短篇寫的如何好，這樣用血用怒火寫成的作品，讀者自然認識它們的價值。至少，〈一星期零一天〉這一篇將在我們的抗戰文藝史上占一個永久的地位罷？這是散文，但也是詩，這是悲壯的，但也是勝利的歡呼！」[50]《夏忙》中的作品，除〈失去了巢的人們〉外，其餘都是作者離開「孤島」上海到浙東創辦農民夜校後創作的。作品反映上海淪陷後浙江一帶鄉村抗日活動的情況。雖然有的人醉生夢死，尋歡作樂，有的人破壞抗戰宣傳，但都不能阻止人民抗日活動的進行。作品中比較注意對人物的描寫，情緒雖然不如《大上海的一日》激烈，但技巧略有進步。作者自己說：「當時由於環境關係，文中人物大都用虛名代替，事實雖然未變，但失去『報告文學』的特有的色澤，而近於速寫式的文字了！」[51]

駱賓基的報告文學，最令人稱道的是中篇報告〈東戰場別動隊〉（連載於《文藝陣地》第2卷第5至12期）。這部作品雖然後來被作者收入小說選集，但仍不失報告文學的特色。因為其中仍有作者自身的經歷。這部作品描寫上海淪陷後，郊區人民自動組織的武裝自衛鬥爭，批判舊軍人出身的大隊長李子超的誇誇其談，貪生怕死，熱情歌頌印刷工人出身的中隊長吳昌榮的身先士卒，和戰鬥中成長的碼頭挑夫出身的「代理區隊長」黃阿大的勇敢鬥爭精神，說明民族鬥爭的烈

50 茅盾：〈「大上海的一日」〉，《文藝陣地》第1卷第9期（1938年）。

51 駱賓基：〈編後語〉，《初春集》（南昌市：江西人民出版社，1982年）。

火是怎樣地鍛鍊人們的意志。作品不僅結構宏大，線條明朗，而且重視對人物的描寫，在抗戰初期的報告文學中，也是值得注意的。

曹聚仁等的戰地通訊

曹聚仁（1900-1972），浙江金華人。長期在大學執教。抗戰爆發後，他執筆從戎，活躍在大江南北的東線戰場，成為一個有名的戰地記者。他的戰地通訊主要收集在一九四一年初版、一九四五年增訂的《大江南北》一書中，計收一九三八至一九四〇年間的通訊五十二篇，分為八個部分：一、大武漢的命運；二、贛江行住；三、浙皖新行程；四、春夏之交，記述贛、浙、閩、鄂的戰局和見聞；五、沿海風景線；六、經濟線，記述沿海的市場物價等經濟狀況；七、撫順行進，是關於東北戰局的通訊；八、贛江之行，其中有〈蔣經國傳奇〉、〈華南風雨〉等。從以上內容可以看出作者的行蹤所至。他著眼現實，駕馭全局，重事實，善議論，不注重文采，正如他所主張的「那藝術性的描寫，只有加強對讀者的誘導作用，並不能代替新聞的重要地位」[52]。因此，他的戰地通訊樸實無華，是一種典型嚴格的「新聞文藝」，以「史筆」見長。

淞滬戰爭以來，一直奔走於前線的女作家胡蘭畦和謝冰瑩，也寫了許多反映前線鬥爭生活的通訊報導。胡蘭畦的《在抗戰前線》（1937）、《淞滬火線上》（1937）和《戰地一年》（合著，1938）等集子，以敏銳的筆觸、樸實的文字和誠摯的感情，辛勤地記錄著前線的見聞。謝冰瑩是個熱情洋溢的女作家，她的《在火線上》（1938）和《新從軍日記》（1938）記述自己奔赴前線的經歷，反映敵機狂轟濫炸下人民的苦難和軍民的鬥爭故事。她的作品或記一件事、或記一節小故事、或記一段談話，揭示一個主題。熱情、率直，具有「女兵」

52 曹聚仁：〈報告文學論〉，引自曹聚仁《現代中國報告文學選（甲編）》（香港：三育圖書有限公司，1968年）。

獨特的風格。

一九三七年十二月十三日，日軍佔領南京，對我國被俘士兵和無辜平民進行長達六星期的血腥大屠殺，這是侵華日軍無數暴行中最兇殘的一例。汝尚的〈在南京被虐殺的時候〉、〈魔掌下的兩個戰士〉記錄了這令人髮指的獸行。滬寧失守之後，主和派沾沾自喜，一時妥協空氣甚囂塵上。日寇為了打通津浦路，以臺兒莊為會師目標，策應津浦路南線敵軍，一起夾擊徐州，於是有臺兒莊之戰和徐州會戰的壯舉。一九三八年，新民出版社和民族出版社出版的同名《血戰臺兒莊》二書，分別編選了郭沫若、范長江、金仲華、陸詒等的通訊報告；同年出版的謝冰瑩和黃維特（黃震）合著的《第五戰區巡禮》、陸詒的《津浦線蕩寇記》、海萍的《津浦線抗戰記》、以及《津浦北線血戰記》等戰地通訊集報導了有關戰績。臺兒莊大戰一舉圍殲進犯的日軍精銳一萬餘人，鼓舞了全國軍民的抗戰志氣，這是抗戰初期繼平型關大捷後的又一大勝利。徐州會戰歷時五月，戰況慘烈，為了避免與優勢之敵作消耗戰，我方作了有計劃的撤退。反映這次突圍的作品有王西彥的〈四個雞蛋——徐州突圍的一個斷片〉（《七月》第2集第5期）、熊焰的〈徐州突圍記》〉（《救亡日報》「文化崗位」廣州版1938年7月11至18日）和王昆侖、范長江主編的大型集體創作〈徐州突圍〉（1938）。

在正面戰場堅持抗戰和在抗戰中陣亡的國民黨愛國將領和官兵，受到人們的懷念和尊敬。一九三八年間湧現出一批抗戰英雄特寫集，如《抗戰將領訪問記》、《戰時將領印象記》、《抗日英雄》、《抗日英雄特寫》、《抗戰人物志》、《我們的戰士》、《飛將軍抗戰記》等等，記述了在前線浴血抗戰、英勇犧牲的國民黨將領張自忠、佟麟閣、趙登禹等，和愛國將領馮玉祥、宋哲元、李宗仁、傅作義等的光榮史跡，他們和中國共產黨著名領袖人物的名字寫在一起。當時這類人物特寫在群眾中得到了廣泛的流傳。我國抗日將士同侵略者進行殊死戰鬥的愛國主義精神，將永垂民族解放戰爭的史冊。

抗戰初期正面戰場的戰鬥，揭開了本時期報告文學的新頁，激勵了國人的愛國主義精神和民族自豪感。這些作品，揭露日寇的暴行，讚揚抗戰將士的英勇，也不放過對內部反動力量種種破壞行為的抨斥，真實描述了我國軍民在受難中戰鬥的抗戰初程。具有特色的是，富於創作經驗的作者，又是帶槍的戰鬥者、實際工作的參加者和知名的新聞記者，作品感情真實，富有情節性，具有悲壯的時代色調。

范長江等的華北通訊

平津淪陷，日寇鐵蹄侵入華北，遭到我軍將士的拚死抵抗。中國共產黨領導的八路軍、新四軍開赴抗日前線，挺進敵後，建立抗日根據地，有力地配合了正面戰場的作戰。許多作家和記者到華北戰地採訪，參加戰地服務團訪問前方將士和民眾，或參加遊擊戰爭，寫出了許多反映華北戰場艱苦戰鬥生活的通訊報告。一九三七年出版的《平漢前線》、《西線的血戰》第一輯和第二輯，一九三八年出版的《西線風雲》、《西線血戰記》、《在火線上——西北線》、《北線血戰記》和陸詒的《前線巡禮》等等，編選了范長江、孟秋江、季雲、小方、徐盈、陸詒、海萍等的通訊報告，記錄了平漢線血戰、平綏路血戰、同蒲線血戰、大戰平型關、血戰居庸關、百靈廟戰役、忻口戰役、血戰漳河、從娘子關到雁門關戰線的慘烈戰績。

范長江在抗戰爆發後即深入華北前線，在戰火紛飛的戰場進行採訪，收在《西線風雲》中的幾篇作品就是採訪的成果。他的〈西線戰場〉一文，熱情歌頌前線將士英勇抗敵的精神，批評苟且偷安的思想。揭露日寇利用蒙古族與漢族對抗的惡毒陰謀，指出做好民族政治工作的重要性。〈察南退出記〉和〈察哈爾的陷落〉，反映了湯恩伯和宋哲元部隊的敗退。〈弔大同〉一文，寫愛國青年在滿懷悲憤中看著大同陷入敵手，抨擊了腐敗怯懦的官僚豪紳。范長江的通訊報告，一面表彰抗日軍民的愛國熱情和勇敢精神，一面鞭撻阻礙抗日鬥爭的反動勢力，表現出新聞記者銳敏的觀察力，洋溢著熾熱的愛國主義感情。

碧野等的戰地報告

在華北戰地報告中，碧野、田濤、李輝英等青年作家較有成就。

碧野（1916-2008）在抗戰爆發後，先後參加華北遊擊隊和河南農村巡迴演劇隊。在烽火連天的緊張戰鬥中，開始寫作報告文學。一九三八年出版了三部作品：《北方的原野》、《太行山邊》和《在北線》。

代表作《北方的原野》包括〈一支火箭〉、〈血轍〉、〈牛車上的病號〉和〈午汲的高原〉四篇相對獨立又相互連貫的短篇，描寫一支從北平血戰出來的學生大隊與晉冀邊區的遊擊隊配合作戰的英雄事蹟。他們迂迴在平漢路北段，在農民的幫助下，打擊敵人，鍛鍊和壯大自己，成為一支富有戰鬥力的部隊。作品一開始就展現華北平原上一場驚心動魄的「血的戰鬥」。學生大隊在當地老遊擊隊員的帶領下，穿過那森林密佈的行唐縣，在東方微明的原野上行進。他們衝破敵人的包圍，偷渡夾谷，通過荒原，在敵人交通線的側背活動，給敵人以重大的打擊。作品展開了一幕幕有聲有色的悲壯戰鬥，刻劃了青年農民黑虎、小姑娘桂兒、紅槍會老頭領朱司令等可愛的形象，洋溢著軍民的魚水之情。這部作品以輕鬆明快的文筆，描寫華北人民「悲壯淒絕」的鬥爭和華北平原「奇特而壯麗」的風景。茅盾評論這部作品「是悲壯淒絕，然而也不缺少激昂和歡愉的一幅一幅的圖畫」。他指出：「歷史給我們負荷的，是慘酷然而神聖的十字架，我們噙著壯悲的眼淚，立下鋼鐵般的決心，奮發前進了！這是我們民族今日最偉大的感情，是崇高的靈魂的火花。」他認為，「《北方的原野》雖然不會是這方面的唯一代表，但在目前，它卻實在是第一部的成功的著作！」[53]碧野的報告文學具有豪放的藝術風格，他善於以抒情筆調描

---

53 茅盾：〈「北方的原野」〉，《文藝陣地》第1卷第5期（1938年）。

寫悲壯淒絕的戰鬥圖景，描寫壯烈的鬥爭場面和雄偉壯麗的山川，文筆剛健、清新，富有詩情畫意。

田濤（1916-2002）在抗戰爆發後即參加冀察遊擊隊，後又參加河南巡迴演劇隊，著有報告文學集《黃河北岸》（1938）、《戰地剪集》（1938）和《大別山荒僻的一角》（1939）。《黃河北岸》記敘了從淪陷後的北平逃出來的一批學生參加孫殿英遊擊隊的宣傳隊，「跟著軍隊逃難」的經歷。「好處是它畫出了戰區生活的主要面目，提供了不少素材和耐人尋味的問題，缺點是『印象』多於『觀察』」。[54]

李輝英在一九三八著有《軍民之間》和長篇報告《北運河上》，反映華北戰況和軍民關係。《北運河上》描寫從平津逃亡到濟南的學生參加韓復榘屬下部隊自願堅守聊城（古東昌府）的喜劇性遭遇，並提出了如何把民間的武裝引導到抗戰的路上來的問題。這一作品「保存了作者一向的明快的風格，但仍覺不很簡練」[55]。

一九三九年六月，中華全國文藝界抗敵協會（簡稱「文協」）組織了「作家戰地訪問團」，團長王禮錫，副團長宋之的，團員有以群、李輝英、白朗、羅烽、楊朔等十三人。他們從重慶出發，渡過黃河，深入華北前線中條山等地進行戰地訪問，歷時六個月，於十二月十二日返渝。他們以日記形式集體寫作了長篇報告〈筆遊擊〉、〈川陝道上〉、〈陝西行記〉、〈在洛陽〉、〈漢奸和紅槍會代表的談話〉，連載於《抗戰文藝》。白朗還寫有日記體長篇報告〈我們十四個〉（1940），記錄了這次戰地訪問的艱辛歷程。以群的報告文學集《新人的故事》（1943），描寫淪陷區人民決然離開家鄉投入「為民族的生存而戰鬥的隊伍」，並在炮火的氛圍中，「漸漸脫去了那些由過去的生活遺留下來的舊根性，他們的心智比身體更快地成長起來」。作者筆下的那些成年農民，把世代在生活鬥爭中磨練成的那種「無畏懼無顧慮的『英

54 茅盾：〈「黃河北岸」〉，《文藝陣地》第1卷第11期（1938年）。

55 茅盾：〈「北運河上」〉，《文藝陣地》第1卷第10期（1938年）。

雄氣概』，併入保衛鄉土的戰鬥洪流，連同自己底身體和生命，毫無顧惜地一起獻了出來」。那些被「捕獲」的兒童和婦女，雖然身心受到敵人的摧殘，但他（她）們卻仍頑強地保持著「心靈底生機」。作者筆下還描寫了一些被人蔑視的「畸人」。他們雖然「心智殘缺」，但在敵人逼緊的時候，也會以其「特殊的作法」，獻出自己的力量。這一切，說明人民並沒有向侵略者屈服。反映淪陷區人民的「創傷與仇恨」的，還有張煌的《北方的故事》（1940）等。

日寇的鐵蹄一踏進華北，就陷入人民戰爭的汪洋大海，在廣大的敵後根據地，敵人遭到各種方式的痛擊。國土淪於敵手後，國民黨部隊中的愛國志士以及青年學生和民眾的自發武裝，同敵人展開了「悲壯淒絕」的戰鬥。他們滿懷著仇和恨，撤退、突圍、遊擊，進行著不屈不撓的鬥爭。而反映這場鬥爭的報告文學作品，不僅「報導了『可樂觀的事蹟』，也報導了『可悲觀的現實』」[56]。它昭示著一個明顯的事實，政府和部隊將領的妥協和無能是很大的罪過，人民為此付出了萬分沉重的代價。

姚雪垠等的通訊報告

廣州、武漢相繼淪陷之後，國民黨政府遷都重慶。中南和西南地區的國民黨戰場，採取了坐待「盟國參戰」的態度。由於形勢逆轉，抗戰陣營內部產生了分裂。在「皖南事變」前後，大批抗戰初期就參加戰地工作的文藝工作者，被迫離開了自己的戰鬥崗位，有的向內地疏散，有的轉移香港。除少數遊擊區和抗日根據地外，轟轟烈烈的抗日鬥爭逐漸轉向低潮。這個時期的報告文學，除少數反映抗戰的題材外，大部分都是反映撤退、轉移流徙中的經歷見聞，其間也反映人民的苦難和鬥爭。

---

56 以群：〈抗戰以來的報告文學〉，《戰鬥的素繪》（重慶市：作家書屋，1943年）。

姚雪垠在抗戰初期就寫過反映華北戰場鬥爭生活的《戰地書簡》（1938）；一九三八年冬在鄂北襄陽參加錢俊瑞領導的文化工作委員會，寫了《四月交響曲》（1939）；他還參加過第五戰區的文化工作團，寫下《隨棗行》（1938），這部作品與當時孫陵的長篇報告〈筆部隊隨棗會戰記〉（《筆部隊》創刊號）和〈鄂北突圍記〉（《現代文藝》第1卷第2期）等是武漢棄守後隨棗會戰和鄂北會戰的真實紀錄。黃源的《隨軍生活》（1938）記錄作者在武漢撤退時奔赴蘇北前線途中的見聞，熱情歌頌將士用「血肉和鐵彈」同敵人「相拚」的壯烈犧牲精神，同時也憤怒地揭露地方官員狼狽逃跑的罪行。

林淡秋的《交響》（1941）揭露江南內地的陰暗面，歌唱新四軍的戰鬥生活，表現自己在前線和後方旅行的不同感受。他在〈後記〉裡說，「踏著江南的沃壤，翻過浙皖的山嶺，我看到不少光，但也看到更多的霧；聞到不少新生的芳香，但也聞到更多傳統腐爛的臭氣。」所以就由「霧」、「光」和「影」三輯組成這部「交響」曲，體現了作者對戰時現實有較為全面和清醒的認識。陳毅的〈江南抗戰之春〉（1939）反映新四軍深入江南敵後開闢抗日根據地的情況。其中描寫雨季行軍的艱難，「壯士軍前半死生，民眾後方爭入伍」，以及在軍民互相配合下，「菜田設埋伏，麥林捉俘虜」等動人的情景。由於新四軍堅持領導人民進行抗戰，苦苦糾纏敵人，打擊敵人，振奮人心，轉變了江南抗戰的局面，給江南人民帶來戰鬥的春天！郭沫若曾說：「將軍本色是詩人。」這篇作品也洋溢著作者的戰鬥詩情。

反映華南人民鬥爭生活的作品有雲實誠的《粵戰場》（1943）等，值得注意的是司馬文森的作品。

司馬文森的《粵北散記》

司馬文森（1916-1968），原名何章平，福建晉江人。戰前曾以林娜為筆名，在「左聯」的文藝刊物《光明》、《作家》和《文藝界》等發表小說和散文。抗戰爆發後，他接受中共的委派，從上海到廣州國民黨的軍隊中工作，並開展工農兵文藝通訊員運動，成為文藝通訊運動廣州總站（包括廣東、福建、貴州和湖南的部分地區）的主要領導人之一。他的理論著作《文藝通訊員的組織與活動》和周鋼鳴的《怎樣寫報告文學》指導了南方文藝通訊運動的開展。這時期著有隨軍見聞《粵北散記》、《天才的悲劇——記尚仲衣教授》和《一個英雄的經歷》(1940)。其中如〈滃江的水流〉和中篇〈記尚仲衣教授〉已成為抗戰時期報告文學的優秀作品。當時香港文協曾經專門為〈記尚仲衣教授〉的發表舉行過座談會。一九四七年出版的《大時代中的小人物》則是由上述三個集子刪減改編而成的。

《粵北散記》和《一個英雄的經歷》是作者所在部隊在廣州淪陷後，從廣州撤退到粵北山區的經歷和見聞的記錄。其時，人民群眾與抗戰力量仍然堅持著艱苦卓絕的鬥爭，但反共投降活動日益嚴重，軍心渙散。他們在軍隊中排擠進步力量，因此鬥爭非常激烈。作者在《粵北散記》〈題記〉中說：「因為自己是在廣東部隊中工作，並且有極多的機會去呼吸這一動盪中跳躍著的氣息。這氣息曾使我懂得更多世故，學會做人，使自己從狹隘的世界中擺脫出來，使自己成長了！」日子雖然只有一年半的光景，「我願意把它記錄下來，替自己短短的生活行程留一點痕跡」，也「替歷史留一點痕跡，供今後抗戰史家的參考」。

中篇報告〈記尚仲衣教授〉記述一個正直的愛國知識分子在抗敵鬥爭中的不幸遭遇。它之所以在發表後得到強烈的反響，是因為它比較深刻地反映了當時愛國的、正直的知識分子的共同命運。尚仲衣教授正直、無私，他不滿國民黨的腐朽統治，立志改革，為國民黨及其追隨者所不容。因此，儘管他在抗日鬥爭中非常盡力，任勞任怨，卻不斷地受到打擊、排擠，以至最後悲慘地死去。這部作品有力地揭露了反動勢力在抗戰鬥爭中的罪惡，許多愛國的知識分子都能夠從中找到自己的影子，因此引起強烈的反響是必然的。

司馬文森的報告文學，最突出的特點是樸實、自然。他說他的寫作，「完全是採取散文形式的」。他善於從大時代的急劇變幻中，提取那些有意義的，那怕是細微的事件，來表現時代鬥爭的面貌。不管對事件、對人物，他都在樸素的記敘中，融進作者強烈的情感。《粵北散記》比較側重記事，《一個英雄的經歷》和〈記尚仲衣教授〉側重於寫人，但它們樸素、流暢、自然的筆調是一致的。

其次，司馬文森的報告文學，紀實性較強，而且有的篇章具備小說的一些藝術特徵。例如《粵北散記》中的〈滃江的水流〉，以及《一個英雄的經歷》中大部分作品，都可以作為短篇小說看待。這些作品大都有人物、有個性，注意到環境的描寫，細節的刻劃，故事生動，人物動人。以群在論述抗戰時期的報告文學時，認為由以事件為中心的敘述到以人物為主體的描寫，是抗戰以後報告文學品質提高的一個標誌。司馬文森的許多報告文學作品，特別是〈記尚仲衣教授〉無疑體現了這個特點。

華嘉、戈揚的暴露性報告

「皖南事變」後，由於國民黨政府對進步文化的摧殘，許多文化人從內地轉到香港，香港淪陷後反轉到內地。夏衍的〈香港淪陷前後〉、〈走險記〉（均見《夏衍雜文隨筆集》），茅盾的〈劫後拾遺〉、〈生活之一頁〉、〈脫險雜記〉、〈通過封鎖線〉與〈歸途雜拾〉（後結集為《脫險散記》）和華嘉的《香港之戰》等，記錄了香港淪陷前後動盪不安的生活和他們歷盡艱險回到內地的歷程。

華嘉（1915-1996），廣東南海人。戰時擔任過《救亡日報》記者和編輯，在廣州、香港、桂林、重慶之間往來，著有散文報告集《香港之戰》、《海的遙望》、《西行記》和《復員圖》等，及時反映香港淪陷、桂林大撤退、戰後「復員」等重大事件。《香港之戰》（1942）內收〈香港打了十八天〉、〈一個都市的陷落〉、〈逃亡的開始〉、〈淪陷區見聞〉和〈歸途雜記〉五篇，比較全面地記述香港淪陷的經過，揭露香港當局的毫無準備，使我國一百六十多萬同胞陷入日寇的魔掌。《復員圖》（1946）內收〈勝利從天而降的時候〉、〈復員途中〉、〈歸來〉和〈窮途還鄉〉四篇，展現勝利「復員」的混亂情景，揭露「特種人物」的發「復員財」，描寫一般難民重受遷徙困苦後、回到家鄉卻遭更深重苦難的不幸遭遇。他的報告文學重於客觀再現，讓事實說話，帶有記者的特色。

戈揚（1916-2009）的《受難的人們》（1946，署名洛文），反映一九四四年桂林「文化城」淪陷前後的情況和內地人民的苦難。作品分兩輯：第一輯〈桂林疏散記〉揭露反動派在日寇進攻面前的驚恐萬狀、慌亂無端和草菅人命。他們強迫疏散，以至造成再三撞車（火車）、大批同胞死難的慘劇。千家駒在本書「代序」〈正視現實的必要〉指出：在抗戰的第八個年頭，竟會發生「像這一些非人所能想像的慘狀」，「誰為為之，孰令致之？這種慘痛的教訓我們如果不能記取，如果仍舊認為這是抗戰中無可避免的現象，我們真是無可救藥的民族了」。第二輯〈在桂東〉，反映山城的艱苦生活和民眾的自衛鬥爭，以及鹽商投機倒把、地痞流氓趁機搶劫的混亂現實。在反動派的高壓下，這種揭露黑暗現實的作品顯得特別寶貴！

沈起予的《人性的恢復》

抗戰時期，特別是抗戰後期，出現了許多描寫日本戰俘的報告文學作品，其中篇幅較長、規模和影響都比較大的是沈起予的長篇《人性的恢復》。

沈起予（1903-1970）早在一九三五年就寫作出版了反映抗日戰爭生活的散文報告集《火線內》。一九三八年在重慶主編《新蜀報》副刊和《新民晚報》副刊時，曾在《新蜀報》副刊連載長篇《抗戰回憶錄》。一九三九年到一九四〇年夏，他在重慶日本戰俘收容所做組織日本戰俘進行反戰的宣傳工作，並以此為題材寫了長篇報告文學《人性的恢復》，於一九四一年二月開始在《文藝陣地》上連載，一九四三年出版單行本。同時翻譯了在華的日本進步作家鹿地亙的長篇報告文學《我們七個人》和《和平村記——俘虜收容所訪問記》等。

《人性的恢復》以當時重慶郊區的兩個日本戰俘收容所——「博愛村」與「和平村」為背景，比較詳細地描寫了日本戰俘在接受改造的過程中複雜的思想歷程。作品主要描寫植木、三船的轉變過程，對這兩個人物的個性特徵、心理活動寫得很深刻、很細膩，對反戰同盟負責人、中國人民的友人鹿地亙的剛強、自信的性格，雖然著墨不多，也寫得很突出。這部作品的成功之處，是比較細緻地描寫俘虜特別是三船和植木的複雜心理歷程。這種改造不是強迫的「監獄式」管理，而是採取「學校式」的訓導，在人道的基礎上，用正義的感化，去恢復這批在日本軍國主義的教育下已經失去的人性，把這一群嗜血成性的法西斯分子改造成為積極參加反對野蠻的侵略戰爭的和平戰士。作品中的氣氛融和，表現出俘虜們在「正義」和「人道」的感化下的自我陶冶，體現出中國人民對待戰俘的寬大與教育相結合的政策和高度的人道主義精神。由於作者本身就是收容所的負責人之一，他親歷其境，親作其事，寫來十分真實親切。其缺點也正如作者所說的，對他們好的寫得多，而侵略者的罪惡卻揭露得不夠。

武漢淪陷後，反共投降活動日益嚴重。由於政局的變化，報告文學作品既反映了艱苦卓絕的鬥爭，也增加了暴露和批判的分量，擴大了題材的廣度。新四軍、東江遊擊隊活躍於敵後，戰俘營有效的管理，武漢、廣州、桂林撤退中的可悲事件，敵機對平民區的野蠻轟炸，後方投機倒把等罪惡活動的盛行，反動官吏的腐敗無能，知識分子的遭受壓迫等等，都進入作家的視野。在藝術上也有所提高，改變了偏於敘事的格式，運用了人物描寫的多種技巧。這些都說明國統區的報告文學在進步文化人士的努力下，於實踐中有著相當大的進展。

蕭乾等的海外報告

一九四二年一月，中、美、英、蘇等二十六國在華盛頓發表「共同宣言」，正式結成世界反法西斯統一戰線，與各國同盟軍匯成一體作戰，中國遠征軍、駐印軍先後兩次入緬與英軍並肩戰鬥。樂恕人的《緬甸隨軍紀實》（1942）紀錄我軍精銳搶救英緬軍之戰、臘戍之戰以及火線上訪問戴安瀾師長、戴師長壯烈殉國等場景，展示我國軍隊在亞熱帶叢林作戰的英勇與艱辛，表現了我國遠征軍在東南亞人民的解放戰爭中所作出的貢獻。

這裡還應該順帶介紹一種值得重視的報告作品，那就是歐陸戰場採訪。國外旅行通訊和考察報告在我國已有較長的發展歷史，瞿秋白和鄒韜奮就是著名的先行者。這時期值得注意的是劉盛亞、蕭乾的歐陸報告。

劉盛亞（1915-1960），四川重慶人。一九三五年赴德留學期間，正是希特勒上臺的白色恐怖時期，耳聞目睹了法西斯的種種暴行。一九三八年回國後，以SY筆名在《文藝陣地》上連載〈卐字旗下〉，一九四二年改題為〈不自由的故事〉結集出版。其中，〈納粹黨徒〉、〈世界公敵第一號〉等揭露希特勒匪徒的罪行；〈懷P博士〉深情地懷念受難的師友；〈紐倫堡記遊〉展示了刑訊室可怕的慘像。抨擊法西斯，懷念受難者，構成了這部報告的主要內容。作者愛憎強烈，在樸實的記述中流露出真情實感，有較強的藝術感染力。

蕭乾（1910-1999），出生於北京一位蒙古族貧民的家庭。在燕京大學新聞系讀書時，受業於當時在華講學的美國記者埃德加・斯諾。一九三五年夏採訪魯西、蘇北大水災，寫了〈流民圖〉。抗戰初期的通訊報告收入《見聞》和《灰燼》。在這些作品中，他揭露黑暗，伸張正義，鼓舞抗戰精神。其中，〈劉粹剛之死〉歌頌一位立志「為公理而戰爭」、「為生存而奮鬥」的國民黨空軍少尉劉粹剛為支援八路軍抗戰而途中遇難的獻身精神。〈一個「破壞大隊長」的獨白〉報導八路軍奇襲日本侵略者的事蹟，顯示了八路軍遊擊隊的威力。〈林炎發入獄〉為受害者伸張正義。一九三九年春他受命採訪滇緬公路的建設，寫了〈血肉築成的滇緬路〉等一組通訊，表彰愛國民眾「鋪土，鋪石，也鋪血肉」的壯舉，寫得氣壯山河，動人心魄。

一九三九年十月，蕭乾離開香港抵倫敦，開始了他七年的旅英生活。在倫敦寫過〈矛盾交響曲〉、〈倫敦三日記〉等。一九四四年，他受《大公報》社長胡霖的派遣，隨英美聯軍挺進萊茵河進行戰地採訪，成為唯一參加第二次世界大戰歐陸決戰的中國記者。一九四五年四月二十五日，聯合國大會在美國舊金山開幕，蕭乾自英抵美，進行採訪，《美國散記》記錄了他在美國的見聞。一九四五年五月，蘇聯紅軍攻克柏林；七月，蘇、美、英三巨頭在柏林西南近郊召開「波斯坦會議」，蕭乾作為國際記者之一，參加了這個會議的採訪工作，寫了《南德的暮秋》。他這七年在西歐和旅美寫的報告文學，收入一九四七年出版的《人生採訪》的〈上部：在國外〉前三輯，廣泛報導了戰時英倫的社會生活，深刻揭露了德國法西斯的暴行和滅亡，同時也表明了世界人民反法西斯的意志和力量。所寫題材重大，新聞性強，當然能引人注目。

蕭乾在報告文學發展史上，有他特出的貢獻。首先，他的通訊報告，客觀、準確地反映事件的真實情況，讓事實本身說話，不加（或少加）議論或判斷。因此，他的通訊報告經得起事實的嚴峻考驗，從而得到良好的效果。其次，蕭乾認為「敘述體的文字寫起來省事，但是不耐久」，因此他主張「應該盡可能用直接描寫，就是素寫、白描、一筆筆地刻劃」。[57]他的通訊報告可以說實踐了他自己的主張，較

57 見杜漸記錄：〈訪問記〉，收入《蕭乾選集》第2卷（成都市：四川人民出版社，1983年）。

好地處理了真實性和藝術性的關係問題。他善於駕馭場面廣闊、頭緒紛繁的採訪對象，剪裁得當，結構縝密，描寫逼真，細節生動。如〈矛盾交響曲〉攝取一個個特寫鏡頭組接成「如走馬燈般晃著」的「一個民族的靈魂各面」，構思新穎，畫面迭出而又融為一體。第三，語言優美生動、準確明瞭，沒有廢話。曹聚仁曾說：「蕭乾的敘記，在文藝上比重多，在新聞上比重輕，備一格而已。」[58]這倒可以說明蕭乾報告注重藝術加工的獨特風格。

我國抗日戰爭是世界反法西斯戰爭的一個組成部分，國人對歐洲戰場自然是十分關心的，所以在報告文學中出現歐陸戰地的採訪報告是極有意義的，作者的寫作藝術也有自己的特色。

二　抗日根據地和解放區軍民團結戰鬥的凱歌

抗戰開始後，中國共產黨領導的八路軍東渡黃河，開赴抗日前線。林彪率部首戰平型關，奪得對日作戰的第一次勝利，振奮了全國軍民的抗戰熱情。聶榮臻率一一五師一部向五臺山進軍，開闢晉察冀敵後戰場；羅榮桓率一一五師另一部挺進山東，開闢山東敵後戰場；劉伯承、鄧小平、徐向前率一二九師向太行山進軍，開闢晉東南敵後戰場；賀龍、關向應率一二〇師向晉西北挺進，開闢晉西北根據地；葉挺、陳毅等率新四軍挺進長江敵後。抗日遊擊戰爭愈戰愈烈，使敵人的後方變成了前線，有力地配合了正面戰場，敵後抗日根據地軍民成為全民族抗戰的中流砥柱。

當時有許多文化人奔赴陝北邊區和敵後各抗日根據地採訪，繼范長江的《中國的西北角》之後，出現了一批令人耳目一新的訪問記。如任天馬的《活躍的膚施》（1938）、林克多的《從陝北到晉北》

58 曹聚仁：〈致讀者〉，《現代中國報告文學選（乙編）》（香港：三育圖書有限公司，1968年）。

(1939)、舒湮的《戰鬥中的陝北》和《萬里風雲》(1939)、李公樸的《華北敵後——晉察冀》(1940)、趙超構的《延安一月》(1945)和黃炎培的《延安歸來》(1945)等，對延安和華北敵後的軍事、政治、經濟、文化、教育等各方面作了綜合報導，歌頌中華兒女在前線浴血奮戰的戰鬥精神和創造新生活的建設成就。這些作品在大後方出版後，產生過廣泛影響。正如趙超構在作品中所說的：「沒有比較，也就沒有警惕，邊區在多處是可以刺激那些自我陶醉的人的。」

邊區和敵後抗日根據地的許多報刊經常發表文藝家和八路軍指戰員的報告文學與戰地通訊，群眾性的報告文學相當活躍。一九三九年，延安出版的《五月的延安》和《陝公生活》就是這種群眾性創作的產物。一九四一年，冀中人民在十分艱苦的戰爭環境中，發動了大規模的《冀中一日》寫作活動。參加者近十萬人之多。編者從五萬份來稿中，選出二百篇，分成〈鬼魅魍魎〉、〈鐵的子弟兵〉、〈自由、民主、幸福〉和〈戰鬥中的人們〉四輯，揭露了敵人的罪行，廣泛反映了冀中人民的鬥爭生活。這些作品具有「樸素、精煉」的特點和「濃厚的生活氣息」。這個大眾文學的新的實踐，是「偉大的冀中人民文學的莊嚴的開始」。

邊區和敵後抗日根據地為報告文學的創作創造了良好的條件。不僅群眾創作得到扶植和發展，專業文藝工作者在實際生活和鬥爭中，思想意識也得到鍛鍊和提高。來到抗日根據地的文藝作家，如丁玲、周立波、劉白羽、陳荒煤、周而復、沙汀、吳伯簫、何其芳等先後深入前線，有的一直堅持到解放戰爭的勝利，他們寫出許多著名的報告文學作品，反映了風雲變幻的時代風貌，也反映了他們在大時代浪濤的淘洗下，思想和精神面貌的變化。

丁玲、周立波、何其芳、沙汀、吳伯簫等知名作家的報告文學，主要反映抗戰時期邊區和敵後抗日根據地的鬥爭生活。

丁玲的《陝北風光》

丁玲（1904-1986），原名蔣冰之，湖南臨澧人。早年在上海參加「左聯」，以小說知名。一九三六年冬，奔赴陝北當時中共中央所在地保安，不久便奔向前線。她從一九三六年七月寫〈八月生活——報告文學試寫〉（《當今文藝》第1卷第2期）開始，到一九四九年的十多年中，除了參加編輯大型的革命回憶錄《二萬五千里長征記》，領導西北戰地服務團，主編過《戰地》雜誌和「戰地叢書」，還寫了三十多篇報告文學作品，收入《一顆未出膛的槍彈》（1938）、《一年》（1939）、《陝北風光》（1948）、《一二九師與晉冀魯豫邊區》（1950）等集子。

丁玲早期的通訊報告，記錄了她奔赴前線的情況，反映了八路軍和遊擊隊的鬥爭事蹟。如〈到前線去〉、〈十八個〉、〈二十把板斧〉等。但由於只是隨手記下的生活素材，加上戎馬倥傯的輾轉，使作者沒有工夫進行認真的修飾，所以除了〈彭德懷速寫〉、〈馬輝〉等幾篇速寫外，一般都還比較粗糙，藝術上不夠成熟。

延安文藝座談會以後，丁玲有意識的利用寫作短文來「練習」她的「文字和風格」，寫作散文和報告文學被她「當作一次嚴肅有趣的工作」。[59]一九四四年六月，她的報告文學〈田保霖〉在《解放日報》發表後，立即得到毛澤東的讚揚。毛澤東在寫給丁玲和歐陽山的信中說：「你們的文章引得我洗澡後睡覺前一口氣讀完，我替中國人民慶賀，替你們兩位的新寫作作風慶賀！」[60]後來又對丁玲說：「我一口氣看完了〈田保霖〉，很高興。這是你寫工農兵的開始，希望你繼續寫

59 丁玲：〈寫給香港的讀者〉，《生活．創作．時代靈魂》（長沙市：湖南人民出版社，1981年）。

60 丁玲：《我的生平與創作》（成都市：四川人民出版社，1982年）。

下去。為你走上新的文學道路而慶賀。」[61]毛澤東對丁玲創作方向的轉變給予很高的評價。此後，丁玲又連續寫了〈袁廣發〉(原題〈袁光華〉)、〈記磚窯灣騾馬大會〉、〈民間藝人李卜〉等報告文學作品。這些作品在思想上和藝術上都比以前進了一步，表明丁玲的思想和新的藝術風格的漸趨成熟。

丁玲熱情歌頌邊區新人的成長，反映邊區農村生產的發展和村鎮的繁榮景象。此外，長篇報告《一二九師與晉冀魯豫邊區》反映晉冀魯豫革命根據地的艱難創建與發展的歷程。丁玲的報告文學作品不算多，但具有一種感人的力量。這主要是由於作者對新的鬥爭生活具有深厚的感情。她隨手記下的生活感受，或勾勒一個人物形象，或描寫一個生活場景，都灌注著作者真摯的感情。丁玲是把寫作散文作為她「練習」「文字和風格」的一種手段的，她那些反映新思想、新人物和新生活的速寫、特寫，就比較注意文字上的錘鍊，具有清新、細膩的特點。丁玲對抗日根據地報告文學的開拓和發展作出了重要貢獻。

周立波的《戰地三記》

周立波(1908-1979)，湖南益陽人。一九三四年參加「左聯」，從事文學活動。一九三六年譯出捷克著名報告文學家基希的《秘密的中國》。由於這部作品採取「精密的社會調查所獲得的活生生的事實，跟正確的世界觀，以及抒情詩人的幻想結合起來」[62]的寫法，為我國三十年代方興未艾的報告文學創作提供了「好範例」，因而產生了很大的影響。

抗戰爆發後，周立波離開上海，到八路軍前線指揮部和晉察冀邊區參加抗日工作。一九三七年底到次年二月，他陪同美國友人從晉中

61 引自白夜：〈當過記者的丁玲〉，見《剪影》(北京市：新華出版社，1981年)。
62 周立波：〈談談報告文學〉，《讀書生活》第3卷第12期(1935年)。

洪湖出發，途經晉北、冀北，然後返回晉中；在行程二千五百多里的長途艱險的旅行中，他根據自身的見聞寫下兩部作品：《晉察冀邊區印象記》和《戰地日記》。前者包括二十四篇作品，後者由〈晉北途中〉、〈晉西旅程〉兩部日記和給周揚的一封信組成。兩書內容互為補充，描繪了抗戰初期華北人民在中國共產黨領導下抗日鬥爭的壯烈圖景。作者在《印象記》〈序言〉中寫道：「這時代太充滿了印象和事實，哀傷與歡喜」，「現在是同胞們磨劍使槍的時候」，「我竟不能自禁地寫下了下面這些話」，「獻給冀察晉邊區的戰死者和負傷者」，「希望不完全是無謂的空話」。當烽火連天的華北，正在期待人們去「創造新世界」的時候，作者在給周揚信中說：「我將拋棄了紙筆，去做一名遊擊隊員。我無所顧慮，也無所怯懼。」表示了他要求參加戰鬥的強烈願望。

《印象記》和《戰地日記》不僅描寫華北人民莊嚴威武的戰鬥「姿影」，高度讚美他們的勇敢和智慧，而且記錄作者會見八路軍將領的情況，為我們留下了寶貴的史料。如窯工出身的徐海東將軍，全家罹難，他自己八次身受重傷，仍然與戰友們一道，不知疲倦地領導八路軍進行戰鬥（〈徐海東將軍〉）；精明幹練的聶榮臻將軍，在日寇進佔華北的時候，與徐海東將軍等八路軍指戰員聯合華北的民眾武裝，支撐了整個華北艱危的局面（〈聶榮臻同志〉）。《戰地日記》也記錄了與朱德總司令、劉伯承、賀龍、徐向前、陳賡、王震等將軍會見的情況，給我們留下難忘的印象。歷史造就了許多這樣奇異的民族英雄，他們各有自己的光榮歷史與赫赫戰功，但是他們都那麼樸素大度，平易近人；他們領導著中國民族的解放鬥爭，是國家的脊柱，民族的棟樑。作者在日記中讚歎道：「除了輝煌的真理和同志愛以外，還有輝煌的領導者的天才，這就是那力量。」

這兩部作品雖然是作者在華北艱難的長途旅行中「匆促」的記錄，但文筆簡潔、流暢，記事樸實、深刻。作品在樸素的敘述中，時常穿插許多生動的小故事，讀來親切、動人。對華北山川景物的描寫，蘊蓄著作者深摯的感情，有時竟使我們聯想到華北人民不屈不撓的鬥爭性格。生動化的議論，時常起了點化主題的作用，為作品增添了不少色彩。由於作者交叉地使用多種表現手法，使他的作品樸素而不單調，通俗而又深刻，具有樸素、深厚，沉摯而又生動的藝術風格。

抗戰後期，周立波隨同王震將軍的部隊南下，又寫了《南下記》一書。這部包括十四篇作品的報告文學集，是作者一九四四年冬，從延安南下途中的「幾個場景和一些人物札記」。一九四四是光明與黑暗大決戰的一年。日寇為了儘快結束在華的戰爭，從三月到十二月，打通了從中國東北到越南的大陸交通線，國統區部隊在驚人的慌亂中潰退，使我國人民受到空前的大災難。作者行程所見是一片淒涼的景象。敵人的慘毒是舉世無雙、令人髮指的！反動派不但不抵抗，還參與對人民的燒殺與屠戮！但是，另一方面，活著的人民從血泊中站了起來，繼續戰鬥。這部作品充分反映了華北人民在中共領導下抗戰的特點：遊擊隊與民兵創造了兵書上所沒有的「地雷戰術」。他們除了採用地雷陣之外，還因地制宜地採用大量舊式武器，例如地槍、抬槍、榆木炮和五子炮等，這些舊式武器同地雷一樣發揮了強大的威力，表現了人民群眾在鬥爭中的強大創造力。《南下記》保持《印象記》和《戰地日記》樸實、深厚與生動的藝術風格，但筆調更細緻、雄渾和明麗，許多篇章富有濃厚的抒情色彩。例如〈出發〉概括了毛澤東領導中國人民進行革命鬥爭二十年的歷史，像一首嚴峻而深厚的抒情詩。〈王震將軍記〉和〈李先念將軍〉對這兩位將軍的描寫給人們留下深刻的印象。作者鐵筆銀鈎，筆墨不多，卻形象鮮明。

周立波最早介紹基希的報告文學，他的作品受到基希的影響，又保持自己的藝術風格。他既是現代著名的小說家，又是頗有影響的報告文學家，其三部報告文學集後來彙編為《戰場三記》（1962）出版。

何其芳的報告文學

何其芳於一九三八年到延安，開始寫報告文學。他從國統區進入解放區，從「畫夢」到「寫實」，從空虛的想像到反映如火如荼的現實鬥爭，為他的創作開闢了嶄新的天地。收集在《星火集》第二輯中的，是他一九三八年四月至一九三九年九月到延安前後的報告文學作品。這些作品描寫國統區和延安革命根據地兩個世界的不同生活，也記錄作者在前線的見聞和感受。從一種藝術風格轉向另一種藝術風格，在藝術上雖然「反而顯得幼稚和粗糙」，但由於文筆明快，卻給人平易和清新的藝術感受。〈某縣見聞〉和〈川陝路上雜記〉，記錄內地的混亂和人民的苦難生活：電訊不通、鴉片氾濫、抽丁殘酷，地方官員利用抓「私煙販子」和抓壯丁的機會大飽私囊，婦女賣淫為生，縴夫墮水慘死的情狀等等，構成一幅悲慘的人間生活圖景。〈一個太原的小學生〉以一個小學生的經歷，控訴太原淪陷後，日寇的殘酷屠殺，表現青少年一代在抗日鬥爭中的覺醒和參加抗日隊伍的強烈願望，說明「燃燒在中國的土地上的戰爭改變了許多人的思想、情感」。由五封信組成的報告《老百姓和軍隊》，通過作者在前線的見聞，說明抗日軍隊的本質和他們與老百姓的關係。從前人們對「軍隊」懷有一種憎惡的感情，但是抗戰糾正了人們這種簡單樸素的見解。作者從民族解放戰爭中，看到那些不甘心被屠殺、不甘心當奴隸的人們是如何拿起武器進行戰鬥，創造可歌可泣的事蹟。這些報告文學作品，不管是揭露日寇侵略和屠殺中國人民的罪行，還是歌頌抗日軍民英勇作戰的事蹟，都反映了作者嶄新的精神世界。

抗戰勝利前後，何其芳曾兩度被派到重慶做宣傳和統戰工作。他雖然沒有繼續進行報告文學創作，但在雜文寫作之餘，卻寫了許多回憶延安生活和領導同志的文章。結集在《星火集續編》中的文章，就是這個時期的作品。第二輯〈回憶延安〉，「企圖用中國過去的筆記體來寫新事物」，寫得雋永有趣。其中〈記王震將軍〉和〈記賀龍將軍〉寫得樸素、親切，是兩篇生動的人物特寫。他的報告文學常把紀實與心理變化的歷程結合起來，表現出誠摯和率真的特色。

沙汀的《隨軍散記》

沙汀(1904-1992)，四川安縣人。三十年代在上海從事左翼文學活動，以小說創作馳名。一九三八年，他受到周立波《晉察冀邊區印象記》的啟發，決定到延安和敵後抗日根據地去，並開始寫作報告文學。主要作品有〈賀龍將軍印象記〉(《文藝戰線》1939年創刊號)、長篇報告文學《隨軍散記》[63]和一部當時未能出版的報告文學集《敵後瑣記》。

沙汀的報告文學反映了敵後根據地各方面的生活鬥爭，而最著名的是他記述賀龍將軍在抗戰初期的戰地生活和回憶的長篇報告《隨軍散記》。這是作者在一九三八年十一月中旬與何其芳及「魯藝」部分畢業同學隨賀龍部隊到晉西北和冀中將近五個月戰地生活的成果。賀龍將軍那種質樸、厚重的性格，豪邁真摯的感情，言談時的獨特表達方式，早在作者初到延安時，就引起他極大的興趣。在〈賀龍將軍印象記〉當中，作者便對他們初次接觸的印象作了簡略而生動的描繪。而《隨軍散記》則在較長時間的戰地生活的接觸基礎上，通過他的言談舉止的記述，更加集中地表現了賀龍崇高的精神品質和美好的內心世界。據作者說：他在將近五個月的戰地生活中，記錄賀龍的談話材料，有三倍於他的日記之多。[64]《隨軍散記》既是現代優秀的報告文學，又是可貴的長篇歷史資料。

《隨軍散記》的副題是：「我所見之一個民族戰士的素描」。既是「素描」，就未及細細地加工和潤色。作為將軍，很容易使人想到馳

63 上海知識出版社一九四〇年初版，一九五八年修訂出版時改書名為《記賀龍》。

64 沙汀：〈敵後七十五天・小引〉，《收穫》1982年第2期。

騁沙場的赫赫戰績。但是，作者所描寫的賀龍是在另外一些方面，即通過他的言談舉止、處事態度、生活作風和日常愛好等，來揭示他的精神品質和內心世界。首先，是他傑出的指揮才能和他對自己部下的愛。其次，是他對黨對革命建立了不朽的功勳，而自己卻非常謙虛。他從不談到自己的功勞，卻滔滔不絕地談領袖和戰友對革命事業的貢獻。還有，賀龍與老百姓的關係非常密切。他出身農民，對老百姓隨便搭上，他都能夠扯上幾句話，有時竟如一家人一樣親切。長期的革命鬥爭鍛鍊了他純金般的剛強的性格，使他身上具有一種不可摧毀的自信力量。但作為他的個性的獨特的表現，是他的豪爽風趣，闊大不羈。他經歷豐富，知識廣博。在任何場合，都能用幽默風趣的語言，表達自己對事物的新鮮獨到的見解。他對待青年有時像慈父，有時像「和善的宣教者」，有時也像孩童一樣天真。賀龍的興趣和愛好非常廣泛。他是一個非常好動的人，體育在他的生活中幾乎是不可缺少的，在戰鬥緊張的時候，他也想到籃球比賽。對文藝，他也有自己的愛好和獨到的見解。整部作品沒有連貫的事件或情節，純由一些片斷、細節構成；但每個片斷、細節，以至於每一句話，都閃爍著賀龍的個性色彩和人格魅力。文中記述賀龍的日常談話甚多，對談話的口吻、言辭、丰采等無不寫得惟妙惟肖。通過大量的細節和人物語言的生動描寫，於細微處見精神，從多側面見全人，因而儘管取材較為零碎，缺乏連貫性，但賀龍的性格和形象卻是完整的、高大的。他那純金般的心靈、不可摧毀的自信力量和那樂觀、風趣、闊大不羈的獨特個性結合在一起，永遠給人們帶來濃郁的溫馨、無比的歡樂和無窮的力量。當時有許多寫領袖、將軍的訪問記，大多只是印象式的素描；沙汀雖也自題為「素描」，事實上卻是刻畫了一個浮雕式的、血肉豐滿的真實典型。這是抗戰以來寫高級將領的報告文學中最出色的一部。

《敵後瑣記》中的作品大多發表在四十年代初的文藝報刊上，記錄了敵後根據地人民的鬥爭和各種人物的生活面貌。它保留了《隨軍散記》的特色，風格樸實雄渾，但粗線條式的勾畫，不如《隨軍散記》細膩。也許由於題材的關係，作者也時常穿插一些議論，以增強作品的政論性色彩。例如〈敵後雜記〉（後改為〈民主與政治〉）、〈知識分子〉、〈同志間〉和〈遊擊戰〉（後改為〈事實勝於雄辯〉）等。

沙汀是一位短篇小說的能手。他在抗戰以前創作的那些描繪川西北風土人情的短篇小說，展現了一幅幅在社會動亂中人民苦難的生活圖景。他同情人民而把憤怒的火焰噴射給形形色色的統治階級人物，給以辛辣的諷刺。因而他的短篇小說具有幽默感。但是，他的生活範圍比較「狹小」。他曾說過：「與其廣闊而浮面，倒不如狹小而深入。」[65]抗戰以後，他投奔延安。新世界的光輝，照耀著他心靈的每個角落。他深入前線生活，接觸了新的戰鬥者，便用報告文學來反映他們的鬥爭生活。堅實的藝術風格，蘊蓄著深沉的激情，一掃過去「沉鬱」的情緒，變得開朗和樂觀。所以，抗戰的鬥爭生活，不僅提高了他的思想，也改變了他的藝術追求。

吳伯簫的《潞安風物》

吳伯簫於一九三八年四月到延安，同年底作為「抗戰文藝工作組」成員，與卞之琳、馬加等，隨同八路軍到晉東南前線工作。他根據戰地生活的體驗，寫下〈夜發靈寶站〉、〈潞安風物〉、〈沁洲行〉、〈神頭嶺〉、〈夜摸常勝軍〉和〈夜雨宿澠池〉等報告文學作品（均收入《潞安風物》），以明朗樸實的文筆，記錄了八路軍和戰區人民的英雄事蹟，也揭露了敵人的罪行。這些作品富有實際生活的感受，同他前期散文相比，內容更加深厚、扎實。文筆雖然不如散文綿密，但輪廓清晰，語言生動易懂，於樸實中蘊蓄深情。

延安文藝座談會，是吳伯簫散文創作的「分水嶺」。按照他在

---

65 沙汀：〈這三年來我的創作活動〉，《抗戰文藝》第7卷第1期（1941年1月）。

〈自傳〉裡的說法是延安文藝座談會使他「第一次知道文藝是為什麼人和如何為法」。他深入生活鬥爭實際，自覺地剖析自己，下決心為人民服務，並且在創作上「走新路」。收入在《黑紅點》一書的作品，便是他「寫作上走新路」的主要成果。〈戰鬥的豐饒的南泥灣〉、〈「火焰山」上種樹〉、〈新村〉等，反映延安軍民積極回應毛澤東提出的「自己動手，豐衣足食」的號召，利用自己的雙手，創造新生活，粉碎敵人企圖在經濟上扼殺延安軍民的陰謀。這是他深入著名的南泥灣參觀訪問的結晶。這些作品熱情歌頌邊區軍民艱苦創業的精神，充分反映延安大生產運動的強大威力。另一部分作品，反映抗戰中後期戰爭的深入和發展。例如〈黑紅點〉反映敵佔區遊擊隊和老百姓鋤奸除偽，掌握了鬥爭的主動權。〈打婁子〉、〈遊擊隊員宋二童〉、〈化裝〉、〈「調皮司令部」〉和〈文件〉等作品，高度讚揚了邊區軍民勇敢機智、生死與共的戰鬥精神，洋溢著深厚的階級感情。

吳伯簫的報告文學反映大時代發展的若干側影，「從抗戰的醞釀，抗戰初期遊擊戰爭的勝利，抗戰中期敵後戰爭的深入和開展，直到抗日民主根據地的生活建設」[66]，甚至解放戰爭時期東北的土改和知識分子的生產勞動鍛鍊，都在他的作品中留下記錄。其間也顯示了作者深刻的思想變化歷程。

吳伯簫早期的作品比較講究章法結構，尋求麗詞佳句，開頭警語，篇末點題，受我國古典文學影響較深。那些記敘個人生活見聞的篇章，往往以豐富的歷史典籍，廣博的知識，點染現實，抒發個人的感受。抗戰以後，他主要寫作報告文學。由於接受實際生活和思想認識的提高，其作品不僅內容更加深厚了，藝術上也有顯著的變化。他用明白曉暢的語言，記事寫人，改變了以前散文中「靜態」的鋪敘，要求畫面的流動感。延安座談會以後，他在原有的基礎上，力求報告

66 吳伯簫：〈再版後記〉，《煙塵集》（上海市：上海文藝出版社，1979年）。

文學的通俗化。他善於選取生活鬥爭中有特色的細節和語言，表現事物發展的動態，刻畫人物的精神品質。那些側重記事的作品，如〈響堂鋪〉、〈路羅鎮〉、〈神頭嶺〉、〈黑紅點〉、〈微雨宿澠池〉等，寫得樸素、深沉、深厚，如高山森林，繁富茂密，如深潭綠水，清麗蘊藉。那些側重寫人的作品，如〈沁洲行〉、〈夜摸常勝軍〉、〈打婁子〉、〈遊擊隊員宋二童〉、〈化裝〉和〈一壇血〉等，穿插許多不平常的故事，寫得曲折有致，委婉動人。特別是為人稱道的〈一壇血〉，很難區分它是小說還是報告文學作品。文筆洗鍊，形象鮮明，給人「回甘餘韻」，印象深刻。有人認為樸素、通俗，就很難做到精鍊、含蓄，吳伯簫對這兩者的結合做得很好。

周而復的報告文學

周而復（1914-2004），祖籍安徽旌德，生於南京。他是抗戰後在解放區報告文學創作中多產而有影響的作家。他於上海光華大學英文系畢業後，即脫離「孤島」，經香港、武漢、西安等地奔赴延安。其間，他應上海《譯報》負責人王任叔之約稿，開始寫通訊報告。初期作品，以樸素的文筆，反映了邊區人民的抗日鬥爭生活。如收入《殲滅》中的〈黄土嶺的夕暮〉、〈侵略者的最後〉和〈消滅〉等篇。

一九四四年，周而復的兩篇報告文學作品〈海上的遭遇〉[67]和〈諾爾曼·白求恩斷片〉獲得很大的聲譽。前者描寫八路軍一支五十多人的非戰鬥隊伍，衝破敵人的重重封鎖和包圍，從黃河邊搭民船過山東北上抗日時，在海上遇敵而展開一場壯烈戰鬥的故事。故事緊張曲折，氣魄宏偉，反映了這支非戰鬥隊伍不屈不撓的堅強鬥志，顯示出英雄主義的光輝。後者記述國際友人白求恩在晉察冀邊區的生活片斷，表現了他獻身於中華民族解放鬥爭的可貴的精神品質。白求恩把

67 與劉白羽、吳伯簫、金肇野合作，周而復執筆；刊《文藝春秋》第2卷第4期（1946年）。

中國當成自己的國家，把中國人民的解放事業當作自己的事業。他待人寬，律己嚴，對醫術精益求精，全心全意為中國人民服務，為中國人民的解放事業服務，博得了中國人民特別是醫務工作者對他的崇敬。他對工作一絲不苟，在他的手中不知救活了多少中國人的生命，而他自己卻犧牲在為病人做手術時的病毒感染中。品格千秋，風範永存。白求恩的精神品質永遠鼓舞著中國人民前進。作品中細節真切生動，感情親切動人，充滿著一種催人為事業而獻身的力量。這兩篇作品奠定了周而復報告文學樸實而雄渾的風格基礎。

一九四五年，他在《群眾》上發表的長篇通訊〈減租——一個片斷〉和〈地道戰〉也是有特色的作品。〈減租〉是抗戰鬥爭中的一個插曲，寫地主在「減租」中要弄陰謀，威迫佃戶弄虛作假，終被揭穿，經過說理鬥爭，佃戶覺悟，地主也心服口服。作品形象反映了邊區政府團結地主抗日的政策。〈地道戰〉描寫冀中軍民在抗日最艱難的階段，用「地道戰」反抗敵人的「蠶食」政策。「新的鬥爭方式，要求人民遊擊戰爭更加廣泛地開展，要求新的創造。」地道戰就是冀中人民在不斷總結鬥爭的經驗教訓中的偉大創造。鬥爭複雜，頭緒繁多，卻寫得有條不紊，是一篇較為優秀的通訊。抗戰勝利前夕，周而復在重慶編輯中共機關雜誌《群眾》時，寫的通訊報告還有〈晉察冀行進〉。這部連續性的長篇通訊，反映邊區軍民在邊區政府領導下的艱苦鬥爭和新的生活姿態，其間充滿著作者的激情！

抗戰勝利後，周而復以新華社特派記者的身份，隨同「軍調處」執行小組巡視了華北，而後進入東北解放區。他以長篇通訊〈隨馬歇爾、張治中、周恩來三將軍巡視華北記〉(《新華日報》1946年3月7至11日）等、通訊報告集《東北橫斷面》(1946）和《松花江上的風雲》(1947）記錄了他的見聞。這些作品揭露反動派破壞「和平協定」，蓄意製造磨擦，陰謀發動內戰的罪惡，同時也描寫解放區人民為重建家園，建設新生活而進行的鬥爭。作品記事真切，材料詳實，與劉白羽同時期、同性質的《環行東北》等一樣，都是極其寶貴的歷史資料。但由於主要以事實記載為主，文學色彩顯得比較淡薄。作者自己也說：「是新聞報告，不敢僭稱報告文學作品。」[68]

周而復的通訊和報告文學，文筆流暢而樸素，重事實和說理。代表作〈海上的遭遇〉繪聲繪影，有聲有色；〈諾爾曼．白求恩斷片〉寫得細膩真切，在現代報告文學中產生過較大的影響。

陳荒煤的《新的一代》

陳荒煤（1913-1996），湖北襄陽人。一九三八年秋赴延安「魯藝」講學。一九三九年春，率領「魯藝」文藝工作團深入太行山八路軍戰地進行採訪，寫下的報告文學結集為《新的一代》，當時未能出版，一九五〇年才由上海海燕書店出版。其中，〈誰的路〉反映華北工人破壞大隊的「破路」鬥爭。敵人佔領了我們的鐵路、公路，卻要人民「擴路」、「愛路」，但是人民卻用鮮血開闢出抗日的道路。作者還從繳獲的敵人的文件和敵兵的書信、日記裡面，記錄了敵兵屠殺中國人民的殘酷事實和他們面臨死亡的恐懼。〈我看見了敵人底自供〉一文就記下這樣一件事情：一個日軍中隊長在漢口給他家裡的妻子寫信，但總得不到回信。他很痛苦，就以醉酒解悶。有一天，他到軍妓院去玩，突然聽到隔壁一個軍妓的聲音很像他妻子，他衝過去看，果然是他妻子，於是兩個人相抱痛哭一場就都自殺了！悲慘嗎？悲慘。但這是侵略者自己造成的。給人類製造苦難的人，他們自己也不得安寧，這不是千真萬確的事實嗎？

陳荒煤的報告文學，影響較大的是兩篇「印象記」：〈劉伯承將軍會見記〉著重反映劉伯承開闢晉東南根據地的事蹟和臨危時的「鎮靜與果斷」。他很精明、自信，歡笑時充滿著「生氣而有力量」，且在任

---

68 見《中國報告文學叢書》第2輯第3冊〈序〉。

何場合講話，都能夠利用民眾的語言表達他深刻的思想和確切的見解。他的語言「簡練，大眾化，而且帶有詼諧的魅力。」作者說：「在以前，我聽說劉伯承將軍所指揮的部隊作戰很勇猛，而且聽到有些部隊中的同志，用歡笑的聲音，學著他底詼諧的口頭語，好像很粗野；因此，在我想像中的他，應該是一個較覺獷野的，十分高大的人物。可是見到他本人，那印象與我想像的竟是那樣不能符合。他原是一個很安靜，溫雅而可親的人。」陳賡指揮的八路軍三八六旅在華北創造了無數光榮的勝利戰跡。在〈陳賡將軍印象記〉中，記下了他對陳賡的印象：「初次見面，也相當沉默，說話聲音很低，穿一身深灰色軍裝，沒打裹腿，褲子是西裝式的，戴一幅黑邊眼鏡，態度文雅。」「以後，印象變化了，我相信他自己的話：『硬是一個軍人。』他精神飽滿，果敢、豪爽，他明朗地大聲談笑，從那無羈的健旺的談話中從不掩飾自己，顯示了他性格的直樸與坦白。」這兩篇作品都採用前後對比的方法，因此留給人的印象特別深刻。

此外，〈一個廚子的出身〉、〈新的一代〉和〈模範黨員申長林〉，都是描寫新人的形象。「抗戰在中國激起了大大的動盪，像從一個大搖籃裡，把許多許多生活在安逸中的青年蕩了出來。」〈一個廚子的出身〉中的青年「老廚子」，就是被抗戰「蕩出來」的人物。他從湖南長沙一個「富庶的地主之家」，跑到延安參加革命，其間經過了曲折的歷程。「他在那被毀滅的財富的廢墟中間站了起來。他成長起來，如同我一次從一個被毀滅的城市經過，在街旁一些殘磚敗垣中所看見的一些不知名的奇異的花朵一樣。」這說明戰爭既能毀滅人類，也能鍛鍊人們的革命精神。〈新的一代〉描寫一群在戰爭中被拯救出來的小孩子的成長過程。「這些孩子們都是被敵人的炮火趕出了母親懷抱的，……而在戰爭中漸漸壯大起來了。」戰爭的熔爐是能將新一代冶煉成鋼的！〈模範黨員申長林〉是陳荒煤最長的一篇報告文學，描寫長工申長林經過了四十多年的悲慘生活，「從一個十多年沉迷在賭城裡的二流子」，在轟轟烈烈的革命鬥爭中改造成一位勞動模範的故事。這說明新社會改造人的強大力量。

陳荒煤的報告文學除了揭露侵略者的暴行外，他的筆觸常常伸入到敵兵的靈魂深處，從敵人的書信、日記裡發現他們的恐懼與痛苦，說明「多行不義必自斃」這樣一個道理。另一方面，他注意到邊區新人的成長，說明新的世界新的社會是怎樣鍛鍊人、培養人。兩相對照，極為鮮明。嚴文井說：陳荒煤「文章的藝術特色主要是質樸。他的歡唱，惋惜，或悲傷，無不發自內心，真誠而少文飾。」[69]精雕細刻不是他的所長，但是白描、直敘卻是他報告文學的特色所在。他善於剪接材料而用敘述貫穿起來，插入些簡短的議論和抒情，使文章舒暢，富有說服力，直樸而富有情感。

黃鋼的報告文學

黃鋼（1917-1993），湖北武漢人。一九三五年在武昌「美專」藝術師範科肄業後，到重慶電影機關當雇員，接觸面較廣，積累了文學寫作的素材。抗戰爆發後，他受到中共政治主張的影響，於武漢失守後，同其他許多愛國的文藝工作者一樣，投奔延安。在「魯藝」文學系第二期學習一年，隨後參加「魯藝文藝工作團」到晉東南敵後根據地「進行戰地工作實習」。

黃鋼的第一篇報告文學作品〈兩個除夕〉（1939），以青年人特有的敏感，反映延安新的生活面貌，表達了當時部分青年為了追求光明而放棄國統區無聊的「舒適的生活」，轉向從事「革命實踐」的喜悅心情。作品描寫了毛主席與民同樂的平凡、樸素而又偉大的「農民風格」，給人以極大的鼓舞。

---

69 嚴文井：〈質樸頌——序《荒煤散文選》〉，《荒煤散文選》（北京市：人民文學出版社，1983年）。

一九三八年十二月，於毛澤東在中共六屆六中全會上提出「揭露和清除漢奸」、「擴大和鞏固民族統一戰線」的主張之後，黃鋼以著名的報告文學作品〈開麥拉前的汪精衛〉(《文藝戰線》1939年9月第1卷第4期)，揭露了漢奸汪精衛的醜惡嘴臉。抗戰初期，作者在重慶以新聞電影記者的身份，在公開場合中看到汪精衛來渝後的種種表演。寫作時，汪精衛已離渝投敵。作者認真鑽研素材，精心構思，採用鏡頭剪接的方式，巧妙地將汪精衛在渝的表演重現出來，入木三分地暴露了他那矯揉造作、欺世盜名的虛偽嘴臉和不可告人的骯髒靈魂。每個鏡頭都能揭示人物表裡不一的「演員」特徵，各個鏡頭之間的組接對比更加強了對人物的表現力，產生了強烈的諷刺效果；加上精到的「畫外音」似的點評，整個作品活脫脫地勾畫出一個反動政客的典型形象。在刻劃反面人物方面，黃鋼為報告文學的人物畫廊貢獻了第一個成功的「丑角」。這篇作品以深刻的思想內容和新穎獨特的藝術形式，博得廣大讀者的歡迎，在現代報告文學史上產生了重要的影響。

一九三九年春到一九四〇年初，黃鋼到晉東南敵後根據地。他親眼看到八路軍，從最高級指揮官到一般戰士以及勤雜人員，都是那樣融洽、親密無間、和藹可親；在他面前展開了「一幅幅奇異的新生活的圖景」，因而受到極大的教育和鼓舞。回來以後，他把那些曾經「震動過」他的「靈魂深處的」、「親眼見聞過的、新生活之中的強音」，寫成〈我看見了八路軍〉這篇著名的報告文學作品。〈樹林裡〉和〈雨〉記錄陳賡兵團部分隊伍在晉中地帶輾轉作戰的艱辛歷程，反映了八路軍在艱苦環境中與實戰情況下的堅韌不拔的戰鬥精神以及指戰員同甘共苦的優良作風。此外，〈新疆歸來者〉報導長征途中受張國燾分裂主義之害的第四方面軍先鋒部隊，幾經轉戰，而在中共中央挽救下，最後一批三百多人，終於在一九四〇年春季從新疆回到延安的情景。〈輓歌唱起來吧！〉記述延安悼念被國民黨頑固派殺害的中共湘西特委負責人何彬的情況，傾訴對死難烈士的無窮哀思，鼓勵後來者繼承烈士的遺志。解放戰爭時期，他的〈東北戰場上的一盤棋局〉，反映我國在光明即將戰勝黑暗的歷史轉折關頭，東北戰場的巨大變化。

黃鋼的報告文學具有鮮明的進步思想傾向和濃厚的時代色彩。「他用一篇又一篇的報告文學，記錄了急遽變幻的時代風雲，正像是攝影高手那樣，追蹤外場光影的變幻，捕捉時代前進的腳步，在他認為形神俱臻的剎那間，反映出具有歷史意義的永久性的畫面。」[70]他善於把自己捕捉到的富有歷史意義的生活鬥爭的片斷，放在事件的「總體」或「全局」中去考慮，透過紛紜複雜的現象，揭示事物的本質和它的發展動向，使人感觸到時代脈搏的強烈跳動。他談寫作體會時說過：「當表現任何一個事物的運動時，我總是希望要求對於事物的總體有一個比較完整的、比較確切的了解，然後才落筆去寫它。」（〈我是怎樣寫作報告文學的？〉）他學過美術，搞過電影，他的報告文學就綜合運用了美術、電影和文學的諸種表現手法。他善於捕捉生動的細節，渲染藝術的畫面，通過電影剪接的方法，把它們貫串起來，構成一種藝術的整體。有時加以抒情和議論，揭示生活的哲理，富有詩情畫意，使人得到藝術的享受。〈雨〉和〈東北戰場上的一盤棋局〉等也有這種特點。所記的材料是片斷的，但是我軍那種一往無前的精神和摧枯拉朽的磅礴氣勢卻是一貫的、深刻的。〈我看見了八路軍〉的「序節」，僅攝取朱德在球場上靜待上場的畫面，就勾畫出朱總司令那樸素而高尚的人格風貌，表現了八路軍官兵平等的動人情景。黃鋼當時的作品並不多，也未結集出版，卻大都是精心之作，在人物描寫、結構藝術和表現手法多樣化方面都有新的探索和創造，因而成為報告文學界引人矚目的一位後起之秀。

---

70 朱子南：《時代的脈搏在跳動——概論黃鋼報告文學》（武漢市：長江文藝出版社，1980年）。

劉白羽、華山、曾克等的報告文學，以報導解放戰爭的歷史進程而引人矚目。

劉白羽的《時代的印象》

劉白羽（1916-2005），北京人。抗戰前夕出版第一個小說集《草原上》，引起人們的注意。抗戰初期，在《七月》上發表的〈逃出北平〉，表現出愛國青年不願當亡國奴的堅強意志。一九三八年到延安，參加了延安文藝工作團，深入到華北各抗日遊擊根據地。除寫小說外，還寫了兩部通訊報告集《遊擊中間》和《八路軍七將領》（與王餘杞合著），記述北方敵後抗日民主根據地遊擊健兒英勇抗敵事蹟，和救亡流動演出隊第一隊謁見朱德、任弼時、彭德懷、賀龍等八路軍將領的情景。這是作者接觸實際鬥爭之後的初步成果。

劉白羽自覺地以通訊報告這種武器為革命鬥爭服務，並獲得較大成績的，是在延安文藝座談會以後。那時，他檢討了自己在創作上的小資產階級傾向後，表示：「我願意做一個部隊農村或工廠的通訊員。但我馬上想到：首先要有正確的立場，否則你也不會做成一個好的通訊員。」[71]一九四四年，中共派他到重慶與胡繩共同編輯《新華日報》副刊。由於現實鬥爭的需要，他又拿起通訊報告這個武器，連續寫了包括七篇作品的《新世界的面貌》，後改名《延安生活》出版。這部作品，一反過去粗獷的筆調，用新舊對比的方式，細膩地描寫了延安生活的變化。

抗戰勝利以後，劉白羽以新華社記者的身份，隨同「軍調處東北執行小組」進入東北。在歷時近百日內，他從南部瀋陽進入東部山區的工礦區，而後往北斜貫哈爾濱，到黑龍江，再到西滿而後轉到當時的熱河。他說：「從有冰雪的日子到這炎熱的夏天，我旅行的全部，

71 劉白羽：〈讀毛澤東〈在延安文藝座談會上的講話〉筆記〉，《解放日報》1943年12月26日。

如果在一張舊日『滿洲國』地圖上，劃下經歷路線，那正好是一個圓環。」他把這次長途旅行採訪的通訊報告集命名為《環行東北》（1946）。這部作品探索「東北的歷史」，探索「正在解決的廣大農村經濟的改革——土地問題」，展現了東北在民主政權建立後的巨大變化，揭露了國民黨反動派妄圖發動內戰，取代日寇統治東北的陰謀。記事詳實，議論精闢，顯示出劉白羽通訊報告的政論性特色。

解放戰爭時期，劉白羽再度以隨軍記者的身份進入東北，經歷了從松花江到長江的戰爭歷程。除了部分小說創作外，他幾乎以全副精力投入反映這場「歷史暴風雨」的通訊報告的寫作，用他的筆及時而迅速地反映解放戰爭的光輝歷程，迎接新中國的光榮誕生。他陸續出版的通訊報告集有：《關於勝利的自衛戰》、《血肉相聯》、《人民與戰爭》、《英雄的記錄》、《時代的印象》、《光明照耀著瀋陽》和《歷史的暴風雨》等。從這裡可以看出劉白羽通訊報告寫作的勤奮。這些作品大都在解放區出版，有些已經不易看到。此後，他又把解放戰爭時期的作品「重新選擇、編排、整理」成為《為祖國而戰》（1953）一書。雖然與《時代的印象》略有重複，但構成作者「在解放祖國戰爭年代」一個比較完整的通訊文集。

劉白羽在解放戰爭時期的通訊報告，最大的特點就是具有強烈的時代氣息，使我們讀了之後，深深地感到時代脈搏的劇烈跳動。一九四八年八月，他在編選《時代的印象》時寫的序文說：「這一年多以來，真正和人民鬥爭現實一起前進，是我在工作中最愉快的時期」，「時時感受新的社會，從艱難中，從鬥爭中的生長，出現。」他認為通訊報告要「與時代鬥爭同呼吸」，便極力用他的筆來反映偉大鬥爭的歷史動向。收集在《為祖國而戰》一書中的十三篇作品，就充分反映了這個特點。

《錦州之戰一角》和《光明照耀著瀋陽》，記錄了解決東北全局的兩次重大戰役。作者在〈歷史的暴風雨〉一節中，通過兩次到瀋陽的對比，充滿豪情地寫道：「四六年四月春凍時期，我在執行部邀請下與其他中外記者來訪瀋陽，那時候氣候是雨雪低垂，政治空氣更加惡劣，黑夜嗚響暗槍，美國人帶著降落傘部隊趕來，國民黨新一軍、新六軍也從海上航路蜂擁而至。國民黨特務分子余紀忠天天在報上叫囂反共反人民，……那時他們反人民的內戰氣焰真是高達萬丈。今天，我又到了瀋陽，我看到一度被外國記者描寫為『在搖曳燭光下舉行軍事會議』的『剿總』大廳裡，連牆上的機密作戰地圖也來不及動，特別引我注意的是圖上還標誌著全軍覆沒的廖耀湘兵團西進遼西的最後部署，據說這是蔣介石於十月十五日親自佈置的。歷史真會嘲弄人，在偽政委會裡還留下他們給魏德邁的賣國報告。我希望把這些東西送到勝利紀念館，讓人們知道這些罪犯是怎樣來不及擦掉罪跡就倒在人民腳下的。」馳名中外的東北戰役，留給蔣介石「三種紀錄」：錦州一戰三十一小時，長春一戰也不過兩天一夜，瀋陽一戰卻成為解放東北的「煞尾」。劉白羽的通訊報告，就這樣反映了落花流水的反動派是如何被人民掃進歷史垃圾堆的。

劉白羽的通訊報告不僅表現了強烈的時代氣息，而且用濃烈的抒情筆調描寫了人民的歷史性的勝利。〈人民歷史新的一頁〉描寫北平人民歡迎解放軍入城的盛況，迎接毛主席、朱總司令和其他中央首長到達北京時的歡迎會和檢閱式，使人民看到了「強大的人民武裝力量的縮影，同時也看到了強大的中國民主陣營的縮影。」〈橫斷中原〉記錄了國民黨反動派拒絕「求和」簽字後，人民解放軍在毛主席、朱總司令的命令下，從平津出發，向南下勝利進軍。「偉大歷史新的一幕正在展開，燦爛的光芒照射著人們前行的道路。」當電臺傳來百萬大軍分三路橫跨長江的消息，「從外國通訊社裡傳出敵人一片潰退的慌亂」時，人們喜悅的心情是難以形容的。勝利的高潮怒捲直前，戰鬥的旗幟在前面招展。奔騰的黃河洗卻了千百年無邊的災難，洗盡了過去的陰暗和恥辱，看到了中國人民幸福的、勝利的日子！用濃烈的抒情筆調、富有強烈的歷史感的語言來描寫我們的勝利，在劉白羽解放戰爭後期的通訊報告中比比皆是。他在抗日戰爭和解放戰爭前期的通訊報告比較注重紀實，注重對事實進行冷靜透辟的分析，因而具有政論性的色彩。解放戰爭後期的作品卻富有強烈的抒情意味。如果說，他以前的通訊報告是用「史筆」來反映戰爭的進程，揭示歷史的動向的話；那麼，他在這時期的作品，卻是用詩人的豪情和畫家的彩筆追蹤歷史大進軍的勝利歷程，信息快，場面大，激情洋溢，氣盛言宜，構成了他報告文學的氣勢磅礡的藝術風格。

在我國現代文學史上，像劉白羽這樣用通訊報告來反映我國抗日戰爭和解放戰爭全過程的作家，屈指可數。他的報告文學作品，我們可以作歷史來讀，從中既可以看到我國人民在苦難中的抗爭，又可以從中深刻地感受到勝利的喜悅。

華山的《踏破遼河千里雪》

華山（1920-1985），廣西龍州人。一九三八年到陝北安吳堡西北青年訓練班學習，同年轉入魯迅藝術學院學習。結業後，被分配到太行山區抗日根據地《新華日報》華北版工作，開始從事通訊報告創作。他在抗戰時期的通訊報告結集為《光榮屬於勇士》，其中〈窯洞陣地戰〉和〈碉堡線上〉，是兩篇反映敵後人民武裝鬥爭的優秀通訊。解放戰爭開始後，華山作為隨軍記者進入東北解放區，用他那生花的妙筆，描繪了東北人民解放戰爭的勝利歷程。這個時期的作品大都收入《踏破遼河千里雪》（1949）和後來重新整理出版的《遠航集》（1962）第二輯中。

華山的東北戰記主要描寫部隊的正面戰爭。《踏破遼河千里雪》一書緊緊地抓住戰士和群眾迫切要求戰鬥的心情，展開了一幅幅英雄圖景。〈東北雜記〉是東北解放軍在秋季攻勢前幾天（1947年9月26日到10月4日）的行軍紀事，反映了軍民高昂的戰鬥情緒。〈奔襲口前〉，戰士們「一口氣前進了一百五十里，看不到一個掉隊」，「反攻大軍聲威所至，蔣管區群眾紛紛燒起復仇的怒火」。〈北線縱橫〉描寫被饑餓和仇恨激怒了的農民，在我軍到來之前，自動起來向土豪劣紳展開翻身鬥爭。秋季攻勢開展之後，東北國軍面臨絕境。民主聯軍戰士曾經編了個歌謠：「三下江南還有一大片，夏季攻勢還有一條線，秋季戰役才開始，這條線又切成好幾段。」嚴冬到來的時候，長春守敵新一軍逃跑的風氣相當嚴重，敵軍用殘酷的屠殺也沒有能夠制止。一九四八年新年前後，東北解放軍橫跨冰凍的遼河平原，在無邊的雪野上闖出一條坦蕩的溜平雪道，指向瀋陽，與兄弟部隊會師。〈踏破遼河千里雪〉描寫了這一艱辛的歷程，表現了人民戰士的堅強毅力。〈解放四平街〉記下東北解放軍「攻堅戰」的第一個光輝的勝利。〈英雄的十月〉描寫人民解放軍的歷史大進軍和解放錦州的英雄壯舉。人民解放軍「揮戈東向」，「向瀋陽挺進！」東北的解放指日可待。

華山的通訊報告高屋建瓴，氣勢凌厲，充滿著強烈的革命英雄主義氣息。正如馬鐵丁在《遠航集》〈序〉所說的：「看華山的文章，就彷彿看到他手從空中劈下來在講話。」他的作品之所以具有這樣的氣概和魄力，首先是作者能夠站得高，看得遠，善於把握時代的精神，對人民的勝利充滿著信心。他的作品表現了革命的樂觀主義精神，即使在描寫那些血火的戰鬥中，也處處流露出一種輕鬆、愉快的筆調。他又善於擷取生活中生動的對話和細節來表現人物的精神面貌。善於透過現象，揭示事物的本質，從而反映事件發展的動向。作者個人的豪放氣質與時代精神主旋律的協調一致，使他的通訊報告形成了陽剛壯美的格調。這與劉白羽的東北通訊有相似處，但他的激情、氣勢更帶有一個年輕戰士的熱烈奔放、縱橫馳騁的英姿和丰采。

曾克的《挺進大別山》

曾克（1917-2009），原名曾佩蘭，河南太康人。她的處女作《在湯陰火線》（1938）反映新時代女性在抗戰中的英姿，被茅盾譽為「勇敢的女性的工作記錄」[72]。她於一九四〇年到延安。延安文藝座談會後，她寫了許多反映延安和邊區新生活的小說、散文和報告文學。解放戰爭時期，是曾克報告文學創作最為旺盛的時期。她在一九四七年初，作為記者，隨第二野戰軍挺進大別山，並擔任恢復根據地的工作隊長。報告文學集《千里躍進》（後改題《挺進大別山》）就是這段生活鬥爭的記錄。其後，她參加淮海、渡江、進軍西南等戰役，寫下大量的通迅、報告文學和日記。《走向前線》選收一九四七年四月到一九四九年九月反映豫北戰鬥生活的報告文學作品。此外，她還接受組織的委託，參加編輯反映一九四七年六月三十日晉冀魯豫野戰軍渡過黃河天險、完成挺進大別山戰略躍進任務的《南征一年》的徵文選集九本，記錄了這一偉大戰役的真實情況。

曾克的報告文學影響較大的是《挺進大別山》。全書三十一篇分六輯，詳細地記錄劉鄧大軍為策應蘇北我軍作戰，執行毛主席的戰略部署，挺進大別山，實行偉大戰略轉移的史實。作者在〈前記〉中說：「本來，這些東西，都是時間性較強的新聞，由於交通阻隔，發稿困難，而只將它簡單隨時記錄下來，現在僅僅是想做為材料保存起來。在此百萬大軍即將打過長江，完成將革命進行到底的莊嚴任務的今天，戰爭第二年的一個戰略躍進中的點滴：英雄們的決心，群眾對勝利的熱望和全力支援，軍隊在新區的紀律典範，蔣區人民的災難以及要求解放的渴望，戰勝困難、堅持鬥爭、依靠群眾、建立革命根據地等，都會鼓舞我們更勇敢更有信心的爭取最後勝利。」在這部作品中，作者很少正面地去描寫戰爭的場面，而是通過出發前、行軍中的親歷和見聞的記錄，使我們感受到戰爭的強大氣勢，指戰員的激昂情緒，民眾的苦難和群眾在解放後的歡悅。

72 茅盾：〈「在湯陰火線」〉，《文藝陣地》第1卷第12期（1938年）。

曾克的報告文學，是用散文的筆調，描寫細小的題材，反映重大的事件。她常以細緻的觀察，抒情的筆調，來描寫生活中所看到的一切，把細小的題材放在重大的事件中表現，因此具有濃厚的時代氣息。茅盾說她「未嘗刻意求工」，「順手拈來，神韻盎然！」[73]

曾克和華山是兩位風格非常不同的報告文學家。雖然兩位都長期擔任隨軍記者，他們的作品都反映了抗日戰爭和解放戰爭的歷史進程。但曾克側重從側面記述，華山卻主要從正面描寫。雖然兩人的作品都富有抒情色彩，但曾克的文筆委婉、纖細，像涓涓的細流，帶有女性作家的特點；華山則像大江波濤，滾滾向前，富有一種男性的粗獷和恢宏。

解放戰爭中，部隊指戰員中也出現了一些引人注意的報告文學作品。李立的《四十八天》（1948）記述王震部隊從中南敵後突破國民黨反動派和敵偽的堵截和包圍，南征北戰與中原解放區的新四軍會師的經過。文字清暢，「由樸見真」[74]。可與周立波的《南下記》、馬寒冰的《南征散記》相映襯。韓希梁的《飛兵在沂蒙山上》和《六十八天》（1949）是帶有連續性的兩個長篇報告，記述華東野戰軍的一個炮兵連挺進魯西南敵後，粉碎國民黨對山東的「重點進攻」，最後解放了敵人的老巢濟南，和離開沂蒙山參加淮海戰役的經過，寫得質樸粗獷，富有戰鬥生活實感。

在淮海戰役勝利結束後，華東軍區第三野戰軍政治部曾號召並組織《渡江一日》的寫作。參加者有部隊指戰員、隨軍記者和支前民工。編委會從一百萬字以上的五百餘篇來稿中選出一百二十篇，編成二十多萬字的《渡江一日》（1951）。全書分〈渡江以前的準備〉，〈渡江之夜〉和〈渡江以後〉三個部分，反映解放軍渡江戰役的輝煌歷程。這些作品的共同特點是：「內容真實，具體，筆情樸素、簡練，

73 茅盾：〈讀《千里躍進》〉，《挺進大別山》（上海市：新文藝出版社，1953年）。
74 邵荃麟：〈《四十八天》序〉，《四十八天》（香港：南洋書店，1948年）。

沒有華而不實的空談，大多是行動的記錄。」（〈前言〉）這是解放戰爭中最後一次報告文學的集體創作，也為我國偉大的歷史性事件留下了極其寶貴的史料。

抗日根據地火熱的戰鬥生活，給報告文學的發展開闢了廣闊的天地，許多作家放下自己熟悉的文藝形式進行報告文學的寫作，反映人民群眾勞動生產的熱情，反映軍隊和人民的關係，描寫在艱苦鬥爭中的優秀指揮員和戰鬥英雄，謳歌人民子弟兵在殘酷戰鬥中創造的驚人奇跡，揭露野蠻殘忍的敵人的潰敗覆滅的命運，展現革命根據地的創建與發展的歷程。抗戰勝利後，人民面臨歷史性的選擇，當時報告文學反映解放區新的生活面貌，揭露國民黨當局內戰的陰謀。到了解放戰爭全面展開，報告文學則以雄偉的氣勢，反映人民解放軍轉戰千里的革命英雄氣概，譜寫了人民解放戰爭的勝利史詩。總之，抗日根據地和解放區的報告文學，是我國人民在中國共產黨領導下萬眾一心，排除萬難，從苦鬥走向勝利的真實記錄。作品中的開朗樂觀的豪情與國統區抗戰報告文學作品中的悲壯淒絕的心境恰是一個鮮明的對照。

三　戰時報告文學的進展與成就

抗戰初期的報告文學，在表現形式上存在著敘述多於描寫、熱情掩蓋了人物的毛病。許多作品雖然比較集中地描寫戰爭圖景和各種生活鬥爭場面，但往往寫得不深，成為未加工的藝術品，根據地的報告文學也難免有這種現象。不過，戰爭改變了作家的生活環境，造成了文藝大眾化的有利條件。隨著作家生活的深入，他們不滿意那種單純的事實報告，為了提高作品的藝術性，作家從紛紜複雜的現實鬥爭中選擇帶有情節性的題材。值得注意的是邊區英雄輩出，因而有「人物印象記」和「傳記報告」的大批出現，沙汀的《隨軍散記》是其中的佼佼者，周立波、何其芳、劉白羽、陳荒煤等都寫了這類作品。叱吒風雲、噓寒問暖、將軍風範、赤子心腸，許多馳名的英雄將領進入報告文學的畫廊。報告文學由事實報導進而專注於人物描寫，這是藝術性提高的重要表現，報告文學因而提高了藝術的魅力。

抗日根據地和解放區有一批三十年代嶄頭露角的作家參加了報告文學創作隊伍，大大地提高了報告文學的藝術品質，同時也湧現了一批富有朝氣的新人，成為報告文學創作的生力軍。他們聯合起來，形成一支強大的作家隊伍。這些作家深入生活，吸取中外文學傳統的營養，奮筆抒寫時代風雷，用多樣化的表現手法，創作出一大批優秀報告文學作品，形成了各自的藝術風格。解放區的報告文學繁花似錦，給現代散文史增添了不少光彩。

報告文學在現代文壇上正名之前，帶有報告文學性質的作品是以遊記的形式出現的，如《新俄國遊記》、《伏園遊記》就是它的先導。隨著我國反帝反封建愛國運動的開展，在歷次重大事件中，作家們常以記敘散文的形式，滿懷激情地反映事變的歷程。在「左聯」的倡導下，報告文學正式進入文學陣地而開始了它的成長期。以群在〈抗戰以來的報告文學〉[75]這篇重要論文中，概述了報告文學發展的簡史，說明了抗戰時期報告文學的題材和藝術上的進展，見解相當精確。轉述他的主要觀點，對抗戰時期報告文學的宏觀考察頗為有益。

以群以為，中國的報告文學與中國的社會現實有著最密切的聯繫，與我國民眾的反日運動更有著不可分的關係。一九三一年「九一八」事變產生的報告文學作品是它的萌芽；一九三二年「一二八」事變後，反映這事變的收在《上海事變與報告文學》裡的作品，以及反映帝國主義侵略下大眾生活的慘痛與艱辛的收在《活的紀錄》裡的作品，代表它的發端期。隨著抗日戰爭的進展，報告文學異常地發達起來了。以群指出：抗戰期間，報告文學的成果是豐富的，它的題材

75 以群：〈抗戰以來的報告文學〉，《戰鬥的素繪》（重慶市：作家書屋，1943年）。

有：傷兵的生活及為傷兵服務的經驗，難民的生活及為難民服務的經驗，作家及知識青年逃難及其在各戰區、各部隊擔負宣傳教育工作及參加戰鬥的經歷，敵人的暴行，前方的軍隊在民眾的幫助下對敵人的打擊，撤退中的苦鬥和所受的痛苦，淪陷區人民的苦難，民兵自衛武裝的鬥爭，革命根據地的創建和發展，邊區新人物的面影，大後方的生產建設和腐敗的行政管理，俘虜營的情況等等。以群認為，抗戰期間，報告文學的藝術有明顯的進展，它表現為：由平鋪直敘到提要鈎玄，由紀錄直接的經驗到表現綜合的素材，由熱情的歌頌到冷靜的敘寫，由戰爭的敘述到生活的描寫，由以事件為中心到以人物為主體。這提綱式的轉述，大體上把抗戰時期報告文學的概況描摹出來了。

以群這篇總結性的論文寫作的時間較早，還沒有包括解放戰爭期間的作品，如果把這後三年綜合起來考察，那我們就會覺得在題材和藝術上，還有更大的開拓。

報告文學的發展與人民的抗日確有不可分割的關係，抗戰時期和解放戰爭時期的報告文學繼承「左聯」時期的《上海事變與報告文學》和《活的紀錄》兩大題材系統，著力發展了軍事題材。以群論文中所提到的題材，大多屬於國統區的被稱為「悲壯淒絕」的戰鬥及暴露黑暗的作品；而根據地軍民打擊敵人的地道戰、地雷陣、麻雀戰、圍困戰、水上遊擊戰、聯防戰等創造性戰鬥方式，著名將領的英雄業績和平民作風，陝北、冀中、晉察冀、晉東南、山東、東北等抗日根據地在戰鬥中的創建和發展等等，題材也是十分豐富的，抗日根據地的報告文學，表現出不同於前一種的戰鬥方式，人民在艱苦機智的戰鬥中取得了勝利的歡樂。三年解放戰爭又有不同，這時期的報告文學，則是以磅礴的氣勢，描述人民解放軍橫掃千里的戰績，歌頌集體英雄主義無堅不摧的勝利豪情。在以上報告文學作品中，作家以不同的創作心境反映了不同地區、不同時期、不同方式的情況，揭露了敵人的無比瘋狂殘暴，歌頌了中華兒女為國家民族的生存所進行的百折不撓、可歌可泣的鬥爭，映現了中華民族爭取自由解放的軍事鬥爭的全過程。在軍事題材上如此豐饒多樣的成果是空前的，今後恐怕也難得復見。

本時期報告文學及其作者來自三個方面：群眾性的創作，進步文人、記者的訪問記，記者、作家的報告文學作品。連天的烽火，把作家的注意力吸引過來，使他們投身戰地，與群眾血肉相連，呼吸相通，改變了原先的生活習慣、思想面貌和寫作特長，以報告文學為武器；而抗日戰爭和解放戰爭的勝利進程，則更加開闊了作家的藝術眼界。兩者都極有利於報告文學藝術的提高。作家在樸實的敘事基礎上逐漸廣泛運用場景再現、人物刻劃、心理描寫、評述議論等多種手法，因而解放戰爭時期的報告文學比之於抗戰時期，更多恢宏氣勢、形象實感、抒情筆調和政論色彩。這標誌著報告文學創作的日趨成熟。

報告文學和雜文一樣，都是散文家族中的主要成員，經「左聯」時期的鬥爭磨練，在抗日烽火中成為取得重大發展的兩個分支。它們在國家民族處於生死存亡的關鍵時刻，分別在政治方面和軍事方面並肩作戰，斬關奪隘，使自己壯大和成熟起來，為中國現代散文做出了歷史性的貢獻。

第六章
戰地黃花分外香
——記敘抒情散文的拓展

在戰火紛飛、時局動盪的戰爭年代裡，人們特別要求文學的戰鬥性和時間性，及時有力地反映時代變動，回答現實的重大問題。具有社會責任感的作家也總是自覺適應時代的需要，做時代精神的代言人。普遍的變化是：戰亂流離生活一方面開闊了作者的視野，與現實和人民的關係更為密切；另一方面也影響了他們的寫作方式，由於沒有從容寫作的環境和心情，迫使他們尋找更便於把握時代變動的文學形式。加上戰時出版條件困難，文學刊物篇幅有限，更為歡迎短小精悍的作品。這一切，有力地促進了散文這種輕便敏捷的文學形式的發達興盛，也有力地制約著散文在主題、情調、形式和風格諸方面的變革擴展。從記敘抒情散文的角度說，戰亂生活的見聞感受，社會問題的揭露批判，理想和希望的追求嚮往，新的生活的創造和謳歌，成為最突出的寫作題材；身邊瑣事，山水自然，閒情逸致，已經不為廣大作家和讀者所關注。忠實於現實，忠實於時代，忠實於人民，為民族民主革命戰爭服務，是這時期散文創作的主流；「剛健」、「壯烈」、「粗獷」、「深沉」的散文風格佔據主導地位。脫離現實鬥爭的閒適、唯美、消遣諸傾向的散文小品趨於消沉；「柔和」、「靜美」、「閒逸」、「沖淡」的散文風格退居一隅。這是一個戰鬥的時代，「戰地黃花分外香」，現代散文經受戰鬥的洗禮，顯示出特異的藝術光彩。

第一節　抗日救亡的吶喊

戰時散文的起調就不同凡響：為抗日民族革命戰爭吶喊助威，向全世界控訴日本侵略者在中國犯下的滔天罪行，表達國人抗戰到底的堅強意志和敵愾同仇的民族激情，慷慨悲歌，意氣風發，具有強烈的政治鼓動性。這與「五卅」的抗議和「九一八」的呼號一脈相承，與「七七」、「八一三」後全民的怒吼協調一致。上海的《救亡日報》和《吶喊》週刊率先喊出國人鬱積多年的抗戰呼聲，各地的《哨崗》、《文藝陣地》、《戰地》、《抗戰文藝》、《筆部隊》、《戰線》群起呼應，形成全民族的戰鬥大合唱。

茅盾為《吶喊》週刊撰寫的創刊獻詞〈站上各自的崗位〉，表明了廣大寫作者的共同態度：

> 在這時候，需要熱血，但也需要沉著；在必要的時候，人人要有拿起槍來的決心，但在尚未至此必要時，人人應當從容不慌不迫，站在各自的崗位上，做他應做的而且能做的工作。
>
> 我們一向從事於文化工作，在民族總動員的今日，我們應做的事，也還是離不了文化，——不過是和民族獨立自由的神聖戰爭緊緊地配合起來的文化工作；我們的武器是一枝筆，我們用我們的筆曾經畫過民族戰士的英姿，也曾經描下漢奸們的醜臉譜，也曾經喊出了在日本帝國主義鐵蹄下的同胞的憤怒，也曾經申訴著四萬萬同胞保衛祖國的決心和急不可待的熱忱，而且，也曾經對日本軍閥壓迫下的日本勞苦大眾申說了他們所應做的事，寄與了兄弟般的同情。
>
> 這都是我們所曾經做的；我們今後仍將如此做。……

在我們民族面臨生死存亡的決戰關頭，廣大愛國作家履行國民的責任，堅守自己的崗位，用筆參加戰鬥，寫下了血與火交織的新篇章。老作家帶頭寫出了《在轟炸中來去》（郭沫若）、《炮火的洗禮》（茅盾）、《控訴》（巴金）、《火花》（靳以）、《軍中隨筆》（謝冰瑩）、《勝利的曙光》（黎烈文）等；從戰地烽火中穿行成長的青年作者帶來了《沸騰的夢》（楊剛）、《西行散記》（白朗）、《向天野》（田一文）、《戰爭與春天》（尹雪曼）、《最後的旗幟》（羅蓀）、《一年集》（流金）等等。這些篇章取材於前線戰鬥生活或後方救亡鬥爭，以鼓動抗戰熱情、控訴日寇暴行、樹立必勝信念為基本主題，寫作上或記敘、或議論、或抒情、或兼而有之，體裁近於報告、雜文和抒情文的混合，與三十年代前期東北作家群的戰鬥呼聲相呼應，反映了全國抗戰初期群情振奮、同仇敵愾的時代氣氛，起到了宣傳鼓動作用。郭沫若在〈三年來的文化戰〉一文中總結說：「文藝作家們不斷地暴露著敵寇的慘絕人寰的殘暴獸行，表揚著抗敵將士英勇殺敵的、種種可歌可泣的故事，描寫著努力於抗戰建國的各方面艱苦奮鬥的種種姿態。新聞記者們不斷地出入於槍林彈雨，採集前方戰訊向國內外報告，在前後方創設著並支持著大型小型、全國性、地方性的報紙，盡力於抗戰建國的鼓吹督勵。……所有這些反文化侵略的戰士們，三年來盡瘁於抗戰建國的種種業績，無疑地為了反侵略鬥爭的偉大任務。由於這些工作者的努力，我們在文化上的抗戰，也和整個的抗戰一樣的是愈戰愈強了。」[1]這充分地肯定了抗戰文學的社會意義。

郭沫若的《在轟炸中來去》

郭沫若自一九三七年七月二十五日「別婦拋雛斷藕絲」回國參戰以來，在轟炸中去來，英勇地戰鬥在前線和後方的文化宣傳戰線上，

---

1 郭沫若：〈三年來的文化戰〉，《沫若文集》第11卷（北京市：人民文學出版社，1959年）。

成為繼魯迅之後新文化運動的又一面光輝旗幟。抗戰初期，他寫作大量的熱血文章，陸續結集出版《在轟炸中來去》、《抗戰與覺悟》、《前線歸來》等小冊子，盡力於抗戰救亡的吶喊。其中有〈抗戰與覺悟〉、〈全面抗戰的認識〉、〈理性與獸性之戰〉、〈忠告日本政治家〉一類直接訴諸國民理智的議論文字；另一類則是「文藝性的生活記錄」，反映自身回到祖國、投入抗戰洪流的獨特經歷，以眼見耳聞的前後方戰鬥事實展示全民抗戰高潮的到來。在民族垂危關頭，郭沫若毅然別婦拋雛、回國請纓，顯示了一位偉大愛國者的胸懷氣度，令人崇敬。抗戰初期士氣旺盛、群情激昂的壯烈氣氛，一掃他心中的疑慮，他全身心投入戰鬥，譜寫時代「洪波曲」。他這些「生活記錄」傳遞著全面抗戰的戰鬥信息和堅強意志，為這個大時代洪流留下了浪痕。

茅盾的《炮火的洗禮》

茅盾的《炮火的洗禮》收入十五篇短文，既有熱情的呼叫，又有冷靜的分析，尤其對於戰時民眾發動工作的薄弱和達官貴人的腐敗能夠及時加以揭露。他寫道：「我是一個所謂文化人。我知道文化的繁榮滋長，需要和平的環境，但更需要獨立自由的精神。個人從事文化事業時固然如此，一個民族發揮其才智對世界文化作貢獻時，也是如此。因此我憎恨戰爭，也憎恨專制政治和侵略的帝國主義。但是為了爭取獨立自由，我無條件地擁護個人對環境的、民族對外來侵略的戰爭。中國民族現在被迫得對日本帝國主義作決死的戰爭，我覺得是無上的光榮。」（〈寫於神聖的炮聲中〉）我們既不是非戰主義者，也不是好戰分子，我們所進行的戰爭，是反侵略求解放的正義戰爭。「我們的戰爭負荷著解放自己和促進日本民眾掉轉槍口以自求解放的雙重使命」，茅盾的戰爭觀體現了無產階級國際主義和愛國主義思想的統一，他的敵愾情緒受理性認識的疏導而不流於囂張空喊。

巴金的《控訴》

巴金的《控訴》，「自然有吶喊，但主要的卻是控訴」。他吶喊，「我們為著我們民族的生存，雖然奮鬥到粉身碎骨，我們也決不會死亡。」（〈一點感想〉）巴金向國人鼓動一種戰鬥精神，一種捨身取義精神。收入《無題》中的〈做一個戰士〉、〈「重進羅馬」的精神〉就是代表作品。他歌頌戰士的熱情、信仰、意志，在戰鬥的時代呼喚「做一個戰士」，在民族存亡關頭提倡「重進羅馬」精神，富有鼓動性和戰鬥性。在〈黑土〉中，他記錄在轟炸中的廣州人民熱烈獻金抗戰的故事，乞丐也不後人。對於危害正義、危害人道、危害生命的法西斯暴力，他發出了呼喊：「我控訴」。〈給山川均先生〉一文，反駁山川均為日本軍閥政客發動侵華戰爭張目的謬論；〈給日本友人〉二信闡述侵略戰爭的非正義性及其對中日兩國人民感情的嚴重傷害，這些公開信曉之以理，動之以情，寄希望於日本國民從盲目中反省過來，一起反對侵略戰爭。作者揭露日本空軍轟炸車站、追殺難民的血腥罪行，揭露日本軍閥政客窮兵黷武，必將玩火自焚，譴責一些文化人士為軍閥充當吹鼓手，難逃幫兇之罪。巴金以公開信形式對日反宣傳，以血的事實和無可辯駁的道理控訴侵略戰爭，表現出一股凜然正氣，使得山川均之流的謬論相形失色。

靳以的《血與火花》

靳以的《火花》、《我們的血》[2]等小書表示他是「沉著的站上自己的崗位，盡一己的全力來吶喊」（〈我的話語〉）。請聽他發出的誓言：

> 我們的血不是白流的，我們是用血來灌溉我們的土地，我們是用血來培養我們的土地，我們是用血來保衛我們的土地。我們

2　二書後來收入《血與火花》（上海市：萬葉書店，1946年）。

> 願意我們的土地仍然做我們的保姆，我們希望在這土地上能生出一朵花——一朵自由的花。
> 我們不氣餒，不妥協，我們愛我們的土地，愛我們的弟兄，也愛偉大的自由。血是要流的，將染紅了大地，培植自由的花在她的身上茁長。

作品以激昂的調子、熱烈的節奏，抒發誓死保衛國土的堅強意志。這不僅是一個人的誓言，而且也是四萬萬同胞的共同態度。〈我們的國家〉也是這類富有鼓動性的抒情短文。

楊剛的《沸騰的夢》

楊剛（1909-1957），湖北沔陽人。三十年代前期在燕京大學英文系學習時，加入中國共產黨，積極參加並領導北方學界抗日救亡運動，同時開始文學著譯活動。抗戰爆發後，南下武漢、上海，一九三九年夏去香港接替蕭乾主編港版《大公報》的「文藝」副刊，香港淪陷後撤回桂林，曾作為《大公報》的戰地旅行記者到東南前線採訪過，寫了通訊集《東南行》。她出版的散文集《沸騰的夢》（1939）受到廣泛的好評，是抗戰初期抒情散文的代表作。胡喬木稱道：「是中國人愛國心的熾烈而雄奇的創造，在現代的散文中很難找出類似的作品來」。[3]「熾烈而雄奇」一語，準確地概括了這部散文集的風格特徵。她為《沸騰的夢》寫的序文，真率地袒露內心承受著民族苦難和人生痛苦的重負而不懈追求真理和光明的艱難歷程。「我覺得我心如一堆自發燃燒的煤山，煙焰永遠嫋嫋不絕，有時候如星子亂碰一陣，有時候煤屑紛飛，所到之處都是氤氳。我覺得我心是一堆永不能熄滅的灰燼。它燃燒，它又偃臥，偃臥不是為了休息。生命有它至豔的精

3　胡喬木：〈序〉，《楊剛文集》（北京市：人民文學出版社，1984年）。

華，愈燃燒愈發皇，愈燦爛，愈鮮美。灰燼是力的凝聚，精華的提煉。」奇詭剛強的意象，突出表現內心生命力的發散、燦爛，熾烈的愛國熱情噴射而出。「我不是用顯微鏡察視著路途而舉步的人，也永不能抗拒沸騰的狂飆驅我如風車，將偉大的創造之夢啟示給我」，「但我卻以我生命的真實擔保，我見到了一股真切如火樣鮮明的大力，像彩虹的長帶盤旋不盡的在我民族頭上團團轉動，它溶入這攘攘熙熙、滔滔不絕的浩大人群裡，結成了一顆偉大的創造心臟。我見這鮮豔心臟登在生命的風輪上拉起全個世界奔馳前進，風輪下飄發著強烈的火焰！」以這樣的雄姿氣勢，這樣的沸騰激情，這樣的理想信仰，為民族民主解放戰爭高歌猛進，一位剛強的女革命家的人品文風於此可見。這的確是現代散文史上難得的作品。在《抗戰與中國文學》中，她描述抗戰文學的新風貌：「以整個生命的悲壯、偉烈、奇跡、精美，作為寫述的對象。愛與恨、樂與憂、悲與喜，沒有絲毫的摻合和折扣，整個的聯接在一個總的生命與美的創造上面。」楊剛自己的散文創作就體現了這時期散文的新風采，確把自我心靈投入民族熔爐，冶煉出全新的生命與美。她在香港《文藝青年》、《大公報》「文藝」上提倡反對「新式風花雪月」的不良傾向，強調抒情創作的時代性、戰鬥性；她以身作則，開創了現代散文的剛健美，因而正如胡喬木所說的，「單是這個散文集，中國的文學史家就永遠不能忘記她」。

白朗的《西行散記》

白朗（1912-1994），遼寧瀋陽人。早年在東北從事進步文藝活動，一九三五年與羅烽逃亡到上海。一九三八年參加「文協」組織的「作家戰地訪問團」前往中原前線，寫的日記集為《我們十四個》出版，實地反映前線生活和戰鬥氣氛。她的《西行散記》（1941）收入抗戰前後寫的散文十五篇，敘說流亡經歷，袒露內心矛盾，懷念淪陷的東北故土和親友同志，在全面抗戰形勢的鼓舞下，懷抱著光復失地、重返家園的希望和信心。其中的〈我踟躕在黑暗的僻巷裡〉、〈月夜到黎明〉和〈祖國正期待著你〉，抒寫革命女性所面臨的親情與事業的衝突，對陷於敵蹄蹂躪下的弱弟的牽慮和期望，對嗷嗷待哺的幼子的愛憐和對擺脫家累重上征途的企求，錯綜交織，迭宕起伏，寫得相當真切，富於女性意味。稍後的《一面光榮的旗幟》（1947）歌頌東北抗聯女烈士趙一曼、冷雲等的英雄事蹟，「慷慨悲歌哀烈士，堅決戰鬥慰英靈」。白朗散文具有女性作家特有的敏感多情，又帶有自身獨特經歷所磨練出來的剛強朗闊的個性特徵。

田一文的《向天野》

田一文（1919-1989），湖北黃陂人。小時因家庭貧困，只念到高小畢業，就走上社會，靠自學打開文學之門。戰前在漢口編過報紙副刊，發表過習作。抗戰爆發後，武漢一度成為文化中心，他積極投入抗戰文藝活動。一九三八年，參加臧克家、于黑丁帶領的第五戰區文化工作團，穿走在烽火中，寫下不少散文速寫。《金的故事》（1939）大多是速寫，《向天野》（1940）中出現了戰地抒情文。其中，〈地之子〉、〈江之子〉塑造了熱愛祖國的土地和大江、為保衛國土而戰的抒情主人公形象；〈向天野〉刻畫了一位革命女性爽朗、粗獷、堅強的個性；〈我穿走在紅土上〉、〈戰地進行〉和〈在戰鬥中〉抒寫著為祖國而戰的戰鬥情懷。這些詠人抒懷的作品以情緒飽滿、境界開闊、格調激昂而振奮人心，體現了抗戰初期抒情散文的新的精神風貌。現舉〈我穿走在紅土上〉為例，說明其戰地抒情文的特點。他抒寫戰地富有詩意的風貌，喚起人們對祖國大地的深厚感情：

> 當溫柔的黎明穿過了黑暗出現的時候，我們就穿走在這南中國底紅土上了，我們以沉重的腳步，驚止了草間昆蟲們的聲音。

> 那時，太陽曬黑著我們底皮膚，海藍的天悠閒的飛走著白雲，樺樹把濃蔭投在地上，榕樹們正垂著美麗的長鬚，莊稼是金黃的，稻底飽滿的顆粒，壓彎了細長的稻桿子，原野是那樣豐滿，是那樣的一片「百穀般的土地」。

穿走在這樣美麗、富饒的大地上，看見農民遊擊隊員盡責地守衛著鄉土，作者深切地感覺到：

> 南方，燃燒著熱情的火焰。
>
> 南國人民的胸間，燃燒著熱情的火焰。
>
> 我們穿走在已經成為棕紅色的土地上，我們底心中也燃燒著熱情的火焰。

作者的戰鬥熱情從實際的戰鬥生活體驗中產生、昇華，與人民的戰鬥熱情融為一體，個人的抒情代表了人民的抒情，這是現代抒情文的一大進展。作者以詩的語言歌唱戰鬥生活，抒情氣息濃厚，行文富於節奏，是一篇格調高昂的散文詩。一九四〇年四月，田一文從鄂中前線撤回重慶，協助巴金籌建重慶文化生活出版社，從此脫離戰地回到後方，其生活和創作都有所變化。以散文詩形式抒寫戰鬥情懷，是當時一些戰地作者所作的新嘗試，亦門、嚴傑人、林英強、黎焚薰、尹雪曼、李白鳳、胡危舟等都有成功之作。他們的戰地抒情作品，充滿著強烈的戰鬥氣息和愛國激情，開拓了抒情散文的新天地。

亦門的散文詩

亦門在抗戰初期參加淞滬戰役，以報告文學集《第一擊》知名於世，日後以詩集《無弦琴》和詩論《人和詩》成為「七月」詩派的骨幹之一。所作抒情短文多署筆名S.M.，未曾結集，散見於《救亡日報》、《現代文藝》、《國民公報》等報刊上。〈總方向〉[4]顯現江河奔流、泥沙俱下、回環往復而浩蕩東去的雄渾氣勢和自然規律，象徵抗戰洪流奔騰向前、勢不可擋的歷史方向，「把握總方向」的呼聲代表了國人的一致要求和時代的戰鬥精神。作為一位民族戰士，他深入實際戰鬥生活，直接體驗到人民和兵士之間高揚的民族激情，對〈霧・土・星・花〉、〈晨・午・黃昏・夜〉[5]之類常見題材有著獨特的發現，帶有戰士詩人的戰鬥情懷。農民和兵士最懂得土地，最熱愛土地，「農民是以艱辛的汗滲透大地的，而他們（指兵士）以聖潔的血保證解放，農民始終不倦於播種和收穫，而他們頑強於戰鬥，慷慨於犧牲」，從中萌生的「我們今天的新愛國主義」激勵著人民奮起反抗侵略，誓死保衛國土。他並不迴避花草星月一類自然美題材，不以為這是「忘掉血」的表現；相反，他覺得流血犧牲為的是換來愛、美和理想的世界，為的是「活得好」。「從花底嬌紅，我想到血底烈紅了；從血入地之處，我知道蓓蕾破土而出之處了」（〈花〉），戰士詩人的思想意向既正視現實又富於理想，戰鬥情懷始終是壯烈高昂的。詩人把詩的想像引入散文，意象豐滿，行文跳躍，語言凝鍊，構成其詩化散文圓滿瑰麗、蘊藉厚實的藝術風格。在抗戰前期散文創作中，他這幾篇作品追求情緒飽滿和藝術完美，顯示了特色。

嚴傑人的《南方》

嚴傑人（1922-1946），廣西賓陽人，在抗戰時期文壇上猶如一顆彗星。他說過：「從祖國蒙上恥辱和災難的衣裳的第一天，我潔白無疵的童心，就已將自己的生命許嫁給祖國解放鬥爭的聖業了。」（〈家〉）這時，他擔任桂林《廣西日報》戰地記者，奔走在南方戰場上，開始在香港《大公報》「文藝」、《星島日報》「星座」、桂林《廣西日報》

4　《救亡日報》副刊「詩文學」1939年9月14日。

5　分別刊於《現代文藝》第5卷第3期、第4期（1942年）。

「漓水」、《力報》「半月文藝」等報刊上發表詩歌、散文和戰地通訊。作者主要以詩知名，散文僅見《南方》(1942)一書問世。其散文有些是自己「對於受敵蹂躪的南方鄉土和人物的懷念」，有些是他「在南方戰野上耳聞目見的報告」，有些是「這時代裡向光明舞蹈的南方青年的寫照」，有些是「對殘酷的南方的現實的控訴」(《南方》〈後記〉)，既有地方色彩，又充滿時代精神，還帶有年輕詩人天真熱情的鮮明印記。他很少歌詠個人的不幸和孤獨者的情懷，總以自己投身於戰鬥集體而感到和諧快樂，出現在〈家〉、〈別離歌〉諸作的抒情主人公具有集體主義和英雄主義的品格。嚴傑人在《南方》的〈後記〉中重申何其芳三十年代確立的散文藝術觀，強調「每篇散文應該是一種純粹的獨立的創作」，自覺追求散文的藝術性，但無論是情調還是文風都較前粗獷，與何其芳戰前作品的纖細風格大為不同了。

林英強的《麥地謠》

林英強(?-1975)，廣東梅縣人，被人稱為「抗戰散文詩的勇敢的先驅者」[6]，戰時活躍於華南、西南一帶，在《東方詩報》、《救亡日報》、《文藝新潮》等報刊上發表的散文詩創作，結集為《麥地謠》(1940)出版。全書收入散文詩三十五篇，從〈戰地放歌〉到〈苗徭自歌〉，貫穿著抗戰愛國的激情，充滿著必勝的信念。〈熱血的注流〉通過個人抒情表達時代的典型情緒，集中體現出其抗戰散文詩的格調：

> 風高月黑，我是不能衰減了記憶，妻離，子散，故鄉的城堡的破毀，哦，到底我是作了慘痛的流亡，流亡到外方。
>
> 在混濛的天野中，我還是想著那四月的家山，廣原上的牧人的吹笛，小徑薔薇的飄蕩，可是，那一天，我再能歸去？縱然歸

6　錫金：〈《麥地謠》序〉，《麥地謠》(上海市：文藝新潮社，1940年)。

> 去，笛曲必停歇，薔薇也摧殘，甚且是不可辨了舊日的門牆。
> 鄉愁，真狼狽而不可收拾麼？我流亡在這難堪的長途上，每一凝望遼遠的天，便聯想妻離，子散。哦，心的焦憤啊，像湧了血，誰能說我是已經把深仇遺忘？
> 風高月黑，我真能夠想起那遠邊，那遠邊的黯淡的家山，我的心熱了，從今天起呀，熱血的注流，是尋定了方向。
> 唵，我的血要儘量的流啊，不歇的流吧！一滴的血都須流在大戰鬥的沙場！

流亡者的家仇國恨、故園情思昇華為戰鬥要求，熱血的注流匯入民族解放戰爭洪流，這種情感體驗和自覺意識不是他個人所特有的，而是概括了人們的普遍情緒。他發自內心的歌調，從沉鬱趨向激越，從低吟轉為放歌，節奏伴隨著情緒抑揚變化。他的〈麥地謠〉、〈苗徭自歌〉諸作歌頌少數民族為祖國戰鬥的壯烈情懷，開拓了散文詩的新題材。儘管他有些作品缺乏真切體驗，流於空泛，但像他那樣大量創作抗戰散文詩，在當時確是無愧於「先驅者」美稱的。

田一文、亦門、嚴傑人、林英強等善於抒情的青年作者，從戰鬥生活中崛起，給抒情文學帶來戰鬥氣息和剛健文風，大大突破了自我表現的格局，開拓了個人為時代歌唱的新路。這種新的抒情精神為後來一大批青年作者所發揚光大。

抗戰初期散文的吶喊和控訴，體現了時代的主導精神，標誌著民族意識的空前加強，在現代散文發展史上進一步發揚了反帝愛國的戰鬥傳統，為開拓戰鬥生活題材和剛健壯美文風起了先導作用。不過，熱烈興奮之餘，難免有一些膚淺空泛之作，缺乏藝術的加工，往往露出草率粗糙的痕跡。這是大變動時代常有的現象，社會的變動帶來了藝術視野的擴大，但藝術把握新題材一時還不那麼適應，不那麼深刻和嫻熟，生活和藝術的矛盾、內容和形式的矛盾在這時候較為突出和尖銳。當戰爭進入相持階段，國人熱情積澱昇華，藝術也在反思、揚棄中走向新的成熟。由此，戰時散文開始擺脫抗戰初期普遍存在的題材集中、文體駁雜、率直顯露的傾向，恢復和發展現代散文個性化、多樣化的藝術傳統，進一步發揚現實主義的批判精神和理想追求的執著精神，向社會生活和精神生活的廣度、深度和強度突進。

第二節　流寓生活的紀實

廣大作家被戰火無情地趕出書齋或亭子間，湧入逃難的人流，與難民一道經受顛沛流離之苦。這一生活變遷開闊了他們的生活視野，促使他們接觸和體驗到底層社會生活，加強了他們與現實和人民的聯繫，自然給他們的散文創作帶來新的生活素材和思想養料。一貫興盛的旅行記在這一時期中以流亡記的面貌出現，這是戰亂流離生活直接促成的。流亡記可以說是旅行記的一個變種。由於戰時作家大多有過流亡逃難的遭遇，寫作流亡記、旅行記就成為一時風氣。戰時旅行記與二三十年代那種有意識地出外旅行考察的紀行文字明顯不同。首先，表現的時代氣氛不同，這是上有轟炸、下有追兵的戰亂時代；其次，表現的作家心境不同，國恨家仇，集於一身，生死攸關，不容有閒散從容的心情。為數眾多的流亡記、旅行記構成了一部抗戰時期中華民族的苦難史和鬥爭史，控訴日本帝國主義的侵略行徑，暴露大後方社會的黑暗面，反映中國人民流血受難的生活和抗戰到底的鬥志，都是以真實的生活經歷、深切的感情體驗和切實的文字記錄，把我們帶入那烽火連天的戰亂時代裡。

一 戰亂流離的世態畫

茅盾的《見聞雜記》

茅盾戰時輾轉於廣州、香港、桂林、重慶、昆明、西安、延安、烏魯木齊等地，戰後訪問過蘇聯，所寫的旅行記從《蘇嘉路上》起始，結集出版過《見聞雜記》(1943)、《時間的記錄》(1945)、《劫後拾遺》(1942)、《歸途雜拾》(1944)、《生活之一頁》(1947)、《脫險雜記》(1948)、《蘇聯見聞錄》(1948)等；這些作品後來收入《茅盾文集》第九、十卷。數量之多，涉及面之廣，在戰時是首屈一指的。

《見聞雜記》、《時間的記錄》著重反映西南、西北大後方社會的畸形生活。茅盾保持他三十年代注重從經濟關係的角度觀察和反映社會現實問題的作風，繼續堅持《速寫與隨筆》中夾敘夾議、記實述感的寫作特點，有分析有批判地暴露大後方市鎮經濟的畸形發展和虛假繁榮，揭露官商勾結發國難財的黑暗內幕，抨擊暴發戶驕奢淫逸的腐朽生活，反映後方人民在官商橫徵暴斂、市面物價飛漲重壓下貧困淒慘的生活狀況，仍以「觀察的周到，分析的清楚」和「切實的記載」見長。如〈「戰時景氣」的寵兒——寶雞〉一文，揭露戰時寶雞「繁榮」的虛假性。文中指出它是由投機商、暴發戶之流製造出來的表面繁榮，不是建立在生產發展基礎上的真正繁榮，而且，寶雞市區的「繁榮」又是從附近農民被壓榨成為「人渣」作為代價的。作者通過一個戰時發跡的小縣城的解剖，暴露了大後方國統區社會的陰暗面。作者認為：「物價的高漲，頹廢淫靡之加甚，在我看來，就是旅途見聞雜記的材料。而美好的風景看過了，往往印象不深，這就是這裡的十多篇並不寫風景的原因。」(《見聞雜記》〈後記〉)他取材專注於現實社會問題，體現了他一貫的寫作態度。

名篇〈白楊禮讚〉、〈風景談〉二文，最先收入《白楊禮讚》（1943）一書，隨後分別收入《見聞雜記》、《時間的記錄》。〈白楊禮讚〉借白楊樹象徵根據地人民團結戰鬥、堅強不屈、力求上進的可貴精神；〈風景談〉歌頌陝北邊區軍民在共產黨領導下改造自然、建設邊區、創造新「風景」的新生活；〈秦嶺之夜〉（收入《見聞雜記》）記述乘八路軍的軍車經過秦嶺的情景，讚美八路軍戰士活潑、剛健的精神風貌。這些新「風景」令大後方讀者耳目一新。茅盾於一九四○年到延安住了幾個月，對邊區有深入的了解，所以能寫出這類思想深刻、藝術高超的寓政治於風景之中的佳作。

〈生活之一頁〉、〈劫後拾遺〉、〈脫險雜記〉、〈歸途雜拾〉等反映香港陷落前後的動盪局勢和文化人士由地下黨安排通過遊擊區撤回內地的脫險經歷。太平洋戰爭爆發前的香港，是文人出入頻繁、抗日文藝活躍的地方。茅盾因文化工作的需要，多次旅居香港，從事編輯和創作活動。香港被日寇攻佔時，茅盾夫婦正在那裡。這些作品系統而又詳盡地記敘這時期他的避難生活和脫險經歷，通過個人生活經歷反映出香港陷落的災難，小市民的驚慌失措，文化人士的危急處境，和地下黨的周密部署，東江遊擊隊的細心護送，遊擊區的鬥爭風貌。體裁介於報告文學和旅途見聞錄之間，敘述生動曲折，時有驚險性情節和扣人心弦的場面。

《蘇聯見聞錄》和《雜談蘇聯》是茅盾一九四七年春訪問蘇聯時寫下的日記、遊記和雜文的結集。書中以自己的見聞印象介紹蘇聯戰後的建設成就，宣傳社會主義制度的優越性，有些篇章如〈梯俾利斯的「地下印刷所」〉以細膩的抒寫獲得好評。

茅盾戰時的旅行見聞雜記，在語言上追求通俗化、大眾化，敘述、描寫、議論渾然一體，形成了明白曉暢而又樸實鋒利的文風。舉〈「霧重慶」拾零〉一段為例：

> 這裡只講一位比上不足，比下有餘的人物。浙籍某，素業水木包工，差堪溫飽，東戰場大軍西撤之際，此公到了漢口，其後再到重慶，忽然時來運來，門路既有，辦法亦多，短短兩年間，儼然發了四五萬，於是小老婆也有了，身上一皮袍數百元，一帽一鞋各數十元，一表又數百元，常常進出於戲院，酒樓，咖啡館，居然闊客。他嗤笑那些歎窮的人們道：「重慶滿街都有元寶亂滾，只看你有沒有本事去拾！」不用說，此公是有「本事」的，然而倘憑他那一點水木包工的看家本事，他如何能發小小的四五萬？正如某一機關的一位小老爺得意忘形時說過的一句話：「單靠薪水，賣老婆當兒子也不能活！」

行文出以說書口吻，有形有色地描述暴發戶的發財手段和得意嘴臉，又語含譏刺，莊諧並用，讀起來順暢，品起來又有味，較之他早期的記敘散文語言顯得更為純淨俐落。

巴金的《旅途雜記》

巴金這時期主要活動在西南和華南地區，《旅途通訊》（1939）和《旅途雜記》（1945）這兩本「旅行的書」都是在穗、港、桂、築、渝、蓉等地的旅寓中寫成的，記錄他流離遷徙的生活和沿途的見聞，展現了大後方戰時的景況。他的報告〈廣州在轟炸中〉，寫自己和廣州人民一道經驗死的威脅和生的抗爭，他是在廣州淪陷前夕才告別這個英雄城市的。他記述後方內地的交通困難，旅途的艱辛，難民的痛苦，真實反映了中國人民所受的苦難和內心的憤恨。他從〈桂林的受難〉，想到其他許多中國的城市，「他們全在受難。不過他們咬緊牙關在受難，他們是不會屈服的。在那些城市的面貌上我看不見一點陰影。在那些地方我過的並不是悲觀絕望的日子。甚至在他們的受難中我還看見中國城市的歡笑。」敵人投下的是炸彈，我們還報的是永生的仇恨、不屈服的意志和勝利的信念。作者的筆尖也揭開後方社會的陰暗面，有的破產，有的發跡，物價昂貴，淫靡之風盛行，但他更多的把憤怒對準民族敵人，把祝福獻給朋友和人民。他一如既往地歌頌友情，說是友情的溫暖「給了我勇氣，使我能夠以平靜的心境經歷了信中所描寫的那些艱苦的日子」（《旅途雜記》〈前記〉）。如果說，茅盾的旅行記以冷峻的批判、深刻的暴露而具有理性鋒芒；那麼，巴金的旅行記則以熱情的控訴、切身的體驗而具有感染力；茅盾在解剖生活，巴金則在體味生活；茅盾幫助人們認識後方社會現實，巴金卻帶讀者一起經歷當時的生活情景。

巴金戰時旅行記依然保持《旅途隨筆》的文風，娓娓而談，樸實親切，不加修飾，自然天成。他自稱：「我只是像平日和朋友們談閒話似地寫下我的真實見聞。」（《旅途通訊》〈前記〉）每篇文章都以第一人稱自述的口氣寫成，長短不拘，驅遣自如，看似平鋪直敘，實則詳略得當，自有波瀾。如〈廣武道上〉、〈桂林的微雨〉、〈在瀘縣〉、〈築渝道上〉幾篇都是質文相當、文情並茂的紀行作品。

豐子愷的「避難五記」等

一九三七年十一月六日，敵機轟炸石門灣，豐子愷舉家辭別安居多年的新屋「緣緣堂」，開始踏上顛沛流離的旅途。不久在逃難途中獲悉「緣緣堂」毀於炮火的「噩耗」，悲憤之餘寫下〈還我緣緣堂〉、〈告緣緣堂在天之靈〉二文。他一反過去超然飄逸的寫作態度，代之而起的是要「憑五寸不爛之筆來對抗暴敵」（〈還我緣緣堂〉），於是開拓了「斥妄」的新路子。他追述被迫離家逃難的經過，寫成「避難五記」〈辭緣緣堂〉、〈桐廬負暄〉、〈萍鄉聞耗〉、〈漢口慶捷〉和〈桂林講學〉，流寓中還寫了一系列散文隨筆，控訴侵略者的暴行，揭露舊社會的腐敗，反映逃難經歷和後方生活的艱難，希望古國新生振興。他這時期的散文染上戰時的煙塵，國恨家仇融為一體，充滿愛國主義的精神。這些作品大多收入《漫文漫畫》(1938)、《子愷近作散文集》(1941)、《教師日記》(1944)、《率真集》(1946)諸集內,有的散見於《立報》「言林」、《文藝陣地》等報刊上。

〈辭緣緣堂〉追憶苦心經營「緣緣堂」的始末,極力描寫家鄉石門灣得天獨厚的自然環境和優裕蕭散的田園生活,刻劃新屋「緣緣堂」的高大明爽、清幽舒暢,反襯辭行之難捨和倉促,加強了對「以侵略為事,以殺人為事的暴徒」的譴責。豐子愷通過個人災難聲討敵寇對和平居民的侵害,反襯在民族受難的時刻任何個人都無法幸免的殘酷現實,表明「環境雖變,我的赤子之心並不失卻;炮火雖烈,我的匹夫之志決不被奪,他們因了環境的壓迫,受了炮火的洗禮,反而更加堅強了」的心跡。這篇長達一萬五千言的流亡記,題材來自親身經歷,下筆前已向舊友新知敘述過多遍,早就爛熟於心,寫來揮灑自如,渾然天成,顯得氣昌辭達,沉潛圓熟,是「避難五記」的代表作,比時行的「流亡記」急就章耐讀得多。

〈宜山遇炸記〉、〈「藝術的逃難」〉敘寫他一家在敵機轟炸下避難和逃難的驚險艱辛的經歷。值得注意的是,豐子愷對「空襲」的譴責著重於道義上,體現了一位人道主義作家的本色。他寫道:

> 我覺得「空襲」這一種殺人辦法,太無人道。「盜亦有道」,則「殺亦有道」。大家在平地上,你殺過來,我逃。我逃不脫,被你殺死。這樣的殺,在殺的世界裡還有道理可說,死也死得情願。如今從上面殺來,在下面逃命,殺的穩佔優勢,逃的穩是吃虧。死的事體還在其次,這種人道上的不平,和感情上的委屈,實在非人所能忍受!

此外,他在逃難處於找不到車輛的困境中,全靠一幅對聯的因緣,居然得到便利,對這次被朋友們誇飾為「藝術的逃難」,作者發揮道:

> 人真是可憐的動物！極微細的一個「緣」，例如曬對聯，可以左右你的生命，操縱你的生死。而這些「緣」都是天造地設，非人力所能把握的。寒山子詩云：「碌碌群漢子，萬事由天公。」人生的最高境界，只有宗教。所以我的逃難，與其說是「藝術的」，不如說是「宗教的」。人的一切生活，都可以說是「宗教的」。

從這裡可以看出豐子愷並不掩飾隨緣定命的宗教思想。豐子愷特有的精神生活和表現方式，突出地反映在這兩篇流亡記裡。

抗戰後期，豐子愷在重慶郊外自造小屋定居下來，他辭去教職，恢復了戰前在家閒居、讀書作畫的自在生活，於是又有「注意身邊瑣事，細嚼人生滋味的餘暇與餘力」[7]。〈沙坪的美酒〉、〈白鵝〉、〈白象〉諸文就表現出這時期的閒散心情，但在娓娓清談之中，已經滲入戰時生活的辛味和戰後失望的牢騷。

抗戰勝利後，豐子愷舉家經過一番周折，復員回到家鄉，「緣緣堂」舊址只剩一片蔓草荒煙。他只好在杭州定居，看到的「不是物價狂漲，便是盜賊蜂起；不是貪污舞弊，便是橫暴壓迫」，他的「斥妄」鋒芒就指向「貪污的貓」、「口中的匪」，抨擊起貪官污吏，而且還幽默地發動「口中剿匪」，意在剿盡官匪，獲得天下太平。這兩篇寓意小品反映了作者對國統區黑暗現實的深惡痛絕，對祖國新生的熱切希望。

朱雯、羅洪的流亡記

朱雯（1911-1994）、羅洪（1910-）夫婦戰前在家鄉松江小城過著

7 豐子愷：〈讀《讀緣緣堂隨筆》〉，《緣緣堂隨筆》（北京市：人民文學出版社，1957年）。

悠閒恬靜的書齋生活。淞滬戰爭爆發後，他們不得不扶老攜幼，輾轉流離，自蘇入浙，自贛之湘，自桂徂粵，又自港返滬，間關踣頓，跋涉萬里。這次逃難，「在生活上固然是備嘗艱苦，在經驗上卻倒是獲益良多」（朱雯《百花洲畔》〈序〉）。後來，朱雯概括指出三點：「首先，對民族敵人的仇恨和對祖國的熱愛，在那八年中間昇華到了熾熱的程度」，「其次，對祖國河山的壯麗雄姿和廣大人民的深重苦難，在那八年中間我的認識和感受都特別深切」，「再次，對待創作和對待翻譯，在那八年中間我開始懂得態度一定要認真嚴肅。……在一切為了抗戰的思想指導下，寫的、譯的無不圍繞這樣一個中心。」（《烽鼓集》〈序〉）朱雯的自述代表了戰時廣大作家的共同感受。

朱雯戰時散文作品甚多，但結集出版的只見《百花洲畔》（1940）和《不願做奴隸的人們》（1940），另有一本《難民行腳》則在戰火中失落。一九八三年出版的《烽鼓集》主要選自上述二書。其作品記述艱苦的避亂生活，報導火熱的抗敵鬥爭，讚美祖國的壯麗山川，描述亂離中的歡聚，描繪「孤島」的畸形景象，揭露漢奸的叛國行徑，憑藉自身的見聞感懷信筆寫來，自然樸實，感情真摯，洋溢著時代的生活氣息。「日子在流亡中奔流，人在流亡中生活著」，一語道破流民的酸辛苦辣。背井離鄉，浮萍浪跡，「像蟲豸一樣地啃著我，像石塊一樣地壓著我，像針尖一樣地刺著我的，是一種對於故鄉的懷念；這種懷念，連嫠婦對於她已故的丈夫，孩提對於他才別的乳姆，以及熱情的少女對於她契闊的戀人，也難於比擬於萬一。」（〈故鄉，我懷念著你！〉）這樣對於故土淪陷的刻骨鏤心的情思，是能引起廣大遊子的感情共鳴的。〈書室遺像〉一文，可以和豐子愷的〈辭緣緣堂〉諸名篇相媲美。那雅致的書齋，對於一介書生來說，「是一筆最可珍貴的瑰寶」。然而，它卻被日寇炮火毀滅了！這自然引起他的于邑慨歎，更激起他的敵愾心情。他文學修養深厚，能夠嫻熟地隨筆述感，娓娓敘說，「走筆如行雲流水，辭藻斑斕多彩，不事蓄意雕琢，而精彩的文字俯拾即是。」[8]讀來自有一股親切流麗的潛流滲入人心。

羅洪的散文輯為《流浪的一年》（1940）和《為了祖國的成長》（1940），還有一本《苦難的開始》未曾見過出版。《為了祖國的成長》類似朱雯的《不願做奴隸的人們》，同屬於報告特寫一類。《流浪的一年》除了八篇寫於戰前，其餘都是流浪生活的結晶。她的流浪記可以和朱雯相互印證，對照讀來，感到羅洪寫得詳盡從容，可見女性作家觀察細緻的特性。「我們受過異鄉人孤獨落寞的悲哀，也在陌生孤零的情況下，得到了一些淳樸的溫情。風雪雨露常常把我們磨折著，然而我們掙扎，我們忍受；有好幾次接連幾夜不能睡眠，我們還是掙扎，毫不屈服！我們深信吸著祖國自由的空氣是幸福的，寧願多受一點流浪的困苦，卻不願留在淪陷區裡做一個『順民』！」在樸實的敘寫中透露著深沉的愛國情懷，以自身遭遇的勞苦反映著普遍的災難，羅洪的創作在時代洪流的激盪下大大開拓了視野。

李廣田的《圈外》和《日邊隨筆》

李廣田在戰亂流離中，經歷後方內地的社會生活，接觸馬克思主義，熟悉和了解革命青年，在生活鬥爭實踐中解決原先思想上存在的關於文學和革命的矛盾，從而使自己的散文創作獲得新的生活源泉和思想力量。他的逃難經歷抒寫在《圈外》（1942）上，他的思想衝突表現在《回聲》（1943）裡，他的精神新貌在《日邊隨筆》（1948）中有著鮮明的投影。

《圈外》大都是紀行文，記載他帶領學生逃難、從湖北鄖陽徒步入川的情形。從鄖陽沿漢水至漢中一段的窮山惡水、落後閉塞的內地社會面貌，「每走一步，都有令人踏入『圈外』之感」（《圈外》〈序〉），這便是《圈外》題名的來由。在〈冷水河〉一文中，有一段文字可以看出戰時流亡者和戰前旅行者心境的不同，作者寫道：

---

8 舒湮：〈烽鼓中的腳印〉，《文藝報》1985年第5期。

> 我們一路沿著漢水，踏著雙腳，前進著。我們的歌聲和著水聲，在晴空之下徹響著。「拐過山嘴，便是月兒灣了。」有人這樣喊。月兒灣——又是一個好名字，還有黃龍灘、花果園……我忘記我是在流亡，忘記是為我們的敵人追趕出來的，我竟是一個旅行者的心情了，我願意去訪問這些荒山裡的村落，我願意知道每一個地方的建立，興旺，貧困與衰亡，我願意知道每一個地名的來源，我猜想那都藏著一個很美的故事……但這樣的念頭，也只是轉瞬即逝的事情罷了。尤其當看見在破屋斷垣上也貼下紅紅綠綠的抗戰標語——這是在城市中我們看厭了的，而發現在荒山野村中卻覺得特別有刺激力；以及當我們從那些打柴、牧牛的孩子們的口中也聽到幾句「打倒日本、打倒日本」的簡單歌聲時，我就立時像從夢中醒來似的，心裡感到振奮，腳步更覺得矯健了。

他們不是在自由、從容地旅行，而是在逃難，一時的閒散心情和詩意幻想，終於讓位於時代的戰鬥要求。不流連山水，不賣弄風雅，如實寫出逃難生活的見聞感受，這是戰時紀行文字的主要特色。

《回聲》是他暫居羅江、敘永時期的作品，《日邊隨筆》寫於敘永和昆明。在西南大後方，李廣田投入民主運動，接受馬克思主義理論，以新的思想風貌出現在西南文壇。在《日邊隨筆》〈序〉中，他回顧自己的文風隨著時代變化發展，從早年追求「日邊清夢斷」的空靈境界，中經「日色冷青松」的靜美境界，轉變為「日邊戰火燒」的戰鬥境界。卞之琳說他這時期的散文「視野開闊了，愛憎更加分明，文風也進一步變了，枝蔓漸除，骨幹益挺，雖然並不是劍拔弩張，卻在言語中自有戰鬥性」。[9]他抨擊自私狹隘、殘暴專橫者必將自斃（〈他

9　卞之琳：〈《李廣田散文選》序〉，《李廣田散文選》（昆明市：雲南人民出版社，1980年）。

說：這是我的〉）；揭露掩蓋醜惡恰好適得其反（〈手的用處〉）；挖苦裝腔作勢的學術騙子（〈這種蟲〉）；歌頌建設者的創造性（〈建築〉），愛恨分明，時有警語。他不迴避自我改造、內心衝突一類切身問題。在〈根〉一文中，他欣賞自己生根於鄉下，從未脫去作為農人子孫的性道，這對於我們理解其作品一以貫之的鄉土氣息和個人本色是大有幫助的；對於「舊的意識之類的根，那妨礙我發揚、擴大，妨礙我生得更堅硬、更潑辣的根，我真願把它掘出來，燒毀它」，顯示出一種決絕的態度。〈兩種念頭〉是「想做得好一點的念頭和想生活得好一點的念頭」，「在現存的生活的烏煙瘴氣裡，要調和這兩種傾向是不可能的」；因為在舊社會，正直盡職的知識分子總免不了「窮」的命運，只有昧著良心同流合污的人才能發跡；在大是大非面前，李廣田的抉擇當然是前者。這時期李廣田的散文帶有雜文的筆調，增強了抒情議論的戰鬥性，以簡潔明快見長，多少失卻了前期的婉轉含蘊的情致。

冰心的《關於女人》

一九三七年六月底，冰心和她的丈夫自歐洲歸國，回到北京。可是七月七日，蘆溝橋就燃起戰爭之火，因為她的小女兒還未誕生，而且得維持燕京大學的開學，在北京又住了一年，之後就和當時的愛國文化人一樣，「飄泊西南天地間」了。昆明和重慶她都住過，一九四一年起她以新筆名男士在《星期評論》上發表《關於女人》的系列散文，一九四三年結集出版。

《關於女人》，是冰心偏愛的作品，這裡面所集中抒寫的不但是她的最高超聖潔的靈感之源的女人，而且多是她所喜愛的、尊敬的人物。《關於女人》〈後記〉裡說，「寫了十四個女人的事，連帶著也呈露了我的一生，我這一生只是一片淡薄的雲，烘托著這一天的晶瑩的月。」這裡所呈露的「一生」，除了少數幾篇關於她家庭的女性之外，大多數是抗戰時期的女性：女學生、女醫生、家庭婦女和勞動婦女。冰心以自己所接觸到的女性反映抗戰時期的一個生活側面，熱情歌頌中國婦女的美好德性：善良、剛強、任勞任怨、自我犧牲。她在散文中所醉心的母性愛的主題，在戰爭時期又得到另一種形態的表現。

冰心這時寫了《我的母親》和《再寄小讀者》〈通訊三〉懷念慈母，已專注於揭示母親的人格美。她自白：「激越的悲懷，漸歸平靖，十幾年來涉世較深，閱人更眾，我深深的覺得我敬愛她，不只因為她是我的母親，實在因為她是我平生所遇到的，最卓越的人格。」她從家常瑣事中寫出母親的溫存沉靜、端莊開明、敬上憐下、周老濟貧、有涵養、能包容、既慈藹又方正的風度品格，視為新型「賢妻良母」的典範；並從中體會到母親的嘉言懿行對兒女的匡護、引導、感召和激勵意義，是直接而內在、重大而深遠的。她寫到〈我的朋友的母親〉，也著眼於老太太慈祥、理智、果斷、練達的可貴品性。這說明冰心對母性愛的豐富內涵作出了更深入的開掘，有著透澈的理解，正如她在戰後〈給日本的女性〉所闡發的，作為「人類以及一切生物的愛的起點」的「母親的愛是慈藹的，是溫柔的，是容忍的，是寬大的；但同時也是最嚴正的，最強烈的，最抵禦的，最富有正義感的！」

在她避難離開北京的時候，她想到偉大的女詩人李易安，想到李易安在〈金石錄後序〉中所充分呈露的戰爭期中文化人的境遇。她說「我不敢自擬於李易安，但我的確有一個和李易安一樣的，喜好收集的丈夫！我和李易安不同的，就是她對於她的遭遇，只有愁歎怨恨，我卻從始至終就認為戰爭是暫時的，正義和真理是要最後得勝的。」（〈丟不掉的珍寶〉）她的這種認識，使《關於女人》中的人物，在艱難的環境中仍然保持著她們堅強樂觀的精神；也使她這時偶爾涉筆的避難題材具有勁健爽朗的格調，如〈擺龍門陣——從昆明到重慶〉、〈默廬試筆〉等。

戰時散文表現手法的變化，同樣在冰心散文中得到反映。這部散文集屬於人物特寫類，行文帶著小說的筆調，主要運用敘述的語言，人物在對話和具體行動中展現她們的性格，又巧妙借用「男士」的視角和口吻加以敘述和議論，使女性人物更見異彩，文調富有幽默感和哲理味。她雖暫時擱下自己所擅長的抒情藝術，卻在敘事藝術上比先前的「問題小說」和旅行記有著長足的進展。

葉紹鈞的《西川集》

抗戰爆發，平津淪陷，葉紹鈞寫了一首〈鷓鴣天〉詞，有句云：「同仇敵愾非身外，莫道書生無所施。」[10]表白了書生報國的夙願。後來戰局惡化，他與家人自滬分別赴漢口，並決計往重慶。友人邀他回滬，他答信說：「近日所希，乃在赴渝。渝非善地，故自知之。然為我都，國命所托，於焉餓死，差可慰心。幸得苟全，尚可奮勤，擇一途便，貢起微力。」[11]態度鮮明，愛國之忱，溢於言表。他於一九三八年一月到重慶，在中學和大學裡講授國文課，一九四一年遷家成都，主持《國文雜誌》和開明書店編務，直到抗戰勝利。他的《西川集》（1945）大部分是一九四四年寫的雜文和記敘散文的結集。

《西川集》〈自序〉說：「識見有限，不敢放筆亂寫，就把範圍大致限制在文字和教育上。」又說：「反映現實，喊出人民大眾的要求，是文學的時代的使命，這個綱領我極端相信。」《西川集》裡的文章，確是按上述的範圍和寫作目的命筆的。

《西川集》中記敘散文只有四篇：〈我們的驕傲〉、〈鄰舍吳老先生〉、〈辭職〉和〈春聯兒〉，〈自序〉稱之為試作的小記。這四篇小記，確是「規模不大，文字無多」，但在葉紹鈞的散文中卻是特出的，表現了他散文創作的變化和對語體化文字的執著追求，也體現了戰時的色彩和當時記敘散文藝術的一般傾向。

這四篇小記寫抗戰期間四位小人物，老師黃先生，鄰居吳老先

---

10 葉紹鈞：〈鷓鴣天〉，《抗戰文藝》第1卷第12期（1938年）。

11 見商金林：〈葉聖陶年譜〉，《新文學史料》1981年第4期。

生，會計員劉博生，推雞公車的老俞。冰心寫幾位女人表現抗戰期間中國婦女的堅韌優良的品質，葉紹鈞寫幾位平凡的男人表現中國底層人民純正的愛國熱情。黃老師不願在老家參加維持會，當順民，做科長、委員；吳老先生聽到家鄉在日本人的佔領下，居然同日本人處得很好，十分生氣，決計永作川人；劉博生不願拿二十萬元的補貼，替主任去造假帳，而憤然辭職；老俞忍受同他一起推車的小兒子的死和窮困的打擊，以大兒子能參加打國仗為榮。葉紹鈞用身邊出現的人物來描述抗戰生活的一個側面，畫出在艱難環境中等待勝利的中國人民的倔強、正義的靈魂。

小記運用短篇小說的場景再現的寫法，「我」在文中出場，與環境襯托、人物描寫、對話等互相配合。這四篇以〈春聯兒〉寫得最出色而富有變化：在坐雞公車的過程中，先介紹老俞的職業、身世、家庭狀況；接著寫老俞因小兒子的病死和喪葬費的昂貴身心上所受的打擊，寫老俞收到大兒子的信知道打鬼子取得勝仗而順心，寫老俞要求代擬春聯的願望；最後高興地敘述老俞對「有子荷戈庶無愧，為人推轂亦復佳」這副對聯的準確理解。在抒寫中，老俞的不同模樣和不同心境躍然紙上。他的吃苦耐勞、善良堅強、愛國顧家等中國勞動人民的品質也和盤托出了。

《西川集》〈能讀的作品〉一文中說：「選擇語言，提煉語言，但決不可脫離語言；在文藝作者，這是必須努力的。」葉紹鈞這四篇小記在這方面樹立了榜樣。如〈春聯兒〉的第一段：

> 出城回家常坐雞公車。十來個推車的差不多全熟識了，只要望見靠坐在車座上的影兒，或是那些抽葉子煙的煙桿兒，就辨得清誰是誰。其中有個老俞，最善於招攬主顧，見你遠遠兒走過去，就站起來打招呼，轉過身，拍拍草墊，把車柄兒提在手裡。這就教旁的車夫不好意思跟他競爭，主顧自然坐了他的。

的確，這是耐讀的作品，是活生生的口語，能讀出節奏和情趣，可以稱得上達到葉紹鈞自己所懸擬的目標：「又純粹又豐盈的白話文字」。

葉紹鈞早期的記敘抒情散文善於寫離別情緒，文字清麗。後來他專注於社會、人生問題，表達一種執著現在、有益於人的思想，語言力求質樸自然。《西川集》這四篇小記，以寫人為主，用小人物瑣事來反映時代大潮，富於戰時人生的雋永情味。《西川集》〈答復朋友們〉一文裡說：「一個人本當深入生活的底裡，懂得好惡，辨得是非，堅持著有所為有所不為，實踐著如何盡職如何盡倫。」這四個人物是作者這種樸實的人生觀的形象體現，這四篇文章是上口的白話文的佳作。

靳以的《人世百圖》

靳以在戰時困難環境中一直堅守文化崗位，先後主持過《文叢》、《國民公報》「文群」、《現代文藝》、《中國作家》以及《奴隸的花果》、《最初的蜜》等刊物的編務工作，積極培養新進作者，大力扶植散文創作，為現代散文的持續發展做出了重大貢獻。上海失守後，他撤到廣州；廣州淪陷後，經桂林疏散到重慶；一度從西南輾轉到東南，在福建的永安、南平等地從事文化教育工作，一九四四年又回到重慶；抗戰勝利後，復員回到上海。顛沛流離的生活，反映在他散文創作上，有《霧及其他》（1940）、《紅燭》（1942）、《鳥樹小集》（1943）、《沉默的果實》（1945）、《人世百圖》（1943年初版，1948年增訂版）等專集問世。他記述戰亂流離生活，聲討敵寇狂轟濫炸的瘋狂暴行，懷念淪落的城鄉，眷戀流亡中的朋友，描寫大後方各種社會相，期望著自由和光明的到來，表現了一個愛國知識分子在戰亂動盪年代的生活態度。

他的逃難記，有〈旅中雜記〉、〈鄰居們〉、〈沉默的旅車〉、〈我坐在公路車上〉等篇章，敘寫沿途所經歷的困難和耳聞目睹的戰亂景況。跟巴金的旅行記類似，他也是夾敘夾議，袒露自己的愛憎喜怒，對後方社會黑暗面尤其敢於揭露。〈鄰居們〉對流寓大後方的各色人等有著傳神的勾勒：鬍子先生的神秘莫測，青年夫婦的喜怒無常，女看護的焦慮不安，孩子們的放肆搗蛋，女人們的爭執打罵，絕望者的毀家自殺，老牧師的似神似鬼，投機商的暴富奢侈，自己被周遭人事情感擠壓淹沒的痛苦窒悶，如此等等，連綴組接成公寓小社會的立體圖景，活現了戰時光怪陸離的人生相。場景集中，結構巧妙，印象鮮活，勾描逼真，不愧是小說家的手筆。

一九三九年起，他開始構思、撰寫《人世百圖》，以筆名蘇麟發表。為了對付國民黨當局的新聞檢查，他頗費了一番苦心。他說：「創造了新的筆名，極力掩飾自己的風格和筆調，看大事，寫小文章，其中實在有說不出來的苦衷的。」「我在各方面取材，思索，再思索，然後短短地寫下。」(〈再記《人世百圖》〉)。儘量寫出某些社會相和人生相，而又不讓檢查老爺嗅出真意來。他不得不用曲筆，借飛禽走獸來比擬形形色色的人生相。吃人不露痕跡的人熊，專吸人血的跳蚤，死而復活的土俑，黑夜橫行的魔鬼，孤家寡人的大神，……一一都是世間某種人形的化身，在作者的照妖鏡下現出原形，讓讀者透過現象認識這些人面獸心的東西。靳以極力把自己的憎惡隱蔽在冷靜深入的剖析背後，讓形象本身說話，並且發揮他的特長，進行廣泛的心理活動描述，創造了散文勾描世間相的一種新寫法。從記敘戰亂流離經歷到勾勒後方「人世百圖」，從控訴、吶喊到對後方黑暗現實的暴露和批判，靳以的創作體現了戰時記敘散文的發展趨勢。

靳以寫作《人世百圖》給他好友繆崇群以很大啟發。繆崇群也打算將自己所熟識的各種人生相寫成《人間百相》，但不幸中年夭折，只讓他寫出〈將軍〉、〈廳長〉、〈鄒教授〉、〈詩人〉、〈閃擊者〉、〈陳嫂〉、〈奎寧小姐〉等數則。作者標明這些是「自有其人列傳試稿」，是「隨時隨地記下每一個我曾遇見的、我所認識過的人……，他們每一個人的相貌、心眼、形態……等等，未必不可以作為每一頁人生課程中的最忠實的反映與最深刻的示範罷？」[12]他的寫法不同於靳以，不用擬人或擬物的方式，而以素描方式勾勒了世間幾種人相的真實面貌，以鮮明的個性特徵概括了同類型人物的本質特徵，具有一定的典型意義。這是繆崇群對人物素描的一個貢獻。

司馬訏的《重慶客》

司馬訏（1912-1979），原名程大千，是位新聞記者兼散文家。四十年代他在重慶《新民報》上發表為數甚多的短文，先後結集出版了《重慶客》（1944）、《重慶旁觀者》（1945）和《重慶奇談》三書。他以新聞記者的敏銳眼光看取陪都重慶五花八門、離奇古怪的社會相，一方面反映出底層人民的困苦生活，另一方面鞭撻達官貴人之流的荒淫無恥，顯示了霧重慶的生活真相。趙超構為《重慶客》寫的〈小引〉有一段精彩的評論：

> 收在這書裡的散文，並沒有什麼驚人的節目，沒有英雄，亦沒有美人；沒有悲壯的吶喊，也沒有哀怨的歎息。裡面所有的，是極普通的生活描寫，人物浮雕以及一些「事出有因查無實據」的大時代小故事。然而由於作者筆調之柔美，想像之豐富，感覺的幽默，幾乎沒有一篇讀起來不令人會心微笑，沒有一篇不是剪裁適當色調均勻的畫面。我們可以說，這些題材是莫泊桑的，而其文字的風格則是馬克·吐溫的。

趙超構對《重慶客》的特色和價值的判斷，是符合事實的。如：〈某城紀事〉連篇反語，諷刺奸商囤積居奇、市面物價暴漲時，說的是

12 繆崇群：〈《人間百相》前記〉，《現代文藝》第5卷第5期（1942年）。

「一個人以買一個雞蛋的價錢買了一隻母雞」、「一個人以買一窩白菜的價錢買了一條大魚」的「賤賣」奇聞，和「奉公守法的良民都不敢出去買東西，以致市場上貨物山積，無人問津」的「過剩」門面，在輕妙冷峻的言語中隱含揭露、批判的鋒芒，確有馬克・吐溫式的幽默感和諷刺性。〈人・鼠・貓〉以誇張的筆墨敘寫十七個人圍剿一隻大老鼠，僵持了整整一下午也無可奈何的喜劇性小故事，從而頌讚起「貓是家庭的員警，主婦的武裝，保障人權的大律師，驚險的臭魚探案之破獲者——不吸煙斗的福爾摩斯」，寫出的是人們對「鼠禍」束手無策的憤懣心情和對「貓」養尊處優而不司其職的不滿。司馬訏的這些作品猶如重慶社會的一幅幅速寫，以題材廣泛、觀察敏銳、文筆幽默輕快、時帶冷嘲熱諷的獨特風格而獲得廣大讀者的喜愛。《重慶客》、《重慶旁觀者》一時成為大後方的暢銷書。

在戰亂年頭，不管是老百姓，還是文化人，不分男女老少，都共同分擔著民族苦難。上述作品就組成了一部民族受難史、人民流離史。廣大愛國作家不計個人得失，把個人命運同民族命運結合起來，通過個人經歷再現離亂生活，表達民族感情，體現出臨危不亂、為國分憂、顧全大局、堅強樂觀的共同特色，因而給這時期紀實性散文打上悲壯的印記。戰時散文以流亡記、旅途隨筆和大後方社會速寫居多，又大都帶有流離紀實和內地描寫相結合的特點，應提及的還有沈從文的《湘西》、黃茅的《清明小簡》、薩空了的《由香港到新疆》、陳紀瀅的《新疆鳥瞰》、高寒（楚圖南）的《旅塵餘記》等。純粹寫景記遊之作較少，結集且較有特色的有羅常培的《蒼洱之間》、費孝通的《雞足朝山記》、馮至的《山水》、黃裳的《錦帆集》等。

二　自然山水的陶冶和啟迪

羅常培的《蒼洱之間》和費孝通的《雞足朝山記》

羅常培（1899-1958）、費孝通（1910-2005）都是西南聯大教授。他倆在執教治學之餘，曾結伴遊歷過蒼洱一帶山水，羅常培以羅莘田（字）出版《蒼洱之間》（1947），費孝通著有《雞足朝山記》（1943）。這兩部遊記都具有人文學者注重社會學、民俗學、史地知識、掌故傳說一類題材的特色，當然也不乏詩人般地對自然美、人情美的發現和陶寫。楊振聲、潘光旦等稱道他們的寫法體現了遊記的進步。潘光旦在為《蒼洱之間》所作的序文中認為：「我們讀遊記，總遇見兩種形式，一是日記的形式，二是紀事本末的形式。內容的精神也往往不出兩路，一是因寄興而多涉想像，二是因求實而多作考據。前人遊記流傳至今的，大抵日記體的失諸支離瑣碎，或質勝於文，本末體的失諸空疏無物，或文勝於質；前者如放翁的入蜀記，霞客的遊記，後者如唐宋以來古文家無數的短篇作品，其中文質彬彬的例子似乎並不太多。近來的風氣不同，而不同之中顯而易見可以看出幾分進步。日記體的漸趨於不時髦，是一個進步的表示，本末體的力求文情並茂，可資研討，也可供欣賞，是更進一步的表示。……莘田先生的這本集子和孝通的《雞足朝山記》，無疑的都是這趨勢中富有代表性的產品。文情並茂四個字，兩家都可以當之無愧。」從遊記發展過程上看，潘氏的論斷很有見地，「可資研討，也可供欣賞」的「文情並茂」的遊記確是難得的。羅、費以及沈從文《湘西》諸家作品可說是這一路的代表。潘氏還進一步比較羅、費兩家的不同之處，「情字原可以有兩個不同的意思，主觀的情緒與客觀的情實。孝通以前者勝，莘田先生以後者勝。」羅作偏重於細緻地考究紀實，費作則側重於自由地記遊興感，各有所長。

羅常培先前還出版過《蜀道難》（1944），冰心為之作序，推薦道：「我以為將來若有人要知道抗戰中期蜀道上某時某地的旅途實情，學術狀況，人物動態的，這是一本必讀的書籍。」可見他前後所作是一脈相承的。費孝通稍後寫了國外訪問記《初訪美國》（1946），國內考察記《鄉土中國》、《鄉土重建》（1948）等文字，已不是記遊作品，屬於考察記一類。學者工餘執筆為文，忙中偷閒，稍放情懷，調劑心智，不無益處。他們將自己的學術趣味融入遊記寫作，別具一格。

沈從文的《昆明冬景》等

沈從文於抗戰初所寫的《湘西》，作為《湘行散記》之續編，已在第四章第四節一併評介過。一九三八年暮春，他從沅陵到昆明，在西南聯大中文系執教；為躲避空襲，舉家移居滇池邊的小鄉鎮。他在昆明八年所寫的散文和評論輯為《昆明冬景》（1939）、《燭虛》（1941）、《雲南看雲集》（1943），有些當年未結集的寫景記事散文收入一九八四年版《沈從文文集》第十卷。

沈從文昆明時期的散文帶有從風景人事中探求生命意義的沉思傾向。〈昆明冬景〉、〈雲南看雲〉二文，引人警覺的是自然美景與世俗人生的鮮明對比和強烈反差。他感歎世人趨於實際主義，淪於市儈化，失去了對「美」與「愛」、對生命意義的認識和追求，因此他並不單純地欣賞自然的美麗，而致力於靜觀默會自然生命的存在價值和啟迪意義。從小松鼠在樹枝間驚竄跳躍中，他體察「從行為中證實生命存在的歡欣」。他從單純、健美、飄逸、溫柔、崇高的雲影中「取得一種詩的感興和熱情」，希望這種尊貴的感情能「陶冶我們，啟發我們，改造我們，使我們習慣於向遠景凝眸，不敢墮落，不甘心墮落」。〈綠魘〉、〈黑魘〉和〈白魘〉是鄉居獨處時冥想內省的產物。他稱「普通人用腳走路，我用的是腦子」。他思想上的「旅行」時近時遠，或實或虛，出入於自然與人生之間，把感官印象、自由聯想和抽象思索揉合起來，在紛然遝至的意象、遐想和意念中還是有跡可尋的：「先從天光雲影草木榮枯中有所會心。隨即由大好河山的豐腴與美好，和人事上的無章次處兩相對照，慢慢的從這個不剪裁的人生中，發現了『墮落』二字真正的意義。又慢慢的從一切書本上，看出那個墮落因子。又慢慢的從各階層間，看出那個墮落因子傳染浸潤現象。……我於是逐漸失去了原來與自然對面時應得的謐靜。我想呼喊，可不知向誰呼喊。」現實社會種種污濁現象夢魘般地壓在他心頭，與他追求的理想信仰尖銳對立，他指摘人性的失落，思索救治的途徑，以「抽象的莊嚴」否定「具體的猥瑣」，希望「人先要活得尊貴」，要求「重建民族的自尊心和自信心」。伴隨著他這形而上的思想旅行，其文風也從湘西系列的絢爛流麗趨於幽玄精警，以知性感悟取代了感性抒發。

馮至的《山水》

馮至（1905-1993），河北涿縣人。一九二一至一九二七年在北京大學讀書，參加過淺草社、沉鐘社，被魯迅稱為「中國最為傑出的抒情詩人」[13]。一九三〇年去德國留學五年，專攻文學與哲學，回國後任教於上海同濟大學。赴德途中寫了通信〈赤塔以西〉，在德國求學期間寫了〈賽因河畔的無名少女〉、〈兩句詩〉等充滿異國情調的遊記，回國後以歐行鄉居題材寫成〈懷愛西卡卜〉和〈羅迦諾的鄉村〉，這些作品連同戰時在昆明寫作的散文七篇一併結集為《山水》（1943年初版，1947年增訂再版）。

馮至對於山川自然抱有獨特的見解，他認為：「真實的造化之工卻在平凡的原野上，一棵樹的姿態，一株草的生長，一隻鳥的飛翔，這裡面含有無限的永恆的美」；「我是怎樣愛慕那些還沒有被人類的歷

---

13 魯迅：〈導言〉，《小說二集》，《中國新文學大系》（上海市：良友圖書印刷公司，1935年）。

史所點染過的自然：帶有原始氣息的樹林，只有樵夫和獵人所攀登的山坡，船漸漸遠了剩下的一片湖水，這裡，自然才在我們面前矗立起來，我們同時也會感到我們應該怎樣成長。山水越是無名，給我們的影響也越大。」(《山水》〈後記〉) 詩人潛心於從平凡、真實、天然的山水自然中發掘詩意美，對於所謂名勝古蹟不抱好感，他直接從大自然中獲得陶冶性情的精神養分。這種對於自然的獨特看法，他在〈後記〉中說得益於昆明七年的寄居生活：

> 昆明附近的山水是那樣樸素，坦白，少有歷史的負擔和人工的點綴，它們沒有修飾，無處不呈露著它們本來的面目：這時我認識了自然，自然也教育了我。我在抗戰期中最苦悶的歲月裡，多賴那樸質的原野供給我無限的精神食糧，當社會裡一般的現象一天一天地趨向腐爛時，任何一棵田梗上的小草，任何一棵山坡上的樹木，都曾經給予我許多啟示，在寂寞中，在無人可與告語的境況裡，它們始終維繫住了我向上的心情，它們在我的生命裡發生了比任何人類的名言懿行都重大的作用。我在它們那裡領悟了什麼是生長，明白了什麼是忍耐。

他從自然美中領悟人生哲理，獲得精神享受，既不像訪奇探勝的雅士，也不像浪跡於山水之間的騷人，更像是樹下水濱明心見性的智者，表現出獨特的品格。

〈憶平樂〉一文可說是上述自然觀的代表性作品。這篇回憶桂林、灕江、平樂一帶山水人事的作品，不像一般遊人那樣渲染當地的奇山奇水，而是著重敘寫灕江上的寂靜和平樂縣一位裁縫認真而守時的事蹟，覺得這樣的山水人物「永久不失去自己的生的形式」，含有「無限的永恆的美」，在戰時動亂歲月裡，「前者使人深思，後者使人警省」。言外之意似乎是啟發人們深思山水自然的存在形式，從普通人身上反省自己的生活態度。作品立意不俗，寫法也新穎，不去大段地描寫山水風光，也不是簡單地即景抒情，主要採用抒情和議論結合的手法，充分表達了自己的感情態度和哲理思考，思想內涵也比一般遊記豐富。〈一個消失了的山村〉、〈一棵老樹〉、〈山村的墓碣〉等作品也具有這樣的哲理意味。

〈人的高歌〉是一曲人力征服自然力的頌歌。一位普通石匠左手持鑿，右手持錘，十多年如一日，全憑個人的意志和力量，在巉岩峭壁上一點一點地鑿成一條龍門石路。一個航海者落水遇救後，忍辱負重，募錢建塔，給來往船隻指引航路。不管是與岩石搏鬥的石匠，還是與海神鬥爭的建塔者，都體現了人的力量。「人間實在有些無名的人，躲開一切的熱鬧，獨自作出來一些足以與自然抗衡的事業。」這使人不僅感到驚歎，而且感到振奮，因為他表現出人的意志、人的力量和人的情操，顯示出一種崇高的人格美。儘管寫的是孤獨者的業績，也不失感人的力量。

《山水》集內作品大多作於馮至從德國留學歸國後。他在德國留學期間，迷上德國現代詩人里爾克的作品，此後的創作告別早期詩作中的浪漫感傷情調，寫出了被李廣田稱為「沉思的詩」[14]的《十四行集》等作品。《山水》也帶有「沉思」的個性特色。他像里爾克那樣，善於觀察、領悟，喜愛沉思默想，從日常現象，從平凡的山水人物中發現詩意，體會哲理，表現自己。在山水遊記作者中，他的態度不是摹寫自然，也不是領略自然，而是領悟自然，他的作品是詩人和哲人結合的產物。

黃裳的《錦帆集》和《錦帆集外》

黃裳（1919-2012），原名容鼎昌，小時候在天津讀書，抗戰初期

14 李廣田：〈沉思的詩——論馮至的〈十四行集〉〉，《詩的藝術》（重慶市：開明書店，1943年）。

到上海進交通大學，一九四二年冬離開上海，轉到西南，在成都、重慶、昆明、桂林、貴陽以至於印度等地居留過，抗戰勝利復員後，在南京、上海從事記者、編輯工作。黃裳四十年代這段流浪生涯，留下了散文集《錦帆集》（1946）和《錦帆集外》（1948）、報導集《關於美國兵》（1947）、雜文集《舊戲新談》（1948）等。

黃裳從小就喜歡李商隱的詩，「錦帆應是到天涯」的詩句，被借用來表現自己浪跡天涯的際遇和感受，所以取了「錦帆」這個書名。這兩本散文集，以反映自己旅居生活為主，表現了一個流浪者的心情，並通過個人經歷見聞，反映各處的山水風光、文物民俗，以及大後方的戰時景象和人民生活。黃裳與馮至顯然不同，他不像馮至那樣靜觀默察、領悟哲理，他像是一位愛發思古之幽情者，喜歡活用古典史實，復活古人面目，再創古典詩詞、戲劇中的意境。如〈貴陽雜記〉、〈昆明雜記〉中關於明末清初離亂時代幾位歷史人物的舊事逸聞的搜集和闡發，寫出古人的內心狀態，還表達自己的愛憎褒貶，體現了他熟悉明清文史知識、注重文物民俗和善於借古諷今的個人特色。〈江上雜記〉中常常運用古典詩詞描繪自己身處的情境，如在芭蕉庭院裡，聽著秋雨淅瀝聲，吟詠著「縱芭蕉不雨也颼颼」、「悵臥新春白袷衣」等詩詞佳句，自己的一種離愁、寂寞和惆悵藉此得以表現和排解，寫得情意纏綿。總之，他的旅居散記把景物、民俗、史事、情趣交織起來，構成了智情統一的境界。

作為我國現代散文重要形式之一的旅行記，因時代的變化而更易它的內容，顯示它的高度機動性。五四時期，它還處於發軔階段，孫伏園以新聞工作者的敏感，用遊記的名稱表現社會生活的內容，朱自清在《背影》中特分出一輯編入他的旅行雜記一類作品。到了三十年代，日寇鐵蹄侵入中國，國內的階級壓迫日益加緊，有些作家懷著對時局的深重憂慮，作有計劃的旅行考察，足跡涉及祖國的東西南北，以其作品顯示空前嚴重的危難，反映城鄉動盪的場景，充分表現了作家的社會責任感。抗日戰爭爆發後，有的作家奔赴前線，用戰地報告作戰鬥的吶喊；有的背井離鄉，登上逃難的旅途，他們所寫的流亡記、流寓記，可以說是帶有特殊時代印記的旅行記。作家們在逃難的痛苦經歷中，耳聞目睹日寇的殘暴獸行、內地的畸形社會、人民的艱辛生活和硝煙瀰漫的戰場，滿目瘡痍的國土。他們身經磨劫，心盼黎明，或慷慨悲歌，或憤怒控訴，或冷靜分析，或辛辣諷刺，在敘述、白描、議論、抒情的結合方面各具特色，對政局和社會的反映和揭露越發廣泛和深入。這時期記錄祖國災難的特殊旅行記，還具有重大的文獻價值，它教育我國青年一代，要永遠牢記血與火的教訓，絕不能容許這段歷史重演。

遊記是古老的散文形式，寫景抒懷，藉眼前的山川，避塵氛的喧囂，遣胸中的塊壘。五四時期，朱自清、俞平伯的〈槳聲燈影裡的秦淮河〉，二十年代末期到三十年代前期，鍾敬文的《西湖漫拾》、郁達夫的《屐痕處處》等保持和發展了遊記的一貫特色，成為現代美文的佳制。戰時的流寓生活，浪跡天涯，人們自然帶有更複雜的異樣心境。作家此時所寫的遊記，除了山光水色之外，多聯繫歷史、地理、民族、文化、民俗等作深廣的思考，在遊記中多有哲理性的回味。古人云：「殷憂啟聖，多難興邦。」戰爭給人們以巨大的磨練，也使人們更趨於成熟，這在本時期的遊記中也有著頗為鮮明的體現。

第三節　煉獄浮沉的吟詠

把四十年代比作「煉獄」和「曙前」的時代，是當時人們愛用的比喻。外寇入侵，內奸誤國，中華民族到了最危急的時刻。救亡圖存，生死決戰，每個中國人都面臨著「亡國」和「自由」兩種命運的選擇。爭取民族的獨立和人民的解放，這是一代心聲。當抗戰救亡高潮過去，大片國土淪陷，戰局處於相持階段，上海一度淪為「孤島」，西南、東南成為大後方，人們普遍從抗戰初期的熱烈激昂、盲目樂觀的精神狀態中走出來，深切地感受到戰爭的嚴酷、社會的黑暗和生活的艱難，從而萌生長夜難眠、秉燭待旦的心理動態。抗戰八年的勝利，霎時使人們驚喜若狂，充滿幻想，但隨之而來的「劫收」和內戰，立即又把人們打入「煉獄」之中，再經受一次痛苦的磨練。人民已經覺醒，歷史發展趨勢不可逆轉，解放戰爭的炮火轟散了烏雲，迎來了曙光，人們的迎春曲剛好溶化在新中國誕生的禮炮聲中。這時期的抒情散文概括地反映了時代的精神風貌，以個人抒情的真實性和獨特性折射出歷史發展的曲折性和複雜性，表現出廣大人民的生活實感和思想願望，體現了大時代中知識分子面向社會、走向人民的發展趨勢。

一　「囚城」裡的嚮往

王統照的《繁辭集》和《去來今》

王統照留居上海「孤島」時期，創作了大量的散文小品。先是用韋佩和默堅的筆名在《文匯報》「世紀風」上發表《煉獄中的火花》和《繁辭》兩組作品，一九三九年結集為《繁辭集》出版，作者署名容廬；不久又出版《去來今》(1940)。戰後還在《文藝春秋》上發表過《散文詩十章》(1948)等。這些作品過去不大為人所知，近年來逐漸被發掘出來，它以深邃的哲理內涵和獨特的藝術風格引起研究者的重視。

王統照把失守的上海「孤島」比作「死城」和「囚城」，比作「煉獄」，把自己的作品題為「煉獄中的火花」。在上海「孤島」，敵偽勢力囂張，政治環境險惡，人民猶如陷入地獄一般，經受著痛苦、黑暗的磨練。王統照以敏銳的感覺和深沉的思考，站在民族立場和道義立場上，譴責敵寇的獸性，伸張反侵略的正義，詛咒「死城」的寒威，啟迪民族團結和新生的力量，期待勝利和光明的到來，用隱喻、象徵、抽象等藝術手法含蓄地抒辭、攄思，給讀者一種哲理性的回味，一線希望與慰藉的流光，一個自重自愛自覺的啟示。當「世紀風」連載他的作品時，評論者宗玨（盧豫冬）就著文稱道它是「富有著哲理和詩意的散文」[15]。他善於調合理智和感情的衝突，覺得「感情是人生的連鎖，誰也不能逃避它的管束與激動。但是是非非，交互錯綜，如沒有理智的鐵梭，這把亂絲怎麼織成光華燦爛，經緯細密的美錦」（〈理智與暗影〉），他的哲理小品確是達到了理與情和諧統一的境界。

〈玫瑰色中的黎明〉在《繁辭集》中篇幅不長，卻頗有代表性：

> 深夜的暴風雨，正可鍛鍊你的膽力，警覺你的酣眠。金鐵皆鳴，狂濤震撼，你不必為不得恬適的穩夢耽憂，也不必作徒然的恐怖。
>
> 暴風雨過後方有令人歡喜的晴明，有溫撫慰悅你的和風朗日。
>
> 燈光昏黯中，正視你自己的身影，努力你的靈魂的遨翔，堅定你的清澈的信念！
>
> 這樣，你更感到暴風雨的雄壯節奏的啟示。
>
> 你所等待黎明前的玫瑰色已經從風片雨絲中透過來了。

文字凝鍊，節奏鏗鏘，猶如格言警句一般；而且意象鮮明，動靜統一，對現實生活的感受和對未來前景的遐想出自於理智的統制，既不悲觀絕望，也不盲目樂觀，而是啟發人們心懷希望，經受磨練，努力進行自我完善。這辭簡味深、情約意遠的優秀作品，可說是他所提倡的「清要」[16]文風的代表作之一。

---

15 宗玨：〈「孤島」文學的輕騎〉，《文匯報》「世紀風」1939年1月2日。

16 王統照：〈清要〉，《去來今》（上海市：文化生活出版社，1940年）。

曾經有人根據《去來今》內一些作品，作出王統照抗戰時期的散文創作缺乏時代氣息的論斷。其客觀原因是《繁辭集》不大為人所知，主觀原因是對「孤島」處境以及作家當時心境了解不夠，因而不大容易領會其作品的內在含意。倒是當時的唐弢就在一篇綜論中肯定《去來今》「唱著時代之歌，激發著人類的向上自尊心」。[17]在時代感方面，同代人比後代人較少隔膜，所以體會更為切實。就說《去來今》中抒情述感的篇章吧，在「孤島」「漸漸感到夜寒了」，為著「冷雨連宵」而「不易安眠」，翹首企望的是「雲破月來」，是「一星星那樣大的明點」，抒情主人公是「一個逃不出現實的苦難者，他情願在暗夜披衣獨起；他的心在熱血交流中躍動；他的淚灼燙的墮入肚腸，他的想像是：草莽中，平原中，森林中，河岩港灣上的鮮血，是自由的洪流氾濫過激怒的田野，是暴風急雨挾著戰神的飛羽傳遍各地」，從作品抒寫的情感、意象、想像和希望中，令人感受到環境險惡的氣息，也體現了作者奮進的期待，表現了生活實感的獨特性和創造性。

詩情和哲理結合，是王統照散文前後一貫的主要特色。從二十年代的《烈風雷雨》到三十年代的《聽潮夢語》，從戰時的《繁辭集》到戰後的《散文詩十章》，都說明他擅長於對社會人生和時局進行哲理性的發掘和提煉，思考和領悟，善於把自己的觀察和體會納入散文詩的凝鍊形式中。他是一個詩人，也是一個哲人，是詩人和哲人統一的哲理詩人。他對現代散文的貢獻，主要在於豐富發展了哲理小品的創作。

陸蠡的《囚綠記》

陸蠡是上海淪陷時期慘遭日偽憲兵隊殺害的散文家，他以鮮血譜寫了一曲新的「正氣歌」。陸蠡生性寧靜澹遠、誠實內向，但在戰亂

17 仇重（唐弢）：〈暗夜棘路上的里程碑——「孤島」一年來的雜文和散文〉，《正言報》「草原」1941年1月20日。

年代裡，「天天被憤怒所襲擊，天天受新聞紙上的消息的磨折：異族的侵陵，祖國蒙極大的恥辱，正義在強權下屈服，理性被殘暴所替代」，而失去心理上的平衡，身受感情和理智的衝突。他在《囚綠記》序文寫道：「我沒有達到感情和理智的諧和，卻身受二者的衝突；我沒有得到感情和理智的匡扶，而受著它們的軋轢；我沒有求得感情和理智的平衡，而得到這兩者的軒輊。我如同一個楔子，嵌在感情和理智的中間，受雙方的擠壓。」他力求調和二者的矛盾，卻無法保持內心的平衡。他把這些「心靈起伏的痕跡」，「吞吐的內心的呼聲」，「用文字的彩衣給它穿扮起來，猶如人們用美麗的衣服裝扮一個靈魂」，這就有了《囚綠記》（1940）的結集問世。

陸蠡散文以蘊藉見長，時而透露出哲理和智慧的光芒。他的散文把哲理滲透在人事心境的委婉抒寫之中，這與王統照以意取勝、情約意遠的文風有所不同，也與麗尼放任感情、直抒胸臆的寫法顯出差別。其《海星》和《竹刀》就體現了婉轉含蘊的個人風格。新作《囚綠記》在保持已有風格的基礎上，進一步發展了內心剖析、哲理概括的寫作傾向。例如，〈光陰〉從個人感受中提煉出令人深省的哲理警句：感覺上的光陰速度是年齡的函數。〈寂寞〉以自己的切身體驗表現了人們對寂寞從拒絕到接近到歡迎的心態變動。從生活實感中提取人生經驗，對日常現象體味甚深，把自己的人格表現出來，這就形成了「感情厚實，蘊藉有力，文字格外凝重不浮」[18]的獨特風格。

〈囚綠記〉一文作為全書代表作，是眾所公認的。這篇詠物散文寫於一九三八年，回憶戰爭爆發前夕旅居北平一家公寓裡，因喜愛窗前的綠陰而囚禁一枝常春藤，發現它「永遠向著陽光生長」的習性，他為植物這種追求自由和陽光的本性所感動，譬之為「永不屈服於黑暗的囚人」，藉此表現一種不屈服於黑暗和暴力、執著追求自由和光明的精神品質，這對「孤島」的讀者更富有啟示。

---

18 劉西渭：〈陸蠡的散文〉，《咀華二集》（上海市：文化生活出版社，1947年）。

柯靈的《晦明》

柯靈戰時留居上海，一直堅守在文化崗位上。他對新文學的一大貢獻是：在極其困難的處境中創辦並主編《文匯報》副刊「世紀風」、《大美報》副刊「淺草」和《正言報》副刊「草原」，以及抗戰後期接編並改革《萬象》月刊，為戰時上海進步文學界開闢了重要陣地。在血腥的刺激、生活的擠壓、內心的困擾中，他繼續交替地寫作雜文和散文，「以雜文的形式驅遣憤怒，而以散文的形式抒發憂鬱」[19]。雜文集有《市樓獨唱》等，散文作品收入《松濤集》（1939）[20]第六輯和《晦明》（1941）。

其實，他的散文不僅是抒發憂鬱，也抒發憤懣和希望，所創造的抒情主人公是「我昂著頭，有鼎沸的思潮，沉重的心」，所夢想的是「一個狂歡的日子，盈城火炬，遍地歌聲，滿街揚著臂把、挺起胸脯的行人」（〈窗下〉）。他集中反映「孤島」的見聞感受：失去祖國蔭庇的「孤島」人民內心的寂寞和期待，淪落路旁街頭的流民的苦楚和屈辱，對於醉生夢死者的鄙視和警惕，晦明時刻的磨練和渴望……「表達的都是激楚蒼涼的興亡之感」[21]。他深切地表現了一個愛國知識分子身陷失地的複雜心情，表達了「孤島」人民的感想和願望。這種個人抒情，已和當時當地人們思感溝通，具有更廣泛的社會性，較之《望春草》的狹窄境界顯得開闊、充實得多了。

抗戰勝利後，柯靈還寫了幾篇記遊、懷友的散文。〈在西湖——抗戰結束那一天〉目擊敵寇投降的歷史場面，心懷勝利喜悅，又若有隱憂，警惕黷武主義復活，貌似山水遊記，實為現實寫照。〈桐廬行〉在展示大好河山之際，總不忘祖國多難，民生多艱。作者憂國感

19 柯靈：〈供狀——《晦明》代序〉，《晦明》（上海市：文化生活出版社，1941年）。

20 白曙、石靈、宗玨、武桂芳、風子（唐弢）、柯靈、關露、戴平萬等八家詩文合集。

21 柯靈：〈序〉，《柯靈散文選》（北京市：人民文學出版社，1983年）。

時的本色也體現於遊記裡。〈永恆的微笑〉追念好友陸蠡的高風亮節，留下這位成仁義士的親切面影。這些篇章，記遊寫人，從容點染，使讀者產生親臨其境、見賢思齊的感受。

柯靈認為：「語言的錘鍊對散文創作有重要意義。我生長於水鄉，秋水的盈盈使我心曠神怡。我曾多次獨坐江樓，沉醉於水月交輝的寧靜與晶瑩。……我多麼希望我的文格能賦有這種靈動皎潔、清光照人的氣質，可惜至今還只是一種理想的境界。」[22]作者的藝術追求沒有白費，《望春草》大多是少作，像一灣淺溪那麼明淨流麗，使人感到寧靜與親切；經歷時事變遷、閱歷豐富後，《晦明》就如秋水長天，曠闊幽遠。下面一段文字代表了柯靈散文的格調：

> 生活如秋空，心境如流水，映照著無比的晶瑩。風雨晦明，各極其致，蟲沙荇藻，歷歷可數。這想法也許過於拙樸，因為世態繽紛，人事錯雜，一切未必如此單純。可是設想著這樣的境地，不也是一種很大的愉快嗎？

境界優美，情理相生，文筆工細，可吟可誦。柯靈散文在立意抒誠的前提下，下筆不苟，字斟句酌，追求形式美，藝術價值較高。

唐弢的《落帆集》

與柯靈類似，唐弢也在寫雜文的同時兼作散文，用不同形式表現不同的內容。戰前，他就以故鄉習俗為題材寫了一組題為〈鄉音〉的散文小品，收入雜文集《推背集》。戰時，他留在上海，從事文化工作。一方面，他繼承魯迅雜文的戰鬥傳統，參加「魯迅風」雜文社的寫作活動；另一方面，他學習魯迅《野草》，創作了散文詩《落帆集》（1948）。

---

22 柯靈：〈序〉，《柯靈散文選》（北京市：人民文學出版社，1983年）。

唐弢在四十年代寫作的《書話》〈紀伯倫散文詩〉中，有段自述說：「有一個時期，我很喜歡讀散文詩，自己也學習著寫。記得這是頂苦悶，頂倒楣的時候，近來彷彿預感到這時期又將到來，我真想為時代痛哭，為自己的命運痛哭。」人們往往在最苦悶時期借散文詩抒發心懷，唐弢也是這樣。為自己的厄運痛哭，於是有了〈生死抄〉、〈停棹小唱〉、〈書後〉諸篇章。他並不為不幸壓倒，不向命運低頭，在哀傷和詛咒中接受了生活的挑戰，他還是生活中的強者。他看見自身不幸的根源是「可詛咒的制度」，是「時代的投影」，從而更堅定了同舊社會鬥爭的信念。「誰樂意接受這命定的苦杯呢？然而我不想叫饒」（〈書後〉），作者的倔強、執著於此可見。

為自己的命運痛哭，只是《落帆集》的一個組成部分；為時代痛哭，才是它的主調。時勢多難，環境杌隉，風雨如晦。作者不得不運用曲筆，借助想像、象徵以及夢幻的情景，或者寓言故事和歷史傳說，曲折地表達人民群眾反對壓迫、爭取自由、期待解放的戰鬥主題。他不止一次地借用以色列先知摩西率領同胞爭取自由的故事，喊出中國人民的心聲：必須從奴隸的命運過渡到自由人！摩西的摩杖埋在心的田野，開放第一朵美麗的刺花：反抗；結成第一顆碩大的苦果：鬥爭；給人的啟示是相當有力的（〈渡〉、〈收穫〉）。在〈黎明之前〉，昏夜的牢籠關著空虛，當希望戰勝了空虛，又發現自己仍然被關在牢籠裡，黑暗和光明的搏鬥也是這樣。只有當希望和光明衝出牢籠，才能開出美麗的花朵：自由。於是他歌唱：雖然現在還免不了是刀光，血影，但在刀光和血影裡，人們望見了黎明。

《落帆集》繼承了魯迅《野草》的精神，深刻的內心探索，不懈的理想追求，強烈的戰鬥要求，這是二者相通之處。當然，它較為單純明朗，不及《野草》的深邃豐厚。即使是象徵性意象，夢幻式情景，其中的寓意都比較確定、顯豁。藝術構思上，有些直接來自《野草》的啟示，有些也借助波德萊爾、屠格涅夫、哈代等詩文的意象。

作者善於融舊鑄新，在尋夢、尋路、窗、橋、古銅鏡、遊仙枕、團扇一類題材上吟詠出新意，這開拓了散文詩的藝術視野，在寫景抒情體之外，別開散文詩創作的生面。

蘆焚的《看人集》和《夏侯杞》

蘆焚把自己蟄居上海的處所題為「餓夫墓」，在艱難的環境裡以賣文為生，仍免不了經常挨餓。繼《黄花苔》、《江湖集》之後，這時期著有《看人集》（1939）、《上海手札》（1941），以及一組總題為《夏侯杞》[23]的散文詩作品。

蘆焚保持小說家的本色，沿著戰前散文的路子，依然「喜歡記人狀物」（《上海手札》〈行旅〉），尤其是訴說鄉野舊事和身邊瑣事。《看人集》內〈舊事〉、〈鐵匠〉、〈同窗〉幾篇，如果編入《江湖集》也是諧調的，對古老鄉村衰敗命運的關懷，使作者發出深沉的感喟：深深地感到時光的流逝和生命的寂寞。散篇〈說書人〉、〈燈〉、〈郵差先生〉等，是介於散文小說之間的作品，勾勒了幾幅小人物形象。〈方其樂〉、〈鵪鶉〉、〈殘燭〉和〈快樂的人〉反映大時代變動下幾種知識分子的面目。這些小說化的散文刻劃了幾種人生相，揭示了他們的靈魂，或同情，或揶揄，或諷刺，表明了作者的感情態度。

《上海手札》是一部筆記體寫實散文，描述上海戰亂動盪的場景，現實氣息較濃，黑暗面的暴露多於光明面的揭示，給人的印象雖說沉鬱，卻不絕望，那「最後的旗」還在「孤島」人心上迎風招展。如果說，前述「孤島」作者側重從主體體驗的角度表現當時當地的處境和心境，蘆焚的《上海手札》則側重從客觀觀察的立場描寫「孤島」生活的某些側面，前者以抒情述感見長，後者以寫實記敘來引導讀者正視現實人生。

---

23 收入《蘆焚散文選集》（南京市：江蘇人民出版社，1981年）。

《夏侯杞》陸續發表於《文匯報》「世紀風」和《萬象》等刊物上，作者署名為康了齋。這組散文詩作品，以夏侯杞對人生世事的思感為線索，表現自己對虛偽、自私、狂妄自大、落後保守一類醜惡現象的憎惡和嘲諷，對誠實、單純、利他、善良、自愛一類美好人格的追求和熱愛，對黑暗社會的不滿和詛咒，寫得冷峻深沉，具有理性色彩。如〈筆錄〉中一段：

> 平凡人應該選擇一條平凡道路，我們應該知道的是饅頭的味道和蔬果的味道，我們的責任是讓生命穿過亂石、樹林，並流過田野，如果我們的地位使我們感到不舒服，我們就將這地位改變。

像這類平實而嫻熟的文字，普通而貼切的比喻，包含著樸素而切實的人生至理，耐人尋味。

李健吾的《希伯先生》和《切夢刀》

李健吾戰時蟄居上海，曾被日本憲兵隊短期拘捕過，是當時受辱遭難的文化人士之一。這時期寫的散文結集為《希伯先生》(1939)和《切夢刀》(1948)。

《希伯先生》大多是回憶性作品，反映自己幼年結識的幾位辛亥革命人物的浮沉變遷，緬懷他們早年為推翻滿清王朝追求民族解放出生入死的業績，又感慨他們後來大多沉淪甚至墮落的命運，這代人的悲喜劇令人深思。他有感而發：「我兒時結識的一群辛亥革命志士，不出十五年，前前後後，彷彿一片一片的殘英，大半散出我的神龕，隨風揉在泥淖。當年為了顛覆滿清的統治，他們踏著一雙草鞋，帶上幾串麻錢，便無所顧忌，出生入死，分頭接納草莽之間的同志，仗著一片赤心，他們奔往那唯一宏高的鵠的。民國成立了，他們有了安逸。物質文明搖動了那洋溢在胸頭的熱情。他們和時間妥協了。他們發見自私是道義的另一個解釋。然而時間騙了他們，也騙了我！我的神話，等我長大了，在我現實的鏡頭之下十九變了質。於是我領會了沉默，自苦於人事的無常。」(〈時間〉) 對於失去理想和熱情而沉落的歷史人物的思考，對於幼時所景仰的革命志士的幻滅感，對於人事變幻多端的細微體察，交織融化為一種深厚的歷史感和理性內涵，使人們在回顧過往的擾攘時深深感到歷史的無情、現實的殘酷和人性的蛻變，語言潑俏老到，時有出自個人體驗的哲理性警句。作者意在振奮辛亥革命時期的歷史精神和民族精神，引起人們對那種悲劇出場、喜劇收尾的歷史命運的警戒。

《切夢刀》寫於抗戰勝利前後，對於現實人生的直接感受代替了歷史的重溫，現實氣息濃厚了，如〈彎枝梅花和瘋子〉、〈荻原大旭〉、〈鄉土〉、〈切夢刀〉等對淪陷期間人生現實的深切體味；歷史的借鑑和哲理思考的特色依然保持著，如〈燒餅之戰〉、〈拿破崙第二〉、〈說一葉知秋〉、〈說帝王惑於朱紫〉，談言微中，體現了學者和哲人統一的個性特徵。從〈意大利遊簡〉的藝術鑑賞家本色脫胎出來，李健吾的散文日見豐富充實，技巧老練，自成一家。

鄭振鐸的《蟄居散記》

鄭振鐸的《蟄居散記》（1951）是一九四五年九至十月間刊登在上海《週報》上的散文的結集。作者以鮮明的愛憎，記述上海變為「孤島」直至淪陷之後的社會動態：一方面，日寇逞兇殘，漢奸無廉恥，他們捕殺志士，毀滅文化，掠奪糧食；在敵人的鐵蹄下，上海人民掙扎在死亡線上。另一方面，愛國者敵愾同仇，共同奮鬥，捨己救人，相濡以沫，殺身成仁，氣節凜然；上海人民在水深火熱之中，天天盼著勝利的到來。這本散文集是抗戰時期上海地區黑暗與光明搏鬥情景的文藝性實錄，是一部愛國知識分子的心史。「這戰爭打醒了久久埋伏在地的『民族意識』；也使民族敗類畢現其原形。」作者在自序中說：「但在這樣的一個黑暗時期，一個悠久的『八年』的黑暗時期裡，如果能有一部詳細的記載，作為『千秋龜鑑』，實勝於徒然的歌頌勝利的歡呼。」而他把幾年來目睹的事實寫了下來，其目的也是為著留給史家們有所參考。

《蟄居散記》中的文章，雖然是回憶性的，卻始終為激情所支配，其表現形式就是短段的出現。這裡舉第一篇〈暮影籠罩了一切〉的頭幾段。

> 「四行孤軍」的最後槍聲停止了。臨風飄蕩的國旗，在群眾的黯然神傷的淒視裡，落了下來。有低低的飲泣聲。
>
> 但不是絕望，不是降伏，不是灰心，而是更堅定的抵抗與犧牲的開始。
>
> 蘇州河畔的人漸漸的散去，灰紅色的火焰還可瞭望得到。
>
> 血似的太陽向西方沉下去。
>
> 暮色開始籠罩了一切。
>
> 是群鬼出現，百怪跳樑的時候。
>
> 沒有月，沒有星，天上沒有一點的光亮，黑暗漸漸的統治了一切。

這裡寫上海淪為「孤島」的最初時刻，事件、環境、心情，分別以短段的形式錯綜地表現出來，貫串著悲壯的感情色彩。這可以說是整本散文集的基調。

〈鵜鶘與魚〉是《蟄居散記》中的名篇，它給人以新鮮感。作者以漁人、鵜鶘、魚三者比喻淪陷區中敵寇、漢奸、人民的關係。鵜鶘為漁人所餵養，漢奸為敵人所餵養，鵜鶘為漁人幹著殺魚的事業，漢奸為敵人幹著殺人的事業。漢奸「和鵜鶘們同樣的沒有頭腦，沒有靈魂，沒有思想。他們一個個走上了同樣的沒落的路」。這個比喻，形神畢肖，帶有藝術的創造性。這個結論，是非分明，表現了堅定的民族精神。

作者多篇文章寫到學人，寫到書，寫到有關心境，都極細緻動人。如〈售書記〉記述這一部、那一部書得到的經過與歷史，躊躇、喜悅、珍重、見之心暖、讀之色舞的心情，以及賣書易米時的咬緊牙關、痛心疾首的刺激，感受至深，故能起伏曲折，和盤托出。作者是一位史學家、藏書家，如魚飲水，冷暖自知，他的散文自然發揮著學人的特性。

在上海淪陷後，鄭振鐸過著蟄居的生活，隱姓埋名，依靠友情的溫暖，度過漫長的黑暗日子，然而他們有時仍樂觀自得，《蟄居散記》中優美的景色描寫襯托著他們坦蕩的襟懷：

> 秋天的黃昏比夏天的更好，暮靄像輕紗似一層一層籠罩上來，迷迷糊糊的霧氣被涼風吹散。夜了，反覺得亮了些，天藍的清清淨淨，撐得高高的，嵌出晶瑩皎潔的月亮，真是濯心滌神，非但忘卻追捕，躲避，恐怖，憤怒，直要把思維上騰到國家世界以外去。

這是中國知識分子在極端艱苦時期的精神面貌，堅貞自持，樂觀自信，這裡自然世界與內心世界融和為一了，這種不費經營的技巧是最好的技巧。《蟄居散記》裡回憶了劉湛恩、劉似旭、韜奮、王伍本、吳中修、許廣平、夏丏尊、章雪村、趙景深、柯靈、馮賓符等先生的被刺、被捕或逝世，中華知識分子的松筠節操，在這本散記中永遠散發著他們的光輝。

「孤島」散文具有共通的思想傾向和精神氣質。一九三九年七月世界書局出版了一本八位作者的詩文合集《松濤集》，除了風子（唐弢）和柯靈外，還有白曙、石靈、宗玨（盧豫冬）、武桂芳、關露、戴平萬六家詩文。巴人（王任叔）在〈編後記〉評論道：

> 八家所作，風格各異，而氣分相若。白曙詩多於文，沈鬱而挺拔！時作放歌，不失朝氣。石靈文多於詩，妥貼而堅實，如灰髮老人，暢數家珍，語多憂患，更見血肉。宗玨清麗，如初春晨空，聞好鳥佳音，見光明更多於黑暗。桂芳寄情於事，疑似於散文小說之間，別有悠遠境界。柯靈筆致秀挺，敘事婉約處如石靈，而抒情較放。風子簡練樸茂，無一蕪語，〈拾得的夢〉與〈心的故事〉諸篇，尤與魯迅翁《野草》相近。關露詩格暢明，不求華飾，而鬥志較強。平萬飽經風霜，足跡遍南北，為我輩中小說散文老手，此間所集，均為東北風光，足使人起禾黍之感。

「風格各異而氣分相若」一語，正是上述作者詩文的實際情況，也是許多「孤島」作者寫作的基本傾向。他們共同處於「孤島」，經受著民族大義的考驗，因而有著相通的家國之思，興亡之感，以及爭自由的吶喊，這些通過個人切身體驗和獨特風格表達出來，都緊緊地扣動了讀者的心弦。

二　「寒夜」裡的呼號

巴金的《龍・虎・狗》等

巴金一方面以旅行記的形式反映大後方的戰時景象，抗戰中期後，他又以抒情散文表現自己的生活感觸，這方面的文字收入《龍・虎・狗》（1941）、《廢園外》（1942）和《靜夜的悲劇》（1948）等散文集。

巴金散文往往直抒胸臆，把心掏給讀者，形成了誠懇坦露的風格。《龍・虎・狗》等作品保持了這一基本格調，由於寫作時處於當局加強黑暗統治之際，所以增強了寓意含蓄的色素。他托物寄意，抒寫自己的意想，真情流露，個性突出，注意提煉和節制，恰到好處，給人留下回味的餘地。〈風〉、〈雲〉、〈日〉、〈月〉、〈狗〉、〈龍〉、〈虎〉、〈撇棄〉、〈火〉、〈尋夢〉諸章，或因物言志，或寄情象外，或寫景寓意，由直接抒情變為間接抒情，由信筆直書改用內斂沉思。這裡可以看出時代的折光，作者因風雲變化而調整他的散文藝術，並且躍上情文相生、文質並茂的境界。通過作者描寫的感情附著物——形象畫面，我們可以把握到他一以貫之的精神氣息：譴責暴行，反抗黑暗，珍惜友情，追求光明，堅信未來，愛恨分明，時代感強烈。這是一位有信仰、有追求、有激情的作家的靈魂告白。

在〈龍〉的夢幻情境中，「我」和「龍」追求豐富的、充實的生命。「我」不怕前途中火山、大海、猛獸的阻止，寧死也不放棄自己的追求。「龍」雖遭追求的失敗，身陷污泥不能自拔，還盼望著總有那麼一天，可以從污泥中脫身，乘雷飛上天空，繼續追尋，直到志願完成。二者互為映襯，象徵著不懈追求精神。在〈虎〉的故事中，萬獸之王的活潑勇猛，甚至死了以後的餘威，還使人害怕，叫人尊敬，真值得我們熱愛。在〈狗〉的回憶中，從怕狗到打狗，獲得的經驗是：從此狗碰到我的石子就逃。這三篇作品詠物抒懷，表達了自己的愛憎和追求。他的追求，不僅有外在的險阻，還有內在的羈絆，自己的「影子」就喜歡躲在黑暗裡牽制他尋找光明，他堅決地撇棄「影子」的跟蹤（〈撇棄〉），這表現了自我鬥爭、自我克服的心程。巴金對光明和生命的追求，雖帶有自身難免的抽象和朦朧，卻總有九死不悔的韌勁和堅貞，首先能以人格力量感召讀者。在藝術上，這些散文詩式的作品，受到魯迅《野草》、屠格涅夫《散文詩》的影響，寫得精鍊、蘊藉；與早期那些「呼號」式的直抒文字相比，作者開始節制感情、錘鍊文字了，在造境煉意上頗有新的創造。在巴金散文中，作者自己也比較滿意《龍・虎・狗》這部集子。[24]

巴金對抗戰後期和戰後國統區社會的黑暗十分敏感，《長夜》、《靜夜的悲劇》、《月夜鬼哭》等散文表現了「寒夜」給人的沉悶、壓抑的真實感覺。在幻覺、回憶、現實交錯的思緒中，一百五十年前法國大革命時代的白色恐怖和悲劇與中國社會現實的黑暗相彷彿，戰時對勝利的美好憧憬與戰後希望的落空正好是一個鮮明的對照。對於歷史性悲劇的重演，作者懷著滿腔的悲憤；對於勝利後希望的破滅，他有著「一種受騙以後的茫然的感覺」。他在內心向抗戰八年中的亡魂冤鬼叫出「再活一次，把弄錯了的事情重新安排一下」，在黑暗裡聽到雞鳴，發現「漫漫的長夜終於逼近它的盡頭了」。他一如既往地詛咒黑暗，呼喚光明，即使環境險惡，也不放棄自己的職責。巴金散文創造了一位「在暗夜裡呼號的人」這樣前後一致的抒情形象。

靳以的《紅燭》等

和巴金抒寫後方生活實感同路，靳以的抒情散文表現他不滿現實黑暗、嚮往光明未來、與廣大人民息息相通的思想感情，「這是在反動派統治下的一點微小的聲音，是深夜裡飄浮著的一星螢火。」[25]這些作品大多收入《紅燭》（1942）、《鳥樹小集》（1943）、《沉默的果實》（1945）等集子，有的散見於報刊上。

他寫於戰前的《貓與短簡》擺脫不了個人傷感的格調；抗戰初期《血的故事》和《火花》傳達了人民的控訴和吶喊，多少淹沒了個人的聲音；到了四十年代，他通過個人抒情表現後方人民的感受和願望，達到了個人性和人民性的統一，這標誌了他抒情散文創作的漸見成熟。生活在國統區社會，他切身感到黑暗深重，生活艱難，心情壓

24 參見巴金：〈談我的散文〉，《巴金散文選》（杭州市：浙江人民出版社，1982年）。

25 靳以：〈序〉，《過去的腳印》（北京市：人民文學出版社，1955年）。

抑，為此他憤懣在胸，不吐不快。以黑夜作背景，他接連寫了〈紅燭〉、〈螢〉、〈窗〉、〈雪〉、〈等待〉、〈沉默的果實〉等篇章，將自己生活在黑暗社會中的真情實感含蓄地表達出來。他的苦悶和煩憂是現實的產物，他把不滿和憤怒送還醜惡現實，執意追求著自由和光明，內心生長著希望的花朵。這不僅僅是他個人的思感，也代表了當時後方人民的生活感受，可以說是一種典型情感。他歌唱人間的同情、友愛和互助精神，把自己融入千萬人之中，追求千萬人的幸福和自由，「只願在這苦難重重的時候，為他人點起一支小小的火亮」(〈短簡五〉)。靳以這些作品，寫於黎明前最黑暗的時刻，像他再三歌詠的燭火、螢光、星輝那樣，「雖然很微細，卻也為夜行人照亮眼前的路」(〈螢〉)。如果說，巴金散文在暗夜裡呼號光明，熱切焦灼；那麼，靳以散文可說是像暗夜裡漂浮著的螢火，細膩婉轉，表現出不同的藝術風采。靳以抒情往往有所憑藉，或通過自然景物，或描寫日常生活場景，總之是運用形象間接抒情，含蘊而不晦澀。即使是他經常採用的書簡體抒情方式，也儘量避免直抒，往往把抒情融入敘述和描寫之中，顯得較為細緻真切。

繆崇群的《石屏隨筆》和《眷眷草》等

繆崇群被戰火趕出孤寂的斗室後，輾轉於湖北、廣西、雲南、貴州、四川等地，較大地改變了自己的生活狀況和精神面貌。他在一九三八年五月致巴金的信中說：「我也是在『大時代』的搖籃裡生長著，在漸漸地接近新生。」(《碑下隨筆》〈短簡〉)生活視野開闊了，相應地帶來了他藝術視野的擴大，孤獨者和病弱者的傷感題材就不像《寄健康人》時期那樣縈懷於心，在流亡生活中也難以得到那種顧影自憐的時機和興致，新的生活經驗充實了他的散文內容。他不幸於一九四五年一月十五日病逝於重慶北碚，留下的戰時作品有《廢墟集》(1939)、《夏蟲集》(1940)、《石屏隨筆》(1942)、《眷眷草》

（1942）和《碑下隨筆》（1948）等五個集子，還有未完成的《人間百相》等散篇，可說是戰時的多產散文家。

繆崇群戰時顛沛流離，只有〈旅黔初記〉這一篇記行文，大多數還是抒情小品、短篇速寫和詩化散文一類短小精鍊的作品，這在當時是相當突出的。他的散文不滿足於照抄生活現象，也不流於空喊口號，而是對自己的生活見聞和經驗加以選擇和提煉，經過自己咀嚼、消化後，將自己的思想感情滲透進去，因此寫得有血有肉。〈即景〉一組九則，「就著自己的視野，摭給一些風物」，藉此反映日寇的殘暴和民族的生機，畫面簡潔，小中見大，是比較標準的速寫體散文。《石屏隨筆》是他在雲南石屏中學任教期間寫成的，描述當地的景物、風俗和現狀，抒發自己的生活實感，表達對於愛、幸福、理想的嚮往。集內〈小花〉歌詠她的寧靜、純真與美麗，他的作品也具有這種素質。以前他有過人生中途的彷徨和苦悶，如今他寫道：「我默默願望著：普天下人們的心，也能夠同軌並進！因為我們不都是要到幸福的、光明的、真理的家鄉去的同伴嗎？」（〈車站〉）他胸懷的開闊和心地的善良於此可見。《眷眷草》從後方日常生活見聞中提煉出一幅幅感人的場景、片斷，反映出中國人民在戰火中磨練成長，民族意志不可征服的時代風貌，寫出自己的愛憎感情和哲理思考。他覺得「沒有一種仇恨能比與生命和幸福為敵的仇恨再足仇恨的了」（〈黃沙河〉），他發現窮困的小兄弟比大人先生「流露著更多的、更純真的愛」（〈兄弟〉），相信「埋葬著愛的地方」也「蘊藏著溫暖」（〈花床〉）。他認為，在戰鬥時代裡，「新中國的兒女們沒有一個是應該憂鬱的」；「與我們的生命和榮譽的敵人」戰鬥，為爭取民族的自由和解放而戰鬥，是值得自豪的；他正是在時代鼓舞下獲得希望和信心的（〈希望者〉）。繆崇群的散文創作，力求從生活實感出發，挖掘出一點生活底蘊，領悟出一點人生哲理，雖然他的生活面還說不上闊大，但他的那種藝術追求卻使他在自己體察過的領域裡寫出了真摯深切的作品，較好地折射了時代風貌。

巴金稱道繆崇群的散文「洋溢著生命的呼聲，充滿著求生的意志，直接訴於人類善良的心靈」，是「有血有淚、有骨有肉、親切而樸實的文章」，是作者「心血的結晶」。[26]他的另一位好友為他編輯散文選集《晞露新收》時，認為他的作品「是屬於精細而平淡的一型」，在「五四」後新文學界的散文園地裡，「是佔有某一方面的高峰的」。[27]這大體上說出了繆崇群散文的風格特徵和歷史價值。他總是沉靜地吟味沉思，委婉地抒情究理，精心地謀篇佈局，細緻地遣詞造句，追求散文藝術的清麗精緻，不以氣勢奪人，而以情韻感人；儘管這種作風不為時尚所推崇，但他從一個側面切入人生表裡，感應時代氣息，以自己的心血融鑄真摯深切、精細婉約的個人風格，在揭示現代中國小資產階級知識分子的精神個性、發展現代散文的柔美風格和抒情藝術方面，確有不可忽視的突出成就。

盧劍波的《心字》

盧劍波（1904-1991），四川合江人，被巴金稱頌為具有頑強「生命力」的作者。二十年代，他年少氣盛，鋒芒畢露，為他所信仰的無政府主義積極奮鬥，這是他「心理的外向」時期。後來他回到四川內地做了十幾年的中學教師，在貧病交迫中，頑強地生活著，熱情有所收斂。他生活上的兩個時期，恰好留下兩本散文集，前期《有刺的薔薇》（1929）反映了他早年的銳氣喧囂；四十年代的《心字》（1947）則換了一副面目，以沉著內向、閱歷豐富的中年人出現。〈居甫之死〉中，他為自己寫照：

---

26 巴金：〈紀念一個善良的友人〉，《懷念》（上海市：開明書店，1947年）。

27 待桁：〈編者序〉，《晞露新收》（上海市：國際文化服務社，1946年）。

> 少年時代的豪氣稜角，都在和現實的接觸與實生活的掙扎中消沒了。但也正惟這樣，少年時代的理想，該當幻滅的，幻滅了；那提煉出來的，浸透了生命的每一呼吸。於是，虛誇自大的習氣，以及多少無根的瞋怒，偏私的固執，都化成輕煙飛散了。知道一個小己的微薄力量，然而並不卸去當負的遠近親疏人己的責任。望著自家的形相，將理想在日常生活中求其涓埃的現實，將火焰埋藏在深灰裡，將犀利的談鋒收拾起，檢點內心的戰場，明白人生終不免於過咎。將呻吟忍在口邊，隨順世間，而卻偏執於自己。像已經成了一定形象的石膏構作，除了粉碎它，是決不改變它的姿態的。

這裡，沒有哀歎，也沒有欣喜，只見理智地體察著自己的人生經驗，冷靜地描摹下來，這代表了他四十年代的為人和文風。

他在沉默中觀察人生，探究真理，執著生活，熱愛人類，相信未來。貧病交迫，暴力橫行，但他沒有被壓倒，仍然寫歌頌〈生命的歡樂〉的文章，感到的是「生命無處不在」、「生命終將得勝」的歡樂。他表示，「我拖著病的身體，但我願意將剩餘的一半生命獻給真理的探究與闡發。我和病爭奪生命而不願徒然地跌撲下去的」。巴金所稱道的「他那些含蘊著強烈生命力而不帶絲毫說教意味的文章」[28]，指的就是這些飽含個人生活經驗和生活意志、具有真情實感的作品。

黃藥眠的《抒情小品》

黃藥眠（1903-1987），廣東梅縣人。早年在從事革命活動之餘，寫過詩歌。太平洋戰爭爆發後，從香港退回故鄉，開始寫散文。起初學范長江寫過新聞報告《美麗的黑海》，回憶一九二九至一九三三年

28　巴金：〈後記〉，《心字》（上海市：文化生活出版社，1946年）。

他在莫斯科共產國際工作期間的見聞往事，真實地再現三十年代蘇聯的社會主義建設業績和蘇聯人民的新生活，屬於素樸的紀實文字。他承認此書「記錄實際事件較多」，「在寫作之前沒有很好的構思，寫作過程中沒有很好的錘鍊」，「作為真正的散文，還是有許多不夠之處的」（《蘗眠散文選》〈自序〉）。稍後寫作的《抒情小品》（1948）側重於抒情述感，藝術創作的意味顯然增強了。

《抒情小品》寫於抗戰勝利前後。作者認為：「放下個人的牧笛，吹起群眾給予我的號角，應該是這個時候罷。」（《抒情小品》〈後記〉）但大後方社會黑暗的投影，人民生活的艱辛和個人精神的創痛，還是給作品留下「知識人的憂鬱的調子」（同上）。作者忠實於自己的情感，真實地表現自己的愛憎喜怒，讓「個人的牧笛」吹出時代的憂鬱和人民的痛苦。作者所抒之情，融合著對上層社會腐爛氣息的揭露和批判，對政治高壓的譴責和反抗，對人民苦難命運的同情和思考，對理想未來的憧憬和堅信，具有超出個人感受的思想含量。作為革命知識分子，白色恐怖嚇不倒他，一時的挫折也不會使他氣餒，〈沉思〉就表現了一位革命者的大無畏精神；〈母親〉則體現母愛主題的昇華，「我要以她愛我的心腸愛著絕大多數的人。愚忠地，固執地，永遠無窮地愛著他們，不管有什麼委曲和苦難！」這是作者內心的真實告白，生活的最高準則。《抒情小品》每篇都有完整的藝術構思，文字精鍊，含蘊較深，「散文的味道較濃郁」（《蘗眠散文選》〈自序〉）。

黃秋耘的《浮沉》

黃秋耘（1918-2001），原籍廣東順德，生於香港。戰前在清華大學國文系就學時，積極參加「一二九」抗日救亡工作。蘆溝橋事變後南下從軍，開始寫作散文，在廣州、香港一帶活動，以「秋雲」筆名出版過散文集《浮沉》（1948）。

他「最喜愛的文學形式還是散文」，以為「散文是一種短小精悍，拿得起放得下，靈活性很大的文學形式，它可以敘事，可以說理，可以抒情，可以寫景狀物，也可以刻劃人物」，他的散文追求「情文並茂」的藝術境界（《黃秋耘散文選》〈自序〉）。《浮沉》形式多樣，以抒情說理為主，偏重於解剖知識分子在動盪時代的思想感情狀態。他們的「浮沉」既受時代變動的制約，又根源於自身的內在矛盾；於是，堅持在改造社會的同時改造自己，就成為《浮沉》經常思考的突出主題。「很明白，展開在中國知識分子的面前，有著兩條道路：一條是周作人、林語堂之流的道路，那就是離開人民，離開戰鬥生活，爬回到自己底閒適的老巢，甚至爬上幫閒清客的地位的道路。另一條是羅蘭、魯迅、聞一多的道路，那就是走向人民，走向戰鬥生活，正視著現實的苦難而熱愛著世界的道路。」（〈兩條道路〉）作者以充沛的革命激情和嚴肅的理性思考，總結歷史經驗教訓，揭示知識分子的正確出路。他清醒地意識到自我改造的艱難曲折，真實地表現內心鬥爭的痛苦激烈，堅持「在戰勝外來的敵人之前，必先戰勝內在的敵人」的嚴正立場。「所謂內在的敵人，就是怯懦自私、沉淪墮落的病態生活傾向。當然，這種頑敵不是一朝一夕可以完全克服的，也不是單憑理智的力量可以完全戰勝的，必須經過不斷的搏鬥、挫折、自拔、更新，必須從人民大眾實際生活中吸取教訓和勇氣，直到舊的一套生活態度，生活方式完全被拋棄，新的一套生活態度，生活方式在我們身上佔著主導的地位為止，才算真正完成了自我改造的歷程。」（〈論日常生活〉）作者從獨特的角度突出了知識分子自我更新的主題，表現了處於新舊過渡時期的知識分子的思想要求，在新的歷史條件下豐富和發展了知識分子尋求出路的思想主題。當時，秋雲受羅曼．羅蘭影響很大，經常引用他的名言警句來生發自己的思想見解，說理飽含激情，通過個人體驗和深思熟慮使思想感情化，感情哲理化，達到了情理相生的境界。

秋雲的散文講究文采，情文並茂。〈一年祭〉悼念亡友，悲憤之情，出以精鍊流利的文學語言，更見深切動人。「『死別已吞聲，生別常惻惻』，南瞻北望，漫天烽火，不知又吞噬了多少生靈？本來人生總有一死，為生而死，雖死何憾？只可惜應該死的人死得太少，不應該死的人卻死得太多，每念及此，我的悲哀就不禁變為憤怒。」深沉凝鍊，無一贅語。秋雲散文語言的功力得力於青少年時代的古文修養。

上述幾家的抒情散文，具有相通的民族意識、民主要求和人道主義思想，反映出一批資深作家和革命知識分子的生活態度和人生理想。他們對民主、自由和光明的渴望十分強烈，對個人的生存發展要求十分關注，對社會問題和社會出路的探索極為重視。這是他們面臨的國統區社會現實所決定的，和陷於「孤島」的作家所抒寫的子夜待旦的心情略有差別。

三　「曙前」的「星雨」

海岑的《秋葉集》

海岑（1919-1981），原名陸清源，上海青浦人，主要從事外國文學譯介工作。上海淪為「孤島」後，曾避居東南內地，戰後返回上海，這時期創作出版了散文《秋葉集》（1949）。他認為：「每部書無非是一種延遲了的期望。我們不能向生活索取的，便向夢要求補償。重嘗往昔的水的渴望是這般的強烈，一切甘泉在我唇邊失去了涼潤。我虛啜著焦渴的嘴唇，它使我這般地縈懷於往昔，以致它本身就成為一種陶醉。我確是愈來愈愛焦渴，以及那往昔的回憶。」（《秋葉集》〈前記〉）對現實的不滿，激發他對過往的追懷，對理想的企求，從生活中得不到的，他便向夢幻世界探索；他把自己的情緒和期望外化在精緻的文字畫面裡，與何其芳刻意畫夢傾向十分接近。

對於自然、友愛、幸福一類美好事物的追求，成為《秋葉集》歌詠的一個主題。他從大都市來到汀江畔荒廢的古城，安於火藥圈外的平靜生活，朝夕與山水草木親近，大自然時時賜予他詩意的領悟和聯想，「我在林子裡散步，舒暢得如同曠野，盡情地沉醉於忘我，並忘了外面那個被隔斷的世界」(〈古城〉)。長期侷促於大都市亭子間生活的知識分子，一旦回到自然的懷抱，便感到全身心的解脫和沉醉。然而，現實不是那麼容易忘卻的，「在這時代中我們的苦痛，我們的犧牲，我們的努力，我們的供獻，是渺小得不可以計算的。讓時代的風暴把我們如鴻毛般的捲起來也好，讓我們抱著破碎的幻想跌碎在現實的岩石上也好，我們總覺得把我們的血汗，把我們的努力滲入這時代的潮流裡去，好歹為未來盡一番心力」(〈眼淚〉)。這還是理智肯定未來、感情繫念過往的柔弱書生的內心獨白，是新舊交替時期知識分子的一種心態。「我踽踽前行，只為的免得停腳下來詢問自己到那兒去和為了什麼。也許我只是滔滔的洪流中的一葉浮萍，隨著它播蕩，打旋，自己卻不能主宰在哪兒停留」(〈倦旅〉)，這種彷徨者形象承接了「五四」以來知識分子探索出路的精神傳統，在散文創作中有著突出而直接的表現。

海岑的散文，構思完整精巧，意象新穎別致，善於工筆刻畫，文字精雕細琢，類似何其芳早期文風。〈古城〉、〈燃燒的夢〉、〈倦旅〉、〈窗前〉諸篇可作代表。他吸收歐美現代文學技巧，比喻奇特，以意象抒情，象徵意味頗耐咀嚼，大多寫得含蓄朦朧。

方敬的《生之勝利》

方敬三十年代中期在北京讀書時，寫了散文《風塵集》和詩與散文詩合集《雨景》，限於個人的生活經驗，只能抒寫故家親友的生活故事和書齋斗室的寂寞感受，念舊懷人，創造意境，追求散文的藝術美，在寫作傾向上同當時北大幾位青年詩人相近似。抗戰爆發後，他回到四川，曾與何其芳、卞之琳等合編《工作》半月刊，在桂林主辦文化工作社，到貴陽為《大剛報》主編文藝副刊「陣地」。散文著有《保護色》（1943）、《生之勝利》（1948）和《記憶與忘卻》（1949）。他告別「過往憂鬱的情感」和「幽微的音調」，「要彈奏的是另外一種新的響亮的琴」（《雨景》〈後記〉）。

方敬從後方戰時生活經驗取材，富於現實氣息，情調變得明朗激昂。他熱情讚美工人、農民、兵士以及文化人為祖國解放事業勞作獻身的崇高精神（〈讚美〉），深情回憶一群曾經朝夕相處的青少年學生在苦難中磨練成長的動人事蹟（〈苦難〉），在抗戰勝利的狂歡中清醒地意識到時代的矛盾和人民的要求（〈勝利篇〉），從自己熟悉、理解的一些「低賤的生命與崇高的靈魂」中寄託「好德」「揚善」的意味（〈記憶與忘卻〉）。他抒寫的自我追求更為執著、堅定、高遠。如〈浪子的沉思〉：

> 藍空是飛鳥的家，山林是野獸的家，我自小就喜歡那種自在而倔強的翱翔與奔突。我的心靈向高處遠處跳動，好像長了健翅或勁蹄，狹小的籠子，狹小的柵欄，我的家呵，你關不住我，一種大膽的火焰已在我血裡燃燒。我要出去，我不由自主地想像另外的文化，另外的地方，想到許多路可以走，許多路沒有人踩過，我想像我身上覺得有一個新生命跳出來了。我要出去，把我的純潔換詩，換理想，換一個至高無上的永遠金光燦爛的王國。……
>
> 我並不是永不回頭的浪子，而是鍾情於新世紀的癡人呀，那沙漠中青青的綠洲更使我口渴。

這種衝出家庭羈絆，憧憬新世紀的「浪子」形象，典型地體現著新青年的精神特徵。作者是個詩人，以詩的想像、詩的節奏、詩的語言抒情遣懷，使自己的散文作品蕩漾著詩的魅力。

陳敬容的《星雨集》

陳敬容（1917-1989），四川樂山人，《九葉集》女詩人。一九三五年到北京大學旁聽，自學中外文學，並開始在報刊上發表詩和散文習作。蘆溝橋事變爆發後逃難回四川，陸續在成都的《筆陣》、《工作》上發表作品。這五年間的散文作品收入《星雨集》（1946）第一輯，作者稱它們「多半是從閉關生活所發生的壓抑而窒悶的聲音」（《星雨集》〈題記〉），接近於方敬《雨景》時期的歌吟。一九四〇年秋到一九四五年初，她僻居蘭州、臨夏諸地，為瑣屑壓抑的家庭生活所累，耽置了散文創作。一九四五年初從西北回到重慶後，被壓抑已久的創作衝動一下子爆發出來，接連創作了《星雨集》第二輯內二十四篇作品，稍後又寫出一組總題為《我的饋禮》的散文，發表在《人世間》、《水準》、《文訊》上。她肯定這些作品是「來自比較開擴的生活的比較自由和爽朗的歌唱」（同上）。陳敬容散文的獨特風格也就是在這時期的創作中形成並穩定下來的。

陳敬容的散文大多是內心寫照之作，將自己的內在思感外化定形，通過個人的主觀感受把握現實生活脈動，想像跳躍，意象奇詭，象徵意味濃厚。她欣賞「我生命的內在景色怎樣綺麗充實」，「有著各種複雜的色調，各種跳躍的音波。我思想，我讀書，我寫作，我歌唱……這一切隨時在變幻中，連自己也很難給它們勾出固定的輪廓。至於情感呢，那更是一個變化莫測的大海，有時波平浪靜，有時又翻湧奔騰，它像是輪流著被冷水澆潑又被烈火焚燒」（〈山村小住〉）。她內心對自然、對人生、對生命充滿著一種「渴意」，「一切全令我感到急切的渴意，不論是大自然的風、雲、水和果汁，或藝術品底美、力和熱，以及靈魂的純真、溫情與善」（〈渴意〉）。這種執著的追求和強烈的渴望貫串於她的內在精神中，是她內心激盪不安的來源。她自稱：「我是一個帶著戰慄以尋找生命的人——那也是說，我尋找痛苦，和那只在通過了痛苦以後才甘甜地來到的真正的歡欣」（〈動盪的夜〉）。她正視生活的兩面，以貝多芬為精神榜樣，希望通過痛苦而領受歡欣（〈橋〉）。在內心彈奏的〈昏眩交響樂〉中，「交溶了聲音和顏色，微笑與輕歎，痛苦和歡樂」，從這片和聲中忽然升起「希望」的強音，給人強烈的震動。追蹤女詩人內心活動的意向、痕跡，幾乎是不可能的。但通過上述粗線條的梳理，可以感覺到她內心的困惑、動盪和渴求。她由於自身遭遇諸多磨難，對舊中國婦女所受的封建壓迫和「狹隘家庭生活之折磨人」具有切膚之痛，因而「對未來合理生活的憧憬，對真理、正義、光明的想望，更為迫切」，同時「對封建傳統及種種不合理現象，更為痛恨」。[29]她把切身感受和內在要求借助象徵性的意象表現出來，間接地抒情寫意，顯得含蘊內在，不易捉摸。

她運用主觀創造的藝術世界象徵現實世界，如〈希望的花環〉想像三位女神在暗夜裡用痛苦編織希望的花環，雞啼三遍時編好，高冠於宇宙裡最高的山峰，於是黎明來了，黑暗躲避，旭日初升。這是一篇象徵的故事，表現了她對於抗戰八年取得的勝利有著深刻的理解和誠摯的希望，她在最後禁不住直抒出來：「我的祖國呵，我祝福你用痛苦換來的新生，並願你在充滿希望和黎明裡永莫忘記長夜的痛苦。」用痛苦編織希望的花環這一意象，把戰時人們的生活實感提煉成哲理警句，概括地體現了時代的精神。

《我的饋禮》歌詠的主題較為抽象，具有哲理意味。〈思想——一盤琴鍵〉、〈生活——你的鏡子〉、〈語言——溫暖的雨滴〉、〈火焰——燃燒和光榮〉，光從這些題目看，可以體會出她在試圖將抽象的思考具象化，將哲理探究和情感體驗融合起來。在〈火焰——燃燒和光榮〉一文中，她鼓動你投入火焰，燃燒自己，創造光榮。她推究燃燒自己、照亮別人的光榮，以及燒毀自己、再造生命的高貴，歌頌

29 陳敬容：〈談我的詩和譯詩〉，《文匯報》「筆會」1947年2月7日。

替人類受難的普羅米修士的自我獻身精神。她用鮮明的形象，明快的節奏，抒發熱烈的激情和閃光的思想，在文風上較之《星雨集》明快些，但仍保持著蘊藉沉思、托物寓意的特色。

陳敬容散文具有何其芳早期散文《畫夢錄》的綺麗多姿、撲朔迷離，它雖說不像《畫夢錄》那樣精緻空靈，卻較之多了一分生活實感，一點哲理啟示。用她詩友的評論說：「《星雨集》在日前只有《畫夢錄》可以與之相比，但它的線條比《畫夢錄》粗多了，更多一些男性的氣息。」[30]一位女性詩人卻比一位男性作家多一些男性的氣息，指的也許是《星雨集》較為沉實爽朗吧。她幻想的奇突、意象的新奇、行文的跳躍突兀，似乎是受吳爾芙夫人的影響。她作品中充滿象徵和比喻，富於哲理意味，知性成分較濃，這和她所喜愛的里爾克作風相近似。在現代散文創作中，她像何其芳那樣，較多地吸收外國現代詩文的表現技巧，並傾注自己的詩藝，發展了詩化散文的藝術傳統。

莫洛的《生命樹》

莫洛（1916-2011），原名馬驊，浙江溫州人。他從三十年代末開始發表詩歌和散文作品，陸續出版過詩集《叛亂的法西斯》、《渡運河》和散文集《生命樹》（1948），是戰時東南文壇出現的文學新人之一。

他初期散文作品大多發表在《東南日報》副刊「筆壘」和他主編的《浙江日報》副刊「江風」與「文藝新村」上，四十年代初他到新四軍根據地生活過，不久回到浙江內地從事文學活動。新編散文集《大愛者的祝福》（1983）第五輯〈窗前〉就寫於鄉居溫州時期，這輯作品的基調是對黑暗現狀的詛咒，對理想未來的嚮往。〈孤獨者〉一文訴說滿腔的積鬱，聲討「罪惡的奸徒」的醜惡行徑，他們把「負

30 唐湜：〈「星雨集」〉，《文藝復興》第4卷第1期（1947年）。

載著理想和熱情」，「轟隆轟隆猛進著的可敬的車輛」「擊倒在人生路軌的中途」，表現自己的信念和追求，「我這節受傷的車輛」還要「燃燒起生命的炭火繼續前進」。此文寫於一九四二年四月，其中的象徵寓意，如果聯繫「皖南事變」的影響那就很好理解了。這位「孤獨者」並不是三十年代那種囿於書齋、沉緬於個人幻想的面影，而有身受戰鬥創傷、遠離鬥爭漩渦後依然不失奮進信心的姿態，體現了四十年代抒情主人公的新的時代特色。

《生命樹》第一輯寫於一九四五年秋天，大多是詠物抒懷之作，表現了他的生活實感和理想追求，一棵生命樹長了苦果又長了甜果這樣一種「生命的真實」，「植根在痛苦和陰暗裡，卻永遠戀念一片遼闊的陽光，和陽光永恆旅行著的那無窮的寬遠的藍天」，這可說是作者內心的表白。第二輯和第三輯都寫於一九四七年春，卻創造了兩位個性不同的抒情形象：前者的葉麗雅，純真，熱情，富有幻想，嚮往未來，是青春煥發的少男少女的典型；後者的黎納蒙，憂鬱，深沉，富於智慧，冷靜地思考現實和個人命運，體現了大時代變動下知識分子的苦悶、矛盾和自省。二者恰好像生命樹上的甜果和苦果，表現了當時作者的真情實感：一方面，他敏感地發現現實社會的黑暗和窒悶，發現個人的矛盾和脆弱，表現了自己的詛咒、抗議和憂傷、痛苦；另一方面，他體味著人性中美好的事物，愛、生命和理想，唱著「生命的花束是如此美好，如此質樸」的歡快歌調；他夾在現實和理想的矛盾之中，期待著「有一天，也許在生命樹上，甜的果戰勝了苦的果」。他從〈珍珠與蚌〉的關係中悟出了一條人生哲理：讓真實的生命堅執地經受著現實痛苦的磨練，才有希望成就珍珠一樣的人生。人生的矛盾在作者智慧的洞察中獲得了有機的統一。作者的散文也在情理調和中達到了「風和樹木遊戲」奏送柔美之歌的境界（〈風〉）。

通過抒情人物來抒懷究理，是莫洛散文的顯著特色。「我」向葉麗雅祝福，由葉麗雅體現「我」對愛、自由、幸福和理想的讚頌。

「我」又和黎納蒙交談，剖析一代知識分子的苦惱、困惑、反省和內心要求。「我」雖然出現，卻退居第二位，讓她或他佔據活動中心，其實還是把我的喜怒哀樂寄寓在她或他身上。這種寫法的好處既將主體感情具象化、客體化，又造成「我」和她或他交流思感、融化一體的直接效果，在散文的抒情藝術上是個成功的創造。莫洛散文同樣傾注了自己的詩情和詩藝，講究情景交融、物我無間、藝術完整的境界，說明他主要繼承的是本民族的抒情傳統；但他還吸取意象派、象徵派的表現手法，使作品有寓意象徵、含蘊多義的特色。他將詩歌想像和幻想的自由、詩歌的節奏融入散文創作，加強了抒情的強度，大多稱得上散文詩。

田一文的《跫音》

一九四〇年四月，田一文從鄂中前線來到重慶，以後一直在文化生活出版社工作。不同於《向天野》時期的戰地生活，大後方社會環境的險惡和個人生活的艱難，擺在他的面前，迫使他正視後方現實，寫出具有後方生活實感的《懷土集》（1943）。戰後復員到上海、武漢，在《懷土集》的基礎上加入十數篇新作，編成《跫音》出版（1948）。

從《向天野》到《懷土集》，反映著田一文的散文創作在取材角度、抒情基調、表現手法諸多方面有個轉變。先前以抒寫戰鬥者情緒為主，激昂樂觀，風格顯豁，表現了抗戰初期的文風。現在，以個人抒情折射社會陰影，基調深沉內在，表達含蘊委婉，「我抒發個人的愛憎，與個人對於鄉土的懷念；也抒發個人的激情與個人對於友愛的感奮；更企望的是，說出我們對好的生活的嚮往，對自由解放的日子的渴求，同時還企望說出是好些人意識到但卻無語的情緒」（《懷土集》〈後記〉），反映的是四十年代國統區人們的普遍情思。

在戰地進行中，他歌頌的是隨身攜帶的〈圖囊〉，是戰鬥生活的忠實伴侶。而今來到大後方，他繫念的變為〈囊螢〉、〈燭〉、〈星〉一類黑夜中閃光的意象。他曾自豪地喊道：「啊，中國，我們真值得為你戰鬥！」（〈原野〉）期待著戰爭的勝利和古國的新生。但是，後方的政治高壓，使他覺得十分沉悶，他發出了責問：「為什麼我不能發散我的熱情，和我的青春活力？」只能「在沉悶中渴望著一個響雷」（〈雷〉）。抗戰雖然勝利了，給人民帶來的卻是更深重的災難，更痛苦的失望。人們備受生活煎熬，煩擾纏身，有的已經咆哮發瘋了。如〈煩擾的人們〉、〈煎熬〉、〈咆哮〉幾篇紀實散文所描寫的那樣。《跫音》為那些夜生活者陷於黑暗深淵而擔憂，她們深夜歸來的跫音震動著作者的神經，這象徵著在黑暗中求生的可怕和無望。田一文四十年代寫的散文就是這樣真切地表現出國統區現實生活的黑暗、沉悶和人們的掙扎、不滿，與他初期作品恰好形成一個鮮明的對照。在〈求乞者〉中，他寫道：

> 兄弟，這世界真冷，真暗；沒有一顆星，一點月色。夜包圍著我們，我們都在黑夜裡乞討著一星星熱力，一點點光熱，那光亮只要一點，就足夠燭照我們一生了。

這種個人的感受和企求，概括了當時國統區人民的生活實感和思想願望。他在新編的散文詩集《囊螢集》（1984）的〈後記〉中說：「曙前，我走過的是漫長而又曲折的道路，讀者可以從收在這本集子裡的作品中看到我的彷徨，也可以聽到我的吶喊，以及我的渴望、嚮往和追求」，「她們是欲曙未曙的投影，即使有一點閃光，也不能照透黑夜」。這不僅說出了當時自己的精神風貌，也概括了四十年代國統區抒情散文創作的基本特徵。

劉北汜的《曙前》和《人的道路》

劉北汜（1917-1995），吉林延吉人。「九一八」事變後流亡入關，

「七七」事變後逃難到西南後方，一九四三年畢業於西南聯大歷史系。一九三八年秋開始在香港《立報》「言林」上發表散文〈沉默的行進〉、〈圖囊〉等。此後經常在貴陽、重慶、桂林、昆明等地報刊發表作品。一九四六年從昆明復員到上海，主編《大公報》的「文藝」副刊。散文結集出版的有《曙前》（1946）和《人的道路》（1949），前者寫於昆明，後者是到上海後兩年間的作品。

劉北汜散文除了《人的道路》下輯所收的人物速寫外，幾乎都是抒情性作品。他從自己在昆明城郊和復員到上海的生活體驗出發，即興抒懷，有感而作，寫得樸實真切，含而不露。他用「曙前」象徵四十年代國統區的社會現實，經常描繪的場景是天亮之前最黑暗的時刻，寒夜淒涼的風雨，荒蕪的秋野和嚴酷的冬景，凋敝的鄉村和陰黯的院落，曲折地反映了當時當地城鄉社會的現實面貌。在這種境遇裡，他切身感受到黑夜的漫長、沉重和窒息，免不了煩憂、苦悶和悵惘（〈不眠夜〉），但總是「望著一點點閃亮的星子」，「禁不住地祈求著」天亮，期待著「陽光會透過陰影，照出一片光輝，罩住整天整年在陰黯中的生命」（〈曙前〉）。他內心的不滿和嚮往於此曲曲傳出。他從人民生活的嚴肅之中感受到他們沒有麻木，沒有絕望，沒有屈服，「每個人的眼裡閃著一種光，越過荒蕪的田野，向遠方凝視著，苦痛而堅決」（〈荒〉），認識到「對於人，唯一有用的，應該是從那沉默的人群爆發出來的偉大的行動了」（〈人的道路〉）。這種對下層人民的理解和期待，反映了人民潛在的革命力量和美好的追求，在漫漫暗夜中透露了些微曙色。

劉北汜的散文善於通過具體場景的描繪，來抒發內心細緻的感觸，使感情外化為可觀可感的形象畫面，創造出單純凝鍊、具有象徵意味的抒情境界。他寫的是真情實感，由日常生活、習見景物觸發感興，較少求助於幻想或玄思，顯得樸素自然，這在四十年代新進作者中較為突出。他寫過詩歌和小說，他的人物速寫顯示了他具有寫人敘事的技巧，他的抒情文含蘊著清新的詩意，帶有歌吟的情調和節奏，有些凝鍊之作顯然具有散文詩品格。

郭風的散文和散文詩

郭風（1919-2010），福建莆田人。一九四四年畢業於福建省立師範專科學校中文科。從一九三八年開始發表散文作品，四十年代產量甚多，主要發表在《現代文藝》、《改進》、《現代兒童》、《文藝月刊》、《文藝春秋》、《文藝復興》、《東南日報》「筆壘」、《國民公報》「文群」、《大公報》「文藝」和《星閩日報》「星翰」等報刊上，當時未結集出版，後來輯入《笙歌》（1984）、《郭風散文選》（1983）等。他是戰時東南文壇新起的一位有代表性的散文作者。

郭風來自閩南興化灣原野，對生養自己的鄉土人民一直充滿著激情。他吹奏著「鄉笛」，唱出清新的田園牧歌——勞作之歌和希望之歌，他把自己的歌唱獻給鄉村和人民。發表於《現代文藝》月刊上的〈橋〉、〈犁及其他〉、〈調色板〉、〈探春花〉、〈海〉、〈唱給鐮刀們〉、〈村思〉等組作品，側重描寫鄉土自然風物和勞動生活，表現勞動人民的感情、追求和希望，題材清新，情調熱烈，色彩明亮，集中體現了他四十年代前期散文創作的獨特風格。他體味鄉野風物中的詩意理趣，對農人勞作的艱苦和神聖深有體會，抱著青春理想和赤子熱誠歌詠鄉土生活和人民的希望。終年勞苦的鐮刀告訴我們：「勞動的歡歌是和著汗一道抒唱出來的」（〈鐮刀〉）；黑色的犁痕「洪亮而闊大地唱著人類勞動的神聖的歌」（〈犁痕〉）；家鄉的吹笙手「以全部的生命的精力，在吹奏著對於生活的今天的希望和明天的希望」（〈笙歌〉）；即使在「沒有花朵，沒有色彩」的冬天的大地上，沉默的水牛渴念著來春的新綠」（〈牛〉）；紅色的探春花「不能安心於僵死的蟄伏，夢想那遠天的麗亮的陽光，而帶著戰鬥的喜悅，最初開花在這荒涼的地面了」（〈探春花〉）。這些早期作品「飛揚著和著汗的田園的樂歌」（〈秧歌〉)，「吹著我們的艱苦的勞作的歌，吹著我們對於幸福的企望的歌」(〈麥笛〉)，構成的基調是明快、樸實、親切，富於鄉土氣息和個人激情。

從樸實而理想的鄉野自然到面臨黑暗污濁的都市社會，從柔和親切的歡歌變為沉鬱憤怒的詛咒，郭風的散文創作隨著四十年代後期國統區社會黑暗日益深重，個人涉世漸深而變化發展。對鄉野自然的直接歌頌轉化為追慕和嚮往，把它作為污濁現實的對比而渴念著。比如〈蜜蜂〉迷路飛進室內而急切地想飛回空中，「像它那樣地想投向光明，像它那樣地想回到自然界的自由、寬闊的天地中的急切心情，我感到多麼親切。」這種思感也出現在〈麻雀〉、〈蕈〉、〈綠樹〉、〈穿山甲〉、〈喜鵲〉等篇章中。他對人們勞作的艱辛、生活的困苦和心靈的壓抑有著較深切的體驗和同感，「人們是貧苦、饑餓，在精神上也節節被中毒。這些難道我們不知道嗎？一如在若干的屋前，看到那些活潑的街頭孩子，爬在泥土上玩弄玻璃球的遊戲一樣，心裡只有難過和憂愁。可是這都是多麼軟弱無用的感情呵」(〈醫治〉)。作者的美好理想粉碎在殘酷的現實面前，「想到只有自由的、寬暢的世界，沒有剝削，勞作和心智真正為人看重的世界，人們才能享受幸福」，而現實恰恰相反，苦難普遍而且深重，對此他「真感到極端的痛惜，和難禁的憎惡」(〈麻雀〉)。作者的抒情增加了譴責、抗議和憤怒的情緒。現實給作家的沉重負擔，並沒有壓垮他的樂觀精神，他從貧苦人中間發現互助友愛品德(〈馬車和小孩〉)，獲得感召的力量(〈力量〉)。他歌頌來自鄉野的喜鵲像「樂天派的哲學家」一般，「總是從痛苦中間，透露出可以快樂的消息」(〈喜鵲〉)。郭風有他一貫的純真、熱情、樂觀的精神氣質，有他始終不渝的理想追求，他正視現實的苦難，而不失去生活信心，他在散文創作中把現實主義精神和理想主義熱情結合起來了。

郭風有著天真無邪、始終不老的童心，又有敏感穎悟的詩人的慧心。他像兒童眷念母親那樣熱愛故鄉的人民和風物，熱愛那充滿光和色、蓬勃著生命的大自然，他像詩人那樣歌頌美、追求光明和理想。他的散文和散文詩，較少直接抒寫社會人事的黑暗和醜惡，而更多地以搖曳著奇思異想之筆描摹鄉土風物和禽鳥花草。在他筆下，鄉土風物寄寓著詩思哲理，花草能言，禽鳥通於人性，他的作品有著童話和寓言的浪漫和象徵的色彩。把童話和寓言引進散文和散文詩的創作領域，是郭風的貢獻之一，是其散文和散文詩的特色所在，也是讀者喜愛它們的原因。

彭燕郊、莊瑞源、單復的散文

在四十年代的散文作品中，具有福建鄉土生活氣息的，還有彭燕郊的《浪子》（1943）、莊瑞源的《貝殼》（1940）和《鄉島祭》（1941）、單復的《金色的翅膀》（1949）等。彭燕郊與郭風同鄉，莊瑞源和單復來自晉江沿海，同樣沐浴著閩南的陽光和海風，呼吸著一樣的鄉土氣息，因而其創作具有相近的懷鄉情緒和地方色彩。

彭燕郊（1920-2008），福建莆田人，原名陳德矩，三十年代末在新四軍從事戰地文化工作時，開始在《抗敵》、《七月》等刊物上發表詩作，高唱著「祖國呵／我愛你／今天的艱苦的戰鬥……」的戰歌走上詩壇。四十年代在東南、西南一帶後方從事文學創作活動，在寫詩的同時著有散文集《浪子》。其中發表於《現代文藝》上的〈村裡〉和〈寬闊的蔚藍〉兩組作品，抒寫遊子南歸呼吸著家鄉泥土氣息的點滴感觸。南國原野清新明朗的空氣和風景，對他有著「強烈的誘惑」，召喚他拋棄煩擾，走出都市，投入大自然的懷抱，沉醉於那寬闊的、蔚藍的天底下，使一顆遊子的心靈獲得慰藉。古老鄉村破舊的景象令他憂鬱，他歌唱南國的暴雨，盼望雨過天晴，來新鮮一下自己對家鄉的遐思。他描寫一幅幅鄉土風俗畫，歌唱人民「汗與淚流在一起」的生活和他們對豐收、幸福的渴望（〈秧歌〉），理解和感應「浪子」那種「精神上的饑渴」、「企圖把自己的靈魂從平庸和苦悶裡逃脫出來」的心境（〈浪子〉），期待自己的歌唱像家鄉大海「一樣闊大，一樣粗野，一樣高朗」（〈海〉）。其鄉情熱烈飽滿，一如他所描繪的家鄉景物的絢麗明亮，把人們的心胸引向那寬闊的、蔚藍的、聖潔的意向上。

莊瑞源（1917-1977）來自閩南漁鄉，對鄉土和大海一往情深，《貝殼》題辭引用若望．高克多的詩句「我的耳朵是貝殼/它愛大海的聲音」，概括了他散文創作的主導傾向。其散文帶有濃厚的思鄉追懷的情緒，寫出來的只是遊子心中的鄉土風貌，與戰時鄉土現實拉開了距離，這可能和他早年就離開家鄉、一直在外漂泊有關。〈五月的船〉算是現實感較強的作品，仍是想像多於現實的描繪，所以他的作品以抒情見長，在具體表現鄉土生活上倒不如同樣來自晉江沿海的單復。

單復（1919-2011），原名林景煌，常用「夢白骷」的別致筆名發表作品。他在黎明中學讀書時，受教於麗尼、陸蠡兩位散文家，愛上了散文藝術。他從自己的鄉土生活經驗起步，敘說「鄉村的故事」，反映僑鄉漁村的鄉土人情。〈憂鬱的僑邨〉通過自家生活體驗，傳達出無數窮苦僑民僑眷的共同感受和悲劇性的命運，是一支感人的哀歌。〈琵琶和洞簫〉描繪這兩種民間樂器合奏的動人境界，表現家鄉人民把自己的辛勞和酸苦融化在哀怨的聲樂中，真切地反映出鄉親們的精神風貌。

在新文學史上，閩籍作家出現不少，但大多在外活動，二三十年代福建新文壇還相當冷落。抗戰爆發後，沿海大城市相繼陷落，許多作家轉向後方內地開發新文壇，福建的永安、南平、建陽等地成為東南文化的重要據點。郭風、彭燕郊、莊瑞源、單復等一批新人就在這種文化背景中成長起來，把自己的歌唱奉獻給父母之邦，開拓了福建鄉土文學的新園地。

葉金、羊翬、麗砂的散文詩

在四十年代國統區，與郭風、莫洛、田一文、劉北汜等寫作傾向接近的青年作者不少，同樣致力於散文詩創作的還有葉金、羊翬、麗砂等人。

葉金（1922-2005），原名徐柏容，江西吉水人。三十年代末開始發表作品，所作散文詩散見於《文藝復興》、《詩創造》、《大公報》「文藝」、《大剛報》、《東南日報》「筆壘」、《前線日報》「戰地」等報刊，後來才輯為《陽光的蹤跡》（1984），編入《曙前散文詩叢書》第一輯。生活在火與血的時代，他和同時代的年青人一樣，懷抱著「為祖國而戰鬥」的崇高意念（〈愛情〉），把「個人的笑，個人的淚」消融於「祖國的命運裡」，以手中的筆作刀槍，參加反法西斯戰爭，「用戰鬥爭取黎明」（〈黃昏〉）。抗戰勝利後國內戰爭時期，他沒有放下手中的武器，在廬山、南京編過報紙副刊，從事文學創作，這時期的散文詩作品以自然美景和都市生活為題材，曲折表達反抗黑暗社會、追求光明前途的心情。他最富有個人特色的作品是在南京寫的一系列長短不拘的散文詩。它們一方面揭露國民黨統治中心烏煙瘴氣、紙醉金迷的黑暗面，厭惡和詛咒都市的墮落糜爛，一方面歌唱人民群眾的反抗鬥爭，表現自己內心的追求和憧憬，沉鬱的生活實感和高揚的理想追求交織在一起，熱情的抒發和哲理的沉思融為一體，個人的真實感觸和內在追求體現了欲曙未曙時代人民群眾的思想感情。〈春天〉寫「一個尋找真實的歌人」，在喧囂頹廢的都市裡有過迷失的悵惘，卻在「五二〇」學生運動中「尋找到了他的歌」，從而唱出「我知道春天過去了。但春天不是死了——是成長了。我看到最美麗的真實的花朵，在最污濁的泥淖裡也可以生長。」〈陽光的蹤跡〉描寫陽光失蹤時三種年輕人去尋找陽光蹤跡的故事，一種在偽造的陽光的眩暈裡沉淪了，一種與囚禁陽光的主人同流合污了，只有那種不畏艱險、不懈追求智慧和真理的人才真正找到了陽光的蹤跡。在這寓言般的象徵性故事裡集中反映了國統區青年的不同面目，暗示出他們的真正出路。作者謳歌暗夜中的燭火和星光，尋找春天，翹望黎明，嚮往暴風雨，將處於國統區險惡環境中的進步青年的內心律動曲曲寫出，具有典型意義。

羊翬（1924-2012），原名覃錫之，四川廣漢人，詩人覃子豪之弟。四十年代在成都燕京大學讀書，參加「平原詩社」，開始寫詩和散文，作品大多發表在成都和重慶的報紙副刊、詩叢上，以及上海的《大公報》「文藝」、《時代日報》「新生」和《詩創造》上，後來應《曙前散文詩叢書》主編之約，把散文詩舊作輯為《晨星集》出版（1984）。〈告別鄉土之歌〉一組五章，抒寫自己生長的環境和告別鄉土、尋找新路的情思。他是山民的後裔，祖先驅鷹獵獸的英勇，大山的威武倔強，溪水的甘甜明淨，母愛的溫暖深情，陶冶了他豪爽真誠的心靈，牽繫著他難捨難分的戀情；但高山擋不住他的追求，先民遺訓束縛不了後代生活的選擇，「母子石」的古老傳說和母親帶鹹味的眼淚留不住兒女嚮往新世界的心，他決絕地「越出山的藩籬，去尋找通向世界的路」，「背後，有我的家鄉，前面，是遙遠的路」，一個追求新生活的「浪子」的感情糾葛和勇敢姿態在作品中活現出來。作者說：「在尋找道路中，我感到過迷惘和痛苦，也嘗到了生活的蜜。」（《晨星集》〈後記〉）他跨過迷惘和痛苦，投入革命隊伍，嘗到了新生活的甜蜜。〈爐火之歌〉寫於一九四七年，在冰雪的世界中唱起「爐火之歌」的抒情主人公，內心火熱，信心滿懷，彷彿預感到春天即將來到。「這是一個孕育著春天的冬天。整個大地是一個冰雪裹著的生命」，詩一般濃縮的意象，概括了時代風貌，體現了詩人自信、樂觀的情懷，召喚著同時代人們起來迎接冰消雪融的春天。冬去春來，時光流逝，「但對我自己和同時代的朋友來說，把歷史放在口裡咀嚼，卻仍然帶著一種苦澀的甜味的」（《晨星集》〈後記〉），作者在曙前時期所體驗的情感內容，還是值得回味的。

麗砂（1916-　），原名周平野，四川江津人，一九三八年畢業於萬縣師範，一九三九年加入中共地下黨，從事學生運動。他的散文詩主要發表在《國民公報》「文群」、《大公報》「文藝」、《人世間》、《文藝春秋》、《文潮》等報刊上，後結集為《冬的故事》（1984）出版。和同時代進步青年一樣，他的道路也是從「彷徨」走向「吶喊」的。其作品意象生動，熱情活潑，節奏明快，像郭風早期作品那樣煥發出一股青春氣息，但缺乏郭風的節制和含蘊，較為顯豁淺露。《春天散曲》、《生活的花朵》、《冬的故事》、《大地的歌》、《陽光》幾組寫於內戰爆發前後，他投身於「反饑餓、反內戰、反迫害」的學生運動，唱的是「孩子，走向戰鬥吧！讓生活的路穿過冬的原野，穿過夜的國度」(《生活的花朵》〈戰鬥〉)，「孩子，勇敢些嘛，帶著你鋼鐵般的生命，躍進去，躍進去，躍進這時代的冶爐」(《生活的花朵》〈生命〉)。為了召喚人們起來戰鬥，他要唱「最高最響」的生命讚歌，即便是「失去那豐潤的聲音而變成暗啞的嘶叫」也在所不惜（《生活的花朵》〈歌〉)。這些具有政治鼓動性的歌唱和格言警句般的詩語，頗能激動青年人的熱情。他看到「迎著春天的，是千萬雙千萬雙為渴望燒枯的眼睛，是千萬隻千萬隻為勞動咬破了手掌，是千萬顆千萬顆為生活抽傷了的心靈」，從而堅信「春天是我們的」(《春天散曲》〈春天〉)。他的「吶喊」強烈地體現了時代和人民的呼聲。

四十年代是繼二三十年代又一個文學新人輩出的時代，除了上述十來位新進作者外，周為、黎丁、黎先耀、流金、程錚、曾卓、曾敏之、韓北屏、胡危舟、徐翊、范泉、馬逢華、李白鳳、歐陽翠、馬各、陳熒、端木露西以及無名氏等等，都在後方內地或戰後上海等地顯露頭角。他們或致力於散文創作，或在寫詩、寫小說的同時兼作散文，有的也出版過一兩個散文集。在四十年代國統區，這批青年人成為抒情散文創作的一支生力軍，為文藝性散文的持續發展做出了貢獻。他們年輕熱情，來自社會底層，一度受過抗戰前期激昂氣氛的鼓舞，更多地經受著後方內地實際生活的艱難磨練，又在戰後國內戰爭中聽到人民解放的腳步聲，他們通過個人真情實感的抒發來感應時代的變動和後方現實生活的嚴峻，表現人們相通的生活感受和思想願望，把握光明和黑暗決戰的時代精神，以主觀真實性折射出客觀真實性，形成了比較一致的創作傾向。他們繼承現代散文中的「美文」傳統，繼續在抒情散文的詩化道路上探索，將內心對自然、對現實以及對未來的點滴感觸納入短小凝鍊的藝術形式內，大多寫得簡練、精細、含蘊，具有散文詩品格。他們歌吟夜空的星光，同「孤島」作家歌唱「煉獄的火花」，巴金等老作家「在暗夜裡呼喚光明」，恰好呼應起來，合奏出四十年代光明和黑暗搏鬥的交響曲。

四　漩渦外的玩味

梁實秋的《雅舍小品》

梁實秋（1903-1987），北京人。一九二三年畢業於清華學校高等科，赴美留學三年，獲哈佛大學研究院文學碩士學位，一九二六年回國後歷任東南大學、青島大學、北京大學教授，以新月派文藝批評家著稱。一九二七年寫的雜感小品輯為《罵人的藝術》。抗戰爆發後，任國民參政會參政員，寓居重慶。一九三八年十二月至翌年四月，主編《中央日報》副刊「平明」，在「開場白」〈編者的話〉裡提出：「現在抗戰高於一切，所以有人一下筆就忘不了抗戰。我的意見稍為不同，於抗戰有關的材料，我們最為歡迎，但是與抗戰無關的材料，只要真實流暢，也是好的，不必勉強把抗戰截搭上去。至於空洞的『抗戰八股』，那是對誰都沒有益處的。」表明了他不同於時尚的文學主張，被人目為提倡「與抗戰無關」而受到廣泛批評，這是他一貫堅持的自由主義文學觀與抗戰文藝主潮相衝突的結果。一九四〇年十一月起，應《星期評論》主編劉英士之約，以筆名子佳為該刊撰寫專欄小品十篇，總題為「雅舍小品」，連同稍後幾年間續寫的二十四篇，一併結集為《雅舍小品》，等到一九四九年他去臺灣後，才由臺北正中書局正式出版。在臺灣還著有《雅舍小品》續集、三集、四集等大量作品。

《雅舍小品》寫於一九四〇至一九四七年間。此時，梁實秋雖然也關注時局，參與政事，但在散文創作中卻我行我素，有意迴避時行的抗戰題材，專注於日常人生的體察和玩味，著眼於人性的透視和精神的愉悅，潛心營造閒適幽默的藝術境界。

開篇之作〈雅舍〉，雖涉筆國難時期住房的簡陋與困擾，卻能隨遇而安地玩味個中情趣。在他的筆下，不僅雅舍的月夜清幽、細雨迷濛、遠離塵囂、陳設不俗令人心曠神怡，就是鼠子瞰燈、聚蚊成雷、風來則洞若涼亭、雨來則滲如滴漏之類境況也別有風味，甚至連暴風雨中「屋頂灰泥突然崩裂」的險情也如「奇葩初綻」一樣可觀可歎。這裡，困苦的境遇被轉化為觀賞的對象，生活的體驗已昇華為審美的玩味，表現了超然物外、隨緣自娛的豁達心懷。在〈中年〉裡，他體察人到中年種種可哂可歎的身心變異，而又體味「中年的妙趣，在於相當的認識人生，認識自己，從而作自己所能作的事，享受自己所能享受的生活」，表白順應自然、安身立命的中年心態。這類詠懷言志小品，優遊自在，明心見性，在動盪時代修煉超脫心齋，謀求自適妙方，體現的是達士情懷。

他對於其他色調的人生世相，也能虛懷靜觀，隨緣把玩，並不過分非難他所看不慣的一切，只是給予善意的調侃，委婉的諷喻，有時還反躬自嘲，發人深省。〈男人〉一文挖苦同性的髒、懶、饞、自私和無聊等等弱點，既針針見血，又止於笑罵，可謂善戲謔而不為虐。與姐妹篇〈女人〉相比，本篇寫得較為辛辣恣肆，似乎更多地融入一位男性作家對同性劣根性的自嘲自訟意味，但還是心存溫厚，留點情面，跟〈臉譜〉中對傲下媚上的「簾子臉」之冷嘲熱諷畢竟有所區別。他針砭的大多是普遍存在的人生笑料和常人難免的缺點失誤，諸如溺愛孩子、追趕時髦、虛榮好勝、偏執狹隘之類通病，又大多是採取謔而不虐、亦莊亦諧的筆調加以漫畫化、喜劇化，善意指摘，適可而止，深得幽默三昧。

《雅舍小品》的文體冶散文雜文於一爐，夾敘夾議，情理中和，刪繁就簡，文白相濟，以雅潔精鍊著稱。如〈中年〉結尾一段：

> 四十開始生活，不算晚，問題在「生活」二字如何詮釋。如果年屆不惑，再學習溜冰踢毽子放風箏，「偷閒學少年」，那自然有如秋行春令，有點勉強。半老徐娘，留著「劉海」，躲在茅房裡穿高跟鞋當做踩高蹺般地練習走路，那也是慘事。中年的妙趣，在於相當的認識人生，認識自己，從而作自己所能作的事，享受自己所能享受的生活。科班的童伶宜於唱全本的大武戲，中年的演員才能擔得起大齣的軸子戲，只因他到中年才能真懂得戲的內容。

行文從容不迫，有板有眼，言簡意賅，留有餘味，說理融於形象的比喻，帶著亦莊亦諧的情調，富於理趣。這種含笑談玄、妙語解頤的文字，在《雅舍小品》裡俯拾即是，與內涵的閑情逸致相輔相成，造就了「雅舍」體溫文容與、雅健老到的獨特風格。這在四十年代文壇獨標一格，延續和發展了閒適派散文的藝術精神；雖因不屬於時代的急需品而一時被冷落，卻能歷久長存，終究在海內外流傳開來。

味橄的《巴山隨筆》

味橄於一九三九年從歐洲回國，到四川樂山武漢大學外文系執教，一九四二年轉至重慶從事對外抗日宣傳，一九四七年到臺灣大學籌建文學院。這時期著有散文集《偷閒絮語》（1943）、《巴山隨筆》（1944）和《遊絲集》（1948），仍以戰前他擅長的絮語筆調敘述流寓生活的見聞感想，增添了同仇敵愾、共度時艱的內容，也不乏偷閒遣興、苦中尋樂的風雅。如〈巴山夜雨〉、〈風雨故人〉二文，命題富於詩意，寫的卻是苦雨、受竊的窘況。他身受其害，雖有苦不堪言、憤恨不平的激情，但善於節制，語含幽默，把再三光顧的小偷戲稱為「風雨故人」，把夜雨之災歸咎於主客雙方的短期行為，把文人騷客的詩意幻想拿來調侃，一經理智的調劑，戾氣化為平和，苦澀留有餘甘。這比「雅舍」的主人多了一絲苦笑，而在為文自遣上倒是聲氣相通的。〈偷青節〉文中自述回國「兩年來日裡鬧的是柴米油鹽，夜間受老鼠小偷的擾亂，可謂日夜不安，但在國家這種爭自由的奮鬥中，誰也不會像李後主以淚洗面，我們大家都是咬緊牙根，刻苦度日，青春早早離去，白髮悄悄地跑來，我們覺得這少年頭也並不是空白了的。」這說明愛國知識分子已擺正民族苦難與個人得失的關係，抱有與國人共患難的堅忍意志，從而能坦然面對困境，保持爽朗樂觀的心態。戰時閒適幽默小品也因此滲透著現實人生的辛酸味。

蘇雪林的《屠龍集》

蘇雪林戰時隨武漢大學內遷四川樂山，散文新作有《屠龍集》（1940），〈自序〉云：「我覺得生活愈痛苦，寫起文章來愈要開玩笑」，「幽默並非有閑階級的玩意兒，倒是實際生活的必需品」。其中，除了《煉獄——教書匠的避難曲》、《樂山慘炸身歷記》等釋憤遣悶的作品，還有一組被稱為「人生三部曲」的隨筆，即〈青春〉、〈中年〉和〈老年〉，與此相關的還有〈家〉、〈當我老了的時候〉二文。這一系列散文帶有人生沉思的傾向，比她先前的感性抒寫增強了知性領悟。她以過來人身份返顧青年可愛可羨可哂可歎之處，以當事人身份體察人到中年的身心變化和修煉經驗，以老成者角色揣摩老年人的散淡老境和臨終心理，均以平視的眼光領略人生歷程的不同況味和各段的種種光景，希求超越代溝，適性相安，自主自律，揚長避短，共趨健全合理的人生境界。她涉世漸深，見多識廣，彈起「人生三部曲」，文思活躍，機智閃爍，莊諧雜出，巧喻聯珠，比早年的清唱繁富渾厚。請聽〈中年〉的尾聲：

> 踏進秋天園林，只見枝頭累累，都是鮮紅，深紫，或黃金色的果實，在秋陽裡閃著異樣的光。豐碩，圓滿，清芬撲鼻，蜜汁欲流，讓你盡情去採擷。但你說想欣賞那榮華絢爛的花時，哎，那就可惜你來晚了一步，那只是春天的事啊！

這裡對傳統喻體的鋪陳渲染，對不知足者的調侃婉諷，聲情並茂，鏗鏘悅耳，可見中氣十足，神采飛揚。她的中年之歌，沒有惜春悲秋之歎，而有安享秋實、自得其樂的知足感。

上述三家散文，對自身困境和人生世相持超脫豁達、靜觀玩味的心態，能隨遇而安地品賞亂世生活況味，有餘裕來把玩閒情逸致，沉思人生問題，在一派愁雲慘霧中投入一絲舒散鬱結的笑意，一點慰藉心靈的雅興，雖不能震撼人心，卻能怡悅性情。這類散文復出於抗戰進入相持階段，流寓大後方的一些固守自由主義立場的上層知識分子，雖受煉獄煎熬，卻不便非議國事，不願捲入漩渦或墜入頹喪，只求自遣之方，為文就成為他們苦中作樂、解憂自娛的一種方式，使閒適幽默小品接近世俗人生而葆有一線生機。

四十年代的抒情散文具有充實的生活實感和沉重的現實氣息，較好地達到了個人性和社會性的統一。它通過個人抒情，將內心自省、人生探求和社會思考融會起來，表現出這個時代的精神氣息和知識分子的心理動態。一般很少脫離現實去追求幻美境界，或不顧群眾感情而糾纏於個人悲歡得失。這和三十年代那批年輕的孤獨者一時的單純自我表現不可同日而語，顯示出四十年代抒情散文與現實和人民結合、心懷開闊的發展趨勢。葛琴曾從現代散文發展的歷史回顧中肯定抗戰以後散文「又散發出新生的健康的生命氣息了」[31]。這種新生感、健康感來源於作者的生活實感。作者生活體驗的擴大和更新，是獲取新鮮印象、充實思想感情的必由之路，也是矯正纖弱蒼白感情的藥方。抗戰以後社會的大變動和作家生活的大變動，給抒情散文的發展提供了有利的契機，一批作家不失時機地把自身思感的變化發展表現出來，因而形成了自己的時代特色。

抒情散文的詩化傾向在四十年代仍有發展，抒情方式也逐漸擺脫浪漫主義、感傷主義的影響而吸取象徵暗示手段，以追求蘊藉內在的藝術效果。這既促進了詩化散文和散文詩的發展成熟，又促使現代散文進一步帶上現代派詩藝文風的色彩。從淵源上看，這是二十年代《野草》、三十年代《畫夢錄》一類創作的延續和豐富，是文藝性散文發展的又一重要時期。

第四節　淪陷區中的苦吟

日寇侵佔東北、華北、華東、華中大片地區後，在佔領區實行殖民統治，奴役和分化中國人。淪陷區億萬民眾在艱險環境中，雖有部分愛國志士投身於地下抗日鬥爭，但大多只能委曲求生，苦熬待旦。也有一些民族敗類，淪為賣國投敵的漢奸。滯留或成長於淪陷區的文化人，也大體分化為前述三種狀況。由於環境險惡，抗日文學不容生存，許多愛國作家只能蟄居封筆，只有部分作品曲折地蘊涵著民族抗爭意識。也由於廣大讀者懷有民族意識，天然排斥那依仗軍刀和金元

31 葛琴：〈略談散文〉，《文學批評》創刊號（1942年9月）。

支撐的漢奸文學。因此，淪陷區散文流行的主要是日常人生的體味，內心感慨的吟詠，故人往事的懷想，文史掌故的漫談，有意迴避民族戰爭、社會矛盾等現實敏感問題，注重個人感懷和藝術經營，大多帶有避重就輕、苦吟低唱的別一格調。

淪陷區散文名家大多聚集於華北和華東地區。北京、天津、南京、上海相繼淪陷後，原先的文學期刊幾乎都被迫遷移或停刊了。隨後新辦的報刊和出版機構大多受日偽勢力扶植與控制。側重散文隨筆的期刊，北京有方紀生編輯的《朔風》（1938）、張深切主編的《中國文藝》（1939）、周作人主持的《藝文雜誌》（1943）等；上海有吳誠之主編的《雜誌》（1941）、周黎庵主編的《古今》（1942）、柳雨生主編的《風雨談》（1943）、蘇青主編的《天地》（1943）等。北京新民印書館、上海太平書局等陸續出版了五十來種散文隨筆集，其中影響較大的有周作人的《藥味集》和《藥堂雜文》、柳雨生的《懷鄉記》、紀果庵的《兩都集》、文載道的《風土小記》和《文抄》、蘇青的《浣錦集》、張愛玲的《流言》、南星的《松堂集》、林榕的《遠人集》等，在散文史上理應補記一筆。[32]

周作人的《藥味集》等

周作人從新文化先驅淪落為漢奸文人的代表，令人嘆惜和不齒。他在淪陷初期還想躲在「苦住齋」賣文為生，以文化界蘇武自詡，卻經不起敵偽的威逼利誘，半年後就出席日偽召開的「更生中國文化建設座談會」，一年半後就失節投敵，歷任偽華北教育總署督辦、偽國府委員等偽職。抗戰勝利後，他被民國南京高等法院以漢奸罪判處有

---

32 本書寫於一九八〇年代前期，當時已搜羅一批淪陷區散文史料，限於主客觀條件而未能入史，只在選編《中國現代散文理論》（1984）、《中國新文學大系1937-1949》《散文卷》（1990）中收錄一些選文，並在《中國現代文學總書目》《散文卷》（1993）著錄所見淪陷區散文書目。此次修訂，補寫此節，選介八家，以見一斑。

期徒刑十年。他以偽官身份寫過一些宣揚「東亞共榮」的所謂「應酬文章」，他自己也羞於收集。而結集出版的《藥堂語錄》（1941）、《藥味集》（1942）、《藥堂雜文》（1944）、《書房一角》（1944）、《苦口甘口》（1944）和《立春以前》（1945）等，在延續他三十年代閒適文風的基礎上，增添了一些「正經文章」，加重了幾分「苦藥」味。

周作人在自編文集序跋和〈兩個鬼的文章〉諸文中一再說明自己的散文隨筆有兩大類，一類是「平淡而有情味」的只談「吃茶喝酒」、「草木蟲魚」的用來「消遣調劑」的「閒適的小品」，猶如「茶」和「酒」，自稱不是他的「主要的工作」；另一類則是「愛講顧亭林所謂國家治亂之原，生民根本之計」的「正經文章」，自以為這是他寫作的絕大部份，像「饅頭或大米飯」，是他的「最貴重的貢獻」。

周作人這時的「正經文章」，主要有《藥堂雜文》中的〈漢文學的傳統〉、〈中國的思想問題〉、〈漢文學上的兩種思想〉和〈漢文學的前途〉四文，以及《苦口甘口》第一輯收錄的〈夢想之一〉、〈文藝復興之夢〉、〈我的雜學〉等十篇。這些文章梳理自己對中外文化思想的貫通和見識，誠有經世致用的「資治」目的。代表作〈中國的思想問題〉，著重闡發「以孔孟為代表，禹稷為模範」的原始儒家思想，認為「儒家的根本思想是仁，分別之為忠恕」，「仁即是把他人當做人看待，不但消極的己所不欲勿施於人，還要以己所欲施於人」；其「根本」不僅源於生物本能的「求生意志」，還出自「人所獨有的生存道德」，「此原始的生存的道德，即為仁的根苗，為人類所同具」，「唯獨中國固執著簡單的現世主義，講實際而又持中庸，所以只以共濟即是現在說的爛熟了的共存共榮為目的，並沒有什麼神異高遠的主張。從淺處說這是根據於生物的求生本能，但因此其根本也就夠深了，再從高處說，使物我各得其所，是聖人之用心，卻也是匹夫匹婦所能著力，全然順應物理人情，別無一點不自然的地方」。他認為這是中國人固有的「健全的思想」，「在現今百事不容樂觀的時代，只這一點我覺得可以樂觀」。然而，讓他「憂慮」的是，「中國人民生活的要求是很簡單的，但也就很切迫，他希求生存，他的生存的道德不願損人以利己，卻也不能如聖人的損己以利人。別的宗教的國民會得夢想天國近了，為求永生而蹈湯火，中國人沒有這樣的信心，他不肯為了神或為了道而犧牲，但是他有時也會蹈湯火而不辭，假如他感覺生存無望的時候，所謂鋌而走險，急將安擇也」，「中國人民平常愛好和平，有時似乎過於忍受，但是到了橫決的時候，卻又變了模樣，將原來的思想態度完全拋在九霄雲外，反對的發揮出野性來，可是這又怪誰來呢？俗語云，相罵無好言，相打無好拳。以不仁召不仁，不亦宜乎。現在我們重複說，中國思想別無問題，重要的只是在防亂，而防亂則首在防造亂，此其責蓋在政治而不在教化」。文中既有回歸儒家仁學根底的見識和期望，又有生物學、人類學、民俗學諸類「物理人情」的依據和說教，還有對統治者「防民亂」的獻策和「防造亂」的諷喻，引經據典，憂生憫亂，可謂苦口婆心而又難免對牛彈琴之譏。

周作人這時寫了更多的讀書筆記，也著眼於摘抄和點評明清筆記中順應物理人情、有益經世致用的片言隻語。在一九四三年所作〈《一蕢軒筆記》序〉中，他說一九三七年秋冬間「翻閱古人筆記消遣，一總看了清代的六十二部，共六百六十二卷，坐旁置一簿子，記錄看過中意的篇名，計六百五十八則，分配起來一卷不及一條」；選擇標準有兩條：「其一有風趣，其二有常識，常識分開來說，不外人情與物理，前者可以說是健全的道德，後者是正確的智識，合起來就可稱之曰智慧，比常識似稍適切亦未可知」。由此可見，其文抄可謂披沙揀金，自有別擇識見和良苦用心，不只是消閒自娛而已。他此時再三引錄《孟子》〈離婁下〉中一節：「禹稷當平世，三過家門而不入，孔子賢之。顏子當亂世，居於陋巷，一簞食，一瓢飲，人不堪其憂，顏子不改其樂，孔子賢之。孟子曰，禹稷顏回同道。禹思天下有溺者，由己溺之也，稷思天下有饑者，由己饑之也，是以如是其急也。禹稷顏子易地則皆然。今有同室之人鬥者，救之，雖被髮纓冠而救之，可也。鄉鄰有鬥者，被髮纓冠而往救之，則惑也，雖閉戶可也。」並徵引清人焦循、劉獻廷、俞正燮諸家筆記的相關片段，尋思儒家仁學本色，既有正本清源的用意，又有體恤民瘼的修辭，還有為己辯解的苦心，含蘊曲折豐富。他在讀書筆記中一再稱道漢代王充、明代李贄、清代俞正燮三人的「疾虛妄」精神，認為「疾虛妄的對面是愛真實，鄙人竊願致力於此，凡有所記述，必須為自己所深知確信者，才敢著筆，此立言誠慎的態度，自信亦為儒家所必有者也」（〈《藥味集》序〉）。並在〈我的雜學〉中總結說：「中國現今緊要的事有兩件，一是倫理之自然化，二是道義之事功化。前者是根據現代人類的知識調整中國固有的思想，後者是實踐自己所有的理想適應中國現在的需要，都是必要的事。此即是我雜學之歸結點」。其中，固然有發掘傳統、返本歸真的「竊願」，卻也潛藏著改造傳統、曲為自辯的苦衷。

周作人還寫了一批憶舊感懷的隨筆，收入《藥味集》、《苦口甘口》、《立春以前》、《過去的工作》和《知堂乙酉文編》諸集。〈炒栗子〉一文，以幾則書摘轉述北宋炒栗名手李和在汴京被金兵攻破後流落燕山、向南宋使者進獻炒栗的故事，並引錄落水前夕自作的兩首七絕：「燕山柳色太淒迷，話到家園一淚垂。長向行人供炒栗，傷心最是李和兒」，「家祭年年總是虛，乃翁心願竟何如。故園未毀不歸去，怕出偏門遇魯墟」，含蓄抒發亂世遺民的黍離憂思。〈雨的感想〉則真切回味故鄉雨天的情趣，因有河流、小船、石板路等緣故，「下雨無論久暫，道路不會泥濘，院落不會積水，用不著什麼憂慮」，而有書室聽雨、急雨打篷、雨中步行、釘鞋嘎喨諸種鄉土風情，使苦雨齋主人倍感有趣和慰藉。〈無生老母的消息〉寫於抗戰勝利前夕，在淪陷區人民急盼解放之際，他借民間信仰的解讀而傳唱的〈盼望歌〉，卻是「無生母，在家鄉，想起嬰兒淚汪汪。傳書寄信還家罷，休在苦海只顧貪。歸淨土，赴靈山，母子相逢坐金蓮」，「無生老母當陽坐，駕定一隻大法船，單渡失鄉兒和女，赴命歸根早還源」之類傳教歌訣，不禁動情地抒寫道：「經裡說無生老母是人類的始祖，東土人民都是她的兒女，只因失鄉迷路，流落在外，現在如能接收她的書信或答應她的呼喚，便可回轉家鄉，到老母身邊去，紳士淑女們聽了當然只覺得好笑，可是在一般勞苦的男婦，眼看著掙扎到頭沒有出路，正如亞跛公長老的妻發配到西伯利亞去，途中向長老說，我們的苦難要到什麼時候才完呢，忽然聽見這麼一種福音，這是多麼大的一個安慰。不但他們自己是皇胎兒女，而且老母還那麼淚汪汪的想念，一聲兒一聲女的叫喚著，怎不令人感到興奮感激，彷彿得到安心立命的地方。」這有感同身受的理解和同情，也有己在其中的感慨和祈求，還有集遊子逆子於一身、借他人酒杯澆胸中塊壘的苦楚和排遣，很能表現沉淪沒頂之際惶惑悲哀的心曲。

在《立春以前》的跋文中，周作人自稱：「我對於中國民族前途向來感覺一種憂懼，近年自然更甚，不但因為己亦在人中，有淪胥及溺之感，也覺得個人捐棄其心力以至身命，為眾生謀利益至少也為之有所計議，乃是中國傳統的道德，凡智識階級均應以此為準則，如經傳所廣說。我的力量極是薄弱，所能做的也只是稍有議論而已」。剔除其中的自詡成分，倒是符合他淪落時期的思想心理和寫作實際，也代表了一批落水文人的普遍心態。他們與漢奸政客有點差別，背負的思想負擔較重，內心顧忌較多，以文附逆之際，還有白紙黑字的忌憚，既不得不多加修飾和掩藏自己的心思，又不能不顯示一點自己的見識和專長，從而形成亦真亦假、似藏似露的群體作風。周作人淪陷期的坐而論道，起而事偽，顯然是喪失氣節、有辱斯文的行為，文中卻有苦口藥味，淪胥哀音，加上文體老到，含蘊曲折，充分體現了附逆文人特別複雜糾結的心態。若不因人廢文，還是具有品鑑惕戒的歷史價值。

柳雨生的《懷鄉記》

柳雨生（1917-2009），名存仁，字雨生，生於北京，一九三九年畢業於北京大學國文系。淪陷期在上海依附敵偽，創辦《風雨談》月刊，協辦太平書局。戰後被捕，出獄後到香港高校執教，一九六二年後赴澳大利亞國立大學任中文系主任、教授，以漢學研究的傑出成就入選澳大利亞人文科學院首屆院士。他在上海淪陷前夕出過文史隨筆《西星集》，一九四四年結集出版的《懷鄉記》收錄散文二十五篇。其中，失足前所寫〈漢園夢〉一組作品，憶述北大舊事逸聞，從教學和生活瑣事的娓娓漫談中，勾勒出胡適、錢穆為代表的兩類教授或動或靜、或仁或智的多樣風采，映現了北大自由民主、包容闊大的精神氣象，可謂令人神往的漢園夢。而壓卷的《懷鄉記》一組三篇長文〈異國心影錄〉、〈海客談瀛錄〉和〈女畫錄〉，均為附逆後應邀參加「大東亞文學者大會」的訪日隨筆。其「心影」轉變為「像一頭沒有家的小貓」在異國遨遊之際「心裡異樣的感觸」。主要記述與日本「文學報國會」一批軍國主義作家交往的印象和情誼，以及遊覽所見的風物民俗，貫穿著「親善」、「共榮」之文心。他在〈異國心影錄〉中自詡：「我之所以要寫這篇東西，是代表了一個十足的真實的中國人應該有的舉動」，而三文中一再申述的卻是：「在我的心裡看起來，以直報怨是中人之性，我不願多說，以德報德都未免有一點兒殘忍」，「我想，做人的道理，最高尚的是應該超乎以德報德的恩仇的觀念之外的。一個人是如此，一個民族國家其實也是如此」，「我們不但應該以德報德，並且應該用投飼餓虎的偉大精神，用一切的努力，去拯救宇宙全人類正在掙扎苦痛中的水深火熱的生活」；「現在中國的局面，是破碎的，消極的說，我們所想謀的是安定保全，並不見得就是『偏安』。積極的說，我們要想從根本上使日本的國民明瞭中國，認識中國四十年來爭取自由平等的奮鬥，中國強盛了，對於日本決無什麼不友善的地方，日本對中國好，是有利無弊的，而中國的同胞們，也要反躬自省，努力研究日本，努力了解日本的國民性，生活，習慣，思想，社會人物，和其所以能夠強盛之道」；「東亞之地域至廣，百年以來，被侵略被歧視而有待於解放之民族，亦極眾多，在此東亞地域內，必先安定民生，使各民族各國家之庶眾，均能得適宜圓滿之生活，有無相通，截長補短，而致力於經濟之提攜，文化之溝通，則一切主張，一切理論，始有確切之寄託，不致成為空洞，形同畫餅」。這樣的「心影」比周作人和其他附逆文人直白露骨得多，堪稱典型的大言不慚的媚敵說辭。

紀果庵的《兩都集》

紀果庵（1909-1965），原名紀國宣，又名紀庸，河北薊縣人。一九三三年畢業於北京師範大學國文系，曾任北京孔德學校、宣化師範學校教員。一九四〇年後，受漢奸樊仲雲的拉攏和提攜，南下出任南京汪偽政府教育部秘書、偽立法院立委等職。戰後被捕，出獄後從事文教工作，他在淪陷期寫了上百篇散文隨筆，一九四四年出版的《兩都集》僅收三十篇；此外結集為《篁軒雜記》，當時曾預告出版，卻延擱至二〇〇九年，才編入同名散文選集，並有後人輯編的文史隨筆集《不執室雜記》，均由臺北秀威出版社印行。

紀果庵由北入南，寫起〈兩都賦〉，自有比較視野和歷史滄桑感。開篇立意，「南京雖老而新，北京似近而頗古」，一語總括兩都的歷史特點，統領全文的脈絡關節。在鋪陳比較兩都建置、風物、文化、吃住、娛樂諸方面的差別和優劣之中，「對於舊都起莫名的懷念，恰似遊子之憶家鄉」，也感歎「南京是太不幸運了，在近一百年中，不知遭逢多少次兵災戰禍」，「可惜這次事變，只剩下些燒毀的殘骸，在晚照中孤立著。尤其是自下關進城，首先看到交通部原址，那美奐美侖的彩色樑棟，與炸藥的黑煙同時入目增愁，不禁令人生『無常』之感」。遭逢戰亂，生民塗炭，他在忍辱偷生之中，禁不住懷念升平年代的風土民俗，寫出〈語稼〉、〈風土小譚〉、〈林淵雜記〉、〈北平的味兒〉等懷舊文章。〈林淵雜記〉引「羈鳥戀舊林，池魚思故淵」入題，一往情深地懷想回味故鄉社戲、廟會、節慶的繁華歡樂景象，而結句以「滿目悲生事」留下現實的深長慨歎，誠如該文開頭為鄉愁、清談、頹廢一類文字所辯解的那樣：「我想頹廢之後也未嘗沒有苦痛，苦痛而作為頹廢的樣子表現出來，乃是更深的苦痛，或即是苦悶」。這是其文含蘊頓挫之所在，比淪陷區其他同道更深切地體味到世變之傷，黍離之悲。在《不執室雜記》〈《兩都集》跋〉中，他解釋說：「懷舊之感，依戀之情，每當亂世，人所愈增，師友凋零，親戚走散，一也；民生艱苦，彌念太平，二也；兵戈遍地，無所求生，窮則反本，舊亦本也，三也。凡此諸情，若不得瀉，亦是苦惱，或則譏為清談無用，或訴為遁逃避世，不知今日之罪，不在清言，而在渾濁，不在遁避，而在貪得也。」這切合其人生體驗和創作心理，也能體現委曲求生者的深長苦衷和微渺夢想。

紀果庵在《篁軒雜記》〈自序〉說：「回憶之文，乃兒時照像，說理之文，乃今日攝影，兒時照像可供今日指點，今日攝影，不亦後此翻檢之資乎？」在懷舊傷今的同時，他還談古道今，以史遣愁。他學周作人，寫起讀書筆記，有〈風塵澒洞室日抄〉、〈不執室雜記〉、〈孽海花人物漫談〉諸系列，雜覽摘抄，也注重人情物理，頗有知堂風。單篇的〈論「從容就死」〉、〈論不近人情〉、〈談文字獄〉、〈說設身處地〉、〈說飲食男女〉等，對故典成說的辨析較為綿密通達，往往借古喻今，談言微中。論「從容就死」之難，引述種種死法，悲喜交織，莊諧雜出，辨明死之「不能從容」「乃人情之常」「卻又有分寸」的道理，嘲諷「封疆大吏可以捲款逃走，而老百姓卻盡著為國捐軀的義務」的現實，認同「平民大可貪生，官吏不當畏死」的主張，隱含為亂世民生辯解的意味。談「不近人情」，則揭開人情世故的面紗，「實即不甚合乎感情的一種禮法」,「有好些是將古籍某一點放大，強調，取著威嚇的體勢，以使人奉行無違的」,「近了人情即是世故」,「實在即是欺騙，似不近也不妨」,「上述乃是指人情之不情者言，亦即說人情有時成了束縛，在受者與投者兩方皆無任何便利與意義；理應廢止，或說，『不近』一點，也算不得什麼稀奇。假使不是如此，而儘量為迎合設想，終其目的，也還是為了自己的利益，那種人情，更其無謂」，從而申述「自甘心於不近人情」的心曲。此類知性隨筆，絮語漫談之中時有自得之見和幽默諧趣。

紀果庵對當時環境和寫作策略有自覺意識：「無論在什麼地方，現在都不是有充分言論自由的時代，對於寫散文及雜文，這是致命的打擊」,「言論不能隨意，說理要看情勢，作文章的人只有逃避，繞彎子，也許把昔日的升平，當作甘蔗渣咬個不休，也許東抄西掠的弄作古今中外的東西澆自己的塊壘，於是被人罵了，清談，濫調，淺薄。清談是可以誤國的，濫調淺薄是不值一讀的，但是沒有人能夠原諒其背後之不得已，也並沒看見一個大膽的戰士，敢率直的陳述了大家的需要文章，——譬如像當年魯迅先生那樣，與打擊者以打擊。」[33]這為人們解讀淪陷期散文提出了如何設身處地、知人論世的問題，理應引起史家和讀者的重視。

文載道的《風土小記》

文載道（1916-2007），原名金性堯，浙江定海人。上海淪陷前後，他從《魯迅風》主幹變為《古今》編輯和《文史》主編，捲入附逆漩渦而負疚不已。後從事古籍出版和普及工作，晚年以文史隨筆復出文壇。他在淪陷期所作散文隨筆，輯為《風土小記》和《文抄》，分別由太平書局和新民印書館於一九四四年出版。周作人為《文抄》

33 紀果庵：〈散文雜文隨談〉,《讀書》第2期（1945年3月）。

作序，把文載道與紀果庵相提並論，說他倆的散文均有「土風民俗」、「流連光景」的傾向，是「文情俱勝的隨筆」，屬於「憂患時的閒適」之「文學的一式樣」。

文載道在《風土小記》跋文自稱：「似乎《文抄》是說理多於抒情，而本集則抒情多於說理」。《文抄》收錄〈知人論世〉、〈借古話今〉、〈談關公〉、〈讀閒書〉、〈讀浮生六記〉、〈魏晉人物志〉等文史隨筆，追隨知堂風而未臻淹博練達之境。相比較而言，《風土小記》也有知堂風味而更具個人特色。開卷首篇〈關於風土人情〉，以夾敘夾議之筆，在吟詠鄉土人情的同時，也傷逝歎今，情理交融。他既有「風土人情之戀」，「亦有感於勝會之不再，與時序的代謝，誠有甯為太平犬，莫作亂離民之感」，還有「欲說還休的無言之慟」，「最可悲矜的」「『孤臣孽子』之心」，如此繁複翻騰的情思聚集筆端，成就了「文情並茂轉折多姿」的一篇佳構。「我以為一切記載風土、節候、景物的著述，也以出諸遺民的筆下者最有聲色。無論寫景，記物，道故實，談勝跡，雖然娓娓道來，卻無不含著至性至情，成為『筆鋒常帶情感』之作」，「這跟見花落淚，對月生悲，遇見婊子當作『佳人』的『才子病』，似乎有截然不同之處。而這不同，也還是植根於各人情感的浮和實、真和濫的上面。所以杜少陵的城春草木之悲，李後主的小樓東風之痛，就成為俯視百代的絕唱了」，「人們在『天翻地覆的大變動』之後，所留下來的，卻是經過千錘百煉之餘的一種生的執著，如陸士衡所謂『嗟大戀之所存，故雖哲而不忘』者是也」。這樣的感興詠懷，抒情究理，情理相生，比文末的直白說理更耐人尋味，確與紀果庵的《林淵雜記》可相媲美，而帶有情理交融的個人特長。

《風土小記》中也有一組讀書隨筆，比《文抄》更注重情境理致的營造。〈夜讀〉承傳知堂《夜讀抄》文風，暢談書齋的難得可貴，燈火的澄明親切，最宜夜讀的秋冬情境，午夜可聽的天籟人聲，古人讀書的流風餘韻，兒時夜讀的甘苦溫馨，以及與書齋有關的逸聞趣事，營造出夜讀的詩意雅趣，表達了自己的夜讀態度：「喜博覽泛閱。雖明知雜而無當，但我的師原不止一個，只要增益孤陋，有裨聞見的，就是鄙人夜讀的對象，甚願於燈前茗右，永以為寶也」。其中，唯有齋名從「星屋」改為「辱齋」，隱含亂世忍辱的苦衷。〈雪夜閉門讀禁書〉則借此詩題談論文字獄史，例舉從漢魏到明清的幾樁慘案，剖析專制帝王殘暴而又虛弱的陰暗心理，印證「歷史是一座孽鏡臺」，「二十四史是一部相斫史」，進而透視「自經這些殘壓之後，一面固然使民間戰戰兢兢的奉命唯謹，不敢有絲毫的懷二。但一面究也增加士子一點憤慨和牢騷。而且按諸情理，也以前者為勉強的迫抑，後者是自然的反應。人之所以異於禽獸者，就因腦襞積較畜生來得深，一深，就表示思想的複雜，而決非單純的威權所能肅清」。這就昇華了雪夜閉門讀禁書的詩境，留有他初期「魯迅風」雜文的理趣和辣味。

《風土小記》中還有懷人之作三篇：〈憶家槐〉、〈憶若英〉和〈憶望道先生〉。他與何家槐過從甚密，相知較深，寫起好友就比寫師長輩陳望道、阿英來得真切有趣。他寫兩人在戰前一年多的日常交往，在淞滬戰事爆發前夕的鄉居生活，既突出好友天真風趣、積極進取的性格，又寫出他倆由淺入深、日趨密切的交誼，還感懷摯友的漂泊遠離，自省眼前處境的尷尬，既有知人之明，也有點自知之明，因而在懷人三文中稍勝一籌。

文載道與紀果庵的隨筆都私淑知堂風，從記憶與書卷裡搜尋寫作材料，於清談閒話之中寄寓悲感苦味，誠有「文情俱勝」的特色。相比較而言，紀氏較為沉鬱蘊藉，更近似周氏晚年文風；金氏較為疏放暢達，情理交織而才氣流溢，似有周氏早年風采。「北紀南金」，都與周作人同氣相求，都以亂世遺民自詡，以文史隨筆見長。他們在敵偽治下苟且偷生，作文自遣，繞彎子說話，娓娓閒談而又欲說還休，借舊典故實澆心中塊疊，貌似閒適而蘊含複雜深切的苦澀味，代表了淪陷區隨筆體書卷氣散文的普遍作風。

淪陷區散文中絮語日常生活體驗而趨於世俗化，市民化的，以蘇青和張愛玲為代表。

蘇青的《浣錦集》

蘇青（1914-1982），原名馮和儀，浙江寧波人。一九三三年考入南京中央大學英文系，後因結婚輟學而移居上海，一九三五年開始以馮和儀之名在《論語》、《宇宙風》等期刊發表作品。上海淪陷後，因婚變而自立，為生計周旋於陳公博、柳雨生等漢奸之間，創辦《天地》月刊與天地出版社，主要從事編輯和寫作活動，改用筆名蘇青賣文謀生，著有自傳體長篇小說《結婚十年》、《續結婚十年》和散文集《浣錦集》（1944）、《飲食男女》（1945）等，流行一時，成為與張愛玲齊名的女作家。

蘇青被稱為「大膽女作家」，緣於其寫作勇於自曝隱秘，放言無忌，寫出亂世才女的辛酸遭遇和女性自立的實際訴求。這不僅充分表現在她的自傳體小說之中，在談論飲食男女、家常瑣事的隨筆中也快人快語，直言無諱。她在《古今》上發表〈論離婚〉和〈再論離婚〉姐妹篇，後者比前者更深切地體驗到離婚女人的艱辛痛苦，「娜拉並不是容易做的，娜拉離開了家庭，便是『四海雖大，無容身之所』了」，「離婚在她們看來絕不是所謂光榮的奮鬥，而是必不得已的，痛苦的掙扎」，「不掙扎，便是死亡；掙扎了，也許仍是死亡」，「人總想死裡逃生的呀！」「一個女子在必不得已的時候，請求離婚是必須的。不過在請求離婚的時候，先得自己有能力，有勇氣。至於離婚以後怎麼樣呢？我以為也不必過慮。一個有能力，有勇氣的女子自能爭取其他愛情或事業上的勝利；即使失敗了，也能忍受失敗後的悲哀與痛苦。假如她因沒有能力或決心而不敢想到離婚，或者雖想到而不敢說，或者只說而不敢做，那便只好一世做奴才了。」她把離婚的艱難推至極處，又把怕離婚的心理捉摸透了，從而強調離婚的必備條件「先得自己有能力，有勇氣」，否則「只好一世做奴才」，為女性自主自立提供了經驗之談和理智選擇。

她在《天地》上發表的〈談女人〉和〈談男人〉，具有相映成趣的互文性，更大膽更充分地表現她的兩性觀：「許多男子都瞧不起女人，以為女人的智慧較差，因此只合玩玩而已；殊不知正當他自以為在玩她的時候，事實上卻早已給她玩弄去了」。「女子不大可能愛男人，她們只能愛著男子遺下的最微細的一個細胞——精子，利用它，她們於是造成了可愛的孩子，永遠安慰她們的寂寞，永遠填補她們的空虛，永遠給與她們以生命之火」。「有人說：女子有母性與娼婦兩型，我們究竟學母性型好呢？還是怎麼樣？我敢說世界上沒有一個女人不想永久學娼婦型的，但是結果不可能，只好變成母性型了。在無可奈何時，孩子是女人最後的安慰，也是最大的安慰」。「為女人打算，最合理想的生活，應該是：婚姻取消，同居自由，生出孩子來則歸母親撫養，而由國家津貼費用」(〈談女人〉)。「人人都說這個世界是男人的世界，只有男人在你爭我奪」，「其實這些爭奪的動機都是為女人而起；他們也許不自覺，但是我相信那是千真萬確的」，「因為沒有女子不羡慕虛榮，因此男人們都虛榮起來了」。「女人的虛榮逼使男人放棄其正當取悅之道，不以年青，強壯，漂亮來刺激異性，只逞兇殘殺，非法斂財，希冀因此可大出風頭，引起全世界女人的注意，殊不知這時他的性情，已變得貪狠暴戾，再不適宜於水樣柔軟，霧般飄忽的愛了。女人雖然虛榮，總也不能完全抹殺其本能的性感，她們決不能真正愛他。他在精神痛苦之餘，其行為將更殘酷而失卻理性化，天下於是大亂了」。「願普天下女人少虛榮一些吧，也可以讓男人減少些罪惡，男人就是這樣一種可憐而又可惡的動物呀」(〈談男人〉)。這些名句有些驚世駭俗，是此前女性作家在散文中難以啟齒的，她卻侃侃而談，談出自己眼中兩性的同異優劣，直抵心理欲望的隱秘之處，對男性的卑劣予以嘲諷，對同性的虛榮也有諷喻，而為女人謀權益的心意倒是說得入情入理，頭頭是道，並不高蹈誇張。她自白：「《浣錦集》裡所表現的思想是中庸的，反對太新也反對太舊，只主張維持現狀而加以改良便是了。」[34]張愛玲評說她的寫作「沒有過人的理性。她的理性不過是常識——雖然常識也正是難得的東西」。[35]

蘇青在〈《天地》發刊詞〉中提倡「女子寫作」，並提出五條理由：「蓋寫文章以情感為主，而女子最重感情，此其宜於寫作理由一；寫文章無時間及地點之限制，不妨礙女子的家庭工作，此理由二；寫文章最忌虛偽，而女子因社會地位不高，不必多所顧忌，寫來自較率真，此理由三；文章乃是筆談，而女子頂愛道東家長，西家短的，正可在此大談特談，此理由四；還有最後也就是最大的一個理由，便是女子的負擔較輕，著書非為稻粱謀，因此可以有感便寫，無話拉倒，固不必如職業文人般，有勉強為之痛苦也。」她的女性文學觀自覺意識到女子寫作的便利和特長，前四條也大致切合她自已的寫作實際。她還認為：「散文可以敘述，可以議論，可以夾敘夾議，文體嚴肅亦可，活潑亦可，但希望嚴肅勿失之呆板，活潑勿流於油腔滑調而已。編者原是不學無術的人，初不知高深哲理為何物，亦不知聖賢性情為何如也，故只求大家以常人地位說常人的話，舉凡生活之甘苦，名利之得失，愛情之變遷，事業之成敗等等，均無不可談，且談之不厭。」[36]她主張「以常人地位說常人的話」，拉近散文與生活、作者與讀者的距離，對淪陷區散文流行的知堂風和書卷氣有所規避，開拓了世俗化市井隨筆的寫作天地。

---

34 蘇青：〈《浣錦集》與《結婚十年》〉，《蘇青文集》下冊（上海市：上海書店出版社，1994年）。

35 張愛玲：〈我看蘇青〉，《天地》第19期（1945年4月）。

36 蘇青：〈《天地》發刊詞〉，《天地》創刊號（1943年10月）。

張愛玲的《流言》

張愛玲（1920-1995），上海人。戰前就讀於上海聖瑪利亞女校，開始發表習作。一九三九年赴香港大學求學，香港陷落後中斷學業回到上海淪陷區，專事寫作，以小說《傾城之戀》、《金鎖記》知名於文壇，並著有散文集《流言》（1944）；曾與漢奸胡蘭成結婚而被非議不已。一九五二年移居香港，一九五五年後定居美國。

《流言》收一九四三至一九四四年所作散文三十篇，與蘇青一樣關注世俗人生和女性境況，但她側重從個人感性體驗來把握日常生活和生存經驗，「從柴米油鹽，肥皂，水與太陽之中去找尋實際的人生」（〈必也正名乎〉），以「私語」絮叨著「可愛又可哀的年月呵」（〈私語〉）。

〈私語〉和〈童言無忌〉二文，自述兒時家中浮華生涯中的變故、沒落、陰暗和抑鬱，揭開童年心理挫傷留下的精神疤痕。因父母離異，她與後母衝突，被父親監禁在空房裡，「我生在裡面的這座房屋忽然變成生疏的了，像月光底下，黑影中現出青白的粉牆，片面的，癲狂的」，「數星期內我已經老了許多年。我把手緊緊捏著陽臺上的木欄杆，彷彿木頭上可以榨出水來」。尋機逃出家門之際，「當真立在人行道上了！沒有風，只有陰曆年左近的寂寂的冷，街燈下只看見一片寒灰，但是多麼可親的世界啊！我在街沿急急走著，每一腳踏在地上都是一個響亮的吻」。這「私語」發自內心深處，保留原有鮮活的感覺和意象，道出前後兩重天的深切感受和家人親情倫理的可怕真相，說來特別悲涼酸楚。

〈燼餘錄〉、〈公寓生活記趣〉和〈道路以目〉諸篇，細說港滬戰時生活的五光十色，最能體現她的現實感：「現實這樣東西是沒有系統的，像七八個話匣子同時開唱，各唱各的，打成一片混沌。」她經歷過香港陷落的動盪生活，兩年後寫起〈燼餘錄〉，已把戰爭推至背景，而將港大一群女同學的各種表現推向前臺。大家儘管經受著空襲的驚嚇，圍城的困窘，傷亡的威脅，也參加了防空和看護的輔助工作，但除了個別同學變得幹練了，「我們大多數的學生」「對於戰爭所抱的態度，可以打個譬喻，是像一個人坐在硬板凳上打瞌睡，雖然不舒服，而且沒結沒完地抱怨著，到底還是睡著了」，「我們總算吃夠了苦，比較知道輕重了。可是『輕重』這兩個字，也難講……去掉了一切浮文，剩下的彷彿只有飲食男女這兩項。人類的文明努力要跳出單純的獸性生活的圈子，幾千年來的努力竟是枉費精神麼？」「時代的車轟轟地往前開。我們坐在車上，經過的也許不過是幾條熟悉的街衢，可是在漫天的火光中也自驚心動魄。就可惜我們只顧忙著在一瞥即逝的店鋪的櫥窗裡找尋我們自己的影子——我們只看見自己的臉，蒼白，渺小；我們的自私與空虛，我們恬不知恥的愚蠢——誰都像我們一樣，然而我們每一個都是孤獨的。」這對劫後餘生、戰時人性的拷問，既嚴峻又哀憫，還帶點事後省察的幽默和自嘲。

〈公寓生活記趣〉則於日常生活中尋味樂趣，「許多身邊雜事自有它們的愉快性質。看不到田園裡的茄子，到菜場上去看看也好——那麼複雜的，油潤的紫色；新綠的豌豆，熱豔的辣椒，金黃的麵筋，像太陽裡的肥皂泡。把菠菜洗過了，倒在油鍋裡，每每有一兩片碎葉子粘在篾簍底上，抖也抖不下來；迎著亮，翠生生的枝葉在竹片編成的方格子上招展著，使人聯想到籬上的扁豆花。其實又何必『聯想』呢？篾簍子的本身的美不就夠了麼？」她在〈道路以目〉中進而發揮說：「讀萬卷書不如行萬里路。我們從家裡上辦公室，上學校，上小菜場，每天走上一里路，走個一二十年，也有幾千里地；若是每一趟走過那條街，都彷彿是第一次認路似的，看著什麼都覺得新鮮稀罕，就不至於『視而不見』了，那也就跟『行萬里路』差不多，何必一定要漂洋過海呢？」她在都市凡俗生活中尋美享樂，也從服飾、繪畫、音樂、舞會、戲曲等藝術生活中品味人生，如〈更衣記〉、〈談跳舞〉、〈談音樂〉、〈談畫〉等篇，誠如〈洋人看京戲及其他〉開頭所云：「用洋人看京戲的眼光來看看中國的一切，也不失為一樁有意味的事。」這類別具隻眼、別有會心的絮語散文，很能體現這位都市才女玩味身邊瑣事的才情品位。

張愛玲散文以感性私語見長，比蘇青散文更細膩鮮活，嫵媚多姿，富於個人化、女人味和藝術性。但在女性話題上不如蘇青的明澈真切，她的〈談女人〉多引述他人的名言，自己的感悟雖有一些警句，也不免紙上得來終覺淺，與蘇青的同題之作不可相提並論。但她倆的女性絮語，都貼近庸常凡俗，回歸女人趣味，小題細作，說長道短，平中見奇，俗中有雅，於現代女性文學浪漫與啟蒙話語之外，另辟女性散文世俗化、女人化、私語化的發展空間。

戰前何其芳《畫夢錄》一脈詩化散文，在戰時大後方和淪陷區都得以傳承發展。當時就有論者指出：「有多少人說過了，何其芳的《畫夢錄》的文體支配了事變以後北方散文的趨勢。」[37]其實，支配華北淪陷區散文的首推知堂風隨筆，其次才是何其芳的詩化唯美文風，可舉南星、林榕二家為代表。

南星的《松堂集》

南星（1910-1996），原名杜文成，河北懷柔（今屬北京）人，一九三六年畢業於北京大學英語系。戰前已有詩名，出版過詩集《石像辭》。戰時曾任北大英語系講師，與路易士、楊樺合編過《文藝世紀》，著有詩集《離失集》、《春怨集》和散文集《蠹魚集》、《松堂集》。《蠹魚集》署名林棲，一九四一年由北京沙漠書報社初版，所收二十八篇小品大多收入一九四五年新民印書館初版的《松堂集》。

37 上官蓉（林榕）：〈散文閒談——一年來的華北散文〉，《中國文藝》第7卷第5期（1943年）。

南星以寫詩的態度創作散文，把現代派詩風帶入散文，走的是戰前何其芳的詩文之路，成為淪陷區詩化散文的代表。《松堂集》內分五輯共收三十五篇。前四輯為詩化散文，吟詠風物友情，抒寫內心感興，營造沉思獨語、微妙精緻的詩境。第五輯為文藝隨筆，品評小泉八雲、勞倫斯、霍斯曼、泰戈爾、露加斯（盧卡斯）、白洛克等名家名作。

〈蠹魚〉所想念的「一個遠方的荒城」，當是他大學畢業後前往任教一年的貴陽花溪。儘管當時深感在異鄉的孤獨寂寞，過後思量，「記憶永遠是有所選擇，僅僅把可喜的情景留下，而捨棄多量的煩憂，近來習慣於喧囂和塵土的生活，那座荒城也竟令人想念了」。尤其是那裡的田園風味，城中田地「禾苗如同美麗的海浪，一直湧到城牆的盡頭」，「城外更是無邊際的碧綠了」；這與當下北京古城的生活，「在街上，過多的聲音，過多的車馬，過多的同行者，以塵土互相饋贈。在屋裡，一行行陳舊的書籍，每天作重複的絮談」，形成鮮明的對照；他不禁喊出內心的呼聲：「給我那孤獨吧，但是，也給我那豐富的田野吧」，並吟誦起英國田園詩人德拉梅爾的詩句：「我又想念綠的田野來了，我厭煩書籍了」。文中「遠方的荒城」與「都市的城」的場景對照，強化了他對現實境況的不滿和無奈，對田園詩境的沉迷和追尋。他在〈寒日〉中吟詠過：「陰暗而莊嚴的歲月來了。一切我所盼望的所珍惜的都在遠處」，一語透露他在淪陷區現實生存與理想追求的矛盾與反差。

〈松堂〉則從京郊山野中尋味詩趣。對於西山的松堂，已有不少詩文吟詠過，南星的感覺以「親切」為基調：雖有「身入石洞之感」，卻「覺得對它有些親切，因為看見不久將供我休息的一張床了。我的安心讓我幾乎閒暇地把屋角和屋頂都審視了一回，彷彿是一個初到新居的租客」；「這古老的石屋仍有它的不可思議的撫慰我的力量」；「我和PH先是靜默地坐著，後來開始閒談，語聲在各人耳中變得沉重起來，我們覺得奇怪，它們幾乎不像自己的了。因為石牆麼，或山中的黑夜麼？我們似乎都做了故事裡的人物」；「我盡力吸著掩住山的氣息的田野氣息。這第一次來到的地方像變了舊相識似的，我對於兩旁田地中的佇立者覺得異常親近，甚至讓腳步慢下來」。這幽微細膩、真切敏銳的感覺，不是一般遊者的普泛觀感，而是行吟詩人找回的鄉野的特有溫情，聊作寂寞中的一絲慰藉；是隨時隨處都在尋味詩意的感興，給日常灰色人生添加一點靈光。他在〈家宅〉一文中自白：「為甚麼不能把心思寄託在另外的東西上，或者以現在的住處為家呢？這似乎不可解釋，也許總與自己的生活方式有關吧。不能與廣大的人群結緣，沒有獨特的癖好，也沒有崇高的想像，最能影響我的感覺的都在耳目之間；風的或雨雪的日子讓我興奮或憂傷，秋冬的陽光給我以多量的安靜，屋門對面的牆垣之剝落也是一件纏繞在心上的事。」他在「陰暗與莊嚴的歲月」中，仍固守自己的詩心，孤寂地咀嚼幽微的感覺和遼遠的想像，儼然精神貴族般的葆有精神生活的豐富自足。

南星在〈談露加斯〉的隨筆中體會道：「寫文章最不可少的是真實。一個散文作家可以有一千種寫法，誇張也好，取材於別人也好，純想像也好，這裡面仍然有真實。換句話說，作者不應該為取得大家的歡心而不忠於自己的思想。因此真正的作家一經提筆，便完全忘記和自己作品無關的外面的世界。一個作家，或者單說一個散文家，可以說和小孩子一樣，喃喃不絕地對每個人講說心思，不管人家愛聽不愛聽。因為他只為表現自己，話說出來就完事了。人提筆時若始終保持著這種天真，雖不一定成為偉大的散文家，至少是真實的散文家。」他的散文確實保持著詩人的天真，忘懷世事而專注內心，對身邊瑣事和心理變幻特別敏感，潛心吟味感覺和想像以營造幽玄空靈的詩境，在象牙之塔中沉思獨語，精雕細琢，講求藝術表現的精美，格局不大而精緻有餘。他在淪陷區傳承戰前京派散文尤其是何其芳詩化散文的流脈，於書卷氣、世俗化之外拓展散文詩化之路，也與戰時大後方詩化散文遙相呼應，共同維繫了散文藝術的詩性品位。

林榕的《遠人集》

林榕（1918-2002），原名李景慈，還有林慧文、楚天闊、慕容慧文、上官蓉等筆名，河北薊縣人。一九三七年入輔仁大學國文系，開展校園文藝活動，畢業後任北大中文系助教，接編《中國文藝》，參加過偽華北作家協會和第三次大東亞文學者大會，著有散文集《遠人集》（1943）和評論集《夜書》（1945）。

《遠人集》與南星《松堂集》類似，以詩為文，即景詠懷，但帶有青年人的敏感多情和天真幻想。所收一九三八至一九四二年間的散文小品三十篇，作者在〈後記〉解釋書名說：「我有著對無數遠方友人思念的心情，所以常有所感，在寂寞歲月中，遂記下當時的感觸。這並不是簡單的對景生情，更沒有繁屑的身邊瑣事。我總覺得在這心情的裡面，有我自己的影子，也有我周圍的環境與社會。」他滯留古城就讀教會大學，生活天地狹窄，誠如〈寄居草〉所云：「在我，缺少那一點粗獷的天性，常常把世界縮小到與我的身體相等，而整個的宇宙便像是我自己了。我頂喜歡從小小的縫隙去瞭望廣大的原野」，從一方小窗仰望天空的浮雲，俯視地面的慘劇，感慨著「美麗之中原孕育著無窮的殘忍。人們時常企求那點美麗，卻忘記了美麗以外的東西」。又如〈寂寞裡的吟詠〉那樣，孤寂中對身邊景物倍生感情，對遠別友人倍加懷念，詠歎著「現實是憂鬱，幻想是快樂」，而任憑想像馳遊，變物象為幻象，「若果有一天幻想和現實連繫起來，那才是頂幸福的」，那時紫藤蘿的沉鬱悲哀顏色就變得「像樹上槐花一樣的白，像水裡荷花一樣的紅，像地上野生的花草一樣的藍」，變得美麗耀目、生趣盎然了。他在〈初春散記〉中追尋春天的象徵，既領悟「平常我們雖慣於在理想中過日子，然而實際覺來，理想即空虛，空虛即夢境，人生的歲月遂更值得珍惜，夢中的時光畢竟是短促的」，「驚覺自己是人間的一個過客，匆匆看見盛開的桃花」，又詠歎「冬日使我蟄伏了數不過來的光陰，也使我為朋友為人生而感到無窮的惆悵」，「在惆悵裡我憶念著江南的春天，期待一聲雁叫，等到看過雁飛，又給我心中一片淡漠，我的靈魂欲探險而不能，幻想中我是那『人』字陣裡的一員戰士」，還從溪邊小孩身上看出「新生命」的生長，他們「把生命看得重，抬得高」，「這像荒涼中的一線生機：沙漠裡的駱駝，古井裡的水」。這在「沒有春天」的地方尋覓春意，寄託春思，曲折透露著內心的期待和嚮往。

林榕以上官蓉筆名發表的〈散文閒談——一年來的華北散文〉[38]中，自評說：「慕容慧文，他整個散文的氣息是多少接近一點詩的境界，這境界像由古典的詩詞得來。我知道他最清楚，他初寫散文的時候，是倦（眷）戀詞曲的時代，那時的短文，自然間流露詩的意境；但後來他覺得這一傳統的範圍畢竟狹小，因此內容也漸擴大，他所企圖闡發的是一點人生的真理，透過一個簡短的事實本身，描畫這事件以新穎彩色，所以散文外表有清淡的形體，就內容看有深穎意見。不過，因為文字上的技術和造詣，思想的傳達是否能完全恰當，就是可考慮的了。」他也是何其芳詩化散文的傳人，在感性抒寫、刻意畫夢上有些相似，而不如《畫夢錄》的綺麗精美，在力求內容擴充上還難以達到「深穎」境地。他還發表〈現代散文的道路〉、〈叛徒與隱士——現代散文談〉、〈簡樸與綺麗——現代散文談之二〉[39]等散文評論，張揚現代散文多樣發展的傳統，也為詩化散文的綺麗文風爭得一席之地。

南星與林榕以詩為文，淺吟低唱，並非無病呻吟，也不痛哭喊叫，而是孤寂難耐，沉潛內心，在沒有詩意的地方尋味詩的感興，從

38 該文評述一九四二年的華北散文，刊於《中國文藝》第7卷第5期（1943年）。

39 分別刊於《中國文藝》第3卷第4期（1940年）、《風雨談》第1期、第5期（1943年）。

自我感覺的層面體察「陰暗而莊嚴」的人生意味，以行吟獨語、夢幻冥想、詠物抒懷、象徵暗示等方式含蓄表達身處困境而心有別戀的幽微情思，字斟句酌地雕琢精緻的象牙之塔，在唯美追求中脫俗入雅，造境自慰，體現了淪陷區散文藝術的詩化傾向和文藝青年的創作風尚。

前述八家散文代表著戰時淪陷區散文書卷化、世俗化和詩意化的三種主要傾向。書卷化隨筆以周作人為典範，世俗化絮語散文數張愛玲略勝一籌，詩化散文傳承何其芳餘脈，從知性、感性和詩性諸層面拓展散文隨筆在敵佔區艱難生長的空間。儘管有逃避現實之嫌，或有失節媚敵的污點，卻有亂世遺民複雜難言的苦衷苦味和苦心吟詠，難以馴化的民族文化守望和自我個性表達，精心營構的象牙之塔和微雕藝術，聊以自慰自遣和自娛自足，在淪陷區特殊環境中形成了特有的普遍的苦吟風和苦澀味。這為戰時中國散文多樣性發展提供了別樣的亂世哀音、遺民心曲和文體藝術，具有不可忽略的存在價值和文史意義。

第五節　解放區新生活的頌詩

抗戰八年中，中國存在著三種政治區域：解放區、國統區和淪陷區。不同的政治環境產生了不同的文學現象。國統區文學在抗日民族統一戰線旗幟下，歌唱抗戰，反對投降，嚮往光明，揭露黑暗，不滿現實，期待勝利，以抗戰文學為主流。淪陷區文學處於敵偽勢力的嚴密鉗制之下，稍有愛國心、正義感的作家備受摧殘，進步文學只是艱難曲折地成長著；而明目張膽地為「大東亞文學」效勞的漢奸文學，又被廣大愛國讀者所唾棄；所以，吟風弄月，淺唱低吟，成為當時當地的寫作風氣，周作人一派的知性隨筆和《畫夢錄》一路的詩化散文較為流行。解放區文學則在民主、自由、光明的天地裡，與工農兵群眾結合，表現「新的世界，新的人物」，開闢了現代文學的一個新天地。伴隨著抗日戰爭結束，人民解放戰爭興起，解放區文學迅速發展，影響全國；國統區文學則在反專制、爭民主思潮的激盪下，發展了批判現實、爭取民主的戰鬥傳統。解放區和國統區，進步的、革命的文學運動互相聲援，互為補充，共同構成這時期文學的主體。

解放區的散文創作，以報告文學為主，但也有一些記敘抒情之作。作品主要表現工農兵群眾的戰鬥和勞動生活，有些就出自這些創造新生活的戰鬥者之手，大多數則是文化工作者深入根據地生活、與工農兵群眾結合的產物。解放區散文出現了嶄新的題材：反映邊區勞動人民和人民軍隊在中國共產黨領導下的生產和戰鬥的業績，歌頌人民群眾翻身解放、當家作主的新生活，表現知識分子深入工農兵生活後的思想發展。「在這一時期的散文裡，不僅描繪了革命根據地一幅幅生動的畫面，剪下一個個人物的側影；也不僅使讀者看到陝北的『白楊』、延安的『風景』和『上戰線去』的戰士身影，以及『紅軍大學生活』學習、勞動的情形，同時我們還看到了毛澤東、朱德、賀龍、陳毅、王震等老一輩無產階級革命家的形象。這些散文，無論是敘事記人或狀物抒情，都描摹出這一歷史時代風雲特點，具有強烈的時代感。」[40]解放區散文在題材、主題、體裁、語言諸方面形成一種有別於國統區散文的新風格，散文的時代性、戰鬥性和群眾性得到加強，個人感情已融化在群眾情緒之中，藝術表現在民族文化傳統中吸取營養。

丁玲的《陝北風光》

丁玲於一九三六年到達陝北，除了小說之外，還寫過一些散文，如〈五月〉、〈冀村之夜〉、〈秋收的一天〉等。《陝北風光》是她七篇

40 〈前言〉，《延安文藝叢書》散文卷（長沙市：湖南人民出版社，1984年）。

敘事文章的結集，給讀者展示陝北風光的概貌，以沸騰的戰鬥和生產的場景記述陝北邊區出現的新的人民及其新的生活。作家自覺地實踐文藝為工農兵服務的新方向，揭開了現代散文史新的一頁。《陝北風光》大部分是報告文學作品，〈三日雜記〉則是她記敘抒情散文的代表作。

丁玲說：「在陝北我曾經經歷過很多的自我戰鬥和痛苦，我才開始來認識自己，正視自己，糾正自己，改造自己。這種經歷不是用簡單的幾句話可以說清楚的。我在這裡又曾獲得過許多愉快。」(《陝北風光》〈校後記所感〉) 丁玲的這種感情經歷和心得是進入解放區的作家所共有的，具有很大的代表性。她所描寫的新生活，對作者和廣大的讀者都是新鮮的，作品中的人物所從事的事業和他們的業績，帶著濃厚的傳奇性，作者在描述對他們的感受時，洋溢著詩的感情。如〈三日雜記〉的末了第二段：

> 他們用管子吹到門口送我們下坡，習習的涼風迎著我們，天上的星星更亮了。我們跨著輕鬆的步子，好像剛從一個甜美的夢中醒來，又像是正往一個輕柔的夢中去。啊！這舒暢的五月的夜呵！

這種對新生活感受的詠歎是情不自禁的，新的生活中的詩意，使解放區的散文富有嶄新的特色。即使作者以敘述的筆調為主，用著極樸素的語言，有時甚至滲入少量方言土語，然而它牽引讀者的心，從中獲得了優美的感受。

何其芳的《星火集》

何其芳於一九三八年夏來到延安，寫的第一篇作品就是〈我歌唱延安〉，展現一個嶄新的歡樂的世界。這裡每天從各地來的青年，他們學習，過著緊張愉快的生活；他們燃燒著革命的熱情，穿著軍裝，又分散到各個地方去擔負抗戰的各項任務。作者從一個舊世界走進了一個新世界，呼吸著「自由的空氣，寬大的空氣，快樂的空氣」，內心充滿著興奮和激動，他喜歡這「進行著艱難的偉大的改革的地方」，他感覺到「彷彿我曾經常常想像著一個好的社會，好的地方，而現在我就像生活在我的那種想像裡了」。帶著這種如願的喜悅、慰情的興奮來歌頌邊區聖地，表現的不只是作者個人的真情實感，也是當時許多奔赴延安的進步青年的共同感受。他為回答中國青年社所問「你怎樣來到延安的」而作的〈一個平常的故事〉，較為客觀地回顧自己所走的道路，剖析了一個現代知識分子接受現實教育，從自我中心主義走向革命集體的艱難過程，是一篇典型的自敘傳作品。〈論「土地之鹽」〉、〈論快樂〉、〈高爾基紀念〉、〈饑餓〉等文從個人立場寫熟悉的知識分子題材和個人情感，既表現出他否定舊我、發展新我的思想要求，又殘留著小資產階級情緒，這和同期寫作的詩集《夜歌》大體相同。經過延安文藝界整風運動，何其芳切實以無產階級思想來改造自已，〈《還鄉雜記》附記二〉、〈《夜歌和白天的歌》初版後記〉、〈《星火集》後記一〉等序跋文，嚴肅地剔除舊作中流露出來的各種非無產階級思想意識，甚至認為《星火集》更適當的書名應該是《知非集》。他為大後方讀者寫作的〈回憶延安〉等散文，介紹延安的新人新事新風尚，寫得真實、樸素，直白代替了抒情，多少融入了雜文的筆法，難以復見他三十年代散文特有的文采了。何其芳散文從《畫夢錄》到《還鄉雜記》，再到《星火集》正續篇，走的是從個人到社會、從畫夢到紀實、從重文到重質的路子。

吳伯簫的《出發集》

吳伯簫是一九三八年四月來延安的，在晉東南戰地生活過半年，根據戰地見聞和延安生活寫的作品結集為《潞安風物》、《黑紅點》、

《出發集》等。這已不只是《羽書》時的聯翩浮想了，而是戰鬥生活的真實記錄，瀰漫著硝煙風塵，散發著新的生活氣息。現實的人民戰爭比他所嚮往的「羽書傳檄」或長城屏障還要神奇和威武！他的戰地通訊，往往是行軍時構思、宿營時寫作的急就章，希望及時發揮戰鬥效用。這只佔他散文寫作的一部分。另一部分是經過一段時間醞釀、提煉、加工而成篇的，力求寫得具體深切、血肉豐滿，字句也反覆斟酌，寫得具體緊湊，結實有力，比一般的通訊報告更有散文味，更有藝術性。

一九四一年，他在延安機關工作時寫了幾篇抒懷述感的文藝性散文，如收入《出發集》的〈向海洋〉、〈書〉、〈出發點〉、〈十日記〉等。雖有時流露出內心深處的一點悒鬱，一絲矜持，但感情基調還是朗闊向上的，「只有忘我，才能犧牲自我，發揚自我，成就自我」，這境界是聖潔崇高的。這些作品堅持和發展了《羽書》的抒情風格。〈出發點〉遵照當時毛主席「從人民的利益出發」的指示，抒寫留戀延安的感情，「更熱中的是放大眼光奔上遼闊的前途」，「從延安伸出來的路是長的哩！有老百姓的地方就有通延安的路，那是坦蕩的大路，四通八達的路，人民的路」。他決心將延安精神帶往全國各地，體現了延安戰士的「別緒離情」。吳伯簫這時期的創作以報告文學為主，反映邊區戰爭生活和大生產運動，並不忽視藝術上的必要加工；抒情性散文偶有所作，但未能充分發展，這方面的藝術衝動，倒是到了六十年代初才重新爆發出光彩。

楊朔的《潼關之夜》

楊朔（1913-1968），山東蓬萊人，抗戰初期轉戰在華北各地，寫了一些報告作品，同時他也把生活中接觸的動人片斷，用散文的形式抒寫出來，主要作品輯為《潼關之夜》（1939）。他的這些散文，以記敘為主，帶著報導的色彩，但又具散文的鮮明特色。他並不記敘某件事的過程，而是選擇最激動人心的部分加以表現。如〈潼關之夜〉一文，寫他在兵荒馬亂的勞頓旅程中，於客店中遇見一個落落大方的青年軍人，兩人毫無拘束地一起外出散步，很快地發現這軍人竟是一位喬裝到延安學習的女同志，她與丈夫離開他們剛一周歲的小男孩，雙雙逃奔革命根據地，依著組織的決定，她又與上前方的丈夫離別。這件事富有傳奇意味。又如〈鐵騎兵〉，寫在山西左雲附近活動的八路軍一個班的騎兵，被日本裝甲車隔斷，離開大隊，單獨活動，接連十幾天，竟活動到包頭城郊，他們向城裡放了一排馬槍，使得日寇手忙腳亂，以為八路軍要搗毀他們的老巢，急忙停止「掃蕩」，縮歸包頭。這件事也富有傳奇性。楊朔這時期的散文，篇幅雖短卻激動人心。

他的散文寫投奔革命的青年男女知識分子，寫善良、率直、質樸、具有古代遊俠的豪爽性格的北方農民，寫機智、果斷、臨危不懼的英勇戰士，都是戰爭時期的奇人、能人。他這時期散文寫得不多，但反映了群眾的民族精神和階級立場，反映了戰地生氣勃勃的鬥爭生活。作者以富於表現力的語言來描寫他的人物，如〈潼關之夜〉中的那一個裝扮男裝的女同志，「他」的幾次說話的聲音，「用類似女人的柔聲說」，「聲音仍然帶著女人的氣味」，「一種熟習的柔軟的話語」，引起讀者的疑團。可是，「他」慨然同意到路上散步，不停地唱著各種救亡歌曲，敏捷跳下戰壕作射擊的姿勢，這又叫讀者把疑點勾消了。直到作者意外地驚訝「他」原來是女同志時，讀者不由地對這個奇人刮目相看了。她的傳奇故事，她的張開兩臂，差點打掉作者的帽子那樣立刻想飛到延安的姿態，不能不在讀者的頭腦裡留下深刻的印象。作者的比喻也是新奇的，這位喬裝者的笑，「彷彿黃河的浪花飛濺著」；離開大隊單獨活動的「鐵騎兵」，「好像一群脫離軌道的流星」等等。抗戰期間的楊朔善於取材，刻劃細緻，比喻別緻，作品數量雖然不多，卻閃耀著它特異的光彩。

楊朔在〈我的改造〉一文中說到自己從抗戰初期到在敵後幾年，

直到日寇投降以後，他所經歷的生活、思想、感情上的變化。他的散文也大體體現了他與工農兵結合從表面到深入的過程。〈潼關之夜〉寫的是投奔解放區的知識分子，〈鐵騎兵〉寫的是戰士，題材不同了，感情也有所變化，但前後兩篇都令人耳目一新。

卞之琳的《滄桑集》

卞之琳（1910-2000），江蘇海門人，與何其芳、李廣田是北京大學的先後同學，被稱為「漢園三詩人」。一九三八至一九三九年，曾往延安和太行山區訪問，並在延安魯藝任教，著有報告文學集《第七七二團在太行山一帶》（1940）。一九四〇年後在西南聯大任教，抗戰勝利後在天津南開大學任教。《滄桑集》（1982）收他在一九三六至一九四六年間所寫的散文，有隨筆、報導、小故事、短篇小說、雜感和文學論評，故自稱為雜類散文。其中第二、三、四輯，記述他在解放區的生活和所見所聞。他在〈題記〉裡說，那十年是國內外的大滄桑，他個人也經歷了不小的滄桑，他生活的變化，引起他思想感情的起伏變幻，但他的變化是一個定向發展的過程，也可以美其名曰「深化」的過程。在他進延安前後，其散文的變化確實很大，偉大的民族存亡的戰鬥，使許多作家拋棄幽雅的琴而擂起了雄壯的鼓。

第一輯是一九三六年的作品，抒寫他在日本和他鄉的客子思歸情懷，情思曲折，文字旖旎，聯想廣泛，引用不少中外文史材料，而且具有幽玄的哲理性，這和他表現憂鬱感情、深遠哲理的奇特詩風相近。第二輯到第四輯就大不同了。第二輯〈垣曲風光〉、〈煤窯探勝〉和〈村公所夜話〉三篇文章，報導解放區人民抗日的熱情，他們堅壁清野，踴躍參軍，開展救國會活動，在敵後加緊生產，展現了解放區群眾沸騰的戰鬥生活。第三輯〈軍帽的來訪〉、〈進城，出城〉、〈鋼盔的新內容〉等，是十分短小的故事，講遊擊戰士進城得到群眾的擁護，用一支牙刷換一挺機槍；群眾的鍋被日寇打破，用繳獲敵軍的鋼盔來燒飯等等。這一類傳奇故事，活現出人民的才智和無畏樂觀精神，令讀者有耳目一新的感覺。第四輯〈石門陣〉、〈紅褲子〉、〈一元銀幣〉等，近乎短篇小說的寫法。他說：「我們都傾向於寫散文不拘一格，不怕混淆了短篇小說、短篇故事、短篇論評以至散文詩之間的界限，不在乎寫成『四不像』，但求藝術完整。」[41]這樣的作品，有的情節安排巧妙，有的心理描寫細緻，同樣是反映人民抗日的勇敢、機智和熱情，藝術性較高。

卞之琳反映解放區戰鬥生活的作品，語言較為樸素，但仍留有他的某些藝術特色。如〈垣曲風光〉中有一段關於廢墟的描寫：

> 現在這一帶廢墟，有七八個月的歷史，除了斷垣破瓦外，已經不留什麼，乾乾淨淨了。雜草在這裡長了，又黃了，枯了。從前的窗子現在還未曾豁開，尚存完整的方洞的，彷彿鏡框，由街上的過路人，隨便鑲外面一塊秀麗的郊景，比如說一株白楊，一片鵲巢，半片鵲巢，半片遠山。有一家屋子裡，現在應該說院子裡了，一隻破缸，裡面還有些水，大開了眼界，飽看藍天裡的白雲。

這樣的筆墨在戰地描寫中相當罕見，表現了作者觀感的敏銳與奇特，帶一點幽默的色調，也保留了一點於悲中求喜的閒情。

草明的《解放區散記》

草明（1913-2002），廣東順德人。她是「左聯」小說家，於一九四一年到延安，參加延安文藝界座談會後，往山西和東北解放區農村和工廠深入生活，著有《解放區散記》（1949）。草明是解放區作家中

41 卞之琳：〈《李廣田散文選》序〉，《李廣田散文選》（昆明市：雲南人民出版社，1980年）。

較早注目於工業題材的小說家，她的中篇小說《原動力》在歌頌翻身工人的主人翁精神方面獲得了成功。散文〈龍煙的三月〉，只勾描龍煙鐵礦公司生產建設的一個場面，但也顯示出民主建廠、工人當家、生氣勃勃的新景象；國統區工友被警察和特務屠殺迫害，這裡的工人自動地捐錢援助還在大後方水深火熱中的工友兄弟，這形成一個鮮明的對照，顯示了解放區工人的階級覺悟。〈沙漠之夜〉寫「我們行軍中最困難的一天」，汽車迷失於沙漠之中，只好夜宿，在困難的時刻，同志間互相照顧的情誼、克服困難的信心和毅力都得到突出地表現，因而這「也就是我們最奇妙，美麗和受感動的一天」。草明有她敏銳的觀察力，善於捕捉生活中的閃光鏡頭，而用樸實的文字記錄下來。她深入基層生活，不時將新鮮流動的新生活告訴人們，她「寧願當一塊容易被人忽視的墊腳石，也不願做一個臨風招展的小銅鈴」（〈墊腳石〉）。

陳學昭的《漫走解放區》

陳學昭一九三八年八月第一次到延安後寫了《延安訪問記》（1940），一九四〇年秋又到延安，並留居下來，參加過《解放日報》「文藝」副刊的編輯工作，著有《漫走解放區》（1949）。這兩本散記憑藉她的觀察或訪問，著重介紹延安的日常生活情形和社會面貌，會見幾位領導人時也側重了解這方面的內容，反映了延安社會生活的真實情況。

作者是二十年代知名女作家，她以熟練流麗的文筆娓娓敘述所見所聞，在不經意的抒寫中保持樸實自然的生活本色，或綜合，或片斷，或勾描人物，或描寫生活場景，把自己的觀感印象組織起來，散而不漫，寫得活潑、輕鬆、自由。比如，她描寫毛澤東主席送客人時，「高高的個子，與其說是遲緩的，毋寧說是持重的腳步，使我聯想起當年北平的李大釗先生，有一次，是在西單附近的街上偶然碰見的。那些大仁大智的人，他們的外表舉動總是好像很持重的。」根據自己的感覺，自由聯想，恰是捕捉住對象的個性特徵，寫出了人物的神形風貌。作者在〈生活的體驗〉中覺得「人在體驗著生活的時候，情感是變得現實些，變得接近大眾些，享受和剝削的情感也就自然會淡起來了」，這種滌蕩靈府的思想感受是到解放區生活過的知識分子的共同心聲。

孫犁的《荷花淀》

孫犁（1913-2002），河北安平人。一九三七年底參加抗日戰爭，是冀中解放區成長起來的新作家。他的散文創作和小說同步，與生活保持了極密切的聯繫。散文作品有的編入《荷花淀》（1947），有的結集為《農村速寫》（1950），有的散見於《解放日報》、《晉察冀日報》、《冀中導報》、《天津日報》等報刊上。

孫犁描繪敵後抗日根據地人民的戰爭生活的篇章，並不充滿戰火硝煙，而同樣洋溢著英雄主義氣概和戰鬥氣息。〈遊擊區生活一星期〉一組七題，雖說穿插了幾個遊擊小組對敵戰鬥、敵我鬥爭複雜殘酷的小故事，但主要是描寫人民的日常生活和勞作，勾劃村幹部和群眾的神情風貌，從中觸摸到「平原遊擊區人民生活的一次脈搏的跳動」。「當我鑽在洞裡的時間也好，坐在破坑上的時間也好，在菜園裡夜晚散步也好，我覺到在洞口外面，院外的街上，平鋪的翠綠的田野裡，有著偉大、尖銳、光耀、戰爭的震動和聲音，晝夜不息。生活在這裡是這樣充實和有意義，生活的經線和緯線，是那樣複雜、堅韌。生活由戰爭和大生產運動結合，生活由民主建設和戰鬥熱情結合，生活像一匹由堅強意志和明朗的智慧織造著的布，光彩照人。」作者的詩興抒發概括了遊擊區人民的生活情趣，揭示了他們的生活意義。〈白洋淀邊一次小鬥爭〉娓娓動聽地敘述一個少女勇鬥敵兵的小故事，反映了冀中人民不分男女老少都投入打擊敵寇的偉大鬥爭。《采蒲台的葦》讚揚白洋淀人民在暴敵面前剛強不屈的英雄氣概，充滿著對家鄉人民用鮮血保持冀中聲名——葦草的潔白的自豪感、尊嚴感。〈塔記〉歌頌中國共產黨人在民族解放戰爭中所發揮的先鋒帶頭作用。〈新安遊記〉和〈慷慨悲歌〉歌唱古今英雄，表現燕趙一帶「有一種強烈的悲壯的風雲，使人嚮往不止」的精神氣概。這些作品雖說沒有正面描寫敵後人民英勇戰鬥的壯烈場面，但透過這些「小鬥爭」和生活場面，時代的戰鬥氣息、人民的鬥爭精神和英雄氣概依然使人感受到了，而且通過這些日常的、普遍存在的真人真事的抉發和描述，更能反映冀中軍民團結戰鬥、全面動員的真實面貌。

描寫解放區的民主建設、生產勞動、新生事物和新人成長，是孫犁散文的又一主要內容。〈二月通訊〉報告晉察冀邊區參議會的見聞，熱情歌頌民主政治。〈山裡的春天〉敘述為抗屬代耕的小故事，展現新型的軍民關係。〈識字班〉反映邊區男女老少的學習熱情，結尾的典型場面既突出主題，又揭示新的家庭關係。〈投宿〉寫房東一家的新氣氛，人倫親情匯合在抗戰愛國的熱情之中。〈張秋閣〉勾勒了一位農村少女的感人形象。主人公從小失去父母，哥哥參戰犧牲，她痛哭而不消沉，堅持工作和勞動，堅決不領撫恤糧。「哥哥是自己報名參軍的，他流血是為了咱們革命，不是為了換小米糧食。我能夠生產。」這句普普通通、樸實無華的話顯示了她精神品質的高尚。作者只寫人物自身的言行舉動，不拔高，不渲染，而自能感人。孫犁在這些素樸的記事寫人篇章中，細緻地寫出解放區人民生活和勞動的新氣象、新精神。

一九四七年，孫犁在冀中農村參加土改運動，親身體驗到農民翻身解放的喜悅心情，親眼看到他們煥發出來的生產熱情，寫下一組《農村速寫》，來反映這一場偉大變革。〈一別十年同口鎮〉、〈王香菊〉、〈訴苦翻心〉等，具體顯示了農民翻身解放的過程。鬥爭地主，分到土地，農民從政治經濟上獲得解放；同自身的怯弱、憐憫、自私的舊心理習慣作鬥爭，農民從精神上也獲得解放；翻身和翻心同步進行，互相促進，孫犁散文的真實性和深刻性突出地表現在這些篇章中。翻身農民組織起來，互助合作，促進生產，新型的生產關係、家庭關係、人際關係迅速形成。〈張金花紡織組〉具體描寫組織過程的曲折和成功。〈曹蜜田和李素忍〉並不是講說青年男女的浪漫故事，而是敘寫這對青年夫妻暗地裡挑戰立功、勞動競賽的新鮮事，表現了新型的夫婦關係。〈「帥府」巡禮〉中老農趙老帥一家「充滿團結和勞作的愉快，勞動的競爭心和自尊心。」〈天燈〉立在窮人家門口，「簡直是一面鮮明的旗幟」，「是窮人翻身的標誌」，過去的窮丫頭現在「出跳」成了「儀態大方，豐滿健壯的人」，而且居然說出：「我們的生活變好了，是靠自己勞動；我們的地收回來了，是靠自己鬥爭。我們翻身了，應該叫遠近的人們知道，我們為什麼不立一個天燈？」翻身農民揚眉吐氣，真正過上了人的生活。農民的新生活、新精神、新願望，在孫犁筆下如實寫出，一改新文學史上農民形象舊觀，給人耳目一新的強烈感受。

總之，孫犁散文著重採寫冀中人民的日常生活和鬥爭，通過一個個生活片斷透視冀中人民的戰鬥熱情、生產幹勁和思想境界，尤其是顯示冀中婦女翻身解放後的新面貌，把崇高感人的冀中戰鬥生活的美帶給人們。他善於截取鬥爭生活的感人斷片來反映大時代，從家務事中寫出新風尚，從日常生活中顯示時代的脈搏。他常把刀光劍影、戰火硝煙推到背景地位上，把日常活動的人事場景突現出來，從這些更為普通、平凡、樸實的人物精神上看出解放區實實在在的變化和發展，這是他四十年代散文突出的特色之一。

孫犁散文大多帶有速寫的特徵，記敘簡潔，白描傳神，語言精鍊通俗，在敘寫中富有抒情筆調。在記人敘事中滲透著作者真摯、親切、歡快的感情，在平淡樸實的敘說中反映出作者文字錘鍊的貼切和優美。孫犁以本地人的生活優勢，加上大時代賜予的機遇和自身的文學造詣，創作出特別真實深切、清新明麗的解放區新生活的散文畫卷，成為解放區散文的傑出代表，為我國的現代散文史做出了重要貢獻。

蕭也牧的《山村紀事》

蕭也牧（1918-1970）是四十年代在晉察冀解放區出現的又一位新進作家。他寫過〈掀簾戰〉、〈拿炮樓〉、〈張老漢跳崖〉、〈「我是區長」〉、〈地道裡的一夜〉一類反映遊擊區軍民抗日鬥爭故事的作品，更具個人特色的是在《山村紀事》題目下發表的十幾篇散文速寫，著重反映農民和地主的鬥爭，農民的覺悟過程和不懈鬥爭精神，地主的狡猾多端和作賊心虛，把農村階級關係的新變化刻畫得相當真實生動。作者既不加意拔高農民，也不把地主漫畫化，按照農村生活的真實面貌，選擇各有代表性的人物、事件，讓生活本身來說話。〈退租〉中的石牛牛，背著舊社會的重負，受欺壓而不敢反抗，終於在群眾運動中覺悟起來。〈追契〉中的張祿有智慧、有遠見、有毅力，非追回地契不可，雖說免不了受地主的欺騙，最後還是取得了勝利。〈黃昏〉中的房東老漢清算地主領回自己的驢兒，和驢打鬧得多親熱。幾個農民形象，各具特色，也沒有知識分子腔調，農民舉動、心思、神色一目了然，農民的語言聲調道地本色，這是以散文寫農民的一大進步。在四十年代，解放區作者與人民群眾生活、戰鬥在一起，跟人民群眾打成一片，作者的思想感情已經群眾化了，作者了解、深知人民群眾的甘苦喜惡，這決定了解放區文學在反映人民群眾生活上的成功。蕭也牧寫農民，孫犁寫農村婦女，都給現代散文人物畫廊增添了新的藝術光彩。

由於根據地出版條件相當困難，許多散文作品未能及時結集，一九八四年選編出版的《延安文藝叢書》，其中的《散文卷》輯錄近百篇記敘抒情散文，來自各方面的作者以各自的經歷見聞為文，匯映出解放區散文創作的基本面貌。「革命的文藝工作者，既是民族解放鬥爭的戰士，又是握筆凝思的藝術家，他們或敘述自己的戰鬥經歷，或抒發革命激情，都順理成章，情如泉湧。作品裡不僅有著火一樣的情感，充滿著必勝的信心，而且閃耀著人民智慧的光芒」，「讀著一篇篇文章，似聽到戰鬥在各個崗位上戰士的心音，如聞一首首動聽的歌聲；眼前，如亮起一支支火把，令人振奮，去迎接光明」。[42]這是新時代的激昂文字，是戰鬥的號角，是勝利的歡呼。

抗戰前後，有大批優秀的作家，包括散文家進入解放區，他們大多改弦更張，用報告文學的形式，及時報導根據地人民的戰鬥和勞動生活。記敘抒情散文的產量不豐，這是客觀的事實。就記敘抒情散文而言，由於題材的原因，與報告文學作品確似孿生姊妹，如我們在這裡選介的〈三日雜記〉、〈潼關之夜〉和〈鐵騎兵〉等，有些選本就是把它作為報告文學作品的。但是，因為它較少新聞性，在表現形式上更接近於記敘抒情散文，我們還是把它從報告文學中分離了出來。

由於文體間的互相滲透，使解放區的記敘抒情散文顯示了一種新的趨向，它反映嶄新的鬥爭生活和閃光思想，記敘成分占了主要比重，因而具有一些新的特色：一、文章所描寫的是許多讀者所陌生、所嚮往的新事物，燕趙人物、陝北風光，它們帶有傳奇的意味、崇高的美感，題材富於詩意。「五四」以來的散文，其主要題材是城鄉社會的黑暗，是內心的苦悶和探索，這些已被向上的生活和光輝的理想所代替了。二、作者在反映新生活的時候，抒發他們新的感受和激情，自然充滿著前所少有的樂觀的開朗的色調。在表現上，作者善於截取富有深意、新意的生活斷片，運用小說再現場景和心境的手法，吸收了豐富的群眾語言，普遍形成了樸素、清新的文學風格。

面對著解放區工農兵群眾的沸騰生活和戰場上的炮火硝煙，作家們發揮了記敘抒情散文的戰鬥功能，歌頌了勞動人民的光輝業績和指戰員們的豪情壯舉，雖然產量不豐，抒情散文更為零落，但在散文藝

---

42 《延安文藝叢書》散文卷〈前言〉（長沙市：湖南文藝出版社，1984年）。

術上還是有新的追求，個性鮮明的作家也正在成長。解放區的記敘抒情散文，無疑是一個劃時代的、繼往開來的新創，是日後社會主義時代新散文的一個直接的、重要的藝術源泉。

第六節　人物傳記與知識小品

抗戰以來的傳記文學得到進一步的發展。隨著民族精神的普遍高漲，現實中浴血奮戰的抗日將士、歷史上的民族英雄和愛國志士引起傳記作者的關注，也吸引著廣大讀者的注意力，有關他們的傳記報告爭相湧現。抗戰初期，《抗日英雄特寫》、《抗戰將領訪問記》、《抗戰人物志》、《抗日英雄》、《我們的戰士》、《時賢別記》一類短篇結集不少，為大時代中的風雲人物留下若干側影。在解放區，除了叱吒風雲的領袖人物的特寫外，還有《民兵英雄像》、《晉綏邊區的戰鬥英雄們》、《英雄傳》、《新人的故事》之類新人傳略。時勢造英雄，英雄出自民族民主革命戰爭，出自翻身解放的勞動群眾。英雄時代給這時期人物傳記帶來歌頌英雄、歌頌新人的新風尚。其他的人物傳記，如文化人士、師友親人、自傳回憶等方面的傳記作品，也有不少新創。

蕭三等人的回憶錄

蕭三（1896-1983），湖南湘鄉人。一九三九年春從蘇聯回國後，在延安從事文化宣傳工作。這期間他寫的一些人物傳記，後來大多收入《毛澤東同志的青少年時代》（1951）和《人物與紀念》（1954）二書。他小時和毛澤東同學，參加過新民學會，熟悉毛澤東早年的革命活動，他以真實的回憶、樸素的文筆記述毛澤東青少年時代的生活和思想，沒有矯飾和美化，選取的事實本身就很能反映出毛澤東風華正茂時的抱負、胸襟和氣度，至今還是有關毛澤東早年傳記的典範性作品。他的〈朱總司令的故事〉、〈賀龍將軍〉、〈徐老不老〉、〈紀念瞿秋白同志殉難十一週年〉等，刻劃幾位老一輩革命家的側影；〈續范亭先生〉、〈韜奮同志——文化界的勞動英雄〉、〈哀悼人民藝術家冼星海同志〉、〈十月革命後高爾基的二三事〉、〈關於馬雅可夫斯基二三事〉等，反映文化界幾位知名人士的動人事蹟。蕭三寫人記事簡潔樸素，往往通過幾個生活斷片寫出對象的人格風貌，抒發的戰友情誼和崇敬感情真摯感人。比如，他記下朱總司令的肺腑之言：「我別無所求，只求作一個自自然然的共產黨員，這就是我的志願。」從一句話中可以見出「我們的朱總司令是一個怎樣淳樸、真摯、忠誠、切實、厚道都到了化境的人」。他筆下的朱總司令和生活中的朱總司令一樣忠厚淳樸。他的人物素描都具有這種本色美。

有關人民領袖、抗日將士、戰鬥英雄以及國際友人的傳記，還有不少是用報告文學的形式表現的，它寫出現實中的真實典型，以新的人格光彩吸引讀者。

有關魯迅的傳記，這時期出現了一批重要作品。首先是許廣平寫了一組回憶魯迅日常生活的文章，後來收入《欣慰的紀念》(1951)。在再現魯迅先生的全人格方面，她的成功是常人所不及的。蕭紅的《回憶魯迅先生》(1940) 從印象最深的記憶中選取材料，出以片斷描寫的形式，看似鬆散，實以魯迅為中心，多方面表現魯迅為人處事的態度和日常的生活作風，寫法別緻。孫伏園的《魯迅先生二三事》(1942)，許壽裳的《魯迅的思想與生活》(1947) 和《亡友魯迅印象記》(1947) 等，是魯迅的朋友和學生寫的回憶記。王士菁的《魯迅傳》(1948) 是第一本完整的魯迅傳記，是在系統研究魯迅一生的基礎上寫成的，自然是學術價值高過文學價值。親人朋友的片斷回憶復活了魯迅的音容笑貌，研究者的專門傳記敘述了魯迅一生的發展過程，這兩類作品為創作優秀的魯迅傳奠定了初基。

巴金的《懷念》(1947) 收入悼亡懷友的作品九篇。在長期的文學生涯中，巴金以文會友，知交甚多。處於戰爭年代，這些文友流離四方，音信渺茫，或遭迫害，或罹貧病致死。巴金十分珍惜友情，沉痛哀悼英年夭折的朋友，深情懷念貧困顛連的文人，以懷舊悼亡的沉重筆調敘寫昔日交往，描述友人性情，抒發深厚情誼，篇篇都是至情流露，感人肺腑。他筆下的羅淑，樸實善良，溫柔正直，像大姐一樣會體貼人。為生活重負壓得喘不過氣來的魯彥，依然安貧樂道，矢志不渝，至死也不肯放下手中的筆，為文學事業擠出最後一滴血。長期受貧病折磨的繆崇群，心地善良，待人真誠，甘於沉默，熱愛生命，傾盡心血給世人留下許多「洋溢著生命的呼聲，充滿著求生的意志，直接訴於人類善良的心靈的文字。」像陸蠡這樣「貌不軒昂，語不驚人，服裝簡樸，不善交際，喜歡埋頭做事，不求人知」的文化人，在危難關頭，卻表現出中國優秀知識分子的崇高氣節。巴金為這些亡友的高貴心靈所激動不已，熱烈歌頌他們的人格美，憤怒譴責吞噬他們的惡勢力，深刻地反省自己，鞭策自己，給人一種崇高感、悲壯感。作者抒寫十分熟悉的人事體驗，駕輕就熟，一氣呵成，各篇渾然一體，以情動人，是現代悼念文的傑作。

專門為文化人留影的，還有趙景深的《文壇憶舊》（1948）和莫洛的《殞落的星辰》（1949）等。趙景深長期從事編輯工作，諳熟文壇掌故，戰前就寫過《文人印象》、《文人剪影》一類作品，戰後一如既往，在《文壇憶舊》中寫了三十幾位同代作家，根據親見親聞和廣泛收集的生活材料，往往從日常生活入手勾描各家風貌，著墨不多，卻個性畢現，具有史家和小說家結合的特長。莫洛的《殞落的星辰》是呈現給戰時死難的文化工作者的祭奠品，客觀地記述各家生平事略，介紹其文化業績，屬於傳略一類文字。由於他剛走入文壇，寫作時又偏處溫州一隅，見聞有限，有的不免過於簡略。但他立意為死難文人立傳，以大量的史實顯示了現代知識分子為祖國戰鬥、為民族文化流血犧牲的壯舉，很有認識價值。此外，熊佛西的《山水人物印象記》（1944），謝冰瑩等合著的《女作家自傳選集》（1945），柯靈編選的《作家筆會》(1945)，巴金等十家合著的《我的良友》(1945)，洪為法的《談文人》(1947)，黃宗江的《賣藝人家》(1948) 等等，都側重於描寫文化人士，足見文人素描的豐收。

一九四七年出版的人物志集《創世紀》和《內戰英雄譜》別具一格。前者是范泉的作品；後者署名某準尉，真名不詳。范泉當時在上海編輯《文藝春秋》，《創世紀》內除了記述幾位文化鬥士之外，第一輯〈黑白畫〉勾畫了幾位日本憲兵的「花臉」。甲斐軍曹前後變化帶有喜劇意味。他是上海淪陷期間專門緝捕進步文人的「文明的劊子手」，狂妄自大，肆意抓人，並施以酷刑，兩手沾滿了中國人民的鮮血。一到日寇投降，竟然要請被他拘捕毒打過的文化人認他作「寄兒子」，如此卑劣，實為無恥之尤。對這種喜劇性人物，作者毫不留情地戳穿其醜惡嘴臉，從人格上加以徹底否定。《內戰英雄譜》為「內戰英雄」畫相，「苦命將軍」陳誠，「黃埔校花」胡宗南，「風流太保」梁華盛，「醜郡馬」孫連仲，這些嗜戰成性的「英雄」被推上文學的審判台，暴露了他們的真面目。這兩部人物素描開拓了傳記寫作的暴露性、批判性的新局面。

人物素描、回憶記、哀悼文之類短篇作品，具有傳記因素，但還不能說是獨立的、完整的、嚴格的傳記文學。這種片斷的、零散的、自由的人物描寫，可說是寫人散文的一個分支，或者說是散文化的人物傳記。其長處在於以省儉的筆墨勾出人物的神情風貌，借一斑以窺全豹，以小見大，自由不拘，但往往難以深入細緻、完整充分地再現全人面目。彌補這一不足的，恰好是長篇傳記的特長。長篇傳記可以囊括傳主一生，也可以截取一個側面或階段，能夠容納相對完整、較為豐富的生活內容，能夠多側面多層次地展現傳主個性，創造出活生生的、血肉豐滿的傳記人物。抗戰以來致力於長篇寫作的傳記作家，有朱東潤、郭沫若、顧一樵、駱賓基、臧克家等，在傳記和自傳方面都有新作。

朱東潤等的人物傳記

朱東潤（1896-1988），江蘇泰興人。他戰時對傳記文學作過切實的研討，寫過〈中國傳記文學之進展〉、〈傳記文學之前途〉、〈傳記文學與人格〉、〈八代傳記文學述論〉等學術性論著，並於一九四三年起寫成《張居正大傳》、《王守仁大傳》兩部長篇作品。朱東潤認為：「中國所需要的傳記文學，看來只是一種有來歷、有證據、不忌繁瑣、不事頌揚的作品。」(《張居正大傳》〈一九四三年序〉) 是歷史和文學結合的產物，既要注意歷史真實，又要講究人物形象的塑造，還要體現作者對傳主的認識和態度。他以學者治史的謹嚴態度寫作傳記文學，從搜集、整理、核實史料起手，研究歷史背景，分析傳主性格，在研究的基礎上選擇史實，刻劃人物，探究心理，推論得失，開創了傳記寫作中謹嚴堅實、完整獨立的新風氣。他寫明代政治家張居正，根據自己的細心推考，深入研討，發現這位毀譽對立的歷史人物「固然不是禽獸，但是他也並不志在聖人。他只是張居正，一個受時代陶熔而同時又想陶熔時代的人物。」作者從明代大局看張居正的出現，又從張居正的政績事業反映明代社會的發展變化；既顯現他的一代功業，又不掩飾他的內心隱衷，還根據可靠史實闡發他的心理動機；真實而全面地再現這位歷史人物的本來面目。朱東潤創作的「大傳」，以氣魄恢宏、持論中肯、作風嚴謹開拓了傳記文學的新格局，為傳記文學從散文中獨立出來、走西方現代傳記文學的發展路線作出了自己的貢獻。他在序文自述試寫傳記的「希望」:「本來只是供給一般人一個參考，知道西方的傳記文學是怎樣寫法，怎樣可以介紹到中國。我只打開園門，使大眾認識裡面是怎樣的園地，以後遊覽的人多了，栽培花木的也有，修拾園亭的也有，只要園地逐日繁榮，即是打開園門的人被忘去了，他也應當慶幸這一番工作不是沒有意義。」他這種打開現代傳記文學新園門的功績是不會被忘記的。

顧一樵（1902-2002），名毓琇，江蘇無錫人。他的《我的父親》（1943）為親人立傳，得到時人的好評。友人潘光旦在代序〈一篇傳記文的欣賞〉中，肯定這是傳記文學寫作的一個「鄭重的嘗試」，「用很細微的筆墨，敘述晦農先生為學問、為生計、為家庭子女半生的辛勤勞瘁」，讚賞作者重視敘述家世與里居環境對傳主的影響，細緻刻劃傳主短暫一生的起伏變化的寫法。這篇傳記文長不過一萬五千言，卻敘寫一位近代文人處於舊學新學嬗變更替時期求知求生的經歷，自然要寫得濃縮集中。以愛父親情驅遣筆墨，選擇典型性生活片段剪裁熔鑄，恰如其分地描述父親的人格性情，寫得莊重而親切，這是顧作的顯著特色。從情文並茂這方面看，可以和盛成的《我的母親》相媲美。

駱賓基的長篇傳記《蕭紅小傳》（1947），寫於蕭紅病逝之後，陸續刊載在《文萃》上。全篇由三十四節組成，按照這位女作家生平經歷的順序來寫，具體再現了她的曲折生活道路，活現了蕭紅的音容笑貌、性情才氣和內心隱衷。從個人反抗舊家庭壓迫，矜持地走著自己的路，到投入戰鬥集體，與戰友和愛人頑強地戰鬥在一起，再到離開朋友，孤獨作戰，最後含悲病逝，蕭紅思想個性形成和發展的軌跡，在小傳中被清晰地勾描出來。蕭紅短促的一生，正反映了舊社會壓迫摧殘之下的新女性的共同命運。「她的經歷充滿了不屈和勤奮的鬥爭，是有典型意義的。自然，也帶著不可擺脫的屬於歷史的烙印和傷痕。」[43]在蕭紅病重彌留的最後日子裡，駱賓基作為友人一直在旁護理，「在姐弟般傾心相談中」，更深切地理解了女作家內心的矛盾和追求，生活的倔強和辛酸，以及全人格的光華微瑕，因而賦予這部傳記作品以立體感、親切感。作者是小說家和報告文學家，在素材取捨、情節提煉、人物刻畫，尤其在心理描寫和環境渲染方面有自己的專長，

---

43 駱賓基：〈修訂版自序〉，《蕭紅小傳》（哈爾濱市：黑龍江人民出版社，1981年）。

寫來可謂得心應手。雖說由於客觀限制，初版本在某些史實上有所出入，又較少結合蕭紅創作展開評述，但在當時還是第一部完整的蕭紅傳記作品，從個人生活史反映她的個性特徵的努力也是成功的。

為同時代活人作傳，往往是傳記寫作的一忌，歷來十分罕見。而戰時不僅出現過前述片斷的人物速寫，也出現過幾部獨立的長篇傳記，如一九三八年出版過楊殷夫的《郭沫若傳》，陳彬蔭的《丁玲傳》，趙軼琳的《李宗仁將軍傳》等，可惜後來未能繼續發展。倒是自傳寫作呈現發展趨勢，除了從個人經歷寫社會變動的正格外，還別開文學回憶錄的新路子，豐富了我國現代傳記的品種。

郭沫若等人的自傳

郭沫若一九四八年寓居香港時，應夏衍主編的《華商報》副刊「茶亭」約請，寫了《抗戰回憶錄》，陸續發表在八至十二月的《茶亭》上，後結集為《洪波曲》出版。郭沫若堅持他戰前寫作自傳的原則，通過對個人在「第三廳」工作經歷的回憶，真實地反映一九三八年抗戰高潮期間的社會面貌。抗戰初期，國共合作，共赴國難，民氣高昂，進步文化工作者積極從事抗日救亡工作。但統一戰線內部，反動派害怕人民，壓制抗日，仇視進步，鬥爭複雜尖銳。作者處於統一戰線中樞，以耳聞目睹身受的事實，給讀者了解這時期歷史真相增強了感性知識。適應報章連載需要，全篇章節自成段落，綜合成為一個整體，氣魄恢宏，詳略得當，顯示了史家風度。既重視反映重大事件，也不忽視典型的生活細節，以敘寫歷史事實為主，兼而抒發愛國情懷，有張有馳，波瀾起伏，不愧是出自傳記大家的手筆。

長篇自傳中側重於文學活動的作品，有臧克家《我的詩生活》（1943）、王亞平《永遠結不成的果實》（1946）、鳳子《舞臺漫步》（1945）、胡山源《我的寫作生活》（1947）等。這些帶有創作回憶性質的自傳，從生活和創作統一的角度，回顧自身的藝術生涯，體味創作學習的甘苦得失，從一個側面反映新文藝作家追蹤時代前進的趨勢，勾劃出新文藝發展的一個輪廓。他們以自身經歷和深切體會為題材，輕車熟路，冷暖自知，因而能夠寫得真實、生動、親切，富於藝術魅力。他們的創作經歷也給文藝青年以深長的啟示。像臧克家娓娓敘說的「生活就是一篇偉大的詩」、如何找到了「自己的詩」等切身經驗是令人回味的。

這時期傳記承繼三十年代所倡導的現代傳記的寫作精神，堅持真實性和文學性相結合的原則，堅持個人和歷史、社會相統一的創作傾向，創造了一批真實生動的傳記作品。適應英雄時代的需要，當代風雲人物和無名人物成為傳記寫作的中心，人物速寫一類尤其發達。傳記與現實加強聯繫，對現實鬥爭起了直接作用，這是戰時傳記的一個發展。回憶記、悼念文和文人自傳，突出了個人和社會的聯繫，具有時代的生活實感。有關歷史人物的傳記，也由聞一多的〈杜甫〉這樣的零篇斷簡發展到朱東潤的「大傳」式宏篇巨構。由於這些傳記為讀者提供了對歷史和現實的認識價值，讀者又可以從傳主身上接受人格陶冶和處世為人、敬業成才等經驗，而使傳記的功能得到發揮；傳記的寫法也自由發展，日益豐富，長篇傳記的陸續出現，預示了傳記文學獨立發展的趨勢。

科學小品和歷史小品

三十年代盛行的知識小品在戰時多少減弱了那股銳勢，但餘波未息，寫作隊伍也保持相對穩定狀態。上海「孤島」時期，陸蠡主編《少年讀物》半月刊，顧均正等創辦《科學趣味》月刊，黃寒冰主編的《知識與趣味》每月出版八期，繼續倡導「知識大眾化」和「科學趣味化」。開明書店續出《開明青年叢書》，文化生活出版社刊行《少年科學叢書》，顧均正、索非、朱洗、祝枕江、陸新球、黃素封等堅持寫作科普作品。在大後方，《中學生戰時半月刊》、《科學與生活》、

《科學知識》、《國文月刊》、《觀察》等雜誌發表過許多知識小品，桂林文化供應社出版的《青年文庫》收入一些科普作品，周建人、賈祖璋、戴文賽、錢耕莘等寫過新作品。在延安，《解放日報》開闢過「科學園地」、「生活常識」、「常識講話」一類專欄，扶植知識小品寫作，艾思奇、董純才、溫濟澤、呂振羽、孫宇、林山等寫過社會科學和自然科學的通俗文章。戰時各地堅持開展科學普及工作，進一步把知識的觸角伸向窮鄉僻壤，擴大了影響的範圍。受戰爭生活的制約，知識性題材日益要求與現實生活鬥爭結合起來，高士其、柳湜一路寫法較為流行，加強了知識小品的社會性和戰鬥性，有的科學小品和歷史小品帶有雜文化的傾向。

董純才在延安寫的幾篇科學小品，和前期《動物漫話》略有不同，他「開始努力學習把生產鬥爭和社會鬥爭的知識交織在一起寫作」[44]，在傳播科學知識的同時包含了社會性主題。如〈馬蘭草〉反映邊區人民利用馬蘭草造出紙張，衝破反動派經濟封鎖的事蹟，就有機地把科學活動和生產鬥爭、政治鬥爭結合起來，顯示了科學知識為革命服務、為人民造福的新方向。《解放日報》「科學園地」上的通俗文章，或談〈邊區上的黃土〉（林山），或〈從所謂硫磺彈說起〉（白華），或〈談談邊區食物營養問題〉（白華），或談〈空氣和氧氣〉（孫宇）；「常識講話」專欄上，艾思奇講哲學常識，呂振羽談歷史知識，溫濟澤宣傳國際共運史和民主革命知識。解放區的知識小品從人民生活鬥爭需要出發，及時解決群眾疑難問題，普及史地科學知識，發揚了三十年代大眾化運動的優良傳統，有條件把知識從書齋解放出來，還給人民群眾。

賈祖璋在後方寫了《碧血丹心》（1942）和《生命的韌性》（1949）兩冊科學小品專集。他自覺地把科學小品寫作與「時代的要求」聯繫

44 轉引自葉永烈：《論科學文藝》（北京市：科學普及出版社，1980年），頁71。

起來，「牽涉到了國家民族的鬥爭和生存」(《碧血丹心》〈序〉)，在內容上比他戰前的《生物素描》更具社會感、時代感。在抗戰救亡的民族解放戰爭中，他別出心裁地闡述與現實生活相關的生物學原理，藉以鼓動「自我犧牲」、「赤心許國」、「多難興邦」的思想哲理，振奮為國捐軀、同仇敵愾的民氣，在科學性和思想性結合方面，在科學小品為現實服務方面，作了進一步的嘗試。

顧均正一九四一結集出版的《電子姑娘》和《科學之驚異》，繼續運用科學知識解釋日常現象，及時傳播科學技術的新信息，尤其是著重介紹戰時急需的有關新式武器、防空防毒等科學知識，適應戰時生活需要。他的作品講究通俗性、趣味性和多樣性，小品味較濃。他津津有味地敘說「電子姑娘」與「質子哥兒」結合的故事，推陳出新地提出「水是有皮的」、「血是有毒的」等問題，以事實和理論證明「唯武器論」的破產。他的科學小品深入淺出，通俗有趣，善於抓住讀者的好奇心和求知欲。

周建人續寫植物小品《田野的雜草》，索非的醫學小品新出版《人體旅行記》和《人與蟲的搏鬥》，朱洗應文化生活出版社巴金等約請編寫《現代生物學叢書》，戴文賽在《觀察》上發表天文學知識小品。這些作家繼續在科學大眾化的旗幟下，從事科普寫作。

歷史小品寫作在國統區一度興盛過，吳晗寫了《舊史新談》、《歷史的鏡子》和《史事與人物》等，孟超寫了《骷髏集》和《水泊梁山英雄譜》，廖沫沙寫了歷史故事集《鹿馬傳》，張奚若寫過《辛亥革命回憶錄》，鄭振鐸寫過《民族文話》，黃裳受吳晗影響著有《舊戲新談》，秦牧的歷史小品有〈火種〉、〈伯樂與馬〉、〈囚秦記〉、〈死海〉（收入《秦牧雜文》）等。這些文章往往借古喻今，將歷史人事和現實鬥爭聯繫起來，運用「歷史的鏡子」，反照後方社會，間接揭露時弊，發揚歷史精神，在當時的政治鬥爭中與歷史劇、歷史小說互相呼應，協同作戰，實質上起到了雜文的戰鬥作用。

知識性題材的作品除了堅持大眾化傳統外，進一步發揚科學和民主精神，聯繫現實鬥爭需要，為民族民主革命戰爭服務。知識小品的變化發展也從一個側面反映了民族民主革命戰爭對散文發展的影響和制約作用，反映了這時期散文創作從整體上進一步密切了與時代和人民聯繫的發展趨勢。

第七節　戰時散文的拓展與演變

抗戰以來的散文，順應時代的發展，在烽火連天的戰爭歲月裡，受愛國、民主思潮的激勵，集中反映抗日救亡、民主建國、人民解放的思想主題，描寫人民群眾艱苦奮戰、爭取生存、追求光明的生活動態，大大加強了與現實革命戰爭的緊密聯繫，進一步發揚了新文學反帝反封建的精神傳統。適應戰鬥時代的社會需要，記敘性散文充分發揮再現生活的及時性、靈活性和多樣性的特長。流亡記、旅寓記一類記行文字，追蹤著流離者的每個腳印，再現了中華民族的苦難和抗爭；速寫和隨筆，披露了大後方社會生活的真實面貌；解放區的散文，寫出了英勇軍民的颯爽風姿。這些紀實文體在展現戰時生活、幫助讀者認識現實、鼓舞讀者起來戰鬥等方面起了重大作用，進一步擴展了現代散文的社會性、戰鬥性，不少作品至今還煥發著藝術魅力。抒情性散文適應時代需要調整自己的音調，唱出了戰鬥的歌，人民的歌，現實的歌，抒發生活實感和理想追求，通過作家個人體驗溝通時代脈動和人民要求，以主觀真實性折射客觀真實性，以真情實感引起讀者感情共鳴，給大時代留下了精神生活、社會心理方面的「心史」。綜合起來，從客觀到主觀，從社會到個人，從前線到後方，從沿海到內地，從國統區到解放區，從血雨腥風到身邊瑣事，散文的觸角無處不在，散文的功能全面發揮，散文的世界對應著五光十色的現實世界。從整體上說，這時期散文把握社會生活的廣度、密度和銳敏度，是其它文學體裁難以匹敵的。事實說明，戰鬥的時代依然需要散文，散文仍可在大時代下獲得發展。各類散文雖然發展不平衡，有的勃興，有的揚棄，有的式微，但總的說來，散文的適應性和應變力最強，它在戰火硝煙的洗禮中煥發了青春，豐富發展了自己的表現力，開闊充實了自己的藝術天地。所以，不能不看到抗戰以來散文拓展的趨勢，不能不充分肯定它的成就和貢獻。

記敘抒情散文情趣風格的演變擴展是顯而易見的。抗戰炮火宣告了睡獅的警醒和震怒，人民革命號角吹開了新中國誕生的戰鬥序幕。民族本位、人民本位的時代精神毫不留情地取代了個人本位思想，個性解放和民族解放、人民解放不可分割地聯在一起，個人和人民的結合不僅是必要的，而且已經逐步成為現實了。社會存在和社會意識的變化發展反映到散文創作中，出現了個人為時代和人民歌唱的普遍傾向，為個人而藝術、為藝術而藝術的創作傾向則走向式微之路。這是現代散文史上抒情傾向的重大轉變。對此，散文家們的自覺性和適應性當然不平衡，各人的生活、思想和創作有過矛盾，成敗得失，不盡一致。但總的發展趨勢還是逐步走出個人的狹小天地，面向嚴峻的戰爭生活，努力使個人情感和人民思想願望溝通起來，成為人民的代言人。這種努力，不僅體現在抗戰初期的戰地抒情文和解放區新生活的歌唱上，也表現在國統區作者的生活實感和理想追求上；不僅體現在戰火中成長起來的一代新人中，更突出地表現在二三十年代的過來人身上，他們跨越新文學發展的幾個時期，每個足跡都留下時代印記。散文往往是時代精神和文學風尚的晴雨表，是作家思想感情的直接產物。時代的變動，文風的流變，作家思想感情的發展，往往首先在散文創作中顯示出來。抗戰以來散文題材的拓展，主題的演變，文風的變化，在姐妹藝術中都是走在前頭的。所以正如葛琴當時所說的：「從散文作品中間，更容易看出一個時代的精神狀態和文學傾向。」[45]

---

45 葛琴：〈略談散文〉，《文學批評》創刊號（1942年9月）。

各種散文藝術形式的相互影響和不平衡發展，是抗戰以來散文創作的一個突出事實。面臨時代和社會的大變動，各種散文形式的應變力不是同步的。抗戰初期轟轟烈烈的戰爭生活和解放區嶄新的社會現實，吸引著廣大作家的密切關注，他們努力把人民高度關心的動態反映出來，因而造成了記敘性散文的勃興繁榮局面。從記敘散文中分化出來的報告文學，由附庸變為大國，走上了大發展的道路。寫人、敘事、記行作品也大量湧現，有的篇章又和通訊報告交錯在一起。解放區反映新的鬥爭生活的散文雖然數量不多，但繼續發展以小說手法寫散文的路子，取得較大的成功。記行文隨著流離者的足跡而盛極一時，偏重於社會人事題材，感慨時艱，抨擊時弊，較少流連山水的興致，主要發展了寫實性、社會性、客觀性的傳統，綜合敘述、描寫、議論之長，兼具文獻價值。抒情性散文在抗戰初期雖有新創，但未釀成新潮，倒是在四十年代國統區獲得很大發展。當抗日戰爭進入相持階段，後方社會矛盾開始表面化，政治高壓抬頭，嚴酷的社會現實迫使作家們冷靜下來，正視現實苦難，思考祖國和人民的命運，反視內心的情緒要求，因而沉鬱頓挫、感慨萬千的抒情作品競相出現。如果說，解放區散文存在著某種程度的忽視主觀抒情、淹沒個性表現的傾向，那麼，四十年代國統區的抒情散文恰好彌補了這一缺陷，以個人抒情感應時代的精神氣息和人民的生活願望，大多較好地處理了個人性和社會性、主觀真實和客觀真實的關係，可以和四十年代的抒情詩相互映襯，構成四十年代抒情文學的主流。抒情散文詩化的藝術傳統在四十年代發揚光大，一大批青年作者直接受到三十年代「詩人的散文」一派的藝術影響，又吸取歐美現代詩文的表現技巧，講究散文的藝術創造，創作了大量藝術性較強、平均水準較高的詩化散文作品。連一些早先質勝於文的散文家也開始注重散文形式美的創造，寫出了耐讀的精品。較之記敘性散文，這時期的抒情性散文著重發展了美文傳統，提高了散文的藝術價值，鞏固和加強了藝術性散文的獨立地位。

這時期散文在語言形式的大眾化、民族化方面也取得新的進展。戰時流離遷徙的生活和變動的社會環境，一方面促使各地方言土語的融化貫通，流行的新國語日見豐富、成熟；另一方面促進作家和群眾結合，向群眾學習和為群眾寫作形成風氣，語言大眾化成為必然趨勢。現代語體文的發展，在「言文一致」的大方向上，經歷五四時期以白話取代文言的歷史性變革，經過三十年代口語化和文學化的努力嘗試，適逢抗戰以來語言大眾化、民族化的有利時機，於是獲得新的活力。以群眾口頭活的語言為源泉，從中提煉生動活潑、樸素通俗的文學語言，努力克服文言和歐化的腔調，這是這時期許多散文家留意的一個課題。除了葉紹鈞、朱自清等語文工作者繼續重視口語化之外，一批來到解放區的作家開始自覺改變文風，追求大眾化，丁玲、吳伯簫、孫犁、何其芳等就是突出代表；一批來自戰地前線或社會底層的青年作者的散文語言較少書卷氣、學生腔和文白雜糅現象，大多比較樸實、清新和單純，如田一文、劉北汜、郭風等的優秀之作就有此特色；一些散文老手，也逐漸擺脫初期文白摻雜、過分歐化的重負，趨於純淨老練，茅盾、巴金、靳以諸家後期的散文語言顯然比前期精粹嫻熟。完成白話取代文言的質變飛躍後，現代語體文的發展成熟是一個漸進過程，幾代作家為此做出了各自的努力。四十年代散文作品主要在吸收和改造群眾口語、促進語言大眾化和民族化方面做出了突出貢獻。

由於戰時生活的急劇變動，作家沒有安定的寫作環境，也缺乏密切的藝術交流活動；又限於戰時出版條件，許多作品未能及時結集出版，大量淹沒於報章雜誌之中，有的已經散失了；因而，對這時期的散文發展的完整敘述和系統研究，有待於史料發掘和整理工作的充分展開。但從這裡描述的大致情況來看，已經可以斷言，抗戰以來記敘抒情散文衰落的論調是沒有根據的。它雖然不像報告文學那樣取得赫赫戰功，但它默默耕耘，流播四方，收穫也頗為豐富和結實，雄偉壯闊的時代也使它步入了深入拓展的新時期。

結語

從馬克思主義的歷史觀點看來，任何歷史現象的出現，任何歷史現象的發展，都是這一歷史現象的內部結構和外部環境互相作用的結果，都是合乎規律的，符合邏輯的，是歷史和邏輯的統一。運用科學的方法揭示出某一歷史現象內部包含的合乎規律的邏輯，這就是當年黑格爾和恩格斯常常說起的「歷史啟示」。歷史是在無限的時空中永恆不斷的運動。各別的歷史現象是歷史長河中千姿百態激濺閃耀的浪花；各別的歷史現象所包含的「歷史啟示」，是異中有同，同中有異，「逝者如斯」，屬於過去，「不舍晝夜」，屬於未來，有亙古常新的價值。就中國現代散文史的研究來說，不僅應該描述中國現代散文發展的歷史奇觀，而且還應該嘗試著去探求中國現代散文發展過程中那凝結著歷史的經驗和教訓的帶有歷史規律性的「歷史啟示」，嘗試著去探求中國現代散文發展的歷史規律中那對促進當代散文的繁榮用得著的「歷史啟示」。自然，這是真理的探勝，也是「心靈的冒險」。

促成中國現代散文繁榮的因素是多方面的。比如：時代對散文創作的推動和制約，散文作家思想個性和藝術個性的發展，現代散文理論建設和理論批評的導向，中外優秀文學傳統的融化和新的民族傳統的創造，以及新聞出版事業的發達和社團、流派的形成等，這諸多因素構成層次不同、內外交互作用的整體，合力促成了中國現代散文的發展繁榮。自然，現代散文的發展道路不是筆直的，不是一帆風順的，而是曲折起伏的；在各個不同歷史階段，它同時代的前進步伐之間，既是平衡的又是不平衡的；在某些歷史階段，散文創作和散文理論發展，呈現全面繁榮的最佳狀態；在某些歷史階段，散文創作和散文理論則在某些方面有所拓展進步，某些方面有所偏廢停滯，情況比較複雜，不能一概而論。這裡，我們想就時代與中國現代散文作家的關係，中國現代散文與中外散文的繼承和引進的關係，以及刊物、社團與中國現代散文流派的關係，談一談我們不成熟的體會。

一　時代變遷與散文創作和個性風格的關係

「文變染乎世情，興廢繫乎時序。」[1]在促成中國現代散文的繁榮和發展的整體綜合的多重因素中，時代對散文創作的推動和制約是應首先看到的。

中國現代散文是中國現代歷史發展的產物。中國近代散文所以未能完成散文創作思想的民主化和散文藝術形式的革新的歷史變革，是由於當時的資產階級改良派和資產階級革命派政治上的軟弱性，思想解放不充分，以及他們在思想上和審美觀念上一時還不能同封建舊文學的思想內容和古文形式實行決裂。這樣，他們在文學的變革上就缺少一種大破大立的歷史使命感和宏偉氣魄，就同他們的政治變革一樣，也是軟弱、妥協、不徹底的。中國現代散文的變革，是在新民主主義革命時代這一嶄新的歷史條件下產生、發展，並取得成功的。從總體上說，這是一個人們思想非常解放，社會變革非常迅速，中國人民經過艱苦卓絕的英勇奮鬥，終於取得反帝反封建革命鬥爭偉大勝利的時代。在時代的推動下，中國現代散文有了新的價值觀念，新的創作題材，新的思想傾向，新的感情色彩，新的審美觀念，新的文體樣式，新的語言形式，新的民族風格，新的鬥爭內容和發展趨勢。

為中國現代散文奠定基石的現代散文大家，自身就是時代母親的

1　劉勰：《文心雕龍》〈時序〉。

勇敢兒子，他們同新時代的社會變革、社會思潮和文藝思潮保持著密切的聯繫。他們從時代精神中吸取創作的力量和靈感，寫實求真的現實主義始終是現代散文的主流。因此，中國現代散文家從一開始，就敢於蔑視古文家的載儒家之道的道統，敢於蔑視古文所謂「美文不能用白話」的文統，他們的散文創作，表現了對社會改革的關注，表現了對人的命運、人的思想和感情，以及對人的解放的關注，高揚著反帝反封建的愛國主義、民主主義和社會主義精神，他們敢於標新立異，走前人沒有走過的道路，敢於用白話寫美文，敢於創造新的散文藝術形式，創造現代散文新的民族風格，充滿著自由創造的宏偉氣概。在中國現代散文的第一個十年，從事現代散文創作的是激進的民主主義知識分子，小資產階級民主主義知識分子，具有初步共產主義思想的知識分子，資產階級自由主義知識分子，他們結成反對封建舊思想和舊文學的文化統一戰線。這時歷史已進入新民主主義革命時代，共產黨已經成立，工農運動日益高漲，但帝國主義和封建軍閥還肆逞他們的兇焰；在文學領域，占支配地位的還是革命民主主義和小資產階級民主主義思想，但時代已從舊民主主義革命向新民主主義革命過渡，社會思潮正從資產階級啟蒙思想向馬克思主義轉變。這一時期的雜文和記敘抒情散文創作在思想上和藝術上都呈現了多元、多極、多樣的豐富多彩的特點，出現了蓬勃發展的繁榮景象。在第二個十年，國民黨當局發動了軍事上文化上的反革命「圍剿」，階級鬥爭十分尖銳、殘酷；「九一八」事變，日本侵略者迅速侵佔東北三省；「一二八」，日本挑起淞滬戰爭，暴露了鯨吞全中國的狼子野心，民族危機空前嚴重。「血沃中原肥勁草，寒凝大地發春華」[2]，在十分嚴峻的政治形勢下，民主革命深入發展，愛國熱情旺盛高漲。反映在思想文化領域，馬克思主義廣泛傳播，中國現代文學從「文學革命」向「革命文學」

2　魯迅：〈無題〉，《集外集拾遺》，《魯迅全集》第7卷（北京市：人民文學出版社，1981年）。

飛躍，左翼文學運動蓬勃發展，中國現代散文創作從前十年的繁榮進入這十年的多種體式並進的高峰狀態，令人矚目。中國現代散文發展的第三階段包含抗日戰爭和解放戰爭，歷史在戰爭的火流中「向著太陽，向著自由，向著新中國」前進。中國大地上出現了全民族團結抗日的熱潮和曲折複雜的鬥爭，出現了共產黨領導的日益擴大的、鞏固的抗日根據地和解放區。這時期兩種制度、兩種社會並立和消長的時代特徵，促進了雜文和報告文學的發展，並使記敘抒情散文形成揭露現實、盼望黎明和歌頌新生活、禮讚光明並存的局面。

以上歷史的回顧說明了新民主主義革命時期的社會政治變革、社會思潮和中國現代散文之間的內在聯繫。正是這一時代諸因素的產生、發展和變化，規定著中國現代散文的思想內容和藝術形式的革新、豐富和發展。現代中國的社會性質和新民主主義革命的性質決定了中國現代散文不僅異質於我國過去的歷代散文，而且異質於外國近現代散文，獨具一種新的現代性和新的民族性。中國現代散文適應現代中國反帝反封建的政治革命、思想革命、文學革命的時代需要，以現代中國人的審美觀念、藝術眼光和語言形式反映和表現現代中國的歷史進程、時代精神和社會生活，它的現代化性質和發展大方向從根本上說是為現代中國民主革命的性質和現代中國人民的生活鬥爭所內在規定、制約了的。其次，在新民主主義革命時代，由於時代思想和審美價值觀念的解放，導致了散文創作思想和藝術的解放與發展，從而形成思想傾向、藝術方法和藝術風格的多元化、多極化和多樣化的繁榮發展景象。如上所述，現代散文家大致可分為四種人，即具有共產主義思想的知識分子，激進的革命民主主義者，小資產階級民主主義者，資產階級自由主義者；這四種人的思想取向不同，歷史作用不同，而且他們還會發生前進或倒退的變化。由於中國現代獨特的半殖民地半封建的歷史條件，如瞿秋白多次說過的，在西方帝國主義國家，資產階級民主主義思想，各種空想社會主義思想，已成了重新估定價值的東西，其作用同歷史發展進程成反比，而在中國的社會關係中，仍有其積極進步作用。因此，現代散文家中的前三種人，思想傾向並不相同，但在反帝反封建的大方向上有相通之處，他們各自的作用不能互相取代，都不能低估。至於資產階級自由主義者就更複雜了。例如第一階段中的陳西瀅的《西瀅閒話》和第三階段中的梁實秋的《雅舍小品》，即使這兩部作品思想內容有許多消極傾向，也不是一無是處，其散文藝術也可資借鑑。同中國現代散文思想的多元化相適應的，是藝術方法的多極化和藝術風格的多樣化，這保證了現代散文創作的百花齊放，爭奇鬥妍，自由競爭，共同繁榮發展。其三，中國現代散文發展經歷了三個歷史階段，各段都有各自的特點以及造成這特點的原因。總的說，第一階段是現代散文產生、發展、繁榮的階段，這是當時散文思想和藝術大解放的必然結果；當時散文普遍具有思想啟蒙、個性高揚、雜體綜合的共同特徵，根本上是由這個時期的社會現實和精神氣氛決定的。第二階段是現代散文走向高峰、呈現最佳狀態階段，這是得力於社會革命、文化革命的深入發展和左翼文藝運動的蓬勃發展。三十年代散文普遍加強了社會批判意識、寫實戰鬥精神和救亡圖存呼聲，雜文論辯藝術、記敘抒情藝術和報告紀實藝術的分支獨立與發展提高，這是當時國內社會矛盾激化、民族危機加深而帶來作家社會責任感普遍加強和對散文藝術功能的認識更為全面深化諸因素共同促成的結果。第三階段散文創作受戰爭動盪時代的影響和制約，在某些方面有所拓展，某些方面有所偏廢；所謂偏廢是指解放區抒情散文發展不夠，大後方記敘抒情散文的進展不夠重大。究其原因比較複雜，客觀上是由戰爭動盪生活的影響和不同政治區域對散文有不同的要求與制約造成的；主觀原因主要是作家們顛沛流離，分散各處，生活極不安定，相互之間難以溝通信息，切磋技藝，未能形成散文藝術創作的濃厚氣氛和中堅力量，新進作者的藝術素養一般不夠豐厚，加上急就章的客觀需要，因而影響了本時期散文藝術的重大突破。

時代的賜予，對每個人都是慷慨的，公平的。就散文創作而論，時代的諸因素是客體，作家才是散文創作的主體；時代為散文家的藝術創造提供客觀的信息源，作家則從自己的思想和藝術個性出發，按照美的原則和藝術規律，注入自己的真情實感，對自然和社會信息進行選擇、發現與熔鑄，創造出第二自然和第二社會，物化為藝術品，作為藝術信息又回饋給客觀世界，這就是散文藝術創造的全過程。因此，散文的藝術創造，必然是客體和主體的統一，再現和表現的統一。其中，時代的諸因素作為客體，是散文創造的前提條件；散文家的思想和藝術個性作為創造主體，是散文藝術創造的決定性關鍵。因此，社會對散文作家和藝術個性是否尊重、保護和發揚，散文作家對自己鮮明獨特的思想藝術個性是否自覺地追求，是散文藝術創造能否進入自由創造境界，能否出現蓬勃發展局面的主客觀因素。正是在這一點上，中國現代散文和古典散文劃出了鮮明的歷史界限，許多現代散文家演出了自己的悲喜劇；也正是在這一點上，我們撫摸到中國現代散文發展的歷史脈動，觸及到中國現代散文發展的一條帶根本性的內在規律。

人是絕然不同而又異常相似的，就人的個性而論，生活中的每個人如同自然界中的每滴水珠、每片葉子、每朵花朵，各自不同，不能重複；但往深處看，每個人的個性又有鮮明不鮮明之分，發展和停滯之別，充實和貧乏、高尚和卑劣諸差異。就這一方面的情況，我們又可以把現代散文家概括為四種類型，而這四種個性類型對散文藝術創造、對中國現代散文的建設和發展的作用和效果是迥然不同的。第一種人在時代的前進中，在自己的創作實踐中，不斷改造、充實、豐富、發展、完善自己鮮明、獨特的思想藝術個性，在不斷的自我否定和自我發展中，獲得散文創作的自由創造的境界，促成散文藝術的發展；第二種人則反其道而行之，他們的自我不隨時代的前進而發展變化，「盲目固執」，「自疲其個性」，其散文創作走著一條向下滑行、惡性病變的路線；第三種人在自我否定和自我改造中，在藝術的改弦易轍的新探求中，陷入某種盲目性，把自己藝術個性中值得改造、發揚的東西拋棄了，導致散文創作在思想和藝術上失去光彩；第四種人在創作實踐中缺少自我個性的自覺追求，這種人為數不少，也寫過數量不少的散文，多為平庸乏味之作。

魯迅、瞿秋白、郭沫若、茅盾、郁達夫、巴金、朱自清、謝冰心等中國現代第一流散文家，就屬於上述的第一種範疇，他們的自我個性都是鮮明、獨特的，不可重複的，但又都是在時代的前進中不斷改造、充實、豐富、發展、完善的；可以說，他們的個性發展、完善的歷史，也就是他們散文藝術創造發展、提高的歷史。以魯迅來說，他的豐富的社會實踐經驗，豐厚的中外文化素養，他同祖國和人民的血肉聯繫，他那無情地解剖社會然而更無情地解剖自己的可貴精神，他追尋真理、服從真理、獻身真理的無私無畏的可貴品格，他始終堅持藝術創造的社會功用和審美追求相統一的文學觀念等等，造就了魯迅極其廣闊豐厚、鮮明獨特的思想藝術個性，這是任何現代散文家都無法比擬的；但他又是我們堅韌不拔、充滿著無窮創造力的民族思想和民族文化精華結晶的「民族魂」，是任何現代散文家都應學習、取法的光輝典範。魯迅在雜文的藝術創造中，始終堅持雜文的社會批評和文明批評的功能，無情解剖國民和社會的病根，善於從歷史的底蘊和現實的根柢上開掘社會人生哲理，善於捕捉否定性對象和肯定性對象的喜劇因素，善於從「幾乎無事」的日常生活中寫出時代的普遍「悲劇」，善於把對生活的真理性發現和對生活的悲喜劇因素的發現熔鑄在寫貌傳神、理趣盎然的形象片斷和生活畫面之中，以及他雜文中那「道是無情卻有情」的抒情特點，匯成魯迅散文的開闊博大、冷雋精警、形象幽默的特有藝術風格。魯迅是一位始終站在時代前列衝鋒陷陣的無畏猛士，是中國人民的忠實兒子，是一位畢生無情解剖自己、不斷否定自己、不斷充實和發展自己、並以真理為第一生命的偉大思想家，是一位畢生進行緊張的藝術探索和革新的偉大文學家。

第二種人以周作人和林語堂為代表，可以歸在這一類的還有後期的錢玄同和劉半農。他們都是有鮮明、獨特風格的現代著名散文家。在新文學運動的第一個十年，周作人、錢玄同、劉半農和林語堂，是文學上個性解放的積極鼓吹者，當時他們站在反帝反封建的民主勢力一邊，是很有影響的散文家和散文理論家。到了「十年內戰」時期，他們就消極處世，日漸脫離時代，脫離人民民主勢力，周作人躲進了「苦雨齋」，林語堂躲進了「有不為齋」，錢玄同和劉半農也頹唐落伍了。當年聲名赫赫的新文學運動戰士，現在成了時代的落伍者，變化是驚人的，原因是複雜的，但不是沒有軌跡可尋。原因之一是周作人和林語堂等人是資產階級個性至上主義者，他們不能正確理解什麼是人的自我個性，在他們看來個性就只是人的性格的獨特性，他們否定自我的獨特個性同時代潮流、社會環境和人民生活鬥爭之間的內在聯繫，他們不是把自我的個性看成可以發展變化，而是看成靜止凝固的，這樣，他們就把作家個性同時代潮流、社會環境和人民的生活鬥爭割裂開來，把作家的個性看成是超時代的、鎖閉式的光禿禿的自我存在，把散文創作變成只是咀嚼個人閒適趣味的「小擺設」，從而導致思想和藝術個性的蛻化。

第三種，散文家思想和藝術是不平衡的，不少散文家在追求進步、追求革命的過程中，思想進步了，感情上發生了變化，思想個性發展了，但他們在散文創作上的藝術成就並不與思想的進步成正比，有時反而後退了。例如，許地山三十年代的散文《上景山》、《先農壇》，比起二十年代初的《空山靈雨》，顯得剛健質樸，但卻缺少先前那靈巧瑰麗、耐人尋味的藝術魅力。何其芳的《畫夢錄》雋妙幽深，意象繁富，精雕細琢，詞彩華美，曾得《大公報》散文獎，擁有眾多讀者。何其芳到延安後，思想上產生了很大的飛躍，寫了不少記敘散文和報告文學作品，但他把《畫夢錄》、《還鄉雜記》的精美藝術拋棄了，追求明朗樸素的風格，但迴避個性表現，缺乏鮮明獨特、充實豐滿的思想藝術個性，藝術上比較粗糙，缺少「美」的魅力。以後何其芳在《散文選集》〈序〉中深有感觸地說：「只講求藝術的完美和不講求藝術的完美，都是不行的。」散文也稱「美文」，思想再進步，而藝術不完美，也不是好的散文，是不會吸引人的。第四種人就無須論列了。

中外散文史，特別是近現代以來的散文史，常常接觸到散文家創作中的「自我表現」問題，問題是客觀存在的，無須反對，也無法迴避。散文是一種富於個性色彩的文學形式，作家的自我個性，在作品中總是要直接或間接、或濃或淡地表現出來。問題在於你那個「自我的個性」是什麼樣的「自我個性」。如果是像魯迅他們那樣，他們的鮮明獨特的個性在同時代和人民的結合中，向上發展了，不斷充實，不斷豐富，不斷完善，這樣的自我表現愈充分愈好。如果是像三十年代的周作人和林語堂那樣，他們的個性也可以說是鮮明的、獨特的，但卻背向時代和人民，向下滑行，惡性病變，這樣的「自我表現」有什麼價值？這種「自我表現」與那種不加區別、一味反對「自我表現」的主張其實是殊途同歸，對散文創作的發展都是有弊無利的。問題還在於現代散文創作，不是「自我表現」所能簡單概括得了的。這裡的情況比較複雜。文體不同，「自我表現」有直接或間接、濃淡色度的不同。一般說，抒情散文、散文詩、雜文直接一些，色彩濃一些。魯迅說他寫作雜文時，「我是大概以自己為主的。所談的道理是『我以為』的道理，所記的情狀是我所見的情狀。」[3]「這裡面所講的仍然並沒有宇宙的奧義和人生的真諦。不過是，將我所遇到的，所

3 魯迅：〈新的薔薇〉，《華蓋集續編》，《魯迅全集》第3卷（北京市：人民文學出版社，1981年）。

想到的，所要說的，一任它怎樣淺薄，怎樣偏激，有時便都用筆寫了下來。說得自誇一點，就如悲喜時節的歌哭一般，那時無非借此來釋憤抒情……」[4]那無限深廣的內容，是「自我表現」永遠概括不了的。至於紀實的敘事散文和報告文學，「自我表現」就間接一些，色彩淡一些。另外，散文作家採用的創作方法不同，「自我的表現」也並不相同。因此，中國現代散文的發展歷史說明，散文創作是客體和主體的統一，是再現和表現的統一，現代散文有「自我表現」的因素，但內涵要比它深廣得多；也說明散文作家只有在同時代和人民的結合中，不斷充實、豐富、發展、完善自己鮮明獨特的思想藝術個性，並大膽地不拘一格地不受限制地在散文創作中表現和發揮這種豐富充實而又鮮明獨特的思想藝術個性，達到自由創造的藝術境界，才能為現代散文的發展作出自己的獨特的貢獻；而像周作人那樣去追求所謂鮮明獨特的個性，堅持他的「自我表現」，其結果是從個性的惡性病變，走向個性的毀滅。

二　中國現代散文與中外散文傳統的關係

中國現代散文家在短短的三十餘年中，以「新的形」和「新的色」寫照現代中國人的「魂靈」[5]，創造了既是現代的又是民族的豐富多樣的散文藝術形式。他們之所以能夠取得這一重大成就，是和廣大作者在散文創作中能根據現代中國的時代需要，廣泛吸取融化中外文學的思想藝術修養以豐富自身的創造力密切相關的。對中外文學傳統的繼承和發展，特別是對中國古典散文和外國近現代散文的揚棄和

4　魯迅：〈小引〉，《華蓋集續編》，《魯迅全集》第3卷（北京市：人民文學出版社，1981年）。

5　魯迅：〈當陶元慶君的繪畫展覽時〉，《而已集》，《魯迅全集》第3卷（北京市：人民文學出版社，1981年）。

改造，是中國現代散文革新創造、發展繁榮的一個內在動力。

中國現代散文繼承、借鑑中外文學傳統有個顯著的歷史特點：即民族傳統的現代化和外來影響的民族化相輔相成，承傳擇取和革新創造同步進行。民族傳統的現代化和外來影響的民族化，雖說在不同時期有不同表現形態，但總的趨向仍是相互伴隨、交錯發展的，都是為建立和創造中國現代散文的新民族形式服務的。中國現代散文的創立，從文學淵源來看，既不單純是中國古典散文的復興，也不單純是外國近現代散文的移植，而是前者的蛻變與後者的催化合致的產物。「五四」文學革命的先驅者接受西方現代思想和現代文學觀念，認清世界文學發展趨勢和舊文學衰亡的內因，致力破壞古文的思想桎梏和程式規範，建設新的文學觀念和文學形式。在打倒「桐城謬種，選學妖孽」的同時，他們以民主主義、人道主義、個性主義、歷史進化論等為思想武器，重新審定傳統文學的價值，提高白話文學和民間文學的地位，發掘古代文學中具有新價值的思想藝術因素。就散文來說，他們反對代聖賢立言，載孔孟之道，但並不排斥言之有物、立誠寫實、言文接近、適時進化的優良傳統，為建立現代白話散文找出歷史依據和傳統借鑑。在建設新散文時期，先驅者側重引進外國近代散文的創作和理論，劉半農、周作人、魯迅、郭沫若、韋素園、林語堂等熱心譯介外國的散文詩、美文、隨筆、雜文等，周作人率先引入歐美「美文」理論，王統照系統介紹外國各類散文，胡夢華初步介紹西歐「絮語散文」發展歷史，魯迅翻譯日本廚川白村關於「Essay」的理論，這些外來的理論和創作給我國現代散文提供了新的養分。值得注意的是，在輸入外來散文的同時，先驅者總是把它和我國傳統散文聯繫起來考察，如周作人在〈美文〉中指出「中國古文裡的序，記與說等，也可以說是美文的一類」，要求「新文學作家」可以看了外國的模範去做，但是「須用自己的文句與思想，不可去模仿他們」；王統照在介紹外國各類散文的同時，都拿我國古代散文加以印證對比，更使人明瞭該借鑑繼承什麼。以上可以說明，自覺以現代散文思想觀念揚棄我國古代散文傳統，接受外國散文影響，導致了我國散文的歷史性變革，一種用現代中國人的語言形式表達現代中國人思想感情的新型散文才得以創立。

開創期的中國現代散文在一大批先行者的創作實踐中是繼承、借鑑和發展、創新相統一的。先驅者大多學貫中西，修養豐厚，思想解放，視野開闊，創造力旺盛，縱向承傳擇取，橫向移植借鑑，都用來創造富於現代中國特色和個人藝術風格結合的新散文。魯迅是這方面的典型代表。他融化魏晉「師心使氣」一路雜文，日本廚川白村等的「文明批評」與「社會批評」一類隨筆體雜文，德國尼采的哲學隨想錄、英國斯威夫特和俄國果戈里、契訶夫一路諷刺幽默藝術諸種因素，創造了我國現代雜文的新民族形式。他的散文詩更多地借鑑波德萊爾、屠格涅夫、安特萊夫等的藝術形式，也吸取莊子、屈賦的奇詭想像、寓言意味諸方面的藝術特點，創造了我國現代散文詩的典範。他的《朝花夕拾》敘事生動，寫人傳神，抒情含蘊，行文舒展，時見諷刺鋒芒和幽默筆調，繼承和發展了中國史傳、行狀體散文和外國隨筆體散文的藝術技巧，開創了新型的回憶性記事寫人的散文形式。周作人在雜文創作方面也是成功地借鑑革新中外傳統的，但在閒適小品方面帶有封建士大夫隱遁自娛和英國紳士雍容雅致的傾向，現代氣息較為淡薄。徐志摩散文偏於唯美派，帶有異國情調和穠麗色彩，歐化傾向較為明顯。上述三家散文分別代表開創期散文對待中外散文的三種基本傾向；其他作家作品或能融會貫通，或偏於中國名士風，或偏於外國紳士風，或偏於東方情調，或帶有世紀末氣息，形成了這時期散文內容駁雜、形式多樣、風樣各殊的局面。可以說，開創期的中國現代散文開拓了廣採博取、多向發展的繼承和借鑑中外散文傳統以豐富自身創造力的寬闊道路。

隨著我國現代民主革命的深入發展和我國現代散文自身的發展成

熟，對中外散文藝術的繼承發展更為自覺，更為廣泛，也更為深入。一方面，前十年創建的中國現代散文的時代特色和新民族特色，本身就是一種新傳統，為後來者所直接繼承發展；另一方面，中國現代散文新傳統本身需要不斷豐富充實，散文藝術的發展提高需要進一步吸取融化傳統和異域藝術滋養。三十年代的新老作家自覺意識到這種內在要求，進一步開闊視野，廣泛借鑑。由於三十年代階級矛盾和民族矛盾的尖銳化，新文學統一戰線處於激烈分化、重新組合狀態，作家的思想分野更為明顯，因而也就帶來了對待中外散文傳統的分歧更為突出。透過這些現象，可以看出三十年代繼承和借鑑中外散文傳統的關鍵仍為：是根據現代中國的時代需要，把民族傳統現代化和外來影響民族化結合起來，為發展具有時代特色的新散文服務呢，還是被封建文人、西洋紳士的藝術趣味所同化？在這關鍵問題上，左翼陣營和「論語派」存在著尖銳鬥爭。左翼作家魯迅、茅盾、阿英、鄭伯奇等紛紛著文批評「論語派」，同時以具體分析的態度對待中外散文傳統，正確分析中國古代散文的精華和糟粕，鑒別外國近現代散文的積極面和消極面，強調繼承和借鑑中外散文創作中現實主義和積極浪漫主義的精神傳統，也注意吸取其他流派中的有益因素。這時，左翼作家著重譯介蘇聯的小品文理論和無產階級作家的散文、雜文與報告文學，如蘇聯文學顧問會《給初學寫作者的一封信》中的「小品文作法」，高爾基的政論雜文，基希、約翰・里德等的報告文學理論和創作等，為建設「新的小品文」尤其是報告、速寫提供成功的借鑑。一些嚴肅的學者和作家更注意全面介紹和了解外國近代散文的理論和創作。梁遇春致力譯介英國小品文，並著文介紹其發展過程和各家特色；林疑今翻譯英國小品文名家史密斯的〈小品文作法〉，若斯節譯日本文藝理論家小泉八雲的〈論小品文〉；毛如升著有長篇論文〈英國小品文的發展〉，方重更為全面深入地研究〈英國小品文的演進與藝術〉；戴望舒、徐霞村、卞之琳等熱心翻譯西班牙散文大家阿左林等人的作品；謝六逸、繆崇群等專門譯介日本小品文；他如英、美、法等國的近代散文名家，俄蘇的散文名家，以及日本的左翼作家等等，在三十年代都有大量的譯品出現在報刊雜誌和出版物中。對我國散文遺產有分析地揚棄擇取，和對外國散文廣泛而又精心地選擇，大大開拓了三十年代散文家的藝術視野，提高了他們的鑑別力和創造力。三十年代散文繁榮鼎盛，老作家在前期基礎上有所豐富發展，新進作家藝術上成熟較快，記敘抒情散文、散文詩、雜文、隨筆、遊記日益發達，報告文學、速寫、科學小品、歷史小品等新興樣式崛起，散文語言藝術化和口語化日趨結合，正是這種努力的必然成果。

抗戰以後的散文創作先後處於民族解放戰爭和人民解放戰爭的生活環境中，報告文學特別發達，雜文在國統區繼承和發揚了魯迅開創的戰鬥傳統，記敘抒情散文在大後方出現了新人輩出的可喜局面，在解放區開拓了反映「新的人物，新的世界」的新路子，從題材的廣闊、時代精神的發展和新形式的興替諸方面來說，這是中國現代散文史上的拓展期。這時期理論界探討民族形式的風氣濃厚，注重揚棄民間文學傳統和新文學傳統，提倡建立和發展富於中國氣派、中國作風、為群眾所喜聞樂見的新民族形式，這進一步推動了現代散文的民族化和大眾化進程。這時期譯介了解外國散文，集中在戰地報告方面，促進了我國抗戰以後的報告文學的長足進步。對外國近現代其他散文形式的了解和探討，雖說仍有一些譯品和論文，但總的來看涉及面不廣，信息不新，影響不大。這時期散文作者主要是一大批年輕人，或來自戰地，或來自流亡學生隊伍，或是各地土生土長的，或是剛走出「亭子間」的，一般說來學識修養都不夠豐厚，他們主要憑藉民族激情、新的生活實感和新文學素養進行寫作，思想上藝術上都有個發展成熟的過程，因而一時自然不能有什麼重大突破。這時期散文界繼承借鑑中外散文藝術的主導傾向，對現代散文進一步民族化和大眾化，對報告文學的發展成熟，都起了促進作用。

從上述就中國現代散文和中外散文傳統之關係所勾描的歷史輪廓來看，值得總結經驗教訓的主要有以下三個方面：

（一）多方借鑑中外散文藝術是促使中國現代散文藝術多樣發展、成熟提高的一個重要因素。無論是縱向承傳擇取，還是橫向引進吸收；無論是無產階級革命文學，還是中外古典文學和近現代文學；無論是哪個國度、哪種文體和哪種表現手法，只要有利於中國現代散文的發展，有益於豐富充實自己的表現力和創造力，都要實行「拿來主義」，加以擇取融化，為我所用。否則，畫地為牢，自給為足，必然落後退化。

（二）作家對中外散文藝術的自我抉擇是形成個人風格的一個必要條件。現代散文家根據個人的氣質素養、藝術趣味和表現需要，決定自己的承傳擇取，才能夠把傳統和外來的藝術滋養融會貫通，化為自己的血肉，促進個人風格的形成和發展。現代散文家中，成功地吸收中外散文藝術素養以豐富自己的表現力和創造力而形成獨創風格的，為數甚多。魯迅的取精用宏、自鑄偉辭是學識豐厚的老一輩作家的典型代表。梁遇春師承英國隨筆體散文傳統，形成快談、縱談、放談風格；李廣田愛好西歐瑪爾廷、懷特、何德森、阿左林一路富於鄉土田園風味的散文，形成親切渾厚風格；柯靈繼承我國古典詩賦小品藝術傳統，追求典雅婉約文風；他們可作為青年作家中自我采擇以發揮個性特長的成功代表。二三十年代散文造就個性鮮明、風格多樣的絢爛局面，就和當時自由廣泛地繼承借鑑中外散文藝術的風氣有關。

（三）把對中外散文藝術的繼承借鑑和發展創新結合起來，把民族傳統現代化和外來影響民族化結合起來，是建設中國現代散文新民族形式的一個前提條件。融舊鑄新，洋為中用，是現代作家對待中外散文藝術的基本態度。中國古典散文中的反叛、抗爭的精神傳統，民主性和人民性的思想因素，融入現代散文的革命現實主義和積極浪漫主義的潮流；它在藝術上的多樣發展傳統，尚簡洗鍊精神，意境創造技巧，以及所發揮的漢語特長，都在現代散文中留下鮮明的民族特徵。外國散文中那些不適合我國國情的思想情調和表現方式，有的在我國現代作家的接觸了解時就被淘汰了，有的一時留下影響而終究不能紮下根來，只有那些能夠化為我們民族文化的血肉的思想藝術滋養為我國現代散文所吸取融化。魯迅正確指出：「採用外國的良規，加以發揮，使我們的作品更加豐滿是一條路；擇取中國的遺產，融合新機，使將來的作品別開生面也是一條路。」[6]沿著這兩條生路開拓前進，中國現代散文才以獨特的英姿躋身於世界文學之先進行列。中國現代散文在變革民族傳統、吸收外來藝術的基礎上所創造的新的民族形式和民族傳統，現已成為後繼者注重總結研討、承傳發展的寶貴遺產，但它本身吸取融化中外散文藝術而發展壯大的歷史進程也值得後人深思和效法。

三　現代傳媒與散文社團流派的關係

中國現代散文的發展繁榮與新型傳播媒介的興盛，新文學社團、流派的興替密切相關。

我國近代新聞出版事業已初具規模，「五四」以後迅速發展，報刊雜誌如雨後春筍般湧現出來，出版印刷機構也普遍建立起來，發行網遍佈全國通都大邑。我國現代報刊出版事業的興盛發達，為新文學的發展提供了出版刊行的物質條件。

現代報刊出版事業的發達對中國現代散文影響很大，不僅表現在外在的聯繫上，更主要地表現在內在的聯繫上。散文是一種迅速敏銳地反映現實生活的文學形式，需要及時發表、廣泛流傳的條件，日報副刊和定期刊物就成為最適合的傳播工具。而現代報刊雜誌為了及時

6　魯迅：〈《木刻紀程》小引〉，《且介亭雜文》，《魯迅全集》第6卷（北京市：人民文學出版社，1981年）。

反映現實信息，滿足讀者迫切需要，也很需要各種短小敏捷的文章。在追求敏銳性方面，報刊雜誌與散文小品是合拍的、相輔相成的。

現代報刊出版事業對現代散文的影響，還深刻表現在取材途徑、行文風格以及組合散文寫作隊伍、形成社團流派等方面上。現代散文家從報刊雜誌上獲取寫作素材，了解創作動向，以補救自身直接經驗的不足，使自己的創作更具銳敏的時代感和廣泛的社會意義。其中又有不少人兼任新聞記者、報刊和書局編輯，他們的創作帶有更明顯的目的性。各種有代表性的報刊、書局往往擁有一支相對穩定的寫作隊伍，這樣既有利於形成文學社團、流派，又有利於形成報刊書店的特色。比如，二十年代初的「晨報副鐫」、《文學週報》、《小說月報》之於文學研究會，《創造週報》、《創造日》之於創造社；二十年代中期的「晨報副鐫」和《新月》之於新月派，「京報副刊」和《語絲》之於語絲社；三十年代的《太白》、《新語林》、《申報》「自由談」和《中華日報》「動向」之於左翼作家群，《論語》、《人間世》、《宇宙風》之於論語派，《大公報》「文藝」、《文學季刊》、《水星》之於京派作家群；抗戰以後的《文匯報》「世紀風」、《大美報》「淺草」、《正言報》「草原」和《魯迅風》之於上海「孤島」作家群，《新華日報》「新華副刊」、《新蜀報》「蜀道」和《野草》之於大後方雜文家，《七月》、《希望》之於七月派，《現代文藝》、《東南日報》「筆壘」之於東南作家群，《解放日報》「文藝」之於解放區作家群；以及開明書店、文化生活出版社、生活書店、良友圖書公司各自都有相對穩定的作家群。如此等等，或通過報刊雜誌團結、組織而形成相對穩定的寫作隊伍，顯示比較共同的創作傾向，或通過創辦同人刊物而形成社團、流派。新文學各種思潮、社團、流派的興替起伏往往與各自的文學陣地的伸縮變化相互伴隨著，這也是現代文學史的一個基本事實。

新文學各種社團和流派的活動，在散文發展史上留下可以辨認的足跡。在新文學史上，主要以散文創作組合的社團為數不多，有《語絲》社、《駱駝草》社、《太白》社、《論語》社、《水星》社、《魯迅風》社、《野草》社等，它們大體上是側重於散文一體的。更多的情況是各種新文學社團、作家群在散文園地裡鈐下他們釀成流派的印記，如文學研究會、創造社、「現代評論」派、莽原社、狂飆社、沉鐘社、新月社、左翼作家聯盟、京派作家群、七月社和解放區作家群等。是否可以這麼說，中國現代散文史上帶有社團、流派性質的，主要來自上述兩個方面。前者可以作為專門性的散文社團、流派看待，後者雖非專於散文一體，但也可以從文學社團、流派的角度探討它們對中國現代散文發展的貢獻。社團的外延要比流派寬，有些社團的思想追求和藝術傾向比較接近，逐漸發展為獨立成熟的流派，有的社團內部成員眾多，作風不一，或組合鬆散，目標不一，則形成不了流派；即便是一些初具流派情形的社團，或由於共同性發展不充分，或由於隨時代發展變化的適應性不夠強，或由於內部分化迅速，也無法發展成為成熟的流派。這種複雜狀況形成了中國現代散文史上社團較多而成熟的流派較少的歷史事實。

在中國現代散文史上產生過廣泛影響的流派，概括說來，主要是受現實主義、浪漫主義和現代主義三大文藝思潮影響下而形成的各種藝術流派，其中又以具有現實主義精神的創作流派的發展演變為主流。在二十年代，各種文藝思潮紛至遝來，「浪漫主義，現實主義，象徵主義，新古典主義，甚至表現派，未來派等尚未成熟的傾向都在這五年間在中國文學史上露過一下面目」[7]。這些思潮傾向也都在二十年代的散文創作中留下痕跡，從美學原則到藝術手法留下鮮明特徵並形成藝術流派的，只是現實主義和浪漫主義這兩大思潮；象徵主義對當時的散文詩創作影響較大，但很難說已形成象徵主義的散文詩流派，因為中國現代散文詩作家主要地是借鑑象徵派的藝術手法，較少

7 鄭伯奇：〈導言〉，《小說三集》，《中國新文學大系》（上海市：良友圖書印刷公司，1935年）。引文中所云「五年間」指一九二二至一九二六年。

接受它的創作原則；同樣，表現派、未來派、印象派等，主要也是以其新奇的表現方式吸引我國現代散文家的，部分地為他們所擇取，融入現實主義或浪漫主義的創作中。當時對散文影響廣泛的思潮流派，有以文學研究會和語絲社為代表的為人生的寫實主義流派，有以創造社和女師大青年女作家為代表的浪漫感傷派。

二十年代文學研究會作家群所體現出來的為人生的寫實主義特色，主要表現在他們側重以記敘抒情散文探討人生意義、領略人生情味方面，謝冰心、朱自清、王統照、葉紹鈞、夏丏尊、豐子愷等人把這一創作傾向持續到二十年代末三十年代初，有的一直延伸到四十年代，產生過廣泛而深遠的影響。特別是「冰心體」散文和朱自清的散文，以其抒寫作家個人的真情實感而滿貯著詩意和藝術上的完美圓熟，對現代散文的發展產生了重大影響。三十年代何其芳、李廣田一派青年作家在抒情散文方面的藝術創新，和他們就有淵源承傳關係。

語絲社可以說是中國現代散文史上第一個專門性的成熟的散文流派。《語絲》以同人刊物形式組成了相對穩定的作家群，以雜文隨筆為主要形式進行「文明批評」和「社會批評」。在立誠寫實、破舊催新的大方向上，在反對復古派、反對北洋軍閥專制統治、反對現代評論派以及反對國民黨右派叛變革命等方面，在雜文隨筆文體上，都顯示了比較共同的特色，形成了一個以雜文隨筆批評解釋人生社會為主導傾向的現實主義流派。這個流派影響相當廣泛而深遠，二十年代的《莽原》、《狂飆》和《奔流》諸青年作家群都受之影響。隨著大革命失敗之後白色恐怖的加劇和文化思想戰線的分化，《語絲》內部呈現分化趨勢：魯迅等轉變為共產主義者，進一步發揚《語絲》時期的戰鬥現實主義精神，成為三十年代以「左聯」和《太白》社為代表的「新的小品文」流派的中堅力量；周作人、林語堂則走入逃避現實之途，從《駱駝草》起，到《論語》、《人間世》、《宇宙風》等，片面發展他們在《語絲》時期已露端倪的趣味主義、閒適主義、為幽默而幽默的寫作傾向，導致了閒適幽默派的形成。

與語絲社和文學研究會的為人生的寫實主義傾向不同，創造社的散文作家本著自己「內心的要求」[8]來從事創作，側重表現個人的漂泊生活和精神苦悶，「富於反抗的精神和破壞的情緒」，也帶有「世紀末」氣息[9]，形成了一個以浪漫主義為主導精神而又夾雜著表現派、新浪漫派、象徵派、感傷派因素的散文流派。當時，女師大一批青年女作家廬隱、石評梅、陸晶清等，以及一些年輕的散文詩作者如焦菊隱、于賡虞、高長虹、韋叢蕪等，都程度不同地帶有浪漫感傷氣息。這說明二十年代的浪漫主義風潮的確形成了一個足以和人生寫實派相互抗衡而又相互滲透的影響廣泛的流派。由於現代社會一直處於黑暗與光明激烈搏鬥的狀態之中，新的苦悶、新的探求一直延續到民主革命的勝利之日，因而帶有浪漫感傷情緒的藝術傾向在三四十年代的青年作家中仍以不同的形態表現出來。當然，創造社許多作家經過大革命洗禮後思想左傾，找到出路，便告別早期浪漫情調，轉向革命現實主義，不過它的影響還是深遠的，特別是在一些暫時找不到前進道路的年輕人中很有影響，三十年代一些孤獨者的內心探索傾向，四十年代大後方文藝青年中的不滿黑暗現實、嚮往光明未來的精神狀態，都是浪漫主義精神或隱或顯的一種表現和流變。

二十年代文藝思想的活躍駁雜，各種流派的對壘滲透，使這時期的兩大流派——人生寫實派和浪漫感傷派帶有鮮明的時代特色，它們不是簡單重複外國的現實主義和浪漫主義，而是帶有現代中國特色並或多或少吸收了現代派藝術因素的現實主義和浪漫主義。

在三十年代，馬克思主義文藝思想廣泛傳播，無產階級革命文學迅猛發展，新文學統一戰線重新分化組合，各種思想傾向和藝術流派

8　郭沫若：〈編輯餘談〉，《創造季刊》第1卷第2期（1922年）。

9　參見鄭伯奇：〈導言〉，《小說三集》，《中國新文學大系》（上海市：良友圖書印刷公司，1935年）。

的對立競爭更為分明。表現在散文領域，以「左聯」、《太白》和《新語林》作家群為代表的「新的小品文」派和以《論語》、《人間世》、《宇宙風》同人為代表的幽默閒適派展開激烈的鬥爭。這場鬥爭關係到我國現代散文的發展方向。論語派主將林語堂、周作人背離自己在《語絲》前期所遵循的為人生的基本原則，不敢正視現實，反而隱遁玩世，將「濫調的小品文和低級的幽默」[10]混合起來，加以鼓吹，廣泛傳佈，影響了現代散文的健康發展。左翼作家和進步作家起而創辦《太白》、《新語林》等小品文刊物，提倡以「新的小品文」抵制和矯正閒適小品、幽默小品的氾濫和流弊，形成了新的散文流派。新小品文派發揚現代散文「掙扎和戰鬥」的精神傳統，以雜文、速寫、隨筆、科學小品和歷史小品為「匕首」和「投槍」，「使得小品文擺脫名士氣味，成為新時代的工具」[11]，開始了新現實主義的發展道路。新小品文派不僅從理論上，更主要地是從藝術實踐上抵制了論語派，當時他們的基本態度是：「要是我們不滿足於專論蒼蠅之微的小品文，那麼，我們就應該寫出包括宇宙之大的小品文來跟它比賽，讓讀者決定兩者的命運」。[12]「比賽」的結果正如他們所預料的那樣，廣大讀者歡迎與現實息息相通的「新的小品文」，戰鬥性雜文隨筆、新興的速寫、報告文學、科學小品和歷史小品日見發達，而幽默閒適小品只能在雅人名士和小市民範圍內獲得讀者，越到後來越趨於沒落。新小品文派在堅持和發揚現代散文的現實主義戰鬥傳統和提高現代散文的思想藝術水準上，對我國現代散文沿著現代化、革命化方向前進作出了重大貢獻。

在三十年代影響較大的散文流派，還有獨立於上述兩派之外的以《大公報》「文藝」、《水星》和《每週文藝》青年作家群為主的抒情

10 朱光潛：〈論小品文〉，《藝文雜談》（合肥市：安徽人民出版社，1981年）。
11 茅盾：〈關於小品文〉，《文學》第3卷第1號（1934年）。
12 茅盾：〈關於小品文〉，《文學》第3卷第1號（1934年）。

散文創新派。何其芳、李廣田、卞之琳等北大學生，在鄭振鐸、朱自清、周作人、沈從文等人或多或少影響下，有意革新散文藝術。他們帶有為個人而藝術、為藝術而藝術的傾向，在生活孤獨、精神寂寞狀態中開始結識文藝女神，以抒情性散文含蓄表現內心的種種情思；力求在藝術上突破一般的「敘述」和直接的「告白」方式，吸取現代唯美派、象徵派、表現派、新感覺派諸種藝術手段，追求形式的精緻完美，顯示出較為一致的思想傾向和藝術追求。這種共同性不僅表現在這幾位北大學生的散文創作中，還表現在麗尼、陸蠡、繆崇群、吳伯簫、蘆焚等青年作家的散文小品上，在當時的散文界形成了一個注重散文藝術性的創作風氣。他們的作品經常發表在京津一帶的報刊雜誌和上海的《文季月刊》、《文叢》等純文藝刊物上，其結集又大多經巴金之手編入文化生活出版社出版的「文學叢刊」中，可說在客觀上自然形成了一個藝術流派。它的影響也是廣泛深遠的，四十年代大後方不少青年散文作者直接繼承這派散文的藝術傳統，如嚴傑人重申過何其芳的散文觀，桑子推崇李廣田的散文，莫洛引用過李廣田散文的象徵性意象，劉北汜直接受過李廣田的教導，方敬和陳敬容本身在北大時就參與了這派創作活動。李廣田在四十年代堅持提倡散文的藝術價值，並試圖以「詩人的散文」[13]概括他們先前的散文創作。他們的抒情散文帶有詩化傾向，對現代詩化散文或散文詩藝術的發展，對抒情散文藝術性的提高都作出了新的貢獻。但他們是在找不到出路的情境中潛入內心探索和藝術之宮的，當時代的暴風雨把他們趕入十字街頭時，他們大多或早或遲地突破為個人而藝術、為藝術而藝術的傾向，帶著注重藝術性的特長匯入現實主義主流。四十年代那批追隨者並不重複他們的老路，而是站在新的時代現實上，從生活實感出發，吸取前輩的藝術滋養，融入現實主義藝術中，進一步豐富發展了文藝性散

13 李廣田：〈談散文〉，《文藝書簡》（上海市：開明書店，1949年）。

文創作。三十年代抒情散文創新派以默默的創作實踐顯示藝術實績，開拓自己的發展道路，這在散文史上是十分可貴的。

在四十年代戰爭環境中，有意組成散文流派的是以上海《魯迅風》社和桂林《野草》社為代表的戰鬥性雜文流派。這兩個雜文社團處於不同環境，有不同的對敵鬥爭任務，自然在雜文創作中表現出不同的思想特色和藝術特色，但二者也有共同點，就是都能繼承魯迅雜文的革命現實主義傳統。解放區雜文除了部分針對敵人的可歸入「魯迅風」雜文流派之外，出現過以謝覺哉、金燦然、艾思奇等人為代表的提倡和寫作「新雜文」的新傾向，它是五十年代以後馬鐵丁等人雜文的先聲，但當時還沒有更多人來嘗試，似乎說不上形成了新流派。除了雜文，和前述大後方青年作者承繼三十年代抒情散文創新派的藝術傳統外，這時期雖不復見自覺的散文流派，但仍可發現兩種在客觀上相對成形的流派雛形。一種是抗戰初期從軍入伍之風無形中促成了一個戰地報告和戰地抒情的現實主義流派，這派作者在「抗戰文藝」旗幟下，深入前線，及時傳播戰鬥信息，抒發戰鬥激情，共性突出，個性較弱，把他們作為現代散文史上代表一個時期寫作風尚的流派來看待未嘗不可。另一種是解放區作家深入新生活，反映新的世界、新的人物，也逐漸形成了一個帶有特定政治區域新特色的革命現實主義流派，他們在為工農兵群眾服務的方向指導下，深入了解、熟悉、體驗新的社會現實，努力「寫出新生活的內容和外觀」[14]，從藝術內容、藝術形式和藝術語言上都顯示出一種前所未有的共同特色，應該說解放區散文家正在開創一個新流派。四十年代自覺的成熟的流派少，非現實主義流派也難以找到，革命浪漫主義的理想追求和表現手法結合到革命現實主義之中，其他思潮流派的一些有效的藝術手段也被革命現實主義所吸收融化，革命現實主義精神籠括全局，其表現形

14 孫犁：〈新現實〉，《文藝學習》(北京市：作家出版社，1964年)。

態在不同區域、不同時期、不同作家群中有所不同。這種狀況，根本上是由民族民主革命戰爭的需要決定的，也是革命現實主義思潮流派在不斷地同各種非現實主義思潮流派競爭中擴展壯大的必然結果。

中國現代散文史上各種社團、流派的形成和解體，從更加廣闊的思想文化背景上顯現了它的歷史進程和發展動向，證明了現實主義藝術最有生命力、同化力和廣闊的發展前途。具有現實主義精神的各種散文流派不僅處於演變發展之中，而且還不斷在競爭中抵消了非現實主義藝術的影響，並同時吸收融化它們的某些特長以豐富完善自己。從這個意義上說，現實主義不是一個自我封閉的系統，而是一個自我開放的系統。也是從這個意義上說，中國現代散文史上出現的各種帶有浪漫主義、現代主義藝術傾向的作品，對現代散文藝術的成熟豐滿和現實主義主潮的形成發展都有程度不同的積極意義。在正常情況下，散文的自由國土上，最適宜於培育多樣化的藝術風格和藝術流派，最需要提倡各種風格流派的自由競爭。唯有如此，散文的藝術活力和多樣功能才會充分發揮出來，散文園地才可能出現生機勃勃、萬紫千紅的繁榮局面。

初版後記

本書概述中國現代散文三十餘年來豐富多樣的歷史面貌和發展脈絡。全書涉及的作家三百多人，其中著重評述的名家約七十人，略加評述的作家一百餘人，雖有一些遺漏，但基本上囊括了現代散文史上有過不同程度影響的作家作品。我們著重反映史的發展面貌和線索，將作家作品打散，視其題材取向、思想傾向和文體特點的近似性而分別編入有關章節，不採取文學史和作家論混編的體例。這樣處理，便於集中瞭解我國現代散文發展史的橫斷面和縱剖面，具有把握史的整體格局和發現研究各個時期作家群落的長處。當然這不便於集中瞭解個別作家創作的全貌，但這是編寫作家論的主要任務，為了彌補這個缺陷，我們撰有《中國現代散文十六家綜論》，原為本書的第四編，因篇幅過大，故將之單獨出版。

在本書中，我們努力遵循歷史唯物主義的基本原則，堅持從史實出發，以歷史標準評價各種思想藝術傾向和作家作品，不苛求前人，也不任意拔高或貶抑前人。我們儘量引證原始材料，較多摘引能體現作家創作特色、能說明有關問題的原作片斷和作家自述，也介紹一些當時評論界的反應和評價，想讓讀者多瞭解點原作風貌和有關史實。只是我們水平有限，疏漏不當之處，在所難免，敬請專家、讀者批評指正。我們願意在大家的幫助下，繼續從事這項研究工作，與大家一道為中國現當代散文研究的深入發展盡點心力。

我們從一九八〇年秋開始從事中國現代散文系列的研究和教學工作。本書是這項工作的主要產物。全書由俞元桂教授主編，初稿由四人分頭撰寫，俞元桂和汪文頂承擔記敍抒情散文部分，姚春樹承擔雜文部分，王耀輝承擔報告文學部分，最後由主編統纂。初稿寫作中，朱以撒、林冠珍協助做過一些資料工作。李金健幫助謄清書稿。在編寫本書的同時，我們還編選了《中國現代散文理論》（廣西人民出版社）、《中國現代文學總書目・散文卷》（福建教育出版社）和《中國現代散文詩選》（四川文藝出版社）等副產品，既為本書編著工作搜集有關素材，也給讀者和研究者提供一些原始資料。

我們的工作得到了多方面的支持和幫助。本單位在人力、物力和時間上給我們提供了寫作條件。國內許多圖書館為我們提供了查閱資料的方便。一些散文作家和現代文學研究者給我們提供了寶貴的意見。田仲濟教授對本書的寫作和出版十分關懷，並為本書作序。山東文藝出版社有關同志為本書的編輯印行付出了辛勤勞動。在此，我們謹向各方面關心本書編寫工作的單位和個人致以衷心的感謝！

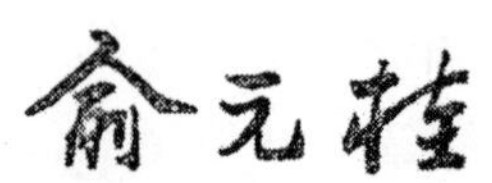

一九八七年五月於福建師範大學中文系

新版後記

本版為《中國現代散文史》的第三版，是在一九九七年山東文藝出版社出版修訂本的基礎上再次修訂的新版本。二版〈修訂後記〉說明了以下修訂情況：

《中國現代散文史》於一九八八年出版後，以翔實嚴謹、系統全面而得到學界和讀者的認可，被一些高校選用為專業課教材，並獲國家教委第二屆高等學校優秀教材全國優秀獎。但它畢竟寫於八十年代前期，難免存在著某些侷限與疏漏。為此，本書主編、先師俞元桂先生在生前就想修訂再版這部專著，惜未如願而歸道山。今奉先師囑託，雖自覺難以勝任，還是勉力為之，著手本書的修訂工作。

本書凝聚著俞先生晚年的心血和學識，體現了先師治史的原則和風範。七十年代末，俞先生年近花甲，衰病侵身，卻矢志不移，重理被中斷十年的現代散文研究課題。為了既出成果又出人才，先生召集三位弟子，組建老中青結合的學術梯隊，率領我們向現代散文領域拓荒前行。從搜羅史料到結撰全書，先生都以身作則，殫精竭慮，樹立求實寫真、論從史出的示範。先生力主「文學史結構的主體應該是史料，在史料的組合與評述中體現史識」，「文學史的獨創性出諸較全面地掌握史料，用有理有據、有見地的史識對文學現象及其發展作合乎實際的描述和評析，就可能出現獨創性」。[1]本書的編寫貫徹了先生的治史思想，力求佔有詳盡的史料，摸清現代散文的「家底」，不蹈文學史

1　俞元桂：〈談文學史的編著問題〉，《中國現代文學研究叢刊》1991 年第 3 期。

和作家論混編的常規，而借鑒紀事本末體和編年體史著的長處，嘗試以分期、分類的橫向綜述為緯線，以題材、體式的縱向梳理為經線，交織重構現代散文多樣發展的歷史風貌，從中探尋和總結現代散文的發展規律與經驗教訓。回憶當年俞先生帶我們治史、師徒三代同堂切磋的情景，我倍感親切和榮幸；想到先師創業之艱辛，傳薪之鄭重，我深感責任重大，力不從心，唯恐把握不準，信筆塗鴉，糟蹋了原著。

於是，這次修訂採取保持原貌而略加校改的辦法。框架體例、基本內容和主要觀點一仍其舊，以維護原著的本義和特點。先師已提及的某些缺憾和改進設想，如因題材分類而出現的作家被分割過碎的侷限、四十年代閒適散文的闕如、集體著述水準和筆調不一的問題等等，以及學界同行提出的中肯意見，都盡可能加以吸收和補救。修訂時，力求刪繁就簡，拾遺補闕，突出重點，統貫行文。尤其是作家作品的評介，在保持以史為主、分類評述之格局的前提下，做了適當的調整、增刪和歸併，還將《中國現代散文十六家綜論》裡的一些內容整入有關章節之中，以加強名家名作的評析。有些章節按層次增設了小標題，以求綱目更明晰。對史料和引文做了核實，文字上統一校改過，篇幅有所縮減。這些修補工作，得到本書的另兩位作者、師輩姚春樹教授和王耀輝教授的鼓勵與指導。但因水平有限，不免會有蛇足欠妥之處，這都應由我負責，謹請專家、讀者批評指正。

新版修訂仍堅持以上原則，在校改中全面核對史料和引文，著重修訂行文表述，統一標注格式，並繼續拾遺補闕，在第六章增補淪陷區散文專節。我們將續寫當代散文史，並將之視為現代散文發展的一個歷史階段，因而將本書名補訂為《中國現代散文史》(1917-1949)。

新版將由北京人民文學出版社和臺北萬卷樓圖書有限公司分別出版簡繁體字版，以利於兩岸學術文化交流。對於兩岸出版機構給予本書再版的熱心支持，以及海內外同行學者對本書的批評指教，謹此一併致謝！

汪文頂

二〇一四年夏於福建師範大學

附錄
本書作家評介索引

（以姓氏筆劃為序）

五畫

六畫

七畫

八畫

九畫

十畫

十一畫

十二畫

十三畫

十四畫

十五畫

十六畫

十七畫

十八畫以上

作者簡介

俞元桂（1921-1996）

號桂堂，福建莆田人。一九四二年福建協和大學中文系本科畢業，一九四六年國立中山大學研究院中國語言文學部研究生畢業，獲文學碩士學位。歷任協和大學中文系副教授，福建師範大學中文系主任、教授。著有《桂堂述學》、《中國現代散文史》、《中國現代散文十六家綜論》和散文集《晚晴漫步》、《曉月搖情》等，為中國現代散文史研究的開拓者和奠基人。

姚春樹

一九三七年生，福建莆田人，一九五九年畢業於福建師範大學中文系。福建師範大學中文系教授、博士生導師。著有《中國現代雜文史綱》、《二十世紀中國雜文史》、《中外雜文散文綜論》，參與編寫《中國現代散文史》等。

王耀輝

一九三三年生，福建石獅人，一九五九年畢業於福建師範大學中文系。歷任福建師範大學中文系講師、華僑大學中國文化系主任、教授。參與編寫《中國現代散文史》、《臺灣文學史》等。

汪文頂

一九五七年生，福建安溪人，一九七八年畢業於福建師範大學中文系，一九八七年研究生畢業，獲文學碩士學位。現任福建師範大學副校長、文學院教授、博士生導師。著有《現代散文史論》、《現代散文論集》、《現代散文學初探》等，參與《中國現代散文史》編寫，並負責修訂工作。

本書簡介

本書全面系統地評述中國現代散文從一九一七年至一九四九年的發展歷史，以題材、體式的縱向梳理為經線，以分期、分類的橫向綜述為緯線，以代表性作家作品和社團流派的分析評論為重點，交織重構現代散文多樣發展的歷史風貌，從中探尋和總結現代散文的發展規律與經驗教訓。作者撰文力圖廣泛佔有材料，秉持實事求是、論從史出的治史原則，借鑒我國古代編年體和紀事本末體史書的體例，著重梳理現代散文豐富多樣、縱橫交錯的發展脈絡，而將作家作品還原於散文史分期分類的歷史語境和縱橫坐標中加以點評。行文敘事結合點、線、面，特寫鏡頭和群體鏡頭，微觀和宏觀，大幅增強史的立體感。本書視野宏闊，體例新穎，史料翔實，史論結合，史識精當，史筆練達，結構周密，學風謹嚴，被譽為體大思精的散文史著，曾獲全國高等學校優秀教材獎。

福建師範大學文學院百年學術論叢·第一輯 1702A01

中國現代散文史（1917-1949）

主　　編　俞元桂
作　　者　俞元桂　姚春樹
　　　　　王耀輝　汪文頂
總 策 畫　鄭家建　李建華

發 行 人　林慶彰
總 經 理　梁錦興
總 編 輯　張晏瑞
編 輯 所　萬卷樓圖書股份有限公司
排　　版　林曉敏
印　　刷　百通科技股份有限公司

發　　行　萬卷樓圖書股份有限公司
臺北市羅斯福路二段 41 號 6 樓之 3
電話 (02)23216565
傳真 (02)23218698
電郵 SERVICE@WANJUAN.COM.TW
香港經銷　香港聯合書刊物流有限公司
電話 (852)21502100
傳真 (852)23560735

ISBN 978-986-478-195-9
2020 年 7 月再版二刷
2018 年 9 月再版
2015 年 1 月初版
定價：新臺幣 940 元

如何購買本書：
1. 劃撥購書，請透過以下郵政劃撥帳號：
帳號：15624015
戶名：萬卷樓圖書股份有限公司
2. 轉帳購書，請透過以下帳戶
合作金庫銀行　古亭分行
戶名：萬卷樓圖書股份有限公司
帳號：0877717092596
3. 網路購書，請透過萬卷樓網站
網址　WWW.WANJUAN.COM.TW
大量購書，請直接聯繫我們，將有專人為您服務。客服：(02)23216565 分機 10
如有缺頁、破損或裝訂錯誤，請寄回更換

國家圖書館出版品預行編目資料
中國現代散文史(1917-1949）/ 俞元桂等合著.
-- 再版. -- 臺北市 : 萬卷樓, 2018.09
面 ; 公分. -- （福建師範大學文學院百年學術論叢・第一輯・第 1 冊）
ISBN 978-986-478-195-9（平裝）
1.中國文學史 2.中國當代文學 3.散文
820.8　107014293